正訳源氏物語

本文対照

第八冊

匂宮・紅梅・竹河・橋姫・椎本・総角

中野幸一 訳

勉誠出版

目次

凡例……(4)
42 匂宮《におうみや》……1
43 紅梅《こうばい》……25
44 竹河《たけかわ》……49
45 橋姫《はしひめ》……123
46 椎本《しいがもと》……189
47 総角《あげまき》……255

付録　『源氏物語』をより深く知るために

『源氏物語』の遡及表現……410

参考　系図・図録

源氏物語主要人物系図　第三部（匂宮～夢浮橋）……425
平安京条坊図／大内裏図／内裏図／清涼殿図／寝殿造図……426
貴族の生活――遊芸……431
所引歌謡一覧……435

全巻構成

第一冊　桐壺／帚木／空蟬／夕顔／若紫
第二冊　末摘花／紅葉賀／花宴／葵／賢木／花散里
第三冊　須磨／明石／澪標／蓬生／関屋／絵合／松風
第四冊　薄雲／朝顔／少女／玉鬘／初音／胡蝶
第五冊　蛍／常夏／篝火／野分／行幸／藤袴／真木柱／梅枝／藤裏葉
第六冊　若菜（上）／若菜（下）
第七冊　柏木／横笛／鈴虫／夕霧／御法／幻／（雲隠）
第八冊　匂宮／紅梅／竹河／橋姫／椎本／総角
第九冊　早蕨／宿木／東屋
第十冊　浮舟／蜻蛉／手習／夢浮橋

凡例

一、本書の現代語訳が基とした物語本文は、主に底本に大島本を用い、新編日本古典文学全集（小学館刊）や日本古典文学大系（三条西実隆筆青表紙証本、岩波書店刊）の本文を参照しました。ただし、句読点、ふりがな、漢字仮名の別などは、適宜手を加えました。

一、登場人物の会話や詠歌には、それが誰のものであるかを小字で示しました。ただし前後の文章から自明の場合は、略したところもあります。

一、物語中の和歌は、物語の展開の中で大切なものですので、特に現代語訳の中にも本文のまま掲出し、後の（　）内にその訳を示しました。

一、ふりがな（ルビ）は、現代語訳は現代仮名遣い、物語本文は歴史的仮名遣いですから、同じ語句でも異なる場合があります。

　更衣《こうい》—更衣《かうい》　命婦《みょうぶ》—命婦《みやうぶ》　蔵人《くろうど》—蔵人《くらうど》　宿直奏《とのいもうし》—宿直奏《とのゐまうし》

一、各巻初の中扉に、『源氏物語扇面画帖』（早稲田大学図書館九曜文庫蔵）の各巻の色紙と画面を掲載しました。極め札にそれぞれ「備前少将光政朝臣」（備前藩主池田光政）、「住吉法眼如慶真跡」とある尤品ですのでご鑑賞下さい。なおこの画帖は、勉誠出版よりオールカラー版が出版されています。

一、本書執筆の意図や、全訳を試みるに当たっての留意点は、特に第一冊の「『源氏物語』の全訳に当たって」に述べましたのでご覧下さい。

42

匂《におう》宮《みや》

人々、賭弓《のりゆみ》の還饗《かえりあるじ》に六条院へ参上

「匂宮」小見出し一覧

［一］源氏の死後、その名声を引き継ぐ匂宮と薫
［二］今上帝の宮たちと、右大臣夕霧の姫君たち
［三］六条院の御方々のその後と夕霧の配慮
［四］薫、冷泉院と秋好中宮の寵を受けて昇進する
［五］薫、わが出生の秘密を察知して苦悩し、思いを歌に託す
［六］光源氏のすばらしさと薫の特徴　その身が放つ不思議な芳香
［七］匂宮、薫の芳香に対抗し、両者世に並び称される
［八］薫、この世を厭《いと》う心深く、女性たちにも距離を置く
［九］夕霧、六の君を落葉の宮の養女とし、男たちを誘う
［一〇］薫、親王《みこ》たちと六条院の賭弓《のりゆみ》の還饗《かえりあるじ》に招かれる

［一］　源氏の死後、その名声を引き継ぐ匂宮と薫

光源氏の君がお隠れになりました後《あと》、あの輝くようなお姿をお継ぎになられるようなお方は、大ぜいのご子孫の中にもなかなかおいでになりませんでした。

ご退位になられた帝《みかど》（冷泉帝）の御ことを申し上げますのは畏《おそ》れ多いことです。今上帝の三の宮（匂宮）と、この宮と同じ六条院でお育ちになりました女三の宮腹の若君（薫）と、このお二方が、それぞれにきわめて美しいという評判をお取りになって、いかにも並一通りでないご容姿ですけれど、全くまぶしいほどではおいでにならないようです。ただ世間一般の人柄としては、ご立派で気品があり優美でいらっしゃいますのをもととして、あの院（源氏）のご子孫という関係で、世間の人が尊敬申しあげています待遇や有様も、昔の父君のお若い頃の御評判やご威勢よりも、少し勝《まさ》っていらっしゃる世評から、一方では格別にご立派に見えるのでした。

この三の宮は、紫の上が特別におかわいがりになりお育て申し上げましたゆえに、二条院にお住みになっていらっしゃいます。東宮《とうぐう》はその貴いお立場のお方として格別にお扱いな

光隠れたまひにし後、かの御影にたちつぎたまふべき人、そこらの御末々にあり難かりけり。

遜位《おりゐ》の帝をかけたてまつらむはかたじけなし。当代の三の宮、その同じ殿にて生ひ出でたまひし宮の若君と、この二ところなむとりどりにきよらなる御名とりたまひて、げにいとなべてならぬ御有様どもなれど、いとまばゆき際《きは》にはおはせざるべし。ただ世の常の人ざまにめでたくあてになまめかしくおはするをもととして、さる御仲らひに、人の思ひきこえたるもてなし有様も、いにしへの御ひびきけはひよりもややたち勝《まさ》りたまへるおぼえからなむ、かたへはこよなういつくしかりける。

紫の上の御心寄せことにはぐくみきこえたまひしゆゑ、三の宮は二条院におはします。東宮をば、さるやむごとなきものにおきたて

東宮　今上第一皇子。明石の中宮腹。

さって、三の宮についてては帝《みかど》も后《きさき》も大層おかわいがりになり、大切にお世話申し上げていらっしゃる宮ですので、宮中にお住まわせ申し上げなさいますけれど、ご当人はやはり気のおけない古里二条院を、住み心地よく思われていらっしゃるのでした。御元服《ごげんぷく》なさってからは、兵部卿《ひょうぶきょう》と申し上げます。

　女一の宮は、六条院の南の町の東の対《たい》を、紫の上ご在世当時の御しつらいを改めずにお住まいでいらっしゃって、朝夕に上を恋しくお慕い申していらっしゃいます。二の宮も同じ御殿の寝殿を時々の御休み所になさり、宮中では梅壺をお部屋になさって、右大臣（夕霧）の中の姫君を北の方としていらっしゃいます。次の東宮《とうぐう》候補として実にご信望も格別に重々しく、お人柄もしっかりとなさっていらっしゃいました。

　大殿《おおいどの》（夕霧）の御娘はまことに大ぜいいらっしゃいます。大姫君は東宮にご入内《じゅだい》になって、他に張り合う人もいない有様でお仕えしていらっしゃいます。その次々の妹君たちは、やはり皆順序に従って宮様方のもとに参られるのであろうと、

まつりたまて、帝后いみじうかなしうしたてまつり、かしづききこえさせたまふ宮なれば、内裏《うち》住みをせさせたてまつりたまへど、なほ心やすき古里に住みよくしたまふなりけり。御元服したまひては兵部卿と聞こゆ。

　女一の宮は、六条院南の町の東の対を、その世の御しつらひ改めずおはしまして、朝夕に恋ひ偲びきこえたまふ。二の宮も、同じ殿の寝殿を時々の御休み所にしたまひて、梅壺を御曹司《ざうし》にしたまうて、右の大殿《おほいどの》の中姫君《なかひめぎみ》をえたてまつりたまへり。次の坊がねにていとおぼえ殊に重々しう、人柄もすくよかになむものしたまひける。

　大殿の御むすめは、いとあまたものしたまふ。大姫君は東宮に参りたまひて、またきしろふ人なきさまにてさぶらひたまふ。その次々、なほみなついでのままにこ

［二］　今上帝の宮たちと、右大臣夕霧の姫君たち

女一の宮
今上帝第一皇女。明石の中宮腹、匂宮の姉。

二の宮
今上帝第二皇子。明石の中宮腹。

梅壺
後宮五舎の一つ。凝華《ぎょうか》舎《しゃ》の別称。中庭に梅が植えられているのでいう。飛香舎（藤壺）の北。

右大臣の中の姫君
右大臣夕霧の次女。雲居の雁腹。

世の人もお思い申し上げ、后の宮《きさい》（明石の中宮）も仰せでしたが、この兵部卿《ひょうぶきょう》の宮はそうもお思いにならず、ご自分のお気持ちから望んでいない結婚などは、興ざめなこととお思いでいらっしゃるようなご様子のようです。大臣《おとど》もどうして同じようにそうきちんとばかりしなくてもよいと落ち着いていらっしゃいますけれど、またそうした帝《みかど》のご意向があった時はお受けしないわけでもないという態度で、姫君たちをまことに大事にお育て申していらっしゃいます。中でも六の君は、その頃少しは我こそはと自負しておられる親王《みこ》たちや上達部《かんだちめ》のお心を悩ます種でいらっしゃるのでした。

［三］ 六条院の御方々のその後と夕霧の配慮

六条院にそれぞれ集まり住んでおられた方々は、泣く泣く余生をお送りになるべきお住まいに、皆それぞれお移りになりましたが、花散里と申し上げたお方は、二条院の東の院をご相続になられた場所として、そこにお移りになりました。入道の宮（女三の宮）は、三条の宮にいらっしゃいます。今《いま》后《きさき》（明石の中宮）は、宮中にばかりおいでになりますので、六

そはと世の人も思ひきこえ、后の宮ものたまはすれど、この兵部卿宮はさしも思したらず、わが御心より起こらざらむことなどは、すさまじく思しぬべき御気色なめり。大臣《おとど》も、何かは、やうのものと、さのみうるはしうはと、しづめたまへど、またさる御気色あらむをばもて離れてもあるまじうおもむけて、いといたうかしづききこえたまふ。六の君なむ、そのころの、すこし我はと思ひのぼりたまへる親王《みこ》たち上達部の御心尽くすくさはひにものしたまひける。

さまざま集ひたまへりし御方々、泣く泣くつひにおはすべき住み処どもに、みなおのおの移ろひたまひしに、花散里と聞こえしは、東の院をぞ、御処分所《そぶどころ》にて渡りたまひにける。入道の宮は、三条宮におはします。今后は内裏《うち》にのみさぶらひたまへば、院の内さびしく

条院の邸内は淋しく、人気《ひとけ》も少なくなってしまいましたのを、右大臣（夕霧）は、

夕霧「他人のこととして昔の例を見聞きしましても、その人が生きている間は心を尽くして手入れをし造り住んでいた邸宅が、死後はすっかり放っておかれて、世の習いの無常を見せられますのは、まことにいたわしく、世のはかなさが思い知られますので、せめてわたしがこの世に生きている間だけでも、この院は荒らさず、このあたりの大路なども人影がなくならないようにしたいものです。」

とお思いになり仰せになって、東北の町にあの一条の宮（落葉の宮）をお移し申し上げなさって、三条殿（雲居の雁）と一夜ごとに十五日ずつ、几帳面にお通いになっていらっしゃるのでした。

かつて故院（源氏）が「二条院」と言って立派に造営し、また「六条院の春の御殿」と称して世間の評判になった玉のような美しい御殿も、ただこの明石の上お一人のご子孫のた

人少なになりにけるを、右大臣《みぎのおとど》、

「人の上にて、いにしへの例を見聞くにも、生ける限りの世に、心をとどめて造り占めたる人の家ゐのなごりなくうち棄てられて、世のならひも常なく見ゆるは、いとあはれに、はかなさ知らるるを、わが世にあらむ限りだに、この院あらさず、ほとりの大路など人影離れはつまじう」

と思しのたまはせて、丑寅《うしとら》の町に、かの一条宮を渡したてまつりたまひてなむ、三条殿と、夜ごとに十五日づつ、うるはしう通ひ住みたまひける。

二条院とて造り磨き、六条院の春の殿とて世にののしりし玉の台も、ただ一人の末のためなりけりと見えて、明石の御方は、あまた

めであったのだと思われるほどで、明石の御方は大ぜいの宮たちの御後見をなさりながらお世話申し上げていらっしゃいます。大殿《おおとの》（夕霧）はどちらの方々の御事をも、亡き父君のご意向のままに改め変わることなく、行き届いた親代りのお心でお世話なさいますにつけても、対《たい》の上（紫の上）がこのようにご存命でいらっしゃったら、どんなにか心を尽くしてお仕え申し上げご覧いただけたものを、最後までほんの少しも格別に自分が好意を寄せているとお分かりになるような機会もないままお亡くなりになってしまったことを、残念にいつまでも悲しくお思い申し上げていらっしゃいます。

　天下の人は六条院（源氏）をお慕い申し上げない者はなく、何かにつけて世はただ火を消したように、何事も映《は》えないことと嘆かぬ折とてないのでした。まして院の中の人々や御方々、宮たちなどは今更申すまでもなく、限りない悲しみはそれとして、またあの紫の上のお人柄を心に刻み続けては、すべてにつけて思い出し申さない時もありません。春の花の盛りはいかにも長くはない故に、かえって世にもてはやされ

の宮たちの御後見《うしろみ》をしつつ、あつかひきこえたまへり。大殿《おほいどの》は、いづ方の御ことをも、昔の御心おきてのままに改めかはることなく、あまねき親心に仕うまつりたまふにも、対の上のかやうにてとまりたまへらましかば、いかばかり心を尽くして仕うまつり見えたてまつらまし、つひに、いささかも、とり分きてわが心寄せと見知りたまふべきふしもなくて過ぎたまひにしことを、口惜しう飽かず悲しう思ひ出できこえたまふ。

　天の下の人、院を恋ひきこえぬなく、とにかくにつけても、世はただ火を消ちたるやうに、何事もはえなき嘆きをせぬ折なかりけり。まして殿の内の人々、御方々、宮たちなどはさらにも聞こえず、限りなき御事をばさるものにて、またかの紫の御有様を心にしめつつ、よろづの事につけて、思ひ出できこえたまはぬ時の間なし。春の花

春の花の盛りは…
紫の上が春を好んだことを言い含んだ表現。

［四］ 薫、冷泉院と秋好中宮の寵を受けて昇進する

侍従
天皇近侍の役。従五位相当。納言、参議で兼任する場合もある。

右近の中将
右近衛府の次官。従四位下相当。

るものと思われます。

二品《にほん》の宮（女三の宮）の若君（薫）は、故院がお申し付けなさいました通りに、冷泉院《れいぜいいん》が格別に大事にお思いあそばしてお育てになり、また后《きさい》の宮（秋好《あきこのむ》中宮）も皇子《みこ》たちなどがおいでにならず、心細くお思いになりますままに、嬉しい御《ご》後《こう》見《けん》役として、心からこの若宮をお頼み申していらっしゃいます。御元服《げんぷく》なども院の御所でおさせになります。十四歳で二月に侍従《じじゅう》におなりになります。その秋には右近《うこん》の中将になって、朝廷から賜わる加階《かかい》などさえ、どこがお気になられるのか、急に昇進させて一人前らしくおさせになります。院がお住みになる御殿に近い対《たい》の屋をお部屋に当てて、院御自身がお目をお配りになり、若い女房たちも童《わらわ》や下仕えの者まで優《すぐ》れた者を選び揃えて、女宮の御儀式よりも豪華に整えられました。院にも宮にもお仕えしている女房の中でも、容貌がよく気品があって好ましい者は、皆対の方へお移しなさっては、若君が院の内を気に入って住みよく居心地よく思うようにと

の盛りは、げに長からぬにしも、おぼえ勝《まさ》るものとなむ。

二品《にほん》の宮の若君は、院の聞こえつけたまへりしままに、冷泉院の帝とり分きて思しかしづき、后の宮も、皇子《みこ》たちなどおはせず心細う思さるるままに、嬉しき御後見にまめやかに頼みきこえたまへり。御元服なども院にてせさせたまふ。十四にて二月に侍従《じじゅう》になりたまふ。秋右近中将になりて、御賜《たう》ばりの加階などをさへ、いづこの心もとなきにか、急ぎ加へて大人びさせたまふ。おはします殿近き対を曹《ざう》司《し》にしつらひなど、自《みずか》ら御覧じ入れて、若き人も童下仕まで、優《すぐ》れたるを選り調《ととの》へ、女の御儀式よりもまばゆく整へさせたまへり。上にも宮にも、さぶらふ女房の中にも容貌よくあてやかにめやすきは、みな移し渡させたまひつつ、院の内を心につけて、住みよくありよ

ばかり、格別に手をかけてさしあげるべきお方とお思いでいらっしゃいます。故致仕《ちじ》の大殿の女御（弘徽殿《こきでん》の女御）と申し上げたお方のご出生に、女宮がただ一人いらっしゃいましたのを、この上なく大切に御養育なさいます有様にも劣らず、后《きさい》の宮への院の御寵愛が、年月とともに深まっていらっしゃるせいなのでしょう。どうしてそれほどにもこの若君を、と思われるほどでした。

母宮（女三の宮）は、今はひたすら仏道のお勤《つと》めを静かになさって、毎月の御念仏や年に二度の御八講《みはこう》、また折々の尊い仏事ばかりをなさって、所在なくおいでですので、この薫の君がお出入りなさいますのを、逆に親のように頼もしい庇護者とお思いでいらっしゃいますので、実においたわしく、一方冷泉院《れいぜいいん》も帝《みかど》もいつもお召しになって、お放しにならず、東《とう》宮《ぐう》も次々の弟宮たちも、親しいお遊び相手としてお誘いになりますので、母宮をお訪ねする暇《いとま》もなく苦しくて、何とかしてこの身を二つに分けたいものと思われるのでした。

く思ふべくとのみ、わざとがましき御あつかひぐさに思されたまへり。故致仕《ちじ》の大殿《おほいどの》の女御ときこえし御腹に、女宮ただ一ところおはしけるをなむ限りなくかしづきたまふ御有様に劣らず。后の宮の御おぼえの年月に勝《まさ》りたまふけはひにこそは。などかさしも、と見るまでなむ。

母宮は、今はただ御行ひを静かにしたまひて、月ごとの御念仏、年に二たびの御八講《みはかう》、をりをりの尊き御営みばかりをしたまひて、つれづれにおはしませば、この君の出で入りたまふを、かへりては親のやうに頼もしき蔭に思したれば、いとあはれにて、院にも内裏《うち》にも召しまとはし、東宮も、次々の宮たちも、なつかしき御遊びがたきにてともなひたまへば、暇なく苦しく、いかで身を分けてしがなとおぼえたまひける。

故致仕の大殿の女御
もと頭の中将の娘。弘徽殿の女御。

［五］　薫、わが出生の秘密を察知して苦悩し、思いを歌に託す

御八講
法華八講会。法華経全八巻を、一日に朝座夕座の二度、四日間連続講説する法会。

幼な心にうすうすお聞きになられたことが、折にふれて不審で、ずっと気がかりになっていますけれど、尋ねることのできる人もおりません。母宮には事の一端だけでも知ってしまったと思われますのは、気が咎《とが》める筋合いのことですので、絶えず心にかかって、

薫「一体どういうことだったのか。何の因縁《いんねん》で、こんな不安な思いがいつも付きまとう身に生まれて来たのだろう。善巧太子《ぜんぎょうたいし》が自身に尋ねて出生の謎を知ったという悟りを得たいものよ。」

と、つい独り言をおっしゃられるのでした。

おぼつかな誰に問はましいかにしてはじめもはても知らぬわが身ぞ

（気がかりなことよ、一体誰に尋ねたらよいのか、どういうわけで、出生の初めも行き末も分からないわが身なのかと。）

答えてくれそうな人もおりません。何かにつけてわが身に異常があるような気がなさいますのもただならぬ思いで、何と

善巧太子 悉達《しった》太子（釈迦）の前身の善行太子のことかというが不明。

おぼつかな 上句は初句切、二句切の強い表現で、わが出生の疑問を問う。下句は三世の輪廻《りんね》思想にもとづいて、現在の自分の実存のゆらいだ状況をよむ。

幼心地にほの聞きたまひしことの、をりをりいぶかしうおぼつかなう思ひわたれど、問ふべき人もなし。宮には、事のけしきにても知りけりと思されむ、かたはらいたき筋なれば、世とともの心にかけて、

「いかなりける事にかは。何の契りにて、かう安からぬ思ひそひたる身にしもなり出でけん。善巧太子《ぜんげうたいし》のわが身に問ひけむ悟りをも得てしがな」

とぞ独りごたれたまひける。

おぼつかな誰に問はましいかにしてはじめもはても知らぬわが身ぞ

答ふべき人もなし。事にふれて、わが身につつがある心地するも、

なく嘆かわしいとばかり思案をおめぐらしになっては、「母宮もこれほど女盛りのご容貌を尼姿におやつしになって、一体どれほどの御道心があって、急に仏の道にお入りになられたのであろうか。思いもかけない混乱があって、このようにきっと世を憂きものに思われる事情があったのだろう。世間の人も漏れ聞いて知らないことがあろうか。やはり憚《はばか》るべき風聞だから、自分には事情を知らせる人がいないのだろう」とお思いになります。また、「母宮は明け暮れお勤《つと》めをなさっていらっしゃるようだけれど、頼りなくおっとりとしていらっしゃる女性のお悟りの程度では、蓮の露も曇りなく玉と磨かれるように極楽往生《ごくらくおうじょう》なさるのも難《むずか》しいし、女人の五つの何とかいう障《さわ》りもやはり心もとない有様だから、わたしが母宮の仏心をお助けして、同じことなら後《のち》の世だけでもお幸せにさせてあげたいもの」とお思いになります。あのお亡くなりになられたというお方（柏木）も、心安からぬ煩悩《ぼんのう》にいつまでも捉われていらっしゃるのでは、などと推し量りますと、来世に生まれ変わってでもお目にかかりたいお気持ちに

ただならずもの嘆かしくのみ思ひめぐらしつつ、「宮もかくさかりの御容貌《かたち》をやつしたまひて、何ばかりの御道心にてか、にはかにおもむきたまひけむ。かく、思はずなりける事の乱れに、必ずうしと思しなるふしありけむ。人もまさに漏り出で知らじやは。なほつつむべき事の聞こえにより、我には気色を知らする人のなきなめり」と思ふ。「明け暮れ勤めたまふやうなめれど、はかもなくおほどきたまへる女の御悟りのほどに、蓮《はちす》の露も明らかに、玉と磨きたまはむことも難し。五つの何がしもなほうしろめたきを、我、この御心地を、同じうは後の世をだに」と思ふ。かの過ぎたまひにけむも安からぬ思ひにむすぼほれてやなど推しはかるに、世をかへても対面せまほしき心つきて、元服はものうがりたまひけれど、すまひはてず、おのづから世の中にもてなさ

蓮の露も曇りなく… 煩悩を断ち、悟りを開くことを、蓮の露の玉の清らかさにたとえる。

女人の五つの何とかいう障り 「女人ノ身ニハ猶五障有リ。一ニハ梵天王ト作《な》ルコトヲ得ズ、二ニハ帝釈、三ニハ魔王、四ニハ転輪聖王、五ニハ仏身ナリ。」（法華経提婆達多品）。

おなりになって、元服《げんぷく》などは気がおすすみになりませんけれど、断《こと》わり切れず、自《おの》ずと世間で大事にされて、まばゆいほどの華やかな御身の栄光もお心になじまないばかりで、沈みこんだお気持ちでいらっしゃいます。

帝《みかど》におかれましても、母宮（女三の宮）のご血縁からお心を深くお寄せあそばし、まことにいとしいものにお思いになられ、后《きさい》の宮（明石の中宮）もまた、もともと同じ御殿の中で宮たちとご一緒に成長されお遊びになった頃のお扱いを、ほとんどお改めになりません。

源氏「わたしの晩年にお生まれになって、かわいそうなことに大人になられるのも見届けられないこと。」

と故院（源氏）がお思いになり仰せになられましたのをお思い出し申し上げられては、一方ならず大切にお思い申していらっしゃいます。右大臣（夕霧）も、ご自分のご子息の若君たちよりも、この薫の君を心をこめて大切にお世話申し上げていらっしゃいます。

れて、まばゆきまで華やかなる御身の飾も心につかずのみ、思ひしづまりたまへり。

内裏《うち》にも、母宮の御方ざまの御心寄せ深くて、いとあはれなるものに思され、后の宮、はた、もとよりひとつ殿にて、宮たちももろともに生ひ出で遊びたまひし御もてなしをさをさ改めたまはず。

「末に生まれたまひて、心苦しう、おとなしうもえ見おかぬこと」

と、院の思しのたまひしを思ひ出できこえたまひつつ、おろかならず思ひきこえたまへり。右大臣も、わが御子どもの君たちよりも、この君をば、こまやかにやむごとなくもてなしかしづきたてまつりたまふ。

［六］　光源氏のすばらしさと薫の特徴　その身が放つ不思議な芳香

昔光る君と…　「桐壺」の巻［二〇］第一冊三九ページ参照。

お妬みになる人が　弘徽殿の女御など。

世の乱れも起こりそうでした事件　朧月夜との密会の露見から、弘徽殿方の怒りを買って、政界を退かざるをえなくなったこと。（「賢木」の巻［三六］第二冊二九九〜三〇二ページ参照）。

昔光る君と申し上げたお方は、あのようにまたとない父《ちち》帝《みかど》のご寵愛をお受けになりながら、お妬《ねた》みになる人が側《そば》にいて、また母方の御後見もないということでしたのに、お心用いが思慮深く、世の中のことを穏やかにお考えでいらっしゃいましたので、並ぶものもない御威光をもまばゆくないように控え目になさって、遂にはあのような大層な、世の乱れも起こりそうでした事件をも無事にお過ごしになって、後《のち》の世のためのお勤《つと》めも時期を遅らせなさらず、すべてにさりげなくて、気長にゆったりとしたお心構えでおいでになりましたが、この薫の君は、まだ若いのに世の声望が過ぎるほどで、気位の高いところはこの上なくなどいらっしゃいます。全くしかるべき因縁《いんねん》で、実際この世の人として作り出されたのではありませんので、仏が仮にこの地上に宿ったかとも見受けられる点をお持ちです。お顔もご器量もはっきりとどこが優《すぐ》れているか、まあ美しいと見えるところもないのですが、ただまことに優美でこちらが恥じ入るほどご立派で、心の奥が深いようなご様子が、他人とはまるで似ていらっしゃらない

昔、光る君と聞こえしは、さるまたなき御おぼえながら、そねみたまふ人うちそひ、母方の御後見なくなどありしに、御心ざまもの深く、世の中を思しなだらめしほどに、並びなき御光をまばゆからずもてしづめたまひ、つひにさるいみじき世の乱れも出で来ぬべかりし事をも事なく過ぐしたまひて、後の世の御勤めもおくらかしたまはず、よろづさりげなくて、久しくのどけき御心おきてにこそありしか。この君は、まだしきに世のおぼえいと過ぎて、思ひあがりたることこよなくなどぞものしたまふ。げに、さるべくて、いとこの世の人とはつくり出でざりける、仮に宿れるかとも見ゆることそひたまへり。顔容貌《かたち》も、そこはかと、いづこなむすぐれたる、あなきよらと見ゆるところもなきが、ただいとなまめかしう恥づかしげに、心の奥多かりげなるけはひの

のでした。

薫りの香ばしさはこの世の匂いではなく、不思議なまでに君の立ち居なさるあたりから遠く隔たった所まで漂う追風に、まことに百歩以上離れても薫りそうな心地がするのでした。誰もそれほど立派におなりになったご身分で、ひどく身なりをやつしてありのままでいることがありましょうか。いろいろと我こそ人よりも勝《まさ》ろうと身だしなみに心を用いるものでしょうに、この君は不都合なまでに人目を忍んで、立ち寄ろうとする物蔭でも、はっきり薫りが漂って隠れようもないのが煩《わずら》わしくて、ほとんどお香をおたきしめになりませんけれど、沢山の御唐櫃《からびつ》の中に埋もれている香の匂いなども、この君のは言いようもない芳香が加わり、お庭先の花の木もほんの少し袖をお触れになった梅の薫りは、春雨《はるさめ》の雫にも濡れて身に染《し》みこませる人が多く、また秋の野に主知れぬ袖をかけた藤袴《ふじばかま》も、もとの薫りは薄れて、心惹かれる追風も格別に、君が折り取ることでひとしお薫りも勝《まさ》るのでした。

人に似ぬなりけり。

香の香ばしさぞこの世の匂ひならず、怪しきまでうちふるまひたまへるあたり、遠く隔たるほどの追風も、まことに百歩《ひやくぶ》の外《ほか》も薫りぬべき心地しける。誰も、さばかりになりぬる御有様の、いとやつればみただありなるやはあるべき、さまざまに、我、人に勝《まさ》らむとつくろひ用意すべかめるを、かくかたはなるまでうち忍び立ち寄らむ物の隈もしるきほのめきの隠れあるまじきにうるさがりて、をさをさ取りもつけたまはねど、あまたの御唐櫃に埋もれたる香《かう》の香《か》どもも、この君のはいふよしもなき匂ひを加へ、御前の花の木も、はかなく袖かけたまふ梅の香は、春雨の雫にも濡れ、身にしむる人多く、秋の野に主《むし》なき藤袴も、もとの薫りは隠れて、懐かしき追風ことにをりなしがらなむ勝《まさ》りける。

百歩以上離れても 薫香の百歩香。白檀・零陵など十一種を調合したもので、二十一日間土中に埋め、取り出してたくと百歩の先まで薫るという。

ほんの少し袖をお触れになった梅の薫り 「色よりも香こそあはれと思ほゆれ誰が袖ふれし宿の梅ぞも」(古今・春上　読人しらず)。

主知れぬ袖をかけた藤袴 「主知らぬ香こそにほへれ秋の野に誰がぬぎかけし藤袴ぞも」(古今・秋上　素性法師)。

［七］匂宮、薫の芳香に対抗し、両者世に並び称される

小牡鹿が妻にするという萩の露　「わが岡にさ牡鹿来鳴く初萩の花妻問ひに来鳴くさ牡鹿」（万葉・巻八　大伴旅人）。

老いを忘れる菊　「皆人の老いを忘るといふ菊は百年をやる花にぞありける」（古今六帖一）。

こうして実に不思議なほどに人が気付く薫りがしみついていらっしゃいますのを、兵部卿《ひょうぶきょう》の宮（匂宮）はほかのこと以上に張り合うお気持ちにおなりになって、薫物《たきもの》は特にあらゆる優《すぐ》れた香りをおたきしめになり、朝夕の仕事として香の調合につとめ、お前の前栽《せんざい》にも、春は梅の花園をお眺めになり、秋は昔の人が賞《め》でる女郎花《おみなえし》や、小牡鹿《さおじか》が妻にするという萩の露にもほとんどお心をお移しにならず、老いを忘れる菊や色あせてゆく藤袴《ふじばかま》、見栄えのしないわれもこうなどは、全く味気ない霜枯れの頃までお見捨てにならないなど、ことさらに香を賞ずる思いを取り立てて好ましくしていらっしゃいました。こういうわけで、少々柔和に過ぎて趣味に熱中なさるご性分《しょうぶん》と、世間の人は見申し上げています。

昔の源氏の君は、すべてにこのように一つ事を取り立てて異様なまでに熱中なさるということはありませんでしたよ。

源中将（薫）は、この宮（匂宮）のところにはいつも参上なさっては、音楽の遊びなども競《きそ》い合って笛の音《ね》を吹き立てて、いかにも張り合いながらも、若者同士お互いに心を通わせら

かく怪しきまで人の咎むる香にしみたまへるを、兵部卿宮なむ、他事《ことごと》よりもいどましく思して、それはわざとよろづの優《すぐ》れたる移しをしめたまひ、朝夕のことわざに合はせいとなみ、御前の前栽にも、春は梅の花園を眺めたまひ、秋は世の人のめづる女郎花、小牡鹿《さをじか》の妻にすめる萩の露にもをさをさ御心移したまはず、老を忘るる菊に衰へゆく藤袴、ものげなきわれもかうなどは、いとすさまじき霜枯れの頃ほひまで思し棄てずなどわざとめきて、香にめづる思ひをなむ立てて好ましうおはしける。かかるほどに、少しなよびやはらぎてすいたる方にひかれたまへり、と世の人は思ひきこえたり。

昔の源氏は、すべて、かく立ててその事とやう変りしみたまへる方ぞなかりしかし。

源中将、この宮には常に参りつつ、御遊びなどにもきしろふ物の

れそうなお人柄です。例によって世間の人は「匂う兵部卿《ひょうぶきょう》、薫る中将」と、聞き苦しいほどに言い続けて、その頃美しい娘がいらっしゃる高貴な家々では、胸をときめかせて、ぜひ婿にとお申し出になるむきもありますので、宮はあれこれと気が惹《ひ》かれそうなあたりにお言い寄りになって、その姫君のお人柄やお姿などをお探《さぐ》りになります。しかし特にお心にかけてお思いのお方は、これといっていらっしゃらないのでした。

冷泉院《れいぜいいん》の女一の宮には、「このお方を妻としてお世話申し上げたい。そのかいがあるに違いない」と宮がお思いでいらっしゃいますのは、母女御《にょうご》もまことに重々しく奥ゆかしくおられるあたりで、姫宮のご様子も全くめったにないほど優《すぐ》れていると世間の評判もおありですし、それにもまして少しお近くでお仕えしている女房などが、詳しいご様子を何かにつけて申し上げ伝えることなどもありますので、宮は一層こらえ難くお思いのようです。

音を吹きたて、げに挑ましくも、若きどち思ひかはしたまうつべき人ざまになむ。例の世人は、「匂ふ兵部卿、薫る中将」と聞きにくく言ひつづけて、その頃よき女《むすめ》おはするやうごとなき所々は、心ときめきに聞こえごちなどしたまふもあれば、宮は、さまざまに、をかしうもありぬべきわたりをばのたまひ寄りて、人の御けはひ有様をも気色とりたまふ。わざと御心につけて思す方は殊になかりけり。

冷泉院の一の宮をぞ、「さやうにても見たてまつらばや。かひありなむかし」と思したるは、母女御もいと重く、心にくくものしたまふあたりにて、姫宮の御けはひ、げにとあり難く優《すぐ》れて、よその聞こえもおはしますに、まして、少し近くもさぶらひ馴れたる女房などの、詳しき御有様の事にふれて聞こえ伝ふるなどもあるに、いとど忍びがたく思すべかめり。

［八］　薫、この世を厭《いと》う心深く、女性たちにも距離を置く

三位の宰相　宰相は参議の唐名。正四位相当だが、三位の場合特に三位の宰相と呼ぶ。

中将の君（薫）は、この世の中を深く味気ないものと悟りきったお心ですので、かえって女性に執心したらこの世を離れ難い思いが残るであろう、などとお思いになりますので、面倒な思いをしそうなあたりに関わることは慎《つつし》もう、などと断念していらっしゃいます。当面は心を奪われそうな女性がいない間は、賢ぶっていたのでありましょうか、親の許しがないような恋などは、まして思い寄るはずもありません。

十九におなりになる年、三位《さんみ》の宰相《さいしょう》に任ぜられ、引き続き中将も兼ねていらっしゃいます。帝《みかど》や后《きさき》の御寵遇に、臣下としては誰憚《はばか》ることのないすばらしい世の信望を得ていらっしゃいますけれど、心の中ではわが身の上を思い知る所があって、何となく悲しいお気持ちなどもありますので、勝手気ままな軽薄な好き事などは一向にお好みにならず、万事につけて控え目で、自然と老成したご性格を、世の人にも知られていらっしゃるのでした。

中将は、三の宮（匂宮）が年が経《た》つにつれて心を砕いていらっしゃるらしい院の姫宮（女一の宮）の御あたりをご覧にな

中将は、世の中を深くあぢきなきものに思ひすましたる心なれば、なかなか心とどめて、行き離れがたき思ひや残らむなど思ふに、わづらはしき思ひあらむあたりにかかづらはむはつつましくなど思ひ棄てたまふ。さしあたりて、心にしむべき事のなきほど、さかしだつにやありけむ。人のゆるしなからむ事などは、まして思ひ寄るべくもあらず。

十九になりたまふ年、三位宰相《さむゐのさいしやう》にて、なほ中将も離れず。帝后の御もてなしに、ただ人にては憚りなきめでたき人のおぼえにてものしたまへど、心の中には、身を思ひ知る方ありて、ものあはれになどもありければ、心にまかせてはやりかなるすき事をさをさ好まず、よろづの事もてしづめつつ、おのづからおよすけたる心ざまを人にも知られたまへり。

三の宮の年にそへて心を砕きた

るにつけても、同じ院の内で明け暮れ過ごし馴れておいでですので、何かにつけてそのお方のご様子をうかがったり拝見なさったりしますと、いかにもまるで並ぶ者もないほど奥ゆかしく品格高いお振る舞いはこの上もありませんので、「同じことなら全くこのようなお方をお世話してこそ生涯の満足なお相手なのだろう」とお思いになりながらも、院が大概のことは隔てることなく思って下さるのに、姫君のお住まいの方の隔ては、格別に遠のけておいでですのももっともなことですし、また厄介なことでもありますので、強いても交際しようと近寄ったりなさいません。もし予想外の気持ちが起こったら、自分もあの方もひどく不都合なことになるだろうと分かっていますので、馴《な》れ馴れしく近寄ることもありませんでした。

　薫の君ご自身が、こうして人に褒《ほ》められるように生まれついておいでのお人柄ですので、ちょっとした仮《か》りそめの言葉をおかけになる女のあたりも、全く相手にしない心ではなく靡《なび》きやすいようですので、自然といい加減な通い所も沢山になりましたが、女のために大げさな扱いなどはせず、うまく

まふめる院の姫宮の御あたりを見るにも、一つ院の内に明け暮れたち馴れたまへば、事にふれても、人の有様を聞き見たてまつるに、げにいとなべてならず、心にくくゆゑゆゑしき御もてなし限りなきを、「同じくは、げにかやうならむ人を見むにこそ生ける限りの心ゆくべきつまなれ」と思ひながら、大方こそ隔つる事なく思したれ、姫宮の御方ざまの隔ては、こよなくけ遠くならはさせたまふも、ことわりに、煩はしければ、あながちにもまじらひ寄らず。もし心より外の心もつかば、我も人もいとあしかるべき事と思ひ知りて、もの馴れ寄る事もなかりけり。

　わが、かく、人にめでられむとなりたまへる有様なれば、はかなくなげの言葉を散らしたまふあたりも、こよなくもて離るる心なくなびきやすなるほどに、おのづからなほざりの通ひ所もあまたにな

三条の宮　女三の宮の住居。ここの女房になって、薫と情交をもちたいと思う。

はかない関係に　薫の召人になることを望む。

［九］　夕霧、六の君を落葉の宮の養女とし、男たちを誘う

目立たないようにして、何となく情がないようではない程度なのが、かえって女にはもどかしいことですので、この君に思いを寄せる人の中には、誘われては三条の宮に集まって来る者が大ぜいいます。薫の君のつれなさを見るのもつらそうなことのようですが、縁が絶えてしまうよりは、心細さに苦しい思いをして、そうしたお仕えなどしそうもない身分の人々で、はかない関係に頼みをかけている女も多くいます。それでもさすがに女の気持ちを引きつけるような見所のある君の御有様ですので、関係している女はみなわが心に謀られるようにして、お恨みも大目に見て過ごしています。

中将（薫）は、「母宮のご存命中は、朝夕いつもお目通りして、お姿を拝見するのをせめて孝養として」とお思いになりおっしゃいますので、右大臣（夕霧）も大ぜいいらっしゃる娘たちを、誰かお一人はこの君にとお望みになりながら、言葉にはお出しになれず、さすがに知り尽くした間柄ですのをどうかと思われますが、この君たちを別としては他《ほか》には比

るを、人のためにことごとしくなどもてなさず、いとよく紛らはし、そこはかとなく情なからぬほどのなかなか心やましきを、思ひよれる人は、いざなはれつつ、三条宮に参り集まるはあまたあり。つれなきを見るも、苦しげなるわざなめれど、絶えなむよりはと、心細きに思ひわびて、さもあるまじき際の人々の、はかなき契りに頼みをかけたる多かり。さすがにいとなつかしう、見どころある人の御有様なれば、見る人みな心にはからるるやうにて見過ぐさる。

「宮のおはしまさむ世のかぎりは、朝夕に御目離れず御覧ぜられ、見えたてまつらむをだに」と思ひのたまへば、右大臣も、あまたものしたまふ御むすめたちを、一人一人は、と心ざしたまひながら、え言出でたまはず。さすがにゆかしげなき仲らひなるを、とは思ひ

較になるような人を探し出すことは出来ないと思い悩んでいらっしゃいます。

歴とした北の方（雲居の雁）腹の姫君よりも、典侍《ないしのすけ》腹の六の君とか、まことに優《すぐ》れて美しく気立てなども不足なく成長なさったお方が、世間の評価が低めがちなのを、右大臣はこんなに優れているのにといたわしく思われて、一条の宮（落葉の宮）がこのようにお世話なさる子をお持ちにならずもの足りなくおいでですので、この六の君を迎え取って宮にさし上げなさいました。「表立ってではなくて、この方々に一度でもお目にかけたら必ずお心をおとどめになるだろう、女のよしあしをよく知っている人は格別に心をとめるだろう」などとお考えになって、あまり厳重にはお扱いにならず、当世風で魅力あるように風流好みにさせて、男の気を引くような機会が多いようにお仕向けになります。

［一〇］　薫、親王《みこ》たちと六条院の賭弓《のりゆみ》の還饗《かえりあるじ》に招かれる

賭弓　正月十八日、近衛・兵衛の舎人が弓場殿で行う競射。

還饗　賭弓が終って後、勝った方の大将の邸で行われる饗宴。

賭弓《のりゆみ》の還饗《かえりあるじ》の準備は、六条院でまことに念入りになさって、親王《みこ》（匂宮）にもおいでいただこうとのお心遣いをなさって

なせど、この君たちをおきて、ほかにはなずらひなるべき人を求め出づべき世かは、と思しわづらふ。

やむごとなきよりも、典侍腹《ないしのすけばら》の六の君とか、いと優れてをかしげに、心ばへなども足らひて生ひ出でたまふを、世の覚えのおとしざまなるべきしもかくあたらしきを心苦しう思して、一条宮の、さる扱ひぐさ持たまへらでさうざうしきに、迎へとりて奉りたまへり。「わざとはなくて、この人々に見せそめてば、必ず心とどめたまひてむ。人の有様をも知る人は、殊にこそあるべけれ」など思して、いといつくしくはもてなしたまはず、今めかしくをかしきやうにもの好みせさせて、人の心つけむたより多くつくりなしたまふ。

賭弓《のりゆみ》の還饗《かへりあるじ》の設け、六条院にて、いと心ことにしたまひて、親王《みこ》をもおはしまさせむの心づかひした

いらっしゃいます。

その当日、親王《みこ》たちで成人しておいでのお方々は皆参内なさいます。后腹《きさいばら》の宮たちは、どのお方ということなく皆気品があって美しくおいでになります中にも、この兵部卿《ひょうぶきょう》の宮は、なるほど実に優《すぐ》れて格段にお見えになります。四の皇子《みこ》で常陸《ひたち》の宮と申し上げる更衣《こうい》腹のお方は、そう思うせいか、その品格がずっと劣っていらっしゃいました。

例によって左が圧倒的に勝ちました。例年よりは早く行事が終わって、左大将（夕霧）が退出なさいます。兵部卿の宮、常陸の宮、后腹の五の宮と、同じ車にお招きお乗せ申し上げてご退出になります。宰相《さいしょう》の中将（薫）は負け方ですのでこっそりと退出なさいましたのを、

夕霧「親王たちがお帰りになるお見送りには参って下さらないのですか。」

とお引きとどめなさって、ご子息の衛門《えもん》の督《かみ》、権《ごん》中納言、右《う》大弁《だいべん》など、その外の上達部《かんだちめ》も大ぜいあれこれの車に乗り合って、中将の君を強引にお誘いして六条院へお出でになります。

まへり。

その日、親王たち、大人におはするは、みなさぶらひたまふ。后腹のは、いづれともなく気高くきよげにおはします中にも、この兵部卿宮は、げにいとすぐれてこよなう見えたまふ。四の皇子《みこ》、常陸の宮と聞こゆる更衣腹のは、思ひなしにや、けはひこよなう劣りたまへり。

例の、左あながちに勝ちぬ。例よりはとく事はてて、大将まかでたまふ。兵部卿宮、常陸の宮、后腹の五の宮と、ひとつ車にまねき乗せたてまつりて、まかでたまふ。宰相中将は負方にて、音なくまかでたまひにけるを、

「親王たちおはします御送りには参りたまふまじや」

と、押しとどめさせて、御子の衛門督、権中納言、右大弁など、さらぬ上達部あまたこれかれに乗りまじり、いざなひたてて、六条院

道中やや時間がかかりますうちに雪が少し散らついて、風《ふ》情《ぜい》のある黄昏時《たそがれどき》です。笛の音《ね》を美しい調子に吹き立て奏しながら、六条院へお入《はい》りになりますが、なるほどこの院をおいて、どのような仏の国にこのような折ふしの心を慰める所が求められようかと思われました。

寝殿《しんでん》の南の廂《ひさし》に、いつものように南向きに中将少将が並んで座り、北向きにこれと向かい合って垣下《えが》の親王《みこ》たちや上達《かんだち》部《め》のお席があります。ご酒宴が始まって、一座の興趣が高まっていく頃、「求子《もとめご》」を舞って、いくつも寄り合った袖が翻《ひるがえ》す羽風に、お前に近い梅のまことに美しく咲きほころんだ花の匂いが、一面にさっと散り広がりますと、例によって中将の御薫りが一段と引き立てられて、いい知れぬほど優美な感じです。僅かに覗き見ています女房たちも、

女房「春の夜の闇は分別がなくて気がもめるものですけれど、この薫りはいかにも他《ほか》に似るものはありませんでしたよ。」

と褒《ほ》め合っています。

垣下
「かいもと」とも。祭や儀式の際の饗宴で、正客以外の人々。相伴。

求子
東遊《あずまあそび》の歌曲の一つ。

袖が翻す羽風
袖が翻るのを鳥の羽にたとえる。

春の夜の闇は分別がなくて
「春の夜の闇はあやなし梅の花色こそ見えね香やはかくるる」（古今・春上　躬恒）。

へおはす。

道のややほどふるに、雪いささか散りて、艶なる黄昏時《たそがれどき》なり。物の音をかしきほどに吹きたて遊びて入りたまふを、げにここをおきて、いかならむ仏の国にかは、かやうのをりふしの心やり所を求めむ、と見えたり。

寝殿の南の廂に、常のごと南向きに中少将着きわたり、北向きに対《むか》へて垣下《ゑが》の親王《みこ》たち上達部の御《お》座《まし》あり。御土器《かはらけ》などはじまりて、ものおもしろくなりゆくに、求子《もとめご》舞ひてかよる袖どものうち返す羽風に、御前近き梅のいといたくほころびこぼれたる匂ひのさとうち散りわたれるに、例の、中将の御かをりのいとどしくもてはやされて、いひ知らずなまめかし。はつかにのぞく女房なども、

「闇はあやなく心もとなきほどなれど、香にこそげに似たるものなかりけれ」

大臣（夕霧）も中将を実に立派なものよとご覧になります。容貌もお心遣いもいつもより勝《まさ》って、乱れることのないように落ち着いていらっしゃいますのをご覧になって、

夕霧「右の中将（薫）も声を加えて下さいよ。いかにもお客人らしくなさっているではありませんか。」

とおっしゃいますので、中将は無愛想にならぬ程度に「神のます」などとお謡《うた》いになります。

神のます
風俗歌「八少女」。「八少女は　わが八少女ぞ　立つや八少女　立つや八少女　神のます　高天原に　立つ八少女　立つ八少女」。

と、めであへり

大臣もいとめでたしと見たまふ。容貌《かたち》用意も常よりまさりて、乱れぬさまにをさめたるを見て、

「右の中将《すけ》も声加へたまへや。いたう客人《まらうど》だたしや」

とのたまへば、憎からぬほどに、「神のます」など。

43

紅《こう》梅《ばい》

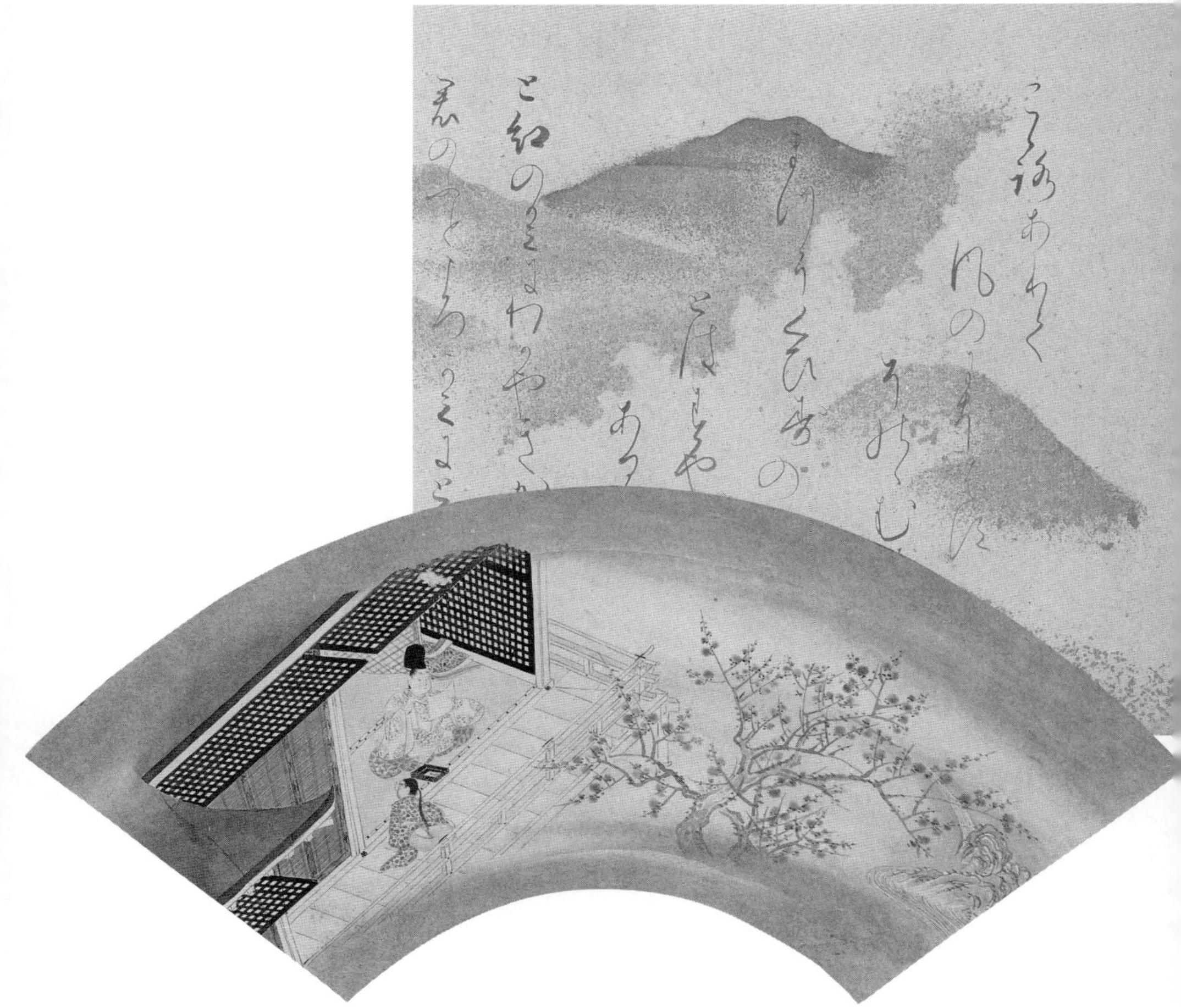

紅梅大納言、匂宮への手紙を書く

「紅梅」小見出し一覧

［一］按察《あぜち》の大納言、新しく真木柱《まきばしら》を北の方にする　その子供たち

［二］大納言、大君《おおいきみ》を東宮《とうぐう》に参らせ、中の君を匂宮にと望む

［三］大納言、宮の君に関心を寄せ、昔を回想して音楽を語る

［四］若君の笛に宮の君、琵琶を弾く　大納言、匂宮に意中を伝える

［五］匂宮、若君と語らい、宮の君に関心を寄せる　大納言に返歌

［六］大納言、匂宮に再び歌を贈る　匂宮、すげない返事

［七］真木柱、宮中から退出　大納言と匂宮のことを語る

［八］匂宮、宮の君に執心する　真木柱、時々匂宮に返事をする

［一］按察《あぜち》の大納言、新しく真木柱《まきばしら》を北の方にするその子供たち

按察の大納言 按察使を兼任した大納言。按察使は地方官の治績を視察する令外の官であるが、この時代には大納言の遥任の官となった。

真木の柱のもとを 「真木柱」の巻［一二］第五冊二三〇ページ参照。

その頃、按察《あぜち》の大納言と申し上げるお方は、故致仕《ちじ》の太政大臣のご次男です。亡くなられた衛門《えもん》の督《かみ》（柏木）のすぐ下の弟君ですよ。幼い頃から利発で、華やかなご気性《きしよう》がおありだったお方で、ご昇進なさる年月とともに、以前よりも一層この世に生きがいがあるというような、理想的なお暮らしぶりで、帝《みかど》のご信任も実に厚いお方でありました。

北の方がお二人おいでになりましたが、元からのお方はお亡くなりになって、今いらっしゃいますのは、後《のち》の太政大臣《だいじようだいじん》（鬚黒）の御娘で、かつて真木《まき》の柱のもとを離れにくくなさった姫君ですが、このお方は式部卿《しきぶきよう》の宮のお世話で故兵部卿《ひようぶきよう》の宮（蛍宮）とご結婚なさいましたが、親王《みこ》がお亡くなりになって後は、この大納言が忍び通いなさっていらっしゃいましたけれど、年月が経ちますと、そのようにも世間を憚《はばか》ってもいらっしゃれないようです。

御子は、故北の方の御腹に姫君が二人だけいらっしゃいましたので、もの足りなく思われて、神仏に祈願して、今の北の方（真木柱《まきばしら》）の御腹に男君が一人お出来になっています。

そのころ、按察《あぜち》大納言と聞こゆるは、故致仕《ちじ》の大臣《おとど》の二郎なり。亡せたまひにし衛門督《ゑもんのかみ》のさしつぎよ。童よりらうらうじう、はなやかなる心ばへものしたまひし人にて、なりのぼりたまふ年月にそへて、まいていと世にあるかひあり、あらまほしうもてなし、御おぼえいとやむごとなかりけり。

北の方二人ものしたまひしを、もとよりのは亡くなりたまひて、今ものしたまふは、後太政大臣《のちのおほきおとど》の御むすめ、真木柱離れがたくしたまひし君を、式部卿宮にて、故兵部卿の親王《みこ》にあはせたてまつりたまへりしを、親王亡せたまひて後忍びつつ通ひたまひしかど、年月経れば、えさしも憚りたまはぬなめり。

御子は、故北の方の御腹に、二人のみぞおはしければ、さうざうしとて、神仏《かみほとけ》に祈りて、今の御腹にぞ男君一人まうけたまへる。故

女君が一人
以下、宮の君、宮の御方と称される。

亡き兵部卿《ひょうぶきょう》との間に女君が一人いらっしゃいます。大納言はこのお方も分け隔てなさらず、どちらも同じように親子の情愛を交《か》わしておられますけれど、それぞれの姫君付きの女房などは、きちんとしない身びいきの気持ちが混じって、何やらもめごとが起きることも時々ありましたが、北の方（真木《まき》柱《ばしら》）は全くさっぱりとした当世風なお方ですので、落度のないようにうまく取りなして、ご自分の姫君の方に苦しいようなことをも、穏やかに聞いてお思い直されますので、聞きづらい評判もなく、はた目にも好ましいご日常でした。

宮の御方に、女君一ところおはす。隔てわかず、いづれをも同じごと思ひきこえかはしたまへるを、おのおの御方の人などはうるはしうもあらぬ心ばへうちまじり、なまくねくねしき事も出で来る時々あれど、北の方、いとはればれしくいまめきたる人にて、罪なくとりなし、わが御方ざまに苦しかるべきことをもなだらかに聞きなし、思ひなほしたまへば、聞きにくからでめやすかりけり。

［二］大納言、大《おおい》君《きみ》を東宮《とうぐう》に参らせ、中の君を匂宮にと望む

大君…中の君
大君と中の君は故北の方の娘。

宮の御方
真木柱の娘。

姫君たちは、同じような年齢で次々に大人になられましたので、御裳着《もぎ》などをおさせ申し上げます。七間の寝殿を広く大きく造って、南面《みなみおもて》には大納言殿と大君《おおいきみ》、また西面《にしおもて》には中の君、東面《ひがしおもて》に宮の御方とお住まわせ申しあげました。普通に考えてみますと、宮の御方に父宮がおられませんのはお気の毒なようですけれど、あちこちからのご遺産が多くおありだったりして、内々の儀式やお暮らしぶりなどは奥ゆかしく気品

君たち、同じほどに、すぎすぎ大人びたまひぬれば、御裳着など着せたてまつりたまふ。七間《しちけん》の寝殿広くおほきに造りて、南面《みなみおもて》に、大納言殿、大君《おほいきみ》、西に中の君、東《ひむがし》に宮の御方と住ませたてまつりたまへり。おほかたにうち思ふほどは、父宮のおはせぬ心苦しきやうなれど、こなたかなたの御宝物多くな

右大臣殿の女御
夕霧右大臣の大君。

あるようにもてなして、そのご様子は申し分なくおいでになります。

例によって、このように大切にお育てになっているという評判が立って、次々と順に求婚なさる人が多く、帝《みかど》や東宮《とうぐう》からもご意向がありますが、「帝には中宮（明石の中宮）がおいでになる。どれほどの人がそのご威勢に並び申し上げられようか。といって始めから劣っていると思い、卑下《ひげ》するのもかいのないことだろう。東宮には右大臣殿の女御《にょうご》が並ぶ人もないようにお仕えしておいでなので、競《きそ》いにくいことだけれど、そうばかりも言っておられようか。人に勝《まさ》るようにと思う娘なのに宮仕えに出すことを断念しては、いかにも不本意なことだ」と、お心をお決めになって、大君《おおいきみ》を東宮に入内《じゅだい》おさせ申し上げになります。十七、八歳ぐらいのお年で、かわいらしく匂い立つような美しいご器量でいらっしゃいます。

中の君も、大君に続いて気品があり優雅で、すっきりしたご性格は姉君よりも勝ってお美しくおいでのようですので、並みの臣下では嫁がせるのももったいないようなご器量です

どして、内々の儀式ありさまなど心にくく気高くなどもてなして、けはひあらまほしくおはす。

例の、かくかしづきたまふ聞こえありて、次々に従ひつつ聞こえたまふ人多く、内裏《うち》東宮《とうぐう》より御気色あれど、「内裏には中宮おはします、いかばかりの人かはかの御けはひに並びきこえむ。さりとて、思ひ劣り卑下せむもかひなかるべし。東宮には、右の大臣殿の並ぶ人なげにてさぶらひたまへばきしろひにくけれど、さのみ言ひてやは。人にまさらむと思ふ女子《をむなご》を宮仕に思ひ絶えては、何の本意かはあらむ」と思したちて、参らせたてまつりたまふ。十七八のほどにて、うつくしうにほひ多かる容貌《かたち》したまへり。

中の君も、うちすがひて、あてになまめかしう、澄みたるさまはまさりて、をかしうおはすめれば、ただ人にてはあたらしく見せまう

のを、兵部卿《ひょうぶきょう》の宮（匂宮）がもしお望みならば、などと大納言は思っていらっしゃいました。宮は大納言の若君を宮中などでお見かけなさいます時は、お召しになってお放しにならず、お遊び相手になさっています。若君は利発で心の奥が推し量られるような目《め》元《もと》や額の様子です。

匂宮「弟と会っているだけでは済まされないと、大納言に申し上げておくれ。」

などと、宮がお話しかけになりますので、

若君「宮がこのようにおっしゃいました。」

と申し伝えますと、大納言はほほ笑んで、「実にかいがあること」とお思いになりました。

大納言「人に劣るような宮仕えをさせるよりは、この宮にこそかなりの娘ならさし上げ申したいものよ。思い通りに婿として大切にお世話申し上げたなら、こちらの寿命も延びるような宮のご様子だ。」

とおっしゃりながらも、まず大君《おおいきみ》の東宮《とうぐう》ご入内《じゅだい》のことをお急ぎになられて、春日《かすが》の神のご託宣《たくせん》も、自分の世にもしや実現

き御さまを、兵部卿宮のさも思したらばなど思したる。この若君を内裏《うち》にてなど見つけたまふ時は、召しまとはし、戯れがたきにしたまふ。心ばへありて、奥推《お》しはからるるまみ、額つきなり。

「せうとを見てのみはえやまじと、大納言に申せよ」

などのたまひかくるを、

「さなむ」

と聞こゆれば、うち笑みて、いとかひありと思したり。

「人におとらむ宮仕よりは、この宮にこそはよろしからむ女子《をむなご》は見せたてまつらまほしけれ。心ゆくにまかせて、かしづきて見たてまつらむに命延びぬべき宮の御さまなり」

とのたまひながら、まづ東宮の御事を急ぎたまうて、春日《かすが》の神の御

春日の神のご託宣
春日の神は、藤原氏の氏神春日神社。皇后は藤原氏から立つべきとする春日明神のご神託。

亡き大臣が冷泉院の女御の立后されなかった御事　大納言の父故致仕の大臣は、冷泉院の後宮で、娘弘徽殿の女御が源氏の養女秋好中宮のために立后できなかったことを残念がった。

して、亡き大臣《おとど》が冷泉院《れいぜいいん》の女御《にょうご》の立后《りつごう》されなかった御事で胸を痛めておいでのまま終わってしまった、そのお心の慰めともなってほしいと、心の中でお祈りして、東宮《とうぐう》に入内《じゅだい》おさせ申し上げなさいました。非常にご寵愛を受けておいでの由を世の人々は申し上げます。

こうした後宮のお付き合いに馴れておられない間は、しっかりした御後見役《こうけんやく》がなくてはどんなものかと、北の方（真木柱《まきばしら》）が付き添って宮中へおいでになられましたので、まことにこの上もなく大切に思われてお世話申し上げになられます。

ことわりも、わが世にやもし出で来て、故大臣の、院の女御の御事を胸いたく思してやみにし慰めの事もあらなむ、と心の中に祈りて、参らせたてまつりたまひつ。いと時めきたまふよし人々聞こゆ。

かかる御まじらひの馴れたまはぬほどに、はかばかしき御後見《うしろみ》なくてはいかがとて、北の方そひてさぶらひたまへば、まことに限りもなく思ひかしづき後見きこえたまふ。

[三]　大納言、宮の君に関心を寄せ、昔を回想して音楽を語る

大納言殿のお邸《やしき》は所在ない感じがして、西の御方の中の君は、これまで姉君とご一緒なのに馴れておいででしたので、とても寂しくもの思いに沈んでいらっしゃいます。東の御方（宮の君）もお互いにあまりよそよそしくなさらずに、夜々は同じ所にお寝《やす》みになり、いろいろなお稽古《けいこ》事を習ったり、ちょっとしたお遊び事も、この宮の御方を師匠のようにお思い申し上げて、誰もが習ったり遊んだりなさっておりました。

殿は、つれづれなる心地して、西の御方は、ひとつにならひたまひて、いとさうざうしくながめたまふ。東の姫君も、うとうとしくかたみにもてなしたまはで、夜々は一所に御殿籠《とのごも》り、よろづの御事習ひ、はかなき御遊びわざをも、こなたを師のやうに思ひきこえてぞ誰も習ひ遊びたまひける。

宮の御方は、人見知りを世にも稀なほどなさって、母北の方にさえはっきりとはめったにさし向かい申し上げず、見苦しいほど控え目に振る舞われますものの、ご気性《きしょう》や物腰は陰気な感じではなく、魅力がおありなことはやはり誰よりも優《すぐ》れていらっしゃいます。

こうして大君《おおいきみ》の入内《じゅだい》やら何やらと、大納言は実の娘ばかりを考えて準備するようなのも、宮の御方にお気の毒だなどとお思いになって、

大納言「しかるべきようにお決めになっておっしゃって下さい。自分の娘たちと同じようにお世話申しましょう。」

と、母君にも申し上げなさいましたけれども、

真木柱「一向にそのような縁談のことなどは思い立ちそうにもないご様子ですので、なまじ結婚などしてはかえってお気の毒でしょう。ご宿世《すくせ》に任せて、私《わたくし》がこの世におります限りはお世話申し上げましょう。私の死後はかわいそうで気がかりですけれど、尼になるなどして、自然世間のもの笑いになるような軽率なこともなくて、お過

もの恥ぢを、世の常ならずしたまひて、母北の方にだに、さやかには、をささし向ひたてまつりたまはず、かたはなるまで、もてなしたまふものから、心ばへけはひの埋れたるさまならず、愛敬づきたまへること、はた、人よりすぐれたまへり。

かく内裏《うち》参りや何やとわが方ざまをのみ思ひいそぐやうなるも心苦しなど思して、

「さるべからむさまに思し定めてのたまへ。同じこととこそは仕うまつらめ」

と、母君にも聞こえたまひけれど、

「さらにさやうの世づきたるさま思ひたつべきにもあらぬ気色なれば、なかなかならむ事は心苦しかるべし。御宿世にまかせて、世にあらむかぎりは見たてまつらむ。後《のち》ぞあはれにうしろめたけれど、世を背く方にても、おのづから

ごしになっていただきたいと思います。」

などと、涙ながらにこの御方のご気性《きしょう》の申し分ないことを申し上げなさいます。

大納言は、実子も継子も分け隔てなく、親しくしていらっしゃいますが、宮の御方のお顔を見たいとお思いになって、

大納言「わたしに隠れておいでなのは、情けないこと。」

と恨んで、人に知られずに姿をお見せにならぬものかと、覗き回りなさいますけれど、全くほんの少しでさえ拝見なさることもできません。

大納言「母上がおいでにならない間は、代わりにお伺いすべきですが、よそよそしく母上と分け隔てなさるご様子ですので、情けなくて。」

などと申し上げて、御簾《みす》の前にお座りになりますので、ご返事などをほんの僅かに申し上げなさいます。そのお声やご様子など、気品があって美しく、お姿やご容貌などが思いやられて、しみじみといとしく思われるお人柄です。ご自分の娘

人わらへにあはつけき事なくて過ぐしたまはなむ」

などうち泣きて、御心ばせの思ふやうなることをぞ聞こえたまふ。

いづれも分かず親がりたまへど、御容貌《かたち》を見ばやとゆかしう思して

「隠れたまふこそ心憂けれ」

と恨みて、人知れず、見えたまひぬべしやとのぞき歩きたまへど、絶えてかたそばをだにえ見たてまつりたまはず。

「上おはせぬほどは、立ちかはりて参り来べきを、うとうとしく思し分くる御気色なれば心憂くこそ」

など聞こえて、御簾の前にゐたまへば、御答《いら》へなどほのかに聞こえたまふ。御声けはひなどあてにをかしう、さま容貌思ひやられて、あはれにおぼゆる人の御ありさま

たちを人には劣るまいと得意になっていらっしゃいましたが、「この姫君にはとても勝てないのではないか。こうだからこそ世間付き合いの広い宮中では面倒なのだ。自分の娘たちなら誰にも負けまいと思っていても、これに勝《まさ》る人も稀には自然とあるものらしい」などと、宮の君をもっと深く知りたくお思い申し上げていらっしゃいます。

大納言「この数ヶ月、何となく騒がしくしていて、あなたのお琴の音《ね》さえお聴き出来ずに長い間経《た》ってしまいました。西面《にしおもて》におります人（中の君）は琵琶《びわ》に身を入れておりますが、練習すれば必ず上達すると思っているのでしょうか。中途半端な伎倆なので聞きづらい音色《ねいろ》です。同じことならお心をとどめてお教え下さい。この老人は取り立てて習得した楽器もありませんでしたが、その昔の若盛りの頃に演奏しましたお蔭でしょうか、よしあしを聞き分けるくらいの分別は、どんな楽器でも全く無関係ではありませんでしたので、あなたはお気を許してお弾きにはなりませんが、時々お聞きしております御琵琶

なり。わが御姫君たちを人に劣らじと思ひおごれど、「この君にえしもまさらずやあらむ。かかればこそ、世の中の広き内裏《うち》はわづらはしけれ。たぐひあらじと思ふにまさる方もおのづからありぬべかめり」など、いとどいぶかしう思ひきこえたまふ。

「月頃何となくもの騒がしきほどに、御琴の音《ね》をだにうけたまはらで久しうなりはべりにけり。西の方にはべる人は、琵琶を心に入れてはべる。さも、まねび取りつべくや覚えはべらむ。なまかたほにしたるに、聞きにくき物の音がらなり。同じくは御心とどめて教へさせたまへ。翁は、とりたてて習ふ物はべらざりしかど、その昔盛りなりし世に遊びはべりし力にや、聞き知るばかりのわきまへは、何事にもいとつきなうははべらざり

の音色には、昔が思い出されます。

　故六条院（源氏）の御伝授のお方としては、右大臣（夕霧）が今の世に残っていらっしゃいます。源中納言（薫）や兵部卿《ひょうぶきょう》の宮（匂宮）は、何事にも昔の人に劣るまいと思われるような、まことに前世の因縁《いんねん》が格別でいらっしゃる方々で、音楽の方面はとりわけご熱心でいらっしゃいますが、手さばきが少し弱々しい撥《ばち》の音《ね》などは、右大臣には及んでいらっしゃらないと思いますが、あなたの御琵琶《びわ》の音こそ実によく似ておいでです。琵琶は左手で押さえる押手《おしで》の静かなのがよいとするものですが、柱《じゅう》を押さえた時に撥の音色が変わってみずみずしく聞こえますのは、女性の演奏として、かえって情趣のあるものでした。さあお弾きなさいよ。誰か御琴《こと》をお持ちしなさい。」

とおっしゃいます。

　女房などは隠れ申し上げている者もほとんどおりません。かなり若い上臈《じょうろう》の女房で、大納言に見られ申し上げまいと思

柱
琵琶の胴の上に立てて弦を支えるもの。

しを、うちとけても遊ばさねど、時々うけたまはる御琵琶の音なむ昔覚えはべる。

　故六条院の御伝へにて、右《みぎの》大臣《おとど》なむ、この頃世に残りたまへる。源中納言、兵部卿宮、何事にも昔の人に劣るまじういと契り殊にものしたまふ人々にて、遊びの方はとり分きて心とどめたまへるを、手づかひ少しなよびたる撥音《ばちおと》などなむ、大臣には及びたまはずと思ひたまふるを、この御琴の音こそ、いとよくおぼえたまへれ。琵琶は、押手《おしで》しづやかなるをよきにするものなるに、柱《ぢう》さすほど、撥音のさま変りて、なまめかしう聞こえたるなむ、女の御事にて、なかなかをかしかりける。いで遊ばさむや。御琴まゐれ」

とのたまふ。

　女房などは、隠れたてまつるも

う者だけが、気ままに奥の方に座っていますので、

大納言「仕えている者までが、こんなもてなし方をするとは、穏やかでないな。」

とご立腹になっていらっしゃいます。

［四］ 若君の笛に宮の君、琵琶を弾く 大納言、匂宮に意中を伝える

若君（大夫の君）は宮中へ参上しようと、宿直姿《とのいすがた》でおいでになりましたが、わざわざきちんと結《ゆ》った角髪《みずら》よりもずっと美しく見えますので、大納言はとてもかわいいとお思いになりました。若君に麗景殿《れいけいでん》（大君《おおいきみ》）へのことづけをお託しになります。

大納言「あなたに大君のお世話をお任せして、わたしは今夜も参れそうもなく、気分がよくないので、などと申し上げておくれ。」

とおっしゃって、

大納言「笛を少し吹いてごらん。ともすれば帝《みかど》のお前の音楽にお召しにあずかるのには、具合が悪いことですよ。まだ全く未熟な笛なのに。」

をさをさなし。いと若き上臈だつが、見えたてまつらじと思ふはしも、心にまかせてゐたれば、

「さぶらふ人さへかくもてなすが、安からぬ」

と腹立ちたまふ。

若君、内裏《うち》へ参らむと宿直姿《とのゐすがた》にて参りたまへる、わざとうるはしき角髪《みづら》よりもいとをかしく見えて、いみじううつくしと思したり。麗《れい》景殿《けいでん》に御ことつけ聞こえたまふ。

「譲りきこえて、今宵もえ参るまじく。悩ましくなど聞こえよ」

とのたまひて、

「笛すこし仕うまつれ。ともすれば御前の御遊びに召し出でらるる、かたはらいたしや。まだいと若き笛を」

とほほ笑《え》まれて、双調《そうじょう》をお吹かせになります。まことに見事に吹きますので、

大納言「聞きにくくなって来たのは、こちら辺りで自然と調子を合わせたりするせいですね。ぜひ御方も笛に合わせてお弾き下さい。」

とご催促申されますので、姫君（宮の君）は困ったとお思いのご様子ながらも、爪弾《つまび》きでまことにうまく笛に合わせて、ほんの少し掻《か》き鳴らされます。大納言も口笛を太くもの馴れた声でお合わせになって、この寝殿の東の端《はし》に、軒近い紅梅が実に美しく咲き匂っていますのをご覧になって、

大納言「お庭先の花が風情《ふぜい》あるように見えます。兵部卿《ひょうぶきょう》の宮（匂宮）は宮中にいらっしゃるそうです。一枝折ってさし上げなさい。色も香も知る人ぞ知るだから。」

とおっしゃって、

大納言「ああ、昔光源氏と言われたお方が、御盛りの大将などでいらした頃、まだわたしは童《わらわ》で、あなたのように親しくお仕えし馴れ申し上げていたことが、いつも恋し

とうち笑みて、双調《さうでう》吹かせたまふ。いとをかしう吹いたまへば、

「けしうはあらずなりゆくは、このわたりにておのづから物に合はするけなり。なほ掻き合はせさせたまへ」

と責めきこえたまへば、苦しと思したる気色ながら、爪弾きにいとよく合はせて、ただすこし掻き鳴らいたまふ。皮《かは》笛ふつつかに馴れたる声して。

この東《ひむがし》のつまに、軒近き紅梅のいとおもしろく匂ひたるを見たまひて、

「御前の花、心ばへありて見ゆめり。兵部卿宮内裏《うち》におはすなり。一枝折りてまゐれ。知る人ぞ知る」

とて、

「あはれ、光る源氏といはゆる御さかりの大将などにおはせしころ、童にてかやうにてまじらひ馴れきこえしこそ、

双調 雅楽の調子の一つ。

知る人ぞ知る 「君ならで誰にか見せむ梅の花色をも香をも知る人ぞ知る」（古今・春上　紀友則）。

く思い出されます。あの宮たちを世間の人も全く格別に思い申し上げ、いかにも人に褒《ほ》められるように生まれて来られたお方ですが、あのお方の端《はし》の端にも比べものになりませんのは、やはり類《たぐい》がないとお思い申し上げたひいき目のせいでしょうか。わたしのような普通の者がお思い申し上げますと胸が一ぱいになって悲しいのに、まして近しかった人が死に後《おく》れ申して生き長らえているのは、並み大抵の長生きのつらさではあるまいと思われるのです。」

などとお話し出しになって、しみじみと寂しいお気持ちで、過ぎし日を思いめぐらして、涙ぐんでいらっしゃいます。折が折ですので、こらえ切れなかったのでしょうか、大納言は梅の花を折らせて、若君を急いで兵部卿《ひょうぶきょう》の宮のもとに参上させます。

大納言「今更仕方がない。昔の恋しいあのお方（源氏）の御形見になるのは、この宮ぐらいがいらっしゃるだけだ。仏がお隠れになった後で、阿難《あなん》が光を放ったということ

世とともに恋しうはべれ。この宮たちを世人《よひと》もいとことに思ひきこえ、げに人にめでられむとなりたまへる御ありさまなれど、端《はし》が端にもおぼえたまはぬはなほたぐひあらじと、思ひきこえし心のなしにやありけむ。おほかたにて思ひ出でたてまつるに、胸あく世なく悲しきを、け近き人の後れたてまつりて生きめぐらふは、おぼろけの命長さなりかし、とこそおぼえはべれ」など、聞こえ出でたまひて、ものあはれにすごく思ひめぐらし、しをれたまふ。

ついでの忍びがたきにや、花折らせて、急ぎ参らせたまふ。

「いかがはせむ。昔の恋しき御形見にはこの宮ばかりこそは。仏の隠れたまひけむ御なごりには、阿難《あなん》が光放ちけむ

あの宮たち
匂宮と薫。

阿難が光を放った
阿難は釈迦十大弟子の一人。阿難が釈迦の遺教を説いた時、光明を発して、釈迦の再来かと思われたという。

だが、仏が再来なされたのかと疑った賢い聖《ひじり》もあったのだから。光なき世の闇に惑うこの気持ちの晴らし所として、あえてお便りをさし上げよう。」

とおっしゃって、

大納言「心ありて風の匂はす園の梅にまづ鶯のとはずやあるべき

(気持ちがあって、風が匂わす園の梅に、何はともあれ鶯が訪れないはずがありましょうか。)

と、紅《くれない》の紙に若々しくお書きになって、この若君の懐紙と一緒に折りたたんでお使いにお出しになりますのを、若君は幼な心にもほんとに宮に親しくしていただきたいと思いますので、急いで宮中に参上なさいました。

心ありて 「梅」は大納言の中の君。「鶯」は匂宮。二人の結婚を望む。

[五] 匂宮、若君と語らい、宮の君に関心を寄せる大納言に返歌

宮(匂宮)は中宮の上の御局《みつぼね》から御宿直所《とのいどころ》にお退《さが》りになるところです。殿上人が大ぜい御送りに参る中に、若君をお見つけになって、

匂宮「昨日はどうして早々に退出したのか。今日はいつ参

を、二たび出でたまへるかと疑ふさかしき聖のありけるを。闇にまどふはるけ所に、聞こえをかさむかし」

とて、

心ありて風の匂はす園の梅にまづ鶯のとはずやあるべき

と、紅の紙に若やぎ書きて、この君の懐紙にとりまぜ、押したたみて出だしたてたまふを、幼き心に、いと馴れきこえまほしと思へば、急ぎ参りたまひぬ。

中宮の上の御局より御宿直所《とのゐどころ》に出でたまふほどなり。殿上人あまた御送りに参る中に見つけたまひて、

「昨日は、などいととくはま

内したのかね。」

などとお尋ねになります。

大夫君「早く退出してしまいましたのを悔やんで、今日は宮様がまだ宮中においでになると人が申しましたので、急いで参上いたしたのですよ。」

と、子供らしい感じながらもものの馴れて申し上げます。

匂宮「宮中でなくて、気楽なわたしの邸《やしき》へも時々遊びにおいで。若い人たちが何となく集まる所だよ。」

とおっしゃいます。この君だけ特にお側《そば》に召してお話しになっていらっしゃいますので、人々はお近くには参らず、退出したりして静かになりましたので、

匂宮「東宮《とうぐう》からは少しはお暇《ひま》がいただけたようだね。いつもしばしばお側に置いていらっしゃったようだが、今は姉君にご寵愛を奪われて、体裁《ていさい》がよくないようだね。」

とおっしゃいますと、

大夫君「お側をお放し下さらなかったのがつらうございました。宮様でしたらよいのに。」

かでにし。いつ参りつるぞ」

などのたまふ。

「とくまかではべりにし悔しさに、まだ内裏《うち》におはしますと人の申しつれば、急ぎ参りつるや」

と、幼げなるものから馴れ聞こゆ。

「内裏ならで、心やすき所にも時々は遊べかし。若き人どものそこはかとなく集まる所ぞ」

とのたまふ。この君召し放ちて語らひたまへば、人々は近うも参らず、まかで散りなどして、しめやかになりぬれば、

「東宮には、暇《いとま》すこしゆるされにためりな。いと繁う思ほしまとはすめりしを、時とられて人わろかめり」

とのたまへば、

「まつはさせたまひしこそ苦しかりしか。御前にはしも」

と申し上げかけて座っていますので、

匂宮「そなたの姉君（大君《おおいきみ》）は、わたしを一人前でないとお見限りだったのだね。それももっともなことだ。けれども不愉快だな。古めかしい血筋の東の御方とかいうお方（宮の君）は、わたしとお互いに思い合っていただけないかと、こっそりお話し申し上げておくれ。」

などとおっしゃいますついでに、若君はあの紅梅をさし上げますと、宮はほほ笑《え》まれて、

匂宮「恨み言を言ったあとだったら、もっと嬉しいのに。」

と、下にも置かずご覧になります。枝ぶりや花房、それに色も香も世間並みのものではありません。

匂宮「園に咲き匂う紅梅は、色に負けて香りは白梅に劣っているとかいうようだが、全く見事に両方兼ね備えて咲いたものだな。」

と、お心をおとどめになっている花ですので、さし上げましたかいがあって、宮はしきりにお褒《ほ》めになっていらっしゃいます。

と聞こえさしてゐたれば、

「我をば人げなしと思ひ離れたるとな。ことわりなり。されど安からずこそ。古めかしき同じ筋にて、東《ひむがし》と聞こゆなるは、あひ思ひたまひてむやと、忍びて語らひきこえよ」

などのたまふついでに、この花を奉れば、うち笑みて、

「恨みて後ならましかば」

とて、うちも置かず御覧ず。枝のさま、花ぶさ、色も香も世の常ならず。

「園に匂へる紅《くれなゐ》の、色にとられて香なむ白き梅には劣れると言ふめるを、いとかしこくとり並べても咲きけるかな」

とて、御心とどめたまふ花なれば、かひありてもてはやしたまふ。

匂宮「今夜は宿直《とのい》のようだね。そのままこちらに泊まって
おいで。」
とお召しになったままお放しになりませんので、東宮《とうぐう》に参上することも出来ず、宮が花も恥じ入るほど香ばしくされて、すぐお側《そば》にお寝かせになりますのを、子供心にはこの上なく嬉しく、慕わしくお思い申し上げます。
匂宮「この花の主《あるじ》（宮の君）は、なぜ東宮にお上《あ》がりにならなかったのだろう。」
大夫君「存じません。もっとよく情趣のお分かりの方に、
などとお聞きしました。」
などとお話し申し上げます。大納言のご意向は、実の娘の中の君を考えているらしいと、宮はお思い合わせなさいますけれど、自分の気持ちは別のお方に傾いてしまっていますので、このご返事ははっきりともおっしゃることが出来ません。
あくる朝、この若君が退出します時、あまり気乗りしないような調子で、
匂宮花の香に誘はれぬべき身なりせば風のたよりを過

「今宵は宿直《とのゐ》なめり。やがて
こなたにを」
と召し籠めつれば、東宮にもえ参らず、花も恥づかしく思ひぬべくかうばしくて、け近く臥せたまへるを、若き心地には、たぐひなくうれしくなつかしう思ひきこゆ。
「この花の主《あるじ》は、など東宮にはうつろひたまはざりし」
「知らず。心知らむ人になど
こそ、聞きはべりしか」
など語りきこゆ。大納言の御心ばへは、わが方ざまに思ふべかめれと聞きあはせたまへど、思ふ心は異にしみぬれば、この返り事、けざやかにものたまひやらず。
つとめてこの君のまかづるに、なほざりなるやうにて、
花の香に誘はれぬべき身な

花の香に
「身」は匂宮自身。「風のたより」は大納言からの誘い。

ぐさましやは

（花の香に誘い出されるような自分なら、風の便りを黙って
過ごせましょうか。）

それから宮は、

匂宮「やはりこれからは老人たちにお節介をさせないで、
そなたがこっそりと。」

と繰り返しおっしゃいますし、この若君も東の御方（宮の君）を大切に慕わしく思う気持ちが増して来ました。かえって腹違いの姫君たちはお姿をお見せになったりして、普通の姉弟のようですけれど、子供心に東の御方の実に重々しく申し分なくおいでになるお人柄を、かいのあるようにお世話申し上げたいと心がけていますので、東宮《とうぐう》の御方（大君《おおいきみ》）が実に華やかに振る舞っていらっしゃるのにつけても、同じ姉のこととは思いながら実に不満で残念ですので、せめてこの宮様だけでも姉君の婿君としてお側《そば》で拝見したいと、あれこれ思っていましたので、これは嬉しい花のお使いの機会なのでした。

りせば風のたよりを過ぐさ
ましやは

さて、

「なほ、今は、翁どもにさかし
らせさせで、忍びやかに」

とかへすがへすのたまひて、この君も東のをばやむごとなく睦ましう思ひましたり。なかなか異方の姫君は、見えたまひなどして、例のはらからのさまなれど、童心地に、いと重りかにあらまほしうおはする心ばへをかひあるさまにて見たてまつらばや、と思ひ歩くに、東宮の御方のいとはなやかにもてなしたまふにつけて、同じ事とは思ひながらいと飽かず口惜しければ、この宮をだにけ近くて見たてまつらばや、と思ひ歩くに、うれしき花のついでなり。

〔六〕大納言、匂宮に再び歌を贈る　匂宮、すげない返歌

この宮の御歌は、昨日のご返事ですので、大納言にお見せ申し上げます。

大納言「小憎らしくもおっしゃるものだな。あまり風流好みに過ぎておいでなのをお許し申し上げないと宮はお聞きになって、右大臣やわたしたちが拝見する際には、とても実直そうにお心を押さえていらっしゃるのが実におかしい。浮気《うわき》なお方として十分なご性格なのに、強いて真面目《まじめ》ぶっていらっしゃるのも、魅力が少なくなってしまうだろうに。」

などと陰口をおききになって、今日も若君を伺わせなさいます際に、また、

大納言「本《もと》つ香の匂へる君が袖ふれば花もえならぬ名をや散らさむ

（本《もと》からの香りが高いあなたの袖がふれたら、花も言いようもない評判を広めることでしょう。）

と、これは色めかしいようですね。どうも恐縮でございます。」

これは昨日の御返りなれば見せたてまつる。

「ねたげにものたまへるかな。あまりすきたる方にすすみたまへるを、ゆるしきこえずと聞きたまひて、右大臣《みぎのおとど》、我らが見たてまつるには、いとものまめやかに御心をさめたまふこそをかしけれ。あだ人とせむに、足らひたまへる御さまを、強ひてまめだちたまはむも、見どころ少なくやならまし」

など、しりうごちて、今日も参らせたまふに、また、

「本《もと》つ香の匂へる君が袖ふれば花もえならぬ名をや散らさむ

とすきずきしや。あなかしこ」

本つ香の　「匂へる君」は匂宮。「名をや散らさむ」は、花が評判を広める、娘が評判を高める、の両意。

と真剣に申し上げなさいました。中の君との縁談を本当にまとめようというおつもりなのかと、宮はさすがに御心をときめかされて、

匂宮 花の香を匂はす宿にとめゆかば色にめづとや人のとがめむ

（花の香が高く匂っている宿を探していったなら、香りではなく色好みだと人が咎《とが》めるでしょう。）

などと、相変わらず気を許さずご返事になりますのを、大納言は面白くないと思っていらっしゃいます。

と、まめやかに聞こえたまへり。まことに言ひなさむと思ふところあるにやと、さすがに御心ときめきしたまひて、

花の香を匂はす宿にとめゆかば色にめづとや人のとがめむ

など、なほ心解けず答へたまへるを、心やましと思ひゐたまへり。

花の香を 「宿」は中の君。「色」は香に対して好色の意。

［七］ 真木柱、宮中から退出 大納言と匂宮のことを語る

北の方（真木柱《まきばしら》）がご退出になって、大納言に宮中での事をお話しなさいますついでに、

真木柱「若君が先夜宿直《とのい》をしまして退出した時の匂いがとてもすばらしかったので、人は当人の香りと思いましたが、東宮《とうぐう》はすぐにお気付きになられて、『兵部卿《ひょうぶきょう》の宮にお近づき申したね。なるほどそれでわたしを嫌《いや》がって遠ざけていたのだ』と事情をお察しになってお恨みになら

北の方まかでたまひて、内裏《うち》わたりの事のたまふついでに、

「若君の、一夜《ひとよ》宿直《とのゐ》して、まかり出でたりし匂ひの、いとをかしかりしを、人はなほと思ひしを、宮のいと思ほし寄りて、兵部卿宮に近づききこえにけり、むべ我をばすさめた

れましたのは面白うございました。こちらから宮にお手紙をさし上げたのでしょうか。そのようにも見えませんでしたが。」

とおっしゃいますので、大納言は、

大納言「そうですよ。梅の花をお褒《ほ》めになる宮ですから、あちらの軒先の紅梅がとても盛りに見えましたので、見過ごせず折ってさし上げたのです。宮の移り香は全く格別なものですね。晴れやかな宮中でお勤《つと》めをなさる女性なども、あれほどには香をたきしめないでしょうね。源中納言（薫）はあのように色めかしくは匂わさないで、生まれつきの薫りが世にまたとないのです。不思議に前世の因縁《いんねん》がどれほどであった報いなのかと知りたいことですよ。同じ花の名であっても、梅は生《お》い出て来たもとの根こそしみじみゆかしく思われます。この匂宮などがお褒めになるのはもっともな事ですよ。」

などと、花に譬えてもまず宮の御ことを話題になさいます。

りと、気色とり、怨じたまへりしこそをかしかりしか。ここに、御消息やありし。さも見えざりしを」

とのたまへば、

「さかし。梅の花めでたまふ君なれば、あなたのつまの紅梅いと盛りに見えしを、ただならで、折りて奉れたりしなり。移り香はげにこそ心ことなれ。晴れまじらひしたまはむ女などは、さはえしめぬかな。源中納言は、かうざまに好ましうはたき匂はさで、人柄こそ世になけれ。あやしう、前《さき》の世の契りいかなりける報にかと、ゆかしきことにこそあれ。同じ花の名なれど、梅は生ひ出でけむ根こそあはれなれ。この宮などのめでたまふ、さることぞかし」

など、花によそへてもまづかけきこえたまふ。

［八］匂宮、宮の君に執心する　真木柱、時々匂宮に返事をする

宮の御方は、物事を分別なさるほどに成人されておいでですので、何事もよくお分かりになり、お耳におとどめにならないわけではないのですけれど、結婚して世間並みに暮らすことは、決してしたくないと思い離れていらっしゃいます。世間の男も権勢におもねる心があるのでしょうか、本妻腹の姫君たちには心を尽くして言い寄ったりして、華やかな話題も多いのですが、こちらは何かにつけてひっそりと引き籠《こも》っていらっしゃいますので、宮はご自分にふさわしいお方だとお聞き伝えになって、心の底から何とかしてとお思いになるようになりました。

若君をいつもお側《そば》にお呼びになっては、そっとお手紙を渡されますが、大納言は宮（匂宮）を強く中の君にと望んでいらっしゃって、宮がそのように思い立っておっしゃって下さる事もあればと、ご様子をうかがい心用意をなさっていらっしゃるのをご覧になりますと、宮の御方がお気の毒で、

真木柱「本意と違って、このようにその気もなさそうなお方に、仮《か》りそめのお言葉をかけて下さるのは、そのかい

宮の御方は、もの思し知るほどにねびまさりたまへれば、何ごとも見知り、聞きとどめたまはぬにはあらねど、人に見え、世づきたらむありさまは、さらに、と思し離れたり。世の人も、時による心ありてにや、さし向ひたる御方々には、心を尽くしきこえわび、いまめかしきこと多かれど、こなたはよろづにつけ、ものしめやかに引き入りたまへるを、宮は御ふさひの方に聞き伝へたまひて、深う、いかで、と思ほしなりにけり。

若君を常にまつはし寄せたまひつつ、忍びやかに御文あれど、大納言の君深く心かけきこえたまひて、さも思ひたちてのたまふことあらば、と気色とり、心まうけしたまふを見るに、いとほしう、

「ひき違《たが》へて、かう思ひ寄るべうもあらぬ方にしも、なげ

もなさそうなこと。」
と、北の方はお思いになり、そうおっしゃってもいらっしゃいます。

宮の御方からはちょっとしたご返事などもありませんので、宮（匂宮）は負けまいと意地におなりになって、お諦《あきら》めなさりそうもありません。「何のさし障りがあろうか。宮のお人柄もどうして不足があろう。婿君としてもお世話申し上げたいし、将来望みのあるお方とお見受けするのに」などと、北の方はお思いになる時々もありますが、宮は実に大変な色好みでいらして、ひそかにお通いになる所も多く、八の宮の姫君にもお心ざしは並々でなく、実に足しげくお出向きになっていらっしゃいます。頼みにならないお心の浮気《うわき》っぽさなども、一層気が進みませんので、北の方は本当の所は諦めておりますものの、宮の高貴さが畏《おそ》れ多いというばかりに、こっそりと母君の方からたまにはさし出がましく、宮へのご返事をさし上げていらっしゃいます。

の言の葉を尽くしたまふ、かひなげなること」
と、北の方も思しのたまふ。

はかなき御返りなどもなければ、負けじの御心そひて、思ほしやむべくもあらず。何かは、人の御ありさま、などかは、さても見たてまつらまほしう、生ひ先遠くなどは見えさせたまふになど、北の方思ほし寄る時々あれど、いといたう色めきたまうて、通ひたまふ忍び所多く、八の宮の姫君にも、御心ざし浅からで、いと繁う参うで歩きたまふ。頼もしげなき御心の、あだあだしさなども、いとどつつましければ、まめやかには思ほし絶えたるを、かたじけなきばかりに、忍びて、母君ぞ、たまさかにさかしらがり聞こえたまふ。

八の宮の姫君
宇治の八の宮は桐壺帝の第八皇子、光源氏の異母弟。「姫君」は中の君。匂宮が薫から宇治の姫君たちの話を聞いて関心を持つのは「橋姫」の巻。ここはそれを先取りした形。先取り表現。

44

竹《たけ》河《かわ》

薫、侍従の君と池のほとりで語る

「竹河」小見出し一覧

［一］語り手の前口上　鬚黒邸の悪御達《わるごだち》の物語であること
［二］鬚黒の死後、近親とも疎遠の玉鬘に、夕霧、変わらずに配慮する
［三］大君《おおいきみ》、帝《みかど》や冷泉院に望まれる　蔵人《くろうど》の少将の求婚
［四］玉鬘、薫を婿にと考え、六条院の形見として親しむ
［五］人々年賀に玉鬘を訪問　玉鬘、夕霧と大君の縁談を相談
［六］薫、夕方に玉鬘を訪問　宰相の君と歌を詠《よ》み交《か》わす
［七］薫、蔵人の少将、玉鬘を訪問　藤侍従らと酒宴
［八］蔵人の少将、薫の人気を羨む　玉鬘、薫の筆跡を賞賛
［九］玉鬘の姫君たち、藤侍従を側《そば》に碁を打つ兄の中将、庭の桜を見て回想
［一〇］玉鬘、大君の結婚に苦慮　蔵人の少将、碁を打つ姫君たちを隙見する
［一一］姫君たち、乱れ散る桜を惜しんで歌を詠み交わす
［一二］大君、冷泉院への出仕決まる　蔵人の少将、なおも断念せず
［一三］少将、薫の手紙を見て中将のおもとに恨み言を言う
［一四］蔵人の少将、大君に歌を贈る　尚侍の君の苦慮　女房返歌
［一五］大君、冷泉院に参上する　蔵人の少将、大君と歌を贈答
［一六］薫の大君に対する未練と蔵人の少将の落胆の有様

［一七］　帝の不満に、中将たち母玉鬘を責める　大君懐妊
［一八］　薫と蔵人の少将、男踏歌《おとこどうか》に加わり院に参上　大君を思う二人の感慨
［一九］　大君、女宮を出産　玉鬘、中の君に尚侍《ないしのかみ》を譲り出家を願うが断念
［二〇］　大君、男御子を出産　周囲の嫉妬と玉鬘の嘆き
［二一］　成長した薫の評判　蔵人の少将、大君への未練を断ち切れず
［二二］　人々昇進　薫、昇進の挨拶に玉鬘を訪れる　玉鬘、現状を述懐
［二三］　紅梅邸の大饗　右大臣、匂宮・薫を婿にと望む　玉鬘邸の寂しさ
［二四］　宰相の中将、大君に未練　玉鬘、わが子の遅い昇進を嘆く

[一] 語り手の前口上 鬚黒邸の悪《わる》御《ご》達《だち》の物語であること

このお話は、源氏のご一族にも縁遠くていらっしゃった後《のち》の太政大臣《だいじょうだいじん》（鬚黒）のお邸《やしき》あたりに仕えていました悪御達《わるごだち》（口さがない女房たち）の、まだ生き残っていました者が問わず語りをしておいたことですが、それは紫の上のご縁に連なるお話とは似ていないようですけれど、その女房たちが言っていましたことは、

女房「源氏のご子孫について間違ったことどもが交《ま》じって伝わっているのは、私《わたくし》たちよりも年を取って呆《ぼ》けてしまった人の覚え違いでしょうか。」

などと、不審がっていましたけれど、一体どちらが本当なのでしょうか。

これは、源氏の御族《ぞう》にも離れたまへりし後大殿《のちのおほいどの》わたりにありける悪御達《わるごだち》の、落ちとまり残れるが問はず語りしおきたるは、紫のゆかりにも似ざめれど、かの女どもの言ひけるは、

「源氏の御末々にひが事どものまじりて聞こゆるは、我よりも年の数つもりほけたりける人のひが言にや」

などあやしがりける、いづれかはまことならむ。

[二] 鬚黒の死後、近親とも疎遠の玉鬘に、夕霧、変わらずに配慮する

尚《かん》侍の君（玉鬘）のお産みになった故殿（鬚黒）の御子は、男三人女二人がおいでになりましたが、それぞれ大切に育て上げようと心にお決めになって、年月の過ぎるのももどかしく思っていらっしゃるうちに、殿はあっけなくお亡くなりになってしまいましたので、尚侍の君は夢のような気がなさっ

尚侍《ないしのかみ》の御腹に、故殿の御子は男三人、女二人なむおはしけるを、さまざまにかしづきたてむことを思しおきてて、年月の過ぐるも心もとながりたまひしほどに、あへなく亡せたまひにしかば、夢のや

て、一日も早くとそのお支度を整えていらっしゃった姫君のご入内《じゆだい》のことも、そのままになってしまいました。

　人の心は時の勢いに従うものですので、あれほど盛んなご威勢でいらっしゃった大臣《おとど》が亡くなった御あとは、内々《うちうち》の御宝物とか、お持ちであったあちこちの荘園《しょうえん》など、その方面の衰えはありませんけれど、全体の有様はまるで一変して、お邸《やしき》の中は次第にひっそりとなっていきます。

　尚《かん》侍の君のご近親は、多くの方が世に栄えていらっしゃいますが、かえって高貴なお方とのお付き合いで、もとから親しくなかった上に、亡き殿は情味に乏しく、気まぐれが過ぎるほどのご性格で、敬遠されることもありましたからでしょうか、尚侍の君は誰とも親しくお付き合いもなさいません。六条院（源氏）はすべてにつけて昔と変わらず大事なお方とお思いになって、お亡くなりになった後《あと》の事などをお書き残しになっておかれた御遺産分けの文書《もんじょ》などにも、明石の中宮の御次に書き加え申されていましたので、右大臣（夕霧）などはかえって実のご兄弟よりも配慮されて、しかるべき折々

うにて、いつしかと急ぎ思しし御宮仕もおこたりぬ。

　人の心、時にのみよるわざなりければ、さばかり勢いかめしくおはせし大臣《おとど》の御なごり、内々《うちうち》の御宝物、領《らう》じたまふ所どころなど、その方の衰へはなけれど、おほかたのありさまひきかへたるやうに殿の内しめやかになりゆく。

　尚《かむ》侍の君の御近きゆかり、そこらこそは世にひろごりたまへど、なかなかやむごとなき御仲らひのもとよりも親しからざりしに、故殿情《なさけ》少しおくれ、むらむらしさ過ぎたまへりける御本性にて、心おかれたまふ事もありけるゆかりにや、誰にもえなつかしく聞こえ通ひたまはず。六条院には、すべて、なほ、昔に変らず数まへきこえたまひて、亡せたまひなむ後の事ども書きおきたまへる御処分《そうぶん》の文どもにも、中宮の御次に加へたてまつりたまへれば、右の大殿な

にはお訪ね申し上げていらっしゃいます。

［三］　大君《おおいきみ》、帝《みかど》や冷泉院に望まれる蔵人《くろうど》の少将の求婚

　男君たちは元服《げんぶく》などなさって、それぞれにご成人なさいましたので、父の殿がお亡くなりになった後は、何かと心細く悲しいこともありますけれど、自然と一人前におなりになるに違いないようです。しかし姫君たちをどのようにご縁付け申そうかと、尚侍《かん》の君はお心を悩ましていらっしゃいます。帝《みかど》にもぜひ宮仕えをという強い願いを、故大臣《おとど》（鬚黒）が生前に奏上しておかれましたので、姫君が成人されたであろう年月をご推測なさって仰せ言が絶えずありますが、中宮（明石の中宮）がいよいよ肩を並べる者のないほどのご威勢なのに圧倒されて、どなたもみな影の薄いご様子でおいでになるらしいその末席に参内して、遠くから目角《めかど》を立てられるのも煩《わずら》わしく、また他《ほか》の方々に劣って物の数にも入《はい》らないような有様で後見するのも、これまた気苦労に違いないとお思いになり、ためらっていらっしゃいます。

　冷泉院《れいぜいいん》からは、まことに懇《ねんご》ろにお気持ちを仰せられて、尚

どは、なかなかその心ありて、さるべき折々訪れきこえたまふ。

　男君たちは御元服などして、おのおの大人びたまひにしかば、殿おはせで後、心もとなくあはれなることもあれど、おのづからなり出でたまひぬべかめり。姫君たちをいかにもてなしたてまつらむと思し乱る。内裏《うち》にも、必ず宮仕の本意深きよしを大臣《おとど》の奏しおきたまひければ、大人びたまひぬらむ年月を推しはからせたまひて仰せ言絶えずあれど、中宮のいよいよ並びなくのみなりまさりたまふ御けはひにおされて、皆人無徳にものしたまふめる末に参りて、遥かに目をそばめられたてまつらむもわづらはしく、また人に劣り数ならぬさまにて見む、はた、心づくしなるべきを思ほしたゆたふ。

　冷泉院より、いと懇《ねむご》ろに思しのたまはせて、尚侍《かむ》の君の、昔本意

侍の君が昔院のご意向に背《そむ》いてお過ごしになったつらささえ、改めてお恨み遊ばして、

冷泉院「今はまして年をとって何の興もない有様とお見捨てなさっても、安心できる父親と思ってお譲り下され。」

と、実に真剣にお望みになりますので、「どうしたらよいだろうか。この身の全く残念な宿縁で、心ならずも気にくわない女とお思いになられてしまったのが恥ずかしく畏《おそ》れ多いことだけれど、この晩年になって見直していただけるとしたら」などと、心を決めかねていらっしゃいます。

姫君は、ご器量がまことによくいらっしゃるという評判で、思いをお寄せになる人も多いのでした。右大臣（夕霧）家の蔵人《くろうど》の少将とか申したお方は、三条殿（雲居の雁）のご所生で、兄君たちを引き越すほどに大切にお育てになって、人柄も実に優《すぐ》れた君ですが、このお方が非常に熱心にお申し入れになります。ご両親のどちらのご関係からも疎遠ではない間柄ですので、この君たちが親しく参ったりなさる際には、よそよそしくお扱いになりません。女房たちにも親しく近づい

ご両親のどちらのご関係からも 母の雲居の雁は玉鬘の異母姉妹、父の夕霧は玉鬘のいとこで義姉弟にあたる。

なくて過ぐしたまうしつらさをさへとり返し恨みきこえたまうて、

「今は、まいて、さだ過ぎすさまじきありさまに思ひ棄てたまふとも、うしろやすき親になずらへて譲りたまへ」

と、いとまめやかに聞こえたまひければ、「いかがはあるべき事ならむ。自《みづか》らのいと口惜しき宿世にて、思ひの外に心づきなしと思されにしが恥づかしうかたじけなきを、この世の末にや御覧じなほされまし」など定めかねたまふ。

容貌《かたち》いとようおはする聞こえありて、心かけ申したまふ人多かり。右の大殿の蔵人《くらうどの》少将とかいひしは、三条殿の御腹にて、兄君たちよりもひき越しいみじうかしづきたまひ、人柄もいとをかしかりし君、いと懇《ねむご》ろに申したまふ。いづ方につけてももて離れたまはぬ御仲らひなれば、この君たちの睦び参りたまひなどするはけ遠くもてなし

ては、意中を訴えるにも便宜があって、夜も昼もお側《そば》を離れない騒がしさを、煩《わずら》わしいもののお気の毒なことと、尚侍《かん》の君もお思いでいらっしゃいました。

母北の方（雲居の雁）からのお手紙もしばしばさし上げなさって、

夕霧「大変軽々しい身分でございますけれど、お許しいただけないものでしょうか。」

と、父の大臣《おとど》もお願い申されるのでした。

姉の姫君を臣下の者と結婚させるおつもりはなくて、中の君も蔵人《くろうど》の少将がもう少し世間体《てい》もあまり軽々しくない程度に釣り合いが取れるようになったら、それでもよいとお思いになっていました。少将の方はお許しが出なければ盗み取ることもしかねないほど、気持ち悪いくらいに思い詰めています。格別不似合いな縁談とは思いませんが、女の方のお許しがないうちに間違いが起きるのは、世の評判も軽々しいことですので、取り次ぐ女房たちにも、

玉鬘「よく気を付けて、間違いを引き起こさないように。」

たまはず。女房にもけ近く馴れ寄りつつ、思ふ事を語らふにも便りありて、夜昼あたり去らぬ耳かしがましさを、うるさきものの心苦しきに、尚侍《かむ》の殿も思したり。

母北の方の御文もしばしば奉りたまひて、

「いと軽びたるほどにはべるめれど、思しゆるす方もや」

となむ大臣《おとど》も聞こえたまひける。

姫君をば、さらにただのさまにも思しおきてたまはず、中の君をなむ、いま少し世の聞こえ軽々しからぬほどになずらひならば、さもやと思しける。許したまはずは盗みも取りつべく、むくつけきまで思へり。こよなき事とは思さねど、女方の心許したまはぬ事の紛れあるは、音聞きもあはつけきわざなれば、聞こえつぐ人をも、

「あなかしこ、過ちひき出づな」

［四］ 玉鬘、薫を婿にと考え、六条院の形見として親しむ

三条の宮
薫の母女三の宮の邸。

などとおっしゃいますのに、女房たちは気がそがれて、お取り次ぎを煩《わずら》わしがるのでした。

六条院（源氏）の御晩年に、朱雀院《すざくいん》の女三の宮の御腹にお生まれになった君で、冷泉院《れいぜいいん》が御子のように思われ大切になさっていらっしゃる四位《しい》の侍従《じじゅう》（薫）は、その頃十四、五歳ばかりで、とても子供らしく、幼いお年頃にしてはお心構えも大人びて好ましく、人より勝《まさ》った将来がはっきりしていらっしゃいますので、尚《かん》侍の君は婿としてお世話したいとお思いになっていらっしゃいます。

この尚侍の君のお邸《やしき》は、あの三条の宮とすぐ近い所ですので、しかるべき折々の遊び所として、君たちに誘われてお越しになる時がしばしばあります。奥ゆかしい女性たちがいらっしゃる所ですので、若い男で気を遣わない者はなく、これ見よがしに出入りしています中で、器量の優《すぐ》れている点では、いつもこのお邸を離れようとしない蔵人《くろうど》の少将、また親しみ深く気がひけるほど、ご立派で優雅な点では、この四位

などのたまふに朽《くた》されてなむ、わづらはしがりける。

六条院の御末に、朱雀院の宮の御腹に生まれたまへりし君、冷泉院に御子のやうに思しかしづく四《し》位侍従《ゐのじじゆう》、その頃十四五ばかりにて、いときびはに幼かるべきほどよりは、心おきておとなおとなしく、目安く、人に優りたる生ひ先しるくものしたまふを、尚《かむ》侍の君は、婿にても見まほしく思したり。

この殿は、かの三条宮といと近きほどなれば、さるべきをりをりの遊び所には、君達にひかれて見えたまふ時々あり。心にくき女のおはする所なれば、若き男の心づかひせぬなう、見えしらがひさまよふ中に、容貌《かたち》のよさは、この立ち去らぬ蔵人少将、なつかしく心恥づかしげになまめいたる方は、この四位侍従の御ありさまに似る

の侍従《じじゅう》の御有様に似る人はいないのでした。

六条院のお血筋と思いますのが格別なのでありましょうか、世の中で自然と大切にされていらっしゃるお方です。若い女房たちはとりわけこの君を褒《ほ》めそやしています。尚侍《かん》の君も、

玉鬘「本当に好ましいお方だこと。」

などとおっしゃって、親しみ深くお話をされたりなさいます。

玉鬘「六条院のお心遣いをお思い出し申しますと、心の慰められる折もなくひどく悲しく思われますが、その御形《かた》見《み》として、あなたのほかにどなたをお見申し上げたらよいでしょうか。右大臣殿（夕霧）は重々しいご身分で何かの機会がなければお目にかかることも難《むずか》しいですし。」

などとおっしゃって、兄弟と同列にお思い申し上げていらっしゃいますので、この君もそのような場所と思って参上なさいます。世間によくある色めかしい所も見受けられず、まことによく落ち着いていらっしゃいますのを、あちこちの若い女房たちは、残念でもの足りないことと思って、何かと言葉をかけては、侍従を困らせているのでした。

人ぞなかりける。

六条院の御けはひ近うと思ひなすが心ことなるにやあらむ、世の中におのづからもてかしづかれたまへる人なり。若き人々心ことにめであへり。尚侍《かむ》の殿も、

「げにこそめやすけれ」

などのたまひて、なつかしうもの聞こえたまひなどす。

「院の御心ばへを思ひ出できこえて、慰む世なういみじうのみ思ほゆるを、その御形見にも誰をかは見たてまつらむ。右大臣はことごとしき御程にて、次《つい》でなき対面も難きを」

などのたまひて、はらからのつらに思ひきこえたまへれば、かの君もさるべき所に思ひて参りたまふ。世の常のすきずきしさも見えず、いといたうしづまりたるをぞ、ここかしこの若き人ども、口惜しうさうざうしきことに思ひて、言ひなやましける。

［五］　人々年賀に玉鬘を訪問　玉鬘、夕霧と大君の縁談を相談

高砂をお謡いになった　「賢木」の巻［三四］で催馬楽の「高砂」をうたっている（第二冊二九三ページ）。

正月の初め頃、尚侍《かん》の君のご兄弟の大納言、あの高砂をお謡《うた》いになったお方ですよ、それから藤中納言、この方は故大殿（鬚黒）のご長男で、真木柱《まきばしら》の君と同腹のお方などが、尚侍の君のお邸《やしき》へ参られます。

右大臣殿（夕霧）も御子たち六人みな引き連れておいでになりました。右大臣はご容貌をはじめとして何一つ不足な所がなく見えるお人柄で、世の声望もおありです。ご子息たちもそれぞれにまことに美しく、年令のわりにみな官位が高く、何の悩みがあろうかとはた目には見えたことでしょう。常日頃、蔵人《くろうど》の君だけは大切にかしずかれている様子が格別ですが、うち沈んで悩みごとがありそうなお顔つきです。

大臣《おとど》は御几帳《みきちょう》を隔てて、昔と変わらずお話し申し上げます。

夕霧「これという用事がなくて、度々お話を承ることもできないでおります。年を重ねるにつれて、宮中に参内します以外の外出は、おっくうになってしまいましたので、昔の御物語も申し上げたい折々も多く過ごしてしまいま

正月の朔日《ついたち》ごろ、尚侍《かむ》の君の御はらからの大納言、高砂《たかさご》うたひしよ、藤中納言、故大殿の太郎、真木柱のひとつ腹など参りたまへり。右大臣も、御子ども六人ながらひき連れておはしたり。御容貌《かたち》よりはじめて、飽かぬことなく見ゆる人の御ありさまおぼえなり。君たちも、さまざまいときよげにて、年のほどよりは官位《つかさくらゐ》過ぎつつ、何ごとを思ふらむと見えたるべし。世とともに、蔵人の君は、かしづかれたるさまことなれど、うちしめりて思ふことあり顔なり。

大臣《おとど》は御几帳隔てて、昔に変らず御物語聞こえたまふ。

「その事となくて、しばしばもえ承らず。年の数そふままに、内裏《うち》に参るより外《ほか》の歩きなどうひうひしうなりにてはべれば、いにしへの御物語も聞こえまほしき折々多く過ぐ

院から仰せ出された一件
冷泉院から姫君に参院せよと仰せられたこと。

して。若い者たちは何かご用がございましたらお召し使い下さい。ぜひその誠意をお分かりいただくようにと、言い聞かせてございます。」

などと申し上げなさいます。

玉鬘「今はこうして年を取って人数にも入《はい》らないようになっていきます有様を、人並みにお扱い下さいますにつけ、亡くなられたお方の事も一層忘れ難く思われました。」

と申されましたついでに、院から仰せ出された一件を、それとなく申し上げます。

玉鬘「しっかりした後見《うしろみ》のない人の宮仕えは、かえって見苦しいものだと、あれこれ思案して迷っております。」

と申されますので、大臣《おとど》は、
夕霧「帝《みかど》が仰せになられることもあるように承りましたが、どちらの方にお決めになるべき事でしょうか。院はいかにも御位を退《しりぞ》いておられますので、盛りを過ぎた感じがいたしますが、世にまたとないご立派なお姿は、いつま

しはべるをなむ。若き男どもは、さるべき事には召し使はせたまへ。必ずその心ざし御覧ぜられよと戒めはべり」

など聞こえたまふ。

「今は、かく、世に経《ふ》る数にもあらぬやうになりゆくありさまを思し数まふるになむ、過ぎにし御ことも、いとど忘れがたく思ひたまへられける」

と申したまひけるついでに、院よりのたまはすることほのめかしこえたまふ。

「はかばかしう後見《うしろみ》なき人のまじらひはなかなか見苦しきをと、かたがた思ひたまへなむわづらふ」

と申したまへば、

「内裏に仰せらるる事あるやうに承りしを、いづ方に思ほし定むべき事にか。院はげに御位を去らせたまへるにこそ、盛り過ぎたる心地すれど、世

女一の宮の母女御 弘徽殿の女御（元頭の中将の娘）。夕霧は大君が参院すれば、玉鬘と弘徽殿の女御が姉妹で争いかねないと懸念する。

でも若々しくおいでのようですから、人並みに成長した娘がございましたら、と存じ寄りはいたしますものの、気のひけるお方々の御仲間に入ることができる者もございませんので、残念に思っております。それにしましても、女一の宮の母女御《にょうご》は、お許し申し上げていらっしゃるのでしょうか。これまでの方々もそのような遠慮によってお話が進まなかったこともございました。」

と申されますと、

玉鬘「その女御のお方が所在なく暇《ひま》を持て余しております有様で、院とご一緒に娘のお世話をしてお心を慰めたいものをなどと、その女御の方からお勧《すす》めなさいますので、どうしたものかなどと考えるようになりましたもので。」

と申し上げます。

あれこれの方々がここにお集まりになって、それから三条の宮（女三の宮）に参上なさいます。朱雀院に昔からお心を寄せていらっしゃる人々や、六条院関係の方々も、それぞれの縁故につけて、今もなおあの入道の宮をお避けになれず、

にあり難き御有様は旧り難くのみおはしますめるを、よろしう生ひ出づる女子はべらましかばと思ひたまへよりながら、恥づかしげなる御仲に交らふべきもののはべらでなむ、口惜しう思ひたまへらるる。そもそも女一の宮の女御は許しきこえたまふや。前《さき》々の人、さやうの憚りによりとどこほる事もはべりかし」

と申したまへば、

「女御なむ、つれづれにのどかになりにたるありさまも、同じ心に後見《うしろみ》て慰めまほしきをなど、かのすすめたまふにつけて、いかがなどだに思ひたまへよるになむ」

と聞こえたまふ。

これかれ、ここに集まりたまひて、三条宮に参りたまふ。朱雀院の古き心ものしたまふ人々、六条院の方ざまのも、方々につけて、

左近の中将…以下三人とも故鬚黒の子息。

［六］　薫、夕方に玉鬘を訪問　宰相の君と歌を詠《よ》み交《か》わす

参上なさるようです。このお邸《やしき》の左近の中将や右大弁、侍従《じじゅう》の君なども、そのまま右大臣殿（夕霧）の御供をしてお出かけになりました。その方々を引き連れていらっしゃるご威勢は、格別なものです。

夕方になって、四位の侍従（薫）が参上なさいました。大ぜいの成人された若君達も、みなさまざまにどなたが見劣りしたでしょうか、みな好ましく見えましたその中に、一足遅れてこの君が姿をお見せになったのは、全く格別のすばらしさに目を奪われる心地がして、例によってすぐに褒《ほ》めそやす若女房たちは、

女房「やはり格別でいらっしゃいましたよ。」

などと言っています。

女房「このお邸《やしき》の姫君のお側《そば》には、このお方をこそぜひお並べしたいものですね。」

と、聞き苦しいことを言っています。いかにも侍従の君は実に若々しく優美なご様子で、立居をなさる際に匂う芳香など

なほかの入道の宮をばえ避きず参りたまふなめり。この殿の左近中将、右中弁、侍従の君なども、やがて大臣《おとど》の御供に出でたまひぬ。ひき連れたまへる勢ひことなり。

夕つけて四位侍従参りたまへり。そこらおとなしき若君達も、あまたさまざまに、いづれかはわろびたりつる、みなめやすかりつる中に、立ちおくれてこの君の立ち出でたまへる、いとこよなく目とまる心地して、例のものめでする若き人たちは、

「なほことなりけり」

など言ふ。

「この殿の姫君の御かたはらには、これをこそさし並べて見め」

と、聞きにくく言ふ。げにいと若うなまめかしきさまして、うちふ

は尋常のものではありません。どんなに深窓の姫君と申し上げても、物事の分別の出来るお方ならば、なるほど人よりは優《すぐ》れていらっしゃるようだと、お分かりになることだろうと思われます。

尚侍《かん》の殿は御念誦堂《ねんずどう》においでになる時で、

玉鬘「どうぞこちらへ。」

とおっしゃいますので、侍従《じじゅう》の君は東の階から上《あ》がって、戸口の御簾《みす》の前にお座りになりました。お前近くの若木の梅がおぼつかないほどの蕾《つぼみ》をつけて、鶯《うぐいす》の初声《はつごえ》もまことにのんびりした折から、実に好き心をそそり立てたいようなご様子をしていらっしゃいますので、女房たちが戯《たわむ》れ言を言いかけますと、言葉少なく奥ゆかしいほどにご返事をなさいますので、妬《ねた》ましがって、宰相《さいしょう》の君という上臈《じょうろう》の女房が歌をお詠《よ》みかけになります。

宰相君 折りて見ばいとど匂ひもまさるやと少し色めけ
梅の初花
(手折ってみたならば、もっとよい匂いがするであろうかと

るまひたまへる匂ひ香など世の常ならず。姫君と聞こゆれど、心おはせむ人は、げに人よりはまさるなめりと見知りたまふらむかし、とぞおぼゆる。

尚侍《かむ》の殿、御念誦堂《ねんずだう》におはして、

「こなたに」

とのたまへれば、東《ひむがし》の階《はし》より上りて、戸口の御簾の前にゐたまへり。御前近き若木の梅心もとなくつぼみて、鶯の初声もいとおほどかなるに、いとすかせたてまほしきさまのしたまへれば、人々はかなきことを言ふに、言少なに心にくきほどなるをねたがりて、宰相の君と聞こゆる上臈《じやうらふ》の詠みかけたまふ。

折りて見ばいとど匂ひもま
さるやと少し色めけ梅の初
花

折りて見ば 「梅の初花」は薫。「折りて見ば」は情交を暗示。

思われますのに、少しは色めいて下さいな、梅の初花のようなあなたよ。)

す早い詠《よ》みぶりよ、とお聞きになって、

薫「よそにてはもぎ木なりとや定むらむ下に匂へる梅の初花

(よそ目からは、枝がなく色気もない木だときめているのでしょう、でも心の底では匂っているのですよ、梅の初花のように。)

そうおっしゃるなら、袖を触れてご覧なさい。」

などと戯《たわむ》れていらっしゃいますと、

女房「本当は色より香りの方がすばらしいわね。」

と、口々に言いながら、袖を引き動かしかねないばかりに付きまとっています。

尚《かん》侍の君は、奥の方からにじり出ていらっしゃって、

玉鬘「困った人たちですね。気が引けるほどの真面目なお方にまで、よくもまあ厚かましいこと。」

と、小声でおっしゃっているようです。侍従《じじゅう》の君は「まめ人

口はやし、と聞きて、

「よそにてはもぎ木なりとや定むらむ下に匂へる梅の初花

さらば袖ふれて見たまへ」

など言ひすさぶに、

「まことは色よりも」

と、口々、ひきも動かしつべくさまよふ。

尚《かむ》侍の君、奥の方よりゐざり出でたまひて、

「うたての御達や。恥づかしげなるまめ人をさへ。よくこそ面《おも》なけれ」

と、忍びてのたまふなり。「まめ

よそにては
「もぎ木」は枝のない枯木。色気のない喩え。

袖を触れて
「色よりも香こそあはれと思ほゆれ誰が袖ふれし宿の梅ぞも」(古今・春上　読人しらず)。

色より香りの方が
前の「色よりも」の歌を引き取って言う。

と名付けられていたとは、全く気が滅入ることだな」と思って座っていらっしゃいます。主《あるじ》側の藤侍従の君は、殿上《てんじょう》の出仕などもまだしておりませんので、所々へも年賀に参らずここに居合わせていらっしゃいました。浅香《せんこう》の折敷《おしき》二つばかりに、果物《くだもの》や盃《さかずき》などをさし出されました。「大臣《おとど》（夕霧）はお年をお召しになるにつれて、故院（源氏）にほんとによく似通っていらっしゃいました。この君（薫）は似ていらっしゃる所もお見えになりませんけれど、ご様子がまことに落ち着いて、優美に振る舞っていらっしゃるのが、故院の若盛りを想像させられて、このようでいらっしゃったのでしょうよ」などと、尚《かん》侍の君はお思い出しになられて、涙をおこぼしになります。侍従《じじゅう》の君（薫）が帰られたあとまで漂っている香ばしさを、女房たちは大げさに褒《ほ》めそやしています。

人、とこそつけられたりけれ。いと屈《くん》じたる名かな」と思ひゐたまへり。主の侍従、殿上などもまだせねば、所々も歩かでおはしあひたり。浅香《せんかう》の折敷二つばかりして、くだもの、盃ばかりさし出でたまへり。「大臣《おとど》は、ねび勝《まさ》りたまふままに、故院にいとようこそおぼえたてまつりたまへれ。この君は、似たまへる所も見えたまはぬを、けはひのいとしめやかになまめいたるもてなしぞ、かの御若盛り思ひやらるる。かうざまにぞおはしけむかし」など、思ひ出できこえたまひて、うちしほたれたまふ。なごりさへとまりたる香ばしさを、人々はめでくつがへる。

藤侍従の君
髭黒の三男。

浅香の折敷
「浅香」は沈香の一種。「折敷」は食品をのせる角盆。浅香の折敷は祝賀の日などに用いる。

［七］ 薫、蔵人の少将、玉鬘を訪問 藤侍従らと酒宴

侍従の君は、まめ人という呼び名を情けないと思われましたので、二十日過ぎの頃、梅の花が盛りですので、「色気がなさそうだととり扱われまい。好き者を真似《まね》てみようか」と

侍従の君、まめ人の名をうれたしと思ひければ、二十余日のころ、梅の花盛りなるに、にほひ少なげにとりなされじ、すき者ならはむ

思われて、藤侍従の所においでになりました。

中門《ちゅうもん》をお入りになるあたりに、同じ直衣《なおし》姿の人が立っておりました。隠れようとしましたところを引きとどめますと、あのいつもこのお邸《やしき》のあたりをうろついております蔵人《くろうど》の少将でした。寝殿《しんでん》の西面《にしおもて》に琵琶《びわ》や箏《そう》の琴《こと》の音《ね》がしますので、気もそぞろにたたずんでいらっしゃったようです。君は、「苦しそうだな。親の許さぬことを思い始めるのは、罪が深いというものだ」とお思いになります。

琴の音も止んでしまいましたので、
薫「さあ、案内して下さい。わたしは全く勝手が分からないから。」

とおっしゃって、お二人連れ立って西の渡殿《わたどの》の前の紅梅の木の下に、催馬楽《さいばら》の「梅が枝」を口ずさんでお立ちになります気配が、梅の花の香よりもはっきりとさっと匂って来ますので、妻戸《つまど》を押し開けて、女房たちは和琴《わごん》をまことに上手にかき合わせて弾きました。女の弾く琴では、呂《りよ》の調子はこれほどうまくは合奏できないものですのに、君はこれはたいした

かし、と思して、藤侍従の御もとにおはしたり。

中門入りたまふほどに、同じ直衣姿なる人立てりけり。隠れなむと思ひけるをひきとどめたれば、この常に立ちわづらふ少将なりけり。寝殿の西面《にしおもて》に琵琶、箏《さう》の琴の声するに、心をまどはして立てるなめり。「苦しげや。人のゆるさぬこと思ひはじめむは罪深かるべきわざかな」と思ふ。

琴の声もやみぬれば、

「いざ、しるべしたまへ。まろはいとたどたどし」

とて、ひき連れて、西の渡殿の前なる紅梅の木のもとに、梅が枝をうそぶきて立ち寄るけはひの花よりもしるくさとうち匂へれば、妻戸おし開けて、人々あづまをいとよく掻き合はせたり。女の琴にて、呂《りよ》の歌はかうしも合はせぬを、いたし、と思ひて、いま一返りをり

蔵人の少将
夕霧の長男。

催馬楽の「梅が枝」
「梅がえに 来ゐる鶯や 春かけて はれ 春かけて 鳴けどもいまだ や 雪は降りつつ」。

呂の調子
雅楽の旋法に呂・律がある。呂は春の調べといわれる。

亡き致仕の大臣 元の頭の中将。薫の祖父にあたる。和琴の名手であった。

ものよと思われて、もう一度繰り返し謡《うた》われます。合わせる琵琶《びわ》もこの上なく華やかな調子です。趣深く暮らしておられるお邸《やしき》だなと、心惹《ひ》かれましたので、今夜は少しくつろいで戯《たわむ》れ言《ごと》などもおっしゃいます。

御簾《みす》の内から和琴《わごん》をさし出しました。お二人はお互いに譲り合ってお手を触れませんので、藤侍従の君を介して尚侍《かん》の殿が、

玉鬘「亡き致仕《ちじ》の大臣の爪音《つまおと》に似通っておいでだと、かねてから伺っておりましたので、本当にお聞きしたく存じます。今夜はやはり鶯《うぐいす》の声にも誘われなさいませ。」

と仰せ出されましたので、君ははにかんで爪を噛んでいる場合ではないなと思われて、あまり気もお入れにならないで一通りお弾きになる音色《ねいろ》は、まことに響きも豊かに聞こえます。

玉鬘「いつもお目にかかって親しんだことのなかった親でしたけれど、もうこの世にいらっしゃらなくなってしまったと思いますと、まことに心細いので、ふとした事のついでにも思い出し申し上げますにつけても、本当に

返しうたふを、琵琶も二なくいまめかし。ゆゑありてもてないたまへるあたりぞかし、と心とまりぬれば、今宵はすこしうちとけて、はかなしごとなども言ふ。

内より和琴さし出でたり。かたみに譲りて手触れぬに、侍従の君して、尚侍《かむ》の殿、

「故致仕《ちじ》の大臣《おとど》の御爪音になむ通ひたまへると聞きわたるを、まめやかにゆかしくなむ。今宵は、なほ鶯にも誘はれたまへ」

と、のたまひ出だしたれば、あまえて爪《つめ》食ふべきことにもあらぬをと思ひて、をさをさ心にも入らず掻きわたしたまへるけしきいと響き多く聞こゆ。

「常に見たてまつり睦びざりし親なれど、世におはせずなりにきと思ふにいと心細きに、はかなき事のついでにも思ひ出でたてまつるに、いとなむ

悲しい気持ちでございます。だいたいこの君（薫）は、不思議なほど亡き大納言（柏木）のご様子によく似てお
られ、琴の音《ね》などはただあのお方のままとさえ思われるのです。」

とおっしゃってお泣きになりますのも、年をお取りになった証拠の涙もろさでしょうか。

少将も実に美しい声で「さき草」をお謡《うた》いになります。おせっかい心があって出しゃばる人もいませんので、自然とお互いに興にまかせて演奏をしていらっしゃいますが、主役《あるじ》の侍従《じじゅう》は、亡き父大臣《おとど》に似ていらっしゃるのでしょうか、こうした方面のことは不得意で、お酒ばかり飲み重ねておられますので、「せめてお祝い言だけでも謡ったらどうか」と咎《とが》められて、「竹河」を人が謡うのに合わせて、まだ未熟ですが面白くお謡いになります。御簾《みす》の中からお盃《さかずき》がさし出されます。

薫「あまり酔いが進んでは、心に秘めておりますことも隠しきれず、つまらぬことまで口にしてしまうものだと

あはれなる。おほかた、この君は、あやしう故大納言の御ありさまにいとようおぼえ、琴の音など、ただそれとこそおぼえつれ」

とて泣きたまふも、古めいたまふしるしの涙もろさにや。

少将も、声いとおもしろうて、「さき草」うたふ。さかしら心つきてうち過ぐしたる人もまじらねば、おのづからかたみにもよほされて遊びたまふに、主の侍従は、故大臣《おとど》に似たてまつりたまへるにや、かやうの方は後れて、盃をのみすすむれば、「寿詞《ことぶき》をだにせむや」と、辱づかしめられて、竹河を同じ声に出だして、まだ若けれどをかしううたふ。簾《す》の内より土器《かはらけ》さし出づ。

「酔《ゑ》ひのすすみては、忍ぶることもつつまれず、ひが事す

さき草
催馬楽「この殿」の一節。「この殿は むべも むべも富みけり 三枝の あはれ 三枝の 三つば四つばの中に 殿づくりせりや 殿づくりせりや」。

竹河
催馬楽。「竹河の 橋のつめなるや 橋のつめなるや 花園に はれ 花園に 我を放てや 我を放てや めざしたぐへて」。

聞いております。どうなさるおつもりなのですか。」

と君はすぐにはお受けになりません。小袿《こうちき》を重ねてある細長で人香が懐かしく染《し》みついていますのを、あり合わせのままにお与えになります。

薫「何でしょうか、これは。」

などと騒がれて、侍従《じじゅう》の君はそれを主《あるじ》の君の肩に被《かず》けて帰ってしまわれました。引きとどめてもう一度お与えになりますが、
薫「水駅《みずうまや》で夜が更《ふ》けてしまいました。」

とおっしゃって、逃げ帰ってしまわれました。

少将は、この源侍従の君（薫）がこうして折々お立ち寄りになるようですので、ここの人たちはみなこの君に好意をお寄せになっているだろうと、ご自分はいよいよ落ちこんで気も弱くなられ、面白くないと恨んでいらっしゃいます。

少将人はみな花に心を移すらむひとりぞまどふ春の夜の闇

何でしょうか（何ぞも）男踏歌の時に謡う催馬楽「何ぞも」（現在不明）にちなんだ洒落。

水駅 男踏歌で、京中を踊り歩く際、酒や湯漬などを接待する所。

［八］蔵人の少将、薫の人気を羨む　玉鬘、薫の筆跡を賞賛

人はみな 「花」は薫。「ひとり」に「火取り」「独り」を掛ける。

るわざとこそ聞きはべれ。いかにもてないたまふぞ」

と、とみに承け引かず。小袿重なりたる細長の人香なつかしう染みたるを、とりあへたるままにかづけたまふ。

「何ぞもぞ」

などさうどきて、侍従は主の君にうちかづけて去《い》ぬ。ひきとどめてかづくれど、

「水駅《みづむまや》にて夜更けにけり」

とて逃げにけり。

少将は、この源侍従の君のかうほのめき寄るめれば、皆人これにこそ心寄せたまふらめ、わが身はいとど屈《くん》じいたく思ひ弱りて、あぢきなうぞ恨むる。

人はみな花に心を移すらむ
ひとりぞまどふ春の夜の闇

（人はみな花のようなあの方に心を移しているのだろう、このわたしひとりだけが春の夜の闇の中を思い迷っていることよ。）

溜《た》め息をついて立っていらっしゃいますと、御簾《みす》の中の人の返歌は、

女房をりからやあはれも知らむ梅の花ただ香ばかりに
移りしもせじ

（折に応じて感興もそそられることでしょう、梅の花の香りのよさばかりに心を移すばかりではありますまい。）

翌朝、四位の侍従《じじゅう》のもとから主《あるじ》の侍従の所に、

薫「昨夜《ゆうべ》はまことにしどけない所をお目にかけましたけれど、皆さんはどのようにご覧になったでしょうか。」

と、御覧いただきたいというおつもりらしく、仮名《かな》を多く混《ま》ぜて書いて、その端《はし》に、

薫竹河のはしうち出でし一《ひと》ふしに深き心のそこは知り
きや

（竹河のほんの一端を口にしたその中に、わたしの深い心の

うち嘆きて立てば、内の人の返し、

をりからやあはれも知らむ
梅の花ただ香ばかりに移り
しもせじ

朝《あした》に、四位侍従のもとより、主の侍従のもとに、

「昨夜《よべ》は、いとみだりがはしかりしを、人々いかに見たまひけむ」

と、見たまへ、と思しう仮名がちに書きて、端に、

竹河のはしうち出でし一《ひと》ふ
しに深き心のそこは知りき
や

をりからや
「梅の花」は薫。「香ばかり」に「かくばかり」を掛ける。

竹河の
「はし」に「橋」「端」を掛ける。「竹」と「ふし」、「河」「深き」「そこ」は縁語。

底の思いはお分かりになりましたでしょうか。）

と書いてあります。それを寝殿《しんでん》に持参なさって、みなでご覧になります。

玉鬘「筆づかいなどもほんとにお美しくいらっしゃいますね。どういう因縁《いんねん》のお方が、お若い今からこうも整っておいでなのでしょう。幼い時に父の院（源氏）にも先立たれ、母宮（女三の宮）が頼りなくお育てなさいましたが、やはり誰よりも勝《まさ》るべき定めがおありのお方のようですね。」

とおっしゃって、尚《かん》侍の君はこちらの若君たちの筆跡が拙いことをおたしなめになります。ご返事は、なるほどいかにも幼い筆跡で、

藤侍従「昨夜《ゆうべ》は水駅《みずうまや》とかおっしゃってお帰りになられましたのを、みながいぶかしく思ったようです。

竹河に夜を更《ふ》かさじといそぎしもいかなるふしを思ひ
おかまし

（竹河をお謡《うた》いになって、夜が更けないうちにとお帰りになったのにつけて、どういうお心かとお察しすればよいの

と書きたり。寝殿に持て参りて、これかれ見たまふ。

「手なども、いとをかしうもあるかな。いかなる人、今よりかくととのひたらむ。幼くて院にも後れたてまつり、母宮のしどけなう生ほしたてたまへれど、なほ人にはまさるべきにこそはあめれ」

とて、尚侍《かむ》の君は、この君たちの手などあしきことを辱づかしめたまふ。返り事、げに、いと若く、

「昨夜《よべ》は、水駅《みづむまや》をなむ咎めきこゆめりし。

竹河に夜を更《ふ》かさじといそ
ぎしもいかなるふしを思ひ
おかまし」

竹河に
「夜」に「節《よ》」を掛ける。
「ふし」は「竹」の縁語。

でしょうか。）

なるほど、この「ふし」のお歌をきっかけに、源侍従《じじゆう》はこの藤侍従のお部屋においでになって、思いありげなご様子をお見せになります。蔵人《くろうど》の少将が推測した通り、誰もが好意を寄せています。藤侍従も若い気持ちから、近い縁者として明け暮れ親しくしていたいと思うのでした。

三月になって、咲く桜もあれば空を曇らせて散り乱れる桜もあって、一体が花盛りの頃、静かに暮らしていらっしゃる尚《かん》侍の君（玉鬘）のお邸《やしき》では、他《ほか》のことに気を取られることもなく、端《はし》近くにいても見咎《とが》められることもないようです。

その頃姫君たちは十八、九歳ぐらいでいらっしゃったでしょうか、ご器量もお気立てもそれぞれにお美しくいらっしゃいます。姉君はまことにすっきりと気品があって、当世風なご様子でいらして、いかにも臣下と結婚なさるのは似つかわしくないようにお見えでいらっしゃいます。桜襲《さくらがさね》の細長《ほそなが》に山吹襲《やまぶきがさね》の袿《うちき》などと、季節にふさわしい色合いがやさしい感

［九］　玉鬘の姫君たち、藤侍従を側《そば》に碁を打つ　兄の中将、庭の桜を見て回想

空を曇らせて散り乱れる桜（散りかひ曇り）「桜花散りかひくもれ老いらくの来むといふなる道まがふがに」（古今・賀　在原業平）。

げにこのふしをはじめにて、この君の御曹司《ざうし》におはして気色ばみよる。少将の推しはかりしもしるく、皆人心寄せたり。侍従の君も、若き心地に、近きゆかりにて明け暮れ睦びまほしう思ひけり。

三月《やよひ》になりて、咲く桜あれば散りかひ曇り、おほかたの盛りなるころ、のどやかにおはする所は、紛るることなく、端近なる罪もあるまじかめり。

そのころ十八九のほどやおはしけむ、御容貌《かたち》も心ばへもとりどりにぞをかしき。姫君はいとあざやかに気高ういまめかしきさましたまひて、げにただ人にて見たてまつらむは似げなうぞ見えたまふ。桜の細長、山吹などのをりにあひたる色あひのなつかしきほどに重

じに重なり合っている裾のあたりまで、魅力がこぼれ落ちるように見えます、そのお振る舞いなども、たしなみが深くこちらが気が引けるほどの風情《ふぜい》までも添っていらっしゃいます。

もうお一方《ひとかた》は、薄紅梅《うすこうばい》の襲《かさね》に御髪《みぐし》もつやつやと柳の糸のようにたおやかに見えます。とてもすらりとして優美で、しっとりとしたご様子で、重々しく思慮深そうな感じは勝《まさ》っていらっしゃいますけれど、匂い立つような美しさは姉君の方が格別だと、女房たちは思っています。

碁をお打ちになるというので、さし向かい合っていらっしゃるお髪《ぐし》の生え際《ぎわ》やかかり具合などは、まことに見栄えがあります。侍従《じじゅう》の君が判定をなさるというので近くに控えていらっしゃいますと、兄君たちがちょっとお覗きになって、

兄君「侍従の信頼も格別になったものだな。御碁の立ち会いを許されるようになったとはね。」

とおっしゃって、大人びた態度でそこに膝まずいていらっしゃいますので、お側《そば》に仕える女房たちは、何かと居ずまいを直しています。中将が、

なりたる裾まで、愛敬のこぼれ落ちたるやうに見ゆる、御もてなしなどもらうらうじく心恥づかしき気さへそひたまへり。

いま一ところは、薄紅梅に、御《み》髪《ぐし》いろにて、柳の糸のやうにたをたをと見ゆ。いとそびやかになまめかしう澄みたるさまして、重りかに心深きけはひはまさりたまへれど、にほひやかなるけはひはこよなしとぞ人思へる。

碁打ちたまふとて、さし向ひたまへる髪《かむ》ざし御髪《みぐし》のかかりたるさまども、いと見どころあり。侍従の君、見証《けんぞ》したまふとて近うさぶらひたまふに、兄君たちさしのぞきたまひて、

「侍従のおぼえこよなうなりにけり。御碁の見証ゆるされにけるをや」

とて、おとなおとなしきさまして突いゐたまへば、御前なる人々とかうゐなほる。中将、

中将「宮仕えが忙しくなりました間に、弟の侍従《じじゅう》に先を越されてしまったとは、全く不本意なことですよ。」
と愚痴《ぐち》をおこぼしになりますと、右中弁が、
右中弁「弁官のわたしは、それ以上に私的なご奉公がおろそかになってしまっていますが、そのようにお捨てになってよいのでしょうか。」
などと申されます。姫君たちは碁を打ちかけたまま恥ずかしそうにしていらっしゃるご様子は、実に美しくお見えになります。中将は、
中将「宮中あたりなどを出入りしておりまして、亡き父の殿（鬚黒）がもしご存命でいらっしゃったらと思われますことが多くございまして。」
などと、涙ぐんで姫君たちをご覧申し上げていらっしゃいます。二十七、八歳ぐらいでいらっしゃいますので、まことにご立派に整って、この姫君たちのお身の上を、どうかして昔の父上のご意向に背《そむ》かないようにしたいもの、とお思いになって座っていらっしゃいます。

「宮仕のいそがしうなりはべるほどに、人に劣りにたるは。いと本意《ほい》なきわざかな」

と愁へたまへば、

「弁官は、まいて、私の宮仕怠りぬべきままに、さのみやは思し棄てむ」

など申したまふ。碁打ちさして恥ぢらひておはさうずる、いとをかしげなり。

「内裏《うち》わたりなどまかり歩きても、故殿おはしまさましかば、と思ひたまへらるること多くこそ」

など、涙ぐみて見たてまつりたまふ。二十七八のほどにものしたまへば、いとよくととのひて、この御ありさまどもを、いかでいにしへ思しおきてしに違へずもがなと思ひゐたまへり。

お前の花の木どもの中でも、色合いの優《すぐ》れて美しい桜の枝を折らせて、姫君たちが、

姫君「よそのとは比較になりませんね。」

などともて遊んでいらっしゃいますのを、中将は、

中将「まだ幼くいらっしゃった時、この花は私《わたくし》のよ、私のよ、といさかいをなさいましたのを、亡き殿は姉君のお花だとお決めになり、母上は妹君の御木とお定めになられましたので、このわたしはそんなにひどく泣き騒ぎませんでしたが、面白くなく思われたものでしたよ。」

と思い出話をなさって、

中将「この桜が老木になってしまったのにつけても、過ぎ去った年月を思い出しますと、多くの人たちに先立たれてしまいましたこの身の嘆きも、抑えられなくなりまして。」

などと、泣いたり笑ったりしてお話し申し上げて、いつもよりもゆっくりとしていらっしゃいます。中将殿は他家の婿になっていて、今では心を落ちつけてこちらにはお見えになり

御前の花の木どもの中にも、にほひまさりてをかしき桜を折らせて、

「外《ほか》のには似ずこそ」

などもてあそびたまふを、

「幼くおはしまし時、この花はわがぞわがぞと争ひたまひしを、故殿は、姫君の御花ぞ、と定めたまふ。上は、若君の御木、と定めたまひしを、いとさは泣きののしらねど、安からず思ひたまへられしはや」

とて、

「この桜の老木になりにけるにつけても、過ぎにける齢を思ひたまへ出づれば、あまたの人に後れはべりにける身の愁へもとめがたうこそ」

など、泣きみ笑ひみ聞こえたまひて、例よりはのどやかにおはす。人の婿になりて、心静かにも今は

ませんが、今日は花にお心をとめて腰を据えていらっしゃいます。

［一〇］ 玉鬘、大君の結婚に苦慮　蔵人の少将、碁を打つ姫君たちを隙見する

尚侍《かん》の君は、このように成人された方々の親におなりのお年から想像されるよりも、ずっと若々しく美しくて、なお女盛りのご容姿とお見えになります。冷泉院《れいぜいいん》の帝《みかど》は、多くはこのお方のお姿が今もなおご覧になりたく思われて、昔を恋しくお思い出されますので、何にかこつけてお会いできようかとご思案をめぐらされて、大君《おおいきみ》のご出仕のことを強いてご所望遊ばされるのでした。

冷泉院へ参られることは、この兄君たちが、

兄君「やはり何かと張り合いのない心地がするでしょう。全ての事は時の勢いに従ってこそ世間の人も認めるでしょう。まことにいつまでも拝見申し上げたい院のお姿は、この世にまたとなくご立派でいらっしゃるようですが、やはり盛りをお過ぎになった気がいたしますよ。琴《こと》笛《ふえ》の調べや、花の色鳥の声なども、時節に従ってこそ人

見えたまはぬを、花に心とどめてものしたまふ。

尚侍《かむ》の君、かくおとなしき人の親になりたまふ御年のほど思ふよりはいと若う清げに、なほ盛りの御容貌《かたち》と見えたまへり。冷泉院の帝《みかど》は、多くは、この御有様のなほゆかしう昔恋しう思し出でられければ、何につけてかはと思しめぐらして、姫君の御事をあながちに聞こえたまふにぞありける。

院へ参りたまはむことは、この君たちぞ、

「なほもののはえなき心地こそすべけれ。よろづのこと、時につけたるをこそ、世人《よひと》もゆるすめれ。げにいと見たてまつらまほしき御ありさまは、この世にたぐひなくおはしますめれど、さかりならぬ心地ぞするや。琴笛の調べ、花鳥

の耳にもとまるものです。東宮《とうぐう》ではいかがでしょうか。」
などと申されますので、
玉鬘「さあ、どうでしょうか。始めからご立派なお方が傍《かたわ》らに並ぶ者がないような有様でいらっしゃるようですから、なまなかに出仕することは気苦労が多く、人に笑われるようなこともあろうかと憚《はばか》られますので。殿がもしご存命でしたら、お二人の遠い将来のご運は分からないにしても、当面は宮仕えのしがいがあるようにお取り計らい下さったでしょうに。」
などとおっしゃり出されて、どなたもみなしんみりなさっていらっしゃいます。
中将たちがお立ちになりました後《あと》、姫君たちは、中途でやめていらっしゃった碁を続けてお打ちになります。昔から争っておられます桜を賭《か》け物にして、
姫君「三番の中で一番勝ち越された方に、やはり花をさし上げましょう。」
と冗談を言い交《か》わしていらっしゃいます。

の色をも音をも、時に従ひてこそ、人の耳もとまるものなれ。東宮《とうぐう》はいかが」

など申したまへば、

「いさや、はじめよりやむごとなき人の、かたはらもなきやうにてのみものしたまふめればこそ。なかなかにてまじらはむは、胸いたく人笑はれなる事もやあらむとつつましければ。殿おはせましかば、行く末の御宿世宿世は知らず、ただ今はかひあるさまにもてなしたまひてましを」

などのたまひ出でて、みなものあはれなり。

中将など立ちたまひて後、君たちは打ちさしたまへる碁打ちたまふ。昔より争ひたまふ桜を賭け物にて、

「三番に数一つ勝ちたまはむ方に花を寄せてむ」

と戯れかはしきこえたまふ。

暗くなりましたので、端《はし》近い所で最後までお打ちになります。御簾《みす》を巻き上げて、女房たちはみな競《きそ》い合って勝《かち》をお祈りしています。

ちょうどその時、例の蔵人《くろうど》の少将が、侍従《じじゅう》の君のお部屋に来ていましたが、侍従が兄君たちと連れ立ってお出かけになっていましたので、あたりは人少なな上に、廊の戸が開《あ》いていましたので、そっと近寄って覗いたのでした。こうも嬉しい機会を見付けたのは、仏などがお姿をお見せになった所に来合わせでもしたような心地がしますのも、何ともはかない恋心ですよ。

夕暮れの霞に紛れてはっきりしませんけれど、よくよく見ますと、桜色の色目もあのお方（大君《おおいきみ》）と見分けが付きました。いかにも散った後《のち》の花の形見として見ていたいほど美しく映えてお見えになりますのを、いよいよそのお方になってしまわれるのが残念で、わびしい気持ちが勝《まさ》って来ます。若い女房たちのくつろいでいる姿なども、夕暮れの薄明かりに映えて美しく見えます。

散った後の花の形見 「桜色に衣は深く染めて着む花の散りなむのちの形見に」（古今・春上　紀有朋）。

いよいよそのお方に 冷泉院に出仕すること。少将は大君出仕の噂を知っている。

暗うなれば、端近うて打ちはてたまふ。御簾捲き上げて、人々みないどみ念じきこゆ。

をりしも、例の少将、侍従の君の御曹司に来たりけるを、うち連れて出でたまひにければ、おほかた人少ななるに、廊の戸の開きたるに、やをら寄りてのぞきけり。かううれしきをりを見つけたるは、仏などのあらはれたまへらむに参りあひたらむ心地するも、はかなき心になむ。

夕暮の霞の紛れはさやかならねど、つくづくと見れば、桜色の文《あや》目《め》もそれと見分きつ。げに散りなむ後の形見にも見まほしく、にほひ多く見えたまふを、いとど異ざまになりたまひなむ事わびしく思ひまさらる。若き人々のうちとけたる姿ども夕映えをかしう見ゆ。

高麗の乱声 右方の勝の時に奏せられる高麗楽。ここは宮中の正式な勝負ではないので冗談にいう。

[一一] 姫君たち、乱れ散る桜を惜しんで歌を詠み交わす

右方がお勝ちになりました。

女房「高麗《こま》の乱声《らんじょう》が遅いですね。」

などと、はしゃいで言う女房もいます。

「もともと右にお味方して、西の中の君のお部屋近くにございます桜の木を、わざわざ左の大君《おおいきみ》のものにしたので、長い間の争いがこのようにあったのですよ。」

と右方は気持ちよさそうに中の君をご加勢申し上げます。少将の君はどんなことか分かりませんが、興味深いと聞いて、自分も口をさしはさみたく思いましたが、くつろいでいらっしゃる時に、思慮のないこともどうかと思って立ち去りました。また再びこのような紛《まぎ》れもないものかと、物陰に身を寄せては伺い歩いているのでした。

姫君たちは花の争いをなさりながら、日々を送っていらっしゃいますうちに、風が荒々しく吹いた夕方に、花が乱れ散るのがとても残念でもったいなく思われますので、負け方の大君は、

右勝たせたまひぬ。

「高麗《こま》の乱声《らざう》おそしや」

などはやりかに言ふもあり。

「右に心を寄せたてまつりて西の御前に寄りてはべる木を、左になして、年ごろの御争ひのかかればありつるぞかし」

と、右方は心地よげにはげましきこゆ。何ごとと知らねどをかしと聞きて、さしいらへもせまほしけれど、うちとけたまへるをり心地なくやは、と思ひて出でて去《い》ぬ。またかかる紛れもやと、蔭にそひてぞうかがひ歩きける。

君たちは、花の争ひをしつつ明かし暮らしたまふに、風荒らかに吹きたる夕つ方、乱れ落つるがいと口惜しうあたらしければ、負方の姫君、

大君　桜ゆゑ風に心の騒ぐかな思ひぐまなき花と見る見る

（桜の花のために、この風で気持ちが落ちつきません。思いやりのない花だとは思いますものの。）

大君《おおいきみ》方の宰相《さいしょう》の君は、

宰相君　咲くと見てかつは散りぬる花なれば負くるを深き恨みともせず

（咲いたと思うと一方ですぐに散ってしまう花なのですから、負けて花を取られても深い恨みとも思いません。）

とご助勢申し上げますと、右の中の君は、

中君　風に散ることは世のつね枝ながらうつろふ花をただにしも見じ

（花が風に散るのは世の常のこと、枝ごと私《わたくし》のものになってしまう花を、平気でご覧にはなれないでしょう。）

この右方の大輔《たいふ》の君は、

大輔　心ありて池のみぎはに落つる花泡となりてもわが方に寄れ

桜ゆゑ風に心の騒ぐかな思ひ
　ぐまなき花と見る見る

御方の宰相の君、

　咲くと見てかつは散りぬる
　花なれば負くるを深き恨み
　ともせず

と聞こえたすくれば、右の姫君、

　風に散ることは世のつね枝
　ながらうつろふ花をただに
　しも見じ

この御方の大輔《たいふ》の君、

　心ありて池のみぎはに落つ
　る花泡となりてもわが方に
　寄れ

桜ゆゑ　「思ひぐまなき花」は、思いやりのない桜。身勝手に散る桜はこちらに味方してくれない、と恨む。

咲くと見て　すぐに散ってしまう桜だから、負けて取られても恨めしくない、とする。

風に散る　「うつろふ」は花の色が移る、心が変わる、の両意。

心ありて　「みぎは」は「汀」と「右は」の掛け詞。

大空の 前歌の「わが方に寄れ」を受けて、花びらをかき集め「おのがもの」とする。

桜花 大空に散る花は独り占めにはできない、とよむ。「大空に覆ふばかりの袖もがな春咲く花を風にまかせじ」（後撰・春中　読人しらず）による。

［一二］ 大君、冷泉院への出仕決まる　蔵人の少将、なおも断念せず

（心があって、池の水際に落ちる花よ、泡になってもわが右方へ寄って来ておくれ。）

勝ち方の童女が庭に下りて、花の下を歩きまわって、散った花びらをとてもたくさん拾って持って参りました。

童　大空の風に散れども桜花おのがものとぞかきつめて見る

（桜の花は大空の風に散ってしまうけれども、私《わたくし》たちのものと思って、かき集めて愛《め》でるのです。）

左方の童女のなれきは、

なれき「桜花にほひあまたに散らさじと覆《おほ》ふばかりの袖はありやは

（桜花の匂いを方々に散らすまいと思って、それを覆い隠すほどの袖をおもちでしょうか。）

お心が狭そうに見えますよ。」

などと言いけなしています。

こうしている間に、月日が何となく過ぎていきますにつけ

勝方の童べ下りて、花の下に歩《あり》きて、散りたるをいと多く拾ひて持て参れり。

大空の風に散れども桜花おのがものとぞかきつめて見る

左のなれき、

「桜花にほひあまたに散らさじと覆《おほ》ふばかりの袖はありやは

心せばげにこそ見ゆめれ」

など言ひおとす。

かくいふに、月日はかなく過ぐ

弘徽殿の女御 冷泉院の女御。故致仕の大臣の長女、玉鬘の異母姉。

ても、行く末のことが気がかりですので、尚侍《かん》の殿（玉鬘）はさまざまにつけてお心を砕いていらっしゃいます。冷泉院《れいぜいいん》からはお便りが日々寄せられます。弘徽殿《こきでん》の女御《にょうご》は、

弘徽殿「私《わたくし》を疎々《うとうと》しくお思い隔てなさるのでしょうか。院は私の方でいらぬ事を申し上げて邪魔をしているようだと、ほんとに憎らしそうにお思いになり仰せですので、ご冗談にせよつろうございまして。同じことなら近いうちにご決心なさいませ。」

などと実に真剣に申し上げなさいます。「そうなるべき因縁《いんねん》でおいでなのだろう、全くこのように強いお言葉をいただくのも畏《おそ》れ多い」などと尚侍の君はお思いになっています。参院の御調度などはこれまでたくさん作らせておかれましたので、女房たちの衣装や何くれのこまごました事をご用意なさいます。

このことを聞きますと蔵人《くろうど》の少将は、死ぬほどに思いつめて、母の北の方（雲居の雁）をお責め申し上げますので、それをお聞きになりお困りになって、

すも行く末のうしろめたきを、尚《か》侍《む》の殿はよろづに思す。院よりは、御消息日々にあり。女御、

「うとうとしう思し隔つるにや。上は、ここに聞こえうとむるなめりと、いと憎げに思しのたまへば、戯れにも苦しうなむ。同じくは、このごろのほどに思したちね」

など、いとまめやかに聞こえたまふ。さるべきにこそはおはすらめ、いとかうあやにくにのたまふもかたじけなしなど思したり。御調度などは、そこらしおかせたまへれば、人々の装束、何くれのはかなきことをぞいそぎたまふ。

これを聞くに、蔵人少将は死ぬばかり思ひて、母北の方を責めたてまつれば、聞きわづらひたまひて、

雲居雁「まことにお恥ずかしいことにつけて、それとなくお願い申し上げますのも、全く愚《おろ》かな親心の迷いでございまして。ご存知よりの向きもございましたら、私《わたくし》どもの気持ちをお察し下さいまして、やはり安心させて下さいませ。」

などと、いたわしげにお頼みになりますのを、尚侍《かん》の君は「困ったことになったものよ」と、つい溜《た》め息をおつきになって、

玉鬘「どのような事とも思い定めようもございませんが、院から無理にとご催促がございますので、思案に余っておりまして。本当にそのお気持ちでしたら、この程はご辛抱なさいまして、お心をお慰め申し上げようとするさまをご覧下さるのが、世間の聞こえも穏やかでございましょう。」

などと申されますのも、この大君《おおいきみ》のご入内《じゅだい》をすませてから、中の君を蔵人《くろうど》の少将にとお思いになるのでありましょう。

「お二人の縁組が同時に重なっては、あまりに得意顔であろ

「いとかたはらいたきことにつけて、ほのめかし聞こゆるも、世にかたくなしき闇のまどひになむ。思し知る方もあらば、推しはかりて、なほ慰めさせたまへ」

など、いとほしげに聞こえたまふを、「苦しうもあるかな」と、うち嘆きたまひて、

「いかなることと思ひたまへ定むべきやうもなきを、院よりわりなくのたまはするに思うたまへ乱れてなむ。まめやかなる御心ならば、このほどを思ししづめて、慰めきこえむさまをも見たまひてなむ、世の聞こえもなだらかならむ」

など申したまふも、この御参り過ぐして中の君をと思すなるべし。

「さしあはせてはうたてしたり顔

う。少将はまだ官位なども低いのだから」などとお思いになっていますが、少将の方は、さらさら中の君の方に気持ちが移りそうになく、大君《おおいきみ》をちらと見申し上げてから後は、面影が恋しくて、どのような機会にもう一度、とばかり思っていますので、こうして望みが断たれてしまいましたのを、お思い嘆きになりますことは限りがありません。

少将は、かいのない愚痴《ぐち》でも言っておこうとして、いつものように藤侍従《とうじじゅう》の部屋に来てみますと、源侍従（薫）の手紙を見ていらっしゃる所でした。引き隠しますので、それらしいと見て奪い取りました。藤侍従は何か些細《しさい》があるように思われてはと思って、あえて隠そうともしません。別にこれということもなくて、ただ大君のことを恨めしげにほのめかしてありました。

薫 つれなくて過ぐる月日を数《かぞ》へつつもの恨めしき暮の
　春かな

（冷淡なまま過ぎ去っていく月日を数えながら、恨めしい春

ならむ。まだ位なども浅へたるほどを」など思すに、男は、さらにしか思ひ移るべくもあらず。ほのかに見たてまつりて後は、面影に恋しう、いかならむをりにとのみおぼゆるに、かう頼みかからずなりぬるを思ひ嘆きたまふこと限りなし。

かひなきことも言はむとて、例の、侍従の曹司《ざうし》に来たれば、源侍従の文をぞ見ゐたまへりける。ひき隠すを、さなめり、と見て奪ひとりつ。事あり顔にや、と思ひていたうも隠さず。そこはかとなくて、ただ世を恨めしげにかすめたり。

つれなくて過ぐる月日を数《かぞ》へつつもの恨めしき暮の春かな

［一三］少将、薫の手紙を見て中将のおもとに恨み言を言う

つれなくて　「つれなくて」は何の変化もなく過ぎる月日と、大君の冷淡さの両意。逝く春を惜しむ心に大君の参院を惜しむ心をこめる。

中将のおもと
大君付きの懇意な女房。

の果てになりました。）

「あの人はこうもゆったりと体裁《ていさい》よく羨《うらや》ましく思われるらしい。それなのに自分は全く世のもの笑いとなって焦《あせ》っているのを、一方では誰もが見馴れてしまって、軽蔑されるようになってしまったのだ」などと思うにつけ、少将は胸が痛みますので、特に何も言えないで、いつも懇意にしている中将のおもとの部屋の方に行きますが、例によって今さらどうにもなるまいと、つい溜《た》め息がちになります。侍従《じじゅう》の君は、

藤侍従「この返事をしよう。」

と言って、母上（玉鬘）の所へ参上なさいますのを見ますと、少将は全く腹立たしく心が収まらず、若い気持ちには一途《いちず》に物を思いつめているのでした。

どうしようもないほど恨み言を言って嘆きますので、この取り次ぎ役（中将のおもと）もうっかり冗談も言いにくく、気の毒と思って返事もなかなかしません。少将はあの姫君たちの碁の垣間《かいま》見をした夕暮れのことも言い出して、

少将「あれぐらいの夢だけでも、もう一度見たいものです

「人はかうこそのどやかにさまよくねたげなめれ、わがいと人笑はれなる心いられを、かたへは目馴れて、侮りそめられにたる」など思ふも胸いたければ、ことにものも言はれで、例語らふ中将のおもとの曹司の方に行くも、例の、かひあらじかしと嘆きがちなり。侍従の君は、

「この返り事せむ」

とて、上に参りたまふを見るに、いと腹立たしう安からず、若き心地にはひとへにものぞおぼえける。

あさましきまで恨み嘆けば、この前申《まへまう》しもあまり戯れにくいとほしと思ひて、答へもをさをさせず。かの御碁の見証《けんぞ》せし夕暮の事も言ひ出でて、

「さばかりの夢をだにまた見

恨めしいことも懐かしい（つらきもあはれ）当時の諺によるか。

よ。ああ、何を頼みにして生きて行こうか。こうしてお話し申し上げるのも、残りの月日は少なく思われますので、恨めしいことも懐かしいと言うことは、全く本当でした。」

と、とても真剣な顔で言います。お気の毒にとも言葉をかけようもないことです。あの少将の気の安まるようにという中の君のお話も、少しも嬉しいと思うような様子もありませんので、中将のおもとは、「なるほど、あの夕暮れに姫君のお姿がはっきり見えたようだから、それでいよいよこのようにどうにもならない気持ちがつのって来たのだろう」と、無理もないことと思って、

中将のおもと「こんなことをもし母君がお耳にしたら、全く何と怪《け》しからぬお心だったのかと、ますますお疎《うと》み申し上げるでしょう。おいたわしいとお思い申し上げる私《わたくし》の気持ちもなくなりました。全く油断のならないお心だったのですね。」

と、こちらから非難しますと、

てしがな。あはれ、何を頼みにて生きたらむ。かう聞こゆることも残り少なうおぼゆれば。つらきもあはれ、といふことこそまことなりけれ」

と、いとまめだちて言ふ。あはれ、とて言ひやるべき方なきことなり。かの慰めたまはむ御さま、つゆばかりうれしと思ふべき気色もなければ、げにかの夕暮の顕証《けんそう》なりけむに、いとどかうあやにくなる心はそひたるならむと、ことわりに思ひて、

「聞こしめさせたらば、いとどいかにけしからぬ御心なりけりと、うとみきこえたまはむ。心苦しと思ひきこえつる心も失せぬ。いとうしろめたき御心なりけり」

と、むかひ火つくれば、

少将「いやもう、それならそれでよい。今はもう限りの身だから、何も恐ろしいこともなくなってしまった。それにしても姫君が碁にお負けになったのが、本当にお気の毒でしたよ。あの時優《やさ》しくわたしを呼び入れればよいのに、目配《めくば》せしてお教え申し上げたら、格段に勝《まさ》っていらっしゃったものを。」

などと言って、

少将 いでやなぞ数ならぬ身にかなはぬは人に負けじの心なりけり

（いやもう、どうしてか、人数でもない身にとって思い通りにならないのは、人に負けまいとする心なのでした。）

中将のおもとは笑って、

中将のおもと わりなしや強きによらむ勝負《かちまけ》を心ひとつにいかがまかする

（それはご無理なことですよ。強い方が勝つのが勝負ですのに、あなたのお心一つでどうなりましょうか。）

と答えるのさえ、少将には恨めしく思われるのでした。

いでやなぞ 「数」「負け」は碁の縁語。

わりなしや 「強き」「勝ち負け」は碁の縁語。「まかする」に「任する」と「負かする」を掛ける。

「いでや、さばれや。今は限りの身なれば、もの恐ろしくもあらずなりにたり。さても負けたまひしこそ、いといとほしかりしか。おいらかに召し入れてやは。目くはせたてまつらましかば、こよなからましものを」

など言ひて、

いでやなぞ数ならぬ身にかなはぬは人に負けじの心なりけり

中将うち笑ひて、

わりなしや強きによらむ勝《かち》負《まけ》を心ひとつにいかがまかする

と答ふるさへぞつらかりける。

あはれとて
「手をゆるせ」（待ったをする）、「生き死に」は碁の縁語。

［一四］ 蔵人の少将、大君に歌を贈る 尚侍の君の苦慮 女房返歌

少将あはれとて手をゆるせかし生死《いきしに》を君にまかするわが身とならば

（かわいそうにと思ってわたしに打つ手を許して下さい、生き死にまであなたに任せているわが身なのですから。）

泣いたり笑ったりして、夜通し語らい明かすのでした。

翌日は四月になりましたので、兄弟の若君たちは宮中にあわただしく参内しますのに、少将はひどく滅入ってもの思いに沈んでいますので、母北の方（雲居の雁）は涙ぐんでいらっしゃいます。大臣《おとど》（夕霧）も、

夕霧「院のお聞きになることもあるだろうし、どうして尚《かん》侍の君がこちらの話を真剣に聞き入れないことがあろうかと思って、悔しいがお目にかかった際にも申し出さずに終わってしまった。私《わたくし》自身から無理にお願いしたら、いくら何でもお断《ことわ》りにはならなかったろうに。」

などとおっしゃいます。

さて、蔵人《くろうど》の少将はいつものように、

あはれとて手をゆるせかし生死《いきしに》を君にまかするわが身とならば

泣きみ笑ひみ語らひ明かす。

またの日は四月《うづき》になりにければ、はらからの君たちの内裏《うち》に参りさまよふに、いたう屈《くん》じ入りてながめゐたまへれば、母北の方は涙ぐみておはす。大臣《おとど》も、

「院の聞こしめすところもあるべし、何にかはおほなおほな聞き入れむ、と思ひて、悔《くや》しう、対面のついでにもうち出できこえずなりにし。みづからあながちに申さましかば、さりとも違《たが》へたまはざらまし」

などのたまふ。

さて、例の、

少将花を見て春は暮らしつ今日よりやしげきなげきの下に惑はむ
（花のようなあなたのことばかり思い続けて春は過ごしてしまいました。今日からは、繁った木々の下で嘆きながら心を迷わすことでしょう。）

と手紙をさし上げました。

尚侍《かん》の君のお前で、あれこれ上﨟《じょうろう》らしい女房が、この御懸《け》想人《そうびと》たちがいろいろとお気の毒なほど嘆いている様子をお聞かせ申し上げます中で、中将のおもとが、

中将のおもと「生き死にを、という歌を詠《よ》んだ時のご様子は、言葉だけではなく、いかにもつらそうでした。」

などと申し上げますので、尚侍の君もおいたわしいとお聞きになります。「大臣《おとど》や北の方のお気持ちもあることだから、どうしても少将のお恨みが深いのであれば」と、代わりに中の君をと思っていらっしゃいます。「大君《おおいきみ》の参院の御事を、邪魔をしようと思っておられるのは、いかにも心外なことだ。いくらこの上ないお方でも、臣下には決して縁づけてはなら

花を見て春は暮らしつ今日よりやしげきなげきの下に惑はむ

と聞こえたまへり。

御前にて、これかれ上臈だつ人々、この御懸想人のさまざまにいとほしげなるを聞こえ知らする中に、中将のおもと、

「生死《いきしに》を、と言ひしさまの、言にのみはあらず心苦しげなりし」

など聞こゆれば、尚侍の君もいとほしと聞きたまふ。「大臣北の方の思すところにより、せめて人の御恨み深くは」と、とりかへありて思す。「この御参りを、妨げやうに思ふらむはしもめざましきこと、限りなきにても、ただ人にはかけてあるまじきものに故殿の思

花を見て
「花」は大君。「しげき」は「繁き」と「繁木」、「なげき」は「嘆き」と「投げ木」の掛け詞。

生き死にを、という歌
少将が前段で詠んだ「あはれとて」の歌。

今日ぞ知る 「花」は大君。女房の代作である。

[一五] 大君、冷泉院に参上する 蔵人の少将、大君と歌を贈答

ぬと、故殿（鬚黒）がご決心なさっていたものを。院に参られるのだから将来が栄え栄えしくもないのに」とお思いになっていらっしゃいます。折も折、女房たちはこの手紙を取り入れて、お気の毒に思っています。ご返事は、

玉鬘今日ぞ知る空をながむる気色にて花に心をうつしけりとも

（今日初めて知りました。恋心で空を眺めるふりをしながら、実は花に心を移していらしたことを。）

他の女房たちが、

女房「まあおかわいそうに。冗談にばかりしてしまうのですね。」

などと言いますが、煩《わずら》わしがって書き換えもしません。

九日に大君《おおいきみ》は院に参られます。右大臣殿（夕霧）は、御車や御前駆の人々を大ぜいさし向けられました。北の方（雲居の雁）も恨めしいこととお思い申し上げなさいますが、長年それほど親しくはありませんでしたのに、今度の事のために

しおきてたりしものを、院に参りたまはむだに、行く末のはえばえしからぬ」を思したるをりしも、この御文とり入れてあはれがる。御返し、

今日ぞ知る空をながむる気色にて花に心をうつしけりとも

「あないとほし。戯れにのみもとりなすかな」

など言へど、うるさがりて書きかへず。

九日にぞ参りたまふ。右の大殿、御車、御前の人々あまた奉りたまへり。北の方も、恨めしと思ひきこえたまへど、年ごろさもあらざりしに、この御事ゆゑ繁う聞こえ

度々文通なさっていましたのを、また途絶えてしまうのもよくありませんので、数々のお祝いの品に、立派な女の装束などをたくさんおさし上げになります。お手紙には、

雲居雁「どうしたことでしょうか、正気も失っているような人の有様をお世話しておりますうちに、この度のことを承ってもおりませんでしたが、お知らせいただけませんのも他人行儀のように思われまして。」

とありました。穏やかなようで、それとなくお恨みをほのめかしていらっしゃいますのを、尚侍《かん》の君はお気の毒なことと ご覧になります。大臣《おとど》からもお手紙があります。

夕霧「わたし自身も参上しなければと存じておりましたのに、物忌《ものいみ》がございまして。息子たちを何かのお役にと参上させます。ご遠慮なくお使い下さい。」

とあって、源少将や兵衛《ひょうえ》の佐《すけ》などをおさし向けになりました。

尚侍の君は、

玉鬘「お情け深くいらっしゃいますこと。」

と、感謝申し上げます。

通ひたまへるを、またかき絶えむもうたてあれば、かづけ物ども、よき女の装束どもあまた奉れたまへり。

「あやしううつし心もなきやうなる人のありさまを見たまへあつかふほどに、承りとどむる事もなかりけるを、おどろかさせたまはぬもうとうしくなむ」

とぞありける。おいらかなるやうにてほのめかしたまへるを、いとほしと見たまふ。大臣《おとど》も御文あり。

「みづからも参るべきに思ひたまへつるに、つつしむ事のはべりてなむ。男ども、雑役《ざふやく》にとて参らす。うとからず召し使はせたまへ」

とて、源少将、兵衛佐など奉れたまへり。

「情《なさけ》はおはすかし」

と、よろこびきこえたまふ。

大納言殿からも、人々の御車をさし上げます。北の方は亡き大臣《おとど》（鬚黒）の御娘で、真木柱《まきばしら》の姫君ですから、どちらの関係につけても仲良くお付き合いなさるはずですけれど、そうでもありません。藤中納言だけはご自分でおいでになって、中将や弁の君たちとご一緒に行事を取りしきられます。故殿がご存命であったらと、尚侍《かん》の君は何事につけてもしみじみと悲しく思われます。

蔵人《くろうど》の少将の君は、いつもの中将のおもとに悲痛な言葉を並べ立てて、

少将「今はこれまでと思います命が、やはりさすがに悲しいので、せめてかわいそうに思うとだけでも、一言おっしゃっていただけたら、それに命を引きとめられて、もうしばらくも生き長らえられるかも知れません。」

などとありますのを、姫君（大君《おおいきみ》）の所へ持って参上して見ますと、姫君お二方がお話しなさりながら、まことにひどく沈みこんでいらっしゃいました。夜も昼もご一緒のお暮らしにお慣れになって、中の戸だけで隔てられた西東のお部屋で

どちらの関係につけても
玉鬘と按察の大納言は異母姉弟。玉鬘と真木柱は義理の母娘。真木柱と大君は異母姉妹。

藤中納言
鬚黒の先妻腹で長男。真木柱と同腹。

中将や弁の君
左近中将、右中弁。玉鬘腹。

大納言殿よりも、人々の御車奉れたまふ。北の方は故大臣《おとど》の御むすめ、真木柱の姫君なれば、いづ方につけても睦ましう聞こえ通ひたまふべけれど、さしもあらず。藤中納言はしもみづからおはして、中将、弁の君たちもろともに事行ひたまふ。殿のおはせましかばと、よろづにつけてあはれなり。

蔵人の君、例の人にいみじき言葉を尽くして、

「今は限りと思ひはつる命のさすがに悲しきを。あはれと思ふ、とばかりだに一言のたまはせば、それにかけとどめられて、しばしもながらへやせむ」

などあるを持て参りて、見れば、姫君二ところうち語らひて、いといたう屈《くん》じたまへり。夜昼もろともにならひたまひて、中の戸ばかり隔てたる西東《にしひむがし》をだにいとぶせ

さえ、とても煩《わずら》わしいものとお思いになって、お互いに行き来なさっていらっしゃいますのに、別れ別れになってしまう事を悲しくお思いになっていらっしゃるのでした。

格別念入りに装束を仕立て身づくろいをしてさし上げた姫君のお姿は、全く美しいご様子です。亡き殿が思われおっしゃられたご様子などを思い出されて、もの悲しい時でしたからでしょうか、少将の手紙を手に取ってご覧になります。「大臣《おとど》や北の方のあれほどご立派にお揃いで頼もしいご境遇で、どうしてこうもつまらないことを思って口に出されるのだろう」と、不思議に思われますが、「今はこれまで」とありますのを、「本当かしら」とお思いになって、そのままこのお手紙の端《はし》に、

大君「あはれてふ常ならぬ世のひと言もいかなる人にかくるものぞは

（あはれという無常のこの世の一言も、どのような人に向かって言いかけるものなのでしょうか。）

不吉なものとして「あはれ」という言葉は、少しは分か

今はこれまで 前の少将の手紙の言葉。

あはれてふ 前の少将の手紙の「今は限り…」「あはれ…」に応じて、「常ならぬ世」「あはれてふ」とよむ。

きものにしたまひて、かたみに渡り通ひおはするを、よそよそにならむことを思すなりけり。

心ことにしたて、ひきつくろひたてまつりたまへる御さまいとをかし。殿の思しのたまひしさまなどを思し出でてものあはれなるをりからにや、取りて見たまふ。大臣《おとど》、北の方の、さばかり立ち並びて頼もしげなる御中に、などかうすずろごとを思ひ言ふらむ、とあやしきにも、限りとあるを、まことにやと思して、やがてこの御文の端に、

「あはれてふ常ならぬ世のひと言もいかなる人にかくるものぞは

ゆゆしき方にてなむ、ほのか

る気がいたします」
とお書きになって、
大君「このように言っておやりなさい。」
とおっしゃいますのを、そのまま差し上げましたが、それを少将はこの上なくありがたい上に、今日という日にお心をとめになったことさえ、ますます涙が止まりません。折り返し、
少将「誰《た》が名はたたじ（私《わたくし》が恋い死にをしたら、どなたの名が立つでしょうか）。」
など恨みがましく書いて、
少将「生ける世の死《しに》は心にまかせねば聞かでややまむ君が一言《ひとこと》
（世に生きている者は、死ぬのは心のままにならないので、このまま聞かずじまいになるのでしょうか、あなたの「あはれ」という一言を。）
せめてお墓の上にでも、お言葉をおかけ下さるようなお心のほどと思えますのでしたら、一途《いちず》に死をも急がれましょうものを。」

に思ひ知りたる」

と書きたまひて、

「かう言ひやれかし」

とのたまふを、やがて奉れたるを、限りなうめづらしきにも、をりを思しとむるさへ、いとど涙もとどまらず。たち返り、

「誰《た》が名はたたじ」

など、かごとがましくで、

「生ける世の死《しに》は心にまかせねば聞かでややまむ君が一言《ひとこと》
塚の上にもかけたまふべき御心のほどと思ひたまへましかば、ひたみちにも急がれはべらましを」

誰が名はたたじ
「恋ひ死なば誰が名はたたじ世の中の常なきものと言ひはなすとも」（古今・恋二　清原深養父）。

生ける世の
「君が一言」は前の大君の「あはれ」ということば。

后や女御などは… 秋好中宮五十三歳、弘徽殿の女御四十五歳で年配者ばかり。

などとありますので、大君《おおいきみ》は、「愚《おろ》かにも返事をしてしまったものよ。書き変えず遣わしてしまったらしいよ」とつらそうにお思いになって、何もおっしゃらなくなってしまいました。

大君付きの女房や童女などは、感じのよい者ばかりをお揃えになりました。おおよその儀式などは、入内《じゅだい》の際のそれと変わることはありません。まず弘徽殿《こきでん》の女御《にょうご》の御方にお渡りになって、尚侍《かん》の君はお話など申し上げなさいます。夜が更《ふ》けてから、院のお前に参上なさいました。后《きさき》や女御などはみなお年を召して老《ふ》けていらっしゃいますので、大君はまことにかわいらしくて、女盛りに見栄えのあるご様子をご覧遊ばされては、どうして一通りのお喜びでありましょうか、華やかにご寵愛をお受けになられます。院が臣下の人のように気安く振る舞っていらっしゃいますご様子は、実に理想的で結構なことでした。尚侍の君をしばらく宮中におとどまりになるようにと、お心にかけてお思いでしたが、実に早々にそっと退出しておしまいになりましたので、院は残念で情けない

などあるに、「うたても答《いら》へをしてけるかな。書きかへでやりつらむよ」と苦しげに思して、ものものたまはずなりぬ。

大人、童、めやすき限りを整へられたり。大方の儀式などは、内《う》裏《ち》に参りたまはましに変る事なし。まづ女御の御方に渡りたまひて、尚侍《かむ》の君は御物語など聞こえたまふ。夜更けてなむ上に参う上りたまひける。后、女御など、みな年頃経てねびたまへるに、いとうつくしげにて、盛りに見所あるさまを見たてまつりたまふは、などてかは疎《おろ》かならむ。華やかに時めきたまふ。ただ人だちて心安くもてなしたまへるさましもぞ、げにあらまほしうめでたかりける。尚侍の君を、しばしさぶらひたまひなむと御心留めて思しけるに、いととくやをら出でたまひにければ、

［一六］ 薫の大君に対する未練と蔵人の少将の落胆の有様

ことと思し召されたのでした。

源侍従《じじゅう》の君（薫）を、冷泉院《れいぜいいん》は明けても暮れてもお前にお呼びあそばしてはお離しにならず、いかにも全く昔の光源氏がお育ちになった時に劣らないご寵愛ぶりです。院の中では、どのお方とも疎遠でなく親しくお付き合いしていらっしゃいます。この大君《おおいきみ》にも好意を寄せている風に振る舞いながら、内心では自分をどうご覧になっているだろうというお心さえ抱いていらっしゃいます。

夕暮れのしめやかな折に、藤侍従と連れ立って歩いていらっしゃいますと、あのお方のお部屋近くに見える五葉《ごよう》の松に藤がまことに趣深く咲きかかっていますので、池水のほとりの石に、苔を敷物代りにして座って眺めていらっしゃいます。源侍従はあらわにではありませんが、男女の仲を恨めしげにほのめかしてお話しなさいます。

薫 手にかくるものにしあらば藤の花松よりまさる色を
見ましや

口惜しう心憂しと思したり。

源侍従の君をば、明け暮れ御前に召しまつはしつつ、げに、ただ昔の光る源氏の生ひ出でたまひしに劣らぬ人の御おぼえなり。院の内には、いづれの御方にもうとからず馴れまじらひありきたまふ。この御方にも、心寄せあり顔にもてなして、下には、いかに見たまふらむの心さへそひたまへり。

夕暮のしめやかなるに、藤侍従と連れて歩くに、かの御方の御前近く見やらるる五葉に藤のいとおもしろく咲きかかりたるを、水のほとりの石に苔を蓆《むしろ》にてながめたまへり。まほにはあらねど、世の中恨めしげにかすめつつ語らふ。

手にかくるものにしあらば
藤の花松よりまさる色を見
ましや

藤侍従 玉鬘の三男。薫と親しい。

手にかくる 「藤の花」は大君。「松よりまさる色」は大君の格別の美しさをいう。

（もし手の届くものであったならば藤の花よ、松よりもすぐれた美しい色を遠くから見るだけで済まされようか。）

と詠《よ》んで藤の花を見上げていらっしゃるご様子など、不思議なほどしみじみといたましく思われますので、藤侍従《じじゅう》は、自分の心には不本意の世の成り行きだったことをほのめかします。

藤侍従　むらさきの色はかよへど藤の花心にえこそかからざりけれ

（紫の色は同じゆかりの色ですが、だからといって藤の花はわたしの心のままにならないのでした。）

真面目《まじめ》な若君ですので、いたわしいと思っています。源侍従はひどく取り乱すほど思いこんでいるわけでもありませんでしたが、残念だとは思っていました。

あの蔵人《くろうど》の少将の君の方も、本気でどうしたらよいだろうかと、過《あやま》ちも犯しかねないぐらい気持ちを押さえ切れずに思っていました。大君《おおいきみ》に求婚した人々の中には、中の君をと思いを移す人もいます。蔵人の少将の君を、母北の方（雲居

とて花を見上げたる気色など、あやしくあはれに心苦しく思ほゆれば、わが心にあらぬ世のありさまにほのめかす。

むらさきの色はかよへど藤の花心にえこそかからざりけれ

まめなる君にて、いとほしと思へり。いと心まどふばかりは思ひいられざりしかど、口惜しうはおぼえけり。

かの少将の君はしも、まめやかに、いかにせましと、過ちもしつべくしづめがたくなむおぼえける。聞こえたまひし人人、中の君をと移ろふもあり。少将の君をば、母

むらさきの
「色はかよへど」は同じ縁者ということ。「藤の花」は大君。

蔵人の少将の君
夕霧の長男、雲居の雁腹。

の雁）の御恨み言により、中の君の婿にでもと尚侍《かん》の君はお思いになって、それとなく申し上げたのでしたが、少将はふっつりと訪ねて来なくなってしまいました。冷泉院《れいぜいいん》には右大臣殿（夕霧）の若君たちも前々から親しく伺候しておられますが、大君《おおいきみ》が参院なさってからは、蔵人《くろうど》の少将は全く参上なさらず、時々殿上《てんじょう》の間《ま》の方に顔を出しても面白くなく、逃げるようにして退出するのでした。

北の方の御恨みにより、さもや、と思ほして、ほのめかしきこえたまひしを、絶えて訪れずなりにたり。院には、かの君たちも、親しくもとよりさぶらひたまへど、この参りたまひて後、をさをさ参らず、まれまれ殿上の方にさしのぞきても、あぢきなう、逃げてなむまかでける。

[一七] 帝の不満に、中将たち母玉鬘を責める　大君懐妊

中将 故鬚黒と玉鬘の長男。大君の兄。

このようにご決心 大君を冷泉院にさし上げたこと。

帝《みかど》は、故大臣《おとど》（鬚黒）の大君入内《じゅだい》のご意向が格別でしたのに、このようにそれに反した宮仕えとはどうしたことかと思し召されて、中将をお呼びになって仰せられました。中将は、

中将「帝のご機嫌があまりよくございません。だからこそ世間の人々も内心では首を傾けるに違いないことだと、前々から申しました事を、母上のお考えは違っていて、このようにご決心になりましたので、とやかく申し上げにくうございますが、帝からこのような仰せ言がございますので、わたしどもの身のためにも困ったことでござ

内裏《うち》には、故大臣《おとど》の心ざしおきたまへるさまことなりしを、かくひき違《たが》へたる御宮仕を、いかなるにかと思して、中将を召してなむのたまはせける。

「御気色よろしからず。さればこそ、世人の心の中もかたぶきぬべきことなりと、かねて申ししことを、思しとる方異にて、かう思したちにしかば、ともかくも聞こえがたくてはべるに、かかる仰せ言のはべ

います。」

と、実に不快だと思って尚侍《かん》の君に対して不平を申されます。

玉鬘「いえね、今このように急に思い立ったわけでもありませんでしたが、院からたってとお気の毒なほどに仰せでしたので、後見《うしろみ》のいない宮仕えは、宮中では中途半端なようになりかねませんので、院は今は気楽なご様子のようですから、お任《まか》せ申し上げて、と思ったのです。どなたも具合いの悪そうなことはありのままにも忠告して下さらないで、今になってむし返して、右大臣殿（夕霧）も間違ったことのようにほのめかしておっしゃるようですので、つらいのです。これも前世の因縁《いんねん》でしょう。」

と穏やかにおっしゃって、お心も乱したりはなさいません。

中将・右中弁「その昔からのご宿縁《しゅくえん》というのは、目に見えないものですから、帝《みかど》があのように思われて仰せになりますのを、これはご縁の筋が別ですとは、どうして奏上し直すことができましょう。中宮（明石の中宮）にご遠慮申し上げるとおっしゃっても、それでは院の女御《にょうご》（弘徽殿《こきでん》

れば、なにがしらが身のためもあぢきなくなむはべる」

と、いとものしと思ひて、尚侍《かむ》の君を申したまふ。

「いさや。ただ今、かうにはかにしも思ひたたざりしを、あながちに、いとほしうのたまはせしかば、後見《うしろみ》なきまじらひの、内裏《うち》わたりは、はしたなげなめるを、今は心やすき御ありさまなめるにまかせきこえてと思ひよりしなり。誰も誰も、便なからむ事は、ありのままにも諫めたまはで、今ひき返し、右大臣《みぎのおとど》も、ひがひがしきやうにおもむけてのたまふなれば、苦しうなむ。これもさるべきにこそは」

と、なだらかにのたまひて、心も騒がいたまはず。

「その昔の御宿世《すくせ》は目に見えぬものなれば、かう思しのたまはするを、これは契り異な

いかにも求婚者たちが…　病んでいる大君の美しい様子に、求婚者が騒ぐのももっとも、という思い。

の女御《にょうご》）をどのようにお扱いなさろうというのですか。後見《うしろみ》とか何とかいって、前々からお互いに親しくしておいでであっても、いつまでもそのようにうまくはいかないでしょう。まあよいでしょう。成り行きを拝見しましょう。よく考えれば宮中には中宮がいらっしゃるからといって、他《ほか》の人はお仕えするのを遠慮なさるでしょうか。帝《みかど》にお仕えすることは、それが気安くあってこそ昔から興趣深いこととしたのです。院の女御が、ほんの少しの行き違いがあって、面白からずお思いになりましたら、宮仕えを間違ったことのように世間では取り沙汰することでございましょう。」

などと、お二人して申し上げられますので、尚侍《かん》の君はほんとにつらいとお思いになりますが、そうはいうものの、院の姫君へのこの上ないご寵愛だけは、月日とともにまさる一方なのでした。

　姫君は七月になってからご懐妊になりました。ご気分の悪そうなご様子に、「いかにも求婚者たちがいろいろとうるさ

るともいかがは奏し直すべき事ならむ。中宮を憚りきこえたまふとて、院の女御をばいかがしたてまつりたまはむとする。後見や何やとかねて思しかはすともさしもえはべらじ。よし見聞きはべらむ。よう思へば、内裏《うち》は中宮おはしますとて、異人は交らひたまはずや。君に仕うまつる事は、それが心やすきこそ昔より興ある事にはしけれ。女御は、いささかなる事の違《たが》ひ目ありて宜しからず思ひきこえたまはむに、僻《ひが》みたるやうになむ世の聞き耳もはべらむ」

など、二ところして申したまへば、尚侍《かむ》の君、いと苦しと思して、さるは、限りなき御思ひのみ月日にそへてまさる。

七月《ふみづき》より孕《はら》みたまひにけり。うち悩みたまへるさま、「げに人の様々に聞こえ煩はすも道理《ことわり》ぞかし、

く申し煩《わずら》わすのも無理からぬことよ、どうしてこのようなお方をいい加減に見聞き過ごしてそのままにしておけようか」と院は思われます。院は明けても暮れても管弦の遊びをおさせになっては、源侍従《じじゅう》（薫）もお側《そば》近くにお召し入れになりますので、侍従は姫君の御琴の音《ね》などをお聞きになります。あの「梅が枝」に合わせた中将のおもとの和琴《わごん》も、いつもお召し出しになられてお弾かせになります。それを聞き合わせるにつけても、侍従は平静ではいられないのでした。

その年も改まって、男踏歌《おとこどうか》が催されました。殿上の若い人たちの中に、歌舞音曲の優《すぐ》れた者が多いこの頃です。その中でも秀でた者をお選びになって、この四位の侍従（薫）は右方の歌頭《かとう》です。あの蔵人《くろうど》の少将は楽人の中におりました。

十四日の月が明るく曇りない中を、帝《みかど》のお前から退出して冷泉院《れいぜいいん》に参上します。弘徽殿《こきでん》の女御《にょうご》もこの御息所《みやすどころ》（大君《おおいきみ》）も、院の殿上にお部屋をお取りになって、ご覧になります。上達《かんだち》部《め》や親王《みこ》たちが連れ立って参上なさいます。右大臣殿（夕霧）

いかでかはかからむ人をなのめに見聞き過ぐしてはやまむ」とぞおぼゆる。明け暮れ御遊びをせさせたまひつつ侍従もけ近う召し入るれば、御琴の音《ね》などは聞きたまふ。かの梅が枝に合はせたりし中将のお許《もと》の和琴も、常に召し出でて弾かせたまへば、聞きあはするにもただには覚えざりけり。

その年返りて男踏歌《をとこたふか》せられけり。殿上の若人どもの中に、物の上手多かる頃ほひなり。その中にも優《すぐ》れたるを選らせたまひて、この四位侍従右の歌頭《かとう》なり。かの蔵人少将、楽人の数の中にありけり。

十四日の月のはなやかに曇りなきに、御前より出でて冷泉院に参る。女御も、この御息所《みやすどころ》も、上に御局して見たまふ。上達部親王たちひき連れて参りたまふ。右の大

「梅が枝」に合わせた　前に薫が催馬楽の「梅が枝」を歌って、立ち寄った時、中将のおもとが和琴を弾いた（［七］六六ページ）。

［一八］　薫と蔵人の少将、男踏歌《おとこどうか》に加わり院に参上　大君を思う二人の感慨

男踏歌　正月十四日に行なわれる男の踏歌。正月に行なわれる宮中行事で、足踏みして歌い踊ること。宮中から外へ出て夜明けまで踊り歩く。

歌頭　踏歌の時に音頭を取る役。

綿花
男踏歌の時、冠にさす綿製の造花。

「竹河」
催馬楽。「竹河の　橋のつめなるや　橋のつめなるや　花園に　はれ　花園に　我を放てや　我を放てや　めざしたぐへて」。

と故致仕《ちじ》の太政大臣《だいじょうだいじん》殿（鬚黒）のご一族以外には、きらびやかで美しい人はいない当世だと思われます。帝《みかど》のお前よりもこの院の方が、気が引ける特別な所と思い申し上げて、誰もが心用意を怠らない中にも、蔵人《くろうど》の少将は、大君《おおいきみ》がご覧になっているだろうよと想像して、平静ではいられません。色つやもなく見苦しい綿花も、挿《かざ》す人によって違いが見え、姿も声もまことに興趣深いものでした。「竹河」を謡《うた》って御階《みはし》の側《そば》に歩み寄る時に、少将は過ぎ去ったあの夜のはかない遊びの折のことを思い出しましたので、間違いそうになりながら涙ぐむのでした。

后《きさい》の宮（秋好《あきこのむ》中宮）の御方に参上なさいますと、院もそちらにお渡り遊ばしてご覧になります。月は夜が更《ふ》けていくにつれて、昼よりもまばゆいほどに澄み昇り、少将は大君がどのようにご覧になっていられるだろうかとばかり気になりますので、踏み舞う足も上《うわ》の空によろめき回って、盃《さかずき》も自分一人を目ざしてさされますのは、何とも面目ない思いです。

一晩中あちこちを歩き回って、すっかり疲れて苦しくて横になっていますと、源侍従《じじゅう》（薫）を院がお召しになりましたので、

殿、致仕《ちじ》の大殿の族を離れて、きらきらしうきよげなる人はなき世なりと見ゆ。内裏《うち》の御前よりも、この院をばいと恥づかしうことに思ひきこえて、皆人用意を加ふる中にも、蔵人少将は、見たまふらむかしと思ひやりて、静心なし。にほひもなく見苦しき綿花《わたばな》もかざす人からに見分かれて、さまも声もいとをかしくぞありける。竹河うたひて、御階のもとに踏み寄るほど、過ぎにし夜のはかなかりし遊びも思ひ出でられければ、ひが事もしつべくて涙ぐみけり。

后の宮の御方に参れば、上もそなたに渡らせたまひて御覧ず。月は、夜深うなるままに昼よりもはしたなう澄みのぼりて、いかに見たまふらむとのみおぼゆれば、踏むそらもなうただよひ歩きて、盃も、さして一人をのみ咎めらるるは面目なくなむ。

夜一夜、所どころかき歩きて、

薫「ああ苦しい。しばらく休んでいたいのに。」

とぶつぶつおっしゃりながら参上なさいました。宮中でのことなどをお尋ねになります。

冷泉院「歌頭《かとう》は年配の者が以前から勤《つと》める役なのに、それに選ばれたとはたいしたものだった。」

と仰せになって、何ともかわいいと思し召していらっしゃるようです。「万春楽《ばんすらく》」をお口ずさみになりながら、御息所《みやすどころ》（大君《おおいきみ》）のもとにお渡りになりますので、そのままお供をして参上なさいます。踏歌《とうか》の見物にやって来た女房たちの実家の人たちも大ぜいいて、いつもよりは賑やかで雰囲気も活気があります。

源侍従《じじゅう》は、渡殿《わたどの》の戸口にしばらく座って、声を聞き知っている女房に何かおっしゃいます。

薫「昨夜の月の光はきまりが悪いほどでしたね。蔵人《くろうど》の少将が月の光にまぶしそうにしていた様子も、月光を恥ずかしがっていたのではなかったのでしょう。雲の上近くの宮中ではそうとも見えませんでした。」

万春楽
男踏歌の時に奏される楽曲。

いと悩ましう苦しくて臥したるに、源侍従を院より召したれば、

「あな苦し、しばし休むべきに」

とむつかりながら参りたまへり。御前の事どもなど問はせたまふ。

「歌頭《かとう》はうち過ぐしたる人のさきざきするわざを、選ばれたるほど心にくかりけり」

とて、うつくしと思しためり。万《ばん》春楽《すらく》を御口ずさみにしたまひつつ、御息所《みやすどころ》の御方に渡らせたまへば、御供に参りたまふ。物見に参りたる里人多くて、例よりは華やかに、けはひいまめかし。

渡殿の戸口にしばしゐて、声聞き知りたる人にものなどのたまふ。

「一夜の月影ははしたなかりしわざかな。蔵人少将の月の光にかかやきたりしけしきも、桂のかげに恥づるにはあらずやありけむ。雲の上近くては、さしも見えざりき」

などとお話しになりますと、女房たちはお気の毒にと聞いている者もいます。

女房「闇はかいのないもので、匂いを隠しようもありませんが、月の光に映《は》えるお姿もまた格段に美しいとお噂《うわさ》申し上げておりました。」

とご機嫌を取って、御簾《みす》の中から、

女房 竹河のその夜のことは思ひ出づやしのぶばかりのふしはなけれど

（竹河を謡《うた》ったあの夜のことは思い出されますか、懐しむほどのことはなかったのですが。）

と詠《よ》みます。たわいのない歌ですけれど、つい涙ぐまれますのも、いかにも姫君への思いがそれほど浅いものではなかったのだと、我ながら思い知られます。

薫 流れての頼めむなしき竹河に世はうきものと思ひ知りにき

（月日が流れて期待も空しいあの「竹河」を謡った夜、世の中はつらいものだとはっきり悟ったのでした。）

など語りたまへば、人々あはれと聞くもあり。

「闇はあやなきを、月映えはいますこし心ことなり、とさだめきこえし」

などすかして、内より

竹河のその夜のことは思ひ出づやしのぶばかりのふしはなけれど

と言ふ。はかなきことなれど、涙ぐまるるも、げにいと浅くはおぼえぬことなりけりと、みづから思ひ知らる。

流れての頼めむなしき竹河に世はうきものと思ひ知りにき

闇はかいのないもの（闇はあやなき）「春の夜の闇はあやなし梅の花色こそ見えね香やはかくるる」（古今・春上　躬恒）。

竹河の「竹」「よ」（夜・節）「ふし」は縁語。

流れての「流る」は「河」の縁語。「世」（節）は「竹」の縁語。

踏歌の翌朝に女方で… 源氏が踏歌の翌日、私的な音楽の会を催したこと。物語にはそれについての記述はない（「初音」の巻［一〇］〔第四冊二八三ページ〕）。

この殿 催馬楽。「この殿は　むべも　むべも富みけり　三枝の　あはれ　三枝の　はれ　三枝の　三つば四つばの中に　殿づくりせりや　殿づくりせりや」。

何やらしみじみした源侍従《じじゆう》のご様子に、女房たちは感じ入っています。実のところ身を入れて少将のようにはお恨みになりませんでしたが、源侍従のお人柄がやはりいたわしく見えるのです。

薫「いい過ぎることがあるといけません。では失礼します。」

と座を立ちますと、院が、「こちらへ」とお召しになりますので、きまり悪い思いがしますけれど参上なさいます。

院は、「亡き六条院（源氏）が踏歌《とうか》の翌朝に女方で管弦の遊びをなさったが、まことに興趣があったと右大臣（夕霧）が話された。何事にもあのお方の後継ぎになりそうな人はいなくなってしまった時世だ。とても音楽の上手な女性までが大ぜい集まっていたのだから、ちょっとした催しでもどんなに趣があったことだろう」などと昔をお思いやられて、お琴《こと》などの調子を調《ととの》えさせなさって、箏《そう》は御息所《みやすどころ》（大君《おおいきみ》）、琵琶《びわ》は源侍従にお与えになります。和琴《わごん》をお弾きあそばして、「この殿」などを演奏なさいます。御息所の御琴の音《ね》がまだ未熟なとこ

ものあはれなる気色を人々をかしがる。さるは、おり立ちて人のやうにもわびたまはざりしかど、人ざまのさすがに心苦しう見ゆるなり。

「うち出で過ぐすこともこそはべれ。あなかしこ」

とて立つほどに、「こなたに」と召し出づれば、はしたなき心地すれど、参りたまふ。

「故六条院の踏歌《たふか》の朝《あした》に、女方《をむながた》にて遊びせられける、いとおもしろかりきと、右大臣《みぎのおとど》の語られし。何ごともかのわたりのさしつぎなるべき人難くなりにける世なりや。いと物の上手なる女さへ多く集まりて、いかにはかなきこともをかしかりけむ」など思しやりて、御琴ども調べさせたまひて、箏《さう》は御《み》息所《やすどころ》、琵琶は侍従に賜ふ。和琴を弾かせたまひて、この殿など遊びたまふ。御息所の御琴の音《ね》、まだ片なりなるところありしを、いと

ろがありましたのを、まことによく教えこみなさっていました。当世風に爪音《つまおと》美しく、歌や曲のものなどを上手に、実に見事にお弾きになります。何事によらず不安げで人に劣った所がおありにならないお方のようです。ご容貌もまた大層美しくいらっしゃるのだろうと、侍従《じじゅう》はやはり心惹《ひ》かれます。

　このような時は多いのですけれど、自然と親しげにとり乱されることもなく、馴れ馴れしくなど恨み言を言いかけることもなさいませんが、折々につけて思う心が叶えられなかった嘆きをほのめかされますのも、御息所《みやすどころ》はどう思われたでしょうか、知る由もないことでした。

　四月に女宮がお生まれになりました。特に目立つような晴れがましさはないようですけれど、院のご意向に従って、右大臣殿（夕霧）をはじめとして御産養《うぶやしない》をなさる所々がたくさんありました。尚侍《かん》の君（玉鬘）は、しっかりとお抱き上げになっておかわいがりになっていらっしゃいますが、早くご帰参なさるようにとの仰せがしきりにありますので、五十日《いか》

よう教へないたてまつりたまひてけり。いまめかしう爪音よくて、歌《うた》、曲《ごく》の物など上手にいとよく弾きたまふ。何ごとも、心もとなく後れたることはものしたまはぬ人なめり。容貌《かたち》、はた、いとをかしかべしとなほ心とまる。

　かやうなるをり多かれど、おのづからけ遠からず、乱れたまふ方なく、馴れ馴れしうなどは恨みかけねど、をりをりにつけて思ふ心の違へる嘆かしさをかすむるも、いかが思しけむ、知らずかし。

　四月《うづき》に女宮生まれたまひぬ。ことにけざやかなるもののはえもなきやうなれど、院の御気色に従ひて、右の大殿よりはじめて、御産養《おほむうぶやしなひ》したまふ所どころ多かり。尚《か》侍《む》の君つと抱きもちてうつくしみたまふに、とう参りたまふべきよしのみあれば、五十日《いか》のほどに参

歌や曲のもの 歌のもの（歌の伴奏）と曲のもの（歌詞のない曲）。

［一九］大君、女宮を出産　玉鬘、中の君に尚侍《ないしのかみ》を譲り出家を願うが断念

御産養 出生後、三・五・七・九日の夜に、親族縁者が祝う儀。

五十日の祝 誕生後五十日目の祝儀。

の祝いの頃に参院なさいました。

　女一の宮がお一方いらっしゃいますが、この姫君がまことに久しぶりでかわいらしくいらっしゃいますので、院はとてもご寵愛になられます。今まで以上にただこの大君《おおいきみ》のところにばかりおいでになりますので、女御《にょうご》方の女房たちは、全くこれほどでなくてもよさそうな御仲なのにと、穏やかならず口にしたり思ったりしています。

　当のご本人たちのお気持ちは、特に軽々しく仲違《たが》いをなさるわけではありませんが、お仕えしている女房たちの間で、厄介なことなども起こったりして、あの左近《さこん》の中将が、そうは言っても長兄だけあって、おっしゃったことがその通りになりましたので、尚侍《かん》の君も「むやみにこのようなことを言い言いして、あげくの果てはどうなることだろう。世間のもの笑いになってみっともないように扱われるのだろうか。院のご寵愛は浅くはないけれど、長年お仕えしておられる方々が不快にお思いになってお見捨てになったら、困った事になるだろうよ」と、お思いになっていらっしゃいますと、帝《みかど》は

りたまひぬ。

　女一の宮一ところおはしますに、いとめづらしくうつくしうておはすれば、いといみじう思したり。いとど、ただこなたにのみおはします。女御方の人々、いとかからでありぬべき世かな、とただならず言ひ思へり。

　正身《さうじみ》の御心どもは、ことに軽々しく背きたまふにはあらねど、さぶらふ人々の中にくせぐせしき事も出で来などしつつ、かの中将の君の、さいへど人の兄にてのたまひしことかなひて、尚侍《かむ》の君も、「むげにかく言ひ言ひのはていかならむ。人わらへに、はしたなうもやもてなされむ。上の御心ばへは浅からねど、年経てさぶらひたまふ御方々よろしからず思ひはなちたまはば、苦しくもあるべきかな」と思ほすに、内裏《うち》には、まことにものしと思しつつ、たびたび

女一の宮　弘徽殿の女御腹の皇女。

おっしゃったことが…　大君の兄の左近の中将が、母玉鬘に大君の参院を危惧したこと（「一七」九九～一〇〇ページ）。

中の君のご宿縁
中の君が尚侍になるべき宿世。

大君の参院をまことにご不快に思し召されて度々ご立腹である、と人がお知らせ申し上げますので、尚侍《かん》の君は煩《わずら》わしく思われて、中の姫君を公《おおやけ》のお勤《つと》めという形で、宮仕えにお出し申し上げようとお思いになって、尚侍《ないしのかみ》の職をお譲りになります。朝廷では尚侍の交代を大層困難なこととなさっていましたので、長年このようにお思いになっておられましたけれどお辞めになれませんでしたが、故大臣《おとど》（鬚黒）のお気持ちをお思いになって、ずい分昔の前例などを引き出して、そのお望みがお叶いになりました。この中の君のご宿縁《しゆくえん》のゆえに、長い間申されておいでの辞任が困難であったのだと思われました。

　こうして気兼ねなく宮仕えなさるようにとお思いになりますにつけても、尚侍の君は、「お気の毒に、少将との事を母北の方（雲居の雁）がわざわざおっしゃっていらしたものを、ご期待なさるようにそれとなくお話し申し上げたのも、先方ではどうお思いだろう」と気にしていらっしゃいます。弁《べん》の君を使いとして、他意のないように大臣に申し上げます。

玉鬘「帝《みかど》からこのような仰せ言がありましたので、いろい

御気色あり、と人の告げきこゆれば、わづらはしくて、中の姫君を、公《おほやけ》ざまにてまじらはせたてまつらむことを思して、尚侍《ないしのかみ》を譲りたまふ。朝廷《おほやけ》いと難うしたまふことなりければ、年ごろかう思しおきてしかど、え辞《じ》したまはざりしを、故大臣《おとど》の御心を思して、久しうなりにける昔の例などひき出でて、その事かなひたまひぬ。この君の御宿世にて、年ごろ申したまひしは難きなりけり、と見えたり。

　かくて、心安くて内裏《うち》住みもしたまへかしと思すにも、「いとほしう、少将の事を母北の方のわざとのたまひしものを。頼めきこえしやうにほのめかしきこえしも、いかに思ひたまふらむ」と思しあつかふ。弁の君して、心うつくしきやうに大臣に聞こえたまふ。

「内裏《うち》よりかかる仰せ言のあれば、さまざまにあながちなるまじらひの好みと、世の聞

ろと無理な宮仕えを好むと世間の噂《うわさ》になるのもどうかと思いまして、悩んでおります。」

と申し上げますと、

夕霧「帝《みかど》のご意向はご不快なのも当然のことと承っております。公《おおやけ》のお勤《つと》めにしても宮仕えをなさらないのはよろしくないことです。早くご決心なさるべきでしょう。」

と申されました。またこの度は中宮（明石の中宮）のご機嫌を伺ってから参上なさいます。父大臣《おとど》（鬚黒）がご存命であったら、この中の君がないがしろにされるようなことはなかったろうに、などと、感慨深くお思いでいらっしゃいます。帝は、姉君はご容貌など噂が高く美しいと聞こし召していらっしゃいましたのに、お引き換えになりましたので、何となく納得できないようではありますけれど、この中の君も実にたしなみ深くて奥ゆかしく振る舞ってお仕えになっていらっしゃいます。

前《さき》の尚侍《かん》の君（玉鬘）は、出家してしまおうとお思い立ちになりますが、

中将・右中弁「あちらこちらとお世話申し上げる時期ですか

き耳もいかがと思ひたまへてなむわづらひぬる」

と聞こえたまへば、

「内裏《うち》の御気色は、思し咎むるも、ことわりになむ承る。公事《おほやけごと》につけても、宮仕したまはぬは、さるまじきわざになむ。はや思したつべきになむ」

と申したまへり。またこのたびは、中宮の御気色とりてぞ参りたまふ。大臣おはせましかばおし消ちたまはざらましなど、あはれなる事どもをなむ。姉君は、容貌《かたち》など名高うをかしげなり、と聞こしめしおきたりけるを、ひきかへたまへるを、なま心ゆかぬやうなれど、これもいとらうらうじく、心憎くもてなしてさぶらひたまふ。

前尚侍《さきのかむ》の君、かたちを変へてむと思したつを、

「方々に扱かひきこえたまふほどに、行ひも心あわたたしうこそ思されめ。いま少しい

ら、仏のお勤《つと》めも落ち着かれず思われるでしょう。もう少しどちらの方も安心だとお見届けなさってから、誰にも非難されることなく、一途《いちず》にお勤めなさいまし。」と、ご子息たちが申しますので、思いとどまられて、宮中には時々こっそりと参上なさる折もあります。冷泉院《れいぜいいん》には煩《わずら》わしいお気持ちがまだおありですので、しかるべき時にも全く参上なさいません。

昔のことを思い出されますと、さすがに畏《おそ》れ多く思われましたことのお詫びに、人がみな反対していましたことにも気付かぬ顔をして、大君《おおいきみ》を院へ参らせ申し上げて、更に自分までが冗談にせよ若々しい事が世の噂《うわさ》になったら、まことに恥ずかしく見苦しいに違いないとお思いになりますが、そのような憚《はばか》りがあるからとは、また御息所《みやすどころ》（大君）にもお明かしになりませんので、大君は自分を昔から亡き大臣《おとど》は特に大事にかわいがって下さり、母の尚侍《かん》の君は、中の君を桜の争いやちょっとした時にもお味方なさったその名残りで、今も低く思っていらっしゃるのだと、恨めしくお思い申し上げなさ

づ方も心のどかに見たてまつりなしたまひて、もどかしき所なく一途《ひたみち》に勤めたまへ」と、君たちの申したまへば、思しとどこほりて、内裏《うち》には、時々、忍びて参りたまふをりもあり。院には、わづらはしき御心ばへのなほ絶えねば、さるべきをりもさらに参りたまはず。

いにしへを思ひ出でしが、さすがに、かたじけなうおぼえしかしこまりに、人のみな許さぬ事に思へりしをも知らず顔に思ひて参らせたてまつりて、自《みづか》らさへ、戯れにても、若々しき事の世に聞こえたらむこそ、いとまばゆく見苦しかるべけれと思せど、さる忌によりと、はた御息所《みやすどころ》にも明かしきこえたまはねば、我を昔より故大臣《おとど》はとり分きて思しかしづき、尚侍《かむ》の君は若君を、桜のあらそひ、はかなき折にも、心寄せたまひしなごりに思しおとしけるよと、恨め

るのでした。院の上もまたましてひどく恨めしく思われ仰せられるのでした。

冷泉院「わたしのような老人の所に、あなたを放っておいて思い落とされるのも、もっともなことだ」

とお話しになられて、大君《おおいきみ》をますますいとしくお思いになります。

[二〇] 大君、男御子を出産 周囲の嫉妬と玉鬘の嘆き

何年か経《た》って、大君はまた男御子《みこ》をお生みになりました。大ぜいお仕えしていらっしゃる御方々にはこういう事がなく、何年も過ぎていましたので、並々でなかったご宿縁《しゅくえん》などと、世間の人々は目を見張っています。院の帝《みかど》(冷泉院)はましてこの上もなくめったにないことと、この今宮をおいつくしみあそばされます。ご退位にならないうちでしたら、どんなにかかいがあったでしょうか、今は何事も張り合いのない世ですので、まことに残念だとお思いになるのでした。

院は女一の宮をこの上なく大切にお思いになっておられましたが、こうしてさまざまにかわいらしい御子が相次いでお

しう思ひきこえたまひけり。院の上、はたましていみじうつらしとぞ思しのたまはせける。

「古めかしきあたりにさし放ちて。思ひおとさるるもことわりなり」

とうち語らひたまひて、あはれにのみ思しまさる。

年ごろありて、また男御子産みたまひつ。そこらさぶらひたまふ御方々にかかる事なくて年ごろになりにけるを、おろかならざりける御宿世など世人《よひと》おどろく。帝は、まして限りなくめづらしと、この今宮をば思ひきこえたまへり。おりゐたまはぬ世ならましかば、いかにかひあらまし、今は何ごともはえなき世を、いと口惜しとなむ思しける。

女一の宮を限りなきものに思ひきこえたまひしを、かくさまざま

生まれになりましたので、目新しいこととして特別にご寵愛になりますのを、女御《にょうご》もあまりこのようでは不快なことになろうとお心が騒ぐのでした。何かにつけて穏やかでなく、わだかまりも生じて来て、自然とお二人の御仲も隔たって行くようです。世間の例として、取るに足りない男女の仲らいでも、もとから道理のある方に、事情を知らない第三者も味方するもののようですから、院の中のさまざまな身分の人々は、れっきとしたご身分で長い間過ごして来られた御方だけを、道理があるように考えて、ささいな事でもこちらの御方をよくないように取り沙汰しますのを、御兄弟の君たちも、

中将・右中弁「それご覧なさい。間違ったことを申し上げたでしょうか。」

と一層お責めになります。心も安まらず聞くのもつらいままに、

玉鬘「こんな苦労はしないで、のんびりと人目もよく世を過ごしている人も多いでしょうに。この上ない幸運がなくては、宮仕えなどは思い寄ってはならないことなので

にうつくしくて数そひたまへれば、めづらかなる方にて、いとことに思いたるをなむ、女御も、あまりかうてはものしからむと、御心動きける。事にふれて安からずくねくねしき事出で来などして、おのづから御仲も隔たるべかめり。世の事として、数ならぬ人の仲らひにも、もとよりことわりえたる方にこそ、あいなきおほよその人も心を寄するわざなめれば、院の内の上下《かみしも》の人々、いとやむごとなくて久しくなりたまへる御方にのみことわりて、はかない事にも、この御方ざまをよからずとりなしなどするを、御せうとの君たちも、

「さればよ。あしうやは聞こえおきける」

と、いとど申したまふ。心やすからず、聞き苦しきままに、

「かからで、のどやかにめやすくて世を過ぐす人も多かめりかし。限りなき幸ひなくて、

お二人の御仲 弘徽殿の女御と御息所（大君）の仲。

もとから道理のある方 本妻の地位にあたる人、弘徽殿の女御。

した。」
と、大上《おおうえ》（玉鬘）はお嘆きになります。

かつて大君に求婚していた人々は、好ましく昇進していて、もし婿におなりになっていても見苦しくない人々が大ぜいいらっしゃいます。その中に源侍従《じじゅう》（薫）と言ってとても若く弱々しく見えたお方は、宰相《さいしょう》の中将となって、「匂宮よ、薫の君よ」と聞き苦しいほどにもてはやされ騒がれているそうですが、本当にまことにお人柄も重々しく奥ゆかしいので、高貴な親王《みこ》たちや大臣《おとど》が、御娘を婿にというご意向があって声をかけられるようですが、それも聞き入れないなどと聞きますにつけても、

玉鬘「あの当時は若く頼りなさそうでしたが、好ましく成長なさったようですね。」

などと話し合っていらっしゃいます。

少将であったお方も、三位《さんみ》の中将とか言って世間の評判がよいようです。

［二一］成長した薫の評判　蔵人の少将、大君への未練を断ち切れず

少将であったお方 夕霧の長男、蔵人の少将。雲居の雁腹。

宮仕の筋は思ひよるまじきわざなりけり」
と、大上《おほうへ》は嘆きたまふ。

聞こえし人々の、めやすくなり上《のぼ》りつつ、さてもおはせましにかたはならぬぞあまたあるや。その中に、源侍従とて、いと若うひはづなりと見しは宰相中将にて、「匂ふや薫るや」と聞きにくくめで騒がるなる、げにいと人柄重りかに心にくきを、やむごとなき親《み》王《こ》たち大臣《おとど》の、御むすめを心ざしありてのたまふなるなども聞き入れずなどあるにつけて、

「その昔は若う心もとなきやうなりしかど、めやすくねびまさりぬべかめり」

など言ひおはさうず。

少将なりしも、三位中将とかいひておぼえあり。

女房「ご容貌までが申し分なかったわ。」

などと、少し意地の悪い召し使いたちはひそひそ話をしては、

女房「煩《わずら》わしそうな姫君の今のお身の上よりは。」

などと言う者もいて、いかにも母君がお気の毒に見えました。

この中将は、今もなお大君《おおいきみ》を思いそめた気持ちが消えず、もの憂くもつらくも思いながら、左大臣の御娘を得ましたけれどほとんど心にもとめず、「道の果てなる常陸帯《ひたちおび》の（少しでもあなたに逢いたい）」と、手習いにも口ずさみにもしていますのは、どのようなお考えがあるのでしょうか。

御息所《みやすどころ》（大君）は、気の休まることのない宮仕えの煩《わずら》わしさに、お里に退出しがちになられてしまいました。前《さき》の尚侍《かん》の君（玉鬘）は、思ったようにはならないこの御有様を、残念にお思いになります。宮中の中の君は、かえって華やかで気楽そうにお過ごしで、世間でも趣があり奥ゆかしいお方との評判を得て、お仕えになっていらっしゃいます。

道の果てなる常陸帯の 「東路の道のはてなる常陸帯のかごとばかりも逢はむとぞ思ふ」（新古今・恋一）。

［二二］ 人々昇進　薫、昇進の挨拶に玉鬘を訪れる　玉鬘、現状を述懐

左大臣がお亡くなりになって、右大臣（夕霧）は左大臣に、

「容貌《かたち》さへあらまほしかりきや」

など、なま心わろき仕うまつり人は、うち忍びつつ、

「うるさげなる御有様よりは」

など言ふもありて、いとほしうぞ見えし。

この中将は、なほ思ひそめし心絶えず、うくもつらくも思ひつつ、左大臣の御むすめを得たれどをさをさ心もとめず、「道のはてなる常陸帯《ひたちおび》の」と、手習にも、言ぐさにもするは、いかに思ふやうのあるにかありけむ。

御息所《みやすどころ》、安げなき世のむつかしさに里がちになりたまひにけり。尚侍《かむ》の君、思ひしやうにはあらぬ御有様を口惜しと思す。内裏《うち》の君は、なかなか今めかしう心安げにもてなして、世にも故あり、心にくきおぼえにてさぶらひたまふ。

左大臣亡せたまひて、右は左に、

藤大納言は左大将兼任の右大臣におなりになりました。次々の人々も昇進して、この薫中将は中納言に、三位《さんみ》の君は宰相《さいしょう》になって、昇進を喜ばれる方々は、このご一族の他《ほか》にはおられないご時世でした。

中納言が昇進のご挨拶に前《さき》の尚侍《かん》の君の所へ参上なさいました。お前の庭で拝舞申し上げます。尚侍の君はご対面になって、

玉鬘「こうしてまことに草深くなっていく葎《むぐら》の門《かど》をお避けにならないお心ざしにも、まず昔の御事が思い出されまして。」

などと申し上げますお声は、上品で魅力があっていつまでも聞いていたいほど華やいでいらっしゃいました。「若々しくいらっしゃるな。こうだから院の上はお恨みになるお心が絶えないのだ。そのうちついには厄介な事が起きるに違いない」と中納言はお思いになります。

薫「昇進の喜びなどは、気持ちの上ではそれほど思っておりませんが、何よりもお目にかかりたくて参上いたし

藤大納言、左大将かけたまへる右大臣になりたまふ。次々の人々なり上りて、この薫中将は中納言に、三位の君は宰相になりて、慶《よろこ》びしたまへる人々、この御族《ぞう》より外に人なき頃ほひになむありける。

中納言の御よろこびに、前尚侍《さきのかむ》の君に参りたまへり。御前の庭にて拝したてまつりたまふ。尚侍の君対面したまひて、

「かくいと草深くなりゆく葎《むぐら》の門《かど》を、避《よ》きたまはぬ御心ばへにも、まづ昔の御こと思ひ出でられてなむ」

など聞こえたまふ。御声あてに愛敬づき、聞かまほしういまめきたり。「旧りがたくもおはするかな。かかれば、院の上は、恨みたまふ御心絶えぬぞかし。いまつひに、事ひき出でたまひてむ」と思ふ。

「よろこびなどは、心にはいとしも思ひたまへねども、まづ御覧ぜられにこそ参りはべ

藤大納言 「紅梅」の巻冒頭に紹介がある（二七ページ）。按察《あぜち》の大納言、紅梅の右大臣とも呼ばれる。

三位の君 もと蔵人の少将。夕霧の長男。一一三ページに三位の中将と見える。

草深くなっていく葎の門 時勢におくれて衰えた自邸を卑下した表現。

ました。避けずになどとおっしゃいますのは、ご無沙汰の失礼を逆におっしゃったのでしょうか。」

と申されます。

玉鬘「今日は年寄りの愚痴《ぐち》などを申し上げるような時でもないと遠慮しておりますが、わざわざお立ち寄りいただくような事はめったにないことですので、お目にかからなくてはやはり。しかしそう申しましてもくだくだしい事でございまして。院にお仕えしております娘（大君《おおいきみ》）が、まことにひどく周囲のお付き合いを悩んでおりまして、落ち着かない状態で頼りなく過ごしておりますのを、女御《にょうご》（弘徽殿）をお頼み申し上げ、また后《きさい》の宮の御方（秋《あき》好《このむ》中宮）にも、やはりお許しいただこうと存じまして過ごしておりますが、どちらの方にも失礼で不愉快なものにお思いになられたようですので、とてもいたたまれない思いでして。宮たちはそのまま院のお側《そば》におられますし、このまことに勤《つと》めにくそうなご本人は、こちらで気安くのんびりとお過ごしなさいと申して退出させたので

れ。避《よ》きぬなどのたまはするは、おろかなる罪にうち返させたまふにや」

と申したまふ。

「今日は、さだ過ぎにたる身の愁へなど聞こゆべきついでにもあらず、とつつみはべれど、わざと立ち寄りたまはむ事は難きを、対面なくて、はた。さすがにくだくだしき事になむ。院にさぶらはるるが、いといたう世の中を思ひ乱れ、中空なるやうにただよふを、女御を頼みきこえ、また后の宮の御方にもさりとも思し許されなむと思ひたまへ過ぐすに、いづ方にも、なめげに許さぬものに思されたなれば、いとかたはらいたくて。宮たちはさてさぶらひたまふ、この、いとまじらひにくげなるみづからは、かくて心安くだにながめ過ぐいたまへとてま

どちらのお方も 弘徽殿の女御や秋好中宮。

すが、それにつけても聞きにくい悪口が聞こえて来ますし、帝《みかど》にもよろしくないことと思し召され、そのように仰せられるようです。もし機会がございましたら、それとなく事情を奏上なさって下さいませ。あちらこちら頼もしく思いまして宮仕えに出しました当座は、どちらのお方も気兼ねなく心を許してお頼み申し上げたのですが、今はこんな行き違いが生じて、分別がなく身のほど知らずだった自分の心を、もどかしく思っております。」

と、

思わずお泣きになるご様子です。

薫「決してそこまでお悩みになるべきことではございません。こうした後宮《こうきゅう》のお付き合いが気楽でないことは、昔からそういうことになっておりましたものを。院はお位を去って静かにお暮らしになり、何事も目立たないご日常におなりになりましたので、どなたもうちくつろいでいらっしゃるようですが、それぞれのお心の内では、どうして張り合うお気持ちのないことがございましょうか。他人は何の過ちとも思わないことでも、当人にとり

かでさせたるを、それにつけても、聞きにくくなむ。上にもよろしからず思しのたまはすなる。ついであらば、ほのめかし奏したまへ。とざまかうざまに頼もしく思ひたまへて、出だしたてはべりしほどは、いづ方をも心安くうちとけ頼みきこえしかど、今は、かかる事あやまりに、幼うおほけなかりけるみづからの心を、もどかしくなむ」

と、うち泣いたまふ気色なり。

「さらにかうまで思すまじき事になむ。かかる御まじらひの安からぬ事は、昔よりさる事となりはべりにけるを。位を去りて静かにおはしまし、何事もけざやかならぬ御有様となりにたるに、誰もうちとけたまへるやうなれど、おのおの内々は、いかがいどましくも思す事もなからむ。人は

ましては恨めしく思われて、つまらないことにも心をお動かしになることは、女御《にょうご》や后《きさき》のいつものお癖でございましょう。それくらいの騒ぎもあるまいとお思いになってご決心なさったのでしょうか。ただ穏やかに振る舞って、お見過ごしになるべきことと存じます。男のわたしが奏上すべきことでもないようでございます。」

と、実にそっけなく申し上げますと、

玉鬘「お目にかかったついでに愚痴《ぐち》を聞いていただこうと待ち受けておりましたかいもなく、あっさりとしたご判断ですこと。」

とお笑いになっていらっしゃいます、そのご様子は、娘の親としてかいがいしくしていらっしゃるわりには、まことに若々しくおっとりとした感じがします。「御息所《みやすどころ》（大君《おおいきみ》）もこんな感じでいらっしゃるのだろう。宇治の姫君に心が惹かれるように思うのも、こうした様子が興味あるからなのだ」と中納言はお思いになって座っていらっしゃいます。

尚侍《ないしのかみ》（中の君）もこの頃退出なさいました。こちらとあち

宇治の姫君
八の宮の姫君、ここは特に大君。

こちらとあちらに
大君と中の君が寝殿の東西に隔って住む。

何の咎と見ぬ事も、わが御身にとりては恨めしくなむ、あいなき事に心動かいたまふ事、女御后の常の御癖なるべし。さばかりの紛れもあらじものとてやは思したちけむ。ただなだらかにもてなして、御覧じ過ぐすべき事にはべるなり。男の方にて奏すべき事にもはべらぬことになむ」

と、いとすくすくしう申したまへば、

「対面のついでに愁へきこえむと、待ちつけたてまつりたるかひなくあはの御断《ことわ》りや」

と、うち笑ひておはする、人の親にてはかばかしがりたまへるほどよりは、いと若やかにおほどいたる心地す。「御息所《みやすどころ》もかやうにぞおはすべかめる。宇治の姫君の心とまりておぼゆるも、かうざまなるけはひのをかしきぞかし」と思ひゐたまへり。

らにお住まいになっていらっしゃるご様子は風情《ふぜい》があり、一体にのんびりと雑事に紛《まぎ》れる事もない御有様ですので、中納言は御簾《みす》の内も気後《きおく》れするように思われますので、気遣いさせられて、一層控え目で無難に振る舞っておられますのを、大上《おおうえ》（玉鬘）は、婿としてお世話できればとお思いになるのでした。

右大臣（紅梅）のお邸《やしき》は、すぐこのお邸の東にありました。大饗《だいきょう》の垣下《えが》の君たちなどが大ぜいお集まりになっています。兵部卿《ひょうぶきょう》の宮（匂宮）は、左大臣殿（夕霧）の賭弓《のりゆみ》の還立《かえりだち》や相撲《すまい》の饗《あるじ》などにはお出でになったのに、と思って、今日の宴の光を添える賓客としてお招き申し上げましたけれど、おいでになりません。奥ゆかしく大切にお育てになっている姫君たちを、実は格別のお心ざしがあって、どうにかして宮にとお思い申し上げなさるようでしたが、宮はどういうわけでしょうか、お心にもおとめにならないのでした。源中納言（薫）がますます申し分なく成人なさって、何事も劣った所なくおいでになりますのを、

尚侍《ないしのかみ》も、このころまかでたまへり。こなたかなた住みたまへるけはひをかしう、おほかたのどやかに紛るる事なき御ありさまどもの、簾《す》の内心恥づかしうおぼゆれば、心づかひせられて、いとどもてしづめやすきを、大上《おほうへ》は、近うも見ましかばと、うち思しけり。

大臣殿は、ただこの殿の東《ひむがし》なりけり。大饗の垣下《ゑが》の君達などあまた集《つど》ひたまふ。兵部卿宮、左の大臣殿の賭弓《のりゆみ》の還立《かへりだち》、相撲《すまひ》の饗《あるじ》などにはおはしまししを思ひて、今日の光と請じたてまつりたまひけれどおはしまさず。心にくくもてかしづきたまふ姫君たちを、さるは、心ざし殊に、いかでと思ひきこえたまふべかめれど、宮ぞいかなるにかあらむ、御心もとめたまはざりける。源中納言のいとどあらまほしうねびととのひ、何事も後れ

［二三］紅梅邸の大饗　右大臣、匂宮・薫を婿にと望む　玉鬘邸の寂しさ

大饗 紅梅右大臣の大臣就任の祝宴。

垣下 饗応の時、相伴の人々が着く座。

兵部卿の宮は…お出でになったのに 匂宮は六条院の賭弓の還饗や相撲の饗には出席した（「匂宮」の巻［一〇］二一ページ）。

右大臣も北の方（真木柱《まきばしら》）も、お目をおとどめなさるのでした。

隣のお邸《やしき》はこのように賑やかで、行き違う車の音や前駆《ぜんく》の声々もつい昔のことが思い出されて、このお邸ではしみじみと淋しくもの思いに沈んでいらっしゃいます。

玉鬘「故宮（蛍宮）がお亡くなりになって間もなく、この右大臣（紅梅）がお通いになった時には、とても浮わついたことのように世間の人は非難したようでしたが、今もこうして暮らしていらっしゃいますのも、やはりさすがに好ましいことだったのです。分からないのは男女の仲ですよ。どちらがよいのでしょうか」

などと、前《さき》の尚侍《かん》の君はおっしゃいます。


たる方なくものしたまふを、大臣も北の方も目とどめたまひけり。

隣のかくののしりて、行きちがふ車の音、前駆《さき》追ふ声々も、昔の事思ひ出でられて、この殿にはものあはれにながめたまふ。

「故宮亡せたまひて、ほどもなくこの大臣の通ひたまひしことを、いとあはつけいやうに世人《よひと》はもどくなりしかど、思ひも消えず、かくてものしたまふも、さすがさる方にめやすかりけり。定めなの世や。いづれにかよるべき」

などのたまふ。

[二四] 宰相の中将、大君に未練　玉鬘、わが子の遅い昇進を嘆く

左大臣殿（夕霧）の宰相《さいしょう》の中将は、大饗《だいきょう》の翌日、夕方になってこちらに参上なさいました。御息所《みやすどころ》（大君《おおいきみ》）が退出なさっていらっしゃると思いますと、一層心も改まって、
中将「朝廷から一人前としてお認めいただいたお祝い事などは、何とも思っておりません。私事の望みの叶わぬ嘆

左の大殿の宰相中将、大饗のまたの日、夕つけてここに参りたまへり。御息所《みやすどころ》里におはすと思ふにいとど心げさうそひて、

「おほやけの数まへたまふよろこびなどは、何ともおぼえ

非参議
四位で参議になる資格があるがまだなっていない者。

きだけが、年月が経《た》つにつれて晴らしようもない事なのです。」

と、涙を押し拭うのもわざとらしく見えます。二十七、八歳の頃の、実に今を盛りの美しさで、華やかな容貌をしていらっしゃいます。

玉鬘「みっともないご子息たちが、世の中を思いのままにいい気になって、官位のことなど何とも思わず過ごしておいでになるとは。亡き殿（髭黒）がおいでになったら、わが家の息子たちも、このような色恋沙汰で心を乱していたでしょうに。」

とお泣きになります。ご子息は右《う》兵衛《ひょうえ》の督《かみ》と右大弁で、みな非参議ですのを、嘆かわしいと思っていらっしゃいます。藤侍従と申し上げた方は、この頃は頭《とう》の中将と申し上げるようです。年齢から見て不相応な地位ではありませんが、母上（玉鬘）は、人よりも遅れているとお嘆きになっています。宰《さい》相《しょう》の中将は、何かと御息所《みやすどころ》（大君《おおいきみ》）にうまく言い寄って来ますけれど。

はべらず。私の思ふことかなはぬ嘆きのみ、年月にそへて思ひたまへはるけむ方なきこと」

と、涙おし拭ふもことさらめいたり。二十七、八のほどの、いとさかりににほひ、はなやかなる容貌《かたち》したまへり。

「見苦しの君たちの、世の中を心のままにおごりて。官《つかさ》位《くらゐ》をば何とも思はず過ぐしいますがらふや。故殿おはせましかば、ここなる人々も、かかるすさびごとにぞ、心は乱らまし」

とうち泣きたまふ。右兵衛督、右大弁にて、みな非参議なるを、愁はしと思へり。侍従と聞こゆめりしぞ、このころ頭中将と聞こゆめる。年齢《としよはひ》のほどはかたはならねど、人に後《おく》ると嘆きたまへり。宰相は、とかくつきづきしく。

45

橋《はし》姫《ひめ》

薫、宇治の姫君たちを垣間《かいま》見る

「橋姫」小見出し一覧

［一］不遇の八の宮、北の方とともに世を過ごす

［二］北の方、二人目の女子を出産して逝去　八の宮、姉妹の姫君たちを養う

［三］八の宮、仏道に精進しつつ姫君たちを養育姉妹の性格

［四］春の日、八の宮、池の水鳥に寄せて姫君たちと唱和する

［五］源氏方との政争に操られ、悲運に沈んだ八の宮の半生

［六］京の八の宮邸焼失　宇治の山荘に移住　阿《あ》闍梨《ざり》に師事する

［七］阿闍梨、八の宮の道心を院に奏上　薫、八の宮に心惹かれる

［八］阿闍梨、八の宮に会い、薫の道心の深さを語る　宮と薫、法友となる

［九］薫、宇治を訪問　八の宮に私淑し、二人の親交深まる

［一〇］晩秋、八の宮、山寺に籠《こも》る　薫、宮の不在の山荘を訪れる

［一一］薫、姫君たちの琴の音《ね》を聞き、宿直の男に垣間見《かいまみ》を頼む

［一二］薫、月の光に姫君たちのくつろいだ姿を垣間見る

［一三］薫の来訪に大君《おおいきみ》やむなく応対　薫、交誼を乞う

［一四］老女房の弁《べん》、薫に柏木臨終の際の遺言を語る

［一五］薫、弁の昔語りに心惹《ひ》かれ、再会を約束する

［一六］薫と大君、それぞれの心をこめて歌を贈答

［一七］薫、宇治に便りを出し、山籠りの八の宮にも心遣いをする

［一八］　薫、匂宮に宇治の姫君のことを語り、羨《うらや》ましがらせる

［一九］　薫、八の宮に対面　宮、姫君たちの将来を愁え、薫、後見を約す

［二〇］　薫、弁に対面　弁、自らの過去と薫の出生の秘密を語る

［二一］　弁、柏木形見の文反故《ふみほご》を薫に渡す　薫の複雑な感慨

［二二］　薫、帰京して、実父柏木の臨終の歌を読み、母宮を訪ねる

その頃、世間からその存在すら認められなくなった古宮がおいでになりました。

母方なども高貴なお家柄でいらっしゃって、格別な位におつきになるはずとの噂などもおありになりましたが、時勢が変わって、世の中から冷たい扱いをお受けになられた騒ぎの末に、かえって昔の面影とてなく、御後見《うしろみ》の方々も、当てがはずれた恨めしい思いで、めいめいの事情から身を引いていきましたので、宮は公私ともに頼る所もなく、すっかり見放されたような有様でいらっしゃいます。

北の方も、昔の大臣《だいじん》の御娘でありましたが、今はしみじみと心細く、親たちがご期待なさっていらっしゃいました事などお思い出しになるにつけて、たとえようもなく悲しいことが多いのですが、長いご夫婦仲のまたとない睦まじいことをつらいこの世の慰めとして、お互いにこの上なく頼りにし合っておられました。

何年も経《た》ちますのに、御子様がおできにならず、もの足り

そのころ、世に数まへられたまはぬ古宮おはしけり。

母方などもやむごとなくものしたまひて、筋ことなるべきおぼえなどおはしけるを、時移りて、世の中にはしたなめられたまひける紛れに、なかなかいとなごりなく、御後見《うしろみ》などももの恨めしき心々にて、かたがたにつけて世を背き去りつつ、公私《おほやけわたくし》に拠りどころなくさし放たれたまへるやうなり。

北の方も、昔の大臣の御むすめなりける、あはれに心細く、親たちの思しおきてたりしさまなど思ひ出でたまふにたとしへなきこと多かれど、古き御契りの二つなきばかりをうき世の慰めにて、かたみにまたなく頼みかはしたまへり。

年ごろ経るに、御子ものしたま

[一]　不遇の八の宮、北の方とともに世を過ごす

格別な位におつきになるはず　皇太子になり、即位するはずの親王だと噂された。

[二]　北の方、二人目の女子を出産して逝去　八の宮、姉妹の姫君たちを養う

なく不安なお気持ちになられるので、寂しく所在ない慰めに、「何とかしてかわいい子が欲しいものよ」と、宮は時々お思いになり、またおっしゃっておられましたところ、思いがけず女君の大層かわいらしいお子様がお生まれになりました。この姫君をこの上なくいとしくお思いになり、大切にお育てしていらっしゃいますと、また引き続いてご懐妊なさいましたので、今度は男の子を、などとお思いになっておられましたのに、やはり前と同じ女のお子様で、無事にお生みになりましたものの、まことにひどくお患《わずら》いになって、北の方はお亡くなりになってしまいました。宮はあまりの事に、途方に暮れていらっしゃいます。

宮は、「世を過ごして行くにつけても、まことに見苦しく堪え難いことの多い世の中であるが、見捨てがたいほどにいとしい人のご容姿やお人柄ゆえに、この世に引きとどめられる絆《きずな》となって、これまで過ごして来たのであったが、今一人後《あと》に残されて、いよいよ味気ないものになってしまうであろうよ。幼い姫君たちを男手一つで育て上げるのも、格式のあ

はで心もとなかりければ、さうざうしくつれづれなる慰めに、いかでをかしからむ児《ちご》もがな、と宮ぞ時々思しのたまひけるに、めづらしく女君のいとうつくしげなる生まれたまへり。これを限りなくあはれと思ひかしづききこえたまふに、さしつづきけしきばみたまひて、このたびは男にてもなど思したるに、同じさまにてたひらかにはしたまひながら、いといたくわづらひて亡せたまひぬ。宮、あさましう思しまどふ。

「あり経《ふ》るにつけても、いとはしたなくたへがたきこと多かる世なれど、見棄てがたくあはれなる人の御ありさま心ざまにかけとどめらるる絆《ほだし》にてこそ、過ぐし来つれ。独りとまりて、いとどすさまじくもあるべきかな。いはけなき人々をも、独りはぐくみたてむほ

る身としては実にみっともなく、世間体《てい》も悪いこと」とお考えになって、出家の本意も遂げてしまいたいとお思いになりますものの、姫君たちをお任せになる人もなくて、後《あと》に残しておくのもひどく心配にお思いになりながら、年月を過ごして行きますうちに、姫君たちはそれぞれ大人になられるにつれて、そのお姿やお顔立ちのかわいらしく申し分ありませんのを明け暮れの慰めとして、宮は自《おの》ずと日々をお過ごしになるのでした。

［三］ 八の宮、仏道に精進しつつ姫君たちを養育　姉妹の性格

後からお生まれになった姫君を、お仕えする女房たちも、

女房「どうも悪い時にお生まれになって。」

などとぶつぶつ言って、身を入れてもお世話申しあげなかったのですが、北の方がご臨終の際に、何事もお分かりにならない時ながらも、この姫君をひどく不憫《ふびん》に思われて、

北方「ただこの姫君を私《わたくし》の形見《かたみ》とご覧になって、いとしくお思い下さい。」

とだけ、たった一言を宮に申し残されましたので、前世の縁

ど、限りある身にて、いとをこがましう人わろかるべきこと」と思したちて、本意《ほい》も遂げまほしうしたまひけれど、見ゆづる人なくて残しとどめむをいみじう思したゆたひつつ、年月も経《ふ》れば、おのおのおよすけまさりたまふさま容貌《かたち》のうつくしうあらまほしきを、明け暮れの御慰めにて、おのづからぞ過ぐしたまふ。

後《のち》に生まれたまひし君をば、さぶらふ人々も、

「いでや、をりふし心憂く」

などうちつぶやきて、心に入れてもあつかひきこえざりけれど、限りのさまにて、何ごとも思しわかざりしほどながら、これをいと心苦しと思ひて、

「ただ、この君をば形見に見たまひて、あはれと思せ」

とばかり、ただ一言なむ宮に聞こ

のはかなさも恨めしい時ではありますが、「これも定められた運命であったのだろう」とお思いになり、「北の方が今わの際《きわ》までこの姫君を心からかわいそうに思われて不安げにおっしゃったものを」と、お思い出しになられながら、宮はこの姫君をことさらおかわいがりになるのでした。

この中の君のお顔立ちはまことにかわいらしくて、そら恐ろしいほどに美しくおいででした。姉の姫君は、ご気性《きしょう》がしとやかで深みのあるお方で、外見やお振る舞いも気品高く、奥ゆかしいご様子をしていらっしゃいます。可憐で気《け》高いところはこちらが勝《まさ》っており、どちらもそれぞれ大切にお育てになっていらっしゃいますが、思うに任せぬ事が多く、年月が経《た》つにつれて、宮邸の内の有様は、何となくさびれていくばかりです。

お仕えしていた人々も、頼りがいのない気がしますので、堪《た》えきれず次々にお暇《ひま》をいただいて散り散りになってしまい、中の君の御乳母《めのと》も、あのご不幸の騒ぎで確かな人を選ぶこともできませんでしたので、その身分相応の心浅さで幼い若君

あのご不幸の騒ぎ 北の方が中の君を生んですぐに死去したこと。

えおきたまひければ、前《さき》の世の契りもつらきをりふしなれど、「さるべきにこそはありけめ」と、「今はと見えしまでいとあはれと思ひてうしろめたげにのたまひしを」と思し出でつつ、この君をしもいとかなしうしたてまつりたまふ。

容貌《かたち》なむまことにいとうつくしう、ゆゆしきまでものしたまひける。姫君は、心ばせ静かによしある方にて、見る目もてなしも、気高く心にくきさまぞしたまへる。いたはしくやむごとなき筋はまさりて、いづれをも、さまざまに思ひかしづききこえたまへど、かなはぬこと多く、年月にそへて宮の内ものさびしくのみなりまさる。

さぶらひし人も、たづきなき心地するにえ忍びあへず、次々に、従ひてまかで散りつつ、若君の御乳母《めのと》も、さる騒ぎにはかばかしき人をしも選《え》りあへたまはざりけれ

家司　三位以上の貴族の家の家政をつかさどる者。

をお見捨て申してしまいましたので、ただ宮がお一人でお育てになっておられます。

宮邸は、さすがに広く趣向をこらしたお邸《やしき》で、池や築山《つきやま》などのたたずまいだけは昔に変わりませんが、まことにひどく荒れまさっていきますのを、宮はただ所在なく眺めて、もの思いの日々をお過ごしになっていらっしゃいます。家司《けいし》なども、しっかりした人もいませんでしたので、手入れをする人もないままに、草は青々と茂り、軒の忍ぶ草がわがもの顔に青々と一面にはびこっています。四季折々につけての花や紅葉の色も香も、北の方と一緒にご覧になりお楽しみになったからこそもの憂さも慰むことが多かったのですが、今はいよいよ寂しく頼る所もないままに、宮はただ持仏の御飾りばかりを念入りになさって、明け暮れ仏道に励んでおられます。

このような出家の妨げの姫君たちに関《かか》わり合っているのでさえ不本意で残念なことで、わが心ながらも思い通りにならない運命だと思われますのに、ましてどうして今さら世間並みに妻を迎えられましょうかとばかり、年月の経《た》つにつれて

ば、ほどにつけたる心浅さにて、幼きほどを見棄てたてまつりにければ、ただ、宮ぞはぐくみたまふ。

さすがに広くおもしろき宮の、池山などのけしきばかり昔に変らでいといたう荒れまさるを、つれづれとながめたまふ。家司なども、むねむねしき人もなかりければ、とり繕ふ人もなきままに、草青やかに茂り、軒のしのぶぞ所え顔に青みわたれる。をりをりにつけたる花紅葉の色をも香をも、同じ心に見はやしたまひしにこそ慰むことも多かりけれ、いとどしくさびしく、よりつかむ方なきままに、持仏の御飾ばかりをわざとせさせたまひて、明け暮れ行ひたまふ。

かかる絆《ほだし》どもにかかづらふだに思ひの外に口惜しう、わが心ながらもかなはざりける契りと思ゆるを、まいて、何にか世の人めいて今さらにとのみ、年月にそへて世

俗世のことをおあきらめになっては、心だけはすっかり聖《ひじり》になりきっていらして、北の方がお亡くなりになってこの方は、普通の人のようなお気持ちなど、仮《か》りそめにもお起こしにならないのでした。

人々「どうしてそうまでなさることがありましょうか。死別の当座の悲しみは、世にまたとないもののようにお思いでしょうが、時が経《た》てばそうばかりでもございますまい。やはり世間並みのお心遣いをなさいまして。そうしてこそこのように全く見苦しく頼りないお邸《やしき》の中も、自《おの》ずと整っていくものでしょうよ。」

と、人はご意見申しあげて、あれこれと似つかわしい縁談をお耳に入れることも、縁故に従って多いのですけれども、宮はお聞き入れになりませんでした。

お念誦《ねんず》の合間合間には、この姫君たちをお遊び相手になさり、次第に成長なさいますので、琴《こと》を習わせ、碁を打ち、偏《へん》継《つ》ぎなど、ちょっとした遊び事をなさるにつけても、お二人のお人柄をご覧になりますと、姉君は気品高くたしなみがあ

の中を思し離れつつ、心ばかりは聖《ひじり》になりはてたまひて、故君の亡せたまひにしこなたは、例の人のさまなる心ばへなど戯れにても思し出でたまはざりけり。

「などかさしも。別るるほどの悲しびは、また世にたぐひなきやうにのみこそは思ゆべかめれど、あり経ればさのみやは。なほ世人になずらふ御心づかひをしたまひて。いとかく見苦しくたづきなき宮の内も、おのづからもてなさるるわざもや」

と、人はもどききこえて、何くれとつきづきしく聞こえごつことも類にふれて多かれど、聞こしめし入れざりけり。

御念誦《ねんず》の隙《ひま》々にはこの君たちをもてあそび、やうやうおよすけたまへば、琴習はし碁打ち、偏つぎなどはかなき御遊びわざにつけても、心ばへどもを見たてまつりた

偏継ぎ
漢字のつくりを示して、その偏を継がせる文字遊戯。但し、当時の女子の遊びとしては知的に過ぎる。あるいは「片継ぎ」で、パズルのような遊びか。

り、思慮深くて重々しくお見えになります。妹君の方はおっとりとして可憐な風情《ふぜい》で、遠慮深そうな様子をして大層かわいらしく、ご姉妹それぞれに優《すぐ》れていらっしゃいます。

［四］ 春の日、八の宮、池の水鳥に寄せて姫君たちと唱和する

春のうららかな日差しに、池の水鳥どもが翼《つばさ》をうち交《か》わしながらそれぞれに囀《さえず》っている声などを、宮はいつもは何ともお思いにならず見過ごしていらっしゃいましたけれど、今は雌雄《しゆう》が離れず睦まじいのを羨《うらや》ましくお眺めになって、姫君たちにお琴などをお教え申し上げます。

大層かわいらしげに、小さいお年頃ながらめいめいお掻《か》き鳴らしになります琴の音《ね》などが、しみじみ面白く聞こえますので、涙をお浮かべになって、

八宮「うち棄ててつがひさりにし水鳥のかりのこの世にたちおくれけむ

（父鳥をうち捨てて母鳥が去ってしまった水鳥の子が、仮のこの世にどうしてとり残されてしまったのだろうか。）

悲しい思いの尽きないことよ。」

うち棄てて 「かりのこの世」に「かりの子」（鴨の卵）を掛ける。

まふに、姫君はらうらうじく深く重りかに見えたまふ。若君はおほどかにらうたげなるさまして、ものづつみしたるけはひにいとうつくしう、さまざまにおはす。

春のうららかなる日影に、池の水鳥どもの翼《はね》うちかはしつつおのがじし囀る声などを、常ははかなきことと見たまひしかども、つがひ離れぬをうらやましくながめたまひて、君たちに御琴ども教へきこえたまふ。

いとをかしげに、小さき御ほどに、とりどり掻き鳴らしたまふ物の音どもあはれにをかしく聞こゆれば、涙を浮けたまひて、

「うち棄ててつがひさりにし水鳥のかりのこの世にたちおくれけむ

心づくしなりや」

と目をお拭《ぬぐ》いになります。お顔立ちのまことに美しくおいでになる宮でいらっしゃいます。この何年もの仏道修行のためにやせ細っていらっしゃいますけれど、それがかえって気品高く優雅におなりになって、姫君たちをお世話なさるお心遣いから、直衣《なおし》の柔らかになったのをお召しになって、とりつくろわないお姿は、まことにこちらが恥じ入るほどの奥ゆかしさです。

姫君（大君《おおいきみ》）が御硯《すずり》をそっとお引き寄せになって、手習いのようにお書き散らしになりますのを、

八宮「これにお書きなさい。硯には書き付けないものですよ。」

とおっしゃって、紙をさし上げますと、恥ずかしそうにお書きになります。

大君いかでかく巣立ちけるぞと思ふにもうき水鳥のち
ぎりをぞ知る
（どうしてこのように成人したかと思うにつけても、不幸な水鳥のような運命を思い知ることです。）

と、目おし拭《のご》ひたまふ。容貌《かたち》いときよげにおはします宮なり。年ごろの御行ひに痩せ細りたまひにたれど、さてしもあてになまめきて、君たちをかしづきたまふ御心ばへに、直衣《なほし》の萎《な》えばめるを着たまひて、しどけなき御さまいと恥づかしげなり。

姫君、御硯をやをらひき寄せて、手習のやうに書きまぜたまふを、

「これに書きたまへ。硯には書きつけざなり」

とて紙奉りたまへば、恥ぢらひて書きたまふ。

いかでかく巣立ちけるぞと
思ふにもうき水鳥のちぎり
をぞ知る

いかでかく
「うき水鳥」に「憂き身」を掛ける。

上手な歌ではありませんが、折が折だけにまことにしみじみと感じられるのでした。筆跡はこれから先の上達が思われますが、まだよくは続け書きもお出来にならないお年頃です。

八宮「若君もお書きなさい。」

とおっしゃいますと、もう少し幼びて長いことかかってお書き上げになりました。

中君 泣く泣くも羽うち着する君なくはわれぞ巣守《すもり》になるべかりける

（泣きながらも羽を着せて育てて下さる父宮がいらっしゃらなかったら、私《わたくし》は、かえらない卵のようになってしまったでしょう。）

姫君たちのお召し物も着古して糊気《のりけ》もなく、お側《そば》にお仕えする侍女もおらず、実に寂しく所在なげですが、それぞれが本当にかわいらしくていらっしゃいますのを、しみじみといたわしくどうしてお思いにならないことがありましょうか。お経を片手にお持ちになって、一方では読経をなさりながら唱歌《そうが》もなさっていらっしゃいます。姉君に琵琶《びわ》、妹君に箏《そう》の

泣く泣くも
「君」は父八の宮。「巣守」は孵化せずに巣に残っている卵。

唱歌
楽器に合わせて譜をうたうこと。

よからねど、そのをりはいとあはれなりけり。手は、生ひ先見えて、まだよくもつづけたまはぬほどなり。

「若君も書きたまへ」

とあれば、いますこし幼げに、久しく書き出でたまへり。

泣く泣くも羽うち着する君なくはわれぞ巣守《すもり》になるべかりける

御衣どもなど萎えばみて、御前にまた人もなく、いとさびしくつれづれげなるに、さまざまいとらうたげにてものしたまふをあはれに心苦しう、いかが思さざらむ。経を片手に持たまひて、かつ読みつつ唱歌《さうが》をしたまふ。姫君に琵琶、若君に箏《さう》の御琴を。まだ幼けれど、

御琴をお教えになります。まだ幼いのですけれど、いつも合奏しながらお習いになりますので、それほど聞きにくくもなく、とても興深く聞こえます。

［五］源氏方との政争に操られ、悲運に沈んだ八の宮の半生

宮（八の宮）は、父帝《ちちみかど》にも母の女御《にょうご》にも早くに死別なさって、しっかりした御後見《うしろみ》でこれぞというお方もおいでになりませんでしたので、学問なども深くはお習いになっておりませんし、まして俗世に身を処していくお心構えなどは、どうしてご存じでありましょうか。高貴なお方と申し上げる中でも、驚くばかり気品高くおっとりとなさっていらして、女性のようなお方でいらっしゃいますので、古くから伝わってきた御宝物や、祖父大臣《おとど》の御遺産など、何やかやと限りなくあったのですけれど、どこへ行ったのかいつの間にか失《な》くなってしまって、御道具類ばかりが特にきちんとたくさん残っていました。参上してご機嫌を伺ったり、心をお寄せ申し上げる人もおりません。所在ないままに雅楽寮《ががくりょう》の楽師などのような優《すぐ》れた者をお召しになっては、たわいもない音楽に

常に合はせつつ習ひたまへば、聞きにくくもあらで、いとをかしく聞こゆ。

父帝《みかど》にも女御《にょうご》にも、とく後《おく》れきこえたまひて、はかばかしき御後《うしろ》見《み》のとりたてたるおはせざりければ、才など深くもえ習ひたまはず、まいて、世の中に住みつく御心おきてはいかでかは知りたまはむ。高き人と聞こゆる中にも、あさましうあてにおほどかなる、女のやうにおはすれば、古き世の御宝物、祖父大臣《おほぢおとど》の御処分《そうぶん》、何やかやと尽きすまじかりけれど、行く方もなくはかなく失せはてて、御調度などばかりなむ、わざとうるはしくて多かりける。参り訪《とぶら》ひきこえ、心寄せたてまつる人もなし。つれづれなるままに、雅楽寮《うたづかさ》の物の師どもなどやうの優《すぐ》れたるを召し寄

雅楽寮 宮中の歌舞のことをつかさどる役所。治部省に属す。

身をお入れになって成人なさいましたので、その方面はまことに上手で優《すぐ》れていらっしゃいました。

宮は源氏の大殿《おとど》の御弟で八の宮と申し上げましたが、冷泉《れいぜい》院《いん》が東宮《とうぐう》でおられました時に、朱雀院《すざくいん》の大后《おおぎさき》が陰謀を企てられて、この宮を世継ぎの君とすべく、ご自分のご威勢の盛んな時に肩入れ申し上げました騒ぎで、心ならずもあちらの源氏方とのお付き合いからは遠のけられてしまいましたので、いよいよそのご子孫の時代になってしまいましたこの世の中ですので、世間の交《ま》じらいもお出来になれず、その上数年来このような聖《ひじり》になりきって、今はこれまでと一切の望みをお捨てになってしまいました。

こうしているうちに、お住まいになられております宮邸が焼けてしまいました。いよいよつらい世の中に、言いようもなく張り合いがなくて、京の中にはお住みになるべき所で適当な場所もありませんでしたので、宇治という所に風情《ふぜい》のある山荘をお持ちになっておられましたので、そこにお移りに

せつつ、はかなき遊びに心を入れて生ひ出でたまへれば、その方はいとをかしう優《すぐ》れたまへり。

源氏の大殿《おとど》の御弟、八の宮とぞ聞こえしを、冷泉院の東宮におはしましし時、朱雀院の大后の横さまに思し構へて、この宮を世の中に立ち継ぎたまふべく、わが御時もてかしづきたてまつりたまひける騒ぎに、あいなくあなたざまの御仲らひにはさし放たれたまひにければ、いよいよかの御次々になりはてぬる世にて、え交らひたまはず。またこの年頃かかる聖になりはてて、今は限りとよろづを思し棄てたり。

かかるほどに、住みたまふ宮焼けにけり。いとどしき世に、あさましうあへなくて、移ろひ住みたまふべき所の、よろしきもなかりければ、宇治といふ所によしある山里持たまへりけるに渡りたまふ。

朱雀院の大后が陰謀を 桐壺院崩御、朱雀帝即位の時に東宮争いがあり、藤壺腹の東宮（冷泉帝）に対抗して弘徽殿の女御が八の宮を押した、とするが、このような大きな政争は桐壺院崩御時の「賢木」の巻には書かれていない（本書付録「『源氏物語』の遡及表現」参照）。

［六］ 京の八の宮邸焼失　宇治の山荘に移住　阿闍梨《あざり》に師事する

網代の仕掛け 魚を取るため、川に杭を立て並べ、簀を設けて魚を追いこむ仕掛け。宇治川が名高い。

見し人も 「見し人」は北の方。「煙」と「消え」は縁語。

なります。すっかり思い捨てられたこの世の中ですけれど、今はこれまでと京をお離れになりますのを、しみじみと悲しくお思いになります。

そこは網代《あじろ》の仕掛けが近く、耳騒がしい川のほとりですので、静かに暮らしたい願いにそぐわない所もありますが、いたし方ないことです。花や紅葉、水の流れにも心を慰めるよすがを求めて、いよいよもの思いに沈んでおられるほかはありません。こうして世間との交《まじ》わりを絶って籠《こも》ってしまった野山の果てでも、もし亡き北の方が生きていらっしゃったならと、お思い出し申し上げない時はないのでした。

八宮 見し人も宿も煙《けぶり》になりにしを何とてわが身消え残りけむ

（連れそった妻も、住みなれた住居も煙になってしまったのに、どうしてわが身だけが生き残ってしまったのであろう。）

生きているかいもないと思い焦《こ》がれておいでになります。

今まで以上に、幾重にも山を隔てたお住まいに、尋ねて来

思ひ棄てたまへる世なれども、今はと住み離れなむをあはれに思さる。

網代《あじろ》のけはひ近く、耳かしがましき川のわたりにて、静かなる思ひにかなはぬ方もあれど、いかがはせむ。花、紅葉、水の流れにも、心をやるたよりに寄せて、いとどしくながめたまふより外のことなし。かく絶え籠りぬる野山の末にも、昔の人ものしたまはましかば、と思ひきこえたまはぬをりなかりけり。

見し人も宿も煙《けぶり》になりにしを何とてわが身消え残りけむ

生けるかひなくぞ思しこがるるや。

いとど、山重なれる御住み処に尋ね参る人なし。あやしき下衆な

峰の朝霧の…
「雁の来る峰の朝霧晴れずのみ思ひ尽きせぬ世の中の憂さ」（古今・雑下　読人しらず）。

る人もおりません。卑しい下人《しもびと》や田舎びた山住みの者ばかりが、時たまお側《そば》近くに参ってお仕えしています。峰の朝霧の晴れる間もないような憂愁な思いで月日を明かし暮らしていらっしゃいますと、この宇治山に聖《ひじり》のような阿闍梨《あざり》が住んでいました。学問はまことに優《すぐ》れ、世間の信望も軽くはありませんが、めったに公式の仏事にも出仕せずに引き籠《こも》っていましたが、この宮がこうして近い所にお住まいになって、寂しいご様子で尊い修行をなさりながら経文《きようもん》を読み習っていらっしゃいますので、殊勝なことにお思い申し上げて宮邸に参上します。阿闍梨は宮がこれまで学び取られた事どもの深遠な道理を説いてお聞かせ申し上げ、いよいよ現世が仮《か》りそめのはかないものであることをお教えしますので、宮は、

八宮「心だけは極楽の蓮華《れんげ》の上に座っているような気持ちになり、濁りない池にも住めそうに思うのですが、全くこのような幼い人たちを見捨てて行くのが気がかりなばかりに、ただ一途《いちず》に出家することも出来ないのです。」

などと、心を割ってお話しになります。

ど、田舎びたる山がつどものみ、まれに馴れ参り仕うまつる。峰の朝霧晴るるをりなくて明かし暮らしたまふに、この宇治山に、聖だちたる阿闍梨《あざり》住みけり。才いとかしこくて、世のおぼえも軽からねど、をさをさ公事《おほやけごと》にも出で仕へず籠りゐたるに、この宮のかく近きほどに住みたまひて、さびしき御さまに、尊きわざをせさせたまひつつ、法文を読みならひたまへば、尊がりきこえて常に参る。年ごろ学び知りたまへることどもの、深き心を説き聞かせたてまつり、いよいよ、この世のいとかりそめにあぢきなきことを申し知らすれば、

「心ばかりは蓮《はちす》の上に思ひのぼり、濁りなき池にも住みぬべきを、いとかく幼き人々を見棄てむうしろめたさばかりになむ、えひたみちにかたちをも変へぬ」

など、隔てなく物語したまふ。

［七］ 阿闍梨、八の宮の道心を院に奏上　薫、八の宮に心惹かれる

この阿闍梨《あざり》は、冷泉院《れいぜいいん》にも親しく伺候して御経などをお教え申し上げる人でした。京に出かけたついでに院に参上して、いつものように院がしかるべき経典などをご覧になってご下問あそばすこともありましたついでに、

阿闍梨「八の宮様はまことに聡明で、仏典の御学問にも造詣が深くおいでになりましたよ。しかるべき前世の因縁《いんねん》で、この世にお生まれなさったお方でいらっしゃるのではないでしょうか。心底から行い澄ましておられますご様子は、真実の聖《ひじり》のお心構えとお見受けされます。」

と申し上げます。

冷泉院「まだ姿は変えていらっしゃらないのか。俗《ぞく》聖などとここの若い人々が名づけているようだが、感に堪えないことだ。」

などと仰せになります。

宰相《さいしょう》の中将（薫）もお前に伺候していらっしゃって、「自分こそこの世をまことに味気ないものと分かっていながら、

俗聖
俗体のままで心境は聖。

この阿闍梨《あざり》は、冷泉院にも親しくさぶらひて、御経など教へきこゆる人なりけり。京に出でたるついでに参りて、例の、さるべき文など御覧じて問はせたまふこともあるついでに、

「八の宮の、いとかしこく、内《ない》教《けう》の御才悟《ざえさとり》深くものしたまひけるかな。さるべきにて生まれたまへる人にやものしたまふらむ。心深く思ひすましたまへるほど、まことの聖《ひじり》の掟になむ見えたまふ」

と聞こゆ。

「いまだかたちは変へたまはずや。俗聖とか、この若き人々のつけたなる、あはれなることなり」

などのたまはす。

宰相中将も、御前にさぶらひたまひて、我こそ、世の中をばいとすさまじう思ひ知りながら、行ひ

仏のお勤《つと》めなど人目に立つほど励《はげ》むわけでもなく、残念にも月日を過ごして来たものだ」と、心秘かに思いながら、俗体《ぞくてい》のままで聖《ひじり》におなりになるお心構えとはどういうものなのかと、お耳を傾けてお聞きになっていらっしゃいます。

阿闍梨「出家のお志はもともとおありでしたが、些細《ささい》なことにお心が鈍り、今となっては不憫《ふびん》な姫君たちの身の上を案じて、世も捨てることが出来ないと、お嘆きになっておられます。」

と奏上なさいます。

僧の身ながらさすがに音楽をたしなむ阿闍梨《あざり》ですので、

阿闍梨「まことにまたこの姫君たちが琴を合奏してお遊びになるのが、川波の音《おと》に競《きそ》い合って聞こえて来ますのは、実に風情《ふぜい》があって、極楽もかくやと思いやられることでございます。」

と古風に褒《ほ》めますので、院はほほ笑みをお浮かべになられて、

冷泉院「そのような聖のもとで育っては、俗世の方面は疎々しいだろうと推察されるのに、興味ある事だな。行

など人に目とどめらるばかりは勤めず、口惜しくて過ぐし来《く》れと人知れず思ひつつ、俗ながら聖になりたまふ心の掟やいかにと、耳とどめて聞きたまふ。

「出家の心ざしはもとよりものしたまへるを、はかなきことに思ひとどこほり、今となりては、心苦しき女子どもの御上をえ思ひ棄てぬとなむ、嘆きはべりたまふ」

と奏す。

さすがに物の音めづる阿闍梨にて、

「げに、はた、この姫君たちの琴弾き合はせて遊びたまへる、川波に競ひて聞こえはべるは、いとおもしろく、極楽思ひやられはべるや」

と、古代にめづれば、帝《みかど》ほほ笑みたまひて、

「さる聖のあたりに生ひ出でて、この世の方ざまはたどた

く末が不安で思い捨て難く苦にしておられるらしいが、しばらくでもわたしの方が後に生き残っていたら、姫君たちを預けて下さらないだろうか。」

などと仰せになります。

この院の帝《みかど》（冷泉院《れいぜいいん》）は桐壺の帝の第十皇子でいらっしゃいました。朱雀院《すざくいん》が亡き六条院（源氏）にお預け申し上げました入道の宮（女三の宮）の御例をお思い出しになられて、「その姫君たちを引き取りたいものだ。所在ない折の遊び相手に」などと、ふとお思いあそばすのでした。

中将の君（薫）の方が、かえってこの宮の行ない澄ましておられるご心境を、お目にかかって拝見したいものだ、と思う気持ちが強くなりました。そこで阿闍梨《あざり》が山にお帰りになる際にも、

薫「必ず参上して何かとお教えいただけますよう、まず内々にご意向を伺って下さい。」

などとお頼みになります。

どしからむと推しはからるるを、をかしのことや。うしろめたく思ひ棄てがたく、もてわづらひたまふらむを、もししばしも後れむほどは、譲りやはしたまはぬ」

などぞのたまはする。

この院の帝は、十の皇子《みこ》にぞおはしましける。朱雀院の、故六条院にあづけきこえたまひし入道の宮の御例を思ほし出でて、「かの君たちをがな。つれづれなる遊びがたきに」などうち思しけり。

中将の君、なかなか親王《みこ》の思ひすましたまへらむ御心ばへを対面して見たてまつらばやと思ふ心ぞ深くなりぬる。さて阿闍梨の帰り入るにも、

「必ず参りてもの習ひきこゆべく、まづ内々にも気色たまはりたまへ」

など語らひたまふ。

［八］　阿闍梨、八の宮に会い、薫の道心の深さを語る
宮と薫、法友となる

帝《みかど》（冷泉院《れいぜいいん》）は御言伝《ことづ》てとして、

冷泉院「しみじみしたお住居の有様を人伝てに聞くことよ。」

など申し上げあそばして、

冷泉院 世をいとふ心は山に通へども八重たつ雲を君や隔つる

（俗世を厭《いと》うわたしの心は宇治山へも通うけれども、お目にかかれないのは、幾重にも立つ雲をあなたが隔てているからだろうか。）

阿闍梨《あざり》はこの院のお使いを先に立てて、あの宮のもとに参上しました。普通の身分の、訪ねて当然の人の使いでさえめったに訪れないこの山陰に、実に珍しいことですので、宮は喜んでお迎えなさって、山里にふさわしい酒肴《しゅこう》などを、それ相応に歓待なさいます。御返事は、

八宮 あと絶えて心すむとはなけれども世をうぢ山に宿をこそかれ

（俗世をすっかり離れて、心静かに行い澄ましているという

帝は、御言伝《ことづ》てにて、

「あはれなる御住まひを人づてに聞くこと」

など聞こえたまうて、

世をいとふ心は山に通へども八重たつ雲を君や隔つる

阿闍梨、この御使を先に立てて、かの宮に参りぬ。なのめなる際《きは》のさるべき人の使だにまれなる山蔭に、いとめづらしく待ちよろこびたまひて、所につけたる肴《さかな》などして、さる方にもてはやしたまふ。御返し、

あと絶えて心すむとはなけれども世をうぢ山に宿をこそかれ

あと絶えて　「すむ」は「澄む」「住む」の掛け詞。「世をうぢ山」も「世を憂し」と「宇治」を掛ける。

ことではありませんが、世を憂きものに思い、この宇治山に仮りの住まいをしています。）

仏道修行の方面は謙遜なさって、このようにご返事申し上げましたので、院はやはり今でもこの世に恨みが残っていたのだと、いたわしくご覧になられます。

阿闍梨《あざり》は、中将の君（薫）がいかにも道心深そうでおいでになられた事などをお話し申し上げて、

阿闍梨「中将様は『経文などを会得《えとく》したい願いは幼かった頃から深く心にかけていながら、やむをえず俗世にかかわっているうちに、公私とも忙しく日を過ごして、ことさらに閉じ籠《こも》って経文《きょうもん》を習い読んだりして、大方たいしたこともない身なので、世の中を背《そむ》いたふりをしても誰にも遠慮はいらないのに、自然修行も怠り俗事に紛《まぎ》れて過ごして来ましたが、まことに類《たぐ》い稀な宮の御有様を人伝《づ》てに承ってから、このように心にかけてお頼り申し上げております』などと熱心に申しておいでした。」

などお話し申し上げます。宮は、

聖の方をば卑下《ひげ》して聞こえなしたまへれば、なほ世に恨み残りける、といとほしく御覧ず。

阿闍梨、中将の君の道心深げにものしたまふなど語りきこえて、

「法文《ほふもん》などの心得まほしき心ざしなむ、幼《いは》けなかりし齢《よはひ》より深く思ひながらえ避らず世にあり経るほど、公私《おほやけわたくし》に暇《いとま》なく明け暮らし、わざと閉ぢ籠りて習ひ読み、大方はかばかしくもあらぬ身にしも、世の中を背き顔ならむも憚《はばか》るべきにあらねど、自《おの》づからうちたゆみ紛らはしくてなむ過ぐしくるを、いとあり難き御有様を承り伝へしより、かく心にかけてなむ頼みきこえさする など、懇ろに申したまひし」

など語りきこゆ。宮、

「世の中をかりそめの事と思

八宮「世の中を仮《か》りそめのことと悟り、厭《いと》わしく思う心が生ずるのも、ご自分の身に不幸がある時、世の中の全てを恨めしく思い知るきっかけがあって、道心も起こるものですのに、年も若く世の中は思い通りで何事も不満はあるまいと思われますご身分でありながら、そのようにまた後《のち》の世の事まで心にかけておられるとは、殊勝なことです。このわたしはこうなるべき運命だったのでしょうか、ただこの世を厭い離れよと、わざわざみ仏などがお勧め下さっているような有様で、自然に静かに修行したい思いは叶って行くのですが、余命少ない心地がしますのに、しっかりとも悟りを得られず過ぎてしまいそうで、過去のこと将来のことも、一向に会得《えとく》するところもないと思い知られますのに、あのお方はかえってこちらが恥じ入るばかりの仏法の友でいらっしゃるようです。」
などとおっしゃって、その後はお互いにお手紙をやりとりし、中将の君ご自身も宇治をお訪ねになります。

ひとり、厭はしき心のつきそむる事も、わが身に愁へある時、なべての世も恨めしう思ひ知る始めありてなむ道心も起こるわざなめるを、年若く、世の中思ふに叶ひ、何事も飽かぬ事はあらじとおぼゆる身のほどに、さ、はた、後の世をさへたどり知りたまふらむがあり難さ。ここには、さべきにや、ただ厭ひ離れよと、殊更に仏などの勧めおもむけたまふやうなる有様にて、自《おの》づからこそ、静かなる思ひ叶ひゆけど、残り少なき心地するに、はかばかしくもあらで過ぎぬべかめるを、来し方行く末、更にえたどる所なく思ひ知らるるを、かへりては心恥づかしげなる法の友にこそはものしたまふなれ」
などのたまひて、かたみに御消息通ひ、みづからも参うでたまふ。

［九］薫、宇治を訪問　八の宮に私淑し、二人の親交深まる

なるほど、聞いていたよりもしみじみとして、お住居の有様をはじめとして、全く仮《か》りそめの草の庵で、そう思うせいか簡素なお暮らしぶりです。同じ山里と言っても、それなりに心がとまりそうなゆったりした場所もありますのに、ここは実に荒々しい水の音や波の響きに、もの思いを忘れたり、夜など安らかに夢さえ見られそうもないほどに、荒涼として風が吹き荒れています。「聖《ひじり》めいたお方のためにはこうした所の方が俗世の執着を絶つ機縁となろうが、姫君たちはどんなお気持ちでお過ごしであろうか、世間並みの女らしく優《やさ》しい点は縁遠いのではないか」と推し量られるようなお住居のご様子です。

仏間《ぶつま》との御境には襖障子《ふすましょうじ》だけを隔てにして、姫君たちはお暮らしのようです。好き心のあるような男なら、懸想《けそう》めいて言い寄り、そのお心構えをも試してみたいような、やはりどんなお方かと心惹《ひ》かれもするご様子です。けれども君（薫）は、「そうした俗世を捨てたいという願いで山深くお訪ねしているその本意に背《そむ》いて、色めかしいいい加減なことを口に

げに、聞きしよりもあはれに、住まひたまへるさまよりはじめて、いと仮なる草の庵に、思ひなし、ことそぎたり。同じき山里といへど、さる方にて心とまりぬべくのどやかなるもあるを、いと荒ましき水の音波の響きに、もの忘れうちし、夜など心とけて夢をだに見るべきほどもなげに、すごく吹きはらひたり。「聖《ひじり》だちたる御ためには、かかるしもこそ心とまらぬもよほしならめ、女君たち、何心地して過ぐしたまふらむ。世の常の女しくなよびたる方は遠くや」と推しはからるる御有様なり。

仏の御隔てに、障子《さうじ》ばかりを隔ててぞおはすべかめる。すき心あらむ人は、気色《けしき》ばみ寄りて、人の御心ばへをも見まほしう、さすがにいかがとゆかしうもある御けはひなり。されど、「さる方を思ひ離るる願ひに山深く尋ねきこえたる本意なく、すきずきしきなほざり

出して戯《たわむ》れるのも、志に反するものではないか」などと思い返して、宮の御有様のまことに心打たれるご様子を、懇《ねんご》ろにお見舞い申し上げなさり、度々お訪ね申し上げては、思っていたように、在俗のままで山に籠《こも》って修行なさることの深い意義や経文《きょうもん》のことなどを、ことさらもの知り顔はなさいませんが、まことによくお説き明かしになります。

　聖《ひじり》のような人や、学問のある法師などは、世間にいくらもいますけれども、あまりに堅苦しくて近付き難い徳のある僧《そう》都《ず》や僧正《そうじょう》の身分の人は、実に多忙で生真面目《きまじめ》で、何かの道理を問い明かそうとしても大げさに思われますし、またそのような身分でもない仏のお弟子で、戒律を守っているだけの有《あり》難味《がたみ》はあっても、人柄が下品で、言葉遣いが汚なく、無作法で馴れ馴れしくしていますのは全く不愉快で、昼間は公事で忙がしくしているので、もの静かな宵の頃に、お側《そば》近く御枕元などにお呼び入れになって、気楽にお話し合いなさるにつけても、やはり何とも気が進まないといったばかりでありますのに、この宮は、まことに気品があって、こちらが気の引

僧都や僧正
僧正は僧官の最高位。大僧正、僧正、権僧正の三階級。僧都は次位。大僧都、権大僧都、小僧都、権小僧都の四階級。

言をうち出であざればまむも事に違ひてや」など思ひ返して、宮の御有様のいとあはれなるを懇ろにとぶらひきこえたまひ、たびたび参りたまひつつ、思ひしやうに、優婆塞ながら行ふ山の深き心、法文など、わざとさかしげにはあらで、いとよくのたまひ知らす。

　聖だつ人才《ざえ》ある法師などは世に多かれど、あまりこはごはしうけ遠げなる宿徳《しゅうとく》の僧都僧正の際《きは》は、世に暇《いとま》なくきすくにて、ものの心を問ひあらはさむもことごとしく覚えたまふ、またその人ならぬ仏の御弟子の、忌む事を保つばかりの尊さはあれど、けはひ卑しく言葉たみてこちなげにもの馴れたる、いとものしくて、昼は公事《おほやけごと》に暇なくなどしつつ、しめやかなる宵の程、け近き御枕上《まくらがみ》などに召し入れ語らひたまふにも、いとさすがにものむつかしうなどのみあるを、いとあてに心苦しきさまして、の

けるようなご様子でお話し出しになるお言葉も、同じ仏の御教えでも、身近な譬《たと》えを交《ま》じえて説かれ、全く格別に深いお悟りというわけではありませんが、高貴なお方は物事の道理を会得《えとく》なさる点が普通とは違っておられますので、だんだんとお親しみ申し上げる度ごとに、いつもお目にかかり申し上げていたくて、暇《いとま》がなかったりして日が経《た》つ時は、恋しいほどにお思いになります。

この中将の君（薫）がこのように宮を尊がり申し上げますので、冷泉院《れいぜいいん》からも常にお便りなどがあって、長い間めったに噂《うわさ》に上《のぼ》ることもなく、ひどく寂しげでしたこのお住居にも、ようやく人影を見る時々もあります。折節ごとにお見舞い申し上げられます冷泉院からのお使いも丁重で、この君もまずしかるべき機会に事寄せては、風流な方面でも生活向きの面でも、何かとお世話申し上げなさいますことが、三年ばかりになりました。

［一〇］晩秋、八の宮、山寺に籠《こも》る　薫、宮の不在の山荘を訪れる

秋の末ごろ、四季ごとになさるお念仏を、この川のほとり

たまひ出づる言の葉も、同じ仏の御教をも耳近き譬ひにひきまぜ、いとこよなく深き御悟りにはあらねど、よき人はものの心を得たまふ方のいと殊にものしたまひければ、やうやう見馴れたてまつりたまふ度ごとに、常に見たてまつらまほしうて、暇《いとま》なくなどしてほど経《ふ》る時は恋しく覚えたまふ。

この君のかく尊がりきこえたまへれば、冷泉院よりも常に御消息などありて、年ごろ音にもをさをさ聞こえたまはず、いみじく寂しげなりし御住み処《か》に、やうやう人目見る時々あり。折節にとぶらひきこえたまふ事いかめしう、この君もまづさるべき事につけつつ、をかしきやうにもまめやかなるさまにも心寄せつかうまつりたまふこと、三年ばかりになりぬ。

秋の末つ方、四季にあてでした

七日間のお勤め 四季ごとに七日ずつ行う念仏。

川のこちらの岸 宇治川の京都側の岸。

は網代《あじろ》の波音も、近頃ではますます騒がしく落ち着かないからと、宮はあの阿闍梨《あざり》の住む山寺のお堂にお移りになられて、七日間のお勤《つと》めをなさいます。

姫君たちは大変心細く所在なさも勝《まさ》ってもの思いに沈んでいらっしゃる頃、中将の君は、長らくお訪ねしないことよ、とお思い出し申し上げられるままに、有明の月がまだ夜深くさし上る時分にご出立になり、お忍びでお供の人数なども少なく、目立たないようにして宇治へお出でになりました。

宮のお邸《やしき》は川のこちらの岸ですから、舟などを使う面倒もありませんので、御馬でお出かけになりました。山路をお入《はい》りになるにつれて、霧が立ちこめて道も見えない繁木の中を分けていらっしゃいますと、とても荒々しく風が吹きつけますので、ほろほろと乱れ落ちる木《こ》の葉の露が散りかかりますのも大層ひんやりとして、自《みずか》ら求めたことながらひどく濡れておしまいになりました。このようなお忍びの夜歩きなどもめったになさらないお心地には、心細く興あることにお思いになられました。

まふ御念仏を、この川面《かはづら》は網代《あじろ》の波もこのごろはいとど耳かしがましく静かならぬをとて、かの阿闍《あざ》梨《り》の住む寺の堂に移ろひたまひて、七日のほど行ひたまふ。

姫君たちは、いと心細くつれづれ勝《まさ》りて眺めたまひける頃、中将の君、久しく参らぬかなと思ひ出できこえたまひけるままに、有明の月のまだ夜深くさし出づるほどに出で立ちて、いと忍びて御供に人などもなくやつれておはしけり。

川のこなたなれば、舟などもわづらはで、御馬にてなりけり。入りもてゆくままに霧りふたがりて、道も見えぬしげ木の中を分けたまふに、いと荒ましき風の競ひに、ほろほろと落ち乱るる木の葉の露の散りかかるもいと冷やかに、人やりならずいたく濡れたまひぬ。かかる歩きなども、をさをさならひたまはぬ心地に、心細くをかしく思されけり。

薫 山おろしに堪へぬ木《こ》の葉の露よりもあやなくもろき
わが涙かな

（山おろしの風にこらえきれずに散る木の葉の露よりも、わけもなくもろいわたしの涙であるよ。）

山住みの者が目を覚ますのも煩《わずら》わしいと、随身《ずいじん》の先を追う声もさせず、柴の垣根を分けながら、ささやかな水の流れどもを踏みしだく馬の足音も、やはり人の耳に立たぬようにと用心なさいましたのに、隠れようもない御身の匂いが風に漂って、主知らぬ香（誰か分からぬよい香り）がすると目を覚ます家々があるのでした。

近づくにつれて、何の楽器とも聞き分けられない楽の音《ね》が、身にしみるように寂しく聞こえて来ます。「いつもこうして音楽をなさると聞いているが、機会がなくて宮の名高い琴《こと》の音も全く聞いていないな。良い機会のようだ」とお思いになりながら邸内にお入《はい》りになりますと、琵琶《びわ》の音の響きなのでした。黄鐘調《おうしきちょう》に調子を整えて、普通の合奏ですが場所柄のせ

山おろしに堪へぬ木《こ》の葉の
露よりもあやなくもろきわ
が涙かな

山がつのおどろくもうるさしとて、随身の音もせさせたまはず。柴の籬《まがき》を分けつつ、そこはかとなき水の流れどもを踏みしだく駒の足音も、なほ、忍びてと用意したまへるに、隠れなき御匂ひぞ、風に従ひて、主知らぬ香とおどろく寝覚めの家々ありける。

近くなるほどに、その琴とも聞きわかれぬ物の音《ね》ども、いとすごげに聞こゆ。「常にかく遊びたまふと聞くを、ついでなくて、親王《みこ》の御琴の音の名高きもえ聞かぬぞかし。よきをりなるべし」と思ひつつ入りたまへば、琵琶の声の響きなりけり。黄鐘調《わうしきでう》に調べて、世

主知らぬ香
「主知らぬ香こそにほへれ秋の野に誰がぬぎかけし藤袴ぞも」（古今・秋上　素性）。

［一一］　薫、姫君たちの琴の音《ね》を聞き、宿直の男に垣間見《かいまみ》を頼む

黄鐘調
雅楽の六調子の一つ。黄鐘を基音とする律旋音階。

いか聞き馴れない感じがして、掻き返す撥《ばち》の音もどこか美しく澄んだ感じで興がそそられます。箏《そう》の琴《こと》がしみじみと優雅な音色《ねいろ》でとぎれとぎれに聞こえて来ます。

しばらく聞いていたいと思われて、そっと身をひそめていらっしゃいましたが、御気配をはっきり聞き付けて、宿直人《とのいびと》らしい男の無骨そうなのが出て来ました。

宿直人「八の宮様はこれこれの事情で山寺にお籠《こも》りになっておいでです。お取り次ぎ申し上げさせましょう。」

と申します。

薫「いや何の。そのような日を限ってのご修行の間をお邪魔申し上げてはよろしくない。このように濡れ濡れやって来て空しく帰る嘆きを、姫君の方に申し上げて、気の毒にとおっしゃっていただければ気が慰むことだろう。」

とおっしゃいますと、醜《みにく》い顔をほころばせて、

宿直人「そう申し上げさせましょう。」

と言って立って行きますのを、

の常の掻き合はせなれど、所からにや耳馴れぬ心地して、掻きかへす撥《ばち》の音も、ものきよげにおもしろし。箏《さう》の琴、あはれになまめいたる声して、絶え絶え聞こゆ。

しばし聞かまほしきに、忍びたまへど、御けはひしるく聞きつけて、宿直人《とのゐびと》めく男《をのこ》なまかたくなしき出で来たり。

「しかじかなむ籠りおはします。御消息をこそ聞こえさせめ」

と申す。

「なにか。しか限りある御行ひのほどを、紛らはしきこえさせむにあいなし。かく濡れ濡れ参りて、いたづらに帰らむ愁へを、姫君の御方に聞こえて、あはれとのたまはせばなむ慰むべき」

とのたまへば、醜《みにく》き顔うち笑みて、

「申させはべらむ」

とて立つを、

薫「ちょっと待って。」

とお呼び寄せになって、

薫「何年も前から人伝《づ》てにばかり聞いていて、お聞きしたいと思っている御琴の音《ね》などを、嬉しい機会ではないか、しばらくの間少し立ち隠れて聞くことができそうな物陰はあるか。不相応に出過ぎてお側《そば》近くに参る間に、みなお弾きやめになっては、いかにも残念なことだろう。」

とおっしゃいます。そのご様子やご容貌が、こうした取るに足らぬ男の気持ちにも、実にご立派に畏《おそ》れ多く思われますので、

宿直人「誰も聞いておりません時は、朝夕このように合奏なさっておいでですが、たとえ下人《しもびと》であっても、都の方から参ってとどまっている人がおります時は、音もお立てになりません。だいたい宮様はこうして姫君たちがおいでになりますことをお隠しになり、世間の人にお知らせ申し上げまいとお考えになり仰せられもなさるので

「しばしや」

と召し寄せて、

「年ごろ、人づてにのみ聞きて、ゆかしく思ふ御琴の音《ね》どもを、うれしきをりかな、しばし、すこしたち隠れて聞くべき物の隈《くま》ありや。つきなくさし過ぎて参りよらむほど、みなことやめたまひては、いと本意なからむ」

とのたまふ。御けはひ、顔容貌《かたち》の、さるなほなほしき心地にも、いとめでたくかたじけなくおぼゆれば、

「人聞かぬ時は明け暮れかくなむ遊ばせど、下人《しもびと》にても都の方より参り立ち交《まじ》る人はべる時は、音もせさせたまはず。大方、かくて女たちおはします事をば隠させたまひ、なべての人に知らせたてまつらじと思しのたまはするなり」

す。」

と申し上げますと、ちょっとお笑いになって、

薫「つまらないお隠し立てだな。このようにお隠しなさるようだが、世間の人は皆類《たぐ》い稀な世の例として聞き出すにちがいないのに。」

とおっしゃって、

薫「やはり案内しておくれ。わたしは好きがましい心などない人間だよ。こうしてお暮らしになっておられるご様子が不思議で、全く普通のこととはお見受けできないのだ。」

と熱心におっしゃいますので、

宿直人「ああ畏《おそ》れ多いことでございます。物をわきまえぬ者と後《あと》でお叱りを受けるかも知れません。」

と言って、姫君たちのお前は竹の透垣《すいがい》を巡らしてすっかり隔てが別になっているのをお教えして、お連れ申し上げました。お供の者たちは、西側の廊《ろう》に呼び入れて、この宿直人《とのいびと》が応対しています。

透垣　板または竹を、隙間をおいて作った垣根。

と申せば、うち笑ひて、

「あぢきなき御もの隠しなり。しか忍びたまふなれど、皆人あり難き世の例《ためし》に、聞き出づべかめるを」

とのたまひて、

「なほしるべせよ。我はすきずきしき心などなき人ぞ。かくておはしますらむ御ありさまの、あやしく、げになべてにおぼえたまはぬなり」

とこまやかにのたまへば、

「あなかしこ。心なきやうに後《のち》の聞こえやはべらむ」

とて、あなたの御前は竹の透垣《すいがい》しこめて、みな隔てことなるを、教へ寄せたてまつれり。御供の人は、西の廊に呼びすゑて、この宿直人《とのゐびと》あひしらふ。

［一二］ 薫、月の光に姫君たちのくつろいだ姿を垣間見る

あちらに通じているらしい透垣《すいがい》の戸を少し押し開けてご覧になりますと、月が風情《ふぜい》ある頃で、霧が一面に立ちこめていますのを眺めて、簾《すだれ》を少し巻き上げて人々が座っています。縁にひどく寒そうに、やせて萎《な》えた着物を着た女童《めのわらわ》が一人、同じようなかっこうの女房などが座っています。簾の中の人は、一人（中の君）は柱に少し隠れるようにお座りになって、琵琶《びわ》を前に置いて撥《ばち》を手でもてあそんでおられますと、雲に隠れた月が急に大層明るくさし出て来ましたので、

中君「扇でなくても、この撥でも月を招くことが出来ましたよ。」

とおっしゃってさしのぞかれたお顔は、大層かわいらしく華やいでおられるようです。物に寄り添ってうつ伏せにおなりのお方（大君《おおいきみ》）は、琴の上にお体を傾けられて、

大君「入り日を招き返す撥はありますけれど、風変わりにお思いつきなさるお心ですこと。」

とおっしゃって、ほほ笑《え》んでおられますご様子は、もう少し

入り日を招き返す撥は……舞楽の「陵王」に、急にうしろをふり向いて撥を振り上げ空を仰ぐ動作があり、これに見立てたとする。

あなたに通ふべかめる透垣の戸を、少し押し開けて見たまへば、月をかしきほどに霧りわたれるを眺めて、簾を短く捲き上げて人々ゐたり。簀子《すのこ》に、いと寒げに身細く萎《な》えばめる童一人、同じさまなる大人などゐたり。内なる人一人柱に少しゐ隠れて、琵琶を前に置きて、撥を手まさぐりにしつつゐたるに、雲隠れたりつる月のにはかにいと明かくさし出でたれば、

「扇ならで、これしても月は招きつべかりけり」

とて、さしのぞきたる顔、いみじくらうたげににほひやかなるべし。添ひ臥したる人は、琴の上にかたぶきかかりて、

「入る日をかへす撥《ばち》こそありけれ、さま異にも思ひおよびたまふ御心かな」

とて、うち笑ひたるけはひ、いま

これだって月と… 琵琶の撥を収める所を「隠月」というので、撥と月は関係が深いという。

重々しく嗜《たしな》み深い風情《ふぜい》です。

中君「月を招くまではできませんけれど、これだって月と無関係なものでしょうか。」

などと、とりとめもないことを気楽に話し合っていらっしゃいますご様子は、想像していらしたのとはまるで違って、まことにしみじみと親しみ深く、趣があります。昔物語などに語り伝えて若い女房などが読むのを聞きますと、必ずこのようなことを言っていましたのを、そんなことはないだろうと憎らしく推量していたのですが、本当に心を惹《ひ》くような女《ひと》のいる気付かぬ場所があればある世の中であったよと、今にも姫君たちに心が移ってしまいそうです。

霧が深いので、はっきりとはご覧になることもできません。また月が出ればよいが、と思っていらっしゃいますと、奥の方から、

女房「人がおいでになります。」

とお知らせした者がいたのでしょうか、簾《すだれ》を下ろして皆奥へお入《はい》りになってしまいました。あわてた風ではなく、落ち着

少し重りかによしづきたり。

「およばずとも、これも月に離るるものかは」

など、はかなきことをうちとけのたまひかはしたるけはひども、更によそに思ひやりしには似ず、いとあはれに懐かしうをかし。昔物語などに語り伝へて若き女房などの読むをも聞くに、必ずかやうのことを言ひたる、さしもあらざりけむと憎く推しはからるるを、げにあはれなるものの隈《くま》ありぬべき世なりけりと、心移りぬべし。

霧の深ければ、さやかに見ゆべくもあらず。また、月さし出でなむと思すほどに、奥の方より、

「人おはす」

と告げきこゆる人やあらむ、簾おろしてみな入りぬ。驚き顔にはあ

いて振る舞われて、そっと隠れておしまいになりましたご様子、衣ずれの音もせず、大層もの柔らかで魅力的で、まことに上品で優雅な姫君たちを、中将の君（薫）はしみじみすばらしいとお思いになります。

中将の君は、そっとそこを立ち去って、京へ、お車を引いて来るようにお使いを走らせました。先ほどの男に、

薫「悪い時に参上してしまったが、かえって嬉しく、日頃の思いも少し慰められた気持ちだ。このように伺っていることを申し上げよ。ひどく霧に濡れてしまった恨み言も申し上げたいから。」

とおっしゃいますと、男はあちらへ参上してその旨を申し上げます。

らず、なごやかにもてなしてやをら隠れぬるけはひども、衣の音もせずいとなよらかに心苦しくて、いみじうあてにみやびかなるをあはれと思ひたまふ。

やをら立ち出でて、京に、御車率て参るべく、人走らせつ。ありつる侍に、

「をりあしく参りはべりにけれど、なかなかうれしく、思ふことすこし慰めてなむ。かくさぶらふよし聞こえよ。いたう濡れにたるかごとも聞こえさせむかし」

とのたまへば、参りて聞こゆ。

[一三] 薫の来訪に大君《おおいきみ》やむなく応対　薫、交誼を乞う

姫君たちは、このように見られてしまっていようとはお思い寄りにもならず、気を許して弾いていた合奏をお聞きになってしまったのではないかと、まことにひどく恥ずかしいお気持ちです。そういえば不思議に香り高く匂う風が吹いて

かく見えやしぬらむとは思しも寄らで、うちとけたりつる事どもを聞きやしたまひつらむ、といといみじく恥づかし。怪しく香ばしく匂ふ風の吹きつるを、思ひがけ

いましたのを、思いも寄らない折でしたので、気が付かなかったとは迂闊《うかつ》なことよと、心も乱れて恥ずかしがっていらっしゃいます。ご挨拶などを取り次ぐ者も、全くもの馴れない人のようですので、中将（薫）は何事も時と場合に応じてだとお思いになり、まだ霧に紛《まぎ》れている頃ですので、先ほどの御簾《みす》の前に歩み出てひざまずかれます。田舎びた若女房たちはお相手申し上げる言葉も思いつかず、御敷物をさし出す様子もぎこちない感じです。

薫「この御簾の前ではきまりが悪うございます。仮《か》りそめの浅い気持ちだけなら、こうしてわざわざ訪ね参れそうもない山の険《けわ》しい道だと存じますが、これは違ったお取りなしです。このように露に濡れた遠出を何度も重ねておりますうちには、いくら何でもわたしの心のほどはお分かりいただけようかと、頼みに存じております。」

と、実に真面目《まじめ》におっしゃいます。

若い女房たちで、無難に応対申し上げられそうな者もなく、消え入りそうに恥ずかしがっていますのも間が悪いので、年

ぬほどなれば、おどろかざりける心遅さよ、と心も惑ひて恥ぢおはさうず。御消息など伝ふる人も、いとうひうひしき人なめるを、折からにこそよろづの事もと思いて、まだ霧の紛れなれば、ありつる御簾の前に歩み出でてついゐたまふ。山里びたる若人どもは、さし答《いら》へむ言の葉も覚えで、御褥《しとね》さし出づるさまもたどたどしげなり。

「この御簾の前にははしたなくはべりけり。うちつけに浅き心ばかりにては、かくも尋ね参るまじき山のかけ路に思うたまふるを、さま異にてこそ。かく露けき旅を重ねては、さりとも、御覧じ知るらむとなむ頼もしうはべる」

と、いとまめやかにのたまふ。

若き人々の、なだらかにもの聞こゆべきもなく、消えかへりかかやかしげなるもかたはらいたけれ

配の女房が奥に寝ていますのを起こして来る間、手間どってわざとめいていますのも心苦しくて、

大君「何事もわきまえのない有様で、わけ知り顔にどう申し上げたらよろしいのでしょうか。」

と、姫君がまことに奥ゆかしく上品なお声で、遠慮がちにかすかにおっしゃいます。

薫「実はよく分かっていながら人の嘆きを知らず顔でいるのも、世の習いとは存じておりますが、あなた様まであまり空々しいことをおっしゃいますのは、とても残念でなりません。珍しく全てにお悟りになられた宮（八の宮）のお住居に、ご一緒においでになるお心の中は、何事も清らかなことと推し量られますので、やはりこうして忍びきれずにおりますわたしの心の深さ浅さのほども、お分かり下さってこそかいのあることでございましょう。世間によくある色めいた筋とは取り放してお考え下さいませんでしょうか。その方面のことはことさら勧《すす》める人がございましても、靡《なび》きそうもない心強さなの

ば、女ばらの奥深きを起こしいづるほど久しくなりて、わざとめいたるも苦しうて、

「何ごとも思ひ知らぬありさまにて、知り顔にもいかがは聞こゆべく」

といとよしあり、あてなる声してひき入りながら仄かにのたまふ。

「かつ知りながら、うきを知らず顔なるも世のさがと思うたまへ知るを、一所しもあまりおぼめかせたまふらむこそ口惜しかるべけれ。あり難うよろづを思ひすましたる御住まひなどに、たぐひきこえさせたまふ御心の中は、何事も涼しく推しはかられはべれば、なほかく忍び余りはべる深さ浅さのほども分かせたまはむこそかひははべらめ。世の常のすきずきしき筋には思しめし放つべくや。さやうの方は、わざと勧むる人はべりとも、

です。自然とお聞き合わせになることもございましょう。所在なく過ごしておりますわたしの世間話なりとも、お聞きいただけますお相手としてお頼り申し上げ、またこのように世間から離れてもの思わしくなさっておられますお心の慰めには、そちらからお声をかけて下さるほどに親しくさせていただけましたら、どんなに満足でございましょう。」

などと、言葉多くおっしゃいますので、姫君は気遅れしてお答えしにくくて、ちょうど起こしにやった老女が出て来ましたのにお任せになります。

［一四］ 老女房の弁、薫に柏木臨終の際の遺言を語る

この老女はたとえようもなく出しゃばって、

弁「まあ、もったいないこと。失礼なお席のようでございますね。御簾《みす》の内にお入れすればよろしいのに。若い人たちは物の程合いを知らないようでございまして。」

などと、ずけずけという声が年寄りじみていますので、きまり悪く姫君たちはお思いになります。

靡くべうもあらぬ心強さになむ。おのづから聞こしめしあはするやうもはべりなむ。つれづれとのみ過ぐしはべる世の物語も、聞こえさせどころに頼みきこえさせ、また、かく世離れてながめさせたまふらむ御心の紛らはしには、さしもおどろかさせたまふばかり聞こえ馴れはべらば、いかに思ふさまにはべらむ」

など多くのたまへば、つつましく答へにくくて、起こしつる老人《おいびと》の出で来たるにぞゆづりたまふ。

たとしへなくさし過ぐして、

「あなかたじけなや。かたはらいたき御座《おまし》のさまにもはべるかな。御簾の内にこそ。若き人々は、もののほど知らぬやうにはべるこそ」

など、したたかに言ふ声のさだ過ぎたるも、かたはらいたく君たち

弁「全くどういうことでしょうか。この世にお暮らしなさる人の数にも入《はい》らないご様子で、当然お訪ね下さってもよさそうな人々でさえ、お見舞いになりお心にかけて下さることも見聞き申さなくなる一方でございますのに、世にも稀なあなた様のお心のほどは、人数にも入りませぬ私《わたくし》の心にも、思いも寄らぬことに存じておりますが、若いお気持ちにもその事はよくお分かりになっておいでながら、申し上げにくいのでございましょうか。」

と、実に遠慮なくもの慣れていますのも、何となく小憎らしいものの、その様子は大層人かどの者らしく嗜《たしな》みのある声ですので、

薫「全く取り付く島もない気持ちがしておりましたのに、嬉しいお取りなしですよ。何事もいかにもお分かり下さっていらしした頼もしさは、格別でございました。」

とおっしゃって、物に寄りかかっていらっしゃいますのを、几帳《きちょう》の端《はし》から見ますと、明け方のようやく物の見分けのつく中で、いかにも人目を忍んでおられると見える狩衣姿《かりぎぬすがた》の、ひ

は思す。

「いともあやしく世の中に住まひたまふ人の数にもあらぬ御ありさまにて、さもありぬべき人々だに、とぶらひ数まへきこえたまふも見え聞こえずのみなりまさりはべるめるに、あり難き御心ざしのほどは、数にもはべらぬ心にも、あさましきまで思ひたまへはべるを、若き御心地にも思し知りながら、聞こえさせたまひにくきにやはべらむ」

と、いとつつみなくもの馴れたるもなま憎きものから、けはひいたう人めきて、よしある声なれば、

「いとたづきも知らぬ心地しつるに、嬉しき御気配《けはひ》にこそ。何事もげに思ひ知りたまひける頼み、こよなかりけり」

とて、よりゐたまへるを、几帳のそばより見れば、曙のやうやうものの色分かるるに、げにやつした

どく濡れ湿っていますのが、全くこの世の外《ほか》の匂いではなかろうかと、不思議なほどあたり一面に薫り満ちているのでした。

この老女は急に泣き出しました。

弁「出過ぎたお咎《とが》めもありましょうかとこらえておりましたが、悲しい昔の御物語をどのような機会に申し上げて、その一端でもそれとなくお知りになっていただきたいと、長年の念誦《ねんず》のついでにも、合わせてお祈り続けて参りました験《しるし》なのでしょうか、嬉しい機会でございますが、早くもあふれてまいります涙に目もくれて、とても申し上げられそうもございません。」

と、身を震わせている様子は、実にひどくもの悲しいと思っています。

だいたい年老いた人は涙もろいものとは見聞きなさっていますけれど、全くこれほどまで思いつめていますのもいぶかしくお思いになって、

薫「こちらにこうして参上することは度々になりました

まへると見ゆる狩衣姿のいと濡れしめりたるほど、うたてこの世のほかの匂ひにやと、あやしきまで薫り満ちたり。

この老人《おいびと》はうち泣きぬ。

「さし過ぎたる罪もや、と思うたまへ忍ぶれど、あはれなる昔の御物語の、いかならむついでにうち出できこえさせ、片はしをもほのめかし知ろしめさせむと、年ごろ念誦のついでにもうちまぜ思うたまへわたる験《しるし》にや、うれしきをりにはべるを、まだきにおぼほれはべる涙にくれて、えこそ聞こえさせずはべりけれ」

と、うちわなく気色、まことにいみじくもの悲しと思へり。

おほかた、さだ過ぎたる人は涙もろなるものとは見聞きたまへど、いとかうしも思へるもあやしうなりたまひて、

「ここにかく参る事は度重な

が、このように人の世の情けをお分かりの人もいませんので、露深い道中にただ独り濡れておりました。実に嬉しい機会のようですから、何も残さずお話しなさって下さい。」

とおっしゃいますと、

弁「このような機会はめったにございませんでしょうよ。またございましても、夜の明ける間《ま》も知らぬはかない命で、あてにできそうにもございませんから。それではただこんな年寄りが世にいたということだけでもお知り置き下さいませ。

三条の宮（女三の宮）にお仕えしておりました小侍従《こじじゅう》は、亡くなってしまいましたとちらと耳にいたしました。その昔親しくしておりました同じ年頃の人々も、多くは世を去ってしまいました老いの果てに、遥か遠い田舎から縁を頼って上京して来まして、この五、六年の間、ここにこうしてお仕えしているのでございます。ご存じではございますまい、この頃藤大納言《とうだいなごん》とか申すというお方

藤大納言 柏木の弟、紅梅の大納言。

りぬるを、かくあはれ知りたまへる人もなくてこそ、露けき道のほどに独りのみそぼちつれ。嬉しきついでなめるを、言な残いたまひそかし」

とのたまへば、

「かかるついでしもはべらじかし。またはべりとも、夜の間のほど知らぬ命の頼むべきにもはべらぬを。さらばただ、かかる古者世にはべりけりとばかり知ろしめされはべらなむ。

　三条宮にはべりし小侍従《こじじゅう》はかなくなりはべりにけるとほの聞きはべりし。その昔睦ましう思うたまへし同じほどの人多く亡せはべりにける世の末に、遥かなる世界より伝はり参うで来て、この五六年《いつとせむとせ》のほどなむ、これにかくさぶらひはべる。知ろしめさじかし、

の御兄君の右衛門《えもん》の督《かみ》でお隠れなさいましたお方（柏木）の事は、何かのついでにそのお方のことをお聞き伝えになる事もございましょうか。お亡くなりになってまだいくらも経《た》っていないような気ばかりいたします。その時の悲しさも、まだ袖の乾く時もございませんように存じますのに、指を折って数えてみますと、このようにあなた様がご成人あそばされましたお年からしても、まるで夢のようでございます。

あの故権大納言《ごんだいなごん》様（柏木）の御乳母《めのと》でございました者は、この弁《べん》の母でございました。朝夕にお仕え馴れ申しておりましたので、人数にも入《はい》りませぬ私《わたくし》でございますが、大納言様は、誰にも知らせず、お心一つにお納め切れません事を、時々お漏らしになられましたが、今はいよいよご臨終におなりになりましたお病気の末期に、私をお呼び寄せになられて、少しばかりご遺言《ゆいごん》なさいますことがございましたので、ぜひあなた様のお耳にお入れ申さなければならないわけが一つございますが、これだ

この頃藤大納言と申すなる御兄《このかみ》の右衛門督にて隠れたまひにしは。もののついでなどにや、かの御上とて聞こしめし伝ふる事もはべらむ。過ぎたまひていくばくも隔たらぬ心地のみしはべる。その折の悲しさも、まだ袖の乾く折はべらず思うたまへらるるを、手を折りて数へはべれば、かく大人しくならせたまひにける御齢《よはひ》のほども夢のやうになむ。

かの権大納言の御乳母にはべりしは弁が母になむはべりし。朝夕に仕うまつり馴れはべりしに、人数にもはべらぬ身なれど、人に知らせず、御心よりはた余りける事を折々うちかすめのたまひしを、今は限りになりたまひにし御病の末つ方に召し寄せて、いささかのたまひおく事なむはべ

け申し上げましたので、残りを聞きたい、とお思いになるお気持ちがございましたら、いずれゆっくりと全てをお話し申し上げましょう。若い女房たちも、みっともなくさし出がましいと、突つき合っていますのももっともと思われますので。」

と言って、さすがにその後《あと》は言わないで終わってしまいました。

いぶかしく、夢語りとか巫女《かんなぎ》とかいうものの問わず語りをするように、めったにないことと思われますけれども、しみじみと気がかりに思い続けていらっしゃったことの筋を申し上げますので、とてもその先のことが聞きたいのですが、いかにも人目も多く、突然に古物語に関わって夜を明かしてしまうのも無作法なことですので、

薫「これといって思い当たる節《ふし》もないのですが、昔の事とお聞きしますのも何やらしみじみした気持ちになります。それではきっと残りをお聞かせ下さい。霧が晴れて

［一五］薫、弁の昔語りに心惹《ひ》かれ、再会を約束する

夢語りとか巫女 「夢語り」は人の見た夢を解き明かすもの、夢解き。「巫女」は神に仕え神意を伝える女性。

りしを、聞こしめすべきゆゑなむ一事はべれど、かばかり聞こえ出ではべるに、残りをと思しめす御心はべらば、のどかになむ聞こしめしはてはべるべき。若き人々も傍らいたく、さし過ぎたりとつきしろひはべめるも道理《ことわり》になむ」

とて、さすがにうち出でずなりぬ。

あやしく、夢語、巫女《かむなぎ》やうのものの問はず語りすらむやうにめづらかに思さるれど、あはれにおぼつかなく思しわたる事の筋を聞こゆれば、いと奥ゆかしけれど、げに人目もしげし、さしぐみに、古物語にかかづらひて夜を明かしはてむも、こちごちしかるべければ、

「そこはかと思ひわく事はなきものから、いにしへの事と聞きはべるも、ものあはれになむ。さらば必ずこの残り聞

しまってはきまりの悪いやつれ姿を、無作法《ぶさほう》だとお咎《とが》めを受けそうな有様ですから。私の思いから申しますと心残りなのですが。」

とおっしゃって、お立ちになりますと、あの宮のお籠《こも》りになっておられるお寺の鐘の声がかすかに聞こえて、あたり一面霧が深くたちこめていました。

［一六］ 薫と大君、それぞれの心をこめて歌を贈答

峰の八重雲が宮を思いやる気持ちを遠く隔てているのが悲しく思われますのにつけても、やはりこの姫君たちのお心の中がいたわしく、「もの思いの限りを尽くしておいでなのであろう。こうして全く引き籠《こも》っていらっしゃるのも無理からぬ事よ」などとお思いになります。

薫「朝ぼらけ家路も見えず尋ね来《こ》し槙《まき》の尾山は霧こめてけり

（この夜明け、帰るべき家路も見えず、尋ねて来た槙の尾山はすっかり霧が立ちこめてしまった。）

心細いことですよ。」

朝ぼらけ 「槙の尾山」は、宇治川南岸にある槙尾山。

かせたまへ。霧晴れゆかばはしたなかるべきやつれを、面なく御覧じ咎められぬべきさまなれば。思うたまふる心のほどよりは、口惜しうなむ」

とて立ちたまふに、かのおはします寺の鐘の声、かすかに聞こえて、霧いと深くたちわたれり。

峰の八重雲思ひやる隔て多くあはれなるに、なほこの姫君たちの御心の中ども心苦しう、何事を思し残すらむ、かくいと奥まりたまへるもことわりぞかしなどおぼゆ。

「朝ぼらけ家路も見えず尋ね来《こ》し槙《まき》の尾山は霧こめてけり

心細くもはべるかな」

雲のゐる 「峰のかけ路」は、父八の宮の修行の場。父宮からも隔てられた孤立の心を詠む。

と引き返してためらっていらっしゃるお姿を、都の人のいつも見馴れている人でさえ、やはり格別だとお思い申し上げますのを、ましてやこの山里の人には、どうしてまたとないお方と見えないことがありましょうか。ご返事のお取り次ぎもしにくそうに思っていますので、姫君は例によってひどく遠慮がちなご様子で、

大君 雲のゐる峰のかけ路を秋霧のいとど隔つる頃にも
あるかな

（雲のかかっている峰の険しい道を、秋霧が一層隔ててしまっているこの頃でございます。）

少し溜《た》め息を洩らしていらっしゃるご様子は、浅からずしみじみとしています。

どれほどの風情《ふぜい》も見えない山里ですけれど、いかにもいたわしく思われる事が多いのにつけても、明るくなって行きますので、さすがにあらわに見られる感じがなさって、

薫「なまじお聞きしない方が良かったくらい、中途までしか伺えませんでした残りは、もう少し親しくしていた

と、たち返りやすらひたまへるさまを、都の人の目馴れたるだになほいと殊に思ひきこえたるを、まいていかがは珍しう見ざらむ。御返り聞こえ伝へにくげに思ひたれば、例のいとつつましげにて、

雲のゐる峰のかけ路を秋霧
のいとど隔つる頃にもある
かな

すこしうち嘆いたまへる気色浅からずあはれなり。

何ばかりをかしきふしは見えぬあたりなれど、げに心苦しきこと多かるにも、明かうなりゆけば、さすがに直面《ひたおもて》なる心地して、

「なかなかなるほどに承りさしつること多かる残りは、い

だいてからお恨み申すことにいたしましょう。それにしてもこのように世間並みの男のようにお扱いなさるのは心外で、物事をお分かりになっておられないと恨めしく存ぜられます。」

とおっしゃって、宿直人《とのいびと》がしつらえた西面《にしおもて》のお部屋においでになって、もの思いに沈んでいらっしゃいます。

供人「網代《あじろ》は人が騒いでいるようです。しかし氷魚《ひお》も近づかないのでしょうか、気勢が上がらない様子です。」

とお供の人々が様子をよく知っていて話しています。粗末な舟どもに柴を刈り積んで、それぞれ何ということもない世のなりわいのために行き来する有様も、頼りない水の上に浮かんでいるさまは、誰も考えてみれば同じようなこの世の無常の姿なのです。「自分は水に浮かばずに金殿玉楼に住む安泰の身と思ってよいこの世であろうか。」と中将は思い続けないではおられません。

硯《すずり》をお取り寄せになって、あちらへ歌をさし上げます。

薫「橋姫の心を汲みて高瀬さす棹《さを》のしづくに袖ぞ濡れ

橋姫の
「橋姫」は宇治橋を守る神。大君《おおいきみ》をなぞらえる。大君の心中の苦しさを推測。

ますこし面馴《おもな》れてこそは、恨みきこえさすべかめれ。さるは、かく世の人めいてもてなしたまふべくは、思はずにもの思しわかざりけり、と恨めしうなむ」

とて、宿直人《とのゐびと》がしつらひたる西面《にしおもて》におはしてながめたまふ。

「網代《あじろ》は人騒がしげなり。されど氷魚《ひを》も寄らぬにやあらむ、すさまじげなるけしきなり」

と、御供の人々見知りて言ふ。あやしき舟どもに柴刈り積み、おのおの何となき世の営みどもに行きかふさまどもの、はかなき水の上に浮かびたる、誰も思へば同じごとなる世の常なさなり。我は浮かばず、玉の台《うてな》に静けき身と思ふべき世かは、と思ひつづけらる。

硯召して、あなたに聞こえたまふ。

「橋姫の心を汲みて高瀬さ

ぬる

（宇治の橋姫のお心を察して、浅瀬を漕ぐ舟の棹の雫に舟人が袖を濡らすように、わたしも涙で袖が濡れてしまいました。）

さぞもの思いに沈んでおられることでしょうね。」

とお書きになって、宿直人《とのいびと》に持たせておやりになりました。とても寒そうに痩せこけた顔をして持って参ります。ご返事は、料紙に焚《た》きしめた香など並一通りのもので気が引ける思いですけれど、このような時は早いのが何よりというので、

大君「さしかへる宇治の川長《かはをさ》朝夕のしづくや袖を朽《く》たし果つらむ

（棹をさして行き来する宇治の渡し守は、朝夕の棹の雫で袖を朽ちさせてしまうでしょう。）

この身さえ涙で浮いてしまいそうです。」

と、大層美しくお書きになりました。申し分なく見事でいらっしゃったことよと、中将はお心がおとまりになりましたけれど、

す棹《さを》のしづくに袖ぞ濡れぬる

ながめたまふらむかし」

とて、宿直人に持たせたまへり。いと寒げに、いららぎたる顔して持てまゐる。御返り、紙の香などおぼろけならむは恥づかしげなるを、時をこそかかる折は、とて、

「さしかへる宇治の川長《かはをさ》朝夕のしづくや袖を朽《く》たし果つらむ

身さへ浮きて」

と、いとをかしげに書きたまへり。まほにめやすくものしたまひけり、と心とまりぬれど、

さしかへる　「川長」は船頭。自らを「宇治の川長」になずらえ、「袖を朽たし果つ」ほどに悲しいとする。

この身さえ涙で浮いて　…（身さへ浮きて）「さす棹のしづくに濡るるものゆえに身さへうきても思ほゆるかな」（源氏釈）。

［一七］薫、宇治に便りを出し、山籠りの八の宮にも心遣いをする

供人「御車を持って参りました。」と人々が騒がしく申し上げますので、宿直人《とのいびと》だけをお呼び寄せになって、

薫「宮がお帰りになられる時分に、必ずお伺いすることにしよう。」

などとおっしゃいます。露に濡れたお召物などは、みなこの者にお脱ぎ与えになって、取りにおやりになった御直衣《なおし》にお召し替えになられました。

中将（薫）は、老人の物語が気にかかって、いろいろと思い出されます。またかねて想像なさったよりは、格別に優《すぐ》れて風情《ふぜい》のあった姫君たちのご様子などが目の前にちらついて、やはり思い捨てることの出来ない世の中だったのかと、自分の心弱さを思い知らされます。

姫君にお手紙をさし上げます。懸想文《けそうぶみ》めいてではなく、白い色紙の厚ぼったいのに、筆は念入りに選んで、墨付きも見所あるようにお書きになります。

「御車率て参りぬ」と、人々騒がしきこゆれば、宿直人ばかりを召し寄せて、

「帰りわたらせたまはむほどに、必ず参るべし」

などのたまふ。濡れたる御衣どもは、みなこの人に脱ぎかけたまひて、取りに遣はしつる御直衣に奉りかへつ。

老人《おいびと》の物語、心にかかりて思し出でらる。思ひしよりはこよなくまさりて、をかしかりつる御けはひども面影にそひて、なほ思ひ離れがたき世なりけり、と心弱く思ひ知らる。

御文奉りたまふ。懸想だちてもあらず、白き色紙の厚肥えたるに、筆はひきつくろひ選りて、墨つき見どころありて書きたまふ。

薫 ぶしつけになりはしないかと、わけもなくさし控えておりまして、申し上げ残した事が多いのも心苦しいことでございます。ほんの少し申し上げましたように、これからは御簾《みす》の前もお心安くお許し下さいますように。宮の御山籠《ごも》りがお済みになる日数《ひかず》も承っておきまして、うっとおしい霧にさえぎられた思いも晴らすことにいたしましょう。

などと、大層真面目《まじめ》にお書きになります。

左近《さこん》の将監《しょうげん》である人をお使いとして、

薫「あの老女房を尋ねて、この手紙を渡すように。」

とお命じになります。宿直人《とのいびと》が寒そうにうろついていたことなど、かわいそうに思いやって、大きな檜破子《ひわりご》のようなものを沢山お持たせになります。

翌日、あのお寺の方にもお手紙をさし上げます。山籠りの僧たちも、この頃の嵐にはひどく心細くつらいであろうし、そうして宮が籠っておられる間の布施《ふせ》をお与えになるであろうとお思いやりになって、絹、綿など沢山お贈りになりまし

檜破子
檜の薄板で作った仕切りのある箱。食物を入れる。

あのお寺
八の宮が籠る阿闍梨の山寺。

うちつけなるさまにや、とあいなくとどめはべりて、残り多かるも苦しきわざになむ。かたはし聞こえおきつるやうに、今よりは御簾の前も心やすく思しゆるすべくなむ。御山籠りはてはべらむ日数も承りおきて、いぶせかりし霧のまよひもはるけはべらむ。

などぞ、いとすくよかに書きたまへる。左近将監《さこんのぞう》なる人、御使にて、

「かの老人《おいびと》たづねて、文《ふみ》もとらせよ」

とのたまふ。宿直人《とのゐびと》が寒げにてさまよひしなどあはれに思しやりて、大きなる檜破子《ひわりご》やうのものあまたせさせたまふ。

またの日、かの御寺にも奉りたまふ。山籠りの僧ども、このごろの嵐にはいと心細く苦しからむを、さておはしますほどの布施賜ふべからむ、と思しやりて、絹綿など

た。宮は勤行《ごんぎょう》が終わって寺をお出ましになる朝でしたので、修行者たちに綿、絹、袈裟《けさ》、衣など、すべて一揃いずつ、ある限りの僧たちにお与えになります。

宿直人《とのいびと》は、あの中将がお脱ぎ捨てになった優美ですばらしい狩衣《かりぎぬ》や、何とも言えない見事な白綾の御衣《おんぞ》の柔らかく言いようもなく香ばしいのを、そのまま身につけて、自分の身はまた変えることが出来ませんので、似付かわしくない袖の香りを、会う人ごとに怪しまれたり褒《ほ》められたりして、かえって窮屈な思いをしたのでした。勝手気ままに振る舞うこともできず、全く気味悪いまでに人がはっとする匂いを、失《な》くしてしまいたいと思うのですが、仰山なまでの中将の移り香ですので、とてもすすぎ落とすことができませんのは、あまりにも困ったことですよ。

　中将の君は、姫君のご返事がまことに非の打ち所もなくおおらかなのを、興趣深くご覧になります。八の宮にもこのようなお便りがありましたなどと女房たちが申し上げてご覧に入れますと、

多かりけり。御行ひはてて出でたまふ朝《あした》なりければ、行ひ人どもに、綿、絹、袈裟、衣など、すべて一《ひと》領《くだり》のほどづつ、あるかぎりの大徳《だいとこ》たちに賜ふ。

　宿直人、かの御脱ぎ棄ての艶にいみじき狩の御衣ども、えならぬ白き綾の御衣のなよなよといひ知らず匂へるをうつし着て、身を、はた、えかへぬものなれば、似つかはしからぬ袖の香を人ごとに咎められ、めでらるるなむ、なかなかところせかりける。心にまかせて身をやすくもふるまはれず、いとむくつけきまで人のおどろく匂ひを、失ひてばやと思へど、ところせき人の御移り香にて、えも濯《すす》ぎ棄てぬぞ、あまりなるや。

　君は、姫君の御返り事、いとめやすく児めかしきをかしく見たまふ。宮にも、かく御消息ありきなど人々聞こえさせ御覧ぜさすれば、

八宮「何の。懸想人《けそうびと》のようにお扱い申し上げるのも、かえってよくないでしょう。普通の若者とは違うご気性《きしょう》のようなので、わたしの死後も、などと一言《ひとこと》それとなくお願いしておいたので、そのおつもりでお心に留《と》められたのでしょう。」

などとおっしゃるのでした。宮ご自身も、いろいろなお見舞いの品々が山寺にあふれるほどであったことなどお礼を申されますので、中将は宇治に参上しようとお思いになって、ふと三の宮（匂宮）が、日頃こうした奥深い山里あたりの、会えばその良さが勝《まさ》るような女性がすばらしいのだがと、理想事のようにばかりおっしゃっておられますものを、そのお気持ちをそそるようにしてお心を騒がせ申そうと思って、のんびりした夕暮れに、三の宮のもとに参上なさいました。

例によって、いろいろな世間話をお互いにお話し合われましたついでに、宇治の宮（八の宮）のことをお話し出しになり、先日見た暁の有様などを詳しく申し上げますと、宮はと

［一八］ 薫、匂宮に宇治の姫君のことを語り、羨《うらや》ましがらせる

先日見た暁の有様 薫が姫君たちを垣間見たこと。［一二］一五三～四ページ。

「何かは。懸想だちて、もてないたまはむも、なかなかうたてあらむ。例の若人に似ぬ御心ばへなめるを、亡からむ後もなど、一言《ひとこと》うちほのめかしてしかば、さやうにて心ぞとめたらむ」

などのたまひけり。御みづからも、さまざまの御とぶらひの、山の岩屋にあまりし事などのたまへるに、参うでむと思して、三の宮の、かやうに奥まりたらむあたりの見まさりせむこそをかしかるべけれと、あらまし事にだにのたまふものを、聞こえはげまして、御心騒がしたてまつらむ、と思して、のどやかなる夕暮に参りたまへり。

例の、さまざまなる御物語聞こえかはしたまふついでに、宇治の宮の事語り出でて、見し暁のありさまなどくはしく聞こえたまふに、

ても興味をお示しになりました。思った通りよ、と中将は宮のお顔色を伺って、ますますお心が惹《ひ》かれるようにお言い続けになります。

匂宮「それで、そのあったというご返事は、どうして見せて下さらないのか。わたしだったらお見せするのに。」

とお恨みになります。

薫「そうですね。宮も本当に沢山ご覧になっていらっしゃるご返事の片端《はし》でさえ、お見せ下さらないではありませんか。あの宇治のあたりは、わたしのような全く世間知らずの者が、独り占めにして済ませられるような方々でもございませんので、必ずご覧に入れたいと思っておりますけれど、あなたのような高貴なお方がどうしてそこまで尋ねておいでになれましょうか。気軽い身分の者こそ浮気《うわき》をしようと思えば、実にうまく出来る世の中でございますよ。隠れた所にすばらしい女性は多いようですね。それ相応に見所のありそうな女の、何かもの思わしげにひっそりと住んでいる家なども、山里めいた

宮いと切にをかしと思いたり。さればよ、と御気色を見て、いとど御心動きぬべく言ひつづけたまふ。

「さて、そのありけむ返り事は、などか見せたまはざりし。まろならましかば」

と恨みたまふ。

「さかし。いとさまざま御覧ずべかめる端をだに、見せさせたまはぬ。かのわたりは、かくいとも埋もれたる身にひき籠めてやむべき気配にもはべらねば、必ず御覧ぜさせばやと思ひたまふれど、いかでか尋ねよらせたまふべき。か安きほどこそすかまほしくは、いとよくすきぬべき世にはべりけれ。うち隠ろへつつ多かめるかな。さる方に見所ありぬべき女のもの思はしき、うち忍びたる住み処《か》ども、山里めいたる隈《くま》などに、自づから

人目に付かない所などに自然とよくあるようです。このお話し申し上げましたあたりは、全く世離れした聖《ひじり》のようなさまで、無風流な者だろうと長年軽蔑しておりまして、耳にさえ留《と》めずにおりました。あのほのかな月光で見た通りのご器量でしたら、非の打ち所もないでしょう。物腰といい容姿といい、またあれほどなのをこそ、理想的だと思うべきでしょう。」

などと申し上げなさいます。

しまいには、宮は本心から全く妬《ねた》ましく、並み大抵な女には心の動かしそうもない人が、こうも深く思っているのは並々ではあるまいと、姫君たちに逢ってみたいとお思いになるお気持ちがこの上なくなりました。

匂宮「ではもっとよく様子を探ってみなさいよ。」

と中将にお勧《すす》めになって、格式のあるご身分の不自由さを厭《いと》わしいまでにもどかしくお思いになっていらっしゃいますので、中将はおかしくなって、
薫「いや、何ということもございません。わたしは片時

はべるべかめり。この聞こえさするわたりはいと世づかぬ聖《ひじり》ざまにて、こちごちしうぞあらむと年頃思ひ侮りはべりて、耳をだにこそ留めはべらざりけれ。ほのかなりし月影の見劣りせずはまほならむはや。気配有様、はたさばかりならむをぞ、あらまほしきほどと覚えはべるべき」

など聞こえたまふ。

はてはては、まめだちていとねたく、おぼろけの人に心移るまじき人のかく深く思へるを、おろかならじとゆかしう思すこと限りなくなりたまひぬ。

「なほ、またまた、よくけしき見たまへ」

と、人をすすめたまひて、限りある御身のほどのよだけさを、厭はしきまで心もとなしと思したれば、をかしくて、

「いでや、よしなくぞはべる。

もこの世の中に心を留めまいと思っております訳《わけ》のある身ですから、戯《たわむ》れ事も遠慮されますのに、もしわが心ながら抑え切れぬ恋心などがつきましたら、大いに本来の思いに違うことになってしまうでしょう。」

と申し上げますと、

匂宮「まあ、何と大げさな。例によって仰々しい聖人ぶった口ぶりを見届けたいものよ。」

とおっしゃってお笑いになります。中将は心の中ではあの老女房がほのめかした筋のことなどが、一層胸を打ってもの悲しい気分ですので、興味あると見ることも、難がないと聞く姫君たちのあたりも、どれほどにもお心に留《と》まらないのでした。

［一九］ 薫、八の宮に対面　宮、姫君たちの将来を愁え、薫、後見を約す

十月になって五、六日の頃に、中将（薫）は宇治へ参上なさいます。

供人「網代《あじろ》をこそ、この季節にはご覧なさいませ。」

と申し上げる人々がおりますけれど、

しばし世の中に心とどめじと思うたまふるやうある身にて、なほざりごともつましうはべるを、心ながらかなはぬ心つきそめなば、おほきに思ひに違《たが》ふべき事なむはべるべき」

と聞こえたまへば、

「いで、あなことごとし。例のおどろおどろしき聖詞《ひじりことば》見はててしがな」

とて笑ひたまふ。心の中には、かの古人のほのめかしし筋などの、いとどうちおどろかされてものあはれなるに、をかしと見ることも、めやすしと聞くあたりも、何ばかり心にもとまらざりけり。

十月になりて、五六日のほどに宇治へ参うでたまふ。

「網代《あじろ》をこそ、このごろは御覧ぜめ」

と聞こゆる人々あれど、

薫「何の、その蜉蝣《ひおむし》のはかなさに争う心地で網代《あじろ》などに寄ることがあろうか。」

とお取り止《や》めになって、いつものようにひっそりとご出立になります。身軽に網代車で縑《かとり》の直衣《なおし》や指貫《さしぬき》を縫わせて、ことさらにお召しになりました。

宮（八の宮）は待ち喜びなさって、場所柄にふさわしいおもてなしなど、趣向を凝らしてお整《ととの》えになります。日も暮れましたので灯火《ともしび》を近づけて、前々から読みさしになっています経文《きょうもん》の深い本意など、阿闍梨《あざり》も山から招き下ろして、釈義などをおさせになります。少しもお眠りにならず、川風が大層荒々しい上に、木《こ》の葉の散り乱れる音や水の響きなど、風《ふ》情《ぜい》も通り過ぎて、何やら恐ろしく心細いあたりの有様です。

明け方も近くなったろうかと思う頃に、中将はいつぞやの曙《あけぼの》のことが自《おの》ずと思い出されて、琴《こと》の音《ね》が身にしみるという話のきっかけを作り出して、

薫「この前、霧に迷わされました明け方に、大変すばらしい楽の音《ね》を、ほんの少し承りました、その残りをか

「何か、その蜉蝣《ひをむし》にあらそふ心にて、網代にも寄らむ」

と、そぎ棄てたまひて、例の、いと忍びやかにて出で立ちたまふ。かろらかに網代車にて、縑《かとり》の直衣指貫《さしぬき》縫はせて、ことさらび着たまへり。

宮待ちよろこびたまひて、所につけたる御饗《あるじ》など、をかしうしなしたまふ。暮れぬれば、大殿油《おほとなぶら》近くて、さきざき見さしたまへる文どもの深きなど、阿闍梨《あざり》も請じおろして、義など言はせたまふ。うちもまどろまず、川風のいと荒ましきに、木の葉の散りかふ音、水の響きなど、あはれも過ぎて、もの恐ろしく心細き所のさまなり。

明け方近くなりぬらむと思ふほどに、ありししののめ思ひ出でられて、琴の音《ね》のあはれなることのついでつくり出でて、

「前のたび霧に惑はされはべりし曙に、いと珍らしき物の

蜉蝣 朝生まれ夕方死ぬというかげろう科の虫。はかないことの喩えに用いられる。ここは網代に寄る氷魚《ひお》を含ませる。

縑 「固織」の約。無地の平絹を固く織った布。

いつぞやの曙のこと 薫が初めて姫君たちのくつろいだ姿を垣間見た時のこと（［一二］一五三～四ページ）。

えってお聞きしたくてもの足りなく存じております。」

などと申し上げます。宮は、
八宮「この世の色も香も思い捨ててしまってからは、昔聞き覚えた事もみな忘れておりまして。」

とおっしゃいますけれど、女房を呼んで琴《きん》をお取り寄せになって、
八宮「今の身には全く不似合いになってしまいました。手引きをして弾いて下さる音《ね》に導かれて、思い出すこともできましょう。」

とおっしゃって、琵琶《びわ》を取りお寄せになって客人にお勧《すす》めになります。中将は受け取って調子をお合わせになります。

薫「一向に、過日ほのかに聞きましたのと同じものとも思われません。あの時は御琴の響きが優《すぐ》れているせいかとばかり存じておりました。」

とおっしゃって、気を許してもお弾きになりません。

八宮「まあ、これはお人が悪い。そのようにお耳に留《と》まるほどの弾き方などは、どこからこの山里まで伝わって参

音一声承りし残りなむ、なかなかにいといぶかしう、飽かず思うたまへらるる」

など聞こえたまふ。

「色をも香をも思ひ棄ててし後、昔聞きしこともみな忘れてなむ」

とのたまへど、人召して琴とりよせて、

「いとつきなくなりにたりや。しるべする物の音につけてなむ、思ひ出でらるべかりける」

とて、琵琶召して、客人《まらうど》にそそのかしたまふ。取りて調べたまふ。

「さらに、ほのかに聞きはべりし同じものとも、思うたまへられざりけり。御琴の響きからにやとこそ思うたまへしか」

とて、心とけても掻きたてたまはず。

「いで、あなさがなや。しか御耳とまるばかりの手などは、いづくよりかここまでは伝は

りましょうか。とんでもないお言葉です。」
とおっしゃって、琴《きん》を掻《か》き鳴らされます。その音《ね》は実に身にしみてもの寂しい感じです。一方では峰の松風が引き立てているのでしょう。実にたどたどしそうにおぼつかないふりをなさって、風情《ふぜい》ある手を一曲だけお弾きになってお止《や》めになってしまいました。宮は、
八宮「このあたりで思いがけなく、時折かすかに弾き鳴らす箏《そう》の音は、心得があるようだと聞く時もございますが、心を入れて教えることもなくて久しくなってしまいました。娘たちがめいめい思いのままに掻き鳴らしているようです。川波だけが調子を合わせているのでしょう。無論役に立つほどの拍子《ひょうし》なども、身につけてはおるまいと思われます。」
とおっしゃって、
八宮「掻き鳴らしてご覧なさい。」
とあちらの姫君たちに申し上げなさいますけれど、思いも寄らず気ままに弾いていた琴を、お聞きになられただけでも恥

り来む。あるまじき御事なり」

とて、琴掻き鳴らしたまへる、いとあはれに心すごし。かたへは、峰の松風のもてはやすなるべし。いとたどたどしげにおぼめきたまひて、心ばへある手ひとつばかりにてやめたまひつ。

「このわたりに、おぼえなくて、折々ほのめく箏の琴の音《ね》こそ、心得たるにや、と聞く折はべれど、心留めてなどもあらで、久しうなりにけりや。心に任せて、各々掻き鳴らすべかめるは。川波ばかりやうち合はすらむ。論なう、物の用にすばかりの拍子などもとまらじとなむおぼえはべる」

とて、

「掻き鳴らしたまへ」

と、あなたに聞こえたまへど、思ひ寄らざりし独り琴を、聞きたまひけむだにあるものを、いとかた

ずかしいのに、まして全くみっともないことと、奥へ引き込まれてお二人ともお聞き入れになりません。何度もお勧《すす》めなさいますが、あれこれとお断《ことわ》り申しておやめになってしまわれたようですので、中将は実に残念にお思いになります。

　そのような折にも、宮はこうして風変わりで世馴れぬ人と思われながら過ごしている姫君たちの有様などが、不本意なことと恥ずかしく思っていらっしゃるのでした。

八宮「世間の人にはせめて何とか知らせまいと育てて来ましたが、今日明日とも知れぬ身の寿命の少なさを思いますと、さすがに将来ある姫君たちが落ちぶれて路頭に迷うのではないかと、そればかりが全くこの世を離れる際《きわ》の妨《さまた》げなのでした。」

とお話しなさいますので、中将はおいたわしいと拝見なさいます。

中将「特別の後見《うしろみ》めいた、しかとした筋ではなくても、よそよそしくなくお考えになっていただきたいと存じます。しばらくでも生き長らえております間は、一言《ひとこと》でもこう

はならむ、とひき入りつつ、みな聞きたまはず。たびたびそそのかしきこえたまへど、とかく聞こえすさびてやみたまひぬめれば、いと口惜しうおぼゆ。

　そのついでにも、かくあやしう世づかぬ思ひやりにて過ぐすありさまどもの、思ひの外なることなど、恥づかしう思いたり。

「人にだにいかで知らせじ、とはぐくみ過ぐせど、今日明日とも知らぬ身の、残り少なさに、さすがに、行く末遠き人は、落ちあぶれてさすらへむこと、これのみこそ、げに世を離れむ際の絆《ほだし》なりけれ」

と、うち語らひたまへば、心苦しう見たてまつりたまふ。

「わざとの御後見《うしろみ》だち、はかばかしき筋にはべらずとも、うとうとしからず思しめされむとなむ思うたまふる。しば

と申し上げましたようなことを、違《たが》えるようなことはございません。」

などと申し上げますと、宮は、

八宮「実に嬉しいことです。」

とお思いになりおっしゃいます。

[二〇] 薫、弁に対面　弁、自らの過去と薫の出生の秘密を語る

さて、宮が夜明け方の勤行《ごんぎょう》をなさいます間に、中将はあの老女房をお呼び出しになってお会いになりました。姫君のお世話役としてお仕えさせになっている弁《べん》の君という人でした。年は六十歳に少し足りないほどですけれど、上品で由緒《ゆいしょ》のある様子で、いろいろとお話し申し上げます。故権大納言《ごんだいなごん》の君（柏木）がいつももの思いに悩み続け、病気になってお亡くなりになったいきさつをお話し出し申し上げて、泣くことこの上もありません。「いかにも他人の身の上として聞くのさえ、しみじみと心打たれる昔語りを、まして長年気にかかって、その真相を知りたいと思い、どのようなことが原因であったのかと、御仏《みほとけ》にもそのことをはっきり知らせて下さいとお祈

長年気にかかって… 薫が幼少から不審に思っていた出生の秘事。

しもながらへはべらむ命のほどは、一言も、かくうち出できこえさせてむさまを、違《たが》へはべるまじくなむ」

など申したまへば、

「いとうれしきこと」

と思しのたまふ。

さて、暁方の宮の御行ひしたまふほどに、かの老人《おいびと》召し出でてあひたまへり。姫君の御後見にてさぶらはせたまふ、弁の君とぞいひける。年は六十にすこし足らぬほどなれど、みやびかにゆゑあるけはひして、ものなど聞こゆ。故権大納言の君の、世とともにものを思ひつつ、病づきはかなくなりたまひにしありさまを聞こえ出でて、泣くこと限りなし。「げに、よその人の上と聞かむだにあはれなるべき古事どもを、まして年ごろおぼつかなくゆかしう、いかなりけむことのはじめにかと、仏にもこ

小侍従
女三の宮付きの女房。

りした験《しるし》だろうか、だからこうして夢のようにしみじみとした昔語りを、思いがけない機会に聞きつけたのだろう」とお思いになりますと、涙をとどめることも出来ないのでした。

薫「それにつけても、このように当時の真相を知っていた人も、生き残っていらしたのですね。めったにないこととも、恥ずかしいこととも思われることの筋ですが、やはりこうして聞き伝えた人が、他《ほか》にもいるでしょうか。長い間全く耳にもしないことでしたよ。」

とおっしゃいますと、

弁「小侍従《こじじゅう》とこの弁《べん》とのほかには、また知っている人もございません。一言《ひとこと》たりとも他人に話してはおりません。こうして頼りなく取るに足りない身のほどですけれど、夜昼あのお方のお側《そば》にお仕え申しておりましたので、自《おの》ずと事の様子をも存じ上げるようになりましたが、お心一つに納めかねてお悩みの時々には、ただ小侍従と私《わたくし》の二人を通してだけ、たまさかのお手紙のやりとりもございました。畏《おそ》れ多うございますので、詳しくは申し上げ

のことをさだかに知らせたまへ、と念じつる験にや、かく夢のやうにあはれなる昔語をおぼえぬついでに聞きつけつらむ」と思すに、涙とどめがたかりけり。

「さても、かく、その世の心知りたる人も、残りたまへりけるを。めづらかにも恥づかしうも、おぼゆることの筋に、なほ、かく言ひ伝ふるたぐひやまたもあらむ。年ごろ、かけても聞きおよばざりける」

とのたまへば、

「小侍従と弁と放ちて、また知る人はべらじ。一言《ひとこと》にても、また、他人《ことひと》にうちまねびはべらず。かくものはかなく、数ならぬ身のほどにはべれど、夜昼かの御かげにつきたてまつりてはべりしかば、おのづからものの けしきをも見たてまつりそめしに、御心より余りて思しける時々、ただ二人

られません。今わの際《きわ》におなりになられて、少しばかり仰せ置かれる事がございましたが、この私のような身ではどうお扱いしてよいか分かりかねまして、ずっと気がかりに思っておりながら、どのようにしたらあなた様にお伝え申し上げることができようかと、おぼつかない念仏のついでなどにも、それを願っておりましたが、仏様は確かにこの世の中にいらっしゃったのだと分かりました。

お目にかけなくてはならないものもございます。今は何で焼き棄てられましょうか。こうして朝夕の間にも消え果てるかも知れないこの身が、そのままにしておきましたら世間に散ってしまうかも知れないと、とても気がかりに思っておりましたけれど、この宮様（八の宮）のもとにも時々あなた様がお姿をお見せになりますのを、お待ち申し上げておりましたので、少し頼もしく、こうした機会もあろうかと、お祈りしておりました張り合いも出て参りました。全くこのご縁は、この世のことでも

の中になむ、たまさかの御消息の通ひもはべりし。かたはらいたければ、詳しく聞こえさせず。今はのとぢめになりたまひて、いささか、のたまひおく事のはべりしを、かかる身には置き所なく、いぶせく思うたまへわたりつつ、いかにしてかは聞こしめし伝ふべきと、はかばかしからぬ念誦のついでにも思うたまへつるを、仏は世におはしましけりとなむ思うたまへ知りぬる。

御覧ぜさすべき物もはべり。今は、何かは、焼きも棄てはべりなむ、かく朝夕の消えを知らぬ身の、うち棄てはべりなば、落ち散るやうもこそと、いとうしろめたく思うたまふれど、この宮わたりにも、時々ほのめかせたまふを、待ち出でたてまつりてしかば、少し頼もしく、かかる折もや

ございませんでしょう。」

と、泣きながら詳しく、お生まれになった時のこともよく思い出してお話し申し上げます。

弁「お亡くなりなさいました騒ぎに、私《わたくし》の母でございました人は、そのまま病気になって間もなく亡くなってしまいましたので、ひとしお嘆きにうち沈んで、喪服を重ね着て悲しく思っておりましたところ、長年たいした身分でない者で、私に思いを寄せていました男が、私をだまして西の海の果てまで連れて行ってしまいましたので、京の様子さえ全く分からなくなって、その人もあの地で亡くなってしまいました後《のち》、十年ばかり経《た》って、別世界に来たような心地で上京して来ましたが、この八の宮様は、父方の関係で子供の時から出入りする縁故がございましたので、今はこうして世間に交《ま》じらうことのできるようなさまでもございませんが、冷泉院《れいぜいいん》の女御様（弘徽《こき》殿《でん》の女御《にょうご》）のお邸《やしき》などは、昔よく噂《うわさ》をお聞きしていましたあたりで、そこへお仕えすべきでございましたが、何

と念じはべりつる力出で参うできてなむ。さらに、これは、この世の事にもはべらじ」

と、泣く泣くこまかに、生まれたまひけるほどのことも、よくおぼえつつ聞こゆ。

「空しうなりたまひし騒ぎに、母にはべりし人はやがて病づきてほども経ず隠れはべりにしかば、いとど思うたまへ沈み、藤衣裁ち重ね、悲しき事を思ひたまへしほどに、年頃よからぬ人の心をつけたりけるが、人を計りごちて、西の海のはてまでとりもてまかりにしかば、京の事さへ跡絶えて、その人もかしこにて亡せはべりにし後、十年余りにてなむ、あらぬ世の心地してまかり上りたりしを、この宮は父方につけて、童より参り通ふ故はべりしかば、今はかう、世に交らふべきさまにもはべ

となくきまり悪く思われまして参上できませんで、こうして山深い里に隠れて朽《く》ち木のようになっているのでございます。

　小侍従《こじじゅう》はいつ亡くなったのでしょうか、その当時の若盛りと思っておりました人は、数少なくなってしまいました末の世に、多くの人に先立たれた命を悲しく思いながらも、それでもやはり生き長らえているのでございます。」

などと申し上げておりますうちに、例のように夜もすっかり明けてしまいました。

薫「まあよい。それではこの昔物語は尽きそうもないことだし、また人に聞かれない安心な所で話すことにしよう。小侍従といった人はかすかに思い出されるのは、五つ六つの頃だったか、急に胸を病んで亡くなったと聞いている。このようなそなたとの対面がなかったら、罪重い身で過ごしてしまうところだった。」

［三二］弁、柏木形見の文反故《ふみほご》を薫に渡す　薫の複雑な感慨

罪重い身 仏教思想から、実父を知らないのは罪深いとされた。

らぬを、冷泉院の女御殿の御方などこそは、昔聞き馴れてまつりしわたりにて、参り寄るべくはべりしかど、はしたなく覚えはべりて、えさし出ではべらで、深山隠れの朽木になりにてはべるなり。

　小侍従はいつか亡せはべりにけむ。その昔の若ざかりと見はべりし人は、数少なくなりはべりにける末の世に、多くの人に後るる命を、悲しく思ひたまへてこそ、さすがにめぐらひはべれ」

など聞こゆるほどに、例の、明けはてぬ。

「よし、さらばこの昔物語は尽きすべくなむあらぬ、また人聞かぬ心安き所にて聞こえむ。侍従といひし人はほのかに覚ゆるは、五つ六つばかりなりしほどにや、にはかに胸を病みて亡せにきとなむ聞く。

などとおっしゃいます。

小さく巻き合わせた反故《ほご》の数々のかび臭いのを、袋に縫い入れてあるのを取り出してさし上げます。

弁「あなた様がご処分なさいませ。『わたしはもう生きられそうもなくなってしまった』とおっしゃって、このお手紙をとり集めて下さいましたので、小侍従《こじじゅう》にまた会いますような折に、確かに女宮様（女三の宮）にお伝えしていただこうと思っておりましたのに、そのまま別れてしまいましたのも、私《わたくし》としましてはいつまでも心残りで、悲しく存じております。」

と申し上げます。中将はさりげなくこれはお隠しになってしまいました。「このような老女は、問わず語りにでも不思議な話の例として口外するのではないか」と不安に思われましたが、「かえすがえす他言《たごん》しないことを誓ったのだから、よもや漏《も》らすことはあるまい」と、またあれこれ思い乱れていらっしゃいます。

御粥《かゆ》や強飯《こわいい》などをお召し上がりになります。昨日《きのう》は休日で

かかる対面なくは、罪重き身にて過ぎぬべかりける事」

などのたまふ。

ささやかにおし巻き合はせたる反故《ほぐ》どもの、黴くさきを袋に縫ひ入れたるとり出でて奉る。

「御前にて失はせたまへ。『我なほ生くべくもあらずなりにたり』とのたまはせて、この御文をとり集めて賜はせたりしかば、小侍従に、またあひ見はべらむついでに、さだかに伝へ参らせむと思ひたまへしを、やがて別れはべりにしも、私事には飽かず悲しうなむ思うたまふる」

と聞こゆ。つれなくてこれは隠いたまひつ。かやうの古人は問はず語りにや、怪しき事の例に言ひ出づらむ、と苦しく思せど、かへすがへすも散らさぬよしを誓ひつる、さもやとまた思ひ乱れたまふ。

御粥強飯《こはいひ》などまゐりたまふ。昨

したが、今日は宮中の物忌《ものいみ》も明けたでありましょう。院の女一の宮がご病気でいらっしゃるそのお見舞いに必ず参上しなければなりませんので、少しも暇《ひま》が取れませんから、またこしばらくを過ごして、山の紅葉が散らないうちに参上しましょう、という旨を申し上げます。八の宮は、

八宮「このようにしばしばお立ち寄り下さいますご威光で、この山蔭も、少しは明るくなったような気がいたします。」

などと、御礼を申し上げます。

〔二三〕 薫、帰京して、実父柏木の臨終の歌を読み、母宮を訪ねる

浮線綾 浮織り模様の綾織物。

京にお帰りになって、何よりもまずこの袋をご覧になりますと、唐《から》の浮線綾《ふせんりょう》を縫った袋で、「上《じょう》」という文字が上に書いてありました。細い組紐で口の方を結んである所に、あのお方（柏木）の御名の封がついていました。開けるのも恐ろしいお気持ちになります。色とりどりの紙で、たまさかに取り交《か》わされたお手紙のご返事が五、六通あります。その他《ほか》にはあのお方の筆跡で、「病気は重く、最後になったので、ま

日は暇日《いとまび》なりしを、今日は内裏《うち》の御物忌もあきぬらむ、院の女一の宮、悩みたまふ御とぶらひに必ず参るべければ、かたがた暇《いとま》なくはべるを、またこのごろ過ぐして、山の紅葉散らぬ前《さき》に参るべきよし聞こえたまふ。

「かくしばしば立ち寄らせたまふ光に、山の蔭も、少しもの明きらむる心地してなむ」

など、よろこびきこえたまふ。

帰りたまひて、まづこの袋を見たまへば、唐の浮線綾《ふせんれう》を縫ひて、「上」といふ文字を上に書きたり。細き組して口の方を結ひたるに、かの御名の封つきたり。開くるも恐ろしうおぼえたまふ。いろいろの紙にて、たまさかに通ひける御文の返り事、五つ六つぞある。さては、かの御手にて、「病は重く限

陸奥国紙
檀《まゆみ》の皮から作った厚みのある紙。檀紙《だんし》。

目の前に
「この世をそむく君」は出家した女三の宮。「よそに別るる魂」は死んでいく自分の魂。

命あらば
「岩根にとめし松」は、生まれた薫のこと。

たかすかにもお便り申し上げることも出来なくなってしまったが、お逢いしたい思いはつのる一方だ。お姿も変わっていらっしゃるということだが、あれこれと悲しい」ということを、陸奥国紙《みちのくにがみ》五、六枚に、ぼつぼつと奇妙な鳥の足跡のような文字でお書きになって、

柏木　目の前にこの世をそむく君よりもよそに別るる魂《たま》ぞ悲しき

（目の前にこの世を背いて出家したあなたよりも、あなたに別れて死んで行くわたしの魂の方が悲しいのです。）

また端《はし》の方に、

柏木「かわいいと聞いております幼い子のことも、心にかかることはありませんが、

命あらばそれとも見まし人知れぬ岩根にとめし松の生ひ末《すゑ》

（生き長らえることができればわが子とも見ることができるだろうに。人知れず残したわが子の行く末を。）

中途で書きさしたように、とても乱れた筆遣いで、「侍従《じじゅう》の

りになりにたるに、またほのかにも聞こえむこと難くなりぬるを、ゆかしう思ふことはそひにたり、御かたちも変りておはしますらむが、さまざま悲しき」ことを、陸奥国紙《みちのくにがみ》五六枚に、つぶつぶとあやしき鳥の跡のやうに書きて、

目の前にこの世をそむく君よりもよそに別るる魂《たま》ぞ悲しき

また、端に、

「めづらしく聞きはべる二葉のほども、うしろめたう思うたまふる方はなけれど、

命あらばそれとも見まし人知れぬ岩根にとめし松の生ひ末《すゑ》」

書きさしたるやうにいと乱りがは

君に」と上に書き付けてありました。紙魚《しみ》という虫の棲み処《か》になって、古びたかび臭い文がらではありますが、筆跡は消えずに、たった今書いたのと違わないほどの言葉どもが、こまごまとはっきりしていますのをご覧になりますと、本当にこれが世間に散ってしまったらと思いますと、何とも気がかりでいたわしいことです。

　このような事がこの世にまたとあろうかと、中将はわが心一つにますますもの思わしさがつのって、宮中へ参内《さんだい》しようとお思いになりましたのもお出かけになれません。母宮（女三の宮）のお前に参上しますと、全く何のもの思いもなく若やかなお姿でいらして、お経をお読みになっていらっしゃいましたが、きまり悪そうにそれをお隠しになりました。どうしてその秘密を知ってしまったと、母宮にお知らせ申し上げることができようか、などと、中将は胸一つに秘めて、あれこれ思案しつつ、座っていらっしゃるのでした。

しうて、「侍従の君に」と上には書きつけたり。紙魚《しみ》といふ虫の住み処《か》になりて、古めきたる黴臭さながら、跡は消えず、ただ今書きたらむにも違《たが》はぬ言の葉どものこまごまと定かなるを見たまふに、げに落ち散りたらましよと、うしろめたういとほしき事どもなり。

　かかる事、世にまたあらむやと、心ひとつにいとどもの思はしさそひて、内裏《うち》へ参らむと思しつるも出で立たれず。宮の御前に参りたまへれば、いと何心もなく、若やかなるさましたまひて、経読みたまふを、恥ぢらひてもて隠したまへり。何かは、知りにけりとも知られたてまつらむなど、心に籠めてよろづに思ひゐたまへり。

46

椎《しいが》本《もと》

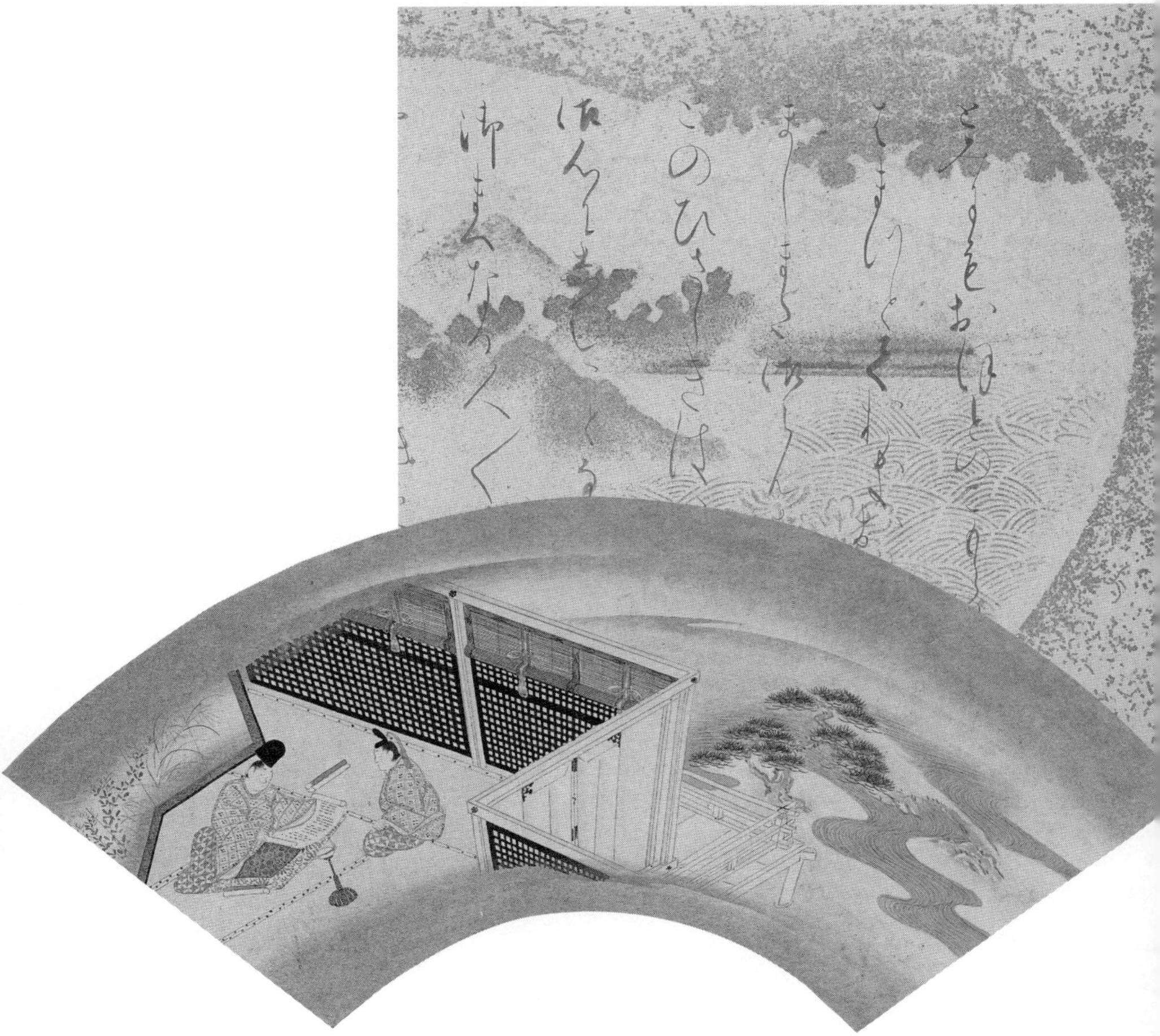

匂宮、宇治の大君《おおいきみ》からの手紙を見る

「椎本」小見出し一覧

［一］匂宮、初瀬詣《はつせ》での帰途、宇治の夕霧の別荘に中宿りする

［二］宇治院での管弦　薫、八の宮邸に渡る　匂宮、姫君に歌を贈る

［三］八の宮、重厄を迎え、姫君たちの将来を案ず　匂宮、姫君に執心

［四］薫、中納言に昇進　八の宮に姫君たちの後見を託される

［五］薫、姫君たちと語り、父宮の信頼を思う　匂宮、姫君と文通

［六］八の宮、姫君や女房たちに訓戒を遺して山寺に籠《こも》る

［七］八の宮、山寺で病み、やがて薨去　姫君たちの悲嘆

［八］薫弔問　亡き宮を思い悲しむ　姫君たちの深い悲愁

［九］匂宮、度々弔問　大君《おおいきみ》と歌を贈答　姫君たち、心を閉ざす

［一〇］薫、宇治を訪問して姫君たちをいたわり、大君と歌を詠《よ》み交《か》わす

［一一］薫、弁から昔語りを聞き、宮亡き山荘に感慨を催す

［一二］阿闍梨《あざり》、寂莫の姫君たちを見舞う　姫君たち、亡父を偲び歌を詠む

［一三］薫、宇治を訪問　大君に匂宮の意を伝え、わが恋心を仄めかす

［一四］薫、姫君たちを京へ迎えることを提言　仏間を見て宮を偲ぶ

［一五］阿闍梨、姫君たちに芹《せり》・蕨《わらび》を贈る　姫君たち、歌を詠み交わす

［一六］匂宮、昨春を思い出して中の君と歌を贈答　薫の仲介を恨む

［一七］　三条の宮焼ける　夏、薫宇治を訪れ、姫君たちを垣間《かいま》見る

［一］ 匂宮、初瀬《はつせ》詣での帰途、宇治の夕霧の別荘に中宿りする

初瀬　大和の長谷寺。

二月二十日《はつか》の頃に、兵部卿《ひょうぶきょう》の宮（匂宮）は初瀬《はつせ》にご参詣なさいます。以前からの御願《ごがん》でありましたけれど、お思い立ちにならず何年か経《た》ってしまいましたので、宇治のあたりにお泊《と》まりになるのが楽しみで、それが主な理由でお出かけになる気になられたのでしょう。恨めしいという人もあった宇治という名が、すべて親しみ深く思われます。その理由もたわいのないことですよ。上達部《かんだちめ》がまことに大ぜいお供なさいます。殿上人《てんじょうびと》などは言うまでもなく、京に残る人が少なくなるほどみなお供申し上げるのでした。

六条院（源氏）から伝領されて右大臣殿（夕霧）が領有なさる別荘は、川より向こう岸に、まことに広く趣ある所で、大臣《おとど》はそこに宮のお宿の用意をなさいました。大臣も宮のお帰りのお迎えに参上なさるおつもりでしたが、急な物忌《ものいみ》で重くお慎《つつし》みになるように進言されましたので、参上できない由をお詫び申し上げました。宮は何となく興ざめにお思いになりましたが、宰相《さいしょう》の中将（薫）が今日のお迎えにちょうど参上されましたので、かえって気楽で、あの八の宮家の様子も

二月《きさらぎ》の二十日《はつか》のほどに、兵部卿《ひやうぶきやう》宮初瀬《のみやはつせ》に詣でたまふ。古き御願《ぐわん》なりけれど、思しも立たで年ごろになりにけるを、宇治のわたりの御中宿《なかやどり》のゆかしさに、多くはもよほされたまへるなるべし。恨めしと言ふ人もありける里の名の、なべて睦ましう思さるる、ゆゑもはかなしや。上達部いとあまた仕うまつりたまふ。殿上人などはさらにもいはず、世に残る人少なう仕うまつれり。

六条院より伝はりて右大殿《みぎのおほとの》しりたまふ所は、川よりをちにいと広く面白くてあるに、御設けせさせたまへり。大臣《おとど》も帰さの御迎へに参りたまふべく思したるを、にはかなる御物忌の重く慎みたまふべく申したなれば、え参らぬよしのかしこまり申したまへり。宮、なますさまじと思したるに、宰相中将今日の御迎へに参りあひたまへるに、なかなか心安くて、かのわ

父帝や母后も 匂宮は父の今上帝、母の明石の中宮の鍾愛の子。

［一］ 宇治院での管弦 薫、八の宮邸に渡る 匂宮、姫君に歌を贈る

弾碁 中国伝来の遊戯。二人が盤に相対し、黒白の石を指ではじいて相手の石に当たったら勝とする競技。

伝え聞き近づいてみたいと、お気に召したのでした。宮は右大臣をうち解けて会いにくく、格式ばった人と思い申し上げておられましたが、ご子息たちの右大弁《うだいべん》、侍従《じじゅう》の宰相、権中《ごんちゅう》将《じょう》、頭《とう》の少将、蔵人《くろうど》の兵衛《ひょうえ》の佐《すけ》など、みなお供申し上げています。父帝《みかど》や母后《きさき》も格別に大切にお思いあそばしておられる宮ですので、世間の声望もこの上なく、まして六条院の御方々はご子孫のどなたも、みな内々《うちうち》のご主君と、心をこめてお仕え申し上げていらっしゃいます。

山荘では、場所柄にふさわしく、お部屋のしつらいなど風《ふ》情《ぜい》あるように整えて、碁《ご》、双六《すごろく》、弾碁《たぎ》の盤《ばん》などが用意されていて、人々は思い思いに気楽にその日をお過ごしになりました。

宮は、お馴れにならないご旅行でお疲れになられて、ここでゆっくりなさろうというお気持ちも深いので、少しお休みになられて、夕方になって御琴《こと》などをお取り寄せになって管弦のお遊びをなさいます。

たりの気色も伝へ寄らむと御心ゆきぬ。大臣《おとど》をば、うちとけて見えにくく、ことごとしきものに思ひきこえたまへり。御子の君たち、右大弁、侍従《じじゅうの》宰相、権中将、頭《とうの》少将、蔵人兵衛佐などみなさぶらひたまふ。帝《みかど》后も心殊に思ひきこえたまへる宮なれば、大方の御覚えもいと限りなく、まいて六条院の御方ざまは、次々の人もみな私の君に心寄せ仕うまつりたまふ。

所につけて、御しつらひなどをかしうしなして、碁《ご》、双六《すぐろく》、弾碁《たぎ》の盤《ばん》どもなどとり出でて、心々にすさび暮らしたまひつ。

宮は、ならひたまはぬ御歩《あり》きに悩ましく思されて、ここにやすらはむの御心も深ければ、うち休みたまひて、夕つ方ぞ御琴など召して遊びたまふ。

例によってこのように俗世を離れた所は、川の音《おと》も引き立て役になって、楽の音《ね》が一段と澄みわたるように思われて、あの聖《ひじり》の宮（八の宮）のお邸《やしき》にも、ほんの一棹《ひとさお》で渡れるほどですので、追風に乗って聞こえる楽の響きをお聞きになりますと、昔のことが自《おの》ずと思い出されて、

八宮「笛を実に上手に吹きすましているようだな。どなただろうか。昔の六条院（源氏）の御笛の音を聞いた時には、実に面白く魅力ある音色にお吹きだった。この響きは澄み昇って特別に風情《ふぜい》のある感じが添っているのは、致仕《ちじ》の大臣のご一族の笛の音にいかにも似ているようだ。」

などと独り言をおっしゃっていらっしゃいます。

八宮「ああ、何と昔のことになってしまったことよ。こうした管弦の遊びなどもしないで、生きているともいえない有様で過ごして来た年月が、さすがに多く数えられるとは、何と不がいないことよ。」

などとおっしゃいますにつけても、姫君たちのご様子がもったいなく、このような山里に埋もれたままで終わらせたくな

致仕の大臣のご一族　致仕の大臣は柏木の父、昔の頭の中将。八の宮は薫が柏木の子であることは知らないが、直感的に笛の音が似ていることを感じている。

例の、かう世離れたる所は、水の音もてはやして物の音《ね》澄みまさる心地して、かの聖《ひじり》の宮にも、たださし渡るほどなれば、追風に吹き来る響きを聞きたまふに昔の事思し出でられて、

「笛をいとをかしうも吹きとほしたなるかな。誰ならむ。昔の六条院の御笛の音聞きしは、いとをかしげに愛敬づきたる音にこそ吹きたまひしか。これは澄みのぼりて、ことごとしき気のそひたるは、致仕《ちじ》の大臣《おとど》の御族《ぞう》の笛の音にこそ似たなれ」

など独りごちおはす。

「あはれに久しうなりにけりや。かやうの遊びなどもせで、あるにもあらで過ぐし来にける年月の、さすがに多く数へらるるこそかひなけれ」

などのたまふついでにも、姫君たちの御ありさまあたらしく、かか

いと、思い続けていらっしゃいます。

　宰相《さいしょう》の君（薫）を、同じことなら近い縁者としてお迎えしたいように思いますが、そのようにも思いを寄せることがなさそうで、まして近頃の心の浅いような男をどうして婿に出来ようか、など思い乱れなさって、所在なく思いに沈んでいらっしゃいますこのお邸《やしき》では、春の短い夜も何とも明かしかねますけれども、興を尽くしていらっしゃるあの旅のお宿の方は、酔いに紛《まぎ》れてすぐに夜明けになってしまった心地がして、宮（匂宮）はこのまま帰るのももの足りないお気持ちでいらっしゃいます。

　遥か遠くまで一面に霞んでいる空に、散る桜もあれば今咲き始めるのなどもあって、色とりどりに見渡されます中に、川沿いの柳が風に起き伏して靡《なび》く姿が水に映るさまなど、並々ならず風情《ふぜい》がありますのを、見馴れていらっしゃらないお方は、まことに目新しく見過ごし難くお思いになります。

　宰相はこのような機会を逃《のが》さず、あの宮の山荘に参上したいとお思いになりますが、大ぜいの人目を避けて独り舟を漕

る山ふところにひきこめてはやまずもがなと思しつづけらる。

　宰相の君の、同じうは近きゆかりにて見まほしげなるを、さしも思ひ寄るまじかめり、まいて今様の心浅からむ人をばいかでかは、など思し乱れ、つれづれとながめたまふ所は、春の夜もいと明かしがたきを、心やりたまへる旅寝の宿は、酔の紛れにいととう明けぬる心地して、飽かず帰らむことを、宮は思す。

　はるばると霞みわたれる空に、散る桜あれば今開けそむるなどいろいろ見わたさるるに、川ぞひ柳の起き臥しなびく水影などおろかならずをかしきを、見ならひたまはぬ人は、いとめづらしく見棄てがたし、と思さる。

　宰相は、かかるたよりを過ぐさずかの宮に参うでばや、と思せど、

散る桜もあれば…「桜咲く桜の山の桜花散る桜あれば咲く桜あり」（源氏釈）。

川沿いの柳が「稲莚川沿ひ柳水ゆかば起き伏しすれどその根絶えせず」（古今六帖六）。

山風に
「をち」は宇治橋東側あたりの地名と、遠方の意を掛ける。

をちこちの
隔てられていてもそれをこえて親しくしたい、と「宇治の川風」に呼びかける。

酣酔楽
雅楽の楽曲の一つ。高麗壱越調。

ぎ出していく舟渡りも軽率なことであろうと、ためらっていらっしゃいますところへ、あちらからお手紙がありました。

八宮 山風にかすみ吹きとく声はあれど隔てて見ゆるをちの白波

（山風に乗って霞を吹き分けてくる楽の音《ね》が聞こえますが、遥か遠くの白波はわたしどもを隔てているようです。）

草仮名《そうがな》でまことに美しくお書きになっています。宮は関心のあるあたりからの手紙だとご覧になりますので、実に興味深くお思いになって、

匂宮「このご返事はわたしがしよう。」

とおっしゃって、

匂宮 をちこちの汀《みぎは》に波は隔つともなほ吹きかよへ宇治の川風

（あちこちの岸に波が立ってわたしたちの間を分け隔てていても、宇治の川風よ、やはり川を渡って吹き通してほしい。）

中将（薫）は八の宮邸へ参上なさいます。音楽に熱心な君たちをお誘いになって、舟でお渡りになる間、酣酔楽《かんすいらく》を演奏

あまたの人目を避《よ》きて独り漕ぎ出でたまはむ舟渡りのほども軽らかにや、と思ひやすらひたまふほどに、かれより御文あり。

山風にかすみ吹きとく声は
あれど隔てて見ゆるをちの
白波

草《さう》にいとをかしう書きたまへり。宮、思すあたりと見たまへば、いとをかしう思いて、

「この御返りは我せむ」

とて、

をちこちの汀《みぎは》に波は隔つと
もなほ吹きかよへ宇治の川
風

中将は参うでたまふ。遊びに心入れたる君たち誘ひて、さしやり

網代屏風 檜や竹の薄板を編んだ網代を張った屏風。

壱越調 雅楽の六調子の一つで、壱越を基音とする音階。壱越は洋楽のニに近い音という。

桜人 催馬楽。「桜人　その舟ちぢめ　島つ田を　とまち作れる　見て帰り来むや　そよや　あす帰り来むや　そよや　…」。

して、川に臨んだ廊に造り下《お》ろした階《はし》の風情《ふぜい》など、それなりに実に奥ゆかしいお邸《やしき》ですので、人々は心遣いして舟からお降りになります。このお邸はまた様子が違って、山里めいた網代屏風《あじろびょうぶ》などがとりわけ質素で、見所のあるお部屋のしつらいを、人を迎えるつもりできれいにとり片付け、まことにきちんと支度をしてありました。昔から伝来の音色《ねいろ》なども二つとない弾き物などを、わざわざ用意したようではありませんが、人々は次々にそれらを弾き出されて、壱越調《いちこつちょう》の調子で「桜人《さくらびと》」をお弾きになります。主人の宮（八の宮）の御琴《こと》を、こうした機会に伺いたいと、人々はお思いになりますけれど、箏《そう》の琴をあまり気も入れずに時々引き合わせていらっしゃいます。耳馴れないせいでしょうか、全く奥深く興趣があると、若い人たちは感じ入っていました。山里にふさわしい饗応を風情あるようになさって、よそながら想像していたのとは違って、どうやら皇孫の血筋らしい賤しからぬ方々が大ぜい、また王族の四位で年配の方などが、こうした来客があるような折にはと、かねがねご同情申し上げていたのでしょうか、

たまふほど酣酔楽《かんすいらく》遊びて、水に臨《のぞ》きたる廊に造りおろしたる橋の心ばへなど、さる方にいとをかしう故ある宮なれば、人々心して舟より下りたまふ。ここはまたさま異に、山里びたる網代屏風《あじろびやうぶ》などの殊更に事そぎて、見所ある御しつらひを、さる心してかき払ひ、いといたうしなしたまへり。いにしへの音《ね》などいと二なき弾物《ひきもの》どもを、わざと設けたるやうにはあらで、次々弾き出でたまひて、壱越調《いちこつてう》の心に、桜人《さくらびと》遊びたまふ。主の宮の御琴をかかるついでにと人々思ひたまへれど、箏《さう》の琴をぞ心にも入れず折々搔き合はせたまふ。耳馴れぬけにやあらむ、いともの深く面白し、と若き人々思ひしみたり。所につけたる饗《あるじ》いとをかしうしたまひて、よそに思ひやりしほどよりは、なま孫王《そんわう》めく賤しからぬ人あまた、王《おほきみ》、四位の古めきたるなど、かく人目見るべき折と、かね

しかるべき人がみなお邸《やしき》に参集なさって、お酌をする人も見苦しくなく、それなりに古風で風情《ふぜい》あるようにおもてなしなさいました。客人たちは姫君たちがお住まいになっているご様子を想像しては、心惹《ひ》かれる人もあるに違いありません。

　あの宮様（匂宮）は、まして気軽な身分でない御身まで窮屈にお思いになって、せめてこんな時にでもとお気持ちを抑えかねていらっしゃって、美しい桜の枝をお折らせになって、お供にお仕えしている殿上童《てんじょうわらわ》のかわいらしいのをお使いとして遣わされます。

匂宮「山桜にほふあたりに尋ね来て同じかざしを折りて
　けるかな
　（山桜の美しく咲いているあたりに訪れて来て、あなたと同じ挿頭《かざし》の桜をわたしも折ったことです。）
　野をむつましみ（野をなつかしんでここで一夜を明かしました）。」

とかあったのでしょうか。ご返事はどうしてさし上げられましょうかと、申し上げにくく困っていらっしゃいます。

ていとほしがりきこえけるにや、さるべき限り参りあひて、瓶子《へいじ》とる人もきたなげならず、さる方に、古めきて、よしよししうもてなしたまへり。客人《まらうど》たちは、御むすめたちの住まひたまふらむ御有様思ひやりつつ、心つく人もあるべし。

　かの宮は、まいて、かやすきほどならぬ御身をさへ、所せく思さるるを、かかる折にだにと忍びかねたまひて、おもしろき花の枝を折らせたまひて、御供にさぶらふ上童のをかしきして奉りたまふ。

「山桜にほふあたりに尋ね
来て同じかざしを折りてけ
るかな

　野をむつましみ」

とやありけむ。御返りは、いかでかはなど、聞こえにくく思しわづらふ。

山桜
「同じかざし」は同じ皇族である親しみをいう。

野をむつましみ
「春の野にすみれ摘みにと来し我そ野をなつかしみ一夜寝にける」（万葉　山部赤人）。

かざし折る
「山がつの垣根」は自分の住居、「春の旅人」は匂宮。

藤大納言
柏木の弟、紅梅大納言。

女房「こういう折のご返事は、とくに気にかけているように扱って時間がかかるのも、かえってよくないことと世間では申したものでございます。」
などと老女房たちが申し上げますので、中の君にお書かせなさいます。

中君かざし折る花のたよりに山がつの垣根を過ぎぬ春の旅人
（挿頭《かざし》を折る花を尋ねるついでに、こんな山住まいの垣根のあたりをお通りになっただけなのでしょう、春の旅人は。）

わざわざ野を分けてではございませんでしょう。」
と、まことに美しく上手にお書きになりました。

なるほど、川風も心隔てなく吹き通って、楽の音《ね》どもも興深く合奏なさっています。御迎えに藤大納言《とうだいなごん》が帝《みかど》の仰せ言によって参上なさいました。人々も大ぜい集まって賑々《にぎにぎ》しく競うようにお帰りになります。若い人々はもの足りなく、振り返りばかりするのでした。宮はまたしかるべきついでを見つけて、とお思いになります。花も盛りで四方《よも》の霞も眺めやる

「かかるをりのこと、わざとがましくもてなし、ほどの経るも、なかなか憎き事になむしはべりし」
など、古人《ふるびと》ども聞こゆれば、中の君にぞ書かせたてまつりたまふ。

「かざし折る花のたよりに
山がつの垣根を過ぎぬ春の
旅人

野をわきてしも」
と、いとをかしげにらうらうじく書きたまへり。

げに川風も心わかぬさまに吹き通ふ物の音《ね》どもおもしろく遊びたまふ。御迎へに藤大納言仰せ言にて参りたまへり。人々あまた参り集《つど》ひ、もの騒がしくて競《きほ》ひ帰りたまふ。若き人々、飽かず顧りみのみせられける。宮はまたさるべきついでしてと思す。花盛りにて四

ほど見所ある時で、漢詩も和歌も数多く作られましたけれど、面倒ですので聞き置くこともしませんでした。

[二] 八の宮、重厄を迎え、姫君たちの将来を案ず　匂宮、姫君に執心

何となく落ち着かなくて、思いのままにはとてもお手紙をさし上げられずになってしまいましたのを、宮（匂宮）は残念にお思いになって、その後《のち》は手引きがなくてもお便りを度々なさるのでした。

八の宮も、

八宮「やはりご返事を申し上げなさい。特に懸想《けそう》めいた扱いはしないようにしよう。そうでないとかえって相手の気をそそることにもなるだろう。とても好色でおいでの親王《みこ》なので、こんな娘がいるとお聞きになるとそのままにはなさらぬお遊びなのだろう。」

とご返事をお勧《すす》めになる折々には、中の君がご返事申し上げます。大君《おおいきみ》はこうした事には冗談にも関わりをお持ちにならない用心深さです。

八の宮はいつということなく心細い御有様ですので、春の

方の霞も眺めやるほどの見所あるに、漢《から》のも倭《やまと》のも歌ども多かれど、うるさくて尋ねも聞かぬなり。

もの騒がしくて、思ふままにもえ言ひやらずなりにしを、飽かず宮は思して、しるべなくても御文は常にありけり。

宮も、

「なほ聞こえたまへ。わざと懸想だちてももてなさじ。なかなか心ときめきにもなりぬべし。いとすきたまへる親王《みこ》なれば、かかる人なむと聞きたまふが、なほもあらぬすさびなめり」

と、そそのかしたまふ時々、中の君ぞ聞こえたまふ。姫君は、かやうのこと戯れにももて離れたまへる御心深さなり。

いつとなく心細き御ありさまに、

所在なさには一層時を過ごし難くもの思いに沈んでいらっしゃいます。ご成人なさって行く姫君たちのお姿やご容貌なども、いよいよ優《すぐ》れて申し分なく美しくなられますにつけても、かえっていたわしく、もし不器量でおいでだったら、もったいなく惜しいという方の悩みは少なくて済むであろうになどと、明け暮れ思い乱れていらっしゃいます。姉君は二十五歳、中の君は二十三歳におなりなのでした。

八の宮は、今年重くお慎《つつし》みになるはずの厄年《やくどし》でいらっしゃいました。何となく心細く思われて、ご修行も日頃よりも怠りなくなさいます。この世へのご執心はお持ちでなく、来世への旅立ちのお支度ばかりお考えですので、極楽往生なさいますことは間違いないのですが、ただこの姫君たちのお身の上についてはまことにいたわしいので、この上ないお心強さではありますが、必ず今はいよいよこの世をお見捨てになるという時のお心は乱れるであろうと、お側《そば》にお仕え申し上げる女房たちもお察し申し上げていますが、宮はお考え通りではなくても、人並みで婿としても外聞が悪くなく、世間から

春のつれづれは、いとど暮らしがたくながめたまふ。ねびまさりたまふ御さま容貌《かたち》どもいよいよまさり、あらまほしくをかしきも、なかなか心苦しう、かたほにもおはせましかばあたらしう惜しき方の思ひはうすくやあらまし、など明け暮れ思し乱る。姉君二十五、中の君二十三にぞなりたまひける。

宮は重くつつしみたまふべき年なりけり。もの心細く思して、御行ひ常よりもたゆみなくしたまふ。世に心とどめたまはねば、出立《いでたち》いそぎをのみ思せば、涼しき道にもおもむきたまひぬべきを、ただこの御事どもに、いといとほしく、限りなき御心強さなれど、必ず、今はと見棄てたまはむ御心は乱れなむ、と見たてまつる人も推しはかりきこゆるを、思すさまにはあらずとも、なのめに、さても人聞き口惜しかるまじう、見ゆるされ

厄年 八の宮は今年六十一歳で厄年。

も認められそうな身分の男で、誠実に姫君をお世話申し上げようなどと、思いを寄せて下さる者がいれば、見ないふりをして許してやろう、お一人お一人が世にお暮らしになれるご縁があるならば、その人にお世話を託して安心できるであろうが、それほどまでに深い心でお近づき申し上げる男もおりません。稀にちょっとした機会に色めいたことを言って来る男は、まだ年若い人の心の戯《たわむ》れで、物詣での中宿《なかやど》りとか、旅の往来の通り一ぺんの情《じょう》に言いかけておきながら、やはりこうして侘しくお暮らしになっている有様などを想像して侮《あなど》るような態度をとるのは、実に心外で、なおざりのご返事さえもおさせになりません。そのような中で、三の宮（匂宮）だけは、どうしても姫君をお世話せずにはいられないというお心が深いのでした。そのような前世の因縁《いんねん》がおありだったのでしょうか。

［四］ 薫、中納言に昇進　八の宮に姫君たちの後見を託される

宰相《さいしょう》の中将（薫）は、その秋中納言におなりになりました。ますますご立派におなりになります。公《おおやけ》のお仕事が多くなら

ぬべき際《きは》の人の、真心に後見《うしろみ》きこえむなど思ひよりきこゆるあらば、知らず顔にてゆるしてむ、一ところ一ところ世に住みつきたまふよすがあらば、それを見ゆづる方に慰めおくべきを、さまで深き心にたづねきこゆる人もなし。まれまれはかなきたよりに、すき事聞こえなどする人は、まだ若々しき人の心のすさびに、物詣の中宿《なかやどり》、往き来のほどのなほざり事に気色ばみかけて、さすがに、かくながめたまふありさまなど推しはかり、侮《あなづ》らはしげにもてなすは、めざましうて、なげの答《いら》へをだにせさせたまはず。三の宮ぞ、なほ見ではやまじ、と思す御心深かりける。さるべきにやおはしけむ。

宰相中将、その秋中納言になりたまひぬ。いとどにほひまさりた

父君のこと
実父柏木のこと。

音羽の山
山城と近江の境にあり、その北は逢坂山に続く。中腹に音羽の滝がある。

槇尾山
宇治川の南岸、平等院の南にある山。

れますにつけても、お悩みになることも多いのです。ご自分の出生がどういう事情なのかと思い憂えて来られましたこの数年よりも、おいたわしくてお亡くなりになってしまった昔の父君のことが思いやられますにつけて、その罪が軽くおなりになるようにとばかり、み仏のお勤めもしたいと思っていらっしゃいます。あの老女（弁《べん》）をしみじみ不憫《ふびん》なものとお気にかけられて、あまり特別ではなく、何かと目立たないようにお心を寄せてお見舞いなさいます。

中将は、宇治にお訪ねしないで久しくなってしまったことをお思い出しになって参上なさいました。もう七月になっていました。都ではまだ訪れていない秋の気配も、音羽《おとわ》の山近くでは風の音《おと》も大層冷ややかに、槙尾山《まきおやま》の辺りも僅かに紅葉して、更に宇治まで訪ねて来ますと、風情《ふぜい》があり目新しくも思われますが、八の宮はましていつもよりも待ち受けてお喜び申し上げて、今度は心細げなお話を大変多く申されます。

八宮「わたしが亡くなった後《あと》は、この姫君たちを何かの機会にもお訪ね下さって、お見捨てにならない人数にお入

まふ。世の営みにそへても、思すこと多かり。いかなる事、といぶせく思ひわたりし年ごろよりも、心苦しうて過ぎたまひにけむいにしへざまの思ひやらるるに、罪軽くなりたまふばかり、行ひもせまほしくなむ。かの老人《おいびと》をばあはれなるものに思ひおきて、いちじるきさまならず、とかく紛らはしつつ、心寄せとぶらひたまふ。

宇治に参うでで久しうなりにけるを、思ひ出でて参りたまへり。七月ばかりになりにけり。都にはまだ入りたたぬ秋のけしきを、音羽の山近く、風の音もいと冷やかに、槙《まき》の山辺もわづかに色づきて、なほ、たづね来たるに、をかしうめづらしうおぼゆるを、宮はまいて、例よりも待ちよろこびきこえたまひて、このたびは心細げなる物語いと多く申したまふ。

「亡からむ後、この君たちをさるべきもののたよりにもと

れ下さい。」

などと、そちらの方面へ話を向けながら申し上げますので、

薫「前に一言《ひとこと》でも承っておりますので、決しておろそかに思うようなことはございません。この世の中に心をとどめまいと何もかも省いております身で、何事も頼りない前途の望みも少ないわたしではございますが、それなりにこの世に生きております限りは、変わらない気持ちをよくお分かりいただきたいと存じております。」

などと申し上げますので、八の宮は嬉しいと思われるのでした。

夜明けにはまだ遠い頃の月が明るくさし出して、山の端《は》に沈んでいくと思われます時分に、八の宮は念誦《ねんず》を実にしみじみとなさって、昔のお話をなさいます。

八宮「この頃の世の中はどうなっているのでしょうか。昔は宮中などでこのような秋の月夜に、お前の管弦のお遊びの折に、伺候しておられた人々の中で、名人と思われる者だけがそれぞれにうち合わせた拍子などのものの

ぶらひ、思ひ棄てぬものに数まへたまへ」

などおもむけつつ聞こえたまへば、

「一言にても承りおきてしかば、更に思ひたまへ怠るまじくなむ。世の中に心を留めじと省きはべる身にて、何事も頼もしげなき生ひ先の少なさになむはべれど、さる方にてもめぐらひはべらむ限りは、変らぬ心ざしを御覧じ知らせむとなむ、思ひたまふる」

など聞こえたまへば、うれしと思いたり。

夜深き月のあきらかにさし出でて、山の端近き心地するに、念誦《ねんず》いとあはれにしたまひて、昔物語したまふ。

「この頃の世はいかがなりにたらむ。宮中《くじゅう》などにてかやうなる秋の月に、御前の御遊びの折に候《さぶら》ひあひたる中に、物の上手とおぼしき限りとりど

しいのよりも、嗜《たしな》みがあると噂《うわさ》されている女御《にょうご》や更衣《こうい》の御局《つぼね》々で、それぞれは競い合いながら、表面は情を交《か》わしておいでのようですが、夜も更《ふ》けて人気が静まった頃に、悶々として掻《か》き鳴らし、ほのかに漏れ出て来る音《ね》色《いろ》など、聞きがいのあるものが多かったものでしたよ。何事にも、女は慰みごとの相手にするような頼りのないものですが、人の心を動かす種だと言えるでしょう。ですから罪も深いのでしょうか。親が子の行く末を案じるのも、男の子はそれほどにも親の心を悩ますことはないでしょう。女は宿運に限りがあって、言うかいないものと諦《あきら》めなければならないことでも、やはり実に気がかりなものです。」

などと、世間一般の話にかこつけておっしゃいますのは、どうしてそう思われないことがあろうかと、いたわしく思いやられます八の宮の御心中です。

薫「何事も本当に、先ほど申しましたように思い捨ててしまったせいでしょうか。自分のことではどんなことで

女は宿運に限りがあって 女は結婚の相手次第で宿運が決まる。

りにうち合はせたる拍子など、ことごとしきよりも、よしありと覚えある女御更衣の御局《つぼね》々の、おのがじしはいどましく思ひ、うはべの情《なさけ》をかはすべかめるに、夜深きほどの人の気《け》しめりぬるに、心やましく掻い調べほのかにほころび出でたる物の音《ね》など聞き所あるが多かりしかな。何事にも、女はもてあそびのつまにしつべくものはかなきものから、人の心を動かす種《くさはひ》になむあるべき。されば罪の深きにやあらむ。子の道の闇を思ひやるにも、男はいとしも親の心を乱さずやあらむ。女は限りありて、言ふかひなき方に思ひ棄つべきにも、なほいと心苦しかるべき」

など、大方の事につけてのたまへる、いかがさ思さざらむ、と心苦しく思ひやらるる御心の中なり。

も深く会得《えとく》したものはございませんが、いかにもつまらないことですけれど、音楽を愛する気持ちだけは捨てにくいことでございました。賢く行いすました迦葉尊者《かしょうそんじゃ》も、だからこそ瑠璃琴《るりきん》を聞いて立ち上って舞いはじめたのでございましょう。」

などと申し上げて、もの足りない思いで一声だけお聞きになった姫君たちの御琴の音《ね》を、是非にとお望みになりますので、これからお近づきになる手はじめにもとお思いになったのでしょうか、宮ご自身が姫君たちの方へお入《はい》りになって、しきりにお勧《すす》め申し上げます。

姫君たちは、箏《そう》の琴をほんのかすかに掻《か》き鳴らされてお止《や》めになってしまいました。一層人気もなくなってしみじみとする空の景色や山里のさまに、さりげない琴の音が心にしみて面白く思われますけれど、うち解けてどうして合奏なさいましょうか。

八宮「自然にこれだけお近づきさせました後《あと》は、若い方々同士にお任せ申すことにしましょう。」

迦葉尊者 釈迦十大弟子の一人。

瑠璃琴を聞いて立ち上って舞いはじめた 『法華文句』に引く『大樹緊那羅経』に「香山大樹緊那羅、於二仏前一弾二瑠璃琴一、奏二八万四千音楽一、迦葉尊者忘二威儀一而起出」とある。緊那羅は音楽の神。

「すべて、まことに、しか思ひたまへ棄てたるけにやはべらむ、自《みづか》らの事にては、いかにもいかにも深う思ひ知る方のはべらぬを、げにはかなき事なれど、声にめづる心こそ背きがたき事にはべりけれ。さかしう聖だつ迦葉《かせふ》も、さればや、起ちて舞ひはべりけむ」

など聞こえて、飽かず一声聞きし御琴の音を切にゆかしがりたまへば、うとうとしからぬはじめにもとや思すらむ、御みづからあなたに入りたまひて、切にそそのかしきこえたまふ。

箏《さう》の琴をぞいとほのかに掻き鳴らしてやみたまひぬる。いとど、人のけはひも絶えてあはれなる空のけしき、所のさまに、わざとなき御遊びの心に入りてをかしうおぼゆれど、うちとけてもいかでかは弾き合はせたまはむ。

「おのづから、かばかりなら

われ亡くて
「ひとこと」は薫が約束した「一言」に姫君の弾いた「一琴」をひびかす。「かれ」は「離れ」「枯れ」の掛け言葉。「草」の縁語。

いかならむ
「世」は「夜」と掛ける。「枯れ」「結ぶ」「草」は縁語。

相撲の節
毎年七月宮中で、強力《ごうりき》の士を召して相撲を天覧した行事。

とおっしゃって、宮は仏間《ぶつま》にお入《はい》りになりました。

八宮「われ亡くて草の庵《いほり》は荒れぬともこのひとことはかれじとぞ思ふ

（わたしが亡くなってこの邸《やしき》は荒れはてても、あなたの約束の一言だけは間違いないものと思います。）

こうしてお目にかかりますのも、この度が最後であろうかと、何やら心細い思いに耐えかねて、愚《おろ》かしい繰《く》り言《ごと》が多くなってしまいましたよ。」

とおっしゃってお泣きになります。客人は、

薫「いかならむ世にかかれせむ長き世の契り結べる草の庵は

（どのような世にお見捨て申すことがありましょうか、末長くお約束したこの草の庵は。）

相撲《すまい》の節《せち》など、公《おおやけ》の行事などで忙しい頃を過ごして、またお伺いいたしましょう。」

などと申し上げます。

しそめつる残りは、世籠れるどちに譲りきこえてむ」

とて、宮は仏の御前に入りたまひぬ。

「われ亡くて草の庵《いほり》は荒れぬともこのひとことはかれじとぞ思ふ

かかる対面もこのたびや限りならむとものの心細きに、忍びかねて、かたくなしきひが言多くもなりぬるかな」

とて、うち泣きたまふ。客人《まらうど》、

「いかならむ世にかかれせむ長き世の契り結べる草の庵は

相撲《すまひ》など、公事《おほやけごと》ども紛れはべるころ過ぎてさぶらはむ」

など聞こえたまふ。

［五］　薫、姫君たちと語り、父宮の信頼を思う　匂宮、姫君と文通

中納言（薫）は、こちらであの問わず語りをした老女をお寄び出しになって、まだ聞き残したことの多いお話などをおさせになります。入り方の月は残る影もなくさし込んで、御《み》簾《す》を通しての中納言のお姿が艶に美しく見えますので、姫君たちも奥まった方にいらっしゃいます。中納言は、世にありふれた懸想《けそう》めいた様子ではなく、考え深くお話をゆったりと申し上げながらおいでになりますので、姫君たちもしかるべきご返事などを申し上げます。匂宮がとてもお会いしたく思われていらっしゃったのにと、心の中では思い出されながら、一方「我ながらやはり普通の男とは違っているな。あれほど父宮がお心からお許し下さったことなのに、それほどにも急ぐ気にならないことよ。といってまた、全く無関係に姫君との結婚も、あってはならないこととはさすがに思われない。このように言葉を交《か》わし、時節の花や紅葉につけて、しみじみした気持ちや情趣を通わすのには好ましくおいでのお方なのだから、自分との縁がなくて他人と結婚なさるようになったら、さすがに残念に違いない」と、今では自分のものであ

こなたにて、かの問はず語りの古人《ふるびと》召し出でて、残り多かる物語などせさせたまふ。入り方の月隈なくさし入りて、透影《すきかげ》なまめかしきに、君たちも奥まりておはす。世の常の懸想びてはあらず、心深う物語のどやかに聞こえつつものしたまへば、さるべき御答《いら》へなど聞こえたまふ。三の宮いとゆかしう思いたるものを、と心の中《うち》には思ひ出でつつ、わが心ながら、なほ人には異なりかし、さばかり、御心もて、ゆるいたまふ事の、さしも急がれぬよ、もて離れて、はた、あるまじき事とはさすがにおぼえず、かやうにてものをも聞こえかはし、をりふしの花紅葉につけて、あはれをも情をも通はすに、憎からずものしたまふあたりなれば、宿世ことにて、外ざまにもなりたまはむは、さすがに口惜しかるべう、領じたる心地しけり。

るかのようなお気持ちでいらっしゃるのでした。

中納言は、まだ夜も明けない頃にお帰りになりました。宮（八の宮）が心細く、余命も残り少なそうに思われていたご様子を思い出し申し上げながら、多忙な時期を過ごしてまた参上しよう、とお思いになります。

兵部卿《ひょうぶきょう》の宮（匂宮）も、この秋の頃に紅葉を見にお出かけになろうと、しかるべき機会をお思いめぐらしていらっしゃいます。お手紙は絶えずさし上げておられます。姫君（中の君）は宮が本気に思われておられるともお考えになりませんので、煩《わずら》わしくもなく軽いお気持ちで応対なさって、その時々にお手紙のやりとりをなさっていらっしゃいます。

まだ夜深きほどに帰りたまひぬ。心細く残りなげに思いたりし御気色を、思ひ出できこえたまひつつ、さわがしきほど過ぐして参うでむ、と思す。

兵部卿宮も、この秋のほどに紅葉見におはしまさむと、さるべきついでを思しめぐらす。御文は絶えず奉りたまふ。女は、まめやかに思すらむとも思ひたまはねば、わづらはしくもあらで、はかなきさまにもてなしつつ、をりをりに聞こえかはしたまふ。

[六]　八の宮、姫君や女房たちに訓戒を遺して山寺に籠《こも》る

秋が深まっていくにつれて、宮は大層心細くお思いになりますので、例のように静かな所で念仏に励もうと思われて、姫君たちにしかるべき心得などをお聞かせになります。

八宮「世の中の習いとして、永遠の別れは避けられないことだけれど、心の慰められるような相手があってこそ、

秋深くなりゆくままに、宮はいみじうもの心細くおぼえたまひければ、例の静かなる所にて念仏をも紛れなうせむと思して、君たちにもさるべき事聞こえたまふ。

「世の事として、つひの別れを逃れぬわざなめれど、思ひ

悲しさも癒《い》やされるものですが、他《ほか》にお世話を頼める人もなくて、心細い有様のあなた方を後《あと》に残して行くのが何よりもつらいことです。しかしそれぐらいのことに妨《さまた》げられて、無明長夜《むみようちようや》の闇にまでさ迷うのも益《えき》のないことです。またあなた方をお世話申している今でさえ、思い捨てた世ですから、死んでしまった後の事は分かるはずもありませんが、このわたし一人のためではなく、亡くなられた母君の格別に不面目になるような軽々しいお考えなどは、お起こしなさいますな。信頼できる相手でなくては、人の言葉に誘われてこの山里をお離れなさいますな。ただこのように世の人と違った因縁《いんねん》ある身の上とお考えになって、ここで生涯を終えようとご決心なさい。一途《いちず》にその気になれば、どれほどのこともなく過ぎてしまった年月でした。まして女は、そのように引き籠《こも》って、ひどくみっともないような世間の非難を負わないのがよいのです。」

などとおっしゃいます。

慰まむ方ありてこそ悲しさをもさますものなめれ、また見譲る人もなく、心細げなる御有様どもをうち棄ててむがいみじき事。されども、さばかりの事に妨げられて、長き夜の闇にさへ惑はむが益なさを。かつ見たてまつるほどだに思ひ棄つる世を、去りなむ後の事知るべき事にはあらねど、わが身一つにあらず、過ぎたまひにし御面伏に、軽々しき心ども使ひたまふな。おぼろけのよすがならで、人の言にうち靡き、この山里をあくがれたまふな。ただ、かう人に違《たが》ひたる契り殊なる身と思しなして、ここに世を尽くしてむと思ひとりたまへ。ひたぶるに思ひしなせば、事にもあらず過ぎぬる年月なりけり。まして、女は、さる方に絶え籠りて、いちじるくいとほし

無明長夜の闇
「無明」は仏教で根源的な無知をいう。煩悩《ぼんのう》のために物事の真実を理解できず、長夜の闇に迷うこと。

姫君たちは、ともかくもわが身の行く末まではお考えも及ばず、ただ父宮に先立たれ申したら一体どのようにして片時たりともこの世に生きていられようかとお思いになりますと、このように心細いさまの将来のお諭《さと》しに、言いようもなくお心を惑わしていらっしゃいます。父宮はお心の中でこそこの世を思い捨てなさったでしょうが、明け暮れお側《そば》にいつもおいでになって、今急にお別れになるのは、冷たいお気持ちではありませんが、いかにも恨めしくお思いになるのも、当然な姫君たちの御有様なのでした。

明日《あす》山寺にお入《はい》りになろうという日は、いつもと違って山荘のあちらこちら立ちどまりお歩きになってご覧になります。まことに質素な造りで、仮りの宿としてお過ごしになっていたお住まいの有様を、ご自分が亡くなった後《あと》、どのようにして若い姫君たちが閉じ籠《こも》ってお過ごしになれようかと、涙ぐみながら念誦《ねんず》をなさるお姿は、まことに清らかです。年配の女房たちをお召し出しになって、

八宮「姫君たちに不安のないようによくお仕え申すように。

げなるよそのもどきを負はざらむなむよかるべき」

などのたまふ。

ともかくも身のならむやうまでは思しも流されず、ただいかにしてか後れたてまつりては、世に片時も長らふべきと思すに、かく心細きさまの御あらまし事に、言ふ方なき御心惑ひどもになむ。心の中にこそ思ひ棄てたまひつらめど、明け暮れ御傍らにならはいたまうて、にはかに別れたまはむは、つらき心ならねど、げに恨めしかるべき御有様になむありける。

明日入りたまはむとての日は例ならず此方彼方《こなたかなた》たたずみ歩きたまひて見たまふ。いとものはかなくかりそめの宿にて過ぐいたまひける御住まひの有様を、亡からむ後いかにしてかは若き人の絶え籠りては過ぐいたまはむ、と涙ぐみつつ念誦したまふさま、いと清げなり。大人びたる人々召し出でて、

何事ももとから気軽で、世の噂《うわさ》にも上《のぼ》りそうもない身分の人は、子孫の衰えも普通のことで、人目につくこともないだろう。しかしわたしどものような家柄になると、人は何とも思わないだろうが、みじめなさまでさすらうのは、前世の宿縁《しゅくえん》に対して畏《おそ》れ多く、はた目にも気の毒に思うことが多いに違いない。もの寂しく心細い生活をすることはよくあることだ。生まれた家柄や格式のままに世に処していくのは、外聞にも自分の気持ちにも無難なことと思われるだろう。華やかに人並みの生活をと思っても、その望みに叶いそうもない世となったら、決して軽々しくつまらぬ縁談を取り持つようなことはなさるな。」

などと仰せになります。

まだ暁《あかつき》の頃にお出かけになる時も、姫君たちの所にお渡りになって、

八宮「留守の間心細くお思いなさいますな。気持ちだけは明るくもって、音楽などをなさい。何事も思うにまかせ

「うしろやすく仕うまつれ。何ごとも、もとよりかやすく世に聞こえあるまじき際の人は、末の衰へも常のことにて、紛れぬべかめり。かかる際になりぬれば、人は何と思はざらめど、口惜しうてさすらへむ、契りかたじけなく、いとほしきことなむ多かるべき。ものさびしく心細き世を経るは、例のことなり。生まれたる家のほど、おきてのままにもてなしたらむなむ、聞き耳にも、わが心地にも、過ちなくはおぼゆべき。にぎははしく人数めかむと思ふとも、その心にもかなふまじき世とならば、ゆめゆめ軽々しくよからぬ方にもてなしきこゆな」

などのたまふ。

まだ暁に出でたまふとても、こなたに渡りたまひて、

「なからむほど、心細くな思

ない世なのですから。あまりお思いつめてはいけませんよ。」

などと、後《うし》ろ髪を引かれる思いでお出ましになりました。

お二人は一層心細くもの思いを続けられて、寝ても覚めても語り合われては、
姫君「どちらか一人がいなくなったら、どうして日々を明かし暮らせましょう。今も将来も定めない世の中に、もし別れるようなことがあったらどうしましょう。」

などと、泣いたり笑ったりなさって、遊び事も日々の仕事も、お心を合わせて慰め合いながらお過ごしになります。


［七］八の宮、山寺で病み、やがて薨去　姫君たちの悲嘆

あの父宮が山寺でお勤《つと》めなさっている念仏三昧《ざんまい》は、今日終わるであろうと、お帰りを待ち遠しくお思い申し上げていらっしゃる夕暮れに、使いの者が来て、
八宮「今朝《けさ》から気分が悪くてとても帰れそうにありません。風邪かと思ってあれこれ手当てをしているところです。それにしてもいつもよりお会いしたくてならない。」

しわびそ。心ばかりはやりて遊びなどはしたまへ。何ごとも思ふにえかなふまじき世を。な思し入れそ」

など顧みがちにて出でたまひぬ。

二所いとど心細くもの思ひ続けられて、起き臥しうち語らひつつ、

「一人一人なからましかば、いかで明かし暮らさまし。今、行く末も定めなき世にて、もし別るるやうもあらば」

泣きみ笑ひみ、戯れ事もまめ事も、同じ心に慰めかはして過ぐしたまふ。

かの行ひたまふ三昧《さんまい》、今日はてぬらむと、いつしかと待ちきこえたまふ夕暮に、人参りて、

「今朝より悩ましくてなむ、え参らぬ。風邪かとて、とかくつくろふとものするほどになむ。さるは、例よりも対面心もとなきを」

と、父宮のお言伝《ことづ》てを申し上げました。姫君たちは胸がどきりとなさって、どんなご容態かとご心配になって、お召し物などに綿を厚く入れて、急いでお縫わせになってお届け申し上げたりなさいます。

二、三日経《た》っても山をお下《お》りになりません。どんなご容態かとお使いをさし上げますけれど、

八宮「特に重いということではありません。ただ何となく苦しいのです。少しでもよくなりましたら、そのうちに我慢してでも。」

などと、口上でご返事になります。阿闍梨《あざり》がお側《そば》にずっと付き添って、ご看病申し上げているのでした。

阿闍梨「たいしたことのないお病気のように見えますが、あるいはこれが最後でいらっしゃるかも分かりません。姫君たちの御事は何もご心配になることはございません。人はみな誰でもご運というものがそれぞれ異なっておりますので、ご心配になるべきこともないのです。」

と、ますます世の執着をお捨てになるようお教え申し上げな

と聞こえたまへり。胸つぶれて、いかなるにかと思し嘆き、御衣《ぞ》どもも綿厚くて急ぎせさせたまひて、奉れなどしたまふ。

二三日はおりたまはず。いかにいかにと人奉りたまへど、

「ことにおどろおどろしくはあらず。そこはかとなく苦しうなむ。すこしもよろしくならば、いま、念じて」

など、言葉にて聞こえたまふ。阿闍梨《あざり》つとさぶらひて、仕うまつりけり。

「はかなき御悩みと見ゆれど、限りのたびにもおはしますらむ。君たちの御事何か思し嘆くべき。人はみな御宿世といふもの異々なれば、御心にかかるべきにもおはしまさず」

と、いよいよ思し離るべきことを

がら、

阿闍梨「今更にこの山からお出になりませんように。」

とお諫《いさ》め申すのでした。

八月二十日の頃のことでした。一帯の空の様子も一段ともの悲しい頃で、姫君たちは朝夕霧の晴れ間もないように、思い嘆いて沈んでいらっしゃいます。有明けの月がまことに華やかにさし出て、川の水面も清らかに澄んでいますので、山寺の方の蔀戸《しとみど》を上げさせて、外を眺めていらっしゃいますと、鐘の音がかすかに響いて来て、夜も明けたのだと聞いていらっしゃいますと、使いの人々がやって来て、

使者「この夜中頃にお亡くなりになりました。」

と泣く泣く申し上げます。いつも心にかけて、ご容態はどうかと絶えずご案じ申し上げていましたが、いざお亡くなりになったとお聞きになりますと、あまりの悲しさに呆然《ぼうぜん》として、今までにもまして、こうしたことには涙もどこへ行ってしまったのか、ただうつ伏しておしまいになりました。死別の悲しいことも、目の前ではっきり看取《みと》るのが普通のことです

蔀戸 格子組みの裏に板を張った戸で、雨風を防ぐ。

聞こえ知らせつつ、

「いまさらにな出でたまひそ」

と、諫め申すなりけり。

八月二十日のほどなりけり。おほかたの空のけしきもいとどしきころ、君たちは、朝夕霧のはるる間もなく、思し嘆きつつながめたまふ。有明の月のいとはなやかにさし出でて、水の面《おもて》もさやかに澄みたるを、そなたの蔀《しとみ》上げさせて、見出だしたまへるに、鐘の声かすかに響きて、明けぬなり、と聞こゆるほどに、人々来て、

「この夜半《よなか》ばかりになむ亡《う》せたまひぬる」

と泣く泣く申す。心にかけて、いかにとは絶えず思ひきこえたまへれど、うち聞きたまふには、あさましくものおぼえぬ心地して、いとど、かかる事には、涙もいづちか去《い》にけむ、ただうつぶし臥したまへり。いみじきめも、見る目の

のに、お目にかかれなかった心残りも加わって、お嘆きになるのも当然です。ほんのしばらくでも父宮に先立たれ申しては、この世に生きていられようとはお思いにならなかったお二人のお気持ちでは、何としてもお後《あと》を追いたいと泣き沈んでいらっしゃいますけれど、命は限りある道ですので、何のかいもないことです。

阿闍梨《あざり》は、年来宮《としごろ》とお約束をしてお置きになった通りに、後の葬送のこともすべてに御奉仕申し上げます。姫君たちは、

姫君「お亡くなりになったお姿やお顔だけでも、もう一度拝見したい。」

とお思いになりおっしゃいますが、阿闍梨は、

阿闍梨「今更にどうしてそのようなことができましょうか。この数日も二度とお会いになるべきではないと、お諭《さと》し申し上げておりましたので、今はなおさらお互いに親子の愛着のお気持ちをおとどめならぬよう、お心構えをお持ちになるべきです。」

とだけ申し上げます。

前にて、おぼつかなからぬこそ常のことなれ、おぼつかなさそひて、思し嘆くことことわりなり。しばしにても、後れたてまつりて、世にあるべきものと思しならはぬ御心地どもにて、いかでかは後れじ、と泣き沈みたまへど、限りある道なりければ、何のかひなし。

阿闍梨《あざり》、年ごろ契りおきたまひけるままに、後の御事もよろづに仕うまつる。

「亡き人になりたまへらむ御さま容貌《かたち》をだに、いま一たび見たてまつらむ」

と思しのたまへど、

「いまさらに、なでふさることかはべるべき。日ごろも、またあひたまふまじきことを聞こえ知らせつれば、今はまして、かたみに御心とどめたまふまじき御心づかひをならひたまふべきなり」

とのみ聞こゆ。

父君がお寺においでの時のご様子をお聞きになりますにつけても、阿闍梨《あざり》のあまりにも賢者ぶった仏道一筋のお心を、憎く薄情だとお思いになるのでした。宮は出家のお気持ちを昔から深くお持ちになっていらっしゃいましたが、こうして後《あと》をお任せになる人もないお二人のお身の上が見捨て難いので、命の限りは明け暮れお側《そば》にいらしてお世話申し上げますのを、実に心細いこの世の慰めにもなさって、出家も出来難くてお過ごしになっておられましたが、生死の限りある道には、先立って行かれるお方も後をお慕いになるお心も、思うにまかせぬものなのでした。

おはしましける御ありさまを聞きたまふにも、阿闍梨のあまりさかしき聖心《ひじりごころ》を憎くつらしとなむ思しける。入道の御本意は、昔より深くおはせしかど、かう見ゆづる人なき御事どもの見棄てがたきを、生ける限りは明け暮れえ避らず見たてまつるを、よに心細き世の慰めにも思し離れがたくて過ぐいたまへるを、限りある道には、先立ちたまふも慕ひたまふ御心も、かなはぬわざなりけり。

［八］ 薫弔問 亡き宮を思い悲しむ姫君たちの深い悲愁

中納言殿（薫）は、宮のご逝去《せいきょ》をお聞きになって、まことに張り合いなく残念で、もう一度ゆっくりとお話しすべきだったことが沢山残っているような気がして、世間一般の無常の有様が思い続けられて、ひどくお泣きになります。

八宮「もう一度お目にかかることはむずかしいでしょうよ。」

中納言殿には聞きたまひて、いとあへなく口惜しく、いま一たび心のどかにて聞こゆべかりけること多う残りたる心地して、おほかた世のありさま思ひつづけられて、いみじう泣いたまふ。

「またあひ見ること難くや」

昨日今日のこととは　「つひに行く道とはかねて聞きしかど昨日今日とは思はざりしを」（古今・哀傷　業平、伊勢物語）。

などとおっしゃったのを、やはり常日頃のお気持ちも、朝夕の隔ても当てにならぬこの世のはかなさを、人よりも一段と感じていらっしゃいましたので、いつも聞き馴れていて、まさか昨日今日のこととは思いませんでしたのを、返す返すたまらなく悲しく思われます。

阿闍梨《あざり》の所へも、姫君たちへのご弔問も、心をこめて申し上げられます。このようなお見舞いなど、他《ほか》に申し上げる人さえないご境遇ですので、何の分別もつかぬ姫君たちのお気持ちにも、中納言の年来《としごろ》のお心遣いが、父宮にも身にしみるものであったらしいことも、よくお分かりになります。世間の常の死別でさえも当座はまたとないことのようにばかり、誰しもが心を乱すもののようですのに、もともと慰めようもないお二人の御身の上ですので、どんなお気持ちでいらっしゃるだろうと推察なさって、中納言は御法事のことなどなさるべきことどもを、あれこれお見計らいになって、阿闍梨の所へもご挨拶なさいます。この山里へも老女房などにかこつけて御誦経《みずきよう》のお布施《ふせ》のこともお心遣い申し上げます。

などのたまひしを、なほ常の御心にも、朝夕の隔て知らぬ世のはかなさを人よりけに思ひたまへりしかば、耳馴れて、昨日今日と思はざりけるを、かへすがへす飽かず悲しく思さる。

阿闍梨《あざり》のもとにも、君たちの御弔ひも、こまやかに聞こえたまふ。かかる御弔ひなど、また訪れきこゆる人だになき御有様なるは、ものおぼえぬ御心地どもにも、年頃の御心ばへのあはれなめりしなどをも、思ひ知りたまふ。世の常のほどの別れだに、さし当りては、またたぐひなきやうにのみ皆人の思ひ惑ふものなめるを、慰む方なげなる御身どもにて、いかやうなる心地どもしたまふらむと思しやりつつ、後の御わざなど、あるべき事ども推しはかりて、阿闍梨にもとぶらひたまふ。ここにも、老人どもにことよせて、御誦経など

姫君たちは、いつまでも明けぬ長夜の闇に迷う気持ちのままに、九月にもなりました。野山の気色も今までにも増して涙を催すかのように時雨《しぐれ》が降って、どうかすると先を争って落ちる木の葉の音《おと》も川瀬の響きも、滝のように落ちる涙も一緒になったように、悲しみにうちひしがれておられますので、こんな状態ではどうして定めのある御寿命もしばらく持ちこたえられましょうかと、お仕えする女房たちは心細くて、心からお慰め申し上げながら、途方にくれています。このお邸《やしき》にも念仏の僧が仕候して、亡き宮がおいでになったお部屋には、ご持仏を御形見《かたみ》に拝見しながら、時々お出入り申していた人々で御忌《い》みに籠《こも》っている者はみな、しみじみと勤行《ごんぎょう》をして日々を過ごしています。

［九］ 匂宮、度々弔問 大君《おおいきみ》と歌を贈答 姫君たち、心を閉ざす

兵部卿《ひょうぶきょう》の宮（匂宮）からも度々お見舞い申し上げなさいます。そのような時のご返事などを、姫君たちは申し上げようとするお気持ちにもなれません。宮は気がかりですので、中納言（薫）にはこうも冷淡ではないであろうに、自分のこと

の事も思ひやりきこえたまふ。

明けぬ夜の心地ながら、九月にもなりぬ。野山のけしき、まして袖の時雨《しぐれ》をもよほしがちに、ともすればあらそひ落つる木の葉の音も、水の響きも、涙の滝もひとつもののやうにくれまどひて、かうては、いかでか限りあらむ御命もしばしめぐらひたまはむ、とさぶらふ人々は心細く、いみじく慰めきこえつつ思ひまどふ。ここにも念仏の僧さぶらひて、おはしまし方は、仏を形見に見たてまつりつつ、時々参り仕うまつりし人々の、御忌に籠りたるかぎりは、あはれに行ひて過ぐす。

兵部卿宮よりも、たびたびとぶらひきこえたまふ。さやうの御返りなど、聞こえむ心地もしたまはず。おぼつかなければ、中納言にはかうもあらざなるを、我をばな

この近くのご逍遥
八の宮の喪中である宇治の邸近くの逍遥。

牡鹿鳴く
「小萩」に「子」を掛ける。「かかる」は「露がかかる」と「かかる夕暮」を掛ける。

枯れゆく野辺も
「鹿のすむ尾の上の萩の下葉より枯れゆく野べもあはれとぞ見る」（新千載・秋下　具平親王）。

はやはりお心にもおとめ下さらないのであろう、と恨めしく思われます。紅葉の盛りに詩文などを人々に作らせようとなさって、お出かけになりましたが、このようにこの近くのご逍遥《しょうよう》は不都合な頃ですので、そちらへ行かれるのはお思いとどまられて、残念にお思いでいらっしゃいます。

亡き宮の御忌《い》みも明けました。悲しみにも限度がありますので、姫君たちの涙も絶え間があろうかとご推察になって、宮はまことに言葉多くお手紙をお書き続けになりました。時雨《しぐれ》がちの夕方に、

匂宮「牡鹿《をじか》鳴く秋の山里いかならむ小萩が露のかかる夕暮

（牡鹿の鳴く秋の山里はどんなにしてお過ごしでしょうか。小萩の露が袖にかかるように、涙を流しているこの夕暮れです。）

ただ今の空の風情《ふぜい》をお分かりにならないふりをなさいますのも、あまり心添わないことでございましょう。枯れゆく野辺もとりわけしみじみと眺めずにはおられない時

ほ思ひ放ちたまへるなめり、と恨めしく思す。紅葉の盛りに、文など作らせたまはむとて、出で立ちたまひしを、かくこのわたりの御逍遥、便《びん》なきころなれば、思しとまりて口惜しくなむ。

御忌もはてぬ。限りあれば涙も隙もや、と思しやりて、いと多く書きつづけたまへり。時雨《しぐれ》がちなる夕つ方、

「牡鹿《をじか》鳴く秋の山里いかならむ小萩が露のかかる夕暮

ただ今の空のけしきを、思し知らぬ顔ならむも、あまり心づきなくこそあるべけれ。枯れゆく野辺もわきてながめら

節ですのに。」

などとあります。

大君「いかにもあまり情趣をわきまえないようで度々になりましたから、やはりご返事なさいませ。」

などと、中の君を例によってお促《うなが》しになって、ご返事をお書かせ申し上げなさいます。中の君は、今日まで生き長らえて硯《すずり》など近く引き寄せて、お手紙を書くようになろうとはお思いになったでしょうか、情けなくも過ぎてしまった日々よ、とお思いになりますと、目もかき曇って何も見えないようなお気持ちになられますので、硯を押しやって、

中君「やはりとても書けそうにありません。ようやくこうして起きていられるなどいたしますのが、いかにも悲しみにも限りがあったのだと思われますにつけても、わが身が疎《うと》ましく情けなくて。」

と、かわいらしいご様子で泣き崩れていらっしゃいますのも、まことにいたわしく思われます。

夕暮れの頃に京を立って来ました宮のお使いが、宵を少し

るるころになむ」

などあり。

「げに、いとあまり思ひ知らぬやうにて、たびたびになりぬるを、なほ聞こえたまへ」

など、中の宮を、例の、そそのかして、書かせたてまつりたまふ。今日までながらへて、硯など近くひき寄せて見るべき物とやは思ひし、心憂くも過ぎにける日数かな、と思すに、またかき曇り、もの見えぬ心地したまへば、押しやりて、

「なほえこそ書きはべるまじけれ。やうやうかう起きゐられなどしはべるが、げに限りありけるにこそ、とおぼゆるも、うとましう心憂くて」

と、らうたげなるさまに泣きしをれておはするもいと心苦し。

夕暮のほどより来ける御使宵す

過ぎた頃にやって来ました。

大君「どうしてこれからお帰りになれましょうか。今夜は
　ここにお泊まりになって。」

と女房に言わせなさいましたが、

使者「すぐに引き返し帰参いたします。」

と急ぎますので、大君《おおいきみ》はお気の毒に思われて、ご自分がしっかりと落ちついているわけでもありませんが、見るに見かねて、

大君 涙のみ霧《き》りふたがれる山里は籬《まがき》に鹿ぞ諸声《もろごゑ》に鳴く
（霧が立ちふさがって涙にくれている山里は、垣根のもとに
鹿までが私《わたくし》たちと声を合わせて鳴いています。）

鈍色《にびいろ》の紙に、夜で墨の濃淡もよく分かりませんので、形を調えることもなく、筆に任せてお書きになって、押し包んでお渡しになりました。

お使いは、木幡《こはた》の山のあたりも雨降りでひどく恐ろしそうでしたけれど、そういうことを怖《こわ》がらない者をお選びになったのでしょうか、気味悪そうな笹の生い茂った道を、馬を止

こし過ぎてぞ来たる。

「いかでか、帰りまゐらむ、今
宵は旅寝して」

と言はせたまへど、

「たち返りこそ参りなめ」

と急げば、いとほしうて、我さかしう思ひしづめたまふにはあらねど、見わづらひたまひて、

涙のみ霧《き》りふたがれる山里
は籬《まがき》に鹿ぞ諸声《もろごゑ》に鳴く

黒き紙に、夜の墨つぎもたどたどしければ、ひきつくろふところもなく、筆にまかせて、押し包みて出だしたまひつ。

御使は、木幡《こはた》の山のほども、雨もよにいと恐ろしげなれど、さやうのもの怖ぢすまじきをや選り出でたまひけむ、むつかしげなる笹

涙のみ
「鹿」に「然《しか》」を掛ける。

木幡の山
京都府の南、宇治郡にある。京から宇治へ行く途中の難所。

めることもなく急がせて、片時の間に京へ着きました。
宮のお前にも、ひどく濡れて参上しましたので、ご褒美をお与えになります。これまでご覧になられたのとは違った筆跡の、もう少し大人《おとな》びて嗜《たしな》みのある書きぶりなどを、どちらがどなたの筆跡だろうかと、宮は下にも置かずにご覧になって、すぐにもお寝《やす》みになりませんので、

女房「御返事を待つとおっしゃっては起きておいでになり、またご覧になるのに時間がかかりますのは、どれほどお心に染《し》みこむことなのでしょうか。」

と、お前に仕える女房たちは、ひそひそとささやいてお恨み申し上げています。眠たいからなのでしょう。
まだ朝霧の深い早朝に、宮は急いでお起きになって、ご返事をさし上げます。

匂宮「朝霧に友まどはせる鹿の音《ね》をおほかたにやはあはれとも聞く

(朝霧の中で仲間からはぐれた鹿が悲しそうに鳴く声を、ただ一通りの悲しみと思って聞いているとお思いでしょう

朝霧に
朝霧の中で仲間からはぐれた鹿の鳴き声に、父を亡くした姫君たちの泣き声をなぞらえる。

の隈を、駒ひきとどむるほどもなくうち早めて、片時に参り着きぬ。
御前にても、いたく濡れて参りたれば、禄賜ふ。さきざき御覧ぜしにはあらぬ手の、いますこしおとなびまさりて、よしづきたる書きざまなどを、いづれかいづれならむ、とうちも置かず御覧じつつ、とみにも大殿籠らねば、

「待つとて起きおはしまし、また御覧ずるほどの久しきは、いかばかり御心にしむことならむ」

と、御前なる人々ささめききこえて、憎みきこゆ。ねぶたければなめり。
まだ朝霧深きあしたに、急ぎ起きて奉りたまふ。

「朝霧に友まどはせる鹿の音《ね》をおほかたにやはあはれとも聞く

もろごえに 前の大君の歌の下句を受ける。

か。）

わたしとてお二人に劣らず「もろごえに（声を合わせて）」泣いております。」

とありますけれど、

大君「あまり情けありげに振る舞うのも面倒なことです。父宮お一人のご庇護《ひご》に隠れて頼み所にしていたからこそ、何事も安心して暮らして来られましたが、心ならずも生き長らえて、思いがけない間違いがほんの少しでもあれば、心配そうにいつもお考えでいらした亡き父君の御魂《みたま》にまで瑕《きず》をおつけ申すことになるのでは。」

と、すべてにひどく気遅れがして恐ろしいので、ご返事もなさいません。

この宮のことなどを、軽薄で世間並みのお方ともお思い申し上げていらっしゃいません。何気なく走り書きなさいましたご筆跡やお言葉も、風情《ふぜい》があり優雅でいらっしゃるご様子ですので、多くの例をご存知ではいらっしゃいませんが、このようなのこそご立派なお手紙なのだろうとご覧になりなが

もろ声は劣るまじくこそ」

とあれど、

「あまり情だたむもうるさし。一ところの御蔭に隠ろへたるを頼みどころにてこそ、何ごとも心やすくて過ぐしつれ、心より外《ほか》にながらへて、思はずなる事の紛れつゆにてもあらば、うしろめたげにのみ思しおくめりし亡き御魂《たま》にさへ瑕やつけたてまつらむ」

と、なべていとつつましう恐ろしうて聞こえたまはず。

この宮などをば、軽《かろ》らかにおしなべてのさまにも思ひきこえたまはず。なげの走り書いたまへる御筆づかひ言の葉も、をかしきさまになまめきたまへる御気配をあまたは見知りたまはねど、これこそ

ら、その嗜《たしな》み深く情味のある宮のお手紙に、ご返事をさし上げるのも似つかわしくない身の上ですので、何の、いっそこういう山里住まいの身で生涯を過ごしてしまおう、とお思いになっていらっしゃいます。

はめでたきなめれ、と見たまひながら、そのゆゑゆゑしく情《なさけ》ある方に言《こと》をまぜきこえむもつきなき身の有様どもなれば、何かただかかる山伏だちて過ぐしてむ、と思す。

[一〇] 薫、宇治を訪問して姫君たちをいたわり、大君と歌を詠《よ》み交《か》わす

中納言殿（薫）へのご返事だけは、あちらからも誠実な態度でお見舞いなさいますので、こちらからもあまりよそよそしくはなくお手紙のやりとりをなさいます。御忌《い》みが明けてからも、中納言はご自身で参上なさいました。姫君たちは東の廂《ひさし》の間《ま》の一段低くなった所に喪服《もふく》姿でおいでになりますので、その近くにお立ち寄りになって、老女房をお呼び出しになりました。悲しみにくれていらっしゃいます所に、全くまぶしいほどに華やかなご様子に満ちてお入りになっていらっしゃいましたので、姫君たちはきまりが悪くて、ご返事などさえお出来になりませんので、

薫「そのようによそよそしくはお扱いにならないで、亡き父宮のご意向に従って親しくして下さってこそ、お話

中納言殿の御返りばかりは、かれよりもまめやかなるさまに聞こえたまへば、これよりもいとけうとげにはあらず聞こえ通ひたまふ。御忌《いみ》はてても、みづから参うでたまへり。東《ひむがし》の廂《ひさし》の下《くだ》りたる方にやつれておはするに、近う立ち寄りたまひて、古人召し出でたり。闇にまどひたまへる御あたりに、いとまばゆくにほひ満ちて入りおはしたれば、かたはらいたうて、御答《いら》へなどをだにえしたまはねば、

「かやうにはもてないたまはで、昔の御心むけに従ひきこ

し合いをするかいもあるでしょう。色めいて気どった振る舞いには馴れておりませんので、人伝《づ》てにお話し申し上げるのでは言葉も続けられません。」

とおっしゃいますので、

大君「思いがけず、今日まで生き長らえているようでございますが、思いさますすべもない夢の中にさ迷っておりまして、心ならずも空の光を見ますのも憚《はばか》られまして、端《はし》近くお寄りすることもできないのでございます。」

と申し上げますと、

薫「何かとおっしゃれば、この上ないご遠慮深さですね。月日の光はご自分が進んで晴々しく振る舞っておられるならば、非難もされましょうが、今のままではわたしはどうしようもなく心が晴れない思いがいたします。またお悲しみの片端なりと、晴れやかにしてさし上げとうございまして。」

と申し上げますので、

女房「いかにも、他《ほか》に例のないほどのお悲しみの御有様を、

えたまはむさまならむこそ、聞こえ承るかひあるべけれ。なよび気色ばみたるふるまひをならひはべらねば、人づてに聞こえはべるは、言の葉もつづきはべらず」

とあれば、

「あさましう、今までながらへはべるやうなれど、思ひさまさむ方なき夢にたどられはべりてなむ、心より外《ほか》に空の光見はべらむもつつましうて、端近うもえ身じろきはべらぬ」

と聞こえたまへれば、

「事といへば、限りなき御心の深さになむ。月日の影は、御心もてはればれしくもて出でさせたまはばこそ、罪もはべらめ。行く方もなく、いぶせうおぼえはべり。また思さるらむはしばしをも、明らめきこえまほしくなむ」

と申したまへば、

お慰め申し上げるお心遣いの深いことですよ。」

などと、女房たちはお聞かせ申し上げます。

姫君ご自身のお気持ちとしても、そうは言ってもようやくお心も落ち着いて、何事も分別のつくようになっていますので、亡き父君のお志からも、これほどまで遠い野辺《のべ》を踏み分けてお訪ね下さったご好意なども、よくお分かりになるのでしょう、少し端近《はしぢか》ににじり寄っていらっしゃいます。姫君たちのお嘆きのご様子や、また父宮がお約束なさったことなどを、まことに懇《ねんご》ろに親しみ深くお話しになって、嫌《いや》な粗野《そや》な感じなどはお見えにならないお人柄ですので、気持ち悪く不安をお感じになることはありませんけれど、他人であるお方にこのように声をお聞かせ申し上げて、何となく頼りにするような所などもあった日頃のことを、お思い続けになりますにつけて、さすがにつらくて気が引けるのですが、ほのかに一言《ひとこと》でもご返事申し上げるご様子が、いかにもすべて悲しみに気の抜けたような感じですので、中納言は実にお気の毒にとお聞き申し上げます。黒い几帳《きちょう》を通して見える透影《すきかげ》が、ま

「げにこそ、いと類《たぐ》ひなげなめる御有様を慰めきこえたまふ御心ばへの浅からぬほど」

など人々聞こえ知らす。

御心地にも、さこそいへ、やうやう心静まりて、よろづ思ひ知られたまへば、昔ざまにても、かうまで遥けき野辺をわけ入りたまへる心ざしなども思ひ知りたまふべし、すこしゐざり寄りたまへり。思すらむさま、またのたまひ契りしことなど、いとこまやかになつかしう言ひて、うたて男々しきけはひなどは見えたまはぬ人なれば、けうとくすずろはしくなどはあらねど、知らぬ人にかく声を聞かせたてまつり、すずろに頼み顔なることなどもありつる日ごろを思ひつづくるもさすがに苦しうて、つつましけれど、ほのかに一言など答《いら》へきこえたまふさまの、げによろづ思ひほれたまへるけはひなれば、いとあはれと聞きたてまつり

色かはる 「墨染めにやつるる袖」は、喪服を涙で濡らしている大君の袖。

色かはる 「露」「置き」は縁語。

はつるる糸は 「藤衣はつるる糸はわび人の涙の玉の緒とぞなりける」（古今・哀傷 壬生忠岑）。

［一二］ 薫、弁から昔語りを聞き、宮亡き山荘に感慨を催す

ことに痛々しいので、ましてや姫君たちの日頃のご様子や、いつぞや僅かに覗き見た明け暮れのことなどが思い出されて、

薫 色かはる浅茅《あさぢ》を見ても墨染《すみぞめ》にやつるる袖を思ひこそやれ

（秋が深まって色が変わる浅茅を見ても、墨染めの喪服にやつれていらっしゃるあなたの袖がどんなに濡れているか思いやられることです。）

と、独り言《ごと》のようにおっしゃいますと、

大君「色かはる袖をば露の宿りにてわが身ぞさらに置きどころなき

（色がわりした喪服の袖は、涙の露の宿り所になっていますが、わが身は全く置き所もございません。）

はつるる糸は（涙の玉を貫く紐となっています）。」

と、後《あと》は言いさして、もうとてもこらえきれないご様子で、奥へ入《はい》っておしまいになったようです。

お引き留《とど》めなどするような時でもありませんので、中納言

たまふ。黒き几帳の透影のいと心苦しげなるに、ましておはすらむさま、ほの見し明けぐれなど思ひ出でられて、

色かはる浅茅《あさぢ》を見ても墨染《すみぞめ》にやつるる袖を思ひこそやれ

と、独り言のやうにのたまへば、

「色かはる袖をば露の宿りにてわが身ぞさらに置きどころなき

はつるる糸は」

と末は言ひ消ちて、いといみじく忍びがたきけはひにて入りたまひぬなり。

ひきとどめなどすべきほどにも

（薫）はもの足りなくおいたわしいお気持ちになられます。老女房が思いも寄らない代役に出て来て、昔や今の話を取り集めて、悲しい御物語などを申し上げます。めったにない驚くような事の数々を経験した人ですので、このように落ちぶれた老女だとお見捨てにもなれず、中納言はまことに優《やさ》しくお話しになります。

薫「まだ幼かった時分に亡き院（源氏）にお別れ申し上げて、ひどく悲しいものはこの世であったと、思い知りましたものですから、成人していく年齢につれて、官位や世俗の栄華《えいが》にも、何の関心も覚えなくなりました。ただこうした静かなお暮らしぶりが、宮（八の宮）のお心に叶っておられましたのに、こうもあっけなく先立たれてしまいましたので、いよいよはげしく、仮りの世であることが思い知られる心も起こって参りましたが、おいたわしく後《あと》にお残りになった御方々が出家の妨《さまた》げなどと申し上げるのは、いかにも口実めいているようですけれど、この世に命長らえても宮の御遺言《ゆいごん》に背《そむ》くことなく、お世

あらねば、飽かずあはれにおぼゆ。老人《おいびと》ぞ、こよなき御かはりに出で来て、昔今をかき集め、悲しき御物語ども聞こゆる。あり難くあさましき事どもをも見たる人なりければ、かうあやしく衰へたる人とも思し棄てられず、いとなつかしう語らひたまふ。

「いはけなかりしほどに、故院に後《おく》れたてまつりて、いみじう悲しきものは世なりけり、と思ひ知りにしかば、人となりゆく齢《よはひ》にそへて、官位《つかさくらゐ》、世の中のにほひも何ともおぼえずなむ。ただかう静やかなる御住まひなどの心にかなひたまへりしを、かくはかなく見なしたてまつりなしつるに、いよいよいみじく、かりそめの世の思ひ知らるる心もよほされにたれど、心苦しうてとまりたまへる御事どもの、絆《ほだし》など聞こえむはかけかけし

めったにない驚くような事　柏木の苦悩や死をさす。

思いがけない昔のお話
薫の出生の秘密。父柏木のことなど。

八の宮
大臣
北の方
北の方
左中弁
弁
柏木の乳母
大君《おおいきみ》
中の君

話申し上げ、お話を承りたいのです。とはいっても、思いがけない昔のお話を伺ってからは、いよいよこの世の中に跡を残そうなどとも思わずになってしまいましたよ。」

と、泣きながらおっしゃいますので、この老女はなおさらひどく泣いて、とてもご返事申し上げられません。中納言のご様子などがただあのお方（柏木）と思われますので、長年忘れてしまっていました昔の御事までが加わって、お話し申し上げるすべもなく、涙にくれていました。

この老女（弁《べん》）は、あの大納言（柏木）の御乳母子《めのとご》で、父親はこの姫君たちの母北の方の母方の叔父で、左中弁で亡くなった人の子なのでした。長年遠国をめぐり歩いて、姫君たちの母君もお亡くなりになってからは、故大納言家とは疎遠になって、この八の宮のお邸《やしき》で引き取って面倒を見ておられたのでした。人品もそれほど高貴ではなく、宮仕えには馴れていましたけれど、物のけじめが分からぬものでもないと宮（八の宮）もお思いになって、姫君たちの後見《うしろみ》のような女房と

きやうなれど、ながらへても、かの御言あやまたず、聞こえ承らまほしさになむ。さるは、おぼえなき御古物語聞きしより、いとど世の中に跡とめむともおぼえずなりにたりや」

と、うち泣きつつのたまへば、この人はましていみじく泣きて、えも聞こえやらず。御けはひなどのただそれかとおぼえたまふに、年ごろうち忘れたりつるいにしへの御事をさへとり重ねて、聞こえやらむ方もなくおぼほれゐたり。

この人は、かの大納言の御乳母子《めのとご》にて、父はこの姫君たちの母北の方の母方の叔父、左中弁にて亡せにけるが子なりけり。年ごろ遠き国にあくがれ、母君も亡せたまひて後、かの殿にはうとくなり、この宮には尋ね取りてあらせたまふなりけり。人もいとやむごとなからず、宮仕馴れにたれど、心地なからぬものに宮も思して、姫君

して、使っておいでになったのでした。昔の御事については、長年こうして朝夕お世話申し上げて、何の心を隔てる秘密もなくお思い申し上げておりますよ姫君たちにも、一言《ひとこと》もお耳に入れる機会もなく、胸にしまっていましたが、中納言の君は、こうした老女の問わず語りはみな例のことだから、誰にも区別なく軽々しく言いふらしたりはしないまでも、あのまことに気のおけるような姫君たちは、ご存じなのではなかろうかと推量されますが、自分には忌《い》まわしいとも困ったこととも思われますので、またそのためにも姫君たちを他人で終わらせてはなるまいと、お思い寄りになるきっかけにもなりそうです。

八の宮亡き今は、ここにお泊まりになるのも落ち着かない気持ちがして、お帰りになりますにつけても、宮が「これが最後か」などと仰せになりましたのを、どうしてそんなことがと油断して再びお目にかからずになってしまったのだろう、同じ今年の秋ではないか、どれほどの日数《ひかず》も経《た》たないうちに、おいでになった行く方《ゆえ》も分からず、何と張り合いのないこと

これが最後か 八の宮の薫との最後の対面の言葉。「かかる対面もこのたびや限りならむと…」とあった（二〇七ページ）。

たちの御後見《うしろみ》だつ人になしたまへるなりけり。昔の御事は、年ごろかく朝夕に見たてまつり馴れ、心隔つる隈なく思ひきこゆる君たちにも、一言うち出できこゆるついでなく、忍びこめたりけれど、中納言の君は、古人の問はず語り、みな、例のことなれば、おしなべてあはあはしうなどは言ひひろげずとも、いと恥づかしげなめる御心どもには聞きおきたまへらむかし、と推しはからるるが、ねたくもいとほしくもおぼゆるにぞ、またもて離れてはやまじ、と思ひ寄らるるつまにもなりぬべき。

今は旅寝もすずろなる心地して、帰りたまふにも、「これや限りの」などのたまひしを、などか、さしもやはとうち頼みて、また見たてまつらずなりにけむ、秋やはかはれる、あまたの日数も隔てぬほどに、おはしにけむ方も知らず、あへなきわざなりや。

よ。
特に世間並みのお部屋のしつらいもなく、全くごく簡素になさっていらっしゃったようだけれど、まことにすっきりととり片付けて、どこか風情《ふぜい》があるように暮らしていらしたお住まいも、今は僧たちが出入りして、あちこちを仕切っては、御念誦《ねんず》の道具などは生前と変わらない有様ですが、仏像はすべてあの山寺にお移し申すことにしますと、姫君たちに申し上げますのを、中納言はお聞きになりますにつけても、こうした僧たちの人影までがこのお邸《やしき》からいなくなったら、ここにお残りになる姫君たちはどんなお気持ちであろうかと、お察し申し上げますのも、まことに胸が痛く、いろいろと思い続けられます。

供人「すっかり暮れてしまいました。」

とお供の者が言いますので、もの思いから覚めてお立ちになりますと、折から雁が鳴いて渡って行きます。

薫 秋霧のはれぬ雲居にいとどしくこの世をかりと言ひ
知らすらむ

秋霧の 「かり」は「雁」と「仮り」の掛け詞。

ことに例の人めいたる御しつらひなく、いと事そぎたまふめりしかど、いとものきよげにかき払ひ、あたりをかしくもてないたまへりし御住まひも、大徳《だいとこ》たち出で入り、こなたかなたひき隔てつつ、御念誦の具どもなどぞ変らぬさまなれど、仏は、みなかの寺に移したてまつりてむとす、と聞こゆるを、聞きたまふにも、かかるさまの人影などさへ絶えはてむほど、とまりて思ひたまはむ心地どもを酌みきこえたまふも、いと胸いたう思しつづけらる。

「いたく暮れはべりぬ」

と申せば、ながめさして立ちたまふに、雁鳴きて渡る。

秋霧のはれぬ雲居にいとど
しくこの世をかりと言ひ知
らすらむ

（秋霧が立ちこめる空を飛んでいく雁は、一層この世は仮の世だと教えているのだろう。）

兵部卿《ひょうぶきょう》の宮（匂宮）にお目にかかります時は、まずこの姫君たちの御事を話の種になさいます。今は何といっても気兼ねがいらないからとお思いになって、宮は懇《ねんご》ろにお手紙をさし上げなさるのでした。しかし仮《か》りそめのご返事も申し上げにくく気のおけるお方だと、姫君の方ではお思いになっておられました。「世間には全く大変な色好みでいらっしゃるというお噂《うわさ》は広まっていて、こちらを好ましく色めいた相手と思っていらっしゃるようだが、このようにひどく埋もれた葎《よもぎ》の宿からさし上げるご返事も、どんなにか世なれず、古めかしく見えることだろう」などとお思いになって、ふさぎこんでいらっしゃいます。

気兼ねがいらない 八の宮亡き今は懸想しやすい。

兵部卿宮に対面したまふ時は、まづこの君たちの御ことをあつかひぐさにしたまふ。今はさりとも心やすきを、と思して、宮はねむごろに聞こえたまひけり。はかなき御返りも聞こえにくくつつましき方に、女方は思いたり。「世にいといたうすきたまへる御名のひろごりて、好ましく艶に思さるべかめるも、かういと埋もれたる葎の下よりさし出でたらむ手つきも、いかにうひうひしく、古めきたらむ」など思ひ屈したまへり。

［一二］阿闍梨《あざり》、寂莫の姫君たちを見舞う　姫君たち、亡父を偲び歌を詠む

姫君たち「それにしても、驚くほどいつの間にか明け暮らしていくのは、月日というものでした。こうもはかなかった父宮のご寿命を、まさか昨日今日《きのうきょう》とは思わずに、

「さても、あさましうて明け暮らさるるは月日なりけり。かく頼みがたかりける御世を、昨日今日とは思はで、ただ大

ただ大方にこの世は無常だということぐらいを、朝夕に見聞きして来ましたけれど、自分も人も生き残ると先立つとでは、どれほど隔たりがあろうかなどと思ったことですよ。今までのことを振り返っても、どれほどの頼もしい世でもありませんでしたけれど、ただ時のたつのも知らずに、穏やかにもの思いをしながら過ごし、恐ろしいことも気がかりなこともなくて暮らして来たものを、今は風の音《おと》も荒々しく、日頃は見えることのない人の姿も連れ立って案内を乞うので、まずは胸がどきりとして、何か恐ろしく侘しく思われることまでが加わっていくのが、たまらなくこらえ難いこと。」

と、お二人でお話し合いになっては、涙の乾く間《ま》もなく過ごしていらっしゃるうちに、その年も暮れてしまいました。

雪や霰《あられ》の降りしきる頃は、どこもこのようにすさまじい風の音ですけれど、今はじめて思い立って分け入《い》った山住まいのようなお気持ちでいらっしゃいます。女房たちなどは、

女房「ああ年も改まろうとしています。心細くて悲しいこ

方定めなきはかなさばかりを明け暮れの事に聞き見しかど、我も人も後れ先だつほどしもやは経《へ》むなどうち思ひけるよ。来《き》し方を思ひ続くるも、何の頼もしげなる世にもあらざりけれど、ただいつとなくのどかにながめ過ぐし、もの恐ろしくつつましき事もなくて経つるものを、風の音も荒らかに、例見ぬ人影も、うち連れ、声づくれば、まづ胸つぶれて、もの恐ろしくわびしうおぼゆる事さへそひにたるが、いみじうたへがたき事」

と、二ところうち語らひつつ、乾《ほ》す世もなくて過ぐしたまふに、年も暮れにけり。

雪霰降りしくころは、いづくもかくこそはある風の音なれど、今はじめて思ひ入りたらむ山住みの心地したまふ。女ばらなど、

「あはれ、年はかはりなむと

とよ。すっかり改まって楽しい春になってほしいものですね。」

と悲しみにめげずに言う者もいます。難《むずか》しいことよ、と姫君たちはお聞きになっています。

向かいの山寺も、父君が時々の御念仏にお籠《こも》りになった縁があってこそ人も行き来しましたが、阿闍梨《あざり》もいかがお過ごしかと、稀に一《ひと》通りのご挨拶を申し上げますけれど、今は何しに伺うことがありましょう。ますます訪れる人も絶えてしまったのも無理もないことと思いながらも、まことに悲しいことです。以前は何とも目にもとまらなかった山住みの者も、父宮がお亡くなりになってからは、たまに顔を出して参上しますのを、嬉しいこととお思いになります。この時期のこととて、薪《たきぎ》や木《こ》の実を拾って持って来る山人たちもおります。

阿闍梨の僧房から、炭などのようなものをさし上げなさろうとして、

阿闍梨「長年の例になっておりました宮へのご奉仕を、今になって止《や》めてしまいますのも心細いことでして。」

す。心細く悲しきことを。あらたまるべき春待ち出でてしがな」

と、心を消たず言ふもあり。難《かた》きことかな、と聞きたまふ。

向ひの山にも、時々の御念仏に籠《こも》りたまひしゆゑこそ、人も参り通ひしか、阿闍梨《あざり》も、いかがと、おほかたにまれに訪れきこゆれど、今は何しにかはほのめき参らむ。いとど人目の絶えはつるも、さるべきことと思ひながら、いと悲しくなむ。何とも見ざりし山がつも、おはしまさで後《のち》、たまさかにさしのぞき参るは、めづらしく思ほえたまふ。このごろの事とて、薪木《たきぎこ》の実拾ひて参る山人どもあり。

阿闍梨の室《むろ》より、炭などのやうの物奉るとて、

「年ごろにならひはべりにける宮仕の、今とて絶えはべらむが、心細さになむ」

と申し上げました。これまで必ず父宮が、冬籠《ごも》りの山風を防ぐようにと、綿入れなどをお遣わしになっていましたのを、お思い出しになってお遣わしになります。法師どもや童《わらわ》べなどが山に登っていくのが見え隠れしながら、大層深い雪の中を帰って行きますのを、姫君たちは泣く泣く端《はし》近くにお出になってお見送りなさいます。

姫君たち「お髪などをお下ろしなさったそのお姿でも、生きていらっしゃるならこうして通《かよ》って来る人も自然と多いことでしょうよ。どんなに悲しく心細くとも、全くお目にかかることが絶えてしまうことがあるでしょうか。」

などと語り合っていらっしゃいます。

大君 君なくて岩のかけ道絶えしより松の雪をも何とかは見る

（父宮がお亡くなりになって、岩のかけ道の行き来も絶えてしまいましたが、この松にかかる雪を何とご覧になるでしょうか。）

中の君、

君なくて 「松」に「待つ」を掛ける。

と聞こえたり。必ず冬籠る山風防ぎつべき綿衣《わたぎぬ》など遣はししを思し出でてやりたまふ。法師ばら、童べなどの登り行くも、見えみ見えずみ、いと雪深きを、泣く泣く立ち出でて見送りたまふ。

「御髪《みぐし》などおろいたまうてける、さる方にておはしまさましかば、かやうに通ひ参る人も、おのづからしげからまし。いかにあはれに心細くとも、あひ見たてまつること絶えてやまましやは」

など、語らひたまふ。

君なくて岩のかけ道絶えしより松の雪をも何とかは見る

中の宮、

奥山の
亡き父を、消えてもまた降り積もる松葉に積もる雪と見たい、とする。

［一三］薫、宇治を訪問　大君に匂宮の意を伝え、わが恋心を仄めかす

御火桶
「火桶」は火鉢。ここは薫のために服喪用ではない火鉢を取り出す。

奥山の松葉に積もる雪とだに消えにし人を思はましかば

（せめて亡き父君を奥山の松葉に積もる雪と思うことができたらよいのに。）

宮は消えておしまいになったのに、羨ましいことに雪はまた次々と降り積もって行くことですよ。

中納言の君（薫）は、新年になれば急に思い立ってお訪ね申すことも出来ないだろうとお思いになって、年のうちに宇治へお出でになりました。

雪が一面に降り積もって、普通の人でさえ姿を見せなくなっている頃ですので、中納言が並々ならぬご立派なご様子で、気軽に訪ねておいでになったお気持ちが、浅いものではないとよくお分かりになりますので、いつもよりは心をこめて、ご座所などを整えさせなさいます。黒塗りではない御火《ひ》桶《おけ》を、何かの奥の方にあるのを取り出して、塵を払ったりするにつけても、父宮がこの君のご来訪を待ち喜んでおられた

奥山の松葉に積もる雪とだに消えにし人を思はましかば

うらやましくぞまたも降りそふや。

中納言の君、新しき年はふとしもえとぶらひきこえざらむ、と思しておはしたり。

雪もいとところせきに、よろしき人だに見えずなりにたるを、なのめならぬけはひして軽らかにものしたまへる心ばへの、浅うはあらず思ひ知られたまへば、例よりは見入れて、御座などひきつくろはせたまふ。墨染《すみぞめ》ならぬ御火桶《ひをけ》、物の奥なる取り出でて、塵かき払ひなどするにつけても、宮の待ち

ご様子などを、女房たちもお噂《うわさ》申し上げます。
姫君はお目にかかることを気恥ずかしくばかりお思いでしたが、それでは思いやりのないように先方もお思いになりますので、どうしようかと気遣いされて応対なさいます。打ち解けるというほどではありませんけれど、以前よりは少し会話も続けてものなどおっしゃっておられるご様子は、実に感じがよく、気が引けるような思いです。中納言は、このような対面だけではとても済ますわけにはいくまいというお気持ちになられますのも、「何とも軽率な出来心よ。やはり恋心に移ってしまう男女の仲なのだった」とお思いになって、座っていらっしゃいます。

薫「宮（匂宮）が全く妙なことにわたしをお恨みになられることがございます。しみじみとした父君のご遺言《ゆいごん》を承った時のさまなどを、何かのついでに宮にお漏らし申し上げたのでしょうか、それともまたよくお気の付かれるご性分《しょうぶん》で、お気をお回しになるからでしょうか、わたしに対して、ともかくも姫君たちにうまくとりなしてく

よろこびたまひし御気色などを人々も聞こえ出づ。
　対面したまふことをば、つつましくのみ思いたれど、思ひ隈《ぐま》なきやうに人の思ひたまへれば、いかがはせむとて、聞こえたまふ。うちとくとはなけれど、さきざきよりはすこし言の葉つづけてものなどのたまへるさま、いとめやすく、心恥づかしげなり。かやうにてのみは、え過ぐしはつまじ、と思ひなりたまふも、「いとうちつけなる心かな」なほ移りぬべき世なりけり、と思ひゐたまへり。

「宮のいと怪しく恨みたまふ事のはべるかな。あはれなりし御一言《ひとこと》を承りおきしさまなど、事のついでにもや漏らしきこえたりけむ、またいと隈なき御心の性《さが》にて、推しはかりたまふにやはべらむ、ここになむともかくも聞こえさせ

れるように、と頼みにしているのに、姫君たちの冷たいご様子は、とりなし方が悪いのだと、度々お恨みになりますので、心外なこととは思いますけれど、この山里へのご案内を、あまりすげなくもお断《こと》わり申し上げられませんが、どうしてそれほど冷たくおもてなしなさるのでしょうか。

宮を好色のように世間の人はお噂《うわさ》申し上げているようですが、心の底は不思議なほど情の深いお方でいらっしゃる宮様です。なおざり言《ごと》をおかけになる女の、軽はずみで靡《なび》きやすい者などを、ありふれたものに軽蔑なさっていらっしゃるのではないかと、聞くこともございます。

何事も成り行きに任せて、自己を主張することもなく、穏やかな女性こそが、ただ世間の処置に従って、どうあろうとこうあろうと軽く見過ごして、多少は心に背《そむ》くことがあっても、どうしようもない、そういう因縁《いんねん》なのだと思われるようなので、かえって気長に添いとげられる

なすべきと頼むを、つれなき御気色なるは、もて損《そこな》ひきこゆるぞ、とたびたび怨《ゑん》じたまへば、心より外《ほか》なる事と思ひたまふれど、里のしるべ、いとこよなうもえあらがひきこえぬを。何かは、いとさしももてなしきこえたまはむ。

すいたまへるやうに人は聞こえなすべかめれど、心の底怪しく深うおはする宮なり。なほざり言《ごと》などのたまふわたりの、心軽うて靡きやすなるなどを、めづらしからぬものに思ひおとしたまふにやとなむ、聞く事もはべる。

何ごとにもあるに従ひて、心をたつる方もなく、おどけたる人こそ、ただ世のもてなしに従ひて、とあるもかかるもなのめに見なし、すこし心に違《たが》ふふしあるにも、いかがはせむ、さるべきぞなども、

竜田川の水が濁る
「神なびのみむろの岸やくづるらむ竜田の川の水の濁れる」(拾遺・物名　高向草春)。

例にもなるようです。

しかしそれも崩れ始めると、竜田川《たつたがわ》の水が濁るように名を汚し、言うかいなく縁が切れてしまうようなことなども、みなよくあるようです。宮は物事に深くご執心のようなご気性《きしょう》で、それに叶って特にお心に背《そむ》くことなど多くおありにならない方には、決して軽々しく始めと終わりが違うようなことなどは、お見せにならないようなお人柄です。世間の人が存じ上げない宮のことをわたしはよく存じておりますので、もしこのご縁が似つかわしく、そのようにというお気持ちになられましたら、そのお世話などは私の心の限りを尽くしてお仕え申しましょう。御仲立役《なかだち》として行き来しますのは、さぞ足の痛いことでしょう。」

と、まことに真面目《まじめ》におっしゃり続けますので、姫君はご自分に対することとは思いもかけず、妹の親のようにご返事をしようとお思いめぐらしていらっしゃいますが、やはりご返事する言葉もない気がなさって、

思ひなすべかめれば、なかなか心長き例になるやうもあり。

崩れそめては、龍田の川の濁る名をもけがし、言ふかひなくなごりなきやうなる事などもみなうちまじるめれ。心の深うしみたまふべかめる御心ざまにかなひ、ことに背く事多くなどものしたまはざらむをば、さらに、軽々しく、始め終はり違《たが》ふやうなる事など、見せたまふまじき気色になむ。人の見たてまつり知らぬ事を、いとよう見きこえたるを、もし似つかはしく、さもやと思し寄らば、そのもてなしなどは、心の限り尽くして仕うまつりなむかし。御中道《なかみち》のほど、乱り脚《あし》こそ痛からめ」

と、いとまめやかにて言ひ続けたまへば、わが御自《みずか》らの事とは思しもかけず、人の親めきて答へむかしと思し廻《めぐ》らしたまへど、なほ言

大君「何と申し上げたらよいでしょう。お心を懸けていただいているようにお話しになりますので、かえってどう申し上げてよいか分かりません。」

とお笑いになっていらっしゃいますのも、おっとりとなさっておられるものの、好ましい感じに聞こえて来ます。中納言は、

薫「このお話は、必ずしもあなた様ご自身がお聞き取りになるべき事とも思いません。あなた様の方は、雪を踏み分けて参上したわたしの志だけをお汲み取り下さる姉君としてのお気持ちで、お過ごしになって下さいませ。あの宮がお心寄せは、あなた様とは別のお方のようでございます。宮が妹君にそれとなくお漏らしになったこともあったようですが、さあ、それも他人には分かりかねることです。宮様への御返事などは、どちらが申し上げていらっしゃいますか。」

とお尋ね申しますので、「よくぞ冗談にも自分がご返事申し上げなかったことよ。何ということではないけれど、こう仰

ふべき言の葉もなき心地して、

「いかにとかは。かけかけしげにのたまひつづくるに、なかなか聞こえむこともおぼえはべらで」

とうち笑ひたまへるも、おいらかなるものから気配をかしう聞こゆ。

「必ず御みづから聞こしめし負ふべき事とも思ひたまへず。それは、雪を踏みわけて参り来たる心ざしばかりを御覧じわかむ御このかみ心にても過ぐさせたまひてよかし。かの御心寄せは、またことにぞはべかめる。ほのかにのたまふさまもはべめりしを、いさや、それも人の分ききこえがたきことなり。御返りなどは、いづ方にかは聞こえたまふ」

と問ひ申したまふに、「ようぞ戯れにも聞こえざりける。何となけ

雪深き 「ふみ」は「踏み」「文」の掛け詞。

つらら閉ぢ 「川を渡る」は逢瀬の象徴的表現。

せになるにもどんなにか恥ずかしく胸つぶれる思いがしたであろうに」とお思いになりますと、とてもご返事がお出来になりません。

大君雪深き山のかけ橋君ならでまたふみかよふあとを
見ぬかな

（雪の深い山のかけ橋を、あなた以外に誰が踏み越えて訪ねてくるでしょう。私《わたくし》もあなた以外に文を通わせることもございません。）

と書いて御簾《みす》の外へさし出されますので、

薫「御弁解をなさるのは、かえって気がねされてしまいます。」

とおっしゃって、

薫「つらら閉ぢ駒踏みしだく山川をしるべしがてらま
づや渡らむ

（氷に閉ざされたところを馬が踏み砕く山川を、宮のご案内ついでにまずわたしが渡りましょう。）

それでこそわたしも姿をお見せするかいも十分にあると

れど、かうのたまふにも、いかに恥づかしう胸つぶれまし」と思ふに、え答へやりたまはず。

雪深き山のかけ橋君ならで
またふみかよふあとを見ぬ
かな

と書きて、さし出でたまへれば、

「御ものあらがひこそ、なかなか心おかれはべりぬべけれ」

とて、

「つらら閉ぢ駒踏みしだく
山川をしるべしがてらまづ
や渡らむ

さらばしも、影さへ見ゆるしるしも、浅うははべらじ」

いうものでしょう。」

と申し上げますと、姫君は、意外なことですので不快に思われて、特にご返事をなさいません。はっきりと近付きにくくとりすましたようにはお見えになりませんが、当世の若い女のように、色めいても取りつくろわずに、まことに無難におっとりとしたご気性《きしょう》だろうと推量されるお人柄です。女性はこうあってほしいと、思うに違《たが》わぬお気持ちがなさいます。何かにつけてお気持ちをほのめかして近寄られますけれど、そ知らぬ顔にばかりおあしらいになりますので、きまり悪くなって、昔物語などを真面目《まじめ》にお話しなさいます。


［一四］薫、姫君たちを京へ迎えることを提言　仏間を見て宮を偲ぶ

供人「日が暮れてしまいましたら、雪がひどく空までも塞がってしまいそうです。」
とお供の人々が声をかけますので、中納言（薫）はお帰りになろうとして、
薫「胸が痛くなるほど拝見されるお住まいのご様子ですね。京の邸《やしき》もただ山里のように全く静かな所で、人も行

と聞こえたまへば、思はずに、ものしうなりて、ことに答へたまはず。けざやかにいとものの遠くすくみたるさまには見えたまはねど、今様の若人たちのやうに、艶《えん》げにももてなさで、いとめやすくのどやかなる心ばへならむとぞ、推しはかられたまふ人の御けはひなる。かうこそはあらまほしけれ、と思ふに違《たが》はぬ心地したまふ。事にふれて気色ばみ寄るも、知らず顔なるさまにのみもてなしたまへば、心恥づかしうて、昔物語などをぞものまめやかに聞こえたまふ。


「暮れはてなば、雪いとど空も閉ぢぬべうはべり」

と、御供の人々声づくれば、帰りたまひなむとて、

「心苦しう見めぐらさるる御住まひのさまなりや。ただ山

き来しない所でございますので、もしお移りになるお気持ちになられるならば、どんなに嬉しゅうございましょう。」

などとおっしゃいますのも、

女房「とてもすばらしいことですね。」

と、小耳にはさんで笑《え》みを浮かべている女房たちがいますのを、中の君は「何と見苦しいこと、どうしてそのようなことがあってよいだろうか」とお聞きになっていらっしゃいます。

御果物《くだもの》を風情《ふぜい》あるようにさし上げ、御供の人々にも肴《さかな》など体裁《ていさい》よくして、お酒をお出させになりました。あの移り香の件で騒がれた宿直人《とのいびと》が、鬘鬚《かずらひげ》とかいう顔付きで無愛想《ぶあいそう》な様子でいますのを、頼りがいのない宿直人よとご覧になって、召し出されました。

薫「どうしているか。宮がお亡くなりになられてからはさぞ心細いだろうね。」

などとお尋ねになります。男は泣き顔になりながら気弱そうに泣いています。

里のやうにいと静かなる所の、人も行きまじらぬはべるを、さも思しかけば、いかにうれしくはべらむ」

などのたまふも、

「いとめでたかるべきことかな」

と片耳に聞きてうち笑《ゑ》む女ばらのあるを、中の宮は、「いと見苦しう、いかにさやうにはあるべきぞ」と見聞きゐたまへり。

御くだものよしあるさまにてまゐり、御供の人々にも、肴《さかな》などめやすきほどにて土器さし出でさせたまひけり。かの御移り香もて騒がれし宿直人《とのゐびと》ぞ、鬘鬚《かづらひげ》とかいふ頬《つら》つき心づきなくてある、はかなの御頼もし人や、と見たまひて、召し出でたり。

「いかにぞ。おはしまさで後《のち》心細からむな」

など問ひたまふ。うちひそみつつ、心弱げに泣く。

あの移り香の件で…
宿直の男が薫の芳香がしみついた衣装をもらって閉口したこと（「橋姫」の巻［一七］一六九ページ）。

鬘鬚
鬘を顔一面に生やしたような鬚。

宿直人「この世にお頼りする縁者もございません身の上で、宮様お一人のご庇護を蒙《こうむ》って、三十何年も過ごして参りましたので、今ではまして野山に入《はい》りましても、どのような木陰を頼ることができましょうか。」

と申し上げて、いよいよ体裁《ていさい》の悪い顔付きになります。

宮が生前おいでになりましたお部屋をお開《あ》けさせになりますと、塵がひどく積もって、み仏だけが供花の飾りがそのままで、お勤《つと》めをなさっていらっしゃったと思われる御座《おまし》などは、取り片付けてきれいにしてありました。中納言は、願い通りに出家した時は、とお約束申し上げたことをお思い出しになって、

薫 立ち寄らむ陰と頼みし椎が本むなしき床《とこ》になりにけるかな

（立ち寄って陰とお頼みしていた椎の木のもと、宮が亡くなって空しい床になってしまったことよ。）

とお詠《よ》みになって、柱に寄りかかっていらっしゃるお姿をも、若い女房たちは覗いてお褒《ほ》め申し上げています。

立ち寄らむ
「立ち寄らむ陰と頼みし」は、出家する時はわが師と頼もうと思っていた、の意。この歌が巻名の由来となる。

「世の中に頼むよるべもはべらぬ身にて、一ところの御蔭に隠れて、三十余年《よねん》を過ぐしはべりにければ、今はまして、野山にまじりはべらむも、いかなる木の本をかは頼むべくはべらむ」

と申して、いとど人わろげなり。

おはしましし方開けさせたまへれば、塵いたう積りて、仏のみぞ花の飾り衰へず、行ひたまひけりと見ゆる御床《ゆか》など取りやりてかき払ひたり。本意《ほい》をも遂げば、と契りきこえしこと思ひ出でて、

立ち寄らむ陰と頼みし椎が本むなしき床《とこ》になりにけるかな

とて、柱に寄りゐたまへるをも、若き人々はのぞきてめでたてまつる。

日が暮れてしまいましたので、近くの所々で荘園《しょうえん》などを管理している者たちに、御秣《まぐさ》を取りに使いを出したところ、君もご存知ではありませんのに、田舎者風の人々が仰々しく引き連れて参上しましたのを、中納言は、これは困った、都合の悪いことよ、とご覧になりますが、老女の弁《べん》の所へ来たように取り繕《つくろ》われました。いつもこのようにご奉仕するように仰せつけになって、お出ましになりました。

日暮れぬれば、近き所どころに御庄など仕うまつる人々に、御秣とりにやりける、君も知りたまはぬに、田舎びたる人々、おどろおどろしくひき連れ参りたるを、あやしうはしたなきわざかな、と御覧ずれど、老人に紛らはしたまひつ。おほかたかやうに仕うまつるべく、仰せおきて出でたまひぬ。

［一五］阿闍梨、姫君たちに芹《せり》・蕨《わらび》を贈る　姫君たち、歌を詠み交わす

年が改まりますと、空の風情《ふぜい》もうららかで、水際の氷が解けましたのを、姫君たちは珍しいことのようにぼんやりと眺めていらっしゃいます。

阿闍梨《あざり》の僧坊から、

阿闍梨「雪の消えたところから摘《つ》んだものでございます。」

と言って、沢の芹《せり》や蕨《わらび》などをさし上げました。精進《しょうじん》のお食膳に用いましたのを、

女房「山里は山里なりに、このような草木の様子によって月日の移り変わりが分かるのは面白いですね。」

年かはりぬれば、空のけしきうららかなるに、汀《みぎは》の氷とけたるを、あり難くも、とながめたまふ。

聖《ひじり》の坊より、

「雪消えに摘みてはべるなり」

とて、沢の芹《せり》、蕨《わらび》など奉りたり。斎《いもひ》の御台にまゐれる、

「所につけては、かかる草木のけしきに従ひて、行きかふ月日のしるしも見ゆるこそをかしけれ」

などと女房たちが言いますのを、何の面白いことがあろうかと、お聞きになっていらっしゃいます。

大君君が折る峰の蕨《わらび》と見ましかば知られやせまし春のしるしも

（父宮が折って下さった峰の蕨だと見るのであったら、春の訪れた証《あか》しだと喜びもしましょうに。）

中君雪深き汀《みぎは》の小芹《こぜり》誰《た》がために摘みかはやさむ親なしにして

（雪の深い水際の小芹を一体誰のために摘み取ってもてはやしましょうか、親もいない私《わたくし》たちなのに。）

などと、何のかいもない歌をお交《か》わしになりながら、明かし暮らしていらっしゃいます。

中納言殿からも宮様からも、その折々を過ごさずお見舞いをさし上げます。煩《わずら》わしく何ということもないことが多いようですので、例によって書き漏らしたのでしょう。

桜の花盛りの頃、宮（匂宮）は昨年の春の挿頭《かざし》の歌をお思

など、人々の言ふを、何のをかしきならむ、と聞きたまふ。

君が折る峰の蕨《わらび》と見ましかば知られやせまし春のしるしも

雪深き汀《みぎは》の小芹《こぜり》誰《た》がために摘みかはやさむ親なしにして

など、はかなきことどもをうち語らひつつ、明け暮らしたまふ。

中納言殿よりも宮よりも、折過ぐさずとぶらひきこえたまふ。うるさく何となき事多かるやうなれば、例の書き漏らしたるなめり。

花盛りのころ、宮、かざしを思

君が折る　「君」は父宮。「折る」は「居る」を掛ける。

雪深き　「小芹」に「子」を含ませて「親」の縁語。

［一六］　匂宮、昨春を思い出して中の君と歌を贈答　薫の仲介を恨む

昨年の春の挿頭の歌　匂宮が姫君たちに送った歌「山桜にほふあたりに尋ね来て同じかざしを折りてけるかな」（［一二］一九八ページ）。

い出しになられて、その時それを見聞きなさった君達なども、

君達「まことに風情《ふぜい》のあった親王《みこ》（八の宮）のお住まいを、二度と見ることが出来なくなってしまいましたこと。」

などと、大方のこの世の無常さを口々に申し上げますので、宇治へ是非とも行ってみたいとお思いになられました。

匂宮　つてに見し宿の桜をこの春は霞隔てず折りてかざさむ

（物のついでに拝見したお邸《やしき》の桜を、この春は霞を隔てずに直接手折《たお》ってかざしたいものです。）

と、得意になってお遣わしになりました。姫君たちは「とんでもないことよ」とご覧になりながらも、実に所在ない頃でしたので、見事なお手紙の上べのお気持ちだけでも、無視しないようにとお思いになって、

中君　いづくとか尋ねて折らむ墨染《ぞ》めに霞こめたる宿の桜を

（いったいどこをお探しになって折るのでしょうか、墨染めの霞が立ちこめているこの家の桜ですのに。）

し出でて、そのをり見聞きたまひし君たちなども、

「いとゆゑありし親王《みこ》の御住まひを、またも見ずなりにしこと」

など、大方のあはれを口々聞こゆるに、いとゆかしう思されけり。

つてに見し宿の桜をこの春
は霞隔てず折りてかざさむ

と、心をやりてのたまへりけり。「あるまじきことかな」と見たまひながら、いとつれづれなるほどに、見どころある御文の、うはべばかりをもて消たじとて、

いづくとか尋ねて折らむ墨
染《ぞ》めに霞こめたる宿の桜を

つてに見し
「桜」は中の君。「花を折る」は女をわがものにする意の象徴的表現。

いづくとか
「墨染めに霞こめたる」は喪服を着ている意。

やはりこのように突き放した冷淡なお気持ちばかりが見てとれますので、宮はまことに恨めしいとお思い続けていらっしゃいます。

宮（匂宮）はご思案に余りなさいますと、ただ一途《いちず》に中納言（薫）をあれこれと責めて恨み言を申し上げますので、中納言は内心おかしくお思いになりながらも、いかにも自信を持った後見役の顔付きで受け答えなさって、宮の浮気《うわき》めいたお心をも見付け出された時々は、

薫「どうしてお取り持ち出来ましょうか。そんな浮気なお心では。」

などと申し上げますので、宮もお気をお遣いになっていらっしゃるのでしょう、

匂宮「わたしの心に叶う女性がまだ見付けられない間だけですよ。」

と弁解なさいます。

宮が大殿《おおとの》（夕霧）の六の君をお心にかけられないことを、何となく恨めしげに大臣《おとど》もお思いになっておられました。し

なほかくさし放ち、つれなき御気色のみ見ゆれば、まことに心憂しと思しわたる。

御心にあまりたまひては、ただ中納言を、とざまかうざまに責め恨みきこえたまへば、をかしと思ひながら、いとうけばりたる後見《うしろみ》顔《がほ》にうち答《いら》へきこえて、あだめいたる御心ざまをも見あらはす時々は、

「いかでか。かからむには」

など、申したまへば、宮も御心づかひしたまふべし、

「心にかなふあたりを、まだ見つけぬほどぞや」

とのたまふ。

大殿《おほとの》の六の君を思し入れぬこと、なま恨めしげに大臣《おとど》も思したりけ

かし宮は、

匂宮「気乗りのしない近しいご縁である中にも、大臣《おとど》が大げさで煩《わずら》わしくて、些細《ささい》な浮気事《うわきごと》でも見咎《とが》められそうなのが面倒なのでね。」

と、陰ではおっしゃって、辞退していらっしゃいます。

［一七］　三条の宮焼ける　夏、薫宇治を訪れ、姫君たちを垣間《かいま》見る

三条の宮　女三の宮や薫の邸。

その年、三条の宮が焼けて、入道の宮（女三の宮）も六条院にお移りになられ、何かと忙しいのに取り紛《まぎ》れて、中納言は宇治のあたりを久しくお訪ね申し上げておりません。生真《きま》面目《じめ》なお方のお心は、また普通とは全く違っていましたので、実に落ち着き払って、自分のものとは信じておられながらも、姫宮がお心をお開きにならない限りは、不謹慎《ふきんしん》な行為や、思いやりのない振る舞いはするまいとお思いになりながら、故宮のお気持ちを忘れずにいることを深く分かっていただきたいとお思いになっています。

その年は、例年よりもきびしい暑さを誰もが持て余していましたが、川辺《かわべ》は涼しいだろうとお思い出しになって、中納

り。されど、

「ゆかしげなき仲らひなる中にも、大臣のことごとしくわづらはしくて、何ごとの紛れをも見とがめられむがむつかしき」

と、下にはのたまひて、すまひたまふ。

その年、三条宮焼けて、入道の宮も六条院に移ろひたまひ、何くれともの騒がしきに紛れて、宇治のわたりを久しう訪れきこえたまはず。まめやかなる人の御心は、またいとことなりければ、いとのどかに、おのがものとはうち頼みながら、女の心ゆるびたまはざらむ限りは、あざればみ情《なさけ》なきさまに見えじ、と思ひつつ、昔の御心忘れぬ方を深く見知りたまへ、と思す。

その年、常よりも暑さを人わぶるに、川面《かはづら》涼しからむはやと思ひ出でて、にはかに参うでたまへり。

言は急に宇治へ参上なさいました。朝の涼しいうちにお出かけになりましたので、あいにく射《さ》し込んで来る日差しもまぶしくて、故宮がおいでになったお部屋の西の廂《ひさし》に宿直人《とのいびと》をお呼び出しになって、そこにいらっしゃいます。

西面《にしおもて》の母屋《もや》の仏のお前に、姫君たちがおいでになりましたが、近くてはよくあるまいと、ご自分たちのお部屋にお渡りになります御気配が、忍びやかですけれど、自然にうち身じろぎなさるご様子が真近に聞こえて来ますので、やはりじっとしてはおられなくて、こちらに通じている襖《ふすま》の端《はし》の方の掛け金をかけた所に、穴が少しあいているのを見てお置きになりましたので、その外側に立ててある屏風を引き退《の》けてお覗きになります。ところがそのすぐそばに几帳《きちょう》を添えて立ててありますので、ああ残念な、とお思いになって引き返そうとなさいますその折も折、風が簾《すだれ》をひどく吹き上げたようですので、

女房「丸見えでよくありませんわ。その御几帳をもっと外の方に押し出して。」

朝涼みのほどに出でたまひければ、あやにくにさしくる日影もまばゆくて、宮のおはせし西の廂に宿直《とのゐ》人《びと》召し出でておはす。

そなたの母屋《もや》の仏の御前《おまへ》に君たちものしたまひけるを、け近からじとて、わが御方に渡りたまふ御けはひ、忍びたれど、おのづからうちみじろきたまふほど近う聞こえければ、なほあらじに、こなたに通ふ障子《さうじ》の端の方に、掛け金したる所に、穴のすこしあきたるを見おきたまへりければ、外《と》に立てたる屏風をひきやりて見たまふ。ここもとに几帳をそへ立てたる、あな口惜し、と思ひてひき帰るをりしも、風の簾《すだれ》をいたう吹き上ぐべかめれば、

「あらはにもこそあれ。その御几帳押し出でてこそ」

という女房がいるようです。何と愚《おろ》かしいこと、とお思いになるものの嬉しくてお覗きになりますと、几帳《きちょう》の高いのも低いのも二間《ふたま》の御簾《みす》に押し寄せて、姫君たちはこの襖《ふすま》の向こうの開《あ》いている襖を通ってあちらに行こうとなさるところでした。

まずお一人（中の君）が立って出ていらして、几帳の間からお覗きになって、中納言のお供の人々があちこち行き来して涼んでいますのをご覧になっていらっしゃるのでした。濃い鈍色《にびいろ》の単衣《ひとえ》に萱草色《かんぞういろ》の袴の引き立った色合いが、かえって様子が変わって華やかなことよと見えますのは、着こなしていらっしゃるお方ゆえのようです。かけ帯は形ばかりになさって、数珠《じゅず》を引き隠して持っていらっしゃいます。まことにすらりとして姿が美しいお方で、髪は袿《うちき》の丈《たけ》に少し足りないほどかと思われて、髪の先まで少しの乱れもなく、艶々《つやつや》と多くていかにも見事です。横顔などは、まあかわいらしいと思われて、色つやも美しく、もの柔らかでおっとりとしておられるご様子は、女一の宮もこのようでおられるだろうかと、

萱草色
紅色を帯びた黄色。喪服の袴や単衣によく用いられる。

かけ帯
胸にかけ背中で結ぶ装飾用の長い紐。女性が外出の時によく用いる。

と言ふ人あなり。をこがましきもののうれしうて、見たまへば、高きも短きも、几帳を二間《ふたま》の簾《す》に押し寄せて、この障子に対《むか》ひて開《あ》きたる障子より、あなたに通らむとなりけり。

まづ一人たち出でて、几帳よりさしのぞきて、この御供の人々のとかう行きちがひ、涼みあへるを見たまふなりけり。濃き鈍色《にびいろ》の単《ひと》衣《へ》に萱草《くわんざう》の袴のもてはやしたる、なかなかさまかはりてはなやかなりと見ゆるは、着なしたまへる人からなめり。帯はかなげにしなして、数珠《ずず》ひき隠して持たまへり。いとそびやかに様体をかしげなる人の、髪、袿《うちき》にすこし足らぬほどならむと見えて、末まで塵のまよひなく、艶《つや》々とこちたううつくしげなり。かたはらめなど、あならうたげと見えて、にほひやかにやはらかにおほどきたるけはひ、女

ほのかにお見かけ申し上げたお姿を思い比べられて、つい溜《た》め息をもらされます。

もう一人のお方（大君《おおいきみ》）がにじり出ていらっしゃって、

大君「あの襖《ふすま》は丸見えではないかしら。」

と、こちらをご覧になられるお心配りは、いかにも用心深そうなご様子で、嗜《たしな》みのあるお方のように思われます。お顔の形、お髪の具合など、前のお方よりももう少し上品で優雅な感じです。

女房「襖の向こう側にも屏風を添えて立てておきました。すぐにはお覗きにはなれませんでしょう。」

と、若い女房たちは何の疑いもなく言っています。

大君「覗かれたら大変なことになるでしょうね。」

とおっしゃって、心配そうににじり入《はい》ろうとなさるお姿は、気高く奥ゆかしい感じが加わって見えます。黒い袷《あわせ》の一襲《ひとかさね》で、妹君と同じような色目のものをお召しになっていらっしゃいますが、こちらは親しみのある優雅な感じで、しみじみといたわしいように思われます。髪はさっぱりした程度に抜け落

一の宮もかうざまにぞおはすべきと、ほの見たてまつりしも思ひくらべられて、うち嘆かる。

また、ゐざり出でて、

「かの障子《さうじ》はあらはにもこそあれ」

と見おこせたまへる用意、うちとけたらぬさまして、よしあらむとおぼゆ。頭《かしら》つき、髪《かむ》ざしのほど、いますこしあてになまめかしきさまなり。

「あなたに屏風もそへて立ててはべりつ。急ぎてしものぞきたまはじ」

と、若き人々何心なく言ふあり。

「いみじうもあるべきわざかな」

とて、うしろめたげにゐざり入りたまふほど、気高う心にくきけはひそひて見ゆ。黒き袷一襲《あはせひとかさね》、同じやうなる色あひを着たまへれど、これはなつかしうなまめきて、あはれげに心苦しうおぼゆ。髪さは

ちたのでしょうか、先が少しほっそりとして髪の色とはこういうものかというような、翡翠《ひすい》めいた色合いで大層美しく、糸を縒《よ》りかけたようです。紫の紙に書いてあるお経を片手に持っていらっしゃるお手つきが、もうお一方よりほっそりとして痩せていらっしゃるようです。簾《すだれ》の側《そば》に立っていらした姫君も襖《ふすま》の戸口にお座りになって、何事でしょうか、こちらを見起こして笑っていらっしゃいますのは、まことに魅力的でした。

らかなるほどに、落ちたるなるべし、末すこし細りて、色なりとかいふめる、翡翠《ひすい》だちていとをかしげに、糸をよりかけたるやうなり。紫の紙に書きたる経を片手に持ちたまへる手つき、かれよりも細さまさりて、痩せ痩せなるべし。立ちたりつる君も、障子口にゐて、何ごとにかあらむ、こなたを見おこせて笑ひたる、いと愛敬づきたり。

翡翠
かわせみ。背や腰が美しい青色で、水辺にすみ小魚を取る小鳥。髪の美しいのに喩える。

47

総《あげ》角《まき》

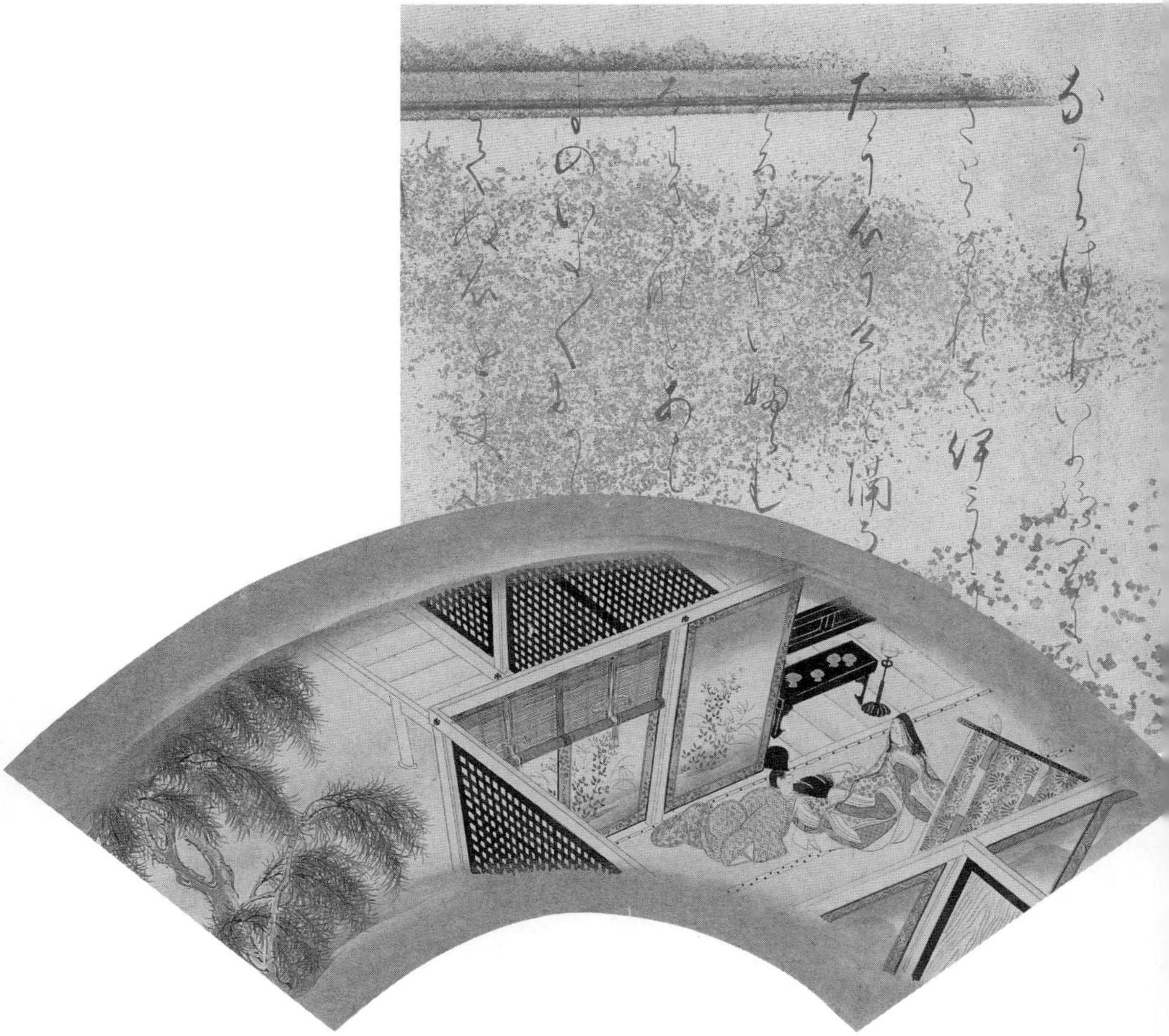

薫、奥へ入《はい》る大君《おおいきみ》を引きとめる

「総角」小見出し一覧

［一］八の宮の一周忌近く、薫、大君《おおいきみ》に自《みずか》らを訴える
［二］弁《べん》、姉妹の心を薫に伝える　薫、大君を思う気持ちを弁に語る
［三］薫、大君の部屋に押し入り、思いを果たさず一夜を過ごす
［四］事なきままの夜明け　薫と大君、思いを託して和歌を詠《よ》み交《か》わす
［五］大君、中の君を薫にと決意　中の君、薫の移り香を疑う
［六］喪が明けて薫、宇治を訪問　女房たち、薫を大君の許へ導こうとする
［七］大君、弁に薫と中の君を取りもつよう依頼　弁、姫君たちの幸福を説く
［八］薫、姫君たちの部屋に入る　大君隠れ、中の君と事なく夜を過ごす
［九］薫、大君と片枝《かたえ》の紅葉につけて歌を詠み交わす
［一〇］薫、中の君を匂宮に譲ろうと取り計らう
［一一］薫、匂宮を宇治へ案内し、匂宮、中の君と契る
［一二］薫、大君に迫るが拒まれる　夜明けて互いに歌を詠み交わす
［一三］匂宮、早々に後朝《きぬぎぬ》の文を贈る　大君、中の君に返事をさせる
［一四］二日目の夜、大君、中の君をなだめ匂宮を迎える
［一五］三日目の夜、大君、婚儀の用意　薫からは手紙と贈物あり
［一六］匂宮、参内　中宮の諫《いさ》めに背《そむ》き、薫の勧《すす》めに従い宇治へ行く
［一七］薫、明石の中宮のお前に参上し、女一の宮

のことを思う

［一八］匂宮、宇治を訪れ、女房たち喜ぶ　大君、わが身の衰えを思う

［一九］匂宮、身の窮屈を嘆く　中の君、宮の情を受け、翌朝歌を贈答

［二〇］匂宮の訪れ途絶える　大君と薫、それぞれに心を痛める

［二一］薫、匂宮と宇治を訪れる　大君、薫と物越しに対面

［二二］匂宮、宇治へ通えないのを悩み、中の君を京へ迎えようとする

［二三］薫、匂宮と中の君を思いやる　大君を三条の宮に迎える準備

［二四］匂宮、紅葉狩を口実に宇治に赴く　姫君たち迎えの準備

［二五］盛んな遊宴に、宮、中の君に逢えず帰京　人々歌を詠む

［二六］大君、匂宮の素通りを恨み、結婚拒否の考えを強める

［二七］匂宮、帝《みかど》や中宮に厳しく諫《いさ》められ、薫、自《みずか》らの処置を悔いる

［二八］匂宮、女一の宮の美しさに惹《ひ》かれ、歌を詠み、女房たちと戯れる

［二九］薫、大君の病《やまい》を聞き宇治を訪れる　大君、薫に感謝する

［三〇］翌朝、大君、死を予期して、薫を進んで招き入れる

［三一］大君、匂宮の縁談の噂《うわさ》を聞き、姉妹ともに身の悲運を嘆く

［三二］匂宮から御文あり　姉妹心々に読み、中の君、返歌

［三三］匂宮、何かと支障多く、気にかけつつも宇治を訪れず

［三四］大君、重態　薫、宇治を見舞い、懇《ねんご》ろに看

病する

［三五］　大君、薫の看護を拒まず、素直に好意を感謝する

［三六］　阿闍梨《あざり》、中有《ちゅうゆう》にさまよう八の宮の夢を語る姉妹悲しむ

［三七］　重病の大君、受戒を望むが、女房たちに妨げられて嘆く

［三八］　薫、臨終の大君の枕辺《まくらべ》で看護を尽くす　心解けて語り合う二人

［三九］　大君、逝去　薫、灯火《ともしび》の下にその死顔《しにがお》を見て深く悲しむ

［四〇］　服喪の中の君、悲嘆に沈み、薫も宇治に籠《こも》る

［四一］　薫、大君の死に際し、喪服も着られぬ身を嘆く

［四二］　薫、冬の月夜に大君を偲び、歌を詠《よ》む　老女たち大君を悼《いた》む

［四三］　雪の夜、匂宮、宇治を弔問し泊まるが、中の君、逢わず

［四四］　二日目の夜、中の君、匂宮にうち解けず、互いに歌を贈答

［四五］　歳暮、薫、ようやく帰京　匂宮、中の君を京へ迎える準備

[一] 八の宮の一周忌近く、薫、大《おおい》君《きみ》に自《みずか》らを訴える

経巻の飾り 経巻を納める筥の装飾や、経机の覆い。

名香《みょうごう》の糸 名香を供える机の四隅に垂らす組糸。紙に包んだ名香を結ぶ五色の糸とも。

こんな風でも（かくても経ぬる）「身を憂しと思ふに消えぬものなればかくても経ぬる世にこそありけれ」（古今・恋五 読人しらず）。

長い年月、いつも聞き馴れていらした宇治の川風も、この秋はとてもやり切れないほどにもの悲しく聞こえて、姫君たちは亡き父宮の一周忌のご準備をおさせになっていらっしゃいます。大よその然るべきご用意などは、中納言殿（薫）や阿闍梨《あざり》がご奉仕申し上げたのでした。こちらでは、法衣《ほうい》のことや経巻《きょうかん》の飾りなど、こまごましたお支度を、女房の申し上げるのに従ってなさっていらっしゃいますのも、まことに頼りなくおいたわしくて、もしこのようなよそからのお世話がなかったら、どうなることかと思われました。

中納言は、ご自身も宇治に参上なさって、今日を限りに喪服をお脱ぎになります時のお見舞いを、懇《ねんご》ろに申し上げられます。阿闍梨もこちらに参上しました。姫君たちは名香《みょうごう》の糸を引き散らかして、

姫君「こんな風でも、何とか生きていられたものですね。」

などと、話し合っておいでになる所でした。糸を結《ゆ》い上げた糸繰《く》り台が簾《すだれ》の端《はし》から几帳《きちょう》の綻《ほころ》びを透かして見えましたので、中納言はそれとお分かりになって、

あまた年耳馴れたまひにし川風も、この秋はいとはしたなくもの悲しくて、御はての事いそがせたまふ。おほかたのあるべかしき事どもは、中納言殿、阿闍梨《あざり》などぞ仕うまつりたまひける。ここには法服のこと、経の飾、こまかなる御あつかひを、人の聞こゆるに従ひて営みたまふもいとものはかなくあはれに、かかるよその御後見《うしろみ》なからましかば、と見えたり。

みづからも参うでたまひて、今はと脱ぎ棄てたまふほどの御とぶらひ浅からず聞こえたまふ。阿闍梨もここに参れり。名香《みやうがう》の糸ひき乱りて、

「かくても経ぬる」

など、うち語らひたまふほどなりけり。結びあげたるたりの、簾のつまより几帳の綻《ほころ》びに透きて見えければ、その事と心得て、

わが涙をば
「よりあはせて泣くなる声を糸にしてわが涙をば玉にぬかなむ」（伊勢集）。

伊勢の御
古今集時代の女流歌人。

ものとはなしに
「糸によるものならなくに別れ路の心細くも思ほゆるなか」（古今・羇旅　紀貫之）。

あげまきに
「あげまき」「長き」「結び」「より合ふ」は縁語。

総角結び
紐の結び方。左右に輪を作り、中を結んで房を垂らす。

薫「わが涙をば玉に貫《ぬ》かなん（泣き声の糸でわたしの涙の玉を貫き通したい）。」

とお口ずさみになられますのは、伊勢の御《ご》の悲しみもこのようなものであったのだろうと、興深く感じられますにつけても、御簾《みす》の中の姫君たちは、心得顔にすぐにご返事なさいますのも遠慮されて、「ものとはなしに（糸に縒り合わせるものではないのに）」とか、貫之がこの世ながらの旅の別れをさえ心細い糸にひきかけて詠《よ》んだものを、などと、いかにも古歌こそ人の心を述べるよすがであったこととお思い出しになります。

御願文《がんもん》を作り、経典や仏像を供養なさる趣旨などを硯《すずり》に向かってお書き出しになりますついでに、客人は、

薫あげまきに長き契りを結びこめ同じ所によりもあはなむ
（総角《あげまき》結びの中に末長い契りを結びこめて、一つ所に寄り合わさるように、いつもご一緒にいたいものです。）

と書いてお見せになりますので、大君は例によってと煩《わずら》わし

「わか涙をば玉にぬかなむ」

とうち誦じたまへる、伊勢の御《ご》もかくこそありけめ、とをかしく聞こゆるも、内の人は、聞き知り顔にさし答《いら》へたまはむもつつましくて、「ものとはなしに」とか、貫《つら》之《ゆき》がこの世ながらの別れをだに、心細き筋にひきかけけむをなど、げに古言《ふるごと》ぞ人の心をのぶるたよりなりけるを思ひ出でたまふ。

御願文《ぐわんもん》つくり、経、仏供養せらるべき心ばへなど書き出でたまへる硯のついでに、客人《まらうど》、

あげまきに長き契りを結びこめ同じ所によりもあはなむ

と書きて、見せたてまつりたまへ

ぬきもあへず
「ぬく」「緒」「結ぶ」は縁語。

あはずは何を
「片糸をこなたかなたに縒りかけてあはずは何を玉の緒にせむ」（古今・恋一　読人しらず）。

くお思いになりますが、

大君ぬきもあへずもろき涙の玉の緒に長き契りをいかが結ばむ

（糸に貫きとめることもできないほど、もろくこぼれる涙の玉のようにはかない私《わたくし》の命ですのに、どうして末長い契りを結ぶことができましょうか。）

とありますので、中納言は「あはずは何を（逢えなければ何を命の綱として生きられようか）」と、恨めしそうにもの思いに沈んでいらっしゃいます。

大君《おおいきみ》は、ご自分のことになりますと、このように何となく紛《まぎ》らわして、いかにもきまり悪そうなご様子ですので、中納言は、はっきりとも思いをお伝えして近寄ることもできませんで、兵部卿の宮（匂宮）の御事を生真面目《きまじめ》に申し上げなさいます。

薫「宮はそれほどお気に召すはずのないことでも、こうした方面はやや気が進まれるご性分《しょうぶん》ですので、いったんお申し出になったからには後《あと》に引けない意地からではないかと、あれこれと十分にご様子を見守り申し上げてお

れば、例の、とうるさけれど、

ぬきもあへずもろき涙の玉の緒に長き契りをいかが結ばむ

とあれば、「あはずは何を」と、恨めしげにながめたまふ。

みづからの御上は、かくそこはかとなくもて消ちて恥づかしげなるに、すがすがともえのたまひよらで、宮の御ことをぞまめやかに聞こえたまふ。

「さしも御心に入るまじきことを、かやうの方にすこし進みたまへる御本性に、聞こえそめたまひけむ負けじ魂にやと、とざまかうざまにいとよ

ります。

本当に心配なことではなさそうですのに、どうしてこのように強いて疎遠になさるのでしょうか。男女の有様などにご理解がないようにはお見受けしないのですが、疎《うと》ましく疎遠にばかりお扱いになりますので、これほどに心からご信頼申しておりますわたしの心に反して、恨めしく思われます。ともかくもお考えになっておられるさまなどを、はっきりと承りたいものです。」

と、まことに真剣に申し上げますので、

大君「お心に背《そむ》くまいと存じますからこそ、こうまで妙な世間の例となるような有様で、隔てのないお付き合いをしているのでございます。そのことをお分かりになっていただけないのこそ、お考えの浅いところもおありになるような気がいたします。

全くこういう山里の住まいなどでは、心ある人なら思い残すこともないのでしょうが、何事にも分別《ふんべつ》の遅れておりますの中でも、先ほどおっしゃいました筋のことは、

くなむ御気色見たてまつる。

まことにうしろめたくはあるまじげなるを、などかくあながちにしもて離れたまふらむ。世のありさまなど思しわくまじくは見たてまつらぬを、うたて、遠々しくのみもてなさせたまへば、かばかりうらなく頼みきこゆる心に違《たが》ひて恨めしくなむ。ともかくも思しわくらむさまなどを、さはやかに承りにしがな」

といとまめだちて聞こえたまへば、

「違へきこえじの心にてこそは、かうまであやしき世の例《ためし》なるありさまにて、隔てなくもてなしはべれ。それを思しわかざりけるこそは、浅きこともまじりたる心地すれ。

げにかかる住まひなどに、心あらむ人は、思ひ残す事はあるまじきを、何事にも後れそめにける中に、このたま

亡き父宮も、全く何一つこういう時はああいう時はなどと、将来をお考えになられたことにとりまぜても、仰せ置かれることもありませんでしたので、やはりこのままの状態で、世間並みの結婚などは断念するように、というおつもりであったと思い合わされますので、今は何ともお答えのしようもございませんで。

と申しましても、私《わたくし》よりは少し生い先長い身で、山奥に隠れ住むにはいたわしく思われます人（中の君）の御事だけは、全くこうして朽木《くちき》のように終わらせたくないと、人知れず面倒を見なくてはと存じておりますが、この先どうなります運命なのでしょうか。」

と、溜《た》め息をお漏らしになって、お心を痛めていらっしゃるご様子は、まことに痛々しく思われます。

［二］弁《べん》、姉妹の心を薫に伝える　薫、大君を思う気持ちを弁に語る

若い大君《おおいきみ》がてきぱきと大人ぶっても、どうして賢《かしこ》ぶった判断がお出来になれようかと、それも道理ですので、中納言はいつものように老女（弁《べん》）をお召し出しになってご相談なさ

ふめる筋は、いにしへも、更にかけて、とあらばかからばなど行く末のあらましごとにとりまぜて、のたまひおく事もなかりしかば、なほかかるさまにて、世づきたる方を思ひ絶ゆべく思しおきてける、となむ思ひあはせはべれば、ともかくも聞こえむ方なくて。

さるは、すこし世籠りたるほどにて、深山隠れには心苦しく見えたまふ人の御上を、いとかく朽木にはなしはてずもがなと、人知れずあつかはしくおぼえはべれど、いかなるべき世にかあらむ」

と、うち嘆きてもの思ひ乱れたまひけるほどのけはひ、いとあはれげなり。

けざやかにおとなびてもいかでかはさかしがりたまはむ、とことわりにて、例の、古人召し出でてぞ語らひたまふ。

います。

薫「これまで長年の間、ただ後生《ごしよう》を願う気持ちでこちらに進んでお伺いして来たのですが、故宮（八の宮）が何となくお心細そうに思し召すようになりました晩年の頃に、この姫君たちの御ことどもを、わたしの心のままにお扱い申し上げるように仰せられ、わたしもお約束したのでしたが、故宮がお決め申し上げておりました御有様とは違って、姫君たちのお心が、全く困ってしまうほど強情でいらっしゃいますのはどうしたことでしょう。故宮がお考え置きになった人が他《ほか》にいるのかと疑わしくさえ思われます。

自然お聞き及びの事もおありでしょう。わたしは全くおかしな性分《しようぶん》で、男女のことに心を惹《ひ》かれることはなかったのですが、前世からの因縁《いんねん》でしょうか、これほどまでも親しくお付き合いさせていただくことになってしまいました。世間の人もだんだん噂《うわさ》をし始めたようですが、同じことなら故宮とのお約束を違《たが》え申すことなく、

「年ごろは、ただ後の世ざまの心ばへにて進み参りそめしを、もの心細げに思しなるめりし御末のころほひ、この御ことどもを心にまかせてもてなしきこゆべくなむのたまひ契りてしを、思しおきてたてまつりたまひし御ありさまどもには違ひて、御心ばへどもの、いといとあやにくにもの強げなるは、いかに。思しおきつる方の異なるにやと、疑はしきことさへなむ。

自《おの》づから聞き伝へたまふやうもあらむ。いと怪しき本性にて、世の中に心をしむる方なかりつるを、さるべきにてや、かうまでも聞こえ馴れにけむ。世人《よひと》もやうやう言ひなすやうあべかめるに、同じくは昔の御事も違《たが》へきこえず、

わたしも姫君も世間並みに打ち解けて語り合いたいという思いになりますのは不似合いなことだとしても、そうした例がないわけではありますまい。」

などと仰せ続けになって、

薫「兵部卿《ひょうぶきょう》の宮（匂宮）の御事にしても、わたしがこのように申し上げていますのに、それなら心配はないと打ち解けて下さるご様子がないのは、内々にやはり他《ほか》にお考えの相手がおられるのでしょうか。さあどうなのでしょうか。」

ともの思いがちにおっしゃいますので、例によってあまり思慮のない女房たちなどは、こうしたことには憎らしいさし出口をはさんで、相槌《あいづち》を打ったりするようですが、この弁《べん》は全くそのようではなく、心の中では「それぞれに申し分のないご縁なのに」と思いますが、

弁「もとからこのように普通の人とは違っておいでのご性分《しょうぶん》でいらっしゃるからでしょうか、どのようにしても世間並みのご結婚を、何やかやとお考えになっていらっ

我も人も世の常に心とけて聞こえ通はばや、と思ひ寄るは、つきなかるべき事にても、さやうなる例なくやはある」

などのたまひつづけて、

「宮の御ことをも、かく聞こゆるに、うしろめたくはあらじとうちとけたまふさまならぬは、内々に、さりとも思ほしむけたる事のさまあらむ。なほ、いかに、いかに」

とうち眺めつつのたまへば、例のわろびたる女ばらなどは、かかる事には憎きさかしらも言ひまぜて言よがりなどもすめるを、いとさはあらず、心の中にはあらまほしかるべき御事どもをと思へど、

「もとよりかく人に違《たが》ひたまへる御癖どもにはべればにや、いかにもいかにも世の常に、何やかやなど思ひ寄りたまへる御気色になむはべらぬ。かくてさぶらふこれかれも、年

しゃるご様子はございません。こうしてお仕えしております女房たちも、宮がご在世中でさえ、何の頼りがいのある身の寄せ所もございませんでした。身を埋もれさせるのが嫌《いや》に思う人たちは、身分に応じて出て行き、昔からの古い縁のある人も、多くはお見捨て申してしまいましたこのあたりに、まして今はしばらくでも立ちどまっていられそうもないと愚痴《ぐち》を言いながら、故宮のご在世中こそ格式があって不釣り合いな縁組はお気の毒であるし、などと古風で律義なお考えから躊躇《ちゅうちょ》しておられたのですが、今ではこうして他《ほか》にお頼りする所もないお二人のお身の上ですから、どのようなご縁にお靡《なび》きになろうと、それをむやみに非難するような人は、かえって物事の道理を弁《わきま》えず、言うかいのないことと申すべきでしょう。

　どんな人がこんな状態で一生をお過ごしになれましょうか。松の葉を食べて修行する山伏でさえも、生きている身が捨て難いからこそ、仏の御教えもそれぞれ流派に

頃だに何の頼もしげある木の本の隠ろへもはべらざりき。身を棄て難く思ふ限りは程々につけてまかで散り、昔の古き筋なる人も多く見たてまつり棄てたるあたりに、まして今は暫しも立ちとまり難げにわびはべりつつおはしまし世にこそ限りありて、かたほならむ御有様はいとほしくもなど、古代なる御うるはしさに思しもとどこほりつれ、今はかうまた頼みなき御身どもにて、いかにもいかにも世に靡きたまへらむを、あながちに譏りきこえむ人はかへりてものの心をも知らず、言ふかひなき事にてこそはあらめ。

　いかなる人か、いとかくて世をば過ぐしはてたまふべき、松の葉をすきて勤むる山伏だに、生ける身の棄てがたさによりてこそ、仏の御教をも、

別れて修行しているそうです、などというような怪《け》しからぬ事をお聞かせして、若いお二人のお心がお乱れになることも多くございましょうが、それでも姫君はお気持ちを曲げるようなことはなさらず、中の君を何とかして人並みにお取り扱い申し上げたいとお思い申していらっしゃるようでございます。

このような山深くまでお訪ね下さいますようなご好意は、長い年月の間拝見して馴れていらっしゃるご様子で、疎《うと》々しくなくお思いになり、今はあれやこれやとこまかなご相談事まで申し上げていらっしゃるようですが、あの中の君の方を、あなた様がお相手にとお望み申し下さったならばと、お思いのようでございます。宮様（匂宮）からのお手紙などございますようですが、それは一向に真面目《まじめ》なお心ではあるまい、とお思いのようでございます。」

と申し上げますと、

薫「おいたわしいご遺言《ゆいごん》を承っておりましたので、はか

道々別れては行ひなすなれ、などやうの、よからぬ事を聞こえ知らせ、若き御心ども乱れたまひぬべき事多くはべるめれど、たわむべくもものしたまはず、中の宮をなむ、いかで人めかしくもあつかひなしたてまつらむ、と思ひきこえたまふべかめる。

かく山深く訪ねきこえさせたまふめる御心ざしの、年経て見たてまつり馴れたまへる気配も、疎からず思ひきこえさせたまひ、今はとざまかうざまに、こまかなる筋聞こえ通ひたまふめるに、かの御方をさやうにおもむけて聞こえたまはば、となむ思すべかめる。宮の御文などはべるめるは、さらにまめまめしき御事ならじ、とはべるめる」

と聞こゆれば、

「あはれなる御一言を聞きお

お一方に惹かれる…大君を思慕する薫の気持ち。

ないこの世に生きている限りは、お付き合い申し上げようという気持ちですから、どちらとご一緒申しても同じことでしょうが、そのようにまでお考え下さっているとは、ほんとに嬉しいことですけれど、お一方《ひとかた》に惹《ひ》かれるわたしの気持ちは、これほどに思い捨てた世にやはり絶ち難かったものですから、今さら改めてそのようには思えそうにありません。世間の常の浮気《うわき》な筋のことではありませんよ。ただこのように物越しで言いたいことを言い残すということではなく、じかにお目にかかって、何かと無常の世の中のお話を隔心なく申し上げて、姫君の方も秘めておられるお心の奥を、残りなく打ち明けていただきたいのです。わたしには兄弟などでそのように親密にできる間柄の者もいませんので、とても寂しいのです。

　世の中の心に思うことで、悲しいことでも興味深いことでも嘆かわしいことでも、その時々の有様をいつも心一つに納めて過ごしていますから、さすがに頼り

き、露の世にかかづらはむ限りは聞こえ通はむの心あれば、いづ方にも見えたてまつらむ、同じ事なるべきを、さまではた思し寄るなる、いと嬉しき事なれど、心の引く方なむかばかり思ひ棄つる世に、なほとまりぬべきものなりければ、改めてさはえ思ひなすまじくなむ。世の常になよびかなる筋にもあらずや。ただかやうに物隔てて言残いたるさまならず、さしむかひて、とにかくに定めなき世の物語を隔てなく聞こえて、包みたまふ御心の隈《くま》残らずもてなしたまはむなむ。同胞《はらから》などのさやうに睦ましきほどなるもなくて、いとさうざうしくなむ。

　世の中の思ふ事の、あはれにもをかしくも愁はしくも時につけたる有様を、心にこめてのみ過ぐる身なれば、さす

制約のあるお身の上 皇女で出家の身という制約。

宮のご縁談 匂宮と中の君との縁談。

なく思われますので、疎遠でなくお頼り申しております后《きさい》の宮（明石の中宮）は、また馴れ馴れしくそのようにとりとめもない気ままな煩雑なことを、お耳に入れるべきでもありません。

三条の宮（女三の宮）は、親と思い申されぬほどの若々しさでおいでですが、制約のあるお身の上ですから、気軽に親しくさせていただくこともできません。その他の女性はみなまことに疎《うと》々しく、気づまりで恐ろしく思われまして、心底から伴侶もなく心細いのです。その場限りの戯《たわむ》れ事でも、懸想《けそう》めいたことはとても恥ずかしく性分《しょうぶん》に合わず、きまりの悪い思いをする無骨さですから、なおさら真剣に思慕するお方の事は、口に出すことも難《むずか》しくて、恨めしくも切なくも思い申し上げていますわたしのそぶりさえお見知りいただいていないのは、我ながらこの上もなく気の利《き》かないことです。宮のご縁談も、そうはいっても悪いようにはいたすまいと、わたしに任せてご覧になりませんか。」

がにたづきなく覚ゆるに、疎かるまじく頼みきこゆる后の宮、はた馴れ馴れしく、さやうに、そこはかとなき思ひのままなるくだくだしさを聞こえふるべきにもあらず。

三条宮は、親と思ひきこゆべきにもあらぬ御若々しさなれど、限りあればたやすく馴れきこえさせずかし。そのほかの女は、全ていと疎くつつましく恐ろしく覚えて、心からよるべなく心細きなり。なほざりのすさびにても、懸想だちたる事はいとまばゆくありつかず、はしたなきこちごちしさにて、まいて心にしめたる方の事はうち出づる事も難くて、恨めしくもいぶせくも思ひきこゆる気色をだに見えたてまつらぬこそ、我ながら限りなくかたくなしきわざなれ。宮の御事をも、さりと

などとおっしゃって座っていらっしゃいます。老人（弁《べん》）もまた、これほどに心細い折から、まさに姫君には理想的な中納言のご様子に、ぜひお二人をそのように結婚させて上げたいと思いますけれど、中納言も大君《おおいきみ》も、気がひけるほどご立派なご様子ですので、思っている通りにはとても申し上げられません。

［三］　薫、大君の部屋に押し入り、思いを果たさず一夜を過ごす

中納言（薫）は、今夜はこちらにお泊まりになってお話などをゆっくりと申し上げたいので、日が暮れるまでとどまっていらっしゃいました。はっきりとはせず、何やら恨みがましい中納言のご様子が、だんだん押さえ切れなくなっていきますので、姫君は応対も煩《わずら》わしくなられて、打ち解けてお話し申し上げることも、ますますつらくおなりですけれど、一般的に見ればめったにない情け深いお方のお人柄ですので、ひどくすげなくお扱いもできず、ご対面なさいます。

　仏間との間の中の戸を開けて、御灯明《とうみょう》の灯《ひ》を明るくかき立てさせて、簾《すだれ》に屏風を添えておいでになります。簾の外にも

もあしざまには聞こえじと、まかせてやは見たまはぬ」など言ひゐたまへり。老人《おいびと》はたかばかり心細きに、あらまほしげなる御有様を、いと切にさもあらせたてまつらばや、と思へど、いづ方も恥づかしげなる御有様どもなれば、思ひのままにはえ聞こえず。

今宵《こよひ》はとまりたまひて、物語などのどやかに聞こえまほしくて、やすらひ暮らしたまひつ。あざやかならず、もの恨みがちなる御気色やうやうわりなくなりゆけば、わづらはしくて、うちとけて聞こえたまはむ事もいよいよ苦しけれど、大方にてはあり難くあはれなる人の御心なれば、こよなくももてなしがたくて対面したまふ。

　仏のおはする中の戸を開けて、御燈明《みあかし》の灯《ひ》けざやかにかかげさせ

灯火《ともしび》をさし上げましたけれど、

大君「気分が悪くて無作法な姿ですので、明る過ぎます。」

などとお止めになって、御身を横たえていらっしゃいます。御果物《くだもの》などを特別にではなく作ってさし上げます。御供の人々にも、気の利いた酒肴などを用意させてお出しになりました。人々は廊《ろう》のような所に集まって、このお前は人気を遠ざけるようにして、しめやかにお話し申し上げます。姫君はお気を許されそうにはありませんが、やさしげに魅力的な感じでものをおっしゃるご様子が、中納言は並々ならずお心にしみて、思いがつのっていらいらして来ますのもたわいのないことですよ。

このように、ほんの近くの物の隔てだけを妨《さまた》げと思って、もどかしく感じながらそのままに過ごしておられる心鈍さは、あまりに愚《おろ》かしいことよ、と中納言は思い続けられますけれど、さりげないご様子で、一般の世間のお話などを、しみじみと興味深くも、いろいろと聞きがいのあるようにお話し申し上げなさいます。

て、簾《すだれ》に屏風をそへてぞおはする。外《と》にも大殿油《おほとなぶら》まゐらすれど、

「悩ましうて無礼《むらい》なるを。あらはに」

など諫めて、かたはら臥したまへり。御くだものなど、わざとはなくしなしてまゐらせたまへり。御供の人々にも、ゆゑゆゑしき肴《さかな》などして、出ださせたまへり。廊めいたる方に集まりて、この御前は人げ遠くもてなして、しめじめと物語聞こえたまふ。うちとくべくもあらぬものから、なつかしげに愛敬づきてものののたまへるさまの、なのめならず心に入りて、思ひ焦《い》らるるもはかなし。

かくほどもなき物の隔てばかりを障《さは》りどころにて、おぼつかなく思ひつつ過ぐす心おそさの、あまりをこがましくもあるかな、と思ひつづけらるれど、つれなくて、おほかたの世の中の事ども、あはれにもをかしくも、さまざま聞き

御簾《みす》の中では、女房たちに、近くにいるように、などとお言いつけになっておかれたのですが、女房たちはそんなによそよそしくなさらないでほしいと思っているらしくて、あまりお側《そば》でお守り申し上げず、お前から退いて、皆横になっていて、仏前のお灯明《とうみょう》も明るくする人もおりません。姫君は何となく気づまりで、そっと女房をお呼びになりますが、誰も起きて来ません。

大君「気分が優《すぐ》れず苦しゅうございますので、少し休みましてから、明け方にでもまたお話しいたしましょう。」

とおっしゃって、奥にお入りになろうとするご様子です。

薫「山路を踏み分けて参りましたわたしの方は、なおさら苦しいのですが、こうしてお話し申し上げたりお伺いしたりすることで慰められております。それを振り捨てて奥へお入《はい》りになりましたら、どんなに心細いことでしょう。」

とおっしゃって、屏風をそっと押し開けて、御簾《みす》の中へお入りになりました。

どころ多く語らひきこえたまふ。

内には人々近くなどのたまひおきつれど、さしもて離れたまはざらなむと思ふべかめれば、いとしも守りきこえず、さし退きつつみな寄り臥して、仏の御燈火《ともしび》も掲《かか》ぐる人もなし。ものむつかしくて、忍びて人召せどおどろかず。

「心地のかき乱り、悩ましくはべるを、ためらひて、暁方にもまた聞こえむ」

とて、入りたまひなむとする気色なり。

「山路分けはべりつる人は、ましていと苦しけれど、かく聞こえ承るに慰めてこそはべれ。うち棄てて入らせたまひなば、いと心細からむ」

とて、屏風をやをら押し開けて入りたまひぬ。

姫君はまことに気味悪くて、半身ほど奥へお入《はい》りになったところを引きとどめられて、ひどく恨めしく情けない気がしますので、

大君「あなた様の隔てないお心とは、こういう事をおっしゃるのでしょうか。思いがけないなさりようですこと。」

とおたしなめになるご様子がますますお美しいので、

薫「分け隔てないわたしの心を一向にご理解いただけませんので、お聞かせしてお分かりいただこうと思うのですよ。思いがけないとおっしゃいますのも、どういう風にお考えになられてのことでしょうか。み仏のお前で誓い言《ごと》も立てましょう。情《なさ》けないこと、そんなに怖《こわ》がりなさいますな。お気持ちに背《そむ》くまいと、始めから思っておりますので。他人はこれほどと想像もしないでしょうが、世間とは違う愚《おろ》か者として、わたしは過ごしているのですよ。」

とおっしゃって、奥ゆかしいほどの灯火《ともしび》で、姫君のお顔に髪

いとむくつけくて、なからばかり入りたまへるにひきとどめられて、いみじくねたく心憂ければ、

「隔てなきとはかかるをや言ふらむ。珍かなるわざかな」

と、あはめたまへるさまのいよいよをかしければ、

「隔てぬ心をさらに思しわかねば、聞こえ知らせむとぞかし。めづらかなりとも、いかなる方に思し寄るにかはあらむ。仏の御前にて誓言《ちかごと》も立てはべらむ。うたて、な怖ぢたまひそ。御心破らじ、と思ひそめてはべれば。人はかくしも推しはかり思ふまじかめれど、世に違《たが》へる痴者《しれもの》にて過ぐしはべるぞや」

とて、心にくきほどなる灯影《ほかげ》に、

がこぼれかかっていますのを、おかきやりになりながらご覧になりますと、そのご様子は、申し分なくつややかなお美しさです。

このように心細くあきれるほど粗末なお住まいでは、好色の心がある人は、何の障害となる所もなさそうですので、自分以外に訪ねて来る人があったら、何事もなくて済むだろうか。どんなに残念な事態になることかと、今までのご自分のためらいまでが不安にお思いになりますが、姫君が言いようもなく情けないとお思いになってお泣きになるご様子が、まことにおいたわしいので、このようにではなくて、自然にお心をお解きになる折もあるだろう、とお思い続けていらっしゃいます。

無理やりに迫るようなのも心苦しいので、体《てい》よく取り繕《つくろ》っておなだめ申し上げなさいます。姫君は、

大君「このようなお気持ちでおられるのも気付かないで、怪《け》しからぬほど親しくして参りましたのに、いまわしい喪服の袖の色などまですっかりご覧になられてしまわれ

御髪《みぐし》のこぼれかかりたるを掻きやりつつ見たまへば、人の御けはひ、思ふやうに、かをりをかしげなり。

かく心細くあさましき御住み処に、すいたらむ人は障り所あるまじげなるを、我ならで尋ね来る人もあらましかば、さてややみなまし、いかに口惜しきわざならまし、と、来し方の心のやすらひさへ、危ふく覚えたまへど、言ふかひなくうし、と思ひて泣きたまふ御気色のいといとほしければ、かくはあらで、おのづから心緩《ゆる》びしたまふ折もありなむ、と思ひわたる。

わりなきやうなるも心苦しくて、さまよくこしらへきこえたまふ。

「かかる御心のほどを思ひ寄らで、あやしきまで聞こえ馴れにたるを、ゆゆしき袖の色など見あらはしたまふ心浅さ

た思いやりの浅さに、私《わたくし》自身の不《ふ》がいなさを思い知らされましたので、あれこれと慰めようもございませんで。」

とお恨みになって、何の心用意もなくやつれていらっしゃる墨染めの灯火《ともしび》のもとのお姿を、まことにきまり悪くやるせないと困惑していらっしゃいます。

薫「全くこうまでお嫌《きら》いになられるのはどうしてだろうかと気が引けまして、何とも申し上げようもございません。喪服の袖の色のことを口実になさるのももっともですけれど、長年お見知りおき下さっているわたしの心ざしをお思い下さるなら、それぐらいの遠慮はすべきだと、今始まったお付き合いのようにお考えになってよいものでしょうか。それはかえって余分なご分別というものですよ。」

とおっしゃって、あの琴の音《ね》を聞いた夜明け方の月影からこのかた、折々に慕わしい気持ちが堪え難くなっていく次第を、まことに言葉多く申し上げなさいますので、姫君は、何とき

に、みづからの言ふかひなさも思ひ知らるるに、さまざま慰む方なく」

と恨みて、何心もなくやつれたまへる墨染の灯影《ほかげ》を、いとはしたなくわびしと思ひまどひたまへり。

「いとかくしも思さるるやうこそは、と恥づかしきに聞こえむ方なし。袖の色をひきかけさせたまふはしも道理《ことわり》なれど、ここら御覧じ馴れぬる心ざしのしるしには、さばかりの忌《いみ》おくべく、今始めたる事めきてやは思さるべき。なかなかなる御分別《わきまへ》心になむ」

とて、かの物の音《ね》聞きし有明の月影よりはじめて、をりをりの思ふ心の忍びがたくなりゆくさまを、いと多く聞こえたまふに、恥づか

樒
モクレン科の常緑灌木。香気があり仏前によく供えられる。

まりの悪いことであったよと、疎《うと》ましくお思いになって、こんなお心をお持ちになりながら、さりげなく真面目《まじめ》ぶっていらっしゃったのだと、お聞きになることが多いのでした。

お側《そば》にある低い几帳《きちよう》を、仏前との隔てに置いて、中納言は形ばかり姫君に寄り臥していらっしゃいます。名香《みようごう》がまことに香ばしく匂って、樒《しきみ》がとてもよく薫っている風情《ふぜい》も、人一倍み仏を信仰申し上げなさるお人柄ゆえ、後《うし》ろめたく、服喪中の今になって、折もあろうに焦っているように軽々しく、当初の考えに背《そむ》くようになってしまいますので、こうした忌《い》みが明ける頃には、いくら何でも少しはお気持ちもやわらいで下さるだろうなどと、つとめて穏やかに、あえてお心をお静めになっています。

秋の夜の風情は、こうした山里でなくても自然しみじみとした趣が深いものですのに、まして峰の嵐も垣根の虫も、いかにも心細そうに聞こえて来ます。無常の世の中のことをお話しになられますと、時々受け答えをなさいます姫君のご様子は、実に見所多く好ましいご様子です。寝てしまっていた

しくもありけるかな、とうとましく、かかる心ばへながらつれなくまめだちたまひけるかな、と聞きたまふこと多かり。

御かたはらなる短き几帳を、仏の御方にさし隔てて、かりそめに添ひ臥したまへり。名香《みやうがう》のいとかうばしく匂ひて、樒《しきみ》のいとはなやかに薫れるけはひも、人よりはけに仏をも思ひきこえたまへる御心にてわづらはしく、墨染のいまさらに、をりふし心焦られしたるやうにあはあはしく、思ひそめしに違《たが》ふべければ、かかる忌《いみ》なからむほどに、この御心にも、さりともすこしたわみたまひなむなど、せめてのどかに思ひなしたまふ。

秋の夜のけはひは、かからぬ所だに、おのづからあはれ多かるを、まして峰の嵐も籬《まがき》の虫も、心細げにのみ聞きわたさる。常なき世の御物語に時々さし答《いら》へたまへるさま、いと見どころ多くめやすし。

さてはそうだったのか
大君と薫が契りを交わしたと思う。

女房たちは、さてはそうだったのかと様子を見て取って、皆奥へ入《はい》ってしまいました。姫君は、父宮の仰せ置きになられた事などをお思い出しになりますと、いかにもこの世に生き長らえていれば、心ならずもこうした思いも寄らぬことにも遭わなければならないのかと、無性《むしょう》に悲しくて、川の水音に誘われて涙が流れ添うお気持ちがなさるのでした。

いぎたなかりつる人々は、かうなりけりとけしきとりてみな入りぬ。宮ののたまひしさまなど思し出づるに、げに、ながらへば心の外にかくあるまじきことも見るべきわざにこそはと、もののみ悲しくて、水の音に流れそふ心地したまふ。

［四］ 事なきままの夜明け　薫と大君、思いを託して和歌を詠《よ》み交《か》わす

何ということもなく夜明けになってしまいました。御供の人々が起き出して、咳《せき》払いをし、馬などが嘶《いなな》く声も、旅の宿の情景などを人が語っていたのを想像なさって、中納言は興深くお思いになります。朝の光の差しこんだ方の襖《ふすま》を押し開《あ》けなさって、空のしみじみとした情景をお二人でご一緒にご覧になります。女君も少しにじり出ていらっしゃいましたが、奥行きもない軒の浅さですので、忍ぶ草の露もだんだん光が見えるようになって行きます。お互いにまことに優美なご容姿で、中納言が、

薫「何という事もなくて、ただこのように月をも花をも

はかなく明け方になりにけり。御供の人々起きて声《こわ》づくり、馬どもの嘶《いば》ゆる音も、旅の宿のあるやうなど人の語る思しやられて、をかしく思さる。光見えつる方の障子《さうじ》を押し開《あ》けたまひて、空のあはれなるをもろともに見たまふ。女も少しゐざり出でたまへるに、ほどもなき軒の近さなれば、忍ぶの露もやうやう光見えもてゆく。かたみにいと艶なるさま容貌《かたち》どもを、

「何とはなくて、ただかやう

同じ気持ちで楽しんだり、はかないこの世の有様などを話し合ったりして過ごしたいものですね。」

と、とても優《やさ》しいご様子でお話し申し上げますので、女君はだんだんと恐ろしさも慰められて、

大君「このように実にきまりの悪い思いをしないで、物を隔ててお話し申し上げるのでしたら、本当に心の隔ては全くございませんでしょうに。」

とお答えになります。

あたりが明るくなって行き、群鳥《むらどり》が飛び交《か》う羽風が近く聞こえます。夜深い朝方の鐘の声がかすかに響いています。

大君「せめて今のうちにお立ち下さいまし。とても見苦しゅうございますから。」

と、女君は本当にどうしようもなく恥ずかしそうにお思いでいらっしゃいました。

薫「さも何かあったかのように、朝露を分けて帰るわけにも行きますまい。また世間の人はどうお察し申し上げるでしょうか。普通の夫婦のように穏やかにお振る舞い

夜深い朝方の鐘の声 後夜《ごや》（午前四時頃）の鐘。宇治山の阿闍梨の寺の鐘であろう。

に月をも花をも、同じ心にもて遊び、はかなき世のありさまを聞こえあはせてなむ過ぐさまほしき」

と、いとなつかしきさまして語らひきこえたまへば、やうやう恐ろしさも慰みて、

「かういとはしたなからで、物隔ててなど聞こえば、まことに心の隔てはさらにあるまじくなむ」

と答《いら》へたまふ。

明かくなりゆき、むら鳥の立ちさまよふ羽風近く聞こゆ。夜深き朝の鐘の音かすかに響く

「今だに。いと見苦しきを」

と、いとわりなく恥づかしげに思したり。

「事あり顔に朝露もえ分けはべるまじ。また、人はいかが推しはかりきこゆべき。例のやうになだらかにもてなさせ

になって、内々はただ世間とは違う間柄で、これから後《のち》もただこのようにお逢いになって下さいよ。決してご心配になるような下心はないものとお思い下さい。これほど一途《いちず》に思い詰めておりますわたしの心を、かわいそうともお分かりいただけないのはかいのないことです。」
とおっしゃって、お出ましになろうとするご様子もありません。女君は見苦しくきまりの悪いこととお思いになって、
大君「これから後《のち》は、お気持ちもよく分かりましたので、なさいますままにいたしましょう。今朝《けさ》だけはまた私《わたくし》の申し上げます通りになさって下さいませ。」
とおっしゃって、全くなすすべもなく困っていらっしゃいますので、
薫「何と苦しいことでしょう。夜明けの別れはまだ経験のない事ですので、なるほど道に迷ってしまいそうです。」
と、しきりに溜《た》め息をついていらっしゃいます。鶏《にわとり》もどちらの方からか、かすかに鳴き声がしますので、京のことが思い

たまひて、ただ世に違《たが》ひたることにて、今より後も、ただ、かやうにしなさせたまひてよ。よにうしろめたき心はあらじと思せ。かばかりあながちなる心のほども、あはれと思し知らぬこそかひなけれ」

とて、出でたまはむの気色もなし。あさましく、かたはならむとて、

「今より後は、さればこそ、もてなしたまはむままにあらむ。今朝は、また、聞こゆるに従ひたまへかし」

とて、いと術《すべ》なしと思したれば、

「あな苦しや。暁の別れや、まだ知らぬことにて、げにまどひぬべきを」

と嘆きがちなり。鶏《にはとり》も、いづ方にかあらむ、ほのかに音なふに、京

夜明けの別れは… 「まだ知らぬ暁起きの別れには道さへまどふものにぞありける」(花鳥余情)。

山里の
「とり」は「取り」「鳥」の掛け詞。「声々」は鳥の声、鐘の音など。

鳥の音も
「鳥の音も聞こえぬ山」は、誰も訪れて来ない宇治の地をいう。

出されます。

薫　山里のあはれ知らるる声々にとりあつめたる朝ぼらけかな

（山里の風情が思い知られる声々に、いろいろの思いを集めたような夜明けです。）

女君は、

大君　鳥の音《ね》も聞こえぬ山と思ひしも世のうきことは尋ね来にけり

（鳥の音も聞こえない山奥と思っていましたのに、この世のつらいことはここまで追いかけて来るのでした。）

中納言は、女君を襖口《ふすまぐち》までお送り申し上げて、昨夜入《ゆうべはい》った戸口からお出になり、お寝《やす》みになりましたが、お眠りになれません。別れた後《あと》の名残りが恋しくて、本当にこうまで思っているのだったら、この数ヶ月の間、今までのんびりとしてはいなかったろうになどと、京に帰るのも気が進まずお思いになります。

思ひ出でらる。

山里のあはれ知らるる声々にとりあつめたる朝ぼらけかな

女君、

鳥の音《ね》も聞こえぬ山と思ひしも世のうきことは尋ね来にけり

障子口《さうじぐち》まで送りたてまつりたまひて、昨夜《よべ》入りし戸口より出でて、臥したまへれどまどろまれず。なごり恋しくて、いとかく思はましかば、月ごろも今まで心のどかならましやなど、帰らむこともものうくおぼえたまふ。

［五］大君、中の君を薫にと決意　中の君、薫の移り香を疑う

姫君（大君《おおいきみ》）は、女房がどう思っているかと気が引けて、すぐにもお寝《やす》みになれず、頼れる人もなくてこの世に生きている身が情けないのに、女房たちまでが気の進まない縁談を、何やかやと次々に頼まれては持ち出して来るようですので、心外な事も起こりかねない世の中のようだ、と思案なさいますにつけても、「このお方（薫）のお人柄やご容貌は嫌《いや》な感じではなさそうだし、亡き父宮も先方にそうしたお心積もりがあるならばと、時々お口になさり、そうお思いでいらしたようだけれど、私《わたくし》はやはりこのまま独り身で過ごしてしまおう。私よりも姿も器量も今が盛りでもったいないほど美しい中の君を、人並みに縁付かせる事が出来たら、どんなに嬉しいことだろう。妹の身の上のこととしてならば、心の及ぶ限り大切にお世話をしよう。自分自身のこととなったら、その世話を誰がしてくれよう。あのお方のご様子が世間並みのありふれた程度ならば、こうして馴染《なじ》んで来た長年のしるしに、お受けする気持ちもあったであろうが、あまりにご立派で近寄りがたいご様子も、かえってひどく気が引けるので、私の

姫宮は、人の思ふらむ事のつつましきに、とみにもうち臥されたまはで、頼もしき人なくて世を過ぐす身の心憂きを、ある人どもも、よからぬ事何やかやと次々に従ひつつ言ひ出づめるに、心より外の事ありぬべき世なめり、と思しめぐらすには、「この人の御けはひ有様のうとましくはあるまじく、故宮も、さやうなる御心ばへあらばと、折々のたまひ思すめりしかど、みづからはなほかくて過ぐしてむ。我よりはさま容貌《かたち》もさかりにあたらしげなる中の宮を、人並々に見なしたらむこそうれしからめ。人の上になしてば、心のいたらむ限り思ひ後見《うしろみ》てむ。みづからの上のもてなしは、また誰かは見あつかはむ。この人の御さまの、なのめにうち紛れたるほどならば、かく見馴れぬる年ごろのしるしに、うちゆるぶ心もありぬべきを、恥づかしげに見えにくき気色も、な

一生はこのままで過ごしてしまおう」とお考え続けになって、忍び泣きに夜を明かされましたが、昨夜《ゆうべ》の名残《なごり》で全く気分がすぐれませんので、中の君がお寝《やす》みになっていらっしゃる奥の方で、その傍《かたわ》らにお寝みになります。

いつになく女房たちが囁き合う気配もおかしいと、中の君はお思いになりながらお寝みになっておられましたが、こうして姉君がお側《そば》においでになりましたので、嬉しくてお召し物をかけてさし上げますと、辺りに満ちる御移り香は、中納言のものに紛れようもなく、薫り漂う心地がしますので、以前宿直人《とのいびと》がもて余していた移り香のことがお思い合わされて、女房たちの言っていた事は本当だったのだろうと、姉君がおいたわしくて、中の君は眠ったふりをなさって何もおっしゃいません。

客人《まろうど》の中納言は、弁《べん》のおもとをお呼び出しになって、こまごまとお言いつけになり、姫君への御伝言を実直に申し上げ置いてお帰りになりました。

姫君は「総角《あげまき》」の歌を戯《たわむ》れに受け答えしたのも、こちらに

かなかいみじくつつましきに、わが世はかくて過ぐしはててむ」と思ひつづけて、音《ね》泣きがちに明かしたまへるに、なごりいと悩ましければ、中の宮の臥したまへる奥の方に添ひ臥したまふ。

例ならず人のささめきしけしきもあやし、とこの宮は思しつつ寝たまへるに、かくておはしたればうれしくて、御衣《ぞ》ひき着せたてまつりたまふに、ところせき御移り香の紛るべくもあらずくゆりかをる心地すれば、宿直人《とのゐびと》がもてあつかひけむ思ひあはせられて、まことなるべし、といとほしくて、寝ぬるやうにてものものたまはず。

客人《まらうど》は、弁のおもと呼び出でたまひて、こまかに語らひおき、御消息すくすくしく聞こえおきて出でたまひぬ。

総角《あげまき》を戯《たはぶ》れにとりなししも、心

宿直人がもて余していた移り香
宿直人が薫からもらった衣の移り香に困ったこと（「橋姫」［一七］一六九ページ）。

「総角」の歌
前の薫の「あげまきに長き契りを結びこめ…」の歌。

そうした気持ちがあって「尋《ひろ》ばかり」の隔てはあっても逢ってしまったと、この中の君もお思いなのだろうと、ひどく恥ずかしいので、気分が悪いといって一日中悩ましくお過ごしになられました。女房たちは、

女房「ご法事まで日が残り少なくなってしまいました。てきぱきと些細《ささい》な事でも他《ほか》にお仕え申す人もいませんのに、折の悪いお病気ですこと。」

と申し上げます。中の君は、組紐《くみひも》などを仕上げておしまいになって、

中君「心葉などはどうしてよいか私《わたくし》にはよく思い至りません。」

と、強いて申し上げますので、姫君は暗くなったのに紛《まぎ》れてお起きになって、ご一緒に結んだりなどなさいます。中納言殿からお手紙がありますが、

大君「今朝からとても気分が優《すぐ》れませんので。」

とおっしゃって、代筆でご返事申し上げられます。

女房「そのようにみっともない事を。大人げなくていらっ

もて「尋《ひろ》ばかり」の隔てにても対面しつるとや、この君も思すらむ、といみじく恥づかしければ、心地あし、とて悩み暮らしたまひつ。人々、

「日は残りなくなりはべりぬ。はかばかしく、はかなき事をだに、また仕うまつる人もなきに、折あしき御悩みかな」

と聞こゆ。中の宮、組などしはてたまひて、

「心葉など、えこそ思ひよりはべらね」

と、せめて聞こえたまへば、暗くなりぬる紛れに起きたまひてもろともに結びなどしたまふ。中納言殿より御文あれど、

「今朝よりいと悩ましくなむ」

とて、人づてにぞ聞こえたまふ。

「さも見苦しく。若々しくお

尋ばかり 催馬楽「総角」の一句。

組紐 名香の組糸。姫君たちは名香の組糸を結んでいた（［一］二五九ページ）。

しゃいますよ。」
と女房たちは、ぶつぶつ陰口を申し上げています。

［六］喪が明けて薫、宇治を訪問　女房たち、薫を大君の許へ導こうとする

御服喪《ふくも》なども終わって、喪服をお脱ぎになりますにつけても、姫宮（大君《おおいきみ》）は、父宮より少しでも後れて生き長らえ申そうとは思いませんでしたのに、空しく過ぎてしまった月日のことをお思いになりますと、実に思いがけなかったわが身の不幸よと、泣き沈んでいらっしゃるご様子などは、まことにおいたわしい感じです。

幾月も墨染《すみぞ》めの喪服を着ていらっしゃったお姿が、今は薄《うす》鈍色《にびいろ》に変わって、まことに優美で、また中の君はいかにも若盛りでかわいらしい美しさは、姉君より勝《まさ》っていらっしゃいます。御髪などを洗わせ繕《つくろ》わせてご覧になりますと、世の中の悩みも忘れる気がするほど美しいので、姫宮は人知れず、中の君があのお方（薫）と逢われても見劣りするとは思われないだろうと、頼もしく嬉しくて、今は他《ほか》にお世話する人もおりませんので、親の気持ちにおなりになって面倒を見てさ

はす」
と人々つぶやききこゆ。

御服《ぶく》などはてて、脱ぎ棄てたまへるにつけても、片時も後《おく》れたてまつらむものと思はざりしを、はかなく過ぎにける月日のほどを思すに、いみじく思ひの外なる身のうさと、泣き沈みたまへる御さまども、いと心苦しげなり。

月ごろ黒くならはしたまへる御姿、薄鈍にて、いとなまめかしくて、中の宮はげにいとさかりにて、うつくしげなるにほひまさりたまへり。御髪《みぐし》などすましつくろはせて見たてまつりたまふに、世のもの思ひ忘るる心地して、めでたければ、人知れず、近おとりしては思はずやあらむと、頼もしくうれしくて、今はまた見譲る人もなくて、親心にかしづきたてて見きこ

し上げます。

あの中納言は、姫宮が憚《はばか》り申し上げた喪服をお改めになる九月が来るのも落ち着かず、また宇治へいらっしゃいました。

薫「いつものようにお話ししましょう。」

とまた案内を請われますと、姫宮はあまり気分が優《すぐ》れず煩《わずら》わしくお思いになりますので、あれこれ口実を設けてお会いになりません。

薫「思いの外《ほか》に情けないお心ですね。女房たちもどのように思うでしょう。」

と、お手紙で申し上げました。

大君「今はいよいよと喪服を脱ぎ捨てました時の心の乱れに、かえって悲しみに沈んでおりまして、とてもお話し申し上げられません。」

とご返事があります。

中納言は恨みあぐねて、いつもの老人（弁《べん》）をお呼びになり、いろいろとお話しなさいます。世間にまたとない心細さの慰めには、この中納言の君だけをお頼み申し上げています

えたまふ。

かの人は、つつみきこえたまひし藤の衣もあらためたまへらむ九月も静心なくて、またおはしたり。

「例のやうに聞こえむ」

と、また御消息あるに、心あやまりして、わづらはしくおぼゆれば、とかく聞こえすまひて対面したまはず。

「思ひのほかに心憂き御心かな。人もいかに思ひはべらむ」

と、御文にて聞こえたまへり。

「今はとて脱ぎ棄てはべりしほどの心まどひに、なかなか沈みはべりてなむ、え聞こえぬ」

とあり。

恨みわびて、例の人召してよろづにのたまふ。世に知らぬ心細さの慰めには、この君をのみ頼みきこえたる人々なれば、思ひにかな

女房たちですから、自分たちの願い通りになさって、世間並みの京のお住まいにお移りなどなさったら、本当に結構なことだろうと話し合って、

女房「ぜひとも中納言様をお部屋へお入れ申し上げましょう。」

と、皆で相談し合っているのでした。

姫宮は、その様子を深くはご存知ではありませんけれど、「このように特に弁《べん》をお目にかけてなづけていらっしゃるようだから、弁も心を許して油断のならない心になるかも知れない。昔物語にも女が自分の意志であれこれと事を起こすことがあろうか。気を許せないのが女房の心というものらしい」とお気づきになって、「どこまでも私《わたくし》を深くお恨みなら、中の君をお薦《すす》めしよう。たとえ見劣りする相手でも、そのように逢い始めたならば、薄情にはもてなされないあのお方のお心のようだから、まして妹宮なら仮《か》りそめにでも見初《そ》めたらお気持ちも慰むことだろう。それを言い出しては、どうしてすぐに心を移すことを承諾する人があろうか。不本意なこ

ひたまひて、世の常の住み処《か》に移ろひなどしたまはむを、いとめでたかるべきことに言ひあはせて、

「ただ入れたてまつらむ」

と、みな語らひあはせけり。

姫宮、そのけしきをば深く見知りたまはねど、「かくとり分きて人めかしなつけたまふめるに、うちとけてうしろめたき心もやあらむ。昔物語にも、心もてやはとあるる事もかかる事もあめる。うちとくまじき人の心にこそあめれ」と思ひよりたまひて、「せめて恨み深くは、この君をおし出でむ。劣りざまならむにてだにさても見そめてば、あさはかにはもてなすまじき心なめるを、ましてほのかにも見そめてば慰みなむ。言《こと》に出でては、いかでかはふとさる事を待ちとる人のあらむ、本意になむあ

ととして承知する様子がなさそうなのは、一つには人が何とも軽薄なことだと思うのではないかと、遠慮していらっしゃるのだろう」と、ご計画なさいますが、妹宮に少しもお知らせなさいませんのは、罪も得るだろうと、わが身につまされてお気の毒ですので、いろいろとお話しになられて、

大君「亡き父宮のご意向も、私《わたくし》たちが世の中をこうして心細い有様で過ごしてしまうにしても、なまじ世間のもの笑いになるような軽々しい考えを起こしてはいけない、などと言いおかれましたが、ご在世中は足手まといで、お勤《つと》めのお心を乱した罪だけでも大変でしたのに、今わの際《きわ》にあれほどご遺言なさった一言さえ違《たが》えまいと思いますので、私は心細いとは特に思いませんが、この女房たちが私を異常に強情なものと憎んでいるようですのは、本当に困ったことです。でも確かにその通りで、あなたまでが同じようにお過ごしになるのも、明け暮れる月日とともに、あなたの事だけはもったいなく気がかりで、愛《いと》しいものに思い申し上げますので、あなただけでも世

らぬ、と承け引く気色のなかなるは、かたへは人の思はむ事を、あいなう浅き方にやなど、つつみたまふならむ」と思し構ふるを、気色だに知らせたまはずは罪もや得むと、身をつみていとほしければ、よろづにうち語らひて、

「昔の御おもむけも、世の中をかく心細くて過ぐしはつとも、なかなか人わらへに軽々しき心遣ふなどのたまひおきしを、おはせし世の御絆《ほだし》にて、行ひの御心を乱りし罪だにいみじかりけむを、今はとて、さばかりのたまひし一言をだに違《たが》へじと思ひはべれば、心細くなども殊に思はぬを、この人々の、怪しく心強《ごは》きものに憎むめるこそ、いとわりなけれ。げにさのみ、やうのものと過ぐしたまはむも、明け暮るる月日にそへても、御事をのみこそ、あたらしく心

間並みの結婚をなさって、このような身の有様でも面目が立ち、慰められるばかりにお世話申し上げたいのです。」

と申し上げなさいますと、中の君は、姉君はどういうお考えなのかと情なくおなりになって、

中君「父宮は姉君お一人だけをそのように独り身で世を終わりなさいと申されたのでしょうか。頼りのない身の心もとなさは、この私《わたくし》の方こそ多いように父宮はお思いになられたようでした。姉君の心細いお気持ちをお慰めするには、こうして朝夕にお会いするよりほか、どんな方法がありましょうか。」

と、何となく恨めしくお思いになっておられますので、姫宮はいかにもその通りだといじらしくて、

大君「やはり女房の誰彼となく私をひねくれ者のように言ったり思ったりしているようなのにつけても、思い乱れているのですよ。」

と、途中でおっしゃるのをやめておしまいになりました。

苦しくかなしきものに思ひきこゆるを、君だに世の常にもてなしたまひて、かかる身の有様も面だたしく、慰むばかり見たてまつりなさばや」

と聞こえたまへば、いかに思すにか、と心憂くて、

「一《ひと》ところをのみやは、さて世にはてたまへとは聞こえたまひけむ。はかばかしくもあらぬ身のうしろめたさは、数そひたるやうにこそ思されためりしか。心細き御慰めには、かく朝夕に見たてまつるより、いかなる方にか」

と、なま恨めしく思ひたまへれば、げにといとほしくて、

「なほ、これかれ、うたてひがひがしきものに言ひ思ふべかめるにつけて、思ひ乱れはべるぞや」

と、言ひさしたまひつ。

［七］大君、弁に薫と中の君を取りもつよう依頼　弁、姫宮たちの幸福を説く

日も暮れて行きますのに、客人（薫）はお帰りになりません。姫君は全く困ったこととお思いになります。弁《べん》が参上して中納言のご伝言をお伝え申して、お恨みなさるのも無理からぬ由を事細《こま》かに申し上げますので、姫宮はご返事もなさらず、溜《た》め息をおつきになって、「どうすればよいこの身の上かしら。もし両親のお一方《ひとかた》でもおいでだったら、どうなるにしてもしかるべきお方にお世話いただいて、宿世《すくせ》とやらに任せて、この身が意のままにならない世の中なのだから、すべて世間の例ということにして、人に笑われるような落度も隠していただけたことだろう。ここにいる女房たちは、みな年を取って分別ありげにめいめいが思いながら、いい気になって似つかわしいご縁であると言って聞かせるけれど、これは信頼のおけることであろうか。人並みでもないこの人々の心で、ただ一方的に言うだけのことだろう」とお考えになりますと、引き動かさんばかりに無理に皆で勧《すす》めますのも、まことに情けなく疎《うと》ましく思われて、お心を動かそうとはなさい

暮れゆくに、客人は帰りたまはず。姫宮いとむつかしと思す。弁参りて御消息ども聞こえ伝へて、恨みたまふを道理《ことわり》なるよしをつぶつぶと聞こゆれば、答《いら》へもしたまはずうち嘆きて「いかにもてなすべき身にかは。一所おはせましかば、ともかくもさるべき人に扱かはれたてまつりて、宿世といふなる方につけて、身を心ともせぬ世なれば、みな例の事にてこそは人わらへなる咎をも隠すなれ。ある限りの人は年つもり、賢しげにおのがじしは思ひつつ、心をやりて似つかはしげなる事を聞こえ知らすれど、こはかばかしき事かは。人めかしからぬ心どもにてただ一方に言ふにこそは」と見たまへば、ひき動かしつばかり聞こえあへるもいと心憂く疎ましくて、動ぜられたまはず。同じ心に何事も語ら

ません。同じ心で何事もお話し合いになっておられる中の君は、こうした筋の事は今少し不案内で、おっとりとしていらして、何ともお聞き入れになりませんので、姫宮は、まことに奇妙な身の上であることよと、ただ奥の方に向いていらっしゃいますと、

女房「いつもの色のお召し物にお着替え下さい。」

などとお勧《すす》め申し上げながら、皆そうした心積もりでいるらしい様子を、あまりのことと嘆かわしくお思いになります。いかにも中納言のお気持ちを防ぐには何の手立てがありましょうか。隔たりもないこうした住まいの、身を隠すかいもない山なしの花は、どうにも逃れようもないのでした。

客人の中納言は、こう表立って誰彼にも口出しさせず、こっそりといつあり初《そ》めたともなく事を運んでと、前もって考えていたことですので、「お気持ちをお許し下さらないならば、いついつまでもこうして過ごしましょう」とお思い申し上げますのを、この老人たちがめいめい勝手に相談して、人目も憚《はばか》らず囁《ささや》き、そうは言っても思慮が浅い上に年寄りの

ひきこえたまふ中の宮は、かかる筋にはいま少し心も得ずおほどかにて、何とも聞き入れたまはねば、怪しくもありける身かなと、ただ奥ざまに向きておはすれば、

「例の色の御衣ども、奉りかへよ」

など、そそのかしきこえつつ、みなさる心すべかめる気色を、あさましく。げに何の障りどころかはあらむ、ほどもなくて、かかる御住まひのかひなき、山なしの花ぞのがれむ方なかりける。

客人《まらうど》はかく顕証《けしよう》にこれかれにも口入れさせず、忍びやかにいつありけむ事ともなくもてなしてこそ、と思ひそめたまひける事なれば、「御心許したまはずは、いつもいつもかくて過ぐさむ」と思しのたまふを、この老人のおのがじし語らひて、顕証にささめき、さは言

山なしの花

「世の中をうしと言ひてもいづこにか身をば隠さむ山なしの花」（古今六帖六）。

ひがみでしょうか、姫宮にはお気の毒に思われます。

姫宮はお困りになって、弁《べん》がお側《そば》に参りましたのでこうおっしゃいます。

大君「長い間並の人とは違うお心寄せとばかり、父宮がおっしゃっておられましたのを伺っておりましたし、今となっては万事中納言の君様にすべておすがり申し上げて、普通以上に隔てなくお付き合いして来ましたのに、こちらが思っておりましたのとは違うお気持ちがおありで、お恨みになっていらっしゃるようですのは、何とも困った事です。もし世間並みに暮らしたいという身でしたら、こうしたお話もどうしてよそ事に思いましょう。けれども昔から結婚のことは諦《あきら》め切っておりますので、本当につらいのです。この中の君が盛りを過ぎてしまわれるのも残念なことです。いかにもこのような住まいも、ただこの中の君のためには不自由に思われますので、本当に亡き父宮をお慕い申されるお志でしたら、中の君を私《わたくし》と同じようにお思い下さいまし。身は別でも心の中

へど、深からぬけに老いひがめるにや、いとほしくぞ見ゆる。

姫宮思しわづらひて、弁が参れるにのたまふ。

「年頃も人に似ぬ御心寄せとのみのたまひわたりしを聞きおき、今となりてはよろづに残りなく頼みきこえて、怪しきまでうちとけにたるを、思ひしに違ふさまなる御心ばへのまじりて、恨みたまふめるこそわりなけれ。世に人めきてあらまほしき身ならば、かかる御事をも、何かはもて離れても思はまし。されど、昔より思ひ離れそめたる心にて、いと苦しきを。この君の盛り過ぎたまはむも口惜し。げに、かかる住まひもただこの御ゆかりに所せくのみおぼゆるを、まことに昔を思ひきこえたまふ心ざしならば、同じ事に思ひなしたまへかし。身を分け

思っておりましたのとは違うお気持ち 好意だけと思っていたのに結婚を望んでいること。

はみな中の君に譲って、お世話申し上げる気持ちになっております。ぜひこのようによろしく取りなして申し上げて下さい。」

と、恥じらいながらも姫宮ご自身のお気持ちをおっしゃり続けますので、弁《べん》はまことにおいたわしいことと見申し上げています。

弁「そのようにばかりお考えなのは、前々からお心は存じ上げておりますので、よく申し上げておりますが、中納言様は『とてもそうは思い直せない。兵部卿《ひょうぶきょう》の宮（匂宮）のお恨みも深くなるようだから、またそちらの筋でよくお世話申し上げよう』とおっしゃいます。それもともどもに願わしいことでございます。ご両親が揃っておいでになって、格別に大切にお心を尽くしてお育て申し上げなさっても、このような世にめったにないご縁談がお集まりになることはございますまい。

畏《おそ》れ多いことでございますが、こんなに全く頼りどころもなさそうなお暮らしぶりを拝見いたしますと、どう

たる、心の中はみな譲りて、見たてまつらむ心地なむすべき。なほかうやうによろしげに聞こえなされよ」

と恥ぢらひたるものから、あるべきさまをのたまひつづくれば、いとあはれと見たてまつる。

「さのみこそは、さきざきも御気色を見たまふれば、いとよく聞こえさすれど、さはえ思ひ改むまじき、『兵部卿宮の御恨み深さまさるめれば、またそなたざまに、いとよく後見《うしろみ》きこえむ』となむ聞こえたまふ。それも思ふやうなる御事どもなり。二所ながらおはしまして、殊更にいみじき御心尽くしてかしづききこえたまはむに、えしもかく世にあり難き御事ども、さし集《つど》ひたまはざらまし。

かしこけれど、かくいとたづきなげなる御有様を見たて

お一人は安心して
姉妹の一人大君だけは安心して薫に任せ。

おなりになってしまわれるのかと、気がかりで悲しくばかり存ぜられますが、あちらの先々のお気持ちは計りかねますけれど、お二方ともそれぞれ幸せで結構なご運勢でいらっしゃったことよと、ともかくもお思い申し上げております。

亡き宮様（八の宮）のご遺言に背《そむ》くまいとお思いになるのはごもっともですけれど、それはしかるべき人もいらっしゃらず、身分の不相応な縁組をなさるのでは、とご心配になってお諫《いさ》め申し上げられたのでしょう。この中納言様がもしそのようなお心をお持ちなら、お一人は安心してお任せ申し上げて、どんなに嬉しいことだろうと、時折おっしゃっておられましたのに。その人の身分に応じて親に先立たれてしまわれた人は、地位の高い低いを問わず、不本意にもとんでもない有様で路頭に迷う例《たと》えさえ多いようでございます。それはみなありふれたことのようですから、非難する人もございません。ましてこれほどにわざわざ作り出したいほどのご立派なお人

まつるに、いかになりはてさせたまはむと、うしろめたく悲しくのみ見たてまつるを、後の御心は知りがたけれど、うつくしくめでたき御宿世どもにこそおはしましけれとなむ、かつがつ思ひきこゆる。

故宮の御遺言違へじと思しめす方はことわりなれど、それはさるべき人のおはせず、品ほどならぬ事やおはしまさむと思して、戒《いまし》めきこえさせたまふめりしにこそ。この殿のさやうなる心ばへものしたまはましかば、一所をうしろやすく見おきたてまつりて、いかに嬉しからましと、折々のたまはせしものを。ほどほどにつけて、思ふ人に後れたまひぬる人は、高きも下れるも、心の外に、あるまじきさまにさすらふたぐひだにこそ多くはべるめれ。それみな例

雲や霞の中で
出家しても衣食の心配は必要で、雲霞を食べて生きてはいかれまい。

柄で、お志も深く、またとないほど懇《ねんご》ろにおっしゃって下さいますのを、あえてお振り離しになって、かねてお考えお置きになられた出家の本意をお遂げになったとしても、そうは言いましても雲《くも》や霞《かすみ》の中でお過ごしにはなれますまい。」

などと、いろいろな事を言葉多く申し続けますので、姫宮は本当に憎らしく嫌《いや》な人とお思いになって、臥せっておしまいになりました。

中の君も、何ともお気の毒なご様子よ、とご覧になって、ご一緒にいつものようにお寝《やす》みになりました。姫宮は心配で一体どのようにお扱いしようかとお思いになりますが、わざとらしくとじ籠《こも》ってお隠れになるような物陰さえないお住まいですので、柔らかく美しいお召し物を中の君の上に着せかけ申し上げて、まだ暑い時分ですので、少し寝返りなさって離れて横になられました。

弁《べん》は姫宮のおっしゃいました事を客人に申し上げます。中納言は、「一体どういうわけでこうもこの世を思い離れてお

の事なめれば、もどき言ふ人もはべらず。ましてかくばかり、殊更にも作り出でまほしげなる人の御有様に、心ざし深くあり難げに聞こえたまふを、あながちにもて離れさせたまうて、思しおきつるやうに行ひの本意を遂げたまふとも、さりとて雲霞をやは」

など、すべて言多く申しつづくれば、いと憎き心づきなしと思して、ひれ臥したまへり。

中の宮も、あいなくいとほしき御気色かなと見たてまつりたまひて、もろともに例のやうに御殿籠《おほむとのごも》りぬ。うしろめたく、いかにもてなさむ、とおぼえたまへど、ことさらめきてさし籠り、隠ろへたまふべき物の隈だになき御住まひなれば、なよよかにをかしき御衣、上にひき着せたてまつりたまひて、まだけはひ暑きほどなれば、すこしまろび退きて臥したまへり。

られるのだろう。聖《ひじり》のようでいらした父宮の許で、世の無常をお悟りになられたのか」とお思いになるにつけ、一層ご自分のお気持ちと通うように思われますので、利口ぶって憎らしいともお思いになりません。

薫「それでは物越しの対面などでも、今はもってのほかとお思いになっていらっしゃるようですね。でも今夜だけはお寝《やす》みになっていらっしゃる所へでも、こっそりと手引きをしておくれ。」

とおっしゃいますので、そのつもりで人を早く寝かせるなど、事情を知っている女房同士は手はずを整えています。

［八］薫、姫君たちの部屋に入る　大君隠れ、中の君と事なく夜を過ごす

宵を少し過ぎた頃に、風の音が荒々しく吹き始めて、粗末な造りの蔀戸《しとみど》などはぎしぎしと音を立てるその紛《まぎ》らわしい音に、人がこっそりとお入りになる動作をお聞きつけにはなるまいと弁《べん》は思って、そっと中納言（薫）を導き入れます。同じ所でご姉妹がお寝みになっていらっしゃいますのを不安には思いましたが、いつものことですから別々にともどうして

弁はのたまひつるさまを客人《まらうど》に聞こゆ。いかなればいとかくしも世を思ひ離れたまふらむ、聖だちたまへりしあたりにて、常なきものに思ひ知りたまへるにや、と思すに、いとどわが心通ひて覚ゆれば、賢《さか》しだち憎くも覚えず。

「さらば、物越しなどにも、今はあるまじきことに思しなるにこそはあなれ。今宵ばかり、大殿籠《おほとのごも》るらむあたりにも。忍びてたばかれ」

とのたまへば、心して人とく静めなど心知れるどちは思ひかまふ。

宵すこし過ぐるほどに、風の音荒らかにうち吹くに、はかなきさまなる蔀《しとみ》などはひしひしと紛るる音に、人の忍びたまへるふるまひはえ聞きつけたまはじ、と思ひて、やをら導き入る。同じ所に大殿籠れるをうしろめたし、と思へど、常のことなれば、外々にともいか

申し上げられましょう。弁《べん》は中納言が姫宮（大君《おおいきみ》）のご様子も十分に存じ上げていらっしゃるだろうと思っていましたが、姫宮はまんじりともなさいませんでしたので、ふとお聞きつけになって、そっと起き出されました。そして実にすばやくお隠れになってしまいました。

中の君が無心に寝入っていらっしゃいますのがまことにかわいそうで、どうなさるのかと胸がつぶれて、姫宮は一緒に隠れてしまいたいとお思いになりますが、そうも引き返すことも出来ず、震えながらご覧になっておいでになりますと、灯火《ともしび》のほのかな所へ中納言が袿姿《うちき》で、さも馴れ顔に几帳《きちょう》の帷子《かたびら》を引き上げてお入《はい》りになりましたので、中の君がひどくいたわしく、どんなお気持ちでおいでかとお思いになりながら、粗末な壁に添えて屏風が立ててある後《うし》ろのむさくるしい所にお座りになっていました。

これから先のことを、中の君にお話ししただけでも恨めしくお思いになっていらしたのに、ましてどんなに心外な事と疎《うと》んじなさるだろうかと、実に心苦しい中にも、万事にしっ

が聞こえむ。御けはひをも、たどたどしからず見たてまつり知りたまへらむ、と思ひけるに、うちもまどろみたまはねば、ふと聞きつけたまひてやをら起き出でたまひぬ。いととく這ひ隠れたまひぬ。

何心もなく寝入りたまへるを、いといとほしくいかにするわざぞと胸つぶれて、諸共に隠れなばやと思へど、さもえたち返らでわななくわななく見たまへば、灯の仄かなるに、袿姿《うちきすがた》にていと馴れ顔に几帳の帷子《かたびら》をひき上げて入りぬるを、いみじくいとほしく、いかに覚えたまはむ、と思ひながら、怪しき壁の面《つら》に屏風を立てたる背後《うしろ》のむつかしげなるにゐたまひぬ。

あらましごとにてだにつらしと思ひたまへりつるを、まいて、いかにめづらかに思しうとまむといと心苦しきにも、すべてはかばか

かりした後見もなくて、落ちぶれて残された身の上の悲しさを思い続けていらっしゃいますと、父宮がこれを最後と山へお帰りになられた夕べのご様子などが、たった今のことのような気がして、ひどく恋しく悲しくお思い出しになります。

中納言は、女君がお一人で臥しておいでなのを、そのお積もりであったかと嬉しくて、胸がときめきなさいましたが、だんだんと姫君ではなかったとお分かりになります。このお方の方がもう少し愛らしく可憐な様子は勝《まさ》っているのではと思われます。中の君が意外なことに呆然《ぼうぜん》として途方《とほう》にくれていらっしゃいますのを、なるほど何もご存じなかったのかと見受けられますので、ほんとにいたわしくもあり、またそれとは逆にお隠れになっていらっしゃるらしい姫宮の冷淡さが、真実情けなくいまいましいので、このお方（中の君）も他人の妻として諦《あきら》められそうもないのですが、やはり本来の願いが違うのは残念で、「一時の浅はかな気持ちだったと思われ申し上げまい。この場はやはりこのまま過ごして、もし結局は宿縁《しゅくえん》から逃れられないなら、その時はこのお方と結ばれる

しき後見なくて落ちとまる身どもの悲しきを思ひつづけたまふに、今はとて山に登りたまひし夕《ゆふべ》の御さまなどただ今の心地して、いみじく恋しく悲しくおぼえたまふ。

中納言は、独り臥したまへるを、心しけるにや、と嬉しくて、心ときめきしたまふに、やうやう、あらざりけりと見る。いま少しうつくしくらうたげなる気色はまさりてや、とおぼゆ。あさましげにあきれ惑ひたまへるを、げに心も知らざりける、と見ゆれば、いといとほしくもあり、また、おし返して、隠れたまへらむつらさの、まめやかに心憂くねたければ、これをもよそのものとはえ思ひ放つまじけれど、なほ本意の違《たが》はむ口惜しくて、「うちつけに浅かりけりとも覚えたてまつらじ。この一ふしはなほ過ぐして、つひに宿世逃れずは、こなたざまにならむも、

としても、どうして他人のようにお扱いしようか」と、気を静めて、いつものように優《やさ》しく親しみをこめてお話しになって、夜を明かされたのでした。

老人たちは「してやったり」と思って、

老人「中の君はどこにいらっしゃるのでしょう。妙なことですね。」

とうろうろしています。

老人「でも、どうにかしておられるでしょう。」

などと言っています。

だいたい、いつものように拝見しますと、老いの皺が伸びるような気がするほど中納言はすばらしく、しみじみ見とれていたいくらいのご容貌やお姿ですので、

女房「どうして姫宮はよそよそしくお相手申されるのでしょう。何かこれは世の人がよく言うらしい恐ろしい神様が、お憑《つ》き申し上げているのでしょう。」

と、歯の抜けた口で不愛想《ぶあいそう》に言ってのける女もいます。また、

女房「まあ、縁起でもない。どんな魔物がお憑《つ》きするので

何かは他人《ことびと》のやうにやは」と思ひさまして、例の、をかしく懐かしきさまに語らひて明かしたまひつ。

老人どもは、しそしつ、と思ひて、

「中の宮、いづこにかおはしますらむ。あやしきわざかな」

とたどりあへり。

「さりとも、あるやうあらむ」

など言ふ。

おほかた、例の見たてまつるに皺のぶる心地して、めでたくあはれに見まほしき御容貌有様を、

「などていとも離れては聞こえたまふらむ。何か、これは世の人の言ふめる恐ろしき神ぞつきたてまつりたらむ」

と、歯はうちすきて愛敬なげに言ひなす女あり。また、

「あな、まがまがし。なぞの物

恐ろしい神様
『細流抄』に「世俗の諺に、嫁すべき時過ぎぬれば、神のつくと也」とある。

しょう。ただ世間付き合いもせずに生長されたようでございますから、こういう事にもふさわしいようにお世話申し上げる人もなくていらっしゃいますので、きまり悪くお思いなのでしょう。そのうち自然にお馴染《なじ》みになられましたら、きっと中納言様をお慕い申し上げるようになるでしょう。」

などと話し合って、

女房「どうか早くうち解けられて、申し分のない身におなりになっていただきたいですね。」

と言い言い、寝入って鼾《いびき》など聞きにくくする者もいます。

逢いたい人と過ごしたのでもない秋の夜長ですけれど、中納言はじきに夜が明けてしまった心地がして、姉君と劣り勝《まさ》りの区別もつけられないほど優雅な中の君のご様子を、このまま別れてはわが心ながらもの足りない感じがして、

薫「あなたもわたしをお思いになって下さいね。大層情けなくつらいお方のなさりようを、お見習いなさいますなよ。」

かつかせたまはむ。ただ、人に遠くて生ひ出でさせたまふめれば、かかる事にも、つきづきしげにもてなしきこえたまふ人もなくおはしますに、はしたなく思さるるにこそ。いま、おのづから見たてまつり馴れたまひなば、思ひきこえたまひてむ」

など語らひて、

「とくうちとけて、思ふやうにておはしまさなむ」

と言ふ言ふ寝入りて、いびきなどかたはらいたくするもあり。

逢ふ人からにもあらぬ秋の夜なれど、ほどもなく明けぬる心地して、いづれと分くべくもあらずなまめかしき御けはひを、人やりならず飽かぬ心地して、

「あひ思せよ。いと心憂くつらき人の御さま、見ならひたまふなよ」

逢いたい人と過ごした…「長くとも思ひぞはてぬ昔より逢ふ人からの秋の夜なれば」(古今・恋三　躬恒)。

昨日おっしゃったこと 大君が中の君に薫との結婚を勧めたこと（[六八]二八七ページ）。

など、後《のち》の逢瀬《おうせ》をお約束なさってお出になります。我ながら不思議に夢心地ですけれど、やはり薄情なお方のご様子をもう一度見届けようとのおつもりで、心を落ちつけなさっては、いつものようにお出ましになり、横におなりになるのでした。

弁《べん》がお側《そば》に参って、

弁「本当に妙ですこと。中の宮はどこにおいでなのでしょう。」

と言いますので、中の君はまことに恥ずかしく、思いもかけないお気持ちで、あれはどういう事だったのか、とお思いになりながら、横になっていらっしゃいます。昨日おっしゃったことをお思い出しになって、姉君を恨めしいとお思い申し上げなさいます。姫君は夜が明けた光とともに、壁の中の蟋《こお》蟀《ろぎ》のように這い出ておいでになりました。妹君のお思いのことが本当にお気の毒ですので、お互いに何もおっしゃいません。「妹まですっかり姿を見られてしまって、何とも情けない事よ。これから後《あと》も気を許せそうもない世の中よ」と、あれこれ思い乱れていらっしゃるのでした。

など、後瀬《のちせ》を契りて出でたまふ。我ながら、あやしく夢のやうにおぼゆれど、なほつれなき人の御気色、いま一たび見はてむの心に思ひのどめつつ、例の、出でて臥したまへり。

弁参りて、

「いとあやしく、中の宮はいづくにかおはしますらむ」

と言ふを、いと恥づかしく思ひかけぬ御心地に、いかなりけむ事にかと思ひ臥したまへり。昨日のたまひし事を思し出でて、姫宮をつらしと思ひきこえたまふ。明けにける光につきてぞ壁の中のきりぎりす這ひ出でたまへる。思すらむ事のいといとほしければかたみにものも言はれたまはず。「ゆかしげなく、心憂くもあるかな。今より後も心ゆるいすべくもあらぬ世にこそ」と思ひ乱れたまへり。

弁《べん》は中納言の所へ参上して、呆れるほどの姫宮の強情さをすっかり聞いて、全くあまりに思慮深く可愛げのないことと、お気の毒に思って呆然《ぼうぜん》としていました。

薫「これまでの冷淡さはまだ望みが残っている気がして、あれこれと思い慰めて来ましたが、今夜は本当に恥ずかしく、身を投げてしまいたいような気がします。亡き父宮が姫君たちを見捨て難く残し置き申し上げなさったお心の苦しさを、お察し申し上げるからこそ、またわたしも一途《いちず》に世を捨てるわけにもいかないのですよ。好きがましいことはもうどちらの方にもお思い申し上げますまい。情けなさもつらい気持ちも、それぞれにお忘れになってはいけません。兵部卿《ひょうぶきょう》の宮（匂宮）などが遠慮なくお手紙をさし上げられているようですが、同じことなら望みを高くと、お思いの向きが別におありのようだとよく分かりましたので、それも全く無理からぬ事と恥ずかしく、今後またこちらへ参上してあなた方にお会い申し上げますこともいまいましく思われまして。まあよろ

弁はあなたに参りて、あさましかりける御心強さを聞きあらはして、いとあまり深く、人憎かりけることと、いとほしく思ひほれゐたり。

「来し方のつらさはなほ残りある心地して、よろづに思ひ慰めつるを、今宵なむまことに恥づかしく、身も投げつべき心地する。棄てがたく落しおきたてまつりたまへりけむ心苦しさを思ひきこゆる方こそ、また、ひたぶるに、身をもえ思ひ棄つまじけれ。かけかけしき筋は、いづ方にも思ひきこえじ。うきもつらきも、かたがたに忘られたまふまじくなむ。宮などの恥づかしげなく聞こえたまふめるを、同じくは心高くと思ふ方ぞことにものしたまふらむと心えはてつれば、いとことわりに恥づかしくて、また、参りて

しい。このように愚《おろ》かしいわたしの身の上を、また人にはお漏らし下さいますな。」

と、恨み言を言い残されて、いつもより急いでお出ましになりました。

女房「どなたの御ためにも、お気の毒なこと」

と、女房たちは囁《ささや》き合ったのでした。

［九］薫、大君と片枝《かたえ》の紅葉につけて歌を詠み交わす

姫君（大君《おおいきみ》）も、「何としたことか、もしあのお方（薫）になおざりのお心でもあったら」と、胸もつぶれるほど心が痛みますので、何もかも考えの違う女房たちのさし出がましさを、憎らしくお思いになります。いろいろと思案なさっていらっしゃいますと、お手紙があります。いつもよりは嬉しいとお思いになりますのも、一方ではおかしな事です。秋の風《ふ》情《ぜい》も知らず顔に、葉の青い枝の片方がとても濃く紅葉していますのに付けて、

薫「同じ枝《え》を分きて染《そ》めける山姫にいづれか深き色と問はばや

同じ枝を
「山姫」は山の女神で、大君のこと。「同じ枝」は姉妹をさす。

人々に見えたてまつらむこともねたくなむ。よし、かくをこがましき身の上、また、人にだに漏らしたまふな」

と怨じおきて、例よりも急ぎ出でたまひぬ。

「誰が御ためもいとほしく」

と、ささめきあへり。

姫宮も、「いかにしつることぞ。もしおろかなる心ものしたまはば」と胸つぶれて心苦しければ、すべてうちあはぬ人々のさかしら、憎しと思す。さまざま思ひたまふに御文あり。例よりは嬉しとおぼえたまふも、かつはあやし。秋のけしきも知らず顔に、青き枝の、片枝《かたえ》いと濃くもみぢたるを、

同じ枝《え》を分きて染《そ》めける山姫にいづれか深き色と問はばや

（同じ枝の一方を紅に染《そ》め分けた山の女神に、どちらの方が深い色かとお尋ねしたいものよ、ご姉妹のどちらに心を寄せたらよいのか。）

あれほど恨んでいらっしゃったご様子も、言葉少なくお省《はぶ》きになって、包み文にしていらっしゃいますのを、何気なく紛《まぎ》らわして済まそうとするのであろう、とお思いになるにつけても、胸が騒いでそれをご覧になります。女房たちがうるさく、

女房「お返事を。」

と言いますので、中の君に「あなたが申し上げなさい」と譲るのも具合が悪く思われて、さすがにご自分も書きにくく思い乱れていらっしゃいます。

大君山姫の染むる心は分かねどもうつろふ方や深きなるらむ

（山の女神が染め分ける気持ちは分かりかねますが、紅に染まった方に深い心が籠っているのでしょう。中の君の方に深いお気持ちはおありでしょう。）

さばかり恨みつる気色も、言少なにことそぎて、おしつつみたまへるを、そこはかとなくもてなしてやみなむとなめり、と見たまふも、心騒ぎて見る。かしがましく、

「御返り」

と言へば、「聞こえたまへ」と譲らむもうたておぼえて、さすがに書きにくく思ひ乱れたまふ。

山姫の染むる心は分かねどもうつろふ方や深きなるらむ

山姫の　「うつろふ」は、色が変わる、心が移るの両意。

身を二つに分けて 身を二つに分けても心は一つと、大君が中の君に譲られる様子（［七］二九一ページ）。

棚無し小舟 「堀江漕ぐ棚無し小舟漕ぎかへり同じ人にや恋ひわたりなむ」（古今・恋四　読人しらず）。

何事もなかったようにお書きになっていますのがすばらしく見えましたので、やはりお恨み通すことができそうもなく思われます。「身を二つに分けてなど、中の君にお譲りになるご様子は度々見えたけれど、こちらが承知しないのに困って、あのように振る舞われたのであろう。そのかいもなく、このように中の君に冷淡なのもお気の毒で、思いやりのないものに思い置かれては、ますます姫君への思いが叶いにくくなるであろう。あれこれ伝言などしているらしい老人も、軽々しいと思うだろうし、何につけてもこの姫宮に思いを懸け始めてしまった事さえ悔やしく、このような世の中を思い捨てようとした心に、自分でも叶わなかったのだ」と、中納言はみっともないほどに悟られますので、「まして世間にありふれた好き者の真似をして、同じ人の周りを行ったり来たり漕《こ》ぎ廻るなど、全くもの笑いの棚無し小舟のようなものだろう」などと、一晩中お悩み明かしになって、まだ有明の月の空も風情《ふぜい》のあるうちに、兵部卿《ひょうぶきょう》の宮（匂宮）の御方に参上なさいます。

ことなしびに書きたまへるが、をかしく見えければ、なほえ怨じはつまじくおぼゆ。「身を分けてなど譲りたまふ気色はたびたび見えしかど、承け引かぬにわびて構へたまへるなめり。そのかひなく、かくつれなからむもいとほしく、情なきものに思ひおかれて、いよいよはじめの思ひかなひがたくやあらむ。とかく言ひ伝へなどすめる老人《おいびと》の思はむところも軽々しく、とにかくに心を染めけむだに悔しく、かばかりの世の中を思ひ棄てむの心に、みづからもかなはざりけり」と、人わろく思ひ知らるるを、ましておしなべたるすき者のまねに、同じあたりかへすがへす漕ぎめぐらむ、いと人わらへなる棚無し小舟《をぶね》めきたるべしなど、夜もすがら思ひ明かしたまひて、まだ有明の空もをかしきほどに、兵部卿宮の御方に参りたまふ。

［一〇］薫、中の君を匂宮に譲ろうと取り計らう

三条の宮が焼けた後 三条の宮焼亡後は、薫と女三の宮は六条院に移った（「椎本」［一七］二五〇ページ）。

中納言（薫）は、三条の宮が焼けた後《あと》は六条院にお移りになりましたので、近くのこととていつも兵部卿《ひょうぶきょう》の宮のもとに参上なさいます。宮もご満足なお気持ちがなさいました。

宮のお邸《やしき》は雑事に紛《まぎら》わされない理想的なお住まいで、お前の前栽《せんざい》はよそのものとは違って、同じ花の姿も木草の靡《なび》く風情《ぜい》も格別に見受けられて、遣水《やりみず》に映《うつ》る月影までが絵に描《か》いたようですので、宮は中納言が思っていた通りまだお起きになっていらっしゃいました。風に乗って漂ってくる匂いが実にはっきりと薫りますので、宮はすぐに中納言とお気づきになられて、御直衣《なおし》をお召しになり、身づくろいをなさってお出ましになります。中納言が階段を上《のぼ》りきらないで膝まずかれますと、宮は「もっと上に」などもおっしゃらずに、高欄《こうらん》にもたれてお座《すわ》りになって、世間話を交《か》わされます。あの宇治のあたりのことも何かのついでにお思い出しになって、いろいろと中納言をお恨みになりますのも困ったことですよ。中納言はご自分の思い通りにさえならないのにと思いながら

三条宮焼けにし後《のち》は、六条院にぞ移ろひたまへれば、近くては常に参りたまふ。宮も、思すやうなる御心地したまひけり。

紛るることなくあらまほしき御住まひに、御前の前栽ほかのには似ず、同じき花の姿も、木草のなびきざまもことに見なされて、遣《やり》水《みづ》にすめる月の影さへ絵に描《か》きたるやうなるに、思ひつるもしるく起きおはしましけり。風につきて吹きくる匂ひのいとしるくうちかをるに、ふとそれとうちおどろかれて、御直衣《なほし》奉り、乱れぬさまにひきつくろひて出でたまふ。階《はし》を上《のぼ》りもはてず、ついゐたまへれば、「なほ上に」などものたまはで、高欄によりゐたまひて、世の中の御物語聞こえかはしたまふ。かのわたりのことをも、もののついでには思し出でて、よろづに恨みたま

も、中の君と結ばれていただきたい、と考えるようになった事情もありますので、いつもよりは真剣に、今後のなすべき手だてなどを申し上げなさいます。

明けやらぬ暗い頃、あいにく霧が立ちこめて、空の様子も冷え冷えとして、月は霧に隔てられて木陰《こかげ》も暗く、優艶な風《ふ》情《ぜい》でした。山里の心にしみるような有様をお思い出しになられたのでしょうか、

匂宮「近いうちにぜひ。わたしを置き去りになさいますな。」

とお頼みになりますのを、中納言がやはり迷惑がりますので、

匂宮 女郎花《をみなへし》咲ける大野をふせぎつつ心せばくやしめを
　結ふらむ

（女郎花の咲いている広い野原を人が入《はい》りこまぬようにと、
狭い心でしめ縄を張ろうとするのですか。）

とお戯《たわむ》れになります。

薫「霧深きあしたの原の女郎花心を寄せて見る人ぞ見
　る

女郎花
「女郎花」は姫君たち。「しめ」は「標」と「占め」を掛ける。

霧深き
「女郎花」は姫君たち。思いの深い人だけが見られる、とする。

ふもわりなしや。みづからの心にだにかなひがたきを思ふ思ふ、さもおはせなむ、と思ひなるやうのあれば、例よりはまめやかに、あるべきさまなど申したまふ。

明けぐれのほど、あやにくに霧りわたりて、空の気配冷やかなるに、月は霧に隔てられて、木《こ》の下も暗くなまめきたり。山里のあはれなる有様思ひ出でたまふにや、

「このごろのほどに、必ず。後《おく》らかしたまふな」

と語らひたまふを、なほわづらはしがれば、

女郎花《をみなへし》咲ける大野をふせぎ
つつ心せばくやしめを結ふ
らむ

と戯れたまふ。

「霧深きあしたの原の女郎
花心を寄せて見る人ぞ見る

（霧深い朝の野原の女郎花《おみなえし》は、心を深く寄せた人だけが見ることができるのですよ。）

並たいていのお心ではとても。」

などと悔しがらせ申し上げますので、
匂宮「何と、うるさいこと。」

と、あげくの果てはご立腹になってしまわれました。

もう何年も宮がこのようにおっしゃいますけれど、中納言は中の君のご様子が気がかりに思いましたが、ご容姿なども宮がご落胆になることもなさそうに推測されます。人柄は実際逢ってみて期待に反するのではと、ずっと懸念《けねん》していましたが、万事に残念に思われることはなさそうだと思いますので、姫宮がいたわしくも内々にお心積もりでいらっしゃることにも背《そむ》くようになりますのも、思いやりがないようですけれど、そうかといってそのようにまた考えを変えることも出来そうもなく思われますので、中の君を兵部卿《ひょうぶきょう》の宮にお譲り申し上げて、どちらからもお恨みを受けまい、などと内心で思い巡《めぐ》らしていらっしゃる胸中を、宮はご存知なくて、狭い

何と、うるさいこと（あなかしがまし）「秋の野になまめき立てる女郎花あなかしがまし花も一時」（古今・雑体　僧正遍照）。

内々にお心積もりで…大君が、中の君を薫に縁づけたいと思っていること。


なべてやは」

など、ねたましきこゆれば、

「あなかしがまし」

と、はてはては腹立ちたまひぬ。

年頃かくのたまへど、人の御有様をうしろめたく思ひしに、容貌《かたち》なども見落したまふまじく推しはからるる。心ばせの近劣りするやうもや、などぞ危ふく思ひわたりしを、何事も口惜しくはものしたまふまじかめり、と思へば、かの、いとほしく、内々に思ひたばかりたまふ有様も違ふやうならむも情なきやうなるを、さりとて、さ、はた、え思ひ改むまじくおぼゆれば、譲りきこえて、いづ方の恨みをも負はじなど下に思ひ構ふる心をも知りたまはで、心せばくとりなしたまふもをかしけれど、

［二二］ 薫、匂宮を宇治へ案内し、匂宮、中の君と契る

后の宮 明石の中宮、匂宮の母。

料簡《りようけん》とお取りになっているのも面白いのですが、

薫「いつもの浮気《うわき》なお心から、あちらのお方にもの思いをさせるのは心苦しいことです。」

などと、親代わりになって申し上げます。

匂宮「まあよい。ご覧になっていて下さい。こんなに心を惹《ひ》かれる事は今までなかったのですよ。」

などと、宮は大層真剣におっしゃいますので、中納言は、

薫「あちらの方々のお心には、そのようにうち靡《なび》くようなご様子は見えないのです。何ともお仕え申し上げにくい宮仕えでございますよ。」

とおっしゃって、宮がお越しになる時のご用意などを細《こま》かくお教え申し上げなさいます。

二十八日は彼岸《ひがん》の果ての日で吉日でしたので、中納言は人知れず心遣いをなさって、大層忍んで宮をお連れ申し上げます。后《きさい》の宮などがお聞きになられましたら、このようなお忍び歩きはきびしくお止め申し上げなさいますので、まことに

「例の、軽らかなる御心ざまに、もの思はせむこそ心苦しかるべけれ」

など、親方《おやがた》になりて聞こえたまふ。

「よし、見たまへ。かばかり心にとまることなむまだなかりつる」

など、いとまめやかにのたまへば、

「かの心どもには、さもやとうちなびきぬべき気色は見えずなむはべる。仕うまつりにくき宮仕にぞはべるや」

とて、おはしますべきやうなどこまかに聞こえ知らせたまふ。

二十八日の彼岸《ひがん》のはてにて、よき日なりければ、人知れず心づかひして、いみじく忍びて率《ゐ》てたてまつる。后《きさい》の宮など聞こしめし出でては、かかる御歩《あり》きいみじく制

面倒なのですが、宮が切にお思いになっていることですので、何気なく見せかけて、お連れするのも容易ではありません。

舟でお渡りになりますのも大げさですので、ものものしいお宿などもお借りにならず、その辺のすぐ近くの荘園《しょうえん》の人の家に、ごく忍んで宮をお下《お》ろし申し上げなさって、中納言だけが宇治のお邸《やしき》へおいでになりました。

見咎《とが》め申し上げるような人もいないのですが、宿直人《とのいびと》が時たま出て歩き回っていますのにも気取られまいとするのでしょう。宇治ではいつものように中納言殿がおいでになったというので、いろいろとおもてなしをします。姫君たちは、何やら面倒なこととお聞きになりますが、中の君の方にお気持ちを変えていただくようそれとなく申しておいたからと、姫宮はお思いになります。中の君は中納言の心寄せの人はご自分ではないらしいので、いくら何でも今日は安心だろうなどとお思いになりながら、あの嫌《いや》な夜の後《のち》は、以前のように姉君をお信じ申し上げられず、用心しておいでになります。何やかやとご挨拶の口上だけ申し上げて、どういうことなの

しきこえたまへばいとわづらはしきを、切《せち》に思したることなれば、さりげなく、ともてあつかふもわりなくなむ。

舟渡りなどもところせければ、ことごとしき御宿《やどり》なども借りたまはず、そのわたりいと近き御庄《みしやう》の人の家に、いと忍びて宮をば下ろしたてまつりたまひて、おはしぬ。

見とがめたてまつるべき人もなけれど、宿直人《とのゐびと》はわづかに出でて歩くにも、けしき知らせじとなるべし。例の、中納言殿おはします、とて経営《けいめい》しあへり。君たち、なまわづらはしく聞きたまへど、移ろふ方異ににほはしおきてしかば、と姫宮思す。中の宮は、思ふ方異なめりしかば、さりともと思ひながら、心憂かりし後は、ありしやうに姉宮をも思ひきこえたまはず、心おかれてものしたまふ。何やかやと御消息のみ聞こえ通ひて、いかなるべきことにか、と人々も心

あの嫌な夜の後　先夜薫が寝所に侵入したことをさす（［一八］二九六ページ）。

かと女房たちも気をもんでいます。

中納言は、宮をお馬で闇に紛《まぎ》れてお迎えしてから、弁《べん》をお呼び出しになって、

薫「姫宮にほんの一言《ひとこと》だけ申し上げるべきことがありますが、わたしをお避けになっている御様子をお見受け申しましたので、まことに恥ずかしいのですが、このまま引き下《さ》がっているわけにも参りませんので、もう少し夜が更《ふ》けてから、先夜のように案内して下さいませんか。」

などと、何心もない風でお話しになりますので、弁はどちらにしても同じことだなどと思って、姫宮の所へ参上しました。

弁がこれこれです、と申し上げますと姫宮は、「やはりそうか。あの方はお気持ちを変えられたのだ」と、嬉しくて安心なさって、中の君のお入《はい》りになる通路とは違う廂《ひさし》の間《ま》の襖《ふすま》障子に厳重に鍵をかけて、ご対面になりました。

薫「一言《ひとこと》申し上げたいのですが、他《ほか》に人が聞きつけるほどの大声を出すのは具合が悪うございますから、少しここを開《あ》けて下さい。とても気詰まりです。」

苦しがる。

宮をば、御馬にて、暗き紛れにおはしまさせたまひて、弁召し出でて、

「ここもとにただ一言聞こえさすべき事なむはべるを、思し放つさま見たてまつりてしにいと恥づかしけれど、ひたや籠りにてはえやむまじきを、今暫し更《ふ》かしてを、ありしさまには導きたまひてむや」

など、うらもなく語らひたまへば、いづ方にも同じことにこそはなど思ひて参りぬ。

さなむ、と聞こゆれば、「さればよ。思ひ移りにけり」とうれしくて心落ちゐて、かの入りたまふべき道にはあらぬ廂《ひさし》の障子《さうじ》をいとよく鎖して、対面したまへり。

「一言聞こえさすべきが、また人聞くばかりののしらむはあやなきを、いささか開けさせたまへ。いといぶせし」

と中納言は申し上げますが、

大君「このままでもよく聞こえましょう。」

とおっしゃってお開けになりません。「今はいよいよ中の君にお心を移そうとなさるのに、そのままでは済まされまいと思って何か言おうとなさるのだろうか。何の、初めての対面でもないし、不愛想《ぶあいそう》な返事はしないで、夜が更《ふ》けないようにしよう」などとお思いになって、ほんの少しお出ましになりますと、中納言は襖《ふすま》障子の中からお袖を捉えて引き寄せて、ひどく恨み言をおっしゃいますので、「何と嫌《いや》なことをなさることよ。どうして聞き入れてしまったのか」と悔やまれて不愉快ですけれど、何とかなだめて出て行ってもらおうとお思いになって、中の君を自分と同じようにお思い下さるようにと、それとなくお話しになるお心遣いなど、まことに胸を打たれる思いです。

兵部卿《ひょうぶきょう》の宮は、中納言がお教え申し上げました通り、先夜の戸口に近づいて扇をお鳴らしになりますと、弁《べん》がお出迎えしてお導き申し上げます。前々から中納言が馴れていた恋の

と聞こえたまへど、

「いとよく聞こえぬべし」

とて開けたまはず。「今はと移ろひなむを、ただならじとて言ふべきにや。何かは。例ならぬ対面にもあらず。人憎く答へで、夜も更かさじ」など思ひて、かばかりも出でたまへるに、障子の中より御袖をとらへて、ひき寄せていみじく恨むれば、「いとうたてもあるわざかな。何に聞き入れつらむ」と悔しくむつかしけれど、こしらへて出だしてむと思して、他人《ことひと》と思ひわきたまふまじきさまにかすめつつ語らひたまへる心ばへなど、いとあはれなり。

宮は、教へきこえつるままに、一夜《ひとよ》の戸口に寄りて、扇を鳴らしたまへば、弁参りて導ききこゆ。さきざきも馴れにける道のしるべ、

道しるべを、興味深くお思いになりながらお入《はい》りになりましたのも、姫宮（大君《おおいきみ》）はご存知なくて、中納言をなだめて中の君のお部屋に入れようとお思いになっていました。中納言はおかしくも不憫《ふびん》にも思われて、内々の事情を知らなかったと恨まれますのも、弁解しようのない気持ちがしますので、

薫「宮があとを追っていらっしゃいましたので、お断《こと》わり申し上げきれずに、ここにおいでになったのですが、そっと中の君のお部屋へお入《はい》りになりました。こちらの利口ぶっているらしい人が、相談に乗ってさしあげたのでしょう。わたしは中途半端で世間のもの笑いになってしまいそうですね。」

とおっしゃいますと、姫宮は全く思いも寄らない事ですので、目もくらむばかりに不快なお気持ちにおなりになって、「こうもすべてに思いも寄らぬお心のほども知らずに、言っても仕方のない思慮の浅さをお見せ申し上げてしまった至らなさを、お見下《くだ》しになるのだろう」と、何とも言いようもない思いでいらっしゃるのでした。

をかしと思しつつ入りたまひぬるをも姫宮は知りたまはで、こしらへ入れてむ、と思したり。をかしくもいとほしくもおぼえて、内々に心も知らざりける、恨みおかれむも、罪避りどころなき心地すべければ、

「宮の慕ひたまひつれば、え聞こえいなびで、ここにおはしつる、音もせでこそ紛れたまひぬれ。このさかしだつめる人や、語らはれたてまつりぬらむ。中空に人わらへにもなりはべりぬべきかな」

とのたまふに、いま少し思ひ寄らぬ事の、目もあやに心づきなくなりて、「かく、よろづに珍かなりける御心のほども知らで、言ふかひなき心幼さも見えたてまつりにける怠りに、思し侮るにこそは」と、言はむ方なく思ひたまへり。

［一二］　薫、大君に迫るが拒まれる　夜明けて互いに歌を詠み交わす

薫「今となっては何と言おうとかいのない事です。お詫びの言い分けはくり返し申し上げましてもまだ足りなければ、抓《つね》りも捻《ひね》りもなさって下さい。あなたは高貴なお方にお心寄せのようですが、宿世《すくせ》などというようなものは、決して心に叶わぬもののようでございますから、あの宮のお志は別のお方におありでしたのを、お気の毒にお思い申しておりまして、思いの叶わぬわが身こそ身の置き所もなく情けのうございます。やはりどうしようもないこととお諦《あきら》め下さい。この襖《ふすま》障子の固めばかりがいくら厳重でも、本当に清い仲と想像申し上げる人もございますまい。わたしを案内人としてお誘いになった宮のお心にも、まさかわたしが、このように胸を詰まらせて夜を明かしていようとはお思いになりましょうか。」

とおっしゃって、今にも襖障子を引き破ってしまいそうなご様子ですので、言いようもなく不愉快ですけれど、何とかなだめようと気をお静めになって、

「今は言ふかひなし。ことわりはかへすがへす聞こえさせてもあまりあらば、抓《つ》みも捻《ひね》らせたまへ。やむごとなき方に思し寄るめるを、宿世《すくせ》などいふめるもの、更に心に叶はぬものにはべるめれば、かの御心ざしは殊にはべりけるを、いとほしく思ひたまふるに、かなはぬ身こそ置き所なく心憂くはべりけれ。なほいかがはせむに思し弱りね。この障《さう》子《じ》の固めばかりいと強きも、まことにもの清く推しはかりきこゆる人もはべらじ。しるべと誘ひたまへる人の御心にも、まさにかく胸塞がりて明かすらむとは思しなむや」

とて、障子をもひき破《やぶ》りつべき気色なれば、いはむ方なく心づきなけれど、こしらへむと思ひ静めて、

行く先の分からぬ涙　「行く先を知らぬ涙の悲しきはただ目の前に落つるなりけり」（後撰・雑別羇旅　源済）。

大君「今おっしゃいました宿世《すくせ》とかいうことは、目にも見えないもので何としても思いたどられず、行く先の分からぬ涙ばかりが目の前を塞いでしまう気がいたします。これはどうなさるおつもりかと、夢のようにあまりのことで、後《のち》の世の例《たとえ》として言い出す人がいれば、昔物語などにことさら愚《おろ》かしいことのように作り出した譬《たと》え話になってしまうでしょう。このように計画なさったお心のほどども、宮様はどのように想像なさることでしょう。やはり本当にこうも恐ろしく情けなく、あれこれと悩ませ下さいますな。もし思いの外《ほか》に生き長らえておりましたら、少し心が落ち着きましてからご返事申し上げましょう。気分も真暗で本当に苦しゅうございますので、もう休もうと存じます。お許し下さいませ。」

と、ひどくつらそうにしていらっしゃいますので、さすがに筋道をよく立ててお話しになりますのが、気恥ずかしくいじらしく思われて、

薫「どうかあなた様、お気持ちに従うことが比類なく大

「こののたまふ宿世《すくせ》といふらむ方は、目にも見えぬ事にて、いかにもいかにも思ひたどられず、知らぬ涙のみ霧りふたがる心地してなむ。こはいかにもてなしたまふぞと、夢のやうにあさましきに、後の世の例《ためし》に言ひ出づる人もあらば、昔物語などに、殊更にをこめきて作り出でたる物の譬《たとひ》にこそはなりぬべかめれ。かく思しかまふる心のほどをも、いかなりけるとかは推しはかりたまはむ。なほ、いとかく、おどろおどろしく心憂く、なとり集め惑はしたまひそ。心より外に長らへば、少し思ひのどまりて聞こえむ。心地も更にかきくらすやうにていと悩ましきを、ここにうち休まむ、ゆるしたまへ」

といみじくわびたまへば、さすがにことわりをいとよくのたまふが

事に思えばこそ、こうまで融通《ゆうずう》のきかない者になっているのでございます。言いようもなく憎く厭《いと》わしいものにお思いになるようですので、何とも申し上げようもございません。ますますこの世に生きていられるとも思われません。」

とおっしゃって、

薫「それでは物越しにでもお話し申しましょう。すっかりわたしをお見棄てにならないで下さい。」

とおっしゃって、お袖をお放し申し上げになりますと、姫宮は奥にお入《はい》りになって、それでもさすがに入りきっておしまいになりませんのを、中納言は実にいじらしいお方とお思いになって、

薫「これぐらいのご様子を慰めとして夜を明かしましょう。決してそれ以上のことは。」

と申し上げて、まんじりともせず、一層激しい川の音に目も覚めて、夜中の嵐に山鳥の心地（独り寝の気持ち）で夜を明かしかねていらっしゃいます。

心恥づかしくらうたくおぼえて、

「あが君、御心に従ふことのたぐひなければこそ、かくまでかたくなしくなりはべれ。いひ知らず憎くうとましきものに思しなすめれば、聞こえむ方なし。いとど世に跡とむべくなむおぼえぬ」

とて、

「さらば、隔てながらも聞こえさせむ。ひたぶるになうち棄てさせたまひそ」

とて、ゆるしたてまつりたまへれば、這ひ入りて、さすがに入りもはてたまはぬを、いとあはれと思ひて、

「かばかりの御けはひを慰めにて明かしはべらむ。ゆめゆめ」

と聞こえて、うちもまどろまず、いとどしき水の音に目も覚めて、夜半《よは》の嵐に、山鳥の心地して明かしかねたまふ。

山鳥の心地で　「あしびきの山鳥の尾のしだり尾の長々し夜をひとりかも寝む」（拾遺・恋三　人麿）。

いつものように夜明けの気配に鐘の声などが聞こえて来ます。宮はよくお寝《やす》みでお出ましになりそうなご様子もないことよと、中納言はいまいましく咳払いをなさいますのも、いかにもおかしな話です。

薫「しるべせし我やかへりて惑ふべき心もゆかぬ明けぐれの道

（案内したわたしの方がかえって迷ってよいものだろうか、満たされぬ思いで帰る夜明けの暗い道を。）

こんな例が世間にあったでしょうか。」

とお詠《よ》みになりますと、

大君かたがたにくらす心を思ひやれ人やりならぬ道に惑はば

（妹のことと私《わたくし》のことと、あれこれ途方にくれております心を思いやって下さい、ご自分から道にお迷いになるのでしたら。）

と、かすかにご返歌なさいますのを、とてももの足りない気持ちがなさいますので、

例の、明けゆくけはひに、鐘の声など聞こゆ。いぎたなくて出でたまふべき気色もなきよ、と心やましく、声《こわ》づくりたまふも、げにあやしきわざなり。

「しるべせし我やかへりて惑ふべき心もゆかぬ明けぐれの道

かかる例、世にありけむや」

とのたまへば、

かたがたにくらす心を思ひやれ人やりならぬ道に惑はば

とほのかにのたまふを、いと飽かぬ心地すれば、

しるべせし
「心もゆかぬ」は大君への思いを遂げられない不満。

かたがたに
「かたがた」は中の君と大君それぞれのこと。

薫「何ということ。どこまでもお隔てのようでございますから、全くあまりのことで。」

などといろいろお恨みになりますうちに、夜もほのぼのと明けてゆきますので、宮は昨夜《ゆうべ》の戸口からお出ましになられるようです。実にもの柔らかに振る舞っていらっしゃいますが、お召し物の匂いなど色めかしいお心構えから、言いようもなく入念に焚《た》きしめていらっしゃいます。老人たちは、全く妙なことと合点がいかず戸惑っていましたが、そうは言っても悪いようになさるおつもりがあるはずはないと、心を慰めています。

暗いうちにとお二人は急いでお帰りになられます。宮は道中も、帰りはとても遠く感じられて、気楽にも通《かよ》って行けないことが今から実につらく思われますので、「夜をや隔てむ(一夜も逢わずにはおられない)」と、お心を痛めていらっしゃるようです。まだ人騒がしくない朝のうちにお邸《やしき》にお着きになりました。廊《ろう》にお車を寄せてお下《お》りになります。風変わりな女車《おんなぐるま》のようにして、人目を忍んでお入《はい》りになりますと、お

「いかに。こよなく隔たりてはべるめれば、いとわりなうこそ」

など、よろづに恨みつつ、ほのぼのと明けゆくほどに、昨夜《よべ》の方より出でたまふなり。いとやはらかにふるまひなしたまへる、匂ひなど、艶《えん》なる御心げさうには、いひ知らずしめたまへり。ねび人どもは、いとあやしく心得がたく思ひまどはれけれど、さりともあしざまなる御心あらむやは、と慰めたり。

暗きほどにと、急ぎ帰りたまふ。道のほども、帰るさはいと遥けく思されて、心やすくもえ行き通はざらむことのかねていと苦しきを、「夜をや隔てむ」と思ひなやみたまふなめり。まだ人騒がしからぬ朝《あした》のほどにおはし着きぬ。廊に御車寄せて下《お》りたまふ。異様《ことやう》なる女車のさまして隠ろへ入りたまふに、

夜をや隔てむ 「若草の新手枕をまきそめて夜をや隔てむ憎くあらなくに」(万葉・巻十一　読人しらず)。

宮仕えのお心ざし
匂宮の中の君の扱い方を、宮仕えの忠勤のようだと戯れる。

［一三］ 匂宮、早々に後朝《きぬぎぬ》の文を贈る大君、中の君に返事をさせる

二人ともお笑いになって、中納言は、

薫「並々ならぬ宮仕えのお心ざしと思います。」

と申し上げます。昨夜の案内の愚《おろ》かしい結果は、全くいまいましくて、愚痴《ぐち》も申し上げなさいません。

宮はさっそく中の君に後朝《きぬぎぬ》の文をさし上げなさいます。山里ではお二人とも現実のお気持ちもなさらず、思い乱れていらっしゃいます。中の君は、いろいろと計画されていたのに気《け》ぶりもお出しにならなかったことよと、姉君を疎《うと》ましく恨めしくお思い申し上げて、目もお合わせ申し上げません。姉君は、まるでご存知なかったことをはっきりとご説明もおできにならず、無理からぬことと心苦しくお思い申し上げていらっしゃいます。女房たちも、「どういうことでございましたのでしょうか」などご様子を伺いますけれど、頼りにする人が呆然《ぼうぜん》と虚《うつ》ろな状態でおいでですので、「奇妙なことよ」と皆思っています。宮のお手紙を開いてご覧に入れますけれど、中の君は一向に起き上ろうとなさいませんので、「とて

みな笑ひたまひて、

「おろかならぬ宮仕《みやづかへ》の御心ざし、となむ思ひたまふる」

と申したまふ。しるべのをこがましさを、いとねたくて愁へも聞こえたまはず。

宮は、いつしかと御文奉りたまふ。山里には、誰も誰も現《うつつ》の心地したまはず思ひ乱れたまへり。さまざまに思しかまへけるを色にも出だしたまはざりけるよと、うとましくつらく姉宮をば思ひきこえたまひて、目も見あはせたてまつりたまはず。知らざりしさまをも、さはさはとはえ明らめたまはで、ことわりに心苦しく思ひきこえたまふ。人々も、「いかにはべりし事にか」など、御気色見たてまつれど、思しほれたるやうにて頼もし人のおはすれば、あやしきわざかなと思ひあへり。御文もひきときて見せたてまつりたまへど、さ

も時間が経ってしまいました」と、お使いは困っていました。

匂宮　世のつねに思ひやすらむ露深き道の笹原分けて来つるも

（わたしの思いを世間並みの恋心とお思いでしょうか。露深い道の笹原を踏み分けて来ましたのに。）

書き馴れていらっしゃいます筆づかいなどが殊更優雅ですのも、一般の文通としてご覧になった時は見事なものと思われましたが、姉君は今ではこれから先が気がかりで心配で、ご自分がさかしらぶってご返事なさいますのもまことに気がねなことですので、真面目《まじめ》にこうした時の作法通りのものを、中の君に強《し》いて勧《すす》めてお書かせ申し上げなさいます。紫苑色《しおんいろ》の細長一襲《ひとかさね》に三重襲の袴を添えてお与えになります。お使いの者は受け取りにくそうに思っていますので、包ませてお供の人にお贈らせになります。格式張ったお使いでもなく、いつもお遣わしになる殿上童《てんじょうわらわ》です。宮は殊更に人に事情を漏らすまいとお思いでしたので、昨夜の利口ぶった老人の仕業《しわざ》だったのだと、不快にお思いになるのでした。

らに起き上りたまはねば、「いと久しくなりぬ」と、御使わびけり。

世のつねに思ひやすらむ露深き道の笹原分けて来つるも

書き馴れたまへる墨つきなどの殊更に艶なるも、大方につけて見たまひしはをかしくおぼえしを、うしろめたくもの思はしくて、我賢し人にて聞こえむもいとつつましければ、まめやかにあるべきやうをいみじくせめて書かせたてまつりたまふ。紫苑《しをん》色の細長一襲《ひとかさね》に三重襲の袴具して賜ふ。御使苦しげに思ひたれば、包ませて供なる人になむ贈らせたまふ。ことごとしき御使にもあらず、例奉れたまふ上童《うへわらは》なり。殊更に、人にけしき漏らさじと思しければ、昨夜《よべ》のさかしがりし老人《おいびと》のしわざなりけりと、ものしくなむ聞こしめしける。

その夜も宮はあの案内役をお誘いになりますが、中納言は、
薫「冷泉院《れいぜいいん》にぜひ参上しなければならないことがございますので。」
と、おとどまりになりました。例によって、何かというと世の中をつまらなそうに振る舞っていると、宮は憎らしくお思いになります。

その夜も、かのしるべ誘ひたまへど、
「冷泉院に必ずさぶらふべきことはべれば」
とて、とまりたまひぬ。例の、事にふれてすさまじげに世をもてなすと、憎く思す。

[一四] 二日目の夜、大君、中の君をなだめ匂宮を迎える

宇治では、「今更どうしようもない。本意ではなかったこととはいえ、疎略にも出来ようか」と気弱におなりになって、お部屋の設けなど、何かと整わないお住まいの有様ですけれど、それなりに風情《ふぜい》あるように整えて、宮をお待ち申し上げなさいました。遥かに遠い御道中を宮が急いでいらっしゃいましたのも、嬉しく思われますのは、一方考えてみますと不思議な気がします。

当の中の君は、正気もないご様子で身づくろいをしておもらいになりますその間にも、濃い紅のお召し物の袖がひどく涙に濡れますので、しっかりなさっている姉君もお泣きにな

いかがはせむ、本意《ほい》ならざりし事とて、おろかにやは、と思ひ弱りたまひて、御しつらひなどうちあはぬ住み処《か》のさまなれど、さる方にをかしくしなして待ちきこえたまひけり。遥かなる御中道を、急ぎおはしましたりけるも、うれしきわざなるぞ、かつはあやしき。

正身《さうじみ》は、我にもあらぬさまにてつくろはれたてまつりたまふままに、濃き御衣《ぞ》の袖のいといたく濡るれば、さかし人もうち泣きたま

りながら、
大君「この世にいつまでも生きていられるとは思われませんので、明け暮れのもの思いにも、ただあなたの御事だけをいたわしく思い申しておりますのに、この女房たちも、結構なご縁組と聞き苦しいまでに言い聞かせるようですので、年をとった人々の心には、そうは言っても世間の道理をわきまえているでしょうし、しっかりしていない私《わたくし》が一人で我《が》を張って、あなたを独身のままにお置き申してよいものだろうかと、思うようになることもありましたけれど、今すぐにこうして思いがけず恥ずかしい出来事で心を悩ますことになりましょうとは、一向に思い寄らないことでしたが、これがなるほど世間の人のいう逃《のが》れ難いご宿縁《しゅくえん》だったのでしょう。本当につらい事です。もう少しお気持ちが静まられました時に、私が何も知らなかったこともお話し申しましょう。私を憎いとお思いなさいますな。罪をお作りになっては大変です。」
と、御髪《みぐし》を撫でつくろいながら申し上げなさいますので、中

罪をお作りになっては　無実の者を恨むと、来世の罪を作るという。

ひつつ、

「世の中に久しくもとおぼえはべらねば、明け暮れのながめにもただ御事をのみなむ心苦しく思ひきこゆるに、この人々も、よかるべきさまの事と聞きにくきまで言ひ知らすめれば、年経たる心どもには、さりとも世のことわりをも知りたらむ、はかばかしくもあらぬ心一つを立ててかくてのみやは見たてまつらむ、と思ひなるやうもありしかど、ただ今、かく思ひあへず恥づかしき事どもに乱れ思ふべくは、更に思ひかけはべらざりしに、これやげに、人の言ふめる逃れがたき御契りなりけむ。いとこそ苦しけれ。少し思し慰みなむに、知らざりしさまをも聞こえむ。憎しとな思し入りそ。罪もぞ得たまふ」

と御髪《みぐし》を撫でつくろひつつ聞こえ

の君はご返事もなさいませんが、さすがにこうしてお思いになりおっしゃられるのは、いかにも私《わたくし》の事が心配で、不幸にならないようにというお考えなのに、世間のもの笑いになりそうな見苦しい事が起こって、姉君にご面倒をおかけしたら大変なことだと、さまざまに思い悩んでいらっしゃいます。

宮は、こうした心用意もなくてただ呆然《ぼうぜん》としておいでになった中の君のご様子でさえ、並々ならずかわいく思われましたのに、まして今夜は、少し世の常の人妻らしく、もの柔らかでいらっしゃいますので、宮のご愛情も一段と勝《まさ》りますにつけて、容易にはお通《かよ》いできそうにない山道の遠さを、お胸が痛くなるまで苦しくお思いになって、情け深げにお話しになり、先々までお約束なさいますが、女君は嬉しいとも何ともお聞き分けになりません。この上なく大切にされています権門の姫君でも、少しでも世間並みに人に接し、親といい兄弟といい、男の振る舞いを見馴れていらっしゃいますので、恥ずかしさも恐ろしさもほどほどでしょうが、中の君は邸内で大事にお世話申し上げる人こそおりませんが、こうした山

たまへば、答《いら》へもしたまはねど、さすがに、かく思しのたまふが、げにうしろめたくあしかれとも思しおきてじを、人わらへに見苦しきことそひて、見あつかはれたてまつらむがいみじさをよろづに思ひゐたまへり。

さる心もなく、あきれたまへりしけはひだになべてならずをかしかりしを、まいて少し世の常になよびたまへるは、御心ざしもまさるに、たはやすく通ひたまはざらむ山道の遥けさも胸痛きまで思して、心深げに語らひ頼めたまへど、あはれともいかにとも思ひわきたまはず。言ひ知らずかしづくものの姫君も、少し世の常の人げ近く、親せうとなどいひつつ、人のたたずまひをも見馴れたまへるは、ものの恥づかしさも恐ろしさもなのめにやあらむ、家にあがめきこゆる人こそなけれ、かく山深き御あたりなれば、人に遠くもの深くて

深いお住まいですので、人気遠く引き籠《こも》っていらっしゃることにお馴れになっておいでのお心には、思いもかけない宮とのご縁がきまり悪く恥ずかしく、何事も世間の女性とは違って妙に田舎びているであろうよと、ちょっとしたご返事でもどう申し上げたらよいか気がねをしていらっしゃいます。とはいえ、この君の方が、機転がきいて才気がある華やかさは、姉君に勝《まさ》っていらっしゃるのでした。

ならひたまへる心地に、思ひかけぬありさまのつつましく恥づかしく、何ごとも世の人に似ずあやしく田舎びたらむかし、とはかなき御答《いら》へにても言ひ出でむ方なくつつみたまへり。さるは、この君しもぞ、らうらうじくかどある方のにほひはまさりたまへる。

〔一五〕 三日目の夜、大君、婚儀の用意 薫からは手紙と贈物あり

女房「三日目に当たる夜は、お餅を召し上がるものです。」

と、女房たちが申し上げますので、姫宮（大君《おおいきみ》）も特別にそうすべきお祝いのしきたりなのだろうとお思いになって、お前で用意をおさせになりますのもたどたどしく、一方では大人ぶって指図なさいますのも、人がどう見るであろうかと気が引けますので、お顔を赤くなさっておいでになるご様子は、本当にお美しくいらっしゃいます。これが姉心というのでしょうか、おっとりと気品がおありでいらっしゃいますものの、人のためにしみじみと情け深くおいでになるのでした。

「三日に当る夜、餅《もちひ》なむまゐる」

と人々の聞こゆれば、殊更にさるべき祝の事にこそはと思して、御《お》前《まへ》にてせさせたまふもたどたどしく、かつは大人になりておきてたまふも人の見るらむ事憚られて、面《おもて》うち赤めておはするさまいとをかしげなり。このかみ心にや、のどかに気高きものから、人のためあはれに情々しくぞおはしける。

薫の中納言殿から、

薫 昨夜《ゆうべ》は参上しようと思いましたが、いくらご奉公してもそのかいがなさそうですのが恨めしゅう存じまして。今夜は雑用がおありかと存じますが、昨夜《ゆうべ》の宿直所《とのいどころ》のみっともなかったお扱いに気分も優《すぐ》れず、ますますぐずぐずとためらっております。

と、陸奥国紙《みちのくにがみ》に行《ぎょう》を揃えてお書きになって、お祝いの品々を懇《ねんご》ろに、仕立てなどはせず色とりどりに押し巻いたりして、御衣櫃《みぞびつ》に幾重ねも懸籠《かけご》を入れて、老人のもとに、「皆さんのお使い料に」と賜わりました。母宮の御許にありましたものをそのままに、それほど多くも取り揃えられなかったのでしょうか、無地の絹綾など下に隠し入れて、その上に姫君たちの御着料と思われます二揃い、まことに美しいのをお贈りになります。単衣《ひとえ》のお召し物の袖に、古風な趣向ですが、

薫 小夜衣《さよごろも》着て馴れきとは言はずともかごとばかりはかけずしもあらじ

（夜の衣を着てあなたと枕を交《か》わしなじみを重ねたとは申し

中納言殿より、

昨夜《よべ》参らむと思《おも》たまへしかど、宮仕の労もしるしなげなる世に、思たまへ恨みてなむ。今宵は雑役《ざふやく》もやと思うたまへれど、宿直所《とのゐどころ》のはしたなげにはべりし乱り心地いとど安からで、やすらはれはべる

と、陸奥国紙《みちのくにがみ》に追ひつぎ書きたまひて、設けの物どもこまやかに、縫ひなどもせざりける、いろいろおし巻きなどしつつ、御衣櫃《みぞびつ》あまた懸籠《かけご》入れて、老人《おいびと》のもとに、「人々の料に」とて賜へり。宮の御方にさぶらひけるに従ひて、いと多くもえとり集めたまはざりけるにやあらむ、ただなる絹綾など下には入れ隠しつつ、御料と思しき二領《ふたくだり》いときようにしたるを。単衣《ひとえ》の御衣の袖に、古代のことなれど、

小夜衣《さよごろも》着て馴れきとは言はずともかごとばかりはかけずしもあらじ

陸奥国紙 檀《まゆみ》の皮から作った厚みのある紙。もと陸奥国で産したという。檀紙。恋文には用いない。

御衣櫃 衣装を納める箱。

懸籠 外箱に縁をかけて中に収まるようにした箱。

小夜衣 「小夜衣」は夜着。「着て」「馴れ」「かけ」は衣の縁語。

ませんが、言いがかりぐらいはつけないわけでもありません。）

とおどし申し上げます。姫宮は、ご自分も中の君もすっかり姿を見られてしまった御事を、一層恥ずかしくお思いになって、ご返事もどう申し上げてよいかとお思い悩んでいらっしゃいますうちに、御使が一部は逃げ隠れてしまいました。身分の低い下人《しもびと》を引き止めて、ご返事をお与えになります。

大君 隔てなき心ばかりは通ふとも馴れし袖とはかけじとぞ思ふ

（親しく何の隔てもない心のお付き合いだけはさせていただいておりますが、なじみを重ねた袖などとはお口になさるはずもないと存じます。）

あわただしくお思い悩まれました後《あと》のこととて、一層風情《ふぜい》のないのを、お気持ちのままのお歌とお待ち受けになってご覧になります中納言は、ただしみじみいじらしいとお思いになっていらっしゃいます。

隔てなき
「かけ」は袖をかけ、と口に出す、の両意を含む。

と、おどしきこえたまへり。こなたかなたゆかしげなき御ことを、恥づかしくいとど見たまひて、御返りもいかがは聞こえむ、と思しわづらふほど、御使、かたへは、逃げ隠れにけり。あやしき下人《しもびと》をひかへてぞ御返り賜ふ。

隔てなき心ばかりは通ふとも馴れし袖とはかけじとぞ思ふ

心あわたたしく思ひ乱れたまへるなごりにいとどなほなほしきを、思しけるままと待ち見たまふ人は、ただあはれにぞ思ひなされたまふ。

【一六】匂宮、参内
中宮の諌《いさ》めに背《そむ》き、
薫の勧《すす》めに従い宇
治へ行く

宮はその夜宮中に参上なさって、なかなかご退出になれそうもありませんので、人知れずお心も上《うわ》の空で嘆かわしくお思いになっておられますと、中宮は、

明石中宮「あなたがこうしていつまでも独身でいらして、世間に好き好きしい評判が次第に広まっていますのは、やはりまことによくない事です。何事もお好み通りに押し通そうとお考えなさいますな。帝《みかど》もご心配そうに思し召して仰せられています。」

と、ご自邸にばかりお住まいがちでいらっしゃいますのをお諌《いさ》め申し上げますので、宮は全くつらいとお思いになって、御宿直所《とのいどころ》にお出ましになり、お手紙を書いて宇治へさし上げなさいました後《あと》も、ぼんやりともの思いに沈んでいらっしゃいますと、中納言の君（薫）がおいでになりました。

宇治の方々のお味方とお思いになりますので、いつもより嬉しくて、「どうしたらよいのだろう。もうこんなに暗くなってしまったようで、気が気ではない」と、悲しそうに思っていらっしゃいます。中納言は宮のお気持ちをよく見届

宮は、その夜、内裏《うち》に参りたまひて、えまかでたまふまじげなるを、人知れず御心もそらにて思し嘆きたるに、中宮、

「なほかく独りおはしまして、世の中にすいたまへる御名のやうやう聞こゆる、なほいとあしきことなり。何ごとものの好ましく立てたる心なつかひたまひそ。上もうしろめたげに思しのたまふ」

と、里住みがちにおはしますを諌めきこえたまへば、いと苦しと思して、御宿直所《とのゐどころ》に出でたまひて、御文書きて奉れたまへる、なごりもいたくうちながめておはしますに、中納言の君参りたまへり。

そなたの心寄せと思せば、例よりもうれしくて、「いかがすべき。いとかく暗くなりぬめるを、心も乱れてなむ」と、嘆かしげに思したり。よく御気色を見たてまつら

け申し上げようとお思いになって、
薫「何日かぶりにこうして参内《さんだい》なさいましたのに、今夜はお仕えもせずに急いで退出なさるのでは、ますますよろしくない事とお思い申されましょう。台盤所《だいばんどころ》の方で耳にしたのですが、ひそかに厄介なお勤めをしましたために、受けなくてもよいお咎《とが》めを蒙《こうむ》るのではないかと、顔の色も変わる思いでございました。」
と申し上げなさいますと、
匂宮「全く聞きにくいことをおっしゃることよ。たいていは誰かが告げ口をしたのだろう。世間で咎められるほどの心を何事に使っているというのだろうか。窮屈な身分がかえって困ったことなのだよ」
とおっしゃって、本当にご自分を厭《いと》わしいとさえお思いになっていらっしゃいます。中納言はお気の毒に拝見なさって、
薫「どちらにせよお騒がれになるのは同じでしょう。今夜のお咎めは、わたしがお身代わり申し上げて、この身を捨てることにいたしましょう。木幡山《こはたやま》に馬は如何でご

むと思して、

「日頃経てかく参りたまへるを、今宵さぶらはせたまはで急ぎまかでたまひなむ、いとどよろしからぬ事にや思しきこえさせたまはむ。台盤所《だいばんどころ》の方にて承りつれば、人知れず、わづらはしき宮仕のしるしに、あいなき勘当《かんだう》やはべらむと顔の色違《たが》ひはべりつる」

と申したまへば、

「いと聞きにくくぞ思しのたまふや。多くは人のとりなす事なるべし。世に咎めあるばかりの心は何事にかはつかふらむ。所せき身のほどこそ、なかなかなるわざなりけれ」

とて、まことにいとはしくさへ思したり。いとほしく見たてまつりたまひて、

「同じ御騒がれにこそはおはすなれ。今宵の罪にはかはりきこえさせて、身をもいたづ

木幡山に
「山科の木幡の里に馬はあれど徒歩よりぞ来る君を思へば」（拾遺・雑恋　柿本人麿）。

ざいましょうか。御馬では一層世間の噂《うわさ》も妨《さまた》げるところがないでしょう。」

と申し上げますが、だんだん日が暮れて夜も更《ふ》けてしまいましたので、宮はご思案に余って、御馬でお出かけになりました。

薫「なまじ御供にはお仕えしますまい。あとのお世話をいたしましょう。」

とおっしゃって、中納言は宮中に伺候なさいます。

らになしはべりなむかし。木《こ》幡《はん》の山に馬はいかがはべるべき。いとどものの聞こえや、障りどころなからむ」

と聞こえたまへば、ただ暮れに暮れて更けにける夜なれば、思しわびて、御馬にて出でたまひぬ。

「御供にはなかなか仕うまつらじ。御後見を」

とて、この君は内裏にさぶらひたまふ。

［一七］薫、明石の中宮のお前に参上し、女一の宮のことを思う

中納言が中宮の御方に参上なさいますと、

中宮「宮（匂宮）はお出かけになられたようですね。あきれた情けないお人ですね。何と他《ほか》の人はご覧になるでしょう。帝《みかど》がお聞き遊ばしましたら、私《わたくし》がお諫《いさ》め申し上げないのが不《ふ》がいないと、お叱りを蒙りますのが何ともつらくて。」

と仰せになります。大ぜいの宮様方がこのようにご立派に成人なさっていらっしゃいますのに、母の中宮様はますますお

中宮の御方に参りたまへれば、

「宮は出でたまひぬなり。あさましくいとほしき御さまかな。いかに人見たてまつるらむ。上聞こしめしては、諫めきこえぬが言ふかひなき、と思しのたまふこそわりなけれ」

とのたまはす。あまた宮たちのかくおとなびととのひたまへど、大

女一の宮
明石の中宮の女一の宮。匂宮の姉。薫のあこがれの人。

若く美しいお姿が以前より勝《まさ》っていらっしゃいました。

中納言は女一の宮もこのようにお美しくいらっしゃるだろう。どのような機会にか、この程度にお側《そば》近く、お声だけでもお聞き申したいとしみじみ思われます。「好き心ある男があるまじき心を起こすのも、このような間柄で、そうはいってもよそよそしくもせず出入りして、思うにまかせぬ時のことなのだろう。自分の心のように偏屈な性分《しょうぶん》の類《たぐ》いが世間にまたとあるだろうか。それなのに、やはり一度思いをかけた人はどうしてもあきらめきれないのだから」と、お思いになり控えていらっしゃいます。

お仕えしている女房は、すべて容貌や心遣いなど誰一人として見劣りするものはなく、感じがよくとりどりに美しい中にも、上品でとりわけ目にとまる人もありますが、中納言は決して乱れ心を起こすまいというお心で、まことに生真面目《きまじめ》に振る舞っていらっしゃいます。中にはわざとこれ見よがしのそぶりをする女もいます。しかし一体に気後れするほど慎《つつし》み深くなさっている所ですので、上べはしとやかにしていま

宮は、いよいよ若くをかしきけはひなむまさりたまひける。

女一の宮も、かくぞおはしますべかめる、いかならむをりに、かばかりにてももの近く御声をだに聞きたてまつらむ、とあはれにおぼゆ。「すいたる人の、思ふまじき心つかふらむも、かやうなる御仲らひの、さすがにけ遠からず入り立ちて心にかなはぬをりの事ならむかし。わが心のやうに、ひがひがしき心のたぐひやは、また世にあむべかめる。それに、なほ動きそめぬるあたりは、えこそ思ひ絶えね」など思ひゐたまへり。

さぶらふかぎりの女房の容貌《かたち》心ざま、いづれとなくわろびたるなく、めやすくとりどりにをかしき中に、あてにすぐれて目にとまるあれど、さらにさらに乱れそめじの心にて、いときすくにもてなしたまへり。ことさらに見えしらがふ人もあり。おほかた恥づかしげ

すが、人の心はさまざまな世の中ですから、色めかしげに進んだ下心が見えすいている者もおりますのを、さまざまに面白くもいとおしくもあるものよと、立ち居につけても、ただ無常の世の有様をあれこれとお思いになっていらっしゃいます。

[一八] 匂宮、宇治を訪れ、女房たち喜ぶ　大君、わが身の衰えを思う

あちら（宇治）では、中納言殿がいかにも大げさに言ってよこされたのに、宮は夜が更《ふ》けるまでおいでにならず、お手紙だけがありますのを、「やはり案じた通りよ」と、胸のつぶれる思いでいらっしゃいます所に、夜中近くになって、荒々しい風と競《きそ》うように、まことに優雅で美しいお姿で、芳《かぐ》わしい香を匂わせておいでになりますのも、どうしておろそかにお思いになれましょう。当の中の君も、少しお心が動いて、お情けをお知りになる事もあるようです。大層美しく、今を盛りと見えて、身なりを整えていらっしゃる中の君のさまは、他《ほか》にこれ以上のお方はあるまいと思われます。あれほど優《すぐ》れた女性たちを大ぜいご覧になっておられる宮の御目に

にもてしづめたまへるあたりなれば、うはべこそ心ばかりもてしづめたれ、心々なる世の中なりければ、色めかしげにすすみたる下の心漏りて見ゆるもあるを、さまざまにをかしくもあはれにもあるかなと、立ちてもゐても、ただ常なきありさまを思ひありきたまふ。

かしこには、中納言殿のことごとしげに言ひなしたまへりつるを、夜更くるまでおはしまさで御文のあるを、さればよと胸つぶれておはするに、夜《よ》半《なか》近くなりて、荒ましき風の競《きほ》ひに、いともなまめかしくきよらにて匂ひおはしたるも、いかがおろかに覚えたまはむ。正《さう》身《じみ》もいささかうち靡きて、思ひ知りたまふ事あるべし。いみじくをかしげに盛りと見えて、ひきつくろひたまへるさまは、まして類《たぐ》ひあらじはや、とおぼゆ。さばかりよき人を多く見たまふ御目にだに、けしうはあらず、容貌《かたち》よりはじめ

さえ見劣りすることなく、お顔立ちを始めとして、近くで見るほど優《すぐ》れていると思われますので、山里の老女房たちは、まして口つきを醜《みにく》くほころばせながら、

女房「こうももったいないほどのご様子を、ありきたりの身分の人がお世話するようにおなりになったら、どんなに残念だったでしょう。思い通りのご宿縁《しゅくえん》ですよ。」

と申し上げながらも、姫宮（大君《おおいきみ》）のお心が妙に意地を張っていらっしゃいますのを、悪《あ》しざまに口をすぼめて申し上げています。

盛りを過ぎた身に、華やかな色とりどりの花模様の似つかわしくない衣装を仕立てては、身にそぐわずに着飾っている女房たちの姿の、見られたものでもない恰好をお見渡しになって、姫宮は、「私《わたくし》もだんだんと盛りを過ぎてしまう身なのだ。鏡を見れば次第に痩《や》せ細ってゆくばかり。めいめいの心では、この人たちも自分が醜《みにく》いと思っているだろうか。後《うしろ》姿《すがた》の衰えは気付かない風で、額髪《ひたいがみ》をひきかけてお化粧に念を入れて振る舞っているようだ。私の身の方は、まだあれほど

て、多く近勝《まさ》りしたりと思さるれば、山里の老人《おいびと》どもは、まして口つき憎げにうち笑みつつ、

「かくあたらしき御ありさまを、なのめなる際《きは》の人の見たてまつりたまはましかば、いかに口惜しからまし。思ふやうなる御宿世《すくせ》」

と聞こえつつ、姫宮の御心を、あやしくひがひがしくもてなしたまふを、もどき口ひそみきこゆ。

盛り過ぎたるさまどもに、あざやかなる花の色々、似つかはしからぬをさし縫ひつつ、ありつかずとりつくろひたる姿どもの、罪許されたるもなきを見わたされたまひて、姫宮、「我もやうやう盛り過ぎぬる身ぞかし。鏡を見れば、痩せ痩せになりもてゆく。おのがじしは、この人どもも、我あしとやは思へる。後手《うしろで》は知らず顔に、額髪をひきかけつつ色どりたる顔づ

ではないし、目も鼻も整っていると思われるのは、そう思うせいであろうか」と、不安に思いながら外を眺めて臥していらっしゃいます。「気後《きおく》れするようなあのお方にお目にかかることは、ますますきまりが悪く、もう一、二年もすればなお衰えることだろう。頼りなさそうなこの身の有様よ」と、御手つきの細々とか弱く痛々しげなのをお袖からさし出されてご覧になりながら、中納言との仲をお思い続けていらっしゃいます。

［一九］匂宮、身の窮屈を嘆く　中の君、宮の情を受け、翌朝歌を贈答

兵部卿《ひょうぶきょう》の宮（匂宮）は、なかなかお暇《いとま》を頂けませんでしたことをご思案なさいますにつけて、やはり気軽に通う事が出来そうもないと、実に胸も塞がるようにお思いになりました。御母の大宮（明石の中宮）がお諫《いさ》め申し上げなさいました事などをお話しになられて、

匂宮「あなたを思いながらも途絶えることもあるでしょうが、どうしたのかとご心配なさいますな。夢にもおろそかに思っているのでしたら、このようにしてまで参上す

くりをよくしてうちふるまふめり。わが身にては、まだいとあれがほどにはあらず、目も鼻もなほしとおぼゆるは心のなしにやあらむ」とうしろめたく、見出だして臥したまへり。「恥づかしげならむ人に見えむ事は、いよいよかたはらいたく、いま一二年あらば衰へまさりなむ。はかなげなる身の有様を」と、御手つきの細やかにか弱くあはれなるをさし出でても、世の中を思ひつづけたまふ。

宮は、あり難かりつる御暇《いとま》のほどを思しめぐらすに、なほ心やすかるまじき事にこそは、といと胸ふたがりておぼえたまひけり。大宮の聞こえたまひしさまなど語りきこえたまひて、

「思ひながらとだえあらむを、いかなるにか、と思すな。夢にてもおろかならむに、かくまでも参り来《く》まじきを、心の

るはずがないでしょうに、わたしの気持ちをどうなのかと疑って思い乱れておられるのがいたわしいので、命がけで参ったのです。いつもこうは出歩けないでしょう。いずれしかるべき準備をして、近くにお迎え申しましょう。」

と、まことに懇《ねんご》ろに申し上げなさいますが、途絶えがあるようにお思いでいらっしゃるのは、噂《うわさ》にお聞きした浮気《うわき》なお心の証拠であろうかと用心されて、ご自分の身の上もお思いになりますと、さまざまに悲しいお気持ちになるのでした。

次第に明けて行く空の風情《ふぜい》に、宮は妻戸を押し開けなさって、女君とご一緒に端《はし》近くにお誘い出しになり、外をご覧になりますと、霧が一面に立ちこめた景色は、山里ならではの心にしみる風情が多く加わって、例のように、柴を積む舟が影も淡く行き交《か》う跡の白波など、見馴れない住まいの光景よと、多感な宮のお心には興深くお感じになります。山際《ぎわ》の日の光が次第に明るくなりますと、女君のお顔立ちが申し分ない美しさで、この上なく大事にかしずかれている姫君もこの

ほどやいかがと疑ひて思ひ乱れたまはむが心苦しさに、身を棄ててなむ。常にかくはえまどひ歩かじ。さるべきさまにて、近く渡したてまつらむ」

と、いと深く聞こえたまへど、絶え間あるべく思さるらむは音に聞きし御心のほどしるきにや、と心おかれて、わが御有様から、さまざまもの嘆かしくてなむありける。

明けゆくほどの空に、妻戸おし開けたまひて、もろともに誘ひ出でて見たまへば、霧りわたれるさま、所がらのあはれ多くそひて、例の、柴積む舟のかすかに行きかふ跡の白波、目馴れずもある住まひのさまかなと、色なる御心にはをかしく思しなさる。山の端《は》の光やうやう見ゆるに、女君の御容貌《かたち》のまほにうつくしげにて、限りなくいつきすゑたらむ姫宮もかばか

ぐらいでいらっしゃるのだろう、思いなしかあの身内の女一の宮がいかにもご立派に見えるのだが、中の君のこまやかな美しさなど、くつろいでお目にかかりたいものと、かえって満ち足りないお気持ちがなさいます。

川の音がもの騒がしく、宇治橋が大層古めかしく見渡されるなど、霧の晴れて行くにつれてますます荒々しい川岸のあたりを、宮は、

匂宮「こんな所に、どのようにして何年もお過ごしになられたのだろう。」

などと、ふと涙ぐんでいらっしゃいますのを、女君はとてもきまりが悪いとお聞きになります。

男君のお姿が限りなく優雅で美しくて、この世のみならず来世までもとお約束なさいますので、中の君は思いも寄らなかったご縁とはお思いになりながらも、かえってあの見慣れていた中納言の気詰まりな感じよりは、とお思いになります。あのお方は姉君の方に思いを寄せておられ、まことに心静かなご様子でお逢いしにくく気詰まりでしたが、この宮はよそ

りこそはおはすべかめれ、思ひなしの、わが方ざまのいといつくしきぞかし、こまやかなるにほひなど、うちとけて見まほしく、なかなかなる心地す。

水の音なひなつかしからず、宇治橋のいともの古りて見えわたさるるなど、霧晴れゆけば、いとど荒ましき岸のわたりを、

「かかる所にいかで年を経たまふらむ」

など、うち涙ぐまれたまへるを、いと恥づかしと聞きたまふ。

男の御さまの、限りなくなまめかしくきよらにて、この世のみならず契り頼めきこえたまへば、思ひ寄らざりしこととは思ひながら、なかなか、かの目馴れたりし中納言の恥づかしさよりは、とおぼえたまふ。かれは思ふ方異にて、いといたく澄みたる気色の、見えに

ながら想像申し上げておりました時は、ずっと遥かな雲の上のご身分ですので、一行のお手紙をお書き下さるご返事でさえ遠慮がちに思われましたのを、今は長くお越しが途絶えなさったらさぞ心細いであろうという思いにおなりになりますのも、我ながら情けない変わりようだとお分かりになります。

供人たちがひどく咳払いをして催促申し上げますので、京にお着きになる時分が見苦しくないようにと、とてもあわただしそうになさって、ご自分の心からではない夜離《が》れをくり返しくり返しおっしゃいます。

匂宮 中絶えむものならなくに橋姫のかたしく袖や夜半《よは》に濡らさむ

（わたしたちの中が絶えるものではないのに、あなたは宇治の橋姫のように、独り寝の衣を片敷いて涙に袖を濡らすのでしょうか。）

立ち去りにくくお引き返しになってはためらっていらっしゃいます。

中君 絶えせじの我がたのみにや宇治橋のはるけき仲を

くく恥づかしげなりしに、よそに思ひきこえしは、ましてこよなく遥かに、一行《ひとくだり》書き出でたまふ御返り事だにつつましくおぼえしを、久しくとだえたまはむは、心細からむ、と思ひならるるも、我ながらうたて、と思ひ知りたまふ。人々いたく声づくりもよほしきこゆれば、京におはしまさむほど、はしたなからぬほどに、といと心あわたたしげにて、心より外ならむ夜離れをかへすがへすのたまふ。

中絶えむものならなくに橋姫のかたしく袖や夜半《よは》に濡らさむ

出でがてに、たち返りつつやすらひたまふ。

絶えせじの我がたのみにや

中絶えむ 「橋姫」は中の君にかたどる。

絶えせじの ここの「宇治橋」は枕詞的表現。

待ちわたるべき
（二人の仲は絶えることはあるまいとのお約束を当てにして、宇治橋のように長い絶え間をずっとお待ちしなければならないのでしょうか。）

口にはお出しになりませんけれど、何となく悲しそうなご様子を、宮はこの上なくいとしいとお思いになるのでした。

お若い中の君のお心にしみるような、類《たぐ》い稀な宮の朝立ちのお姿をお見送りなさって、その後《あと》に残り漂う移り香などにも、人知れずしみじみしたお気持ちになられますのは、何とも風情《ふぜい》の分かるお心ですよ。

今朝《けさ》はもう物の見分けのつく時分になっていて、女房たちは宮を覗き見申し上げています。

女房「中納言様は優《やさ》しく気の引けるような所がおありでいらっしゃいました。こちらはもう一段貴いお方と思うせいでしょうか、このお姿は本当にまた格別で。」

などとお褒《ほ》め申し上げています。

宇治橋のはるけき仲を待ち
わたるべき

言には出でねど、もの嘆かしき御けはひ限りなく思されけり。

若き人の御心にしみぬべく、たぐひ少なげなる朝明《あさけ》の姿を見送りて、なごりとまれる御移り香なども、人知れずものあはれなるは、ざれたる御心かな。

今朝ぞ、もののあやめも見ゆるほどにて、人々のぞきて見たてまつる。

「中納言殿は、懐かしく恥づかしげなるさまぞそひたまへりける。思ひなしの今一際にや、この御さまはいと殊に」

などめできこゆ。

［二〇］匂宮の訪れ途絶える　大君と薫、それぞれに心を痛める

お帰りの道すがら、宮はいじらしかった中の君のご様子をお思い出しになりながら、もう一度引き返したいと体裁《ていさい》悪いほどに思われますが、世間の噂《うわさ》を憚《はばか》られて京へお帰りになってからは、容易には人目に紛《まぎ》れてお出かけになれません。お手紙は毎日毎日何度となくさし上げられます。おろそかなお気持ちではないらしいと思いながらも、気がかりな日数《ひかず》が重なりますので、とても気苦労で、「こんな目に会いたくないと思っていたのに、わが身のこと以上に心苦しいことよ」と、姫宮（大君《おおいきみ》）は嘆かわしくお思いでいらっしゃいますが、ますますこの中の君が思い沈みこまれるであろうからと、何気ない風をなさって、せめて自分だけでもこれ以上こうした苦労を加えまいと、一層深くお思いになります。

中納言の君も、宇治ではさぞ待ち遠しくお思いでいらっしゃるだろうと思いやりなさって、それも自分の過《あやま》ちによるものと気の毒にお思いになって、宮を宇治へお促《うなが》し申し上げては絶えずご様子を伺っていらっしゃいますと、本当に真剣に中の君を思い込んでいらっしゃるご様子ですので、今は途

道すがら、心苦しかりつる御気色を思し出でつつ、たちも返りなまほしく、さまあしきまで思せど、世の聞こえを忍びて帰らせたまふほどに、えたはやすくも紛れさせたまはず。御文は、明くる日ごとに、あまた返りづつ奉らせたまふ。おろかにはあらぬにや、と思ひながら、おぼつかなき日数のつもるを、いと心づくしに、「見じと思ひしものを、身に勝《まさ》りて心苦しくもあるかな」と、姫宮は思し嘆かるれど、いとどこの君の思ひ沈みたまはむにより、つれなくもてなして、自《みづか》らだに、なほかかること思ひ加へじ、といよいよ深く思す。

中納言の君も、待遠にぞ思すらむかし、と思ひやりて、わが過《あやま》ちにいとほしくて、宮を聞こえおどろかしつつ、絶えず御気色を見たまふに、いといたく思ほし入れたるさまなれば、さりとも、とうし

[二二] 薫、匂宮と宇治を訪れる　大君、薫と物越しに対面

ふるの山里 「初時雨ふるの山里いかならむ住む人さへや袖の濡るらむ」（新千載・冬　読人しらず）。

絶えていてもお見捨てにはなるまいと、ひとまず安心なさるのでした。

九月十日の頃ですので、野山の景色も思いやられます折から、時雨《しぐれ》模様にかき曇って、空にはむら雲が恐ろしそうな夕暮れに、宮（匂宮）はひとしお落ち着かずもの思いに沈まれて、どうしたものかとお心を決めかねてお出かけをためらっていらっしゃいます。そこへお気持ちをお察しになり、中納言が参られました。

薫「ふるの山里いかならむ（雨の降る山里はどうしているでしょうか）。」

とお促《うなが》し申し上げます。宮は実に嬉しく思われて、ご一緒にとお誘いになりますので、いつものように一つ車に同車なさっておいでになります。

野山に分け入りなさいますにつけて、宮はご自分よりも一層もの思いに沈んでおられるであろう中の君のお心の中を、ひとしおお察しになられます。道中でもただそのようなこと

ろやすかりけり。

九月十日のほどなれば、野山のけしきも思ひやらるるに、時雨《しぐれ》めきてかきくらし、空のむら雲おそろしげなる夕暮、宮いとど静心なくながめたまひて、いかにせむと、御心ひとつを出でたちかねたまふ。をり推しはかりて参りたまへり。

「ふるの山里いかならむ」

と、おどろかしきこえたまふ。いとうれし、と思して、もろともに誘ひたまへば、例の、ひとつ御車にておはす。

分け入りたまふままにぞ、まいてながめたまふらむ心の中いとど推しはかられたまふ。道のほども、ただこのことの心苦しきを語らひ

の心苦しさをお話し申しなさいます。黄昏時《たそがれどき》の大層心細そうな上に、雨が冷たく降りかかって、秋の終わりの景色ものの寂しい中に、しっとりとお濡れになっていらっしゃるお二人の匂いは、この世に類《たぐ》いなく優艶で、お揃いでおいでになりますのを、山住みの者たちはどうしてうろたえないことがありましょうか。

女房たちは、日頃愚痴《ぐち》をこぼしていたこともすっかり忘れて、満面に笑《え》みを浮かべながら御座所を整えたりしています。京の、しかるべき所々に散らばっていました娘たちや、姪《めい》のような人二、三人を呼び寄せてお仕えさせています。長年宮家をお見下《さ》げ申して来ました思慮の浅い人々は、世にも稀なお客人と思って驚いています。

姫宮（大君《おおいきみ》）も折が折とて嬉しく思い申し上げますが、お節介《せっかい》な人が付き添っておられますのが気後《きおく》れを感じるに違いなく、何となく煩《わずら》わしくお思いになりますが、中納言のご気《き》性《しょう》が穏やかで思慮深くいらっしゃいますのを、なるほど宮はこうではいらっしゃらなかったと、お二人をお見比べになり

きこえたまふ。黄昏時《たそがれどき》のいみじく心細げなるに、雨冷やかにうちそそきて、秋はつるけしきのすごきに、うちしめり濡れたまへる匂ひどもは、世のものに似ず艶にて、うち連れたまへるを、山がつどもは、いかが心まどひもせざらむ。

女ばら、日ごろうちつぶやきつるなごりなく笑みさかえつつ、御座《おまし》ひきつくろひなどす。京に、さるべき所どころに行き散りたるむすめども、姪《めい》だつ人二三人尋ね寄せて参らせたり。年ごろ侮《あなづ》りきこえける心あさき人々、めづらかなる客人《まらうど》と思ひおどろきたり。

姫宮も、をりうれしく思ひきこえたまふに、さかしら人のそひたまへるぞ、恥づかしくもありぬべく、なまわづらはしく思へど、心ばへののどかにもの深くものしたまふを、げに、人はかくはおはせ

ますと、中納言はめったにおられないお方とお分かりになられます。

宮を、山里なりに特別丁重《ていちょう》にお世話しお迎え申し上げて、この中納言は、主人側の人のように気楽におもてなしなさいますものの、まだ客間の仮《か》りそめのお席の方に遠ざけておられますので、全くひどいと思っていらっしゃいます。お恨みなさいますのもさすがにお気の毒で、姫宮は物越しにご対面なさいます。中納言は、

薫「戯《たわむ》れにくいまで悲しいのですよ。いつまでこんな風にばかり。」

と、ひどくお恨み申し上げます。姫君は次第に人情の機微《きび》がお分かりになって来ましたけれど、中の君の御上についても、とても深く思いこみなさって、ますますこうした男女の仲らいを、もの憂いものに思いこんでおしまいになり、「やはりひたすら何としてもあのように夫を持つ身にはなるまい。今はいとしいと思うこのお方のお心も、契りを結べば必ず恨めしく思わねばならないこともあろう。自分もあのお方もお互

ざりけり、と見あはせたまふに、あり難し、と思ひ知らる。

宮を、所につけてはいとことにかしづき入れたてまつりて、この君は、主方《あるじがた》に心やすくもてなしたまふものから、まだ客人居《まらうどゐ》のかりそめなる方に出だし放ちたまへれば、いとからし、と思ひたまへり。恨みたまふもさすがにいとほしくて、物越しに対面したまふ。

「戯《たはぶ》れにくくもあるかな。かくてのみや」

と、いみじく恨みきこえたまふ。やうやうことわり知りたまひにたれど、人の御上にてもものをいみじく思ひ沈みたまひて、いとどかかる方をうきものに思ひはてて、「なほひたぶるに、いかでかくうちとけじ。あはれと思ふ人の御心も、必ずつらしと思ひぬべきわざにこそあめれ。我も人も見おとさ

戯れにくいまで　「ありぬやとこころみがてらあひ見ねば戯れにくきまでぞ悲しき」(古今・誹諧　読人しらず)。

ほのめかしながら…大君が匂宮の夜離れをほのめかす。

いに見下《さ》げたりせず、もとの気持ちを失わないで一生を終えたいものだ」と思うお心遣いを強くなさいます。中納言が宮（匂宮）のご様子などもお尋ね申しますので、姫宮はそれとなくほのめかしながら、中納言がやはりそうであったかとお分かりになるようにおっしゃいますので、お気の毒に思われて、宮が中の君を深くお思いでいらっしゃるご様子や、自分が宮のご様子をいつも気にかけていることなどをお話し申し上げます。

姫宮は、いつもよりは素直にお話しになって、

大君「やはりこのような心配事の重なる時を過ごして、気持ちも落ち着きましたらお話し申し上げましょう。」

とおっしゃいます。憎らしく無愛想《ぶあいそう》に寄せつけないというのではありませんが、襖《ふすま》の錠《じょう》も実に厳重ですし、強いて破ろうとすればひどくつらいだろうとお思いになりますので、何かお考えのわけがおありなのだろう、軽々しく他の男にお靡《なび》きになることはまさかあるまいと、気性《きしょう》のおおらかなこのお方は、そうは言っても懸命にお気持ちをお静めになっています。

ず、心違はでやみにしがな」と思ふ心づかひ深くしたまへり。宮の御ありさまなども問ひきこえたまへば、かすめつつ、さればよ、と思しくのたまへば、いとほしくて、思したる御さま、気色を見ありくやうなど語りきこえたまふ。

例よりは心うつくしく語らひて、

「なほかくもの思ひ加ふるほど過ごし、心地もしづまりて聞こえむ」

とのたまふ。人憎く、け遠くはもて離れぬものから、障子《さうじ》の固めもいと強し。しひて破らむをば、つらくいみじからむ、と思したれば、思さるるやうこそはあらめ、軽々しく異ざまになびきたまふこと、はた、世にあらじと、心のどかなる人は、さいへど、いとよく思ひしづめたまふ。

薫「ただ本当にもどかしく、物を隔てておりますのは、思いも晴れない心地がしますので。いつぞやのようにしてお話し申し上げましょう。」

とお責めになりますけれど、

大君「いつもよりも衰えております私《わたくし》の面影が恥ずかしい頃でございますので、疎《うと》ましいとご覧になりましたら、それもさすがにつらく思われますのは、どうした事でしょうか。」

とかすかにお笑いになっていらっしゃるご様子など、不思議なほど慕わしく思われます。

薫「このようなお心に気をゆるめられ申して、ついにはどうなってしまうわが身なのでしょうか。」

と、溜《た》め息をもらしがちに、例のように遠山鳥のように別々のままで夜が明けました。

兵部卿《ひょうぶきょう》の宮は、まだ中納言が旅の独り寝をしていようともお思いにならず、

匂宮「中納言が主人側で気楽にしている様子が羨《うらや》ましい限

私の面影が恥ずかしい頃
「夢にだに見ゆとは見えじ朝な朝なわが面影に恥づる身なれば」(古今・恋四　伊勢)。

遠山鳥のように
山鳥は雌雄が峰を隔てて寝るという。

「ただいとおぼつかなく、物隔てたるなむ、胸あかぬ心地するを。ありしやうにて聞こえむ」

と責めたまへど、

「常よりもわが面影に恥づるころなれば、うとましと見たまひてむも、さすがに苦しきは、いかなるにか」

と、ほのかにうち笑ひたまへるけはひなど、あやしくなつかしくおぼゆ。

「かかる御心にたゆめられたてまつりて、つひにいかになるべき身にか」

と嘆きがちにて、例の、遠山鳥にて明けぬ。

宮は、まだ旅寝なるらむとも思さで、

「中納言の、主方《あるじがた》に心のどか

りです。」

とおっしゃいますので、中の君は不審なこととお聞きになっていらっしゃいます。

［三二］匂宮、宇治へ通えないのを悩み、中の君を京へ迎えようとする

宮は、無理をして宇治においでになっては、すぐにお帰りになりますが、もの足りなくおつらいので、ひどくお悩みになっていらっしゃいました。そのご心中をご存じありませんので、女君の方では、またどうなるのだろう、世間のもの笑いになるのでは、とお嘆きになりますので、いかにも気苦労でつらそうなご様子に見受けられます。

京においても、中の君が人目につかずお移りになれそうな所もさすがにありません。六条院には左の大殿（夕霧）がその一方にお住みになって、あれほど何とかしてとお思いになられた六の君の御事を、宮がお心にとめませんのを何となく恨めしくお思い申し上げているようです。好きがましいお方と、宮を容赦なく非難申し上げて、宮中あたりにも訴え申し上げておられるようですので、ますます何の噂《うわさ》もない人を急

なる気色こそうらやましけれ」とのたまへば、女君、あやしと聞きたまふ。

わりなくておはしましては、ほどなく帰りたまふが飽かず苦しきに、宮ものをいみじく思したり。御心の中を知りたまはねば、女方《をむながた》には、またいかならむ、人わらへにや、と思ひ嘆きたまへば、げに心づくしに苦しげなるわざかな、と見ゆ。

京にも、隠ろへて渡りたまふべき所もさすがになし。六条院には、左の大殿《おほいどの》片つ方に住みたまひて、さばかりいかでと思したる六の君の御ことを思し寄らぬに、なま恨めしと思ひきこえたまふべかめり。すきずきしき御さま、とゆるしなく譏《そし》りきこえたまひて、内裏《うち》わたりにも愁へきこえたまふべかめれ

帝や后のご意向通り
帝と中宮は、匂宮を将来立坊させようとひそかに心づもりしている。

に連れ出してお迎えになりますのも、憚《はばか》ることがまことに多いのでした。通り一ぺんの愛人ぐらいなら、宮仕えの人ということでかえって気楽そうですが、そうした並の人とはお考えになれず、もし御代《みよ》が変わって帝《みかど》や后《きさき》のご意向通りにおなりになるようでしたら、他の人よりも高い身分にもしてあげようなど、只今はまことに華やかにお心にかけておいでになりますままに、今のところはどうお扱いしてよいか方法もなく、お困りでいらっしゃるのでした。

ば、いよいよおぼえなくて出だし据ゑたまはむも憚ることいと多かり。なべてに思す人の際《きは》は、宮仕の筋にて、なかなか心やすげなり。さやうの並々には思されず、もし世の中移りて、帝后の思しおきつるままにもおはしまさば、人より高きさまにこそなさめなど、ただ今は、いとはなやかに心にかかりたまへるままに、もてなさむ方なく、苦しかりけり。

[一三] 薫、匂宮と中の君を思いやる 大君を三条の宮に迎える準備

中納言は、三条の宮を造り終えて、しかるべき形を整えて姫宮（大君《おおいきみ》）をお移し申そうとお思いになります。いかにも臣下の身分は気楽なのでした。兵部卿《ひょうぶきょう》の宮（匂宮）がこうもお気の毒なご様子のまま、不安なお気持ちで忍び通いをしていらっしゃいますので、宮も中の君もお互いに思い悩んでいらっしゃるようですのもおいたわしくて、「こうして宮がお過ごしになっていらっしゃるのを、中宮（明石の中宮）などにそっとお漏らし申し上げて、当座のお叱りはお気の毒でも、

中納言は、三条宮造りはてて、さるべきさまにて渡したてまつらむ、と思す。げに、ただ人は心やすかりけり。かくいと心苦しき御気色ながら、やすからず忍びたまふからに、かたみに思ひ悩みたまふべかめるも、心苦しくて、「忍びてかく通ひたまふよしを、中宮などにも漏らし聞こしめさせて、しばしの御騒がれはいとほしくとも、

衣がえ 十月一日、衣服や調度を冬の装いに変える。

女君の御側の御ためには落度もあるまい。全くこうして宇治で夜をさえ明かすことのおできにならないおつらいご様子よ。中の君を立派にとり扱ってさし上げたいものよ」などとお思いになって、お二人のことを強いてもお隠しになりません。

衣《ころも》がえなどもてきぱきと誰がお世話するだろうか、などとお思いになって、御帳の帷子《かたびら》や壁代《かべしろ》など、三条の宮の落成《らくせい》の後《あと》にそちらへお移りになる準備として整えておかれましたのを、

薫「さし当たって、しかるべきご用に。」

など、ごく内々に母宮（女三の宮）に申し上げなさって、宇治にさし上げられます。色々な女房の装束を、御乳母《めのと》などにもお言いつけになっては、わざわざお作らせになるのでした。

女方《をむながた》の御ためは咎もあらじ。いと、かく、夜をだに明かしたまはぬ苦しげさよ。いみじくもてなしてあらせたてまつらばや」など思ひて、あながちにも隠ろへず。

更衣《ころもがへ》など、はかばかしく誰かはあつかふらむなど思して、御帳の帷子《かたびら》、壁代《かべしろ》など、三条宮造りはてて、渡りたまはむ心まうけにしおかせたまへるを、

「まづさるべき用なむ」

など、いと忍びて聞こえたまひて、奉れたまふ。さまざまなる女房の装束、御乳母などにものたまひつつ、わざともせさせたまひけり。

[二四] 匂宮、紅葉狩を口実に宇治に赴く　姫君たち迎えの準備

十月はじめ頃、網代《あじろ》も興ある時分であろうと、中納言（薫）は兵部卿《ひょうぶきょう》の宮（匂宮）にお勧《すす》め申し上げて、宇治の紅葉《もみじ》の見物をなさろうと計画をお立てになります。お側《そば》にお仕えする宮家の人たちや、殿上人《てんじょうびと》の中で親しくお思いの者だけで、ご

十月朔日《ついたち》ごろ、網代《あじろ》もをかしきほどならむ、とそそのかしきこえたまひて、紅葉御覧ずべく申しさだめたまふ。親しき宮人ども、殿上人の睦ましく思すかぎり、いと

く内輪でとお思いになりましたが、盛大なご威勢ですので、自然噂《うわさ》が広がって、左大臣殿（夕霧）のご子息の宰相《さいしよう》の中将も参上なさいます。その他にはこの中納言だけが上達部《かんだちめ》ではお供をなさいます。それ以下の殿上人《てんじようびと》は大ぜいです。

宇治のお邸《やしき》には中納言が、

「宮はもちろんそちらで中休みをなさるでしょうから、そのおつもりでいらっしゃい。去年の春も花見に尋ねて参ったあれこれの人々が、こうした機会にかこつけて、時雨《しぐれ》の雨宿りに紛《まぎ》れてあなた方のお姿を覗き見申したら大変です。」

など、こまごまとご注意申し上げなさいました。御簾《みす》を掛け替えたり、あちらこちら掃除をしたり、岩陰に積もった紅葉《もみじ》の朽葉《くちば》を少し払い除《の》け、遣水《やりみず》の水草を払わせたりなさいます。中納言は趣ある果物《くだもの》や酒の肴《さかな》など、またしかるべき手伝いの人などもさし向けられます。姫君たちは感謝しつつも、一方では奥ゆかしさもないけれど仕方あるまい、これも何かの因《いん》縁《ねん》なのだろうと思い認められて、宮のご来訪のお心づもりを

忍びて、と思せど、ところせき御勢なれば、おのづから事ひろごりて、左の大殿の宰相中将参りたまふ。さてはこの中納言ばかりぞ、上達部は仕うまつりたまふ。ただ人は多かり。

かしこには、

「論《ろ》なく中宿したまはむを、さるべきさまに思せ。さきの春も、花見に尋ね参り来しこれかれ、かかるたよりに事寄せて、時雨《しぐれ》の紛れに見たてまつりあらはすやうもぞはべる」

など、こまやかに聞こえたまへり。御簾かけかへ、ここかしこかき払ひ、岩隠れに積れる紅葉の朽葉すこしはるけ、遣水の水草払はせなどぞしたまふ。よしあるくだもの、肴《さかな》など、さるべき人なども奉れたまへり。かつはゆかしげなけれど、いかがはせむ、これもさるべきにこそは、と思ひゆるして、心まう

なさったのでした。

舟で上《のぼ》ったり下《くだ》ったりして、風流に管弦のお遊びをなさっているのが聞こえて来ます。ぼんやりその様子が見えますのを、川の方に立ち出て若い女房たちは拝見しています。宮ご本人のお姿ははっきりと見分けがつきませんけれども、紅葉《もみじ》を葺《ふ》いた舟の飾りが錦のように見える所に、さまざまに吹き立てる楽《がく》の音色《ねいろ》が、風に乗って仰々しいまで賑やかに感じられます。世間の人々が付き従い大切にお仕え申し上げているさまが、このようにお忍びの際でも、まことに格別に豪勢ですのをご覧になりますにつけても、女房たちはいかにも年に一度の七夕《たなばた》の逢瀬《おうせ》でも、このような彦星《ひこぼし》の光をお待ちしたいと思うのでした。

漢詩をお作らせになるお心づもりで、博士《はかせ》などもお供をしていました。黄昏時《たそがれ》に御身を岸にさし寄せて、音楽を奏しながら詩をお作りになります。紅葉の薄いのや濃いのを挿頭《かざし》にして、海仙楽《かいせんらく》という曲を吹いて、めいめいが満足そうな様子をしていますのに、宮は近江《おうみ》の海の心地がなさって、川向こ

けしたまへり。

舟にて上《のぼ》り下《くだ》り、おもしろく遊びたまふも聞こゆ。ほのぼのありさま見ゆるを、そなたに立ち出でて、若き人々見たてまつる。正身《さうじみ》の御ありさまはそれと見わかねども、紅葉を葺きたる舟の飾の錦と見ゆるに、声々吹き出づる物の音ども、風につきておどろおどろしきまでおぼゆ。世の人のなびきかしづきたてまつるさま、かく忍びたまへる道にも、いとことにいつくしきを見たまふにも、げに七夕《たなばた》ばかりにても、かかる彦星の光をこそ待ち出でめ、とおぼえたり。

文作らせたまふべき心まうけに、博士などもさぶらひけり。黄昏時《たそがれどき》に、御舟さし寄せて遊びつつ文作りたまふ。紅葉を薄く濃くかざして、海仙楽《かいせんらく》といふものを吹きて、おのおの心ゆきたる気色なるに、

七夕の逢瀬
稀にしか見えない匂宮に年に一度の七夕の逢瀬をたとえる。彦星は匂宮。

海仙楽
雅楽の曲名。黄鐘調の曲。古来船楽に用いられることが多い。

近江の海
琵琶湖。海藻（みるめ）がないので「見る目」がない。逢えない不満をいう。「いかなれば近江の海のかかりてふ人をみるめの絶えて生ひねば」（奥入）。

うのお方のお恨みはいかほどかとばかり、お心も上《うわ》の空でいらっしゃいます。人々は折にふさわしい詩題を出して、小声で吟誦し合っています。

[二五] 盛んな遊宴に、宮、中の君に逢えず帰京　人々歌を詠む

人々の騒ぎが少し静まってからあちらにお越しになるだろうと中納言もお思いになって、宮にもそうなさるように申し上げていらっしゃいますと、宮中から中宮のお言い付けで、宰相の中将の御兄の衛門《えもん》の督《かみ》が、仰々しい随身《ずいじん》を引き連れて、威儀《いぎ》を正して参上なさいました。このようなお出歩きは人目につかないようになさろうとしても、自然噂《うわさ》が広がって後《のち》々の例にもなるものですのに、身分の重いお供の数も多くはなく、急にお出ましになりましたことを、中宮がお聞きあそばしてお驚きになられて、こうして衛門の督が殿上人《てんじょうびと》を大ぜい連れて参上しましたので、間《ま》が悪いことになってしまいました。宮も中納言も困ったとお思いになり、興も覚《さ》めてしまいました。お二人のお心の中も知らず、一行の者たちは酔《よ》い乱れて遊び明かしたのでした。

宰相の中将の御兄の衛門の督 衛門の督は夕霧の長男、宰相の中将は次男。

宮は、あふみの海の心地して、をちかた人の恨みいかにとのみ御心そらなり。時につけたる題出だして、うそぶき誦じあへり。

人のまよひすこししづめておはせむ、と中納言も思して、さるべきやうに聞こえたまふほどに、内裏《うち》より、中宮の仰せ言にて、宰相の御兄の衛門督《ゑもんのかみ》、ことごとしき随身ひき連れてうるはしきさまして参りたまへり。かうやうの御歩きは、忍びたまふとすれどおのづから事ひろごりて、後の例にもなるわざなるを、重々しき人数あまたもなくて、にはかにおはしましにけるを聞こしめしおどろきて、殿上人あまた具して参りたるにはしたなくなりぬ。宮も中納言も、苦し、と思して、物の興もなくなりぬ。御心の中をば知らず、酔ひ乱れて遊び明かしつ。

中宮の大夫
中宮職の長官。

今日はこのまま宇治で、と宮はお思いになりますが、また中宮の大夫《だいぶ》や他《ほか》の殿上人《てんじょうびと》などを大ぜいお迎えに遣わされました。宮は気も落ち着かず心残りで、お帰りになるお気持ちにもなれません。あちらの女君（中の君）のもとにはお手紙をさし上げます。風流めいたこともなく、実に真面目《まじめ》にお思いになっておられますことどもをこまごまとお書き続けになりますが、女君は人目が多く騒々しいだろうとお思いになって、ご返事もありません。中の君は、人数にも入《はい》らない今の有様では、貴いお方とお付き合いするのもかいのないことよと、一層お悟りになります。遠く離れたまま月日が経《た》つのは待ち遠しさも道理と思われ、そうは言ってもそのうちにお逢いできようなどと、お心をお慰めになりますが、すぐ近くで大騒ぎをしておいでになって、つれなく素通りなさいますのを、恨めしくも残念にもさまざまに思い乱れていらっしゃいます。

宮はましてやお胸が塞《ふさ》がって、やりきれないとお思いになることこの上ありません。網代《あじろ》の氷魚《ひお》までも宮に心を寄せ申し上げて集まって来ますのを、人々は色とりどりの木の葉に

今日は、かくて、と思すに、また、宮の大夫《だいぶ》、さらぬ殿上人などあまた奉りたまへり。心あわたたしく口惜しくて、帰りたまはむそらなし。かしこには御文をぞ奉れたまふ。をかしやかなることもなく、いとまめだちて、思しけることどもをこまごまと書きつづけたまへれど、人目しげく騒がしからむにとて、御返りなし。数ならぬありさまにては、めでたき御あたりにまじらはむ、かひなきわざかな、といとど思し知りたまふ。よそにて隔たる月日は、おぼつかなさもことわりに、さりともなど慰めたまふを、近きほどにののしりおはして、つれなく過ぎたまふなむ、つらくも口惜しくも思ひ乱れたまふ。

宮は、まして、いぶせくわりなし、と思すこと限りなし。網代《あじろ》の氷魚《ひを》も心寄せたてまつりて、いろいろの木の葉にかきまぜもてあそ

取り混ぜて興じていますが、それを下人《しもびと》などはとても面白いと思っていますので、人それぞれに応じて満足のいく逍遥《しょうよう》ですのに、宮ご自身のお気持ちは、ただもう胸が塞がるばかりで、空ばかり眺めていらっしゃいますが、あの対岸の故宮のお邸《やしき》の梢がとりわけ実に風情《ふぜい》があり、常磐木《ときわぎ》に這いかかっている蔦《つた》の色なども奥深い感じで、遠目にさえもの寂しい景色ですのを、中納言の君も、かえって宮のお立ち寄りを当てにさせ申したので、嘆かわしいことになったと思っていらっしゃいます。

去年の春、宮のお供をしていた君たちは、桜の花の美しさを思い出して、八の宮に先立たれて、そこでもの思いをなさっていらっしゃる姫君たちの心細さを話し合っています。宮がこうしてこっそりとお忍びでお通いになっていらっしゃると、ほのかに聞いている者もいるでしょう。事情を知らない人も混《ま》じっていて、だいたい何やかやと姫君たちのお噂《うわさ》は、こうした山深い隠れ所ではありますが、自然と耳に入るものですから、

ぶを、下人などはいとをかしき事に思へれば、人に従ひつつ、心ゆく御歩きに、みづからの御心地は、胸のみつとふたがりて、空をのみながめたまふに、この古宮の梢は、いとことにおもしろく、常磐木《ときはぎ》に這ひかかれる蔦の色なども、もの深げに見えて、遠目さへすごげなるを、中納言の君も、なかなか頼めきこえけるを、愁はしきわざかな、とおぼゆ。

去年《こぞ》の春、御供なりし君たちは、花の色を思ひ出でて、後れてここにながめたまふらむ心細さを言ふ。かく忍び忍びに通ひたまふ、とほの聞きたるもあるべし。心知らぬもまじりて、おほかたに、とやかくやと、人の御上は、かかる山隠れなれど、おのづから聞こゆるものなれば、

いつぞやも 「木《こ》の本」に「子」を掛け、姫君を暗示。

桜こそ すぐに散る桜に無常の世をよそえる。

いづこより 過ぎゆく秋を惜しむ歌。

人々「大層美しいお方でいらっしゃるそうだ。」

人々「箏《そう》の琴《こと》がお上手で、亡き宮様が明け暮れ演奏をおさせになっていらっしゃったから。」

などと、口々に言っています。宰相の中将は、

宰相中将　いつぞやも花の盛りにひとめ見し木《こ》の本さへや秋はさびしき

（いつであったか、花の盛りにちらりと見たこのお邸《やしき》の桜の木の本――そこにとり残された姫君たちは、この秋は寂しくお暮らしでしょう。）

中納言（薫）をこの宮家の身内の者と思って言いますので、中納言は、

薫　桜こそ思ひ知らすれ咲きにほふ花も紅葉《もみぢ》も常ならぬ世を

（桜こそ人に思い知らせてくれます、咲き匂う花も紅葉も、この無常の世の中を。）

衛門《えもん》の督《かみ》は、

いづこより秋はゆきけむ山里の紅葉のかげは過ぎ憂き

「いとをかしげにこそものしたまふなれ」

「箏《さう》の琴上手にて、故宮の明け暮れ遊びならはしたまひければ」

など、口々言ふ。宰相中将、

いつぞやも花の盛りにひとめ見し木《こ》の本さへや秋はさびしき

主方《あるじがた》と思ひて言へば、中納言、

桜こそ思ひ知らすれ咲きにほふ花も紅葉《もみぢ》も常ならぬ世を

衛門督、

いづこより秋はゆきけむ山

ものを
（どこから秋は去っていったのだろう、山里の美しい紅葉《もみじ》のかげは、通り過ぎにくいものなのに。）

宮の大夫《だいぶ》は、

見し人もなき山里の石垣《いはがき》に心ながくも這へる葛《くず》かな
（おあいした宮も今はおられないこの山里のお邸《やしき》も、岩垣に葛だけが変わらずに這いまつわっています。）

この人は一行の中で老齢で、思わずお泣きになります。八の宮のお若くていらっしゃった頃の事などを思い出したのでしょう。宮は、

匂宮　秋果ててさびしさまさる木《こ》のもとを吹きな過ぐしそ峰の松風
（秋が去ってひとしお寂しくなる山里の木のあたりを、あまり荒々しく吹いてくれるな、峰の松風よ。）

とお詠《よ》みになって、まことにひどく涙ぐんでいらっしゃいますのを、うすうす事情を知っている人は、
「本当に深く愛されておられたのだ。今日のよい機会を

里の紅葉のかげは過ぎ憂き
ものを

宮の大夫、
見し人もなき山里の石垣《いはがき》に
心ながくも這へる葛《くず》かな

中に老いしらひて、うち泣きたまふ。親王《みこ》の若くおはしける世のことなど思ひ出づるなめり。宮、

秋果ててさびしさまさる木《こ》
のもとを吹きな過ぐしそ峰
の松風

とて、いといたく涙ぐみたまへるを、ほのかに知る人は、
「げに深く思すなりけり。今日のたよりを過ぐしたまふ心

見し人も
「見し人」はかつて会った八の宮。「山里の石垣」は宇治の邸。

秋果てて
「木のもと」に「子」を掛け、姫君をさす。

お過ごしになるとは、お気の毒なこと。」

とご同情申し上げる人もおりますけれど、仰々しくお供を引き連れていらっしゃいますので、とてもお立ち寄りにはなれません。作った詩の中の面白い所々を吟誦したり、和歌も何かにつけて多く詠《よ》まれたのですが、このような酔いの紛《まぎ》れには、ましてたいしたものがあろうはずもありません。その一部を書きとどめるだけでも見苦しいことです。

あちらでは、宮の御一行がそのまま通り過ぎてしまわれた気配を、遠くなるまで聞こえる先払いの声でお感じになって、平静なお気持ちではいらっしゃれない思いがなさいます。心待ちにしていた女房たちも、まことに残念なことと思っています。姫宮（大君《おおいきみ》）はまして、「やはり噂《うわさ》に聞く月草の色のように移りやすいお心だったのだ。うすうす人の話をするのを聞くと、男というものは虚言《そらごと》をよく言うそうだ。思ってもいない女をさも思っているような顔で、もっともらしく言う言葉が多いものだと、ここにいる取るに足らぬ女たちが昔語り

苦しさ」

と見たてまつる人あれど、ことごとしくひきつづきて、えおはしまし寄らず。作りける文どもの、おもしろき所どころうち誦じ、やまと歌もことにつけて多かれど、かうやうの酔の紛れに、ましてはかばかしきことあらむやは。片はし書きとどめてだに見苦しくなむ。

かしこには、過ぎたまひぬるけはひを、遠くなるまで聞こゆる先《さ》駆《き》の声々、ただならずおぼえたまふ。心まうけしつる人々も、いと口惜しと思へり。姫宮は、まして、「なほ音に聞く月草の色なる御心なりけり。ほのかに人の言ふを聞けば、男といふものは、そら言をこそいとよくすなれ。思はぬ人を思ふ顔にとりなす言の葉多かるものと、この人数ならぬ女ばらの、昔物語に言ふを、さるなほなほし

［二六］ 大君、匂宮の素通りを恨み、結婚拒否の考えを強める

月草の色のように 「いで人は言《こと》のみぞよき月草のうつし心は色異にして」（古今・恋四 読人しらず）。

に話しているのを、そうしたつまらぬ身分の者の中にこそ怪《け》しからぬ心を持つ者も混じるだろうが、何事にも血筋も格別な身分になれば、人が聞いたり思ったりすることが憚《はばか》られて、勝手な振る舞いは出来ないものと思っていたのだが、そうとは限らないものだったのだ。あの宮は浮気《うわき》でいらっしゃるようだと、亡き父宮も人伝《づ》てにお聞きになって、このように近しい仲とまではお思いにならなかったのに、不思議なまでに熱心にずっとお言い寄りになり、思いもかけず妹の婿としてお迎えすることになったにつけても、不幸せ《ふしあわ》なわが身の嘆きを加えることになるのは何とも情けないことよ。このような期待はずれの宮のお心を、一方ではあの中納言（薫）もどうお思いになるだろうか。この邸《やしき》には特に気が引けるような女房はいないけれど、めいめい心の中でどう思っているか、もの笑いな愚《おろ》かしいことよ」と思い乱れていらっしゃいますと、ご気分も優《すぐ》れず、ひどくご加減も悪くお思いになります。

　当の中の君は、たまに宮にお逢いになる時、宮が限りなく深い想いを頼みにおさせになりお約束なさっていますので、

き中にこそは、けしからぬ心あるもまじるらめ、何ごとも筋ことなる際になりぬれば、人の聞き思ふことつつましく、ところせかるべきものと思ひしは、さしもあるまじきわざなりけり。あだめきたまへるやうに、故宮も聞き伝へたまひて、かやうにけ近きほどまでは思し寄らざりしものを、あやしきまで心深げにのたまひわたり、思ひの外に見たてまつるにつけてさへ、身のうさを思ひそふるが、あぢきなくもあるかな。かく見劣りする御心を、かつはかの中納言もいかに思ひたまふらむ。ここにもことに恥づかしげなる人はうちまじらねど、おのおの思ふらむが人わらへにをこがましきこと」と思ひ乱れたまふに、心地も違《たが》ひて、いと悩ましくおぼえたまふ。

　正身《さうじみ》は、たまさかに対面したまふ時、限りなく深きことを頼め契

いくら何でもすっかりお心変わりはなさるまいと、お越しがないのもやむを得ないさし障《さわ》りがおありなのだろうと、お心の中でお思い慰めていらっしゃるところがあります。日時が経《た》ちましたので、いらいらなさらないこともありませんが、なまじ近くまでいらして素通りなさいましたのを、恨めしくも残念にも思われますので、一層しみじみと悲しいお気持ちにおなりです。こらえきれないご様子ですのを、人並みのお世話ができて、ふつうの貴族らしい生活をしているのなら、宮もこんなお扱いをなさることはないだろうなどと、姉君はますます中の君を不憫《ふびん》に思い申し上げます。

「私《わたくし》も、もしこの世に生き長らえたら、このような目をきっと見るに違いない。中納言があれこれとお言い寄りになるのも、ただ私の気を引いてみようというおつもりだったのだ。自分だけが相手になるまいと思っても、言い逃《のが》れるにも限度があるだろう。女房たちが懲りもせずにこうした結婚のことばかりどうにかしてと思っているようだが、心外にも結局はそのようにされてしまいそうだ。これこそは父宮が返す

りたまへれば、さりともこよなうは思し変らじと、おぼつかなきも、わりなき障りこそはものしたまふらめと、心の中に思ひ慰めたまふ方あり。ほど経にけるが思ひいれられたまはぬにしもあらぬに、なかなかにてうち過ぎたまひぬるを、つらくも口惜しくも思ほゆるに、いとどものあはれなり。忍びがたき御気色なるを、人並々にもてなして、例の、人めきたる住まひならば、かうやうにもてなしたまふまじきをなど、姉宮はいとどしくあはれと見たてまつりたまふ。

「我も、世に長らへば、かうやうなる事見つべきにこそはあめれ。中納言のとざまかうざまに言ひ歩きたまふも、人の心を見むとなりけり。心一つにもて離れて思ふとも、こしらへやる限りこそあれ。ある人のこりずまに、かかる筋の事をのみ、いかでと思ひためれば、心より外に遂にもてなされぬべか

返すそのつもりで用心してこの世を過ごすようにとご遺言なさったのは、こういうこともあろうかとのお諫《いさ》めだったのだ。こんな不幸な宿命の二人だから、頼りとすべき人にも先立たれてしまうのだろう。二人とも同じようにもの笑いを重ねる有様で、亡き両親までお苦しめ申し上げるのが悲しいことよ。やはり私《わたくし》だけでもそんな心配で苦労せず、愛執《あいしゅう》の罪など深くならないうちに、どうかして死んでしまいたい」と思い沈んでいらっしゃいますと、ご気分も本当に苦しいので、食べ物も召し上がらず、ただ亡くなった後《あと》の予想される事を、明けても暮れても思い続けていらっしゃいますと、何とも心細くて、この妹君をご覧なさいますのも本当に不憫《ふびん》で、「私にまで先立たれてしまわれては、どんなにか頼りなく心を慰めるすべもないであろう。もったいないほど美しいお姿を明け暮れの慰めにして、何とかして世間並みにお世話してさし上げたいと気配りをすることこそ、人知れず将来の頼みにも思っていたのに、宮がいかに高貴なお方でいらしても、これほど世間体《てい》の悪い目にあわされた人が、世間に立ち交《ま》じって普通

めり。これこそはかへすがへす、さる心して世を過ぐせ、とのたまひおきしは、かかる事もやあらむの諫めなりけり。さもこそはうき身どもにて、さるべき人にも後れたてまつらめ。やうのものと、人わらへなる事をそふる有様にて、亡き御影をさへ悩ましたてまつらむがいみじさ。なほ我だにさるもの思ひに沈まず、罪などいと深からぬ先にいかで亡くなりなむ」と思し沈むに、心地もまことに苦しければ、物もつゆばかり参らず、ただ亡からむ後のあらましごとを、明け暮れ思ひ続けたまふに、もの心細くて、この君を見たてまつりたまふもいと心苦しく、「我にさへ後れたまひて、いかにいみじく慰む方なからむ。あたらしくをかしきさまを、明け暮れの見物《みもの》にて、いかで人々しくも見なしたてまつらむ、と思ひ扱ふをこそ、人知れぬ行く先の頼みにも思ひつれ、限

［二七］匂宮、帝《みかど》や中宮に厳しく諫《いさ》められ、薫、自《みずか》らの処置を悔いる

衛門の督 夕霧の長男。

の人のようにお暮らしになるのは、例のないことでつらいことであろう」などお思い続けなさいますと、言うかいもなく、この世では少しも思い慰めるすべもなく過ぎてしまう私《わたくし》たちなのだろうと、心細くお思いになります。

兵部卿《ひょうぶきょう》の宮（匂宮）は、お帰りになりますとすぐに折り返し、いつものようにこっそりと宇治へお出かけになろうとなさいましたが、帝《みかど》に、

衛門督「このようなお忍び事のために、山里のご遊覧も急に思い立たれたのでした。軽々しいお振る舞いと世間の人々も陰で非難申しているそうです。」

と衛門《えもん》の督《かみ》がお漏らし申し上げましたので、中宮（明石の中宮）もお聞きあそばされてお嘆きになり、帝も一層許せないご様子で、

帝「だいたいお気のままになさっている御里住まいがいけないのです。」

と、厳しいお咎《とが》めもあって、宮中にそのままずっとお住まわ

りなき人にものしたまふとも、かばかり人わらへなる目を見てむ人の、世の中にたちまじり、例の人ざまにて経たまはむは、類《たぐ》ひ少なく心憂からむ」など思し続くるに、言ふかひもなく、この世にはいささか思ひ慰む方なくて過ぎぬべき身どもなめり、と心細く思す。

宮は、たち返り、例のやうに忍びてと出で立ちたまひけるを、内《う》裏《ち》に、

「かかる御忍び事により、山里の御歩《あり》きもゆくりかに思したつなりけり。軽々しき御ありさまと、世人《よひと》も下に譏《そし》り申すなり」

と、衛門督《ゑもんのかみ》の漏らし申したまひければ、中宮も聞こしめし嘆き、上もいとどゆるさぬ御気色にて、

「おほかた心にまかせたまへる御里住みのあしきなり」

と、きびしきことども出で来て、

せ申し上げられます。

左の大殿（夕霧）の六の君を、宮はご承諾できないとお思いでしたけれど、無理にも宮にさし上げられるよう皆でお取り決めになられます。

中納言殿（薫）はこのことをお聞きになって、どうにもならないことながら、あれこれと思い廻《めぐ》らしていらっしゃいます。「自分があまりに変わっているのだ。そうなるべき因縁《いんねん》があったのか、亡き八の宮が気がかりだとお思いであったご様子も、お気の毒で忘れ難く、この姫君たちの御有様やお人柄も、特別お幸せになることもなくて世に衰えておしまいになるのも、もったいなく思われるあまりに、世の人並みのお暮らしをさせてあげたいと、我ながら不思議なくらいにお世話申していた所へ、宮もあいにくにご熱心にご催促になったので、自分が心を寄せる人は違うのに妹をお譲りになるご様子も面白くなくて、このように取り計らったのに。思えば悔やまれることであったよ。お二人ともわがものとしてお逢い申し上げても咎《とが》めるような人もいないのに」と、今更取り返

内裏《うち》につとさぶらはせたてまつりたまふ。

左の大殿《おほいどの》の六の君を承け引かず思したることなれど、おしたちて参らせたまふべくみな定めらる。

中納言殿聞きたまひて、あいなくものを思ひありきたまふ。「わがあまり異様《ことやう》なるぞや。さるべき契りやありけむ、親王《みこ》のうしろめたしと思したりしさまもあはれに忘れがたく、この君たちの御有様けはひも、ことなる事なくて世に衰へたまはむ事の惜しくもおぼゆるあまりに、人々しくもてなさばや、とあやしきまでもてあつかはるるに、宮もあやにくにとりもちて責めたまひしかば、わが思ふ方は異なるに譲らるる有様もあいなくて、かくもてなしてしを。思へば、悔しくもありけるかな。いづれもわがものにて見たてまつらむに、咎むべき人もなしかし」と、

しがつくものではありませんが、愚《おろ》かしくお心一つに思い悩んでいらっしゃいます。

宮はまして中の君のことがお心にかからない時がなく、恋しく気がかりにお思いになります。中宮は、

中宮「お気に入りの人がいるのでしたら、こちらに参上させて、普通に穏やかにお取り扱いなさい。将来を特別にお考え申し上げておられるのですから、帝《みかど》はあなたの軽々しいように人がお噂《うわさ》しているらしいのも、本当に残念です。」

と、明けても暮れてもお諫《いさ》めになります。

［二八］ 匂宮、女一の宮の美しさに惹《ひ》かれ、歌を詠み、女房たちと戯れる

時雨《しぐれ》がしきりに降って静かなある日、宮（匂宮）は女一の宮の御許に参られますと、お前には人も多く控えておらず、ひっそりとして御絵などをご覧になっていらっしゃる所です。御几帳《みきちょう》だけを隔ててお話を申し上げます。この上なく上品で気高くいらっしゃいますものの、もの柔らかでお美しいご様子を、長年世に二人とないお方とお思い申し上げなさって、

とり返すものならねど、をこがましく心一つに思ひ乱れたまふ。

宮は、まして、御心にかからぬをりなく、恋しくうしろめたしと思す。

「御心につきて思す人あらば、ここに参らせて、例ざまにのどやかにもてなしたまへ。筋ことに思ひきこえたまへるに、軽びたるやうに人の聞こゆべかめるも、いとなむ口惜しき」

と、大宮は明け暮れ聞こえたまふ。

時雨いたくしてのどやかなる日、女一の宮の御方に参りたまへれば、御前に人多くもさぶらはず、しめやかに、御絵など御覧ずるほどなり。御几帳ばかり隔てて、御物語聞こえたまふ。限りもなくあてに気高きものから、なよびかにをかしき御けはひを、年ごろ二つなき

「ほかにこのご容姿に比べられる人がこの世にいるだろうか。冷泉院《れいぜいいん》の姫宮だけは院のご寵愛ぶりや内々のご様子も奥ゆかしく聞いているけれど、言い出すすべもなく思い続けているが、あの山里の御方は、かわいらしく上品な点はひけをお取り申すまい」などと、まず思い出されますにつけ、一層恋しくて、慰めに御絵が沢山に散らばっていますのをご覧になりますと、まして女絵で恋する男の住まいなどが描《か》きまぜてあったり、山里の風流な家の有様など、それぞれに男女の有様を描いたりしてありますので、わが身によそえられることが多くて、お目がお止まりになって、少しお分け下さるように申し上げて、あの宇治の方へさし上げようとお思いになります。

　在五《ざいご》の物語を絵に描いて、妹に琴《きん》の琴《こと》を教えている所で、「人の結ばむ（他人が契りを結ぶのだろうか）」と言っているのをご覧になって、宮はどう思われたのでしょうか、女一の宮の方に少し近くお寄りになって、

匂宮「昔の人も近しい間柄でしたらこのように隔てを置か

ものに思ひきこえたまひて、またこの御ありさまになずらふ人世にありなむや、冷泉院の姫宮ばかりこそ、御おぼえのほど、内々の御けはひも心にくく聞こゆれど、うち出でむ方もなく思しわたるに、かの山里人は、らうたげにあてなる方の劣りきこゆまじきぞかしなど、まづ思ひ出づるにいと恋しくて、慰めに、御絵どものあまた散りたるを見たまへば、をかしげなる女絵どもの、恋する男の住まひなど書きまぜ、山里のをかしき家ゐなど、心々に世のありさま描きたるを、よそへらるること多くて、御目とまりたまへば、すこし聞こえたまひてかしこへ奉らむ、と思す。

　在五が物語描きて、妹に琴《きん》教へたるところの、「人の結ばむ」と言ひたるを見て、いかが思すらむ、すこし近く参り寄りたまひて、

　「いにしへの人も、さるべき

あの山里の御方　宇治にいる中の君。

在五の物語　伊勢物語。以下は四十九段。

人の結ばむ　「うらわかみねよげにみゆる若草を人の結ばむことをしぞ思ふ」（四十九段）。

ないのが習わしでございました。それなのに大層よそよそしくばかりお扱いになられますが。」

と、そっと申し上げますと、女宮はどんな絵なのかとお思いになって、巻き寄せてお前にさし入れなさいましたのをうつ伏してご覧になりますと、お髪《ぐし》がうち靡《なび》いてこぼれかかっています、その間からこぼれ出たほんの横顔だけがちらりと拝見されますのが、見飽きることのないほどお美しく、もしこれが少しでも血筋の離れているお方と存じ上げることができたら、とお思いになりますと、もうこらえきれなくなられて、

匂宮 若草のねみむものとは思はねどむすぼほれたる心地こそすれ

(若草のように美しいあなたとは姉弟ですので共寝をしようとは思いませんが、やはり悩ましい心が晴れやらぬ気持ちがいたします。)

お前に仕えている女房たちは、この宮を殊に気が引けるようにお思い申し上げて、物陰に隠れています。女宮は、「ことともあろうに、何と嫌《いや》な、不可解なことを」とお思いになり

若草の 「若草の」は枕詞。「ね」は「寝」と「根」を掛ける。

ほどは、隔てなくこそならはしてはべりけれ。いとうとうとしくのみもてなさせたまふこそ」

と、忍びて聞こえたまへば、いかなる絵にかと思すに、おし巻き寄せて、御前にさし入れたまへるを、うつぶして御覧ずるに、御髪《みぐし》のうちなびきてこぼれ出でたるかたそばばかり、ほのかに見たてまつりたまふが飽かずめでたく、すこしもの隔てたる人と思ひきこえましかば、と思すに、忍びがたくて、

若草のねみむものとは思はねどむすぼほれたる心地こそすれ

御前なりつる人々は、この宮をばことに恥ぢきこえて、物の背後《うしろ》に隠れたり。ことしもこそあれ、うたてあやしと思せば、ものもの

うらなくものを 「初草のなどめづらしき言の葉ぞうらなくものを思ひけるかな」（伊勢物語四十九段）。

このお二方 匂宮と女一の宮。

［三九］ 薫、大君の病《やまい》を聞き宇治を訪れる　大君、薫に感謝する

ますので、何も仰せになりません。それも当然で、「うらなくものを（すっかりうちとけて頼りにしていたのに）」と答えた物語の姫君までも、あだっぽく小憎らしくお思いになります。亡き紫の上がとりわけこのお二方をお手許に置かれてお育て申し上げなさいましたので、多くのご兄弟の中でもお互いに心の隔てもなく思い交《か》わし申していらっしゃいます。母后《ははぎさき》も、この女宮をこの上なく大切にお育て申し上げなさって、お仕えする女房たちも、不十分で少しでも欠点のある者は居所がないほどです。高貴な身分の人の御娘なども大ぜいお仕えしています。お心の移ろいやすくおいでの宮は、お目にとまった女房などに戯《たわむ》れに情けをおかけになったりしては、あの宇治の姫君（中の君）をお忘れになる時はありませんものの、お訪ねにならないで日数も経《た》ってしまいました。

宮（匂宮）をお待ち申し上げていらっしゃいます宇治では、途絶えが長い心地がして、やはり誠意がないのであろうと心細くもの思いに沈んでいらっしゃいますと、中納言（薫）が

たまはず。ことわりにて、「うらなくものを」と言ひたる姫君も、ざれて憎く思さる。紫の上の、とりわきてこの二ところをばならはしきこえたまひしかば、あまたの御中に、隔てなく思ひかはしきこえたまへり。世になくかしづききこえたまひて、さぶらふ人々も、かたほにすこし飽かぬところあるははしたなげなり。やむごとなき人の御むすめなどもいと多かり。御心の移ろひやすきは、めづらしき人々にはかなく語らひつきなどしたまひつつ、かのわたりを思し忘るるをりなきものから、訪れたまはで日ごろ経ぬ。

待ちきこえたまふ所は、絶え間遠き心地して、なほかくなめり、と心細くながめたまふに、中納言おはしたり。悩ましげにしたまふ、

いらっしゃいました。姫宮（大君《おおいきみ》）のお加減がお悪そうだとお聞きになって、お見舞いに来られたのでした。それほど我慢できないほどのお加減ではありませんけれど、ご病気にかこつけてお会いになりません。

薫「ご病気と伺い驚いて遠い道のりをやって参ったのですよ。やはりそのお寝《やす》みになっていらっしゃるご病床の近くに。」

としきりにご心配のご様子で申し上げますので、くつろいでお寝みになっておられますお部屋の御簾《みす》の前にお入れ申し上げます。姫君は実に見苦しいことと気になさいますけれど、無愛想《ぶあいそう》ではなくて、お頭《つむ》を持ち上げてご返事など申し上げなさいます。

宮が不本意にも通り過ぎてしまわれた有様などお話し申し上げて、

薫「穏やかにお考え下さい。あまりいらいらなさって宮をお恨み申し上げなさいますな。」

などおなだめ申し上げますと、姫宮は、

と聞きて、御とぶらひなりけり。いと心地まどふばかりの御悩みにもあらねど、ことつけて、対面したまはず。

「おどろきながら、遥けきほどを参り来つるを。なほかの悩みたまふらむ御あたり近く」

と、切《せち》におぼつかながりきこえたまへば、うちとけて住まひたまへる方の御簾《みす》の前に入れたてまつる。いとかたはらいたきわざ、と苦しがりたまへど、けにくくはあらで、御ぐしもたげ、御答《いら》へなど聞こえたまふ。

宮の、御心もゆかでおはし過ぎにしありさまなど語りきこえたまひて、

「のどかに思せ。心焦《い》られして、な恨みきこえたまひそ」

など教へきこえたまへば、

大君「ご当人は何とも申し上げておられないようでございます。ただ亡き父宮のお諌《いさ》めは、こういうことだったのかと思い当たりますことだけが、お気の毒でございました。」

とおっしゃって、お泣きになるご様子です。まことにいたわしくて、中納言はご自分までが恥ずかしい気がなさって、

薫「世の中はいずれにしましても、いつも同じように過ごすことは難《むずか》しいことですが、それがどんな事ともご存知でないお二方には、一途《いちず》に恨めしくなどお思いになることもございましょうが、つとめて心穏やかになさいませ。不安な事は万が一にもあるまいと思っております。」

などと、宮の御事までとりなすのも、一方では妙なことと思われます。

夜々は昼以上にとても苦しそうになさいますので、他人の中納言がお側《そば》近くにおられるのも、中の君がつらそうにお思いですので、

女房「やはり、いつものようにあちらで。」

「ここには、ともかくも聞こえたまはざめり。亡き人の御諫《いさ》めはかかる事にこそ、と見はべるばかりなむ、いとほしかりける」

とて、泣きたまふ気色なり。いと心苦しく、我さへ恥づかしき心地して、

「世の中はとてもかくても、ひとつさまにて過ぐすこと難くなむはべるを、いかなる事をも御覧じ知らぬ御心どもには、ひとへに恨めしなど思すこともあらむを、強ひて思しのどめよ。うしろめたくは、よにあらじ、となむ思ひはべる」

など、人の御上をさへあつかふも、かつはあやしくおぼゆ。

夜々は、まして、いと苦しげにしたまひければ、うとき人の御けはひの近きも、中の宮の苦しげに思したれば、

「なほ、例の、あなたに」

と女房たちが申し上げますが、

薫「今はましてこうして患《わずら》っていらっしゃる間が気がかりなのですよ。心配のままにお訪ねして来ましたのに、遠ざけなさいますのは全くやりきれません。こういう時のお世話も、わたし以外に誰がはかばかしくしてさし上げられますでしょうか。」

などと、弁《べん》のおもとにご相談なさって、数々の御修法《みずほう》を始めるように仰せになります。「本当に見苦しく、殊更にも棄ててしまいたい身なのに」と、姫宮はお聞きになりますが、折角の中納言の思いやりを顧《かえり》みずにお断《こと》わりするのも不都合なことですし、やはりさすがに生き長らえてほしいとお思いになっていらっしゃる中納言のお気持ちも、しみじみとお心に染《し》みるのでした。

［三〇］　翌朝、大君死を予期して、薫を進んで招き入れる

翌朝に、

薫「少しでもご気分がよろしくおなりですか。昨日《きのう》のようにしてだけでもお近くでお話し申し上げましょう。」

と人々聞こゆれど、

「まして、かく、わづらひたまふほどのおぼつかなさを。思ひのままに参り来て、出だし放ちたまへれば、いとわりなくなむ。かかるをりの御あつかひも、誰かははかばかしく仕うまつる」

など、弁のおもとに語らひたまひて、御修法どもはじむべきことのたまふ。いと見苦しく、ことさらにもいとはしき身を、と聞きたまへど、思ひ隈なくのたまはむもうたてあれば。さすがに、ながらへよと思ひたまへる心ばへも、あはれなり。

またの朝《あした》に、

「すこしもよろしく思さるや。昨日ばかりにてだに聞こえさせむ」

と中納言がおっしゃいますと、

大君「こんな状態が何日も続いたせいでしょうか、今日は本当に苦しゅうございます。それではこちらに。」

と、御簾《みす》の中からお伝えさせになりました。中納言は、とてもお気の毒で、この先どうおなりになるのだろうか、今までよりも親しみのあるご様子なのも胸がつぶれる思いがしますので、近くにお寄りになって、いろいろのことを申し上げなさいます。

大君「苦しくて何も申し上げられません。少しおさまりましてから。」

とおっしゃって、まことにか細いお声で弱々しそうなご様子ですのを、中納言はこの上なくおいたわしくて、溜《た》め息をついて控えていらっしゃいます。そうは言っても、所在なくこのようにしていらっしゃるわけにもいきませんので、まことにご心配ですけれどお帰りになります。

薫「このようなお住まいは、やはりご病気によくなかったようです。どこか場所をお変えになる事にかこつけて、

とあれば、

「日ごろ経ればにや、今日はいと苦しくなむ。さらば、こなたに」

と言ひ出だしたまへり。いとあはれに、いかにものしたまふべきにかあらむ、ありしよりはなつかしき御気色なるも、胸つぶれておぼゆれば、近く寄りて、よろづのことを聞こえたまふ。

「苦しくてえ聞こえず。すこしためらはむほどに」

とて、いとかすかにあはれなるけはひを、限りなく心苦しくて、嘆きゐたまへり。さすがに、つれづれとかくておはしがたければ、いとうしろめたけれど、帰りたまふ。

「かかる御住まひはなほ苦しかりけり。所避《さ》りたまふに事よせて、さるべき所に移ろは

適当な所にお移し申し上げましょう。」

などと申し上げておいて、阿闍梨《あざり》にもご祈禱《きとう》を心をこめてするようにお言いつけになって、お立ち出でになりました。


［三一］大君、匂宮の縁談の噂《うわさ》を聞き、姉妹ともに身の非運を嘆く

中納言の君（薫）のお供の人で、いつの間にかここにいる若い女房と懇《ねんご》ろになった者がいました。お互い同士《どうし》の話に、
供人「あの宮様（匂宮）がお忍び歩きをおさし止めになられて、宮中にばかりお籠《こも》りでいらっしゃることですよ。左大臣殿（夕霧）の姫君を娶《めと》らせ申し上げるとか、姫君の方では長年のご希望なので躊躇《ちゅうちょ》なさることもなくて、年内にはご婚儀があるようです。宮はお気が進まず、宮中あたりでもただ好きがましい事にご熱心で、帝《みかど》や后《きさき》のお諫《いさ》めにもお静まりなさりそうもないようです。それに比べてわがご主人様は、今もって不思議なほど普通の人と違ってあまりに誠実でいらっしゃって、人からもて余されておいでなのです。こちらにこうしてお越しになることばかりは、目も見張るほどの並一通りのお志ではな

したてまつらむ」

など聞こえおきて、阿闍梨《あざり》にも、御祈禱《いのり》心に入るべくのたまひ知らせて出でたまひぬ。


この君の御供なる人の、いつしかとここなる若き人を語らひ寄りたるありけり。己がじしの物語に、

「かの宮の御忍び歩き制せられたまひて、内裏《うち》にのみ籠りおはします事。左の大殿《おほいどの》の姫君を、あはせたてまつりたまふべかなる、女方《をむながた》は年頃の御本意《ほい》なれば、思しとどこほる事なくて、年の内にありぬべかなり。宮はしぶしぶに思して、内裏わたりにもただすきがましき事に御心を入れて、帝后の御いましめに静まりたまふべくもあらざめり。わが殿こそ、なほあやしく人に似たまはず、あまりまめにおは

いと、人々が噂《うわさ》しています。」

などと話していましたのを、
女房「しかじか言っておりました。」

などと、この若女房が人々の集まっている中で話しているのをお聞きになって、姫君（大君《おおいきみ》）はお胸が塞《ふさ》がる思いで、「もう宮とのご縁もこれでおしまいなのだろう、貴いお方にお決まりにならない間の気まぐれなお遊び心で、あのようにまで思われたのだろうが、さすがに中納言様などの思惑《おもわく》を気になさって、お言葉だけは情が深かったのだ」というお考えになられますと、とにもかくにも宮への恨めしさをお考えになる余裕もなく、一層わが身の置き所のない気持ちがして、うちしおれて臥してしまいになりました。

　病んでお弱りの姫宮のお気持ちは、一層この世に生き留《とど》まれるとも思われません。気のおける女房たちではありませんが、何と思っているだろうかとつらいので、中の君は話を聞かないようにしてお寝《やす》みになっていらっしゃいますのを、姫宮はものを思う時にすると聞いたうたた寝の中の君のお姿が

しまして、人にはもて悩まれたまへ。ここにかく渡りたまふのみなむ、目もあやにおぼろけならぬ事、と人申す」

など語りけるを、

「さこそ言ひつれ」

など、人々の中にて語るを聞きたまふに、いとど胸ふたがりて、今は限りにこそあなれ、やむごとなき方に定まりたまはぬほどの、なほざりの御すさびにかくまで思しけむを、さすがに中納言などの思はむ所を思して言の葉の限り深きなりけり、と思ひなしたまふに、ともかくも人の御つらさは思ひ知られず、いとど身の置き所なき心地して、しをれ臥したまへり。

　弱き御心地は、いとど世に立ちとまるべくもおぼえず。恥づかしげなる人々にはあらねど、思ふらむところの苦しければ、聞かぬやうにて寝たまへるを、姫宮、もの思ふ時のわざと聞きし、うたた寝

ものを思う時にすると聞いたうたた寝　「たらちねの親のいさめしうたた寝はもの思ふ時のわざにぞありける」（拾遺・恋四　読人しらず）。

とても可愛らしくて、腕《かいな》を枕にしてお寝みになっていらっしゃる御髪《みぐし》が枕元《まくらもと》にたまっているさまなど、またとなく可憐ですのを、姉君はご覧になりながら、父宮のお諫《いさ》めになったお言葉を繰り返しお思い出しになり悲しくなられて、「罪深い奈落《ならく》の底にはまさかお沈みではいらっしゃいますまい。どこにでもどこにでも父宮のいらっしゃる所へお迎え下さいまし。このようにひどく思い悩む私《わたくし》たちを置き去りになさって、夢の中にさえお姿をお見せにならないことよ」と思い続けていらっしゃいます。

夕暮れの空模様はまことに寂しくしぐれて、木の下を吹き払う風の音などにつけても、例えようもなく過去将来のことが思い続けられて、物に添い臥していらっしゃる姫宮のお姿は、この上なく上品にお見えになります。白いお召し物に、お髪は櫛《くし》けずることもなさらないまま日が経《た》っていますけれど、ほつれた毛筋もなくうち置かれて、幾日もの間に少し青ざめていらっしゃるのさえ、かえって優美なさまが増して、もの思いに沈んで外をお眺めになっていらっしゃる目元《めもと》や額

の御さまのいとらうたげにて、腕《かひな》を枕にて寝たまへるに、御髪《みぐし》のたまりたるほどなど、あり難くうつくしげなるを見やりつつ、親の諫めし言の葉も、かへすがへす思ひ出でられたまひて悲しければ、「罪深かなる底にはよも沈みたまはじ。いづくにもいづくにも、おはすらむ方に迎へたまひてよ。かくいみじくもの思ふ身どもをうち棄てたまひて、夢にだに見えたまはぬよ」と思ひつづけたまふ。

夕暮の空のけしきいとすごくしぐれて、木《こ》の下吹き払ふ風の音などに、たとへむ方なく、来《き》し方行く先思ひつづけられて、添ひ臥したまへるさまあてに限りなく見えたまふ。白き御衣に、髪は梳《けづ》ることもしたまはでほど経ぬれど、迷ふ筋なくうちやられて、日ごろにすこし青みたまへるしも、なまめかしさまさりて、ながめ出だしたまへるまみ額つきのほども、見知

のあたりなども、情理を解する人に見せたいほどです。
昼寝をなさっていらした妹君は、風の実に激しいのにお目覚めになって起き上がりなさいました。山吹や薄紫色の華やかな色合いのお召し物で、お顔は殊更に染めてつややかにしたように実に美しくあでやかで、少しももの思いのあるようなご様子もなさっておりません。

中君「亡き父君が夢にお見えになりましたが、まことにご心配そうなご様子で、この辺りに仄《ほの》かにお見えになりました。」

とお話しになりますので、姫宮はひどく悲しさがお加わりになって、

大君「お亡くなりになってからは、どうか夢にでもお会い申し上げたいと思っていますのに、全くお会い申し上げないのですよ。」

とおっしゃって、お二人ともひどくお泣きになります。

大君「この頃、朝に晩に亡き父宮を思い出し申し上げていますので、ちょっとお姿をお見せ下さったのでしょう。

らむ人に見せまほし。
昼寝の君、風のいと荒きにおどろかされて起き上りたまへり。山吹薄色などはなやかなる色あひに、御顔はことさらに染めにほはしたらむやうに、いとをかしくはなばなとして、いささかもの思ふべきさまもしたまへらず。

「故宮の夢に見えたまへる、いともの思したる気色にて、このわたりにこそほのめきたまひつれ」

と語りたまへば、いとどしく悲しさそひて、

「亡せたまひて後、いかで夢にも見たてまつらむと思ふを、さらにこそ見たてまつらね」

とて、二ところながらいみじく泣きたまふ。

「このごろ明け暮れ思ひ出でたてまつれば、ほのめきもや

どうかしていらっしゃる所へ尋ねて参りたいもの。罪の深そうな私《わたくし》たちには、それも難《むずか》しいことなのでしょうか。」
と、往生《おうじょう》のことまでもご案じになります。よその国にあったという反魂香《はんごんこう》の煙が、本当に欲しいとお思いにならずにはおられません。

すっかり暗くなる頃に、兵部卿《ひょうぶきょう》の宮（匂宮）から御使いがあります。折も折とて少しはもの思いも慰められたことでしょう。中の君はすぐにはご覧になりません。姫宮（大君《おおいきみ》）は、

大君「やはり素直なお気持ちで穏やかにご返事なさいませ。このまま私《わたくし》が亡くなってしまいましたら、今よりももっと冷淡にお扱いなさる人も出て来るのではないかと心配ですから。稀でもこのお方が思い出して下さるうちは、そのようなとんでもない了簡《りょうけん》を起こす人はまさかおりますまいと思いますので、冷淡なお方ながらやはり宮をお頼りするほかないのです。」

反魂香
漢の武帝が李夫人の死後、方士に反魂香を焚かせると、その姿が現れた、という故事（白氏文集巻四・李夫人）。

［三二］　匂宮から御文あり　姉妹心々に読み、中の君、返歌

おはすらむ。いかで、おはすらむ所に尋ね参らむ。罪深げなる身どもにて」
と、後の世をさへ思ひやりたまふ。外国《ひとのくに》にありけむ香《かう》の煙ぞ、いと得まほしく思さるる。

いと暗くなるほどに、宮より御使あり。をりはすこしもの思ひ慰みぬべし。御方はとみにも見たまはず。

「なほ心うつくしくおいらかなるさまに聞こえたまへ。かくてはかなくもなりはべりなば、これよりなごりなき方にもてなしきこゆる人もや出で来む、とうしろめたきを。まれにもこの人の思ひ出できこえたまはむに、さやうなるあるまじき心つかふ人はえあらじ、と思へば、つらきながらなむなほ頼まれはべる」

かく袖ひづる
「神無月いつも時雨は降りしかどかく袖ひづる折はなかりき」（源氏釈）。

と申し上げますと、

中君「私《わたくし》を置き去りになさろうとお思いでいらっしゃったことこそ、あまりに恨めしゅうございます。」

と、いよいよお顔をお引き入れなさいます。

大君「寿命には限りがありますので、片時も生きていまいと思ったのですが、長らえることになったのだと思っているのですよ。明日《あす》とも知れぬ無常の世が、それでもやはり嘆かわしいのも、一体誰のために惜しい命なのでしょうか。」

とおっしゃって、灯火《ともしび》を灯《とも》させて宮のお手紙をご覧になります。例によって懇《ねんご》ろにお書きになって、

匂宮「ながむるは同じ雲居をいかなればおぼつかなさをそふる時雨《しぐれ》ぞ

（あなたもわたしも同じ空を眺めていますのに、どうして今日も時雨は不安な気持ちをつのらせるのでしょうか。）

かく袖ひづる（涙でこうも袖が濡れるとは）。」

とでも書かれていたのでしょうか。ありふれたお手紙ですの

と聞こえたまへば、

「後《おく》らさむ、と思しけるこそ、いみじくはべれ」

と、いよいよ顔をひき入れたまふ。

「限りあれば、片時もとまらじと思ひしかど、ながらふるわざなりけり、と思ひはべるぞや。明日知らぬ世の、さすがに嘆かしきも、誰《た》がため惜しき命にかは」

とて、大殿油《おほとなぶら》まゐらせて見たまふ。例の、こまやかに書きたまひて、

ながむるは同じ雲居をいかなればおぼつかなさをそふる時雨《しぐれ》ぞ

「かく袖ひづる」

などいふこともやありけむ、耳馴

で、姫宮はやはり放ってはおけまい程度のお言葉とご覧になりますにつけても、恨めしさがおつのりになります。あれほど世間に稀なご容姿やご器量ですのに、その上更にどうかして女に気に入られようと、色めかしく優艶にお振る舞いになりますので、若い女君が好意をお寄せ申し上げるのももっともなことです。

中の君は、宮の訪れのない日が続くにつけても恋しく、あれほど大げさなまでにお約束なさった事を、いくら何でもまさかそのままでは終わるまいとお思い直すお心を、いつもお持ちなのでした。ご返事は、使いの者が、

使者「今夜中に帰ります。」

と申し上げますので、女房たちも催促申し上げますと、たった一言だけ、

中君霞降る深山《みやま》の里は朝夕に眺むる空もかきくらしつつ

(霞の降る深い山里では、朝に晩にもの思いをして、眺めている空もかき曇っています。)

れにたる、なほあらじごとと見るにつけても、恨めしさまさりたまふ。さばかり世にあり難き御ありさま容貌《かたち》を、いとど、いかで人にめでられむと、好ましく艶にもてなしたまへれば、若き人の心寄せたてまつりたまはむことわりなり。

ほど経るにつけても恋しく、さばかりところせきまで契りおきたまひしを、さりとも、いとかくてはやまじ、と思ひなほす心ぞ常にそひける。御返り、

「今宵参りなむ」

と聞こゆれば、これかれそそのかしきこゆれば、ただ一言なむ、

霞降る深山《みやま》の里は朝夕に眺むる空もかきくらしつつ

［三三］ 匂宮、何かと支障多く、気にかけつつも宇治を訪れず

五節 十一月下旬に行われる新嘗会の折の少女舞。

こういう事があったのは、十月末のことでした。「一月《ひとつき》も経《た》ってしまったことよ」と宮は気が気ではなくお思いになって、今夜こそ今夜こそとお思いになりながら、何かとさし支《つか》えが多いうちに、五節《ごせち》なども早くに行われる年で、宮中あたりも華やかでとり紛《まぎ》れていて、故意にというわけではありませんが、そのままに過ぎていらっしゃいます間に、宇治ではたまらないほど待ち遠しくお思いになっています。宮は仮《か》りそめに他《ほか》の女とお逢いになるにつけても、実の所中の君のことがお心を離れる折もありません。左大臣殿（夕霧）の女君（六の君）との縁組を母の中宮（明石の中宮）も、

中宮「やはりあのように落ち着いた御後見《うしろみ》をお持ちになって、その他《ほか》に尋ねたくお思いになる人がいれば、こちらに参上させて、重々しくお振る舞いなさい。」

とご忠告申し上げますが、

匂宮「しばらくお待ち下さい。わたしにも考える子細《しさい》がございますので。」

かくいふは、神無月《かむなづき》の晦日《つごもり》なりけり。月も隔たりぬるよと、宮は静心なく思されて、今宵今宵と思しつつ、障り多みなるほどに、五節などとく出で来たる年にて、内《う》裏《ち》わたりいまめかしく紛れがちにて、わざともなけれど過ぐいたまふほどに、あさましく待ち遠なり。はかなく人を見たまふにつけても、さるは御心に離るるをりなし。左の大殿《おほいどの》のわたりのこと、大宮も、

「なほさるのどやかなる御後見をまうけたまひて、その外《ほか》に尋ねまほしく思さるる人あらば、参らせて、重々しくもてなしたまへ」

と聞こえたまへど、

「しばし。さ思うたまふるやうなむ」

とお断《こと》わり申し上げて、「本当につらい目などにどうしてお会わせ申せようか」などとお思いになりますお心を、宇治ではご存知ありませんので、月日が経《た》つにつれてもの思いばかりなさっていらっしゃいます。

［三四］大君、重態　薫、宇治を見舞い、懇《ねんご》ろに看病する

中納言（薫）も、「宮（匂宮）は見かけに寄らず軽薄なお心よ、いくら何でもそのうちには、とお思い申し上げていたのに、おかわいそうに」と、心からお思いになって、宮の所へもめったに参上なさいません。宇治には、ご容態はどうかどうかと、何度もお見舞い申し上げます。

今月になってからは、いくらかお加減も良くおなりになっていらっしゃるとお聞きになりましたので、公私に慌《あわただ》しい頃で、五、六日お使いもさし上げないでいらっしゃいましたが、どうなさっただろうと急にご心配になられて、余儀ないことの沢山の用事をお振り捨てになって、宇治へ参上なさいます。

修法《ずほう》はすっかりお治《なお》りになるまでは行うようにと仰せつけて置かれましたのに、大分良くなられたからといって阿闍梨《あざり》

など聞こえいなびたまひて、「まことにつらき目はいかでか見せむ」など思す御心を知りたまはねば、月日にそへてものをのみ思す。

中納言も、「見しほどよりは軽びたる御心かな、さりともと思ひきこえけるもいとほしく」心からおぼえつつ、をさをさ参りたまはず。山里には、いかにいかに、ととぶらひきこえたまふ。

この月となりては、すこしよろしくおはす、と聞きたまひけるに、公私《おほやけわたくし》もの騒がしきころにて、五六日人も奉れたまはぬに、いかならむ、とうちおどろかれたまひて、わりなき事のしげさをうち棄てて、参でたまふ。

修法《ずほふ》は、おこたりはてたまふまで、とのたまひおきけるを、よろ

をもお返しになりましたので、大層人少なで、いつものように老人が出て来てご病状を申し上げます。

弁「どこといって痛い所もなく、格別なこともないご病気ですのに、お食事を全く召し上がりませぬ。もともと普通の方とは違ってか弱くいらっしゃいます所へ、あの宮様（匂宮）のことがあって以来、一層お悩みのご様子で、ちょっとした果物をさえお口になさらなかったのがたび重なったせいでしょうか、驚くほどお弱りあそばして、今となりましては、とても見込みがありそうにも見受けられません。この世に情けない身が長生きをしてこのようなご様子を拝見しますにつけ、まず私《わたくし》の方が何とかして先立ち申したいと、心から願うばかりでございます。」

と言いも終えず泣く様子も無理からぬことです。

薫「情けないこと。どうしてこんなにご重態だと知らせて下さらなかったのか。院でも宮中でもあきれるほど忙しい時分で、何日もお見舞い申し上げなかったが、その

しくなりにけりとて、阿闍梨《あざり》をも帰したまひければ、いと人少なにて、例の、老人《おいびと》出で来て御ありさま聞こゆ。

「そこはかと痛きところもなく、おどろおどろしからぬ御悩みに、物をなむさらに聞こしめさぬ。もとより、人に似たまはずあえかにおはします中に、この宮の御事出で来にし後、いとどもの思したるさまにて、はかなき御くだものをだに御覧じ入れざりしつもりにや、あさましく弱くなりたまひて、さらに頼むべくも見えたまはず。世に心憂くはべりける身の命の長さにて、かかる事を見たてまつれば、まづいかで先立ちきこえなむ、と思ひたまへ入りはべり」

と言ひもやらず泣くさま道理《ことわり》なり。

「心憂く。などか、かくとも告げたまはざりける。院にも

間どんなに気がかりだったことか。」

とおっしゃって、いつぞやの方にお入《はい》りになります。御枕元《まくらもと》近くでお話しかけになりますが、姫宮はお声も出ないようでご返事もなさいません。

薫「こんなに重くおなりになるまで、誰《だれ》も誰もお知らせ下さらなかったのが恨めしく思われます。心配のしがいもないことよ。」

と恨み言をおっしゃって、例によって阿闍梨《あざり》や、およそ世間に効験あると評判の僧たちを、残らずお呼びになります。御《み》修法《ずほう》や読経《どきょう》などを明日《あす》から始めさせなさろうと、中納言家の者が大ぜい参集して、上下の人たちが立ち働いていますので、今までの心細さの名残もなく頼もしいご様子です。

日が暮れましたので、

女房「いつものように、あちらの方へ。」

と申し上げて、御湯漬《ゆづけ》などさし上げようとしますが、

薫「せめてお近くで看病申し上げましょう。」

とおっしゃって、南の廂《ひさし》の間は仮《かり》のお席ですので、東面のも

内裏《うち》にも、あさましく事しげきころにて、日ごろもえ聞こえざりつるおぼつかなさ」

とて、ありし方に入りたまふ。御枕上近くてもの聞こえたまへど、御声もなきやうにて、え答《いら》へたまはず。

「かく重くなりたまふまで、誰も誰も告げたまはざりけるが、つらくも。思ふにかひなきこと」

と恨みて、例の、阿闍梨《あざり》、おほかた世に験《しるし》ありと聞こゆる人のかぎり、あまた請じたまふ。御修法読経、明くる日よりはじめさせたまはむとて、殿人あまた参り集ひ、上下《かみしも》の人たち騒ぎたれば、心細さのなごりなく頼もしげなり。

暮れぬれば、

「例の、あなたに」

と聞こえて、御湯漬などまゐらむとすれど、

「近くてだに見たてまつらむ」

初夜の勤行 六時の勤めの一つ。午後八時頃の勤行。

［三五］ 大君、薫の看護を拒まず、素直に好意を感謝する

う少しご寝所に近い方に、屏風などを立てさせて中にお入《はい》りになります。中の君は困ったと思われましたけれど、このお二人の仲はやはりすっかりお離れではないのだったと皆思って、他人行儀にお隔て申し上げません。初夜《そや》の勤行から始めて法華経を絶え間なくお読ませになります。声の尊い僧ばかり十二人で、まことにありがたく感じられます。

灯《ひ》はこちらの南の間《ま》に灯《とも》してあって、部屋の中は暗いので、中納言（薫）は御几帳《みきちょう》をお引き上げになって少しすべり入《はい》って姫宮（大君《おおいきみ》）を拝見なさいますと、側《そば》に老女どもが二三人控えています。中の君はすぐに隠れておしまいになりましたので、大層人少なで、心細そうに横になっていらっしゃいますのを、

薫「どうしてお声だけでもお聞かせ下さらないのですか。」

と、お手を捉えて声をおかけ申し上げなさいますと、

大君「気持ちはそのようにしたいと思うのですが、物を言

とて、南の廂《ひさし》は僧の座なれば、東《ひむがし》面《おもて》のいますこしけ近き方に、屏風など立てさせて入りゐたまふ。中の宮苦しと思したれど、この御仲をなほもて離れたまはぬなりけり、とみな思ひて、うとくもえもてなし隔てたてまつらず。初夜《そや》よりはじめて、法華経を不断に読ませたまふ。声尊きかぎり十二人して、いと尊し。

灯はこなたの南の間《ま》にともして、内は暗きに、几帳をひき上げて、すこしすべり入りて見たてまつりたまへば、老人《おいびと》ども二三人ぞさぶらふ。中の宮は、ふと隠れたまひぬれば、いと人少なに、心細くて臥したまへるを、

「などか御声をだに聞かせたまはぬ」

とて、御手をとらへておどろかしきこえたまへば、

「心地にはおぼえながら、も

いますのがとても苦しくて。何日もお越し下さいませんでしたので、お目にかかれないまま死んでしまうのではないかと、心残りに存じておりました。」

と、苦しい息の下からおっしゃいます。中納言は、

薫「こんなにお待たせ申し上げるほどまで、お伺いもいたしませんでしたことよ。」

と、しゃくり上げてお泣きになります。お頭《つむ》など少しお熱がおありなのでした。

薫「どんな罪のご病気でしょうか。あまり人を嘆かせるとこうなるのだそうですよ。」

と、お耳もとにお口を当てていろいろと申し上げますので、姫宮は煩《わずら》わしくも恥ずかしくもお思いになって、お顔を覆っていらっしゃいます。ひどくなよなよと弱々しく臥していいらっしゃいますのを、もしこのままお亡くなりになったらどんな気がするだろうかと、中納言は御胸も張り裂けるばかりに思われます。中の君に、

薫「何日もご看病申し上げていらしたお気持ちも、さぞ

の言ふがいと苦しくてなむ。日ごろ、訪れたまはざりつれば、おぼつかなくて過ぎはべりぬべきにや、と口惜しくこそはべりつれ」

と、息の下にのたまふ。

「かく、待たれたてまつるほどまで、参り来ざりけること」

とて、さくりもよよと泣きたまふ。御ぐしなど、すこし熱くぞおはしける。

「何の罪なる御心地にか。人の嘆き負ふこそかくはあむなれ」

と、御耳にさし当てて、ものを多く聞こえたまへば、うるさうも恥づかしうもおぼえて、顔をふたぎたまへり。いとどなよなよとあえかにて臥したまへるを、むなしく見なして、いかなる心地せむと、胸もひしげておぼゆ。

「日ごろ、見たてまつりたま

ご心配でお疲れのことでしょう。せめて今夜だけでもご安心なさってお休み下さい。この宿直人《とのいびと》がお側《そば》に控えておりますから。」

と申し上げますので、中の君は気がかりですけれど、何か子細がおありなのかとお思いになって、少し奥へお入《はい》りになりました。

姫宮は、まともにお顔を合わせるわけではありませんが、中納言がお側《そば》にお寄りになってご看病なさいますので、とてもつらく恥ずかしいのですが、こうなるべき宿縁《しゆくえん》があったのだろうとお思いになって、格別に穏やかで信頼のおける中納言のお心を、あのもう一人のお方（匂宮）とお比べ申し上げますと、しみじみありがたいとお思い知られるのでした。この世を去った後《あと》の思い出にも、強情で思いやりのないようには思われまいとお気遣いなさって、中納言をそっけなく押しのけたりはなさいません。中納言は夜通し人に指図《さしず》なさって、御薬湯《くすりゆ》などをお勧め申し上げますが、少しもお飲みになるご様子もありません。「大変な事よ。どのようにしたらお命を

ひつらむ御心地もやすからず思されつらむ。今宵だに心やすくうち休ませたまへ。宿直《とのゐ》人《びと》さぶらふべし」

と聞こえたまへば、うしろめたけれど、さるやうこそは、と思して、すこし退《しぞ》きたまへり。

直面《ひたおもて》にはあらねど、這ひよりつつ見たてまつりたまへば、いと苦しく恥づかしけれど、かかるべき契りこそはありけめと思して、こよなうのどかにうしろやすき御心を、かの片つ方の人に見くらべたてまつりたまへば、あはれとも思ひ知られにたり。むなしくなりなむ後の思ひ出にも、心ごはく、思ひ隈なからじ、とつつみたまひて、はしたなくもえおし放ちたまはず。夜もすがら人をそのかして、御湯などまゐらせたてまつりたまへど、つゆばかりまゐる気色もなし。いみじのわざや、いかにしてかは

とりとめられるのか」と、中納言は言いようもなく悲しくお思いになり、お座りになっていらっしゃいました。

［三六］　阿闍梨《あざり》、中有《ちゅうゆう》にさまよう八の宮の夢を語る　姉妹悲しむ

不断経《ふだんぎょう》の暁方に交替した声がまことに尊いので、阿闍梨《あざり》も夜居《よい》を勤めて居眠りをしていましたが、ふと目を覚まして陀《だ》羅尼《らに》を読んでいます。年老いてしわがれた声ですけれど、まことに功徳《くどく》を積んだようで、頼もしく聞こえます。

阿闍梨「今夜のお加減はいかがでございますか。」

などと申し上げますついでに、亡き八の宮の事など語り出して、鼻をしきりにかんでは、

阿闍梨「今はどのような所においででしょうか。いくら何でも極楽浄土《ごくらくじょうど》にとご推察申し上げておりましたが、先だって夢にお見えになられました。俗人のお姿で、『世の中を深く厭《いと》い離れたので心残りはなかったのに、少しばかり気にかかることで心が乱れて、もうしばらくの間、本願の浄土から離れている事を思うと、まことに悔やまれる。どうか往生《おうじょう》を助ける供養をして下されよ』と、実

かけとどむべきと、言はむ方なく思ひゐたまへり。

不断経《ふだんぎやう》の暁方のゐかはりたる声のいと尊きに、阿闍梨《あざり》も夜居《よゐ》にさぶらひて眠《ねぶ》りたる、うちおどろきて陀羅尼《だらに》読む。老いかれにたれど、いと功づきて頼もしう聞こゆ。

「いかが今宵はおはしましつらむ」

など聞こゆるついでに、故宮の御ことなど申し出でて、鼻しばしばうちかみて、

「いかなる所におはしますらむ。さりとも涼しき方にぞ、と思ひやりたてまつるを、先《さい》つ頃夢になむ見えおはしまし し。俗の御姿《かたち》にて、世の中を深う厭ひ離れしかば、心とまる事なかりしを、いささかうち思ひし事に乱れてなむ、た

不断経　法華経を昼夜間断なく読誦すること。ここは六時の勤行で、明け方の後夜《ごや》から晨朝《じんちょう》への交替。

にはっきりと仰せられましたのですが、すぐにご供養してさし上げる方法が思いつきませんので、出来る範囲でお勤《つと》めをしております法師たち五六人で、しかじかのお念仏を唱えさせております。その他《ほか》にも思い当たる事がございまして、常不軽菩薩品《じょうふきょうぼさつぼん》を唱え礼拝させております。」

などと申しますので、中納言もひどくお泣きになります。

姫宮（大君《おおいきみ》）は、あの世にまでも父宮の往生の妨げをしているような不孝の罪の深さを、苦しいご気分の中にも一層絶え入らんばかりにお思いになります。何とかしてまだ父宮が中有《ちゅうゆう》にさまよっていらっしゃる間にそこへ参って、同じ所にいたいもの、と阿闍梨《あざり》の話をお聞きになりながら臥していらっしゃいます。

阿闍梨は言葉少なにその場を立ちました。その常不軽《じょうふきょう》の礼拝の一行は、そのあたりの村里から京まで巡礼《じゅんれい》しましたが、明け方の嵐に難渋《なんじゅう》して、阿闍梨が仕候しているあたりを尋ねて、この中門《ちゅうもん》の所に座って大層尊く額《ぬか》ずいています。その回《え》

だしばし願ひの所を隔たれるを思ふなむ、いと悔しき、すすむるわざせよ、といと定かに仰せられしを、たちまちに仕うまつるべき事のおぼえはべらねば、たへたるに従ひて行ひしはべる法師ばら五六人して、なにがしの念仏なむ仕うまつらせはべる。さては思ひたまへ得たる事はべりて、常不軽《じやうふきやう》をなむつかせはべる」

など申すに、君もいみじう泣きたまふ。

かの世にさへ妨げきこゆらむ罪のほどを、苦しき心地にも、いとど消え入りぬばかりおぼえたまふ。いかで、かのまだ定まりたまはざらむさきに参でて、同じ所にも、と聞き臥したまへり。

阿闍梨《あざり》は言少なにて立ちぬ。この常不軽、そのわたりの里々、京まで歩《あり》きけるを、暁の嵐にわびて、阿闍梨のさぶらふあたりを尋ねて、

常不軽菩薩品 法華経第二十品。その偈《げ》を唱えて巡行する。

中有にさまよって 「中有」は「ちゅうう」とも。人が死んで次の生を受けるまでの四十九日間の中間的存在。中陰。

経文の結びの文句 常不軽菩薩品の偈の結び。「応当一心 広説此経 世世値仏 疾成仏道」（広当《まさ》に一心に広く此の経を説くべし 世々に仏に値《あ》いたてまつりて疾《と》く仏道を成《じゃう》ぜん）。

霜冴ゆる 常不軽の声を千鳥になぞらえる。

向《こう》の経文の結びの文句の趣旨がしみじみと心に染《し》み入ります。客人の中納言も、仏道に深く帰依《きえ》しておられるお心ですから、感に堪えないお気持ちでいらっしゃいます。

中の君は、姉君がとても気がかりで、奥の方にある几帳《きちょう》の後《うし》ろに寄り添っていらっしゃいますが、その気配をお聞きになって、中納言はきちんと居ずまいを直されて、

薫「常不軽《じょうふきょう》の声はどのようにお聞きになりましたか。重々しい仏事には行わないものですけれど、尊いものでございました。」

とおっしゃって、

薫 霜冴ゆる汀《みぎは》の千鳥うちわびて鳴く音《ね》かなしき朝ぼらけかな

（霜のつめたい汀で千鳥がわびしく鳴く声が悲しく聞こえる夜明けですね。）

話し言葉のように申し上げられます。つれない宮のご様子にも似通ってつい思い比べられますけれど、ご返事しにくくて、弁《べん》を通してお答えになります。

中門のもとにゐて、いと尊くつく。回向《ゑかう》の末つ方の心ばへいとあはれなり。客人《まらうど》もこなたにすすみたる御心にて、あはれ忍ばれたまはず。

中の宮、切《せち》におぼつかなくて、奥の方なる几帳の背後《うしろ》に寄りたまへるけはひを聞きたまひて、あざやかにゐなほりたまひて、

「不軽《ふきやう》の声はいかが聞かせたまひつらむ。重々しき道には行はぬことなれど、尊くこそはべりけれ」

とて、

霜冴ゆる汀《みぎは》の千鳥うちわびて鳴く音《ね》かなしき朝ぼらけかな

言葉のやうに聞こえたまふ。つれなき人の御けはひにも通ひて、思ひよそへらるれど、答《いら》へにくくて、弁《べん》してぞ聞こえたまふ。

あかつきの
「もの思ふ人」は中の君自身。

中君あかつきの霜うちはらひ鳴く千鳥もの思ふ人の心をや知る

（暁方の霜を払い落としながら鳴く千鳥は、もの思いに沈む私《わたくし》の心を知っているのでしょうか。）

似つかわしくない代役ですけれど、嗜《たしな》み深くご返歌申し上げます。

このような何気ない歌のやりとりも、姫宮は控え目ながらも親しみ深くかいあるように応対なさいますのを、今はこれまでとお別れしたらどんな心地がするだろうかと、中納言はお心を乱していらっしゃいます。中納言は故宮（八の宮）が夢にお見えになったことを思い合わせますと、このようにいたわしいご姉妹の御有様どもを、空からでもどうご覧になるだろうかと推し量られなさって、故宮がご生前においでになったお寺にも御《み》誦経《ずきょう》をおさせになります。方々の寺々に御祈《き》禱《とう》の使いを出立おさせになって、公《おおやけ》にも私《わたくし》にもお暇《いとま》の事情をお願いになられて、祭《まつり》や祓《はらえ》など万事に行き届かない所がないようになさいますが、何かの罪障によるご病気でもありま

あかつきの霜うちはらひ鳴く千鳥もの思ふ人の心をや知る

似つかはしからぬ御かはりなれど、ゆゑなからず聞こえなす。

かやうのはかなし事も、つつましげなるものから、懐かしうかひあるさまにとりなしたまふものを、今は、とて別れなば、いかなる心地せむ、と思ひ惑ひたまふ。宮の夢に見えたまひけむさま思しあはするに、かう心苦しき御有様どもを、天翔《あまかけ》りてもいかに見たまふらむ、と推しはかられて、おはしまししし御寺にも御誦経せさせたまふ。所どころに御祈禱の使出だしたてさせたまひ、公《おほやけ》にも私《わたくし》にも、御暇《いとま》のよし申したまひて、祭祓、よろづにいたらぬ事なくしたまへど、物の罪めきたる御病にもあらざり

せんので、何の効験も現われません。

［三七］ 重病の大君、受戒を望むが、女房たちに妨げられて嘆く

姫宮は、ご自身でもご病気が平癒するようにと仏にお祈りなさるのならともかく、「ぜひこうした機会に何とかして死にたい。この中納言の君がこうして付き添っていらして、すっかり隔たりがなくなってしまって、今は他人で過ごすべもない。そうかといって、こうも並々ならず見られている二人の気持ちが、お互いに見劣りして見えるようなことがあったら、穏やかでなく情けないことであろう。もし強いて生き長らえたら、病気にかこつけて尼にでもなってしまおう。そうしてこそお互いに末永く変わらぬ心をも見届けることができるだろう」と深く思いこまれて、生死のことはどうあっても、何とかしてこの願いを遂げようとお思いになりますが、そうまで悟りきったことはお口にお出しにならず、中の君に、

大君「気分がいよいよ頼むかいもなく思われるのですが、受戒することが大層功徳《くどく》があって命が延びると聞いておりますので、そのように阿闍梨《あざり》におっしゃって下さいま

ければ、何の験《しるし》も見えず。

みづからも、たひらかにあらむとも仏をも念じたまはばこそあらめ、「なほかかるついでにいかで亡せなむ。この君のかくそひゐて、残りなくなりぬるを、今はもて離れむ方なし。さりとて、かうおろかならず見ゆめる心ばへの、見劣りして我も人も見えむが、心やすからずうかるべきこと。もし命強ひてとまらば、病にことつけて、かたちをも変へてむ。さてのみこそ、長き心をもかたみに見はつべきわざなれ」と思ひしみたまひて、とあるにてもかかるにても、いかでこの思ふことしてむと思すを、さまでさかしきことはえうち出でたまはで、中の宮に、

「心地のいよいよ頼もしげなくおぼゆるを、忌むことなむ、いと験ありて命延ぶること、

せ。」
とお頼み申し上げますので、女房たちは皆泣き騒いで、
女房「とんでもないことでございます。これほどにお心を乱しておられる中納言様も、どんなに張り合いなくお思い申し上げるでしょう。」
と、似つかわしくないことに思って、頼みの中納言にもお取り次ぎもしませんので、姉宮は残念にお思いになります。

と聞きしを、さやうに阿闍梨《あざり》にのたまへ」

と聞こえたまへばみな泣き騒ぎて、

「いとあるまじき御ことなり。かくばかり思しまどふめる中納言殿も、いかがあへなきやうに思ひきこえたまはむ」

と、似げなきことに思ひて、頼もし人にも申しつがねば、口惜しう思す。


［三八］薫、臨終の大君の枕辺《まくらべ》で看護を尽くす　心解けて語り合う二人

このように中納言が宇治に籠《こも》っておられますので、そのことを聞き伝えてはお見舞いにわざわざやっていらっしゃる方もいます。並々ならぬご執心と拝察しますので、ご家来や親しい家司《けいし》などは、めいめいあらゆるご祈禱《きとう》をさせてご心配申し上げています。

中納言は、豊明《とよのあかり》の節会《せちえ》は今日であったな、と京に思いを馳《は》せていらっしゃいます。風が激しく吹いて、雪の降るさまもあわただしく荒れ狂っています。都ではこうもひどくはあるまいと、自《みずか》ら招いたことながら心細くて、このまま姫宮とは

かく籠りゐたまへれば、聞きつぎつつ、御とぶらひにふりはへものしたまふ人もあり。おろかに思されぬこと、と見たてまつれば、殿人、親しき家司などは、おのおのよろづの御祈禱をせさせ、嘆ききこゆ。

豊明《とよのあかり》は今日ぞかしと、京思ひやりたまふ。風いたう吹きて、雪の降るさまあわたたしう荒れまどふ。都にはいとかうしもあらじかしと、人やりならず心細うて、うとくて

豊明の節会　十一月中の辰の日、新嘗会の翌日、天皇が新穀の御膳を供され、群臣にも賜わり、五節の舞が行われる。

かき曇り　「日陰」は日の光りと、日陰の蔓《かずら》（豊明に冠につける鬘）を掛ける。

他人の関係で終わってしまうのだろうかと思いますと、その前世の因縁《いんねん》もつらいのですけれど、恨みようもなく、慕わしく可憐なご様子を、ほんのしばらくでも元通りにして、心に思っていますあれこれのことを話し合いたいと思い続けながら、ぼんやり外をご覧になっていらっしゃいます。光も射すことなく、すっかり暮れてしまいました。

薫かき曇り日蔭も見えぬ奥山に心をくらすころにもあるかな

（空もかき曇り日の光も見えない奥山で、わたしも心を暗くして過ごしているこの頃です。）

中納言がただこうしておいでになりますのを、女房たちはみな頼みにお思い申し上げていました。例のように姫宮の床《とこ》近くにお座りになりますと、御几帳《きちょう》などを風が吹き上げて中が見えますので、中の君は奥へお入《はい》りになります。見苦しい老女たちも恥ずかしがって隠れてしまいましたので、中納言はごく近くにお寄りになって、

薫「ご気分はいかがですか。わたしの思い及ぶ限り心を

やみぬべきにや、と思ふ契りはつらけれど、恨むべうもあらず、なつかしうらうたげなる御もてなしを、ただ、しばしにても例になして、思ひつる事ども語らはばや、と思ひつづけてながめたまふ。光もなくて暮れはてぬ。

かき曇り日蔭も見えぬ奥山に心をくらすころにもあるかな

ただ、かくておはするを頼みにみな思ひきこえたり。例の、近き方にゐたまへるに、御几帳などを、風のあらはに吹きなせば、中の宮奥に入りたまふ。見苦しげなる人々も、かかやき隠れぬるほどに、いと近う寄りて、

「いかが思さるる。心地に思

尽くしてお祈り申し上げております効《かい》もなく、お声をさえお聞きできなくなってしまいましたので、まことに切ない思いです。もしこのまま先立たれてしまわれたら、どんなにひどくつらいことでしょう。」

と泣く泣く申し上げなさいます。何も意識のないご様子ですけれど、お顔はよくお隠しになっていらっしゃいます。

大君「少し気分が良い時がありましたら、申し上げたいこともございますが、ただ絶え入りそうにばかりなって参りますのは、何とも心残りでございます。」

と、大層悲しいとお思いでいらっしゃるご様子ですので、中納言はいよいよ涙を抑えることができず、縁起《えんぎ》でもなくこんなに心細そうに思っているとは見られまいとこらえていらっしゃいますがこらえ切れず、声も惜しまずにお泣きになります。「どういう前世の因縁《いんねん》で、この上なくお慕い申し上げながらつらいことばかり多くてお別れ申し上げなければならないのか。少しでも嫌《いや》なお姿をさえお見せ下さったら、思いをさますきっかけにもしよう」とじっとお見つめになりますが、

ひ残すことなく、念じきこゆるかひなく、御声をだに聞かずなりにたれば、いとこそわびしけれ。後らかしたまはば、いみじうつらからむ」

と、泣く泣く聞こえたまふ。ものおぼえずなりにたるさまなれど、顔はいとよく隠したまへり。

「よろしきひまあらば、聞こえまほしき事もはべれど、ただ消え入るやうにのみなりゆくは、口惜しきわざにこそ」

と、いとあはれと思ひたまへる気色なるに、いよいよせきとどめ難くて、ゆゆしう、かく心細げに思ふとは見えじ、とつつみたまへど、声も惜しまれず。「いかなる契りにて、限りなく思ひきこえながら、つらき事多くて別れたてまつるべきにか。少しうきさまをだに見せたまはばなむ、思ひさますふしにもせむ」とまもれど、いよいよあはれげにあたらしく、をかしき御

いよいよしみじみといとしく、もったいないほど美しいお姿ばかりが目にとまります。お腕などもとても細くなって影のように弱々しいものの、色つやも変わらず白くかわいらしくなよなよとして、白いお召し物の柔らかなのに夜具は押しやって、中身のない雛人形を寝かせているような感じで、御髪《みぐし》はそれほどうっとうしくない程度にうち置かれて、枕からこぼれ落ちているあたりがつやつやと見事に美しいのも、どうなっておしまいになろうとするのかと、生き長らえそうにもないようだと思われますのが、いかにも残念なことこの上もありません。

ずい分長い間病《や》んでおいでになって、お手入れもなさらないご様子ですのに、用心深く近より難いほど気品があって、身づくろいにこの上なく手を尽くして苦労している女性よりもずっと勝《まさ》っていて、細《こま》かに見れば見るほど魂も抜け出てしまいそうなお気持ちです。

薫「あなたがついにわたしを見捨てて先立たれてしまわれるのでしたら、わたしはこの世にしばらくでもとど

有様のみ見ゆ。腕などもいと細うなりて、影のやうに弱げなるものから、色あひも変らず、白ううつくしげになよなよとして、白き御衣どものなよびかなるに、衾《ふすま》を押しやりて、中に身もなき雛《ひいな》を臥せたらむ心地して、御髪《みぐし》はいとこちたうもあらぬほどにうちやられたる、枕より落ちたる際《きは》の、つやつやとめでたうをかしげなるも、いかになりたまひなむとするぞと、あるべきものにもあらざめりと見るが、惜しき事たぐひなし。

ここら久しく悩みて、ひきもつくろはぬけはひの、心とけず恥づかしげに、限りなうもてなしさまよふ人にも多うまさりて、こまかに見るままに、魂もしづまらむ方なし。

「つひにうち棄てたまひては、世にしばしもとまるべきにも

まっていられそうにありません。定められた命が尽きず生き長らえたとしても、深い山に分け入ろうと思います。ただほんとにおいたわしい御有様で後《あと》にお残りになるお方のことを、ご案じ申し上げるのです。」

と、何とかお答えおさせ申し上げようとなさって、あの中の君の御事をお口になさいますと、お顔を隠していらした御袖を少し引きのけられて、

大君「こんなにもはかなかった命ですので。情け知らずのように思われましたのも仕方のないことです。あとにお残りになる方（中の君）を私《わたくし》と同じようにお思い下さいませ、とそれとなく申し上げましたのに、もしその通りにして下されば、安心して逝《ゆ》けますものと、このことだけが恨めしいことで心残りになりそうに思われます。」

とおっしゃいますので、

薫「こうしてひどくつらいもの思いをしなければならない身の上なのでしょうか、何としてもあなたよりほかにこの世に関わりを持つお方がおりませんでしたので、ご

ご意向に従い申し上げずに　大君は中の君を薫にと望んでいた。

あらず。命もし限りありてとまるべうとも、深き山にさすらへなむとす。ただ、いと心苦しうてとまりたまはむ御ことをなむ思ひきこゆる」

と答《いう》へさせたてまつらむとて、かの御事をかけたまへば、顔隠したまへる御袖を少しひきなほして、

「かくはかなかりけるものを、思ひ隈なきやうに思されたりつるもかひなければ、このとまりたまはむ人を、同じことと思ひきこえたまへ、とほのめかしきこえしに、違へたまはざらましかば、うしろやすからましと、これのみなむ恨めしきふしにてとまりぬべうおぼえはべる」

とのたまへば、

「かくいみじうもの思ふべき身にやありけむ、いかにもいかにも、ことざまにこの世を思ひかかづらふ方のはべらざ

意向に従い申し上げずになってしまいました。今となっては悔やまれますし、おいたわしいと思っております。けれども妹君（中の君）のことはご心配にはお思いなさいますな。」

などとお慰め申して、とてもお苦しそうになさいますので、修法《ずほう》の阿闍梨《あざり》たちを呼び入れさせて、いろいろと験《げん》の力のある者すべてで加持《かじ》をおさせになります。ご自身もみ仏を一心にお祈りなさいますこと、この上もありません。

りつれば、御おもむけにしたがひきこえずなりにし。今なむ、悔しく心苦しうもおぼゆる。されども、うしろめたくな思ひきこえたまひそ」

などこしらへて、いと苦しげにしたまへば、修法の阿闍梨《あざり》ども召し入れさせ、さまざまに験《げん》ある限りして、加持参らせさせたまふ。我も仏を念ぜさせたまふ事限りなし。

［三九］大君、逝去　薫、灯火《ともしび》の下にその死顔《しにがお》を見て深く悲しむ

俗世を厭《いと》い離れよと殊更にお勧《すす》めになるみ仏などが、まことにこうも悲しい思いをおさせになるのでしょうか。姫宮が見る見るうちに草木が枯れて行くようにして絶え入っておしまいになられましたことは、何と悲しいことでしょうか。引き止めるすべもなく足摺《ず》りもしたい思いで、人に愚《おろ》かしいと見られることも何とも思われません。いよいよこれまでとご覧申し上げて、中の君が後《あと》に残るまいと取り乱していらっしゃるさまももっともです。正気《しょうき》のないさまにお見受けなさ

世の中を殊更に厭《いと》ひ離れねとすすめたまふ仏などの、いとかく、いみじきものは思はせたまふにやあらむ、見るままにものの枯れゆくやうにて、消えはてたまひぬるはいみじきわざかな。ひきとどむべき方なく、足摺《ずり》もしつべく、人のかたくなしと見む事もおぼえず。限りと見たてまつりたまひて、中の君の、後れじと思ひ惑ひたまへ

いますのを、いつもの分別顔の女房たちが、今は不吉なことと中の君をお遠ざけ申し上げます。

中納言の君（薫）は、いくら何でもまさかこうお亡くなりになることはあるまい、夢ではないかとお思いになって、灯火《ともしび》を近く掲げてご覧になられますと、袖でお隠しになられておりますお顔もただ眠っていらっしゃるようで、生前とお変わりになる所もなく、可憐なご様子で臥していらっしゃいますのを、このまま虫の抜け殻のようでも見続けることができるならばと、途方にくれていらっしゃいます。ご臨終の作法などをするために御髪《みぐし》をかき上げますと、さっと芳香が漂い、それがただ生前そのままの匂いでなつかしく芳《かぐわ》しいにつけても、「世に比類なく何事についてこのお方を少しでも並み一通りの人であったと思い諦《あきら》められようか。本当に世の中を思い捨てさせるみ仏のお導きであるなら、この亡骸《なきがら》が恐ろしく醜《みにく》いことで、悲しみも覚めてしまいそうなことだけでも見つけさせて下さい」と、仏にお祈りになりますけれど、ますますお気持ちを静めるすべもありませんので、何ともいた

るさまもことわりなり。あるにもあらず見えたまふを、例の、さかしき女ばら、今はいとゆゆしきこと、とひきさけたてまつる。

中納言の君は、さりともいとかかる事あらじ、夢かと思して、御殿油を近う掲げて見たてまつりたまふに、隠したまふ顔も、ただ寝たまへるやうにて、変りたまへる所もなく、うつくしげにてうち臥したまへるを、かくながら、虫の殻のやうにても見るわざならましかば、と思ひ惑はる。今はの事どもするに、御髪《みぐし》をかきやるに、さとうち匂ひたる、ただありしながらの匂ひになつかしう香ばしきも、あり難う、何事にてこの人を少しもなのめなりしと思ひさまさむ、まことに世の中を思ひ棄てはつるしるべならば、恐ろしげにうき事の、悲しさもさめぬべきふしをだに見つけさせたまへ、と仏を念じたまへど、いとど思ひのどめむ方

し方がなくて、一途《いちず》に荼毘《だび》の煙にしてしまおうとお思いになって、あれこれと葬送の儀礼を行いますのは、あまりにも言いようのないことでした。足も空を歩くようによろよろとして、最後の火葬の有様さえ頼りなく、荼毘の煙も多く立ち上《のぼ》らずにすんでしまいましたのも、張り合いのないことと、中納言は呆然自失《ぼうぜんじしつ》の体《てい》でお帰りになったのでした。

なくのみあれば、言ふかひなくて、ひたぶるに煙にだになしはててむと思ほして、とかく例の作法どもするぞ、あさましかりける。空を歩むやうに漂ひつつ、限りの有様さへはかなげにて、煙も多く結ぼほれたまはずなりぬるもあへなしと、あきれて帰りたまひぬ。

[四〇] 服喪の中の君、悲嘆に沈み、薫も宇治に籠《こも》る

御喪に服している人も大ぜいいらっしゃって、女房たちの心細さは少しは紛《まぎ》れるようでしたけれど、中の君は、人目にどう思われようかと、恥ずかしいわが身の情けなさに思い沈んでいらして、この君もまた亡くなったお方のようにお見えになります。兵部卿《ひょうぶきょう》の宮（匂宮）からも、ご弔問のお使いをしきりにさし上げられます。心外にも薄情なお方とお思い申し上げておられた姉君（大君《おおいきみ》）のお気持ちも、思い治まることなくお亡くなりになってしまったことをお思いになりますと、何とも情けない宮とのご宿縁です。

御忌《いみ》に籠れる人数多くて、心細さはすこし紛れぬべけれど、中の宮は、人の見思はむことも恥づかしき身の心憂さを思ひ沈みたまひて、また亡き人に見えたまふ。宮よりも御とぶらひいとしげく奉れたまふ。思はずにつらし、と思ひきこえたまへりし気色も思しなほらでやみぬるを思すに、いとうき人の御ゆかりなり。

中納言（薫）は、こうして世を実につらく思われます機会

中納言、かく世のいと心憂くお

に、出家の本意を遂げようとお思いになりますが、母の三条の宮（女三の宮）がどうお思いになるかと気兼ねをなさり、またこの中の君の御事のおいたわしさとにお心が乱れて、「あの姫宮がおっしゃったようにして、形見《かたみ》としてでもこの君を妻にすればよかったものを。本当の気持ちはたとえ身をお分けになったご姉妹でも、この君に心を移そうとは思わなかったのだが、このようにご苦労をおさせするよりは、ただお互いに語らって、尽きぬ悲しみの慰めにもお世話申し上げて、情を通わせればよかったものを」などとお思いになります。仮《か》りそめにも京にお出にならず、人とのご交際も絶って、悲しみを慰めるすべもなく籠《こも》っていらっしゃいますのを、世の人も並々ではなくお思いであったのだと見聞きして、帝《みかど》を始め申し上げて、方々からご弔問が多くあります。

ぼゆるついでに、本意遂げむ、と思さるれど、三条宮の思さむことに憚り、この君の御ことの心苦しさとに思ひ乱れて、「かののたまひしやうにて、形見にも見るべかりけるものを。下の心は、身をわけたまへりとも移ろふべくはおぼえざりしを、かうもの思はせたてまつるよりは、ただうち語らひて、尽きせぬ慰めにも見たてまつり通はましものを」など思す。かりそめに京にも出でたまはず、かき絶え、慰む方なくて籠りおはするを、世人も、おろかならず思ひたまへること、と見聞きて、内裏《うち》よりはじめたてまつりて、御とぶらひ多かり。

［四一］薫、大君の死に際し、喪服も着られぬ身を嘆く

はかなく日数《ひかず》も過ぎて行きます。七日七日《なのかなのか》の法要の事どもを中納言はまことに尊くおさせになっては、手厚くご供養なさいますけれど、定めがありますので、お召し物の色は変わ

はかなくて日ごろは過ぎゆく。七日七日の事ども、いと尊くせさせたまひつつ、おろかならず孝《けう》じたまへど、限りあれば、御衣の色

りませんから、あのお方を特に慕っていた人たちが黒い喪服に着替えていますのを目にされるにつけても、

紅に落つる涙もかひなきは形見《かたみ》の色を染めぬなりけり

（悲しみに血の涙を流してもかいがないのは、亡き人を偲ぶ喪服の色に染められないのでした。）

聴色《ゆるしいろ》の凍りついたように光って見える袖を、一層涙で濡らしながらもの思いに耽っておいでになるご様子は、まことに優雅で美しいお姿です。女房たちがお覗き申し上げて、

女房「今更嘆いてもかいのない事は別としても、この殿がこうしてお馴れ申し上げておりますのに、もうこれからはご縁のないお方にお思い申し上げるのこそ、もったいなく残念です。思いも寄らぬご運でいらした事よ。このような深い殿のお心ですのに、お二方それぞれに背《そむ》いておしまいになられた事ですよ。」

と、お互いに泣き合っています。

この中の君には、

薫「亡き姉君の御形見と思って、これからは何事もご相

紅に 「形見の色」は亡き人を偲ぶ喪服の色。

聴色 薄紅色。ここは薫の直衣の色。

の変らぬを、かの御方の心寄せわきたりし人々の、いと黒く着かへたるをほの見たまふも、

紅に落つる涙もかひなきは
形見《かたみ》の色を染めぬなりけり

聴色《ゆるしいろ》の氷とけぬかと見ゆるを、いとど濡らしそへつつ眺めたまふさま、いとなまめかしくきよげなり。人々覗きつつ見たてまつりて、

「言ふかひなき御ことをばさるものにて、この殿のかくならひたてまつりて、今は、とよそに思ひきこえむこそ、あたらしく口惜しけれ。思ひの外なる御宿世にもおはしけるかな。かく深き御心のほどを、かたがたに背かせたまへるよ」

と泣きあへり。

この御方には、

「昔の御形見に、今は何ごと

談申し上げご用も承りたいと存じます。他人行儀にお隔て下さいますな。」

とおっしゃいますけれど、全てに不運な身の上であったのだと気遅れなさって、まだ対面してお話し申し上げることはなさいません。中の君ははっきりとしているお方で、姉君より少し無邪気で気品高くおいでになりますけれど、親しみ深く風情《ふぜい》のあるお心ざまは、姉君には劣っておいでになったよと、何かにつけて中納言はお感じになります。

雪があたりを暗くして降る日、中納言（薫）は一日中もの思いに耽って、世間の人が殺風景なものに言うという十二月《しわす》の夜の月が、曇りなくさし上《のぼ》って来ましたのを、簾《すだれ》を巻《ま》き上げてご覧になりますと、向こうの山寺の鐘の声が響いて来ますのを、枕をそばだてて今日も暮れてしまったとかすかにお聞きになって、

薫

おくれじと空ゆく月を慕ふかなつひにすむべきこの世ならねば

［四二］　薫、冬の月夜に大君を偲び、歌を詠《よ》む　老女たち大君を悼《いた》む

簾を巻き上げて…　「遺愛寺ノ鐘ハ枕を欹《そばだ》テテ聴ク　香炉峯ノ雪ハ簾を撥《かか》ゲテ看《み》ル」（白氏文集巻十六）。

今日も暮れてしまった　「山寺の入相の鐘の声ごとに今日も暮れぬと聞くぞ悲しき」（拾遺・哀傷　読人しらず）。

おくれじと　「すむ」は「住む」と「澄む」を掛ける。「月」の縁語。

も聞こえ、承らむとなむ思ひたまふる。うとうとしく思し隔つな」

と聞こえたまへど、よろづの事うき身なりけりと、もののみつつましくて、まだ対面してものなど聞こえたまはず。この君は、けざやかなる方に、いますこし児めき、気高くおはするものから、なつかしくにほひある心ざまぞ、劣りたまへりけると、事にふれておぼゆ。

雪のかきくらし降る日、ひねもすにながめ暮らして、世の人のすさまじき事に言ふなる十二月《しはす》の月夜の、曇りなくさし出でたるを、簾捲き上げて見たまへば、向ひの寺の鐘の声、枕をそばだてて、今日も暮れぬ、とかすかなるを聞きて、

おくれじと空ゆく月を慕ふかなつひにすむべきこの世ならねば

（後に残されまいと空を渡る月を追い求めることよ、どうせ最後まで住むべきこの世ではないのだから。）

風がひどく激しいので、蔀戸《しとみど》を下ろさせなさろうとしますと、四方《よも》の山を鏡のように映している汀《みぎわ》の水が、月光に照り映えてまことに美しく見えます。京の邸宅をこの上なく磨き立てても、とてもこうはいくまいとお思いになります。もしも姫宮が万一生き返っておいでであったら、ご一緒に語り合えただろうに、とお思い続けになりますと、中納言は胸が張り裂ける思いがなさいます。

薫 恋ひわびて死ぬる薬のゆかしきに雪の山にや跡を消
なまし

（あのお方を恋しく思う苦しさのあまり、死ぬ薬が欲しい折から、雪の山中に姿を消してしまいたいと思うのです。）

「途中まで偈《げ》を教えた鬼でも現れればよい。それにかこつけて身を投げようものを」とお思いになりますのも、未練がましいご道心なのでした。

女房たちをお側《そば》にお呼び出しになって、世間話などをおさ

風のいとはげしければ、蔀《しとみ》おろさせたまふに、四方《よも》の山の鏡と見ゆる汀《みぎは》の氷、月影にいとおもしろし。京の家の限りなくと磨くも、えかうはあらぬはや、とおぼゆ。わづかに生き出でてものしたまはましかば、もろともに聞こえまし、と思ひつづくるぞ、胸よりあまる心地する。

恋ひわびて死ぬる薬のゆか
しきに雪の山にや跡を消な
まし

半《なかば》なる偈《げ》教へむ鬼もがな、ことつけて身も投げむ、と思すぞ、心きたなき聖心《ひじりごころ》なりける。

人々近く呼び出でたまひて、物

恋ひわびて 「雪の山」は仏教にいう「雪山《せっさん》」。ヒマラヤの異称、大雪山とも。

途中まで偈《げ》を教えた鬼 釈迦の修行時代、羅刹《らせつ》に身を変えた帝釈天《たいしゃくてん》から偈の前半を聞き、残りを身に代えて教わったという故事。

せになるご様子などが、まことに好ましくゆったりとお心深そうなお姿を、拝見する女房たちや若い人は、心に染《し》みてご立派だとお思い申し上げています。老女房は姫宮のことを、ただ残念に悲しいこととひとしお思っています。

女房「御病気が重くおなりになりましたことも、ただあの宮様（匂宮）の御事を心外なこととご覧になって、世間のもの笑いも悲しいものと思われておられたようですが、それでもさすがにこの中の君には、このように悩んでおりますことを知られ申すまいと、ご自分のお心一つにこの御仲をお恨みになっていらしたようですが、そのうちにちょっとした御果物《くだもの》さえもお召し上がりにならず、ただお弱りになる一方のようでした。上べはどれほども仰山に深く思うご様子もお見せになりませんが、お心の底ではこの上なく何事も思っていらしたようで、故父宮の御遺戒《いかい》にまでも背《そむ》いてしまったと、それほどお悩みにならなくてもよいのに、御妹君の御身の上をお悩みになられたのがご病気の因《もと》だったのでございます。」

語などせさせたまふけはひなどの、いとあらまほしく、のどやかに心深きを見たてまつる人々、若きは、心にしめてめでたしと思ひたてまつる。老いたるは、口惜しくいみじきことを、いとど思ふ。

「御心地の重くならせたまひしことも、ただこの宮の御ことを、思はずに見たてまつりたまひて、人わらへにいみじ、と思すめりしを、さすがにかの御方には、かく思ふと知られたてまつらじと、ただ御心ひとつに世を恨みたまふめりしほどに、はかなき御くだものをも聞こしめしふれず、ただ弱りになむ弱らせたまふめりし。うはべには、何ばかりことごとしくもの深げにももてなさせたまはで、下の御心の限りなく、何ごとも思すめりしに、故宮の御誡《いさめ》にさへ違《たが》ひぬることと、あいなう人の

と申し上げて、折々におっしゃったことなどを話し出しては、誰も誰も皆いつまでも泣き惑っております。

中納言はご自分のせいで姫宮に情けない思いをおさせ申し上げたことと、昔を今に取り返したく、この世の全てがつらく感じられますので、御念誦《ねんず》を一層心をこめてなさり、まんじりともなさらず夜をお明かしになりますと、まだ夜も深いうちの雪の降る気配がいかにも寒そうですのに、大ぜいの人の声がして、馬の嘶《いなな》きも聞こえて来ます。一体誰がこんな夜中に雪を分けて来るのかと、僧たちも驚いています所へ、兵《ひょう》部卿《ぶきょう》の宮（匂宮）が狩衣《かりぎぬ》姿にひどく身なりをやつして、びっしょり濡れながらお入《はい》りになって来られたのでした。

［四三］雪の夜、匂宮、宇治を弔問し泊まるが、中の君、逢わず

格子《こうし》をお叩きになるご様子で宮らしいとお聞きになって、中納言は人目につかない方へお入りになって、そっと忍んでいらっしゃいます。御忌《い》み明けには日《ひ》数《かず》が残っていましたけれど、気がかりにお思い悩まれて、夜通し雪に惑わされながらお越しになられたのでした。

御上を思し悩みそめしなり」と聞こえて、をりをりにのたまひしことなど語り出でつつ、誰も誰も泣きまどふこと尽きせず。

わが心から、あぢきなきことを思はせたてまつりけむことと、とり返さまほしく、なべての世もつらきに、念誦をいとどあはれにしたまひて、まどろむほどなく明かしたまふに、まだ夜深きほどの雪のけはひいと寒げなるに、人々声あまたして、馬の音聞こゆ。何人かはかかるさ夜半《よなか》に雪を分くべきと、大徳たちも驚き思へるに、宮、狩の御衣にいたうやつれて、濡れ濡れ入りたまへるなりけり。

うち叩きたまふさま、さなりと聞きたまひて、中納言は、隠ろへたる方に入りたまひて、忍びておはす。御忌《いみ》は日数《ひかず》残りたりけれど、心もとなく思しわびて、夜一夜雪にまどはされてぞおはしましける。

中の君は、日頃の恨みも忘れてしまいそうな折ですけれど、お逢いになる気もなさらず、お嘆きになっていらした姉君のご様子に、気の引ける思いがなさいましたが、そのまま見直しいただけずになってしまいましたことにつけても、これから後《のち》、宮のお心がお改まりになっても今更かいのないことと思いこんでおられますので、女房たちは誰《だれ》も誰も懸命に物の道理をお教え申し上げて、物越しにお会いになり、宮が日常のご無沙汰をお言葉を尽くしておっしゃいますのを、ぼんやりとお聞きになっていらっしゃいます。この君も全く生きた人のようではなく、姉君の後《あと》を追うのではあるまいかと思われるようなご様子の痛ましさを、宮も何とも気づかわしく悲しいこととお思いになるのでした。

今日はどうなっても構わないというお気持ちで、宮は中の君のもとにお泊まりになりました。

匂宮「物越しではなくて。」

と、ひどくつらくお思いになりますが、

中君「もう少し気持ちがはっきりするようになりました

日ごろのつらさも紛れぬべきほどなれど、対面したまふべき心地もせず、思し嘆きたるさまの恥づかしかりしを、やがて見なほされたまはずなりにしも、今より後の御心あらたまらむはかひなかるべく思ひしみてものしたまへば、誰も誰もいみじうことわりを聞こえ知らせつつ、物越しにてぞ、日ごろの怠り尽きせずのたまふを、つくづくと聞きゐたまへる。これもいとあるかなきかにて、後れたまふまじきにや、と聞こゆる御けはひの心苦しさを、うしろめたういみじ、と宮も思したり。

今日は御身を棄ててとまりたまひぬ。

「物越しならで」

と、いたくわびたまへど、

「いますこしものおぼゆるほ

ら。」

とだけ申し上げて冷たいお扱いですので、中納言もこのご様子をお聞きになり、しかるべき女房をお呼び出しになって、

薫「こちらのお嘆きのご様子と違って、宮の薄情とも思えるお扱いで、昔も今も情けなく思われましたが、この幾月ものご無沙汰の罪は、女君がそのようにお恨み申し上げるのも当然のことですが、無愛想《ぶあいそう》にならない程度に宮をお咎《とが》め申し上げるのがよいでしょう。宮はこのようなお咎めはまだご経験なさらないお心ですから、つらくお思いでしょう。」

などと、こっそりさし出口をなさいますので、中の君はますますこの中納言のお気持ちも恥ずかしくて、とても宮にご返事申し上げられません。宮は、

匂宮「何ともあきれるほど情けないお方なのですね。前に申し上げたこともすっかりお忘れになってしまったとは。」

と、一方ならずお嘆きになってお過ごしになられるのでした。

どまではべらば」

とのみ聞こえたまひて、つれなきを、中納言も気色聞きたまひて、さるべき人召し出でて、

「御ありさまに違《たが》ひて、心浅きやうなる御もてなしの、昔も、今も、心憂かりける、月ごろの罪は、さも思ひきこえたまひぬべきことなれど、憎からぬさまにこそ勘《かう》へたてまつりたまはめ。かやうなる事まだ見知らぬ御心にて、苦しう思すらむ」

など、忍びてさかしがりたまへば、いよいよ、この君の御心も恥づかしくて、え聞こえたまはず。

「あさましく心憂くおはしけり。聞こえしさまをもむげに忘れたまひけること」

と、おろかならず嘆き暮らしたまへり。

［四四］　二日目の夜、中の君、匂宮にうち解けず、互いに歌を贈答

千々の社を　「誓いつることのあまたになりぬれば千々の社も耳馴れぬらむ」(紫明抄)。

来し方を　今までの頼りなさにつけても将来も当てにならないと恨む。ただ女からの贈歌は宮への共感を示す。

夜の気配《けはい》は、一段と激しい風の音に、宮はご自分のせいとはいえ溜《た》め息をおつきになりながら横になっていらっしゃいますのも、さすがにお気の毒で、中の君はいつものように物を隔ててお話し申し上げます。宮が千々《ちぢ》の社《やしろ》を引き合いに出されて、末永い二人の愛をお約束なさいますのも、どうしてこんなにお口がお上手でいらっしゃったのだろうと不愉快に思われますけれど、離れていて薄情な時の憎らしさよりはしみじみとして、女の心も柔らかくしてしまいそうな宮のお人柄を、一途《いちず》にどこまでもお頼みすることも出来なかったのだと、ただぼんやりとお聞きになって、

中君　来《こ》し方を思ひいづるもはかなきを行く末かけて何頼むらむ

(今までのことを思い出しただけでも頼りない気がいたしますのに、これから先のことまでどうしてお頼みできましょうか。)

と、小声でお詠《よ》みになります。宮はかえってお胸が詰まって、

夜のけしき、いとどけはしき風の音に、人やりならず嘆き臥したまへるもさすがにて、例の、物隔てて聞こえたまふ。千々の社《やしろ》をひきかけて、行く先長きことを契りきこえたまふも、いかでかく口馴れたまひけむ、と心憂けれど、よそにてつれなきほどのうとましさよりはあはれに、人の心もたをやぎぬべき御さまを、一方にもえうとみはつまじかりけりと、ただつくづくと聞きて、

来し方を思ひいづるもはかなきを行く末かけて何頼むらむ

と、ほのかにのたまふ。なかなか

気が気ではありません。

匂宮「行く末を短かきものと思ひなば目の前にだに背《そむ》かざらなむ

（これから先の命を長くないものと思うのでしたら、せめて目の前の事だけでもわたしに背かないで下さいよ。）

何事も本当にこうして見る間《ま》もない世の中ですから、罪の深くなるようなことをお考えなさいませんように。」

といろいろとおなだめになられますけれど、中の君は、

中君「気分も良くありませんので。」

とおっしゃって、奥へお入《はい》りになってしまいました。宮は女房たちの目にもまことに体裁《ていさい》が悪く、嘆きながら夜をお明かしになります。恨むのも無理からぬことだけれど、あまりによそ目にも憎らしいことだと、情けない涙もこぼれ落ちますが、ましてや中の君はどんなにつらく思われていたことだろうと、いろいろと身にしみてお分かりになります。

中納言が主人顔をして住み馴れて、女房たちを気安く召し使ったり、大ぜいの人に食事のお給仕をおさせになりますの

いぶせう心もとなし。

「行く末を短かきものと思ひなば目の前にだに背《そむ》かざらなむ

何ごともいとかう見るほどなき世を、罪深くな思しないそ」

と、よろづにこしらへたまへど、

「心地も悩ましくなむ」

とて入りたまひにけり。人の見るらむもいと人わろくて、嘆き明かしたまふ。恨みむもことわりなるほどなれど、あまりに人憎くもと、つらき涙の落つれば、ましていかに思ひつらむと、さまざまあはれに思し知らる。

中納言の、主方《あるじがた》に住み馴れて、人々やすらかに呼び使ひ、人もあ

を、宮はしんみりしたお気持ちにも、また面白くもご覧になります。中納言がまことにひどく痩せ青ざめて、気抜けしたようにもの思いに耽っていらっしゃいますのを、宮はいたわしくご覧になって、心をこめてお悔やみをおっしゃいます。姫宮のご生前のご様子など、今更かいのないことですけれど、この宮にだけはお話し申し上げようと、中納言はお思いになりますが、切り出そうとなさるにつけても、ひどく気弱になって愚《おろ》かしい男だと見られはしまいかと気兼ねして、言葉少ないご様子です。毎日泣きくらして日数《ひかず》も過ぎましたので、お顔変わりなさっていますのも見苦しくなく、ますます美しく優雅に見えますのを、宮は女ならきっと心移りするだろうと、ご自分の怪《け》しからぬご性分《しょうぶん》から思い寄られますのも、何となく心配ですので、何とかして世間の非難や恨みを避けて、中の君を京に移してしまおうとお思いになります。

　中の君がこのように冷淡ではあるものの、宮中あたりに聞こし召しては大層都合が悪いことになるであろう、と宮はご案じになって、今日はお帰りになりました。宮は並々ならず

またして物まゐらせなどしたまふを、あはれにもをかしうも御覧ず。いといたう痩せ青みて、ほれぼれしきまでものを思ひたれば、心苦しと見たまひて、まめやかにとぶらひたまふ。ありしさまなど、かひなきことなれど、この宮にこそは聞こえめ、と思へど、うち出でむにつけても、いと心弱く、かたくなしく見えたてまつらむに憚りて、言少ななり。音《ね》をのみ泣きて日数経にければ、顔変りのしたるも見苦しくはあらで、いよいよものきよげになまめいたるを、女ならば必ず心移りなむと、おのがけしからぬ御心ならひに思し寄るも、なまうしろめたかりければ、いかで人の譏《そし》りも恨みをもはぶきて、京に移ろはしてむ、と思す。

　かくつれなきものから、内裏《うち》わたりにも聞こしめしていとあしかるべきに思しわびて、今日は帰らせたまひぬ。おろかならず言の葉

つれなきは
「いかでわれつれなき人に身をかへて苦しきものと思ひ知らせむ」(源氏釈)。

お言葉をお尽くしになりますが、「つれなきは苦しきものを（つれないお仕打ちはどれほどつらいものか）」と、その一端でもお思い知らせたくて、お心をお許しにならないのでした。

を尽くしたまへど、つれなきは苦しきものをと、一ふしを思し知らせまほしくて、心とけずなりぬ。

［四五］ 歳暮、薫、ようやく帰京　匂宮、中の君を京へ迎える準備

年の暮れ方には、こういう山里でなくても空の様子は常と異なるものですが、宇治は荒れない日もなく、毎日降り積もる雪の中で、もの思いをしつつ明かし暮らしていらっしゃる中納言（薫）のお気持ちは、いつまでも尽きることのない夢のようです。宮（匂宮）からもみ誦経《ずきょう》の料《りょう》など仰山なまでにお見舞い申し上げます。こうしてばかり、新年になるまでも嘆き過ごせましょうか。あちらこちらからも中納言が音沙汰なく閉じ籠《こも》っていらっしゃることを申して来られますので、今はと京へお帰りになろうとするお心の悲しさは、たとえようもありません。こうして住み馴れておいでになって、人の出入りも多かったのに、その名残《なごり》もなくなりますのを、わびしく思う女房たちは、姫宮の御不幸に際しての当座の悲しい騒ぎよりも、今はすっかり静まってひどく悲しく思われます。

年の暮がたには、かからぬ所だに、空のけしき例には似ぬを、荒れぬ日なく降り積む雪にうちながめつつ明かし暮らしたまふ心地、尽きせず夢のやうなり。宮よりも、御誦経などこちたきまでとぶらひきこえたまふ。かくてのみやは、新しき年さへ嘆き過ぐさむ、ここかしこにも、おぼつかなくて閉ぢ籠りたまへることを聞こえたまへば、今はとて帰りたまはむ心地も、たとへむ方なし。かくおはしならひて、人しげかりつるなごりなくならむを、思ひわぶる人々、いみじかりしをりのさし当りて悲しかりし騒ぎよりも、うち静まりていみじくおぼゆ。「時々、をりふし、

その時々の時節に触れて、風情《ふぜい》あるさまにお手紙をお交《か》わしになったあの頃の年月よりも、こうしてゆっくりとお過ごしになられる近頃の君のお姿やお振る舞いが、親しみ深く情深く、趣味の方面でも実生活の方面でも、思いやりが深かったお心遣いを、もうこれきりと拝見出来なくなってしまうことよ、と皆涙にむせんでいます。

あの兵部卿《ひょうぶきょう》の宮からは、

匂宮「やはりこうしてお訪ねすることも大変難しいので、思案に余って、近い所にお迎え申し上げることを計画しています。」

と申し上げなさいました。后《きさい》の宮（明石の中宮）がお聞きつけになられて、「中納言もこのように並々ならず思い惚れているとのことですが、いかにも宇治の姫君は一般の女のようには扱えないと誰もが思われるのでしょう」と、お気の毒にお思いになって、二条院の西の対《たい》にお迎えになって、時々でもお通いになられるようにと、内々に申し上げなさいましたので、中の君を女一の宮の御方にとかこつけてお考えになられ

をかしやかなるほどに聞こえかはしたまひし年ごろよりも、かくのどやかにて過ぐしたまへる日ごろの御ありさまけはひのなつかしく情深う、はかなきことにもまめなる方にも、思ひやり多かる御心ばへを、今は限りに見たてまつりさしつること」と、おぼほれあへり。

かの宮よりは、

「なほかう参り来ることもいと難きを、思ひわびて、近う渡いたてまつるべき事をなむ、たばかり出でたる」

と聞こえたまへり。后の宮聞こしめしつけて、中納言もかくおろかならず思ひほれてゐたなるは、げに、おしなべて思ひがたうこそは誰も思さるらめ、と心苦しがりたまひて、二条院の西の対に渡いたまひて、時々も通ひたまふべく、忍びて聞こえたまひければ、女一の宮の御方にこと寄せて思しなる

宮が気を回していらっしゃった…
匂宮が薫と中の君との間を疑っていたこと。

たのであろうか、と宮はお思いになりながらも、不安がなくなりそうなのは嬉しくて、そのことを宇治へお伝えになったのでした。そのようになるらしいと中納言もお聞きになって、三条の宮を完成させて姫宮をお迎えしようと思っていたものを、中の君をその御代りになぞらえてお世話すればよかったのになど、思い返して心細いお気持ちでいらっしゃいます。宮が気を回していらっしゃった筋の事は、全く不似合いなことと、とまるでお心にかけず、ただおおよその御後見役は、自分をおいては他《ほか》に誰がいるであろうかと、お思いになっていらっしゃいますとか。

にや、と思しながら、おぼつかなかるまじきはうれしくて、のたまふなりけり。さなり、と中納言も聞きたまひて、三条宮も造りはてて、渡いたてまつらむことを思ひしものを、かの御代りになずらへても見るべかりけるをなど、ひきかへし心細し。宮の思し寄るめりし筋は、いと似げなき事に思ひ離れて、おほかたの御後見は、我ならではまた誰かは、と思すとや。

付録　『源氏物語』をより深く知るために

『源氏物語』の遡及《そきゅう》表現

一　遡及表現とは

『源氏物語』は長い物語ですから、ある人物や事柄について、ずっと後になってから、昔のことを物語ったり、遡って説明を加えたりしているところがあります。本来ならばその過去の初出の時点で、その人物なり事柄なりが十分に語られていて、それを受けて後に語るのならばよく分かるのですが、その過去の時点では全く触れずに、後になってこんな事柄があったとか、こんな経歴の人物であったとか、説明を追補する形で語っているのです。

したがって読者は、そこで初めて過去にこんなことがあったのか、この人物はこんな経歴をもっていたのか、という新しい情報を得るわけです。作者は物語の展開上の必要から、新しく過去の情報を付加しているものと考えられますが、結果として過去に遡って物語を増補している形となっています。

このような、過去に遡っている文章表現を、ここでは『源氏物語』の表現方法の一つと認めて、遡及表現と呼ぶことにしたいと思います。

以下、この遡及表現について、幾つかの具体的な例をあげて説明していきましょう。

二　宇治の八の宮と立太子争い

本書に収載した「橋姫」の巻は、「宇治十帖」の始めの巻で、その冒頭に宇治の八の宮について、次のような紹介があります。

そのころ、世に数まへられたまはぬ古宮おはしけり。母方などもやむごとなくものしたまひて、筋ことなるべきおぼえなどおはしけるを、時移りて、世の中にはしたなめられたまひける紛れに、なかなかいとなごりなくて、御後見《うしろみ》などもものの恨めしき心々にて、かたがたにつけて世を背き去りつつ、公《おほやけ》私《わたくし》に拠りどころなくさし放たれたまへるやうなり。（橋姫）

母の出自のよさから重視されて、皇太子にもなるべき親王と噂されていたが、時勢の変化で世間から冷遇され、見捨てられたようになったと、政変の犠牲者としての八の宮を紹介しています。

八の宮がその政変に巻き込まれたことについては、更に後段に次のように具体的に記されています。

源氏の大殿《おとど》の御弟、八の宮とぞ聞こえしを、冷泉院《れいぜいゐん》の東宮《とうぐう》におはしまし時、朱《す》雀院《ざくゐん》の大后《おほきさき》の横さまに思しかまへて、この宮を世の中に立ち継ぎたまふべく、わが御時、もてかしづきたてまつりたまひける騒ぎに、あいなく、あなたざまの御仲らひにはさし放たれたまひければ、いよいよかの御次々になりはてぬる世にて、えまじらひたまはず、……（橋姫）

冷泉院が東宮でいらした時、弘徽殿《こきでん》の女御が東宮を廃してこの八の宮を擁立しようとしたが、結局不首尾に終わり、対抗した源氏方の世になってからは、見放されたようになってしまった、というわけです。

つまり、源氏方と弘徽殿の女御方との東宮争いという大きな政争に巻き込まれて敗北したというのですが、それではこのような政変が今までの物語のどこに書かれていたでしょうか。

冷泉帝が東宮に立った時とありますから、物語の年立《としだて》（物語の展開を年表にしたもの）をたどってみますと、「花宴」から「葵」の巻にかけての頃と分かります。この二巻の間はちょうど一年の空白がありますが、この間に桐壺帝が譲位され、朱雀帝が即位し、藤壺腹の皇子（後の冷泉帝）が立太子しておりますから、まさにこの間にさきの大きな政争があったことになります。しかし物語はこの間に一年の空白を置いているだけで、そのような政争については一言も触れておりません。

つまり読者はこの「橋姫」の巻の八の宮の経歴によって、初めて半世紀近く前の立太子争いのことを知らされたということになります。遠く時代を遡って過去の事柄を語っているということで、遡及表現と言えましょう。見方を変えれば、遡及表現は、後になって過去の物語世界を増補拡充する効果もあるのです。

三　老女弁《べん》の役割

同じ「橋姫」の巻に、薫の出生の秘密という重大事を彼に伝える重要な役割を持つ弁という老女房が登場します。彼女は、薫の実父柏木との関係を、まず次のように語っています。

かの権大納言の御乳母《めのと》にはべりしは、弁の母になむはべりし。朝夕に仕うまつり馴れはべりしに、人数にもはべらぬ身なれど、人に知らせず御心よりはた余りけることを、をりをりうちかすめたまひしを、今は限りになりたまひにし御病の末つ方に召し寄せて、いささかのたまひおくことなむはべりしを、聞こしめすべきゆゑなむ一事はべれど、……（橋姫）

右によりますと、弁の母は亡き柏木の乳母だったので、その縁で自分も朝夕柏木に馴れ仕えていたが、時々柏木が心に余ることなどを語り、臨終の折には側《そば》近くに呼んで遺言もあった、その中にぜひお耳に入れなければならないことが一つある、というのです。

その折に薫の出生の秘事を裏付ける遺品も預ったことは、後に弁が、

。御覧ぜさすべき物もはべり。今は焼きも棄てはべりなむ。（橋姫）

。我はなほ生くべくもあらずなりにたりとのたまはせて、この御文をとりあつめて賜はせたりしかば、（橋姫）

などと言っていますので、知ることができます。

しかしこのように柏木の臨終の際に弁が枕元近くに呼ばれて遺言を聞き、大切な遺品までも預ったということは、今まで語られていたでしょうか。

柏木の臨終を語った「柏木」の巻では、女三の宮付きの女房小侍従が、もっぱら柏木との間をとりもっており、柏木の乳母はこの小侍従の叔母ではありますが、弁の母とは記されていません。それどころか、柏木の臨終に際して立ち合ったり歎いたりしているのは、親友の夕霧や、父の大臣と母北の方をはじめ弘徽殿の女御、雲居の雁、玉鬘などの妹たちで、乳母の子の弁などは全く姿が見えません。

その弁が、自らの過去を振り返って、柏木の臨終の際に遺言を聞き、遺品を預ったと言っているのです。これは「橋姫」の巻において、薫の出生の秘密を知る重要な人

物としての古女房弁を造型するに当たり、過去に遡って柏木の遺言を聞き遺品を預ったということを改めて付加して、弁の重要性を高めていると考えられます。

遡及表現の大きな効用と認められる用法です。

四　源氏と藤壺の初度の過失

「若紫」の巻で、藤壺の宮が病気で里邸に退出する場面があります。源氏はせめてこの機会にでもと、藤壺付きの女房王命婦《おうみようぶ》をせかせて、ついに藤壺と逢うことができました。

いかがたばかりけむ、いとわりなくて見たてまつるほどさへ、現《うつつ》とはおぼえぬぞわりなきや。宮もあさましかりしを思し出づるだに、世とともの御もの思ひなるを、さてだにやみなむと深う思したるに、いと心憂くて、いみじき御気色なるものから、……
（若紫）

右はその折の描写ですが、ここに「宮もあさましかりしを思し出づるだに」（以前の思いも寄らなかった出来事を思い出されるのさえ）とあり、「さてだにやみなむと深う思したるに」（せめてあのことだけでやめたいと深く思っていたのに）とあって、この二人の逢瀬が初めてではないことを示しています。つまり以前にもこのような人目を憚る逢瀬があり、藤壺はせめてあれだけにしておきたいと深く思っていたのに、またしてもこんなことになってしまって、と後悔しながらも源氏の愛を受け入れているのです。

それでは、源氏と藤壺との初度の交渉は、いつのことだったのでしょうか。それは当然源氏が成人した以後でしょうから、十二歳で元服して葵の上と結婚した後、なおも源氏の藤壺を慕う気持ちは、立派に修築した里邸に「かかる所に思ふやうならむ人を据ゑて住まばや」（こんな所に理想通りの人を住まわせて一緒に暮らしたいもの）と思い続けていた頃、巻でいえば「桐壺」巻末から「帚木」にかけての頃と推定されます。

この間は、物語の年立《としだて》の上では、源氏十三歳頃から十六歳頃までの空白の期間となっていますが、もし源氏と藤壺との初めての逢瀬があったとしたら、まさにこの期間こそもっとも適していると考えてよいでしょう。

しかし物語の現状は、この間は空白で、そのような重大事はどこにも書かれていません。つまり「若紫」の巻で藤壺が、以前にも過失があったことをほのめかしていることで、読者は初めて過去にそのようなことがあったことを知らされたわけですから、これも遡及表現と認めてよいと思われます。

ただし、この「若紫」の巻の藤壺の初度の過失への言及は、実際に「桐壺」の巻の末にそのようなことが語られていたのを受けたもの、と考える立場もあり、現存の「桐壺」の巻は後に新たに書き改められたものと見る「桐壺巻後記説《きりつぼのまきこうきせつ》」の論拠の一つにもされていますので、この立場からすれば遡及表現ではないことになります。なお「桐壺巻後記説」については、第一冊の巻末論文『「桐壺」の巻は初めの巻?』で述べましたのでご参照下さい。

五　朝顔の斎院《さいいん》との出合い

桃園《ももぞの》の式部卿《しきぶきよう》の宮の姫君朝顔の斎院は、早くに源氏から慕われつつも容易には靡かない女性として描かれていますが、その出合いはいつ頃かはっきりせず、物語にも語られていません。ただ「帚木」の巻に、かつて源氏が朝顔の花を贈ったことがあったことを伝えています。

式部卿の宮の姫君に朝顔奉りたまひし歌などを、すこし頬《ほほ》ゆがめて語るも聞こゆ。くつろぎがましく歌誦《ず》しがちにもあるかな、なほ見劣りはしなむかしと思す。（帚木）

源氏が紀伊守《きのかみ》の邸《やしき》に方違《かたたが》えに行った時、そこにいる空蟬《うつせみ》付きの若女房たちが源氏の噂話をしているのを聞いていますと、源氏が式部卿の姫君に朝顔をさし上げた時の歌なども、少し文句を間違えて語っています。その軽薄さに源氏は女主人の空蟬もやはり見劣りがするだろうと推量したのでした。

右のように、空蟬の女房たちの噂話によって、読者は過去に源氏が式部卿の宮の姫君に朝顔を歌につけて贈ったことがあったと知るのですが、このことは以前の物語には語られていません。この時姫君からの返歌があったかどうかも分かりませんが、常識的には朝顔を詠《よ》みこんだ返歌があったと考えるべきでしょう。この一件によってこの姫君を朝顔の姫君と呼称していることからも、この朝顔をめぐる贈答は、印象的で優雅なものであったと考えられます。

源氏と朝顔の姫君との交渉がどれほど深かったかは知るすべもありませんが、朝顔が斎院を退下《たいげ》した時の記述に次のようにありますのは少し気になります。

斎院は御服《ぶく》にておりゐたまひにきかし。大臣《おとど》例の思しそめつること絶えぬ御癖にて、御とぶらひなどいとしげう聞こえたまふ。宮、わづらはしかりしことを思せば、御返りもうちとけて聞こえたまはず。　（朝顔）

右に「思しそめつること絶えぬ御癖」（一度でも逢った女は捨てることのない心長い性格）とあり、「宮わづらはしかりしことを思せば」（姫宮は以前のわずらわしかったことを思われるので）とありますのは、一度だけ情交をもったとも受け取れます。しかし源氏が朝顔の斎院に、

かけまくはかしこけれどもそのかみの秋思ほゆる木綿襷《ゆふだすき》かな

「あの昔の秋が思い出される」と詠《よ》んで贈ったのに対して、朝顔の返歌は、

そのかみやいかがはありし木綿襷《ゆふだすき》心にかけてしのぶらむゆゑ

「その昔はどういうことであったのか」と、源氏のいう過去の関係をはぐらかしているところもありますので、実際のところは判断できません。以後も何かにつけて朝顔の源氏に対する態度は冷淡ですので、源氏との関係は深くはなかったと一般には考えられていますが、斎院という立場を考えての応対もあるのではないかと思われます。

「朝顔」の巻で、この巻の巻名の由来ともなった贈答歌の源氏の歌に、

見しをりのつゆ忘られぬ朝顔の花の盛りは過ぎやしぬらむ

とあります上句の「見しをりのつゆ忘られぬ」（昔逢ったことが少しも忘れられない）は、「朝顔の露」と、「見しをり」で情交を暗示していると考えられますが、これに対する姫君の返歌は、

秋はてて露のまがきに結ぼほれあるかなきかにうつる朝顔

とあって、朝顔をはかない花として自分の運命をかたどっているに過ぎません。どうも源氏からの歌には情交を暗示し、朝顔の返歌はそれを否むという形が多いようです。結局のところ源氏と朝顔との出合いに逢瀬があったかどうかは不明とするよりほかはありませんが、源氏が式部卿の宮の姫君に朝顔の花に歌をつけて贈ったという優雅な振る舞いは、後に源氏が「そのかみの秋思ほゆる」と詠んでいるように、源氏にとって忘れがたい出合いであったことは確かです。

そしてその過去のことを、読者は源氏が立ち聞いたという空蟬の侍女たちの噂話から知ったということになりますので、これも遡及表現と考えてよいでしょう。

六　近い過去への遡及表現

以上の宇治の八の宮の経歴や、老女の弁の回想などは、かなり昔に遡っての、いわば大がかりな遡及表現でしたが、中には近い過去にこんなことがあったと読者に知らせている小さな遡及表現もあります。

(1)　夜の衣の交換

「夕顔」の巻で、夕顔が怨霊に祟られて死去した後、惟光《これみつ》の計らいで秘かにその遺骸を東山の某寺に運びこみますが、源氏はこのまま会えないで終わってしまうかと思うとたまらずに、惟光に懇願して夕顔の亡骸《なきがら》に会いに行きます。次の文はその帰途の様子を記したものです。

道いと露けきに、いとどしき朝霧に、いづこともなくまどふ心地したまふ。ありしながらうち臥したりつるさま、うちかはしたまへりしが、わが紅の御衣の着られたりつるなど、いかなりけむ契りにかと道すがら思さる。（夕顔）

露の一面に降りた朝霧の中を、呆然として帰途につく源氏。今会って来た夕顔の生前のままの亡骸には、昨夜お互いが取り替えてうちかけてあげたご自分の紅の単衣《ひとえ》が、そのままかけられてありました。源氏にはそれがどういう前世の因縁なのかと、改めて道々思われるのです。夕顔の白蠟のような白い顔、流れる黒髪、それに紅の単衣と、見事な色彩のコントラストがいつまでも源氏の瞼に残ったのでした。

この男女がお互いの着衣を取り替えて寝るということは、もっとも深い愛情を示す風習ですから、昨夜源氏と夕顔も、睦まじく深い愛を語らって寝についたものと思われますが、「夕顔」の巻の昨夜の時点には、そのようなことは全く語られておりません。読者はここの「うちかはしたまへりしが、わが紅の御衣の着られたりつる」という表現で、初めて昨夜そのような深い愛の睦び合いがあったことを知り、改めて源氏の夕顔への愛情の深さに感動するのです。昨夜の出来事への言及という、近い過去への遡及表現と認めてよいでしょう。

(2)某院の家鳩《いえばと》の声

同じ「夕顔」の巻で、夕顔が亡くなった後、紅葉の色づく晩秋の夕暮れに、源氏はしんみりと夕顔のことを思い出す場面があります。

夕暮れの静かなるに、空のけしきいとあはれに、御前の前栽《せんざい》枯れ枯れに、虫の音《ね》も鳴きかれて、紅葉やうやう色づくほど、……かの夕顔の宿《やどり》を思ひ出づるも恥づかし。竹の中に家鳩《いへばと》といふ鳥のふつつかに鳴くを聞きたまひて、かのありし院にこの鳥の鳴きしを、いと恐ろしと思ひたりしさまの面影にらうたく思ほし出でらるれば、……

（夕顔）

右に、竹の中に家鳩が鳴くのを源氏がお聞きになって、あのかつての某院にこの鳥が鳴いたのを、夕顔がひどく恐ろしいと思っていた様子が、面影となってかわいく思い出されるので、とありますが、前の某院の記述には、梟《ふくろう》の鳴き声はありましたが家鳩は出て来ません。その梟も、夕顔が死んだ後のことですから、その声で夕顔が恐ろしがったことなどもありません。

ですからここの傍線の部分の表現も、読者がこれによって夕顔が某院で家鳩が鳴いたのを恐ろしいと思っていたという新しい知見を得るわけで、夕顔の死の直前に遡って語っている点、遡及表現と見るべきでしょう。

(3) 横笛の伝来

「横笛」の巻で、亡き柏木の遺愛の笛が親友の夕霧に渡されます。しかし実はこの笛の相伝は誤っていたと、柏木が夕霧の夢に出て言いましたので、夕霧はその笛を父の源氏に見せますと、源氏はその笛の由来を次のように語ります。

その笛はここに見るべきゆゑある物なり。かれは陽成院《ようぜいゐん》の御笛なり。それを故式《しき》部卿《ぶきやう》の宮のいみじきものにしたまひけるを、かの衛門《ゑもん》の督《かみ》は童よりいとことなる音《ね》を吹き出でしに感じて、かの宮の萩《はぎ》の宴せられける日、贈物《おくりもの》にとらせたまへるなり。（横笛）

この笛は陽成院の御笛で、それを亡き式部卿の宮がとても大切になさっておられたのを、あの柏木が子供の頃から上手に笛を吹くのに感心して、あの宮が萩の宴をなさった日に贈り物として柏木にお与えになった、というのです。

しかしここに見える陽成院の笛ということも、式部卿の宮の萩の宴などという記述も、これまでの物語には全く見えないことで、この源氏の笛の由来の語りによって読者は初めて知らされたことです。陽成院が史上の陽成天皇（八六八―九四九）、式部卿の宮がその弟の式部卿の宮貞保親王（八七〇―九二四）と見れば、これは史実と虚構をとりまぜての遡及表現ということになるでしょう。

以上、遡及表現について、遠い過去に遡って語る場合や、近い事柄に言及する例などをあげて説明しました。

物語は、過去から現在までのすべてを物語っているわけではありませんから、過去に語られなかったことを改めて遡って語ることは、決して珍しいことではありませんが、それを遡及表現として、特に文章の表現方法の一つとしてとり上げますのは、その表現に作者の特別な意図があると考えられるからです。

宇治の八の宮の場合は、「橋姫」以下で重要な役割を担う宇治の八の宮という新しく設定された人物の造型に当たって、作者はその経歴を改めて読者に示す必要があったと思われます。桐壺院の第八皇子であり源氏の弟である八の宮が、なぜ「世に数まへられたまはぬ古宮」（世間から人数《ひとかず》にも数えられなくなった古宮）となったかといういきさつの納得性のある説明がぜひ必要で、そのために、立太子争いによる敗北と孤立、京の宮邸の焼失などの、過去の連続した大きな不幸を改めて読者に知らせたわけです。

老女の弁の場合も、「宇治十帖」を通しての重要な人物で、ことに薫の出生の秘密という重大事を知る古女房弁の重要性は言うまでもありません。その弁が重大事を知り得た動機を、改めて遡って読者に示す必要があったわけです。「宇治十帖」において重要な弁の人物造型には必要な遡及表現と考えられます。

源氏と藤壺の初度の過失への遡及表現も、現在の逢瀬が二度目の罪であるという更なる過失の恐怖と悔恨の意識を高める効果が大きいといえましょう。

このように、過去の事柄を改めて遡って語ることに、作者が何らかの意図をもっている場合、それは単なる回想描写ではなく、遡及表現として『源氏物語』の表現方法の一つと認めることができると考えます。

参考　系図・図録

源氏物語主要人物系図（▲…既に故人である人物　△…途中で亡くなる人物）

＊第三部（匂宮～夢浮橋）

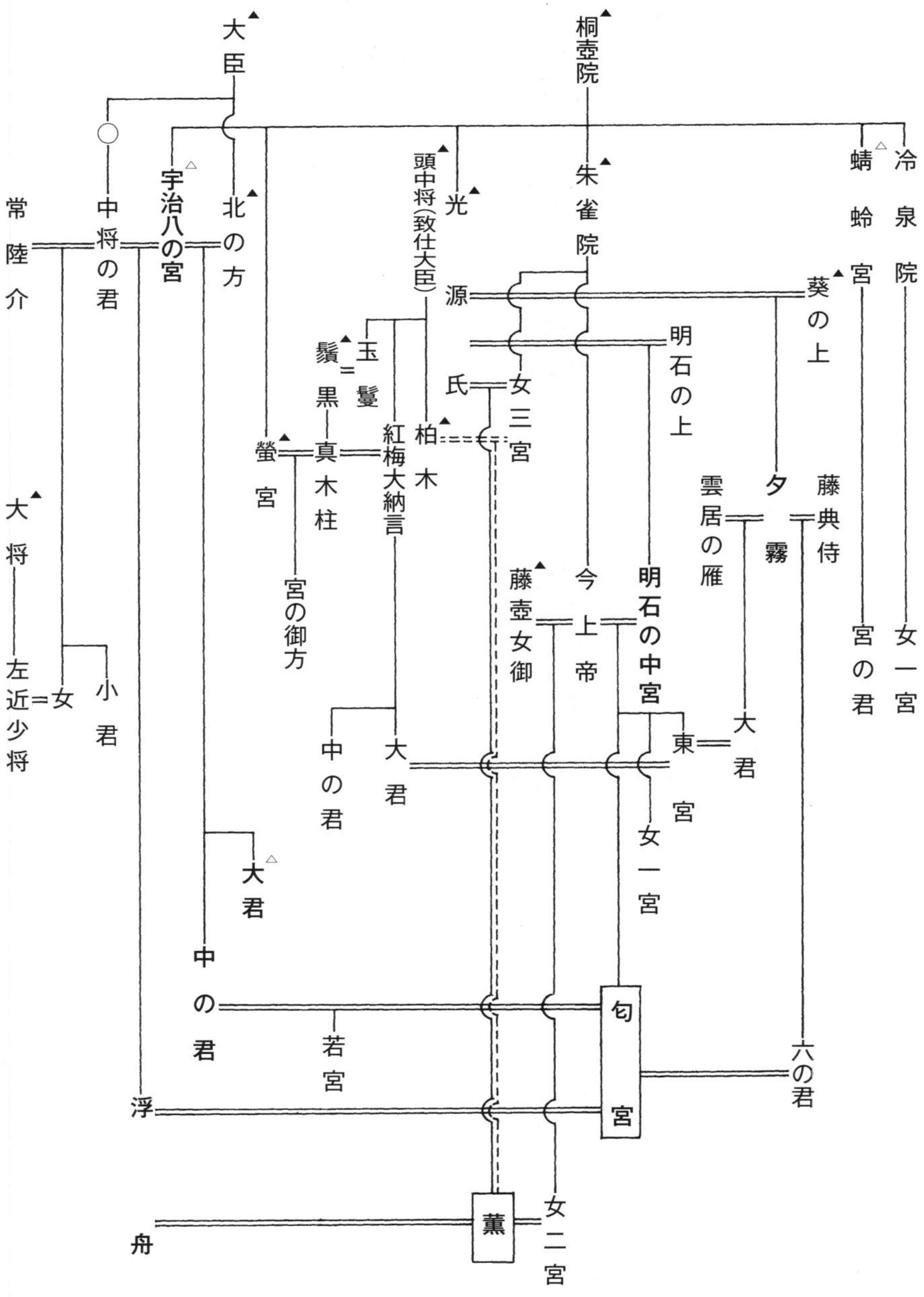

平安京条坊図

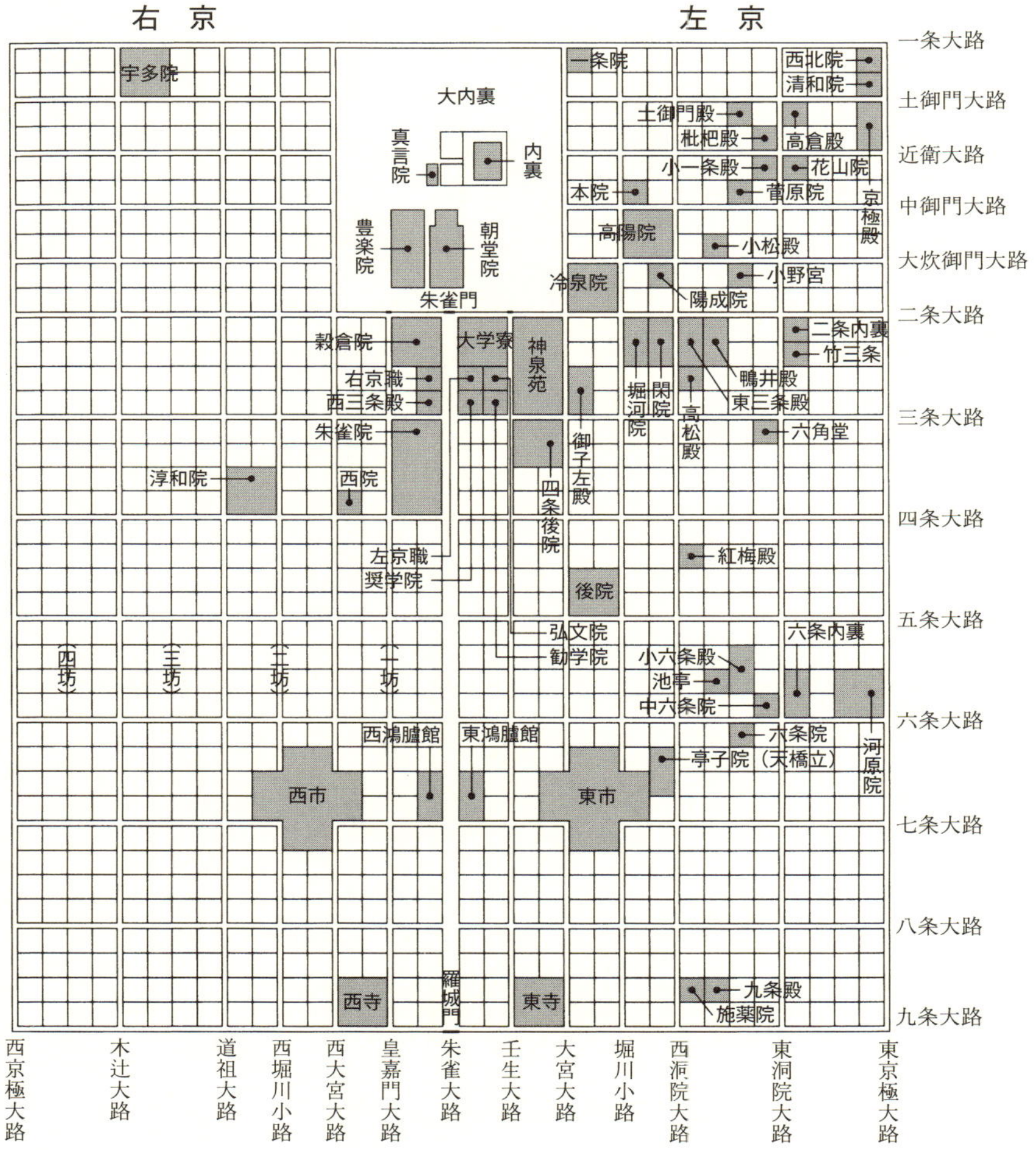

『京城略図』（故実叢書）を参考に作成

大内裏図

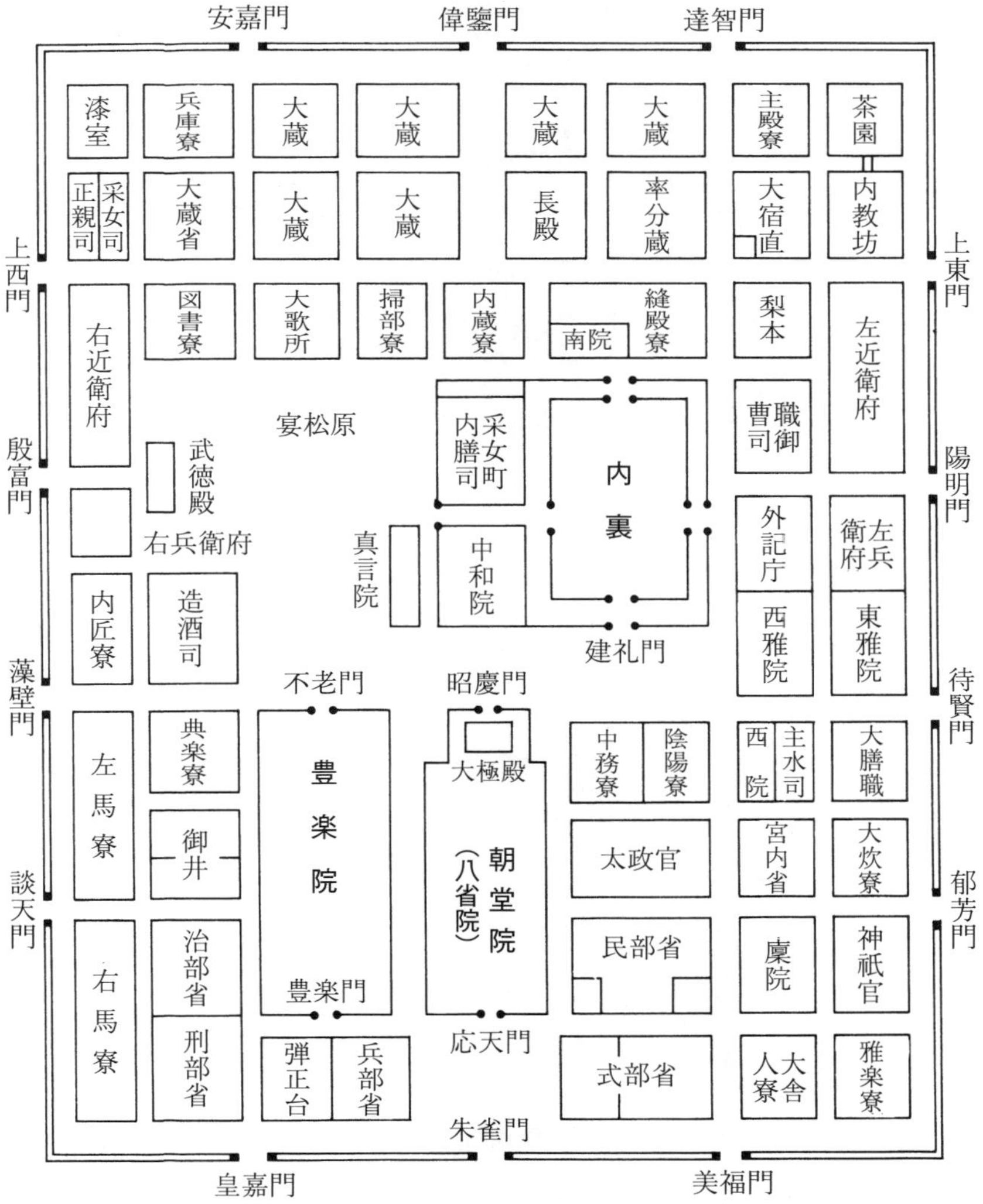
安嘉門
偉鑒門
達智門
漆室
兵庫寮
大蔵
大蔵
大蔵
大蔵
主殿寮
茶園
采女司
正親司
大蔵省
大蔵
大蔵
長殿
率分蔵
大宿直
内教坊
上西門
上東門
図書寮
大歌所
掃部寮
内蔵寮
縫殿寮
南院
梨本
右近衛府
左近衛府
宴松原
采女町
内膳司
職御曹司
殷富門
陽明門
武徳殿
内裏
右兵衛府
真言院
中和院
外記庁
左兵衛府
内匠寮
造酒司
西雅院
東雅院
建礼門
藻壁門
待賢門
不老門
昭慶門
典楽寮
豊楽院
大極殿
中務寮
陰陽寮
西院
主水司
大膳職
左馬寮
御井
朝堂院
(八省院)
太政官
宮内省
大炊寮
談天門
郁芳門
右馬寮
治部省
民部省
勘院
神祇官
豊楽門
刑部省
応天門
弾正台
兵部省
式部省
大舎人寮
雅楽寮
朱雀門
皇嘉門
美福門

内裏図

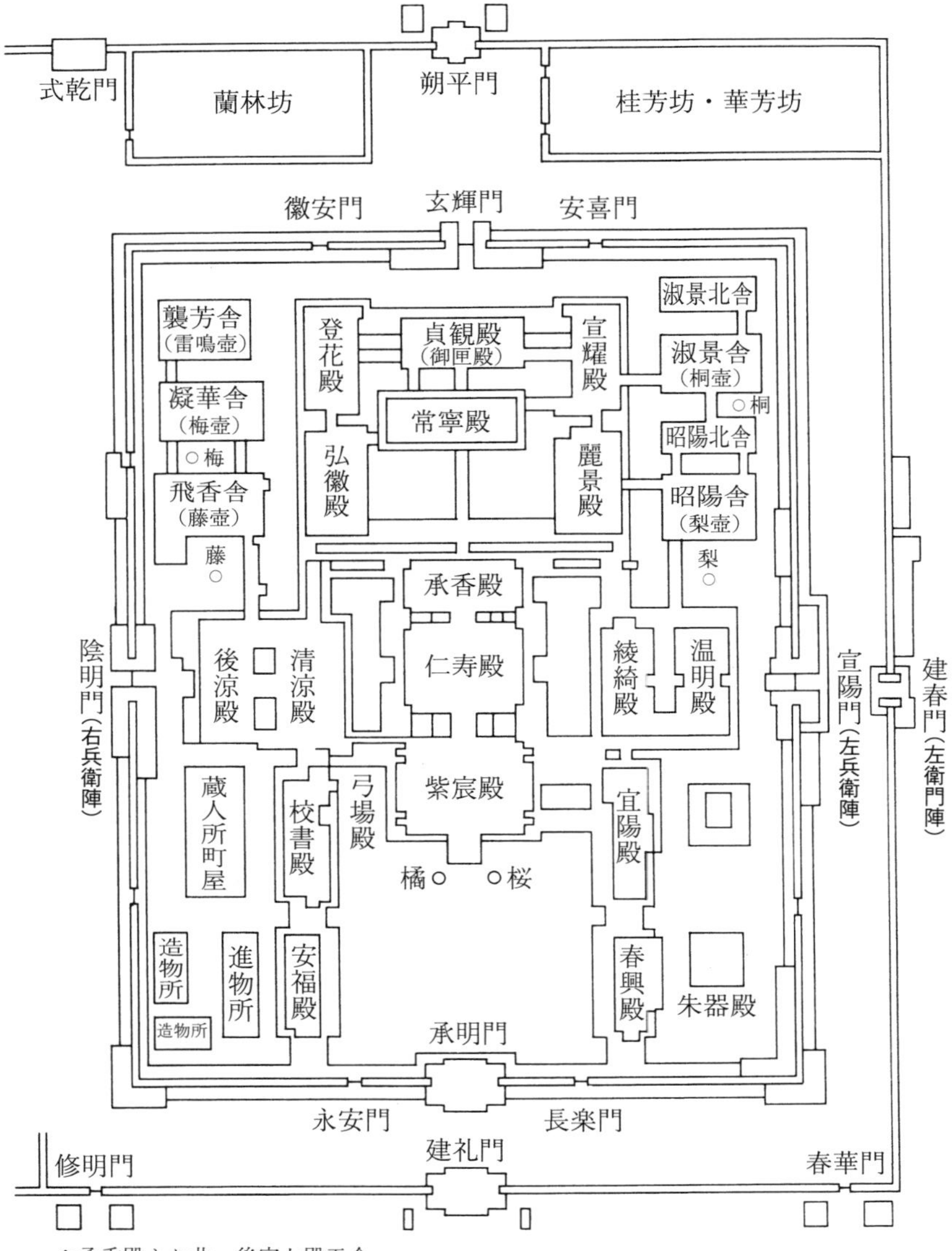

＊承香殿より北、後宮七殿五舎

清涼殿図

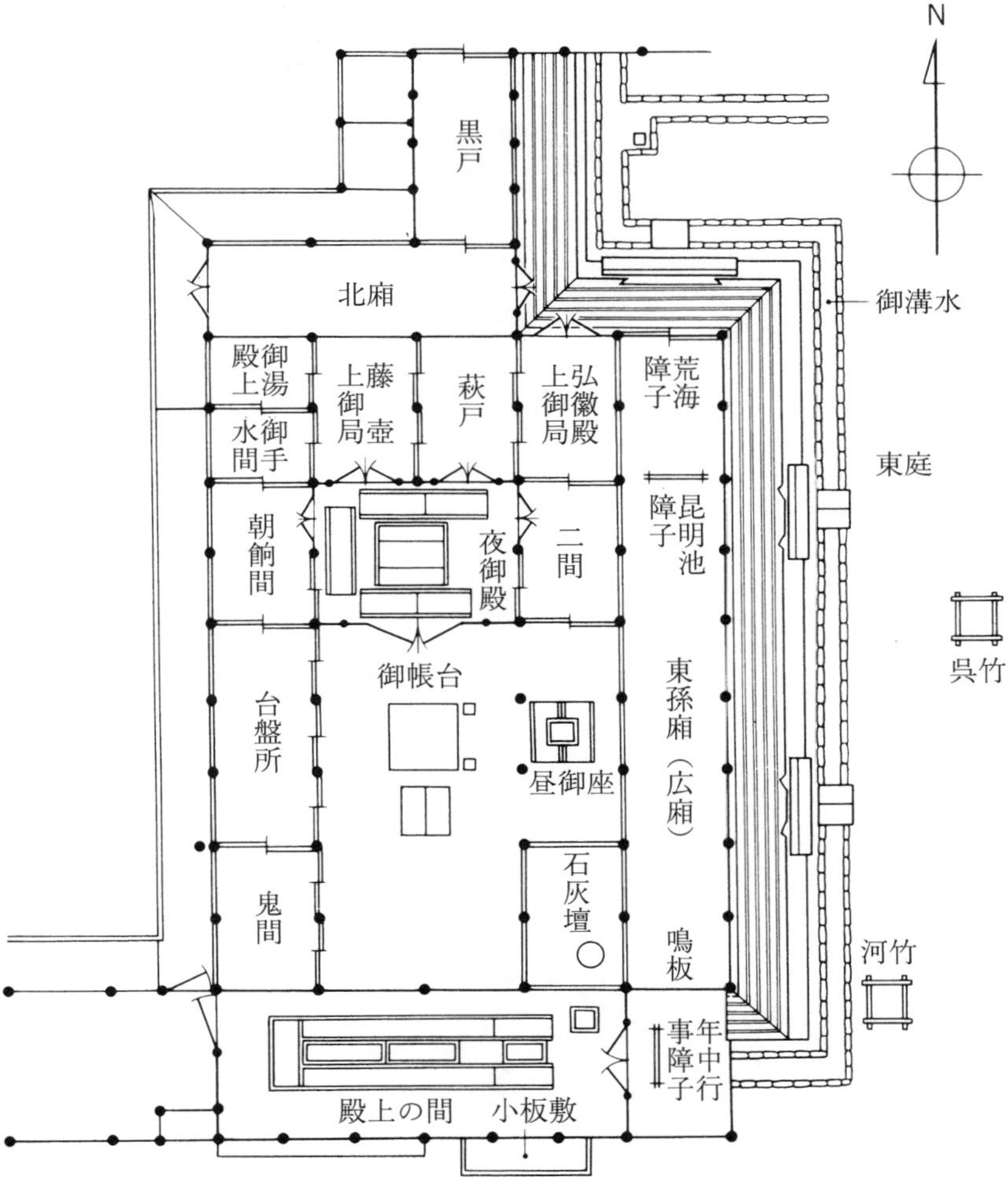
N
黒戸
北廂
御溝水
御湯殿上
藤壺上御局
萩戸
弘徽殿上御局
荒海障子
御手水間
東庭
朝餉間
夜御殿
二間
昆明池障子
呉竹
御帳台
台盤所
東孫廂（広廂）
昼御座
石灰壇
鬼間
鳴板
河竹
年中行事障子
殿上の間
小板敷

平面図

寝殿造図

西対
渡殿
寝殿
東対
透渡殿
遣水
西釣殿
西中門
東中門
池
中島

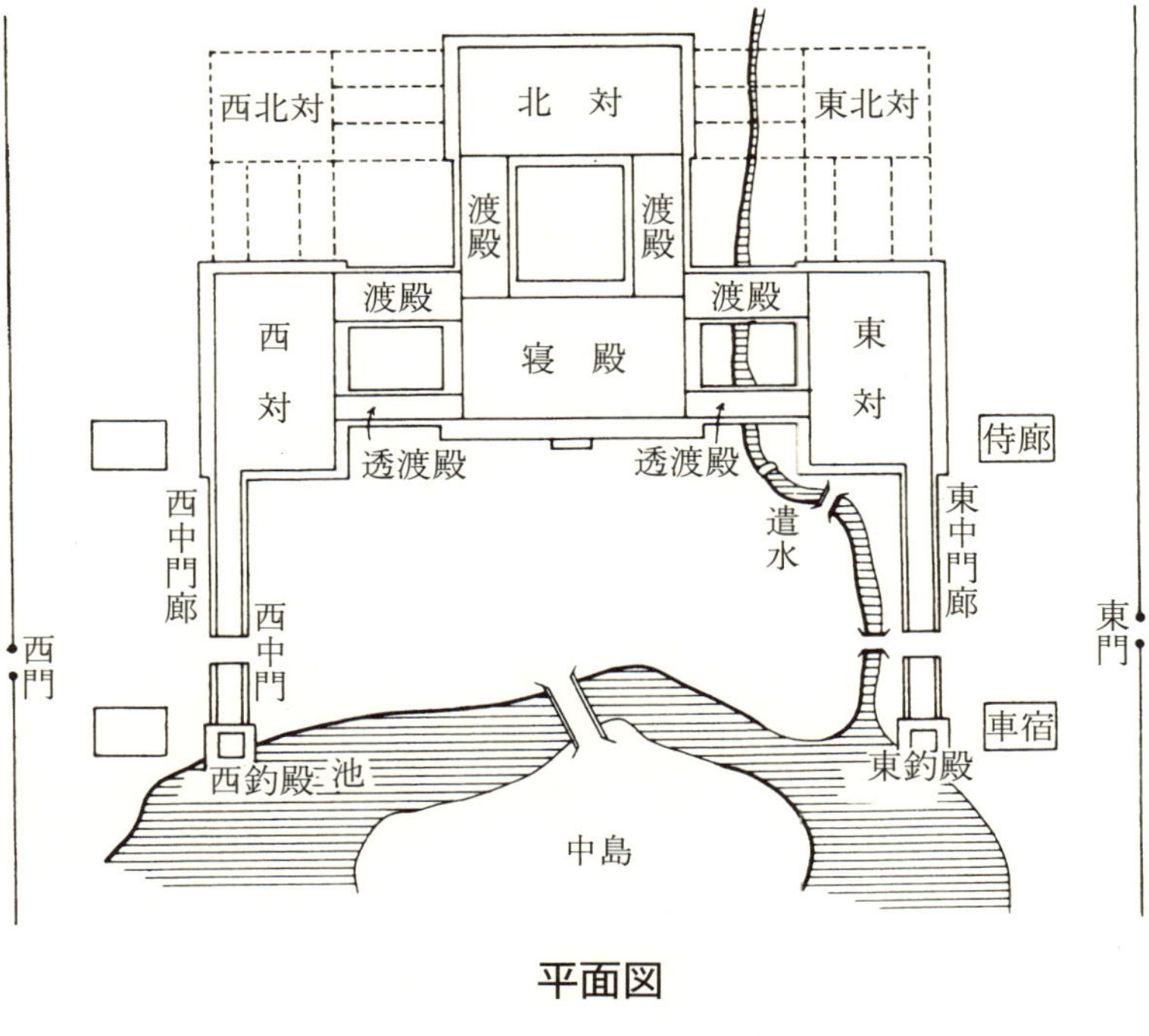
西北対
北対
東北対
渡殿
渡殿
渡殿
渡殿
西対
寝殿
東対
侍廊
透渡殿
透渡殿
西中門廊
遣水
東中門廊
西中門
西門
東門
車宿
西釣殿
池
東釣殿
中島

平面図

貴族の生活――遊芸

(A) 室内で行なわれるもの

(1) 歌合わせ

歌の作者（方人《かたうど》）を左右に分け、定めた題について和歌をよみ合い、優劣を競う文学的遊戯で、私的には数人で行なうこともあるが、正式には優劣を判定する判者《にんじゃ》、歌を朗吟して披露する講師《こうじ》、次第に従って左右の歌をとりあげる読師《とくし》、勝負の数を数える籌刺《かずさし》などの役があり、規模も百番以上に及ぶものもあった。

(2) 絵合わせ

左右双方が絵を持ち寄り競うもので、自画のものより著名な画家に描かせた場合の方が多かったようである。「絵合」の巻では、巨勢相覧《こせのおおみ》の絵、紀貫之の書の竹取物語絵と、飛鳥部《あすかべ》常則《つねのり》の絵に小野道風《おののみちかぜ》が書したうつほの俊蔭の絵が競わされている。

(3) 物合わせ

歌合わせの流行は、さらにいろいろの物品を競う「物合わせ」を生じた。物合わせは左右に分かれて双方から特定の品物に和歌を添えて出し合い、その優劣を競う遊びで、その種類には、器物では、貝合わせ・扇合わせ・小筥合わせ・草紙合わせ・物語合わせ・艶書合わせなど。また、植物では、根合わせ・菖蒲合わせ・紅梅合わせ・前栽合わせ・瞿麦《なでしこ》合わせ・女郎花合わせ・菊合わせ・紅葉合わせなどが行われた。

絵合わせ

香合わせ

(4) **香合わせ**
薫物《たきもの》は、仏に供える香から芸術化して、室内にくゆらせたり、衣服に焚きしめたり、更に遊戯化して香合わせ（薫物合わせ）と称し、香の配合のよしあしを競い合った。その様子は「梅枝」の巻に詳しい。

(5) **探韻**（たんいん）
あらかじめ韻字を作っておき、これを各人が一字ずつ探りとり、得た韻字で作詩する。「花宴」の巻の桜の宴の際の探韻で、源氏は「春」という文字を賜った、とある。

(6) **韻塞ぎ**（いんふたぎ）
漢詩の中の押韻している文字を隠しておき、それを当てさせる遊戯。「浮舟」の巻に「韻塞ぎすべきに集ども選り出でて」と見える。

(7) **偏継ぎ**（へんつぎ）
漢字の旁《つくり》を示してそれに偏を加えさせ、多く加えた方を勝とする遊びという。ただ物語には女子の「はかなき」遊びごととして見えるので不審。あるいは「片継ぎ」で絵の切片をつなぎ合わせる今のパズルのような遊びか。

(8) **碁**（ご）
現代のそれとはルールが若干異なる。二人相対して盤上に地を囲み、目数を競う。「空蟬」「絵合」「竹河」「宿木」に碁の記事が見える。

(9) **雙六**（すぐろく）
中国渡来の遊戯。盤雙六で黒白十五の石を賽の目の数によって進め、自軍の石を早く敵陣に運び入れた方を勝ちとする。老若男女を問わず行われ、賭け事にもよく用いられた。「常夏」の巻では、近江の君が五節の君を相手に雙六を打っている。

雙　六

碁

⑽　**弾棊**（だぎ）

石はじきともいい、盤に六または八個の黒白の石を並べて対し、その石を弾いて相手の石に当たれば取り、当たらねば取られるという遊び。「椎本」の巻に「碁、すぐろく、だぎのばんどもなど」と見える。

(B)　**室外で行なわれるもの**

⑴　**蹴鞠**（けまり・しゅうぎく）

古来、宮廷貴族の男子の間で行われた遊戯。鹿皮製の鞠を脚の甲で蹴り上げ、落とさないように受け渡しする。人数は四人・六人・八人を上限とする。庭に数間四方の砂を敷いた場で行ない、東北に桜、東南に柳、西南に楓、西北に松が植えられている。「若菜」上巻に「無作法な遊びだが気の利いたもの」と評されている。

⑵　**鷹狩り**（たかがり）

養育した鷹やハヤブサを使って、野鳥や小さい獣を捕らえる狩猟。「小鷹狩」（秋、小形の鷹で鶉などの小鳥を捕らえる狩）と、「大鷹狩」（冬、雄の鷹で雁・雉子などを捕らえる狩）がある。「行幸」の巻に鷹を使う人々の様子が描かれている。

⑶　**競馬**（くらべうま・きそいうま）

馬場で馬を走らせて勝敗を争う競技。「駒くらべ」「走り馬」とも。

⑷　**騎射**（うまゆみ）

馬上から弓矢で的を射る競技。「蛍」の巻に、この騎射の様子が描かれている。

蹴　鞠

競　射

競　馬

(5) **競射**（きようしゃ）

通常の弓で、遠方の的を射る競技。「若菜」下巻で六条院の競射の場面が見える。

(6) **小弓**（こゆみ）

小さい弓を用い、座って左膝を立ててその上に左肘《ひじ》をのせ、的を射る遊戯。「若菜」上巻に、「小弓射させて」と見える。

(7) **桜狩り**（さくらがり）

風流な貴族たちは、春をことに愛し、桜を見に出かけた。遠くは河内の桜の名所交野、近くは白川、大原野が有名。

(8) **舟遊び**

貴族の邸宅の南庭の池や川に舟を浮かべ、涼をとったり、音楽を奏したりして楽しんだ。「浮舟」の巻では匂宮が浮舟と小舟に乗り橘の小島をめぐっている。『紫式部日記』には若女房たちが土御門邸の池に舟を浮かべて楽しんでいる。

(9) **雪の山・雪まろげ**

大雪が降った時、庭の雪を集めて雪の山を作らせたり、雪を転がして大きな雪の玉を作らせて楽しんだ。「朝顔」の巻では、二条院の庭に雪の山を作らせている。

（絵合わせ・香合わせ・雙六・競馬・競射・船遊びの図は『石山寺蔵四百画面　源氏物語画帖』（勉誠出版（以下同）、二〇〇五年）、碁・雪まろげの図は『フルカラー　見る・知る・読む　源氏物語』（二〇一三年）、蹴鞠の図は『九曜文庫蔵　源氏物語扇面画帖』（二〇〇七年）による。）

舟遊び

雪まろげ

所引歌謡一覧

○底本は、鍋島家本『神楽歌』『催馬楽』を用いた『日本古典文学全集』(小学館)に依った。
○源氏物語に引用されている神楽歌・催馬楽・風俗歌を掲出した。
○下のカッコの中に、その歌謡が引かれている『源氏物語』の巻名を示した。

(1)神楽歌(神を祭る時に奏する歌謡)

千歳法《せんざいのはふ》

(本)千歳　千歳　千歳や　千歳や　千年《ちとせ》の　千歳や　(末)万歳　万歳　万歳や　万歳や　万代《よろづよ》の　万歳や　(本)なほ千歳　(末)なほ万歳　(又本返)千歳　千歳　千歳や　千年の　千歳や　(又末返)万歳　万歳　万歳や　万代の　万歳や　(若菜下)

其駒《そのこま》

(本)葦駮《ぶち》の　や　森の　森の　下なる　若駒率《ゐ》て来《こ》　葦駮の　虎毛《とらげ》の駒　(末)その駒ぞ　や　我《われ》に　我に草乞ふ　草は取り飼はむ　水は取り　草は取り飼はむや　(松風)

朝倉《あさくら》(或本裏書)

末いづこにか　駒《こま》を繋《つな》がむ　朝日《あさひ》子《こ》が　さすや丘べの　玉笹《たまざさ》の上に　(藤袴)

幣《みてぐら》

本幣は　我《わ》がにはあらず　天《あめ》に坐《ま》す　豊岡姫《とよをかひめ》の　宮の幣　宮の幣　(少女)

(2)催馬楽　呂《りよ》(奈良時代の民謡を、平安時代に雅楽の曲調で歌謡としたもの。呂調と律調がある。)

安名尊《あなたふと》

あな尊　今日の尊さや　古《いにしへ》も　はれ
古も　かくやありけむや　今日の尊さ
あはれ　そこよしや　今日の尊さ
（少女・胡蝶・宿木）

梅枝《うめがえ》

梅が枝に　来ゐる鶯や　春かけて　はれ
春かけて　鳴けどもいまだや　雪は降りつつ
あはれ　そこよしや　雪は降りつつ
（梅枝・竹河・浮舟）

桜人《さくらびと》

桜人《さくらびと》　その舟止《ち》め　島つ田を　十町《とまち》つくれる　見て帰り来むや　そよや　明日《あす》帰り来む　そよや
言《こと》をこそ　明日とも言はめ　彼方《をちかた》に　妻去る夫《せな》は　明日も真来《さねこ》じや　そよや　さ明日も真来《さね》じや　そよや
（薄雲・少女・椎本）

葦垣《あしがき》

葦垣真垣　真垣かきわけ　てふ越すと　負ひ越すと　たれ
てふ越すと　誰《たれ》か　誰か　このことを　親に　申よこし申しし
とどろける　この家　この家の　弟嫁《おとよめ》　親に　申よこしけらしも
天地《あめつち》の　神も神も　証《そう》したべ　我は申よこし申さず
菅《すが》の根の　すがな　すがなきことを　我は聞く　我は聞くかな
（藤裏葉・浮舟）

山城

山城の　狛《こま》のわたりの　瓜つくり　なよや　らいしなや　さいしなや　瓜つくり　瓜つくり　はれ
瓜つくり　我を欲しと言ふ　いかにせむ　なよや　らいしなや　さいしなや　いかにせむ　いかにせむ　はれ

いかにせむ　なりやしなまし　瓜たつまでにや　らいしなや　さいしなや　瓜たつま　瓜たつまでに　（紅葉賀）

葛城《かつらぎ》

葛城の　寺の前なるや　豊浦《とよら》の寺の　西なるや　榎《え》の葉井《はゐ》に　白璧沈《しらたましづ》くや　真白璧《ましらたま》沈くや　おしとと　とおしとと
しかしてば　国ぞ栄えむや　我家《わいへ》らぞ　富《とみ》せむや　おおしとと　としとんと　おおしとんと　としとんと　（若紫・若菜下）

竹河《たけかは》

竹河の　橋の詰《つめ》なるや　橋の詰なるや　花園に　はれ
花園に　我を放てや　我を放てや　少女《めざし》たぐへて　（初音・真木柱・竹河）

河口《かはぐち》

河口の　関の荒垣《あらがき》や　関の荒垣や　まもれどもはれ
まもれども　出でて我寝《ね》ぬや　出でて我寝ぬや　関の荒垣　（藤裏葉）

此殿《このとの》

この殿は　むべも　むべも富みけり　三枝《さきくさ》の　あはれ　三枝《さきくさ》の　はれ
三枝の　三つば四つばの中に　殿づくりせりや　殿づくりせりや　（初音・竹河・早蕨）

婦与我《いもとあれ》

妹《いも》と我《あれ》と　いるさの山の　山蘭《あららぎ》　手な取り触れそや　貌《かほ》まさるがにや　疾《と》くまさるがにや　（横笛）

妹《いも》が門《かど》

妹が門　夫《せな》が門　行き過ぎかねてや　我が行かば　肱笠《ひぢかさ》の　肱笠の　雨もや降らなむ　しで田長《たをさ》　雨やどり　笠やどり
やどりてまからむ　しで田長　（若紫・末摘花・須磨）

席田《むしろだ》

席田の　席田の　伊津貫川《いつぬきがは》にや　住む鶴《つる》の
住む鶴の　住む鶴の　千歳《ちとせ》をかねてぞ　遊びあへる　千歳をかねてぞ　遊びあへる
（若菜上）

角総《あげまき》

総角《あげまき》や　とうとう　尋《ひろ》ばかりや　とうとう　離《さか》りて寝たれども　転《まろ》びあひけり　とうとう　か寄りあひけり　とうとう
（総角）

石川《いしかは》

石川の　高麗人《こまうど》に　帯《おび》を取られて　からき悔《くい》する
いかなる　いかなる帯ぞ　縹《はなだ》の帯の　中はたいれなるか　かやるか　あやるか　中はいれたるか
（紅葉賀・花宴）

我家《わいへ》

我家は　帷帳《とばりちやう》も　垂れたるを　大君《おほきみ》来ませ　聟《むこ》にせむ　御肴《みさかな》に　何よけむ　鮑栄螺《あはびさだを》か　石陰子《かせ》よけむ　鮑栄螺か　石陰子よけむ
（帚木・常夏・若菜上）

(3) 催馬楽　律《りつ》

高砂《たかさご》

高砂の　さいささごの　高砂の
尾上《おのへ》に立てる　白玉玉椿　玉柳
それもがと　さむ　汝《まし》もがと　汝もがと
練緒《ねりを》染緒《さみを》の　御衣架《みぞかけ》にせむ　玉柳
何しかも　さ　何しかも　何しかも

心もまたいけむ　百合花《ゆりばな》の　さ　百合花の
今朝咲いたる　初花に、逢《あ》はましものを　さ　百合花の　（賢木）

貫河《ぬきかは》

貫河の　瀬々《せぜ》のやはら手枕《たまくら》　柔らかに　寝《ね》る夜はなくて　親放《さ》くる夫《つま》
親放くる妻は　ましてるはし　しかさらば　矢矧《やはぎ》の市《いち》に　沓《くつ》買ひにかむ
沓買はば　線鞋《せんがい》の　細底《ほそしき》を買へ　さし履きて　上裳《うはも》とり着て　宮路通《かよ》はむ　（花宴・常夏）

東屋《あづまや》

東屋の　真屋《まや》のあまりの　その　雨《あま》そそぎ　我立ち濡れぬ　殿戸《とのど》開《ひら》かせ
鎹《かすがひ》も　錠《とざし》もあらばこそ　その殿戸　我鎖《さ》さめ　おし開いて来ませ　我や人妻　（紅葉賀・蓬生・東屋）

飛鳥井《あすかゐ》

飛鳥井に　宿りはすべし　や　おけ　蔭《かげ》もよし　御水《みもひ》も寒し　御秣《みまくさ》もよし　（帚木・須磨）

青柳《あをやぎ》

青柳を　片糸《かたいと》に縒《よ》りて　や　おけや　鶯の　おけや
鶯の　縫ふといふ笠は　おけや　梅の花笠や　（胡蝶・若菜上）

伊勢海《いせのうみ》

伊勢の海の　清き渚《なぎさ》に　潮間《しほがひ》に　なのりそや摘まむ　貝や拾はむや　玉や拾はむや　（明石・宿木）

道の口

道の口　武生《たけふ》の国府《こふ》に　我はありと　親に申したべ　心あひの風や　さきむだちや　（浮舟・手習）

更衣《ころもがへ》

更衣せむや　さきむだちや　我が衣《きぬ》は　野原篠原《しのはら》　萩の花摺《はなずり》や　さきむだちや　（少女）

伊予の湯

伊予の湯の　湯桁《ゆげた》はいつく　いさ知らず　や　かずへずよまず　やれ　そよや　なよや　君ぞ知るらうや　（空蝉・夕顔）

⑷ 風俗歌（諸国、特に東国の民謡が、平安時代に貴族社会に取り入れられた歌謡。）

玉垂《たまだれ》

玉垂れの　小瓶《をかめ》を中に据ゑて　主《あるじ》はも　や　肴求《さかなま》きに　肴取りに　こゆるぎの磯の　若布《わかめ》刈り上げに　若布刈り上げに　（帚木）

鴛鴦《をし》

鴛鴦　鸍《たかべ》　鴨さへ来居る　蕃良《はら》の池の　や　玉藻は真根《まね》な刈りそ　や　生《お》ひ継ぐがに　や　生ひも継ぐがに　（真木柱）

常陸《ひたち》

常陸にも　田をこそ作れ　あだ心　や　かぬとや君が　山を越え　雨夜来ませる　（若紫）

八少女《やをとめ》

八少女は　わが八少女ぞ　立つや八少女　立つや八少女　神のます　高天原に　立つ八少女　立つ八少女　（匂宮）

たたらめ

たたらめの花の如　かいねり好むや　げに紫の色好むや　（末摘花）

訳者略歴

中野幸一（なかの・こういち）

早稲田大学名誉教授。文学博士。専攻は平安文学。2011年瑞宝中綬章受章。

主な編著書に『物語文学論攷』（教育出版センター、1971年）、『うつほ物語の研究』（武蔵野書院、1981年）、『奈良絵本絵巻集』全12別巻3（早稲田大学出版部、1987〜1989年）、『常用源氏物語要覧』（武蔵野書院、1995年）、『源氏物語の享受資料―調査と発掘』（武蔵野書院、1997年）、『源氏物語古註釈叢刊』全10巻（武蔵野書院、1997〜2010年）、『九曜文庫蔵源氏物語享受資料影印叢書』全12巻（勉誠出版、2008〜2009年）、『平安文学の交響―享受・摂取・翻訳』（勉誠出版、2012年）、『フルカラー見る・知る・読む　源氏物語』（勉誠出版、2013年）、『ちりめん本影印集成　日本昔噺輯篇』（共編、勉誠出版、2014年）などがある。

正訳《せいやく》 源氏物語《げんじものがたり》 本文対照《ほんもんたいしょう》 第八冊

匂宮／紅梅／竹河／橋姫／椎本／総角

訳者　中野幸一

発行者　池嶋洋次

発行所　勉誠出版㈱

〒101-0051 東京都千代田区神田神保町三―一〇―二

電話　〇三―五二一五―九〇二一㈹

二〇一七年二月二十五日　初版発行

組版・印刷　精興社

製本　大口製本

装幀　志岐デザイン事務所　萩原睦　山本嗣也

ISBN978-4-585-29578-5　C0393

正《せい》訳《やく》源氏物語 本文対照

全10冊

語りの文学『源氏物語』、その原点に立ち返る。
本文に忠実でありながらよみやすい。
最上の現代語訳、誕生！

『源氏物語』は物語である。
物語とは本来、語りの姿勢で書かれているものである。
本書はその語りの姿勢に徹し、本文に忠実に訳し、
なおかつ、美しく正しい日本語で、読みやすい。
本文と対照させて読むことにより、
本物の『源氏物語』の世界を感じることができる。

中野幸一……㊟訳

各冊構成（全10冊）　隔月１冊ずつ刊行（＊は既刊）

＊第一冊…桐壺◎帚木◎空蟬◎夕顔◎若紫
＊第二冊…末摘花◎紅葉賀◎花宴◎葵◎賢木◎花散里
＊第三冊…須磨◎明石◎澪標◎蓬生◎関屋◎絵合◎松風
＊第四冊…薄雲◎朝顔◎少女◎玉鬘◎初音◎胡蝶
＊第五冊…蛍◎常夏◎篝火◎野分◎行幸◎藤袴◎真木柱
梅枝◎藤裏葉
＊第六冊…若菜（上）◎若菜（下）
＊第七冊…柏木◎横笛◎鈴虫◎夕霧◎御法◎幻（雲隠）
＊第八冊…匂宮◎紅梅◎竹河◎橋姫◎椎本◎総角
第九冊…早蕨◎宿木◎東屋
第十冊…浮舟◎蜻蛉◎手習◎夢浮橋

各冊二五〇〇円（＋税）
A５判・上製カバー装・約四〇〇頁

本書の特色

◎美しく正しい日本語で、物語の本質である語りの姿勢を活かした訳。
◎物語本文を忠実に訳し、初の試みとして、物語本文と訳文と対照できる本文対照形式。
◎訳文に表わせない引歌の類や、地名・歳事・有職などの説明を上欄に簡明に示す。
◎敬語の語法を重視し、人物の身分や対人関係を考慮して、有効かつ丁寧に訳す。
◎物語本文で省略されている主語を適宜補い、官職名や女君・姫君などと示される人物にも適宜、（　）内に呼名を示し、読解の助けとする。
◎訳文には段落を設け、小見出しを付けて内容を簡明に示す。また巻頭に「小見出し一覧」としてまとめ、巻の展開を一覧できるようにした。
◎各巻末に源氏物語の理解を深めるための付図や興味深い論文を掲載。

フルカラー
見る・知る・読む **源氏物語**

絵巻・豆本・絵入本などの貴重な資料から見る『源氏物語』の多彩な世界。物語の構成・概要・あらすじ・登場人物系図なども充実。この一冊で『源氏物語』が分かる！

中野幸一 著・本体二二〇〇円（＋税）

九曜文庫蔵
源氏物語扇面画帖

九曜文庫の優品『源氏物語扇面画帖』（伝住吉如慶筆）をフルカラーで再現。絵と対に掲げられる優美な詞書の翻刻に加え、詳細な場面解説と各巻のあらすじを掲載。

中野幸一 編・本体一〇〇〇〇円（＋税）

石山寺蔵四百画面
源氏物語画帖

源氏物語の様々な場面を四百画面にわたり描く画帖。他の源氏物語絵巻や画帖には見られない希有な場面を多く含む。「源氏物語場面集」ともいい得る大作。

石山寺座主 鷲尾遍隆 監修／中野幸一 編・本体二五〇〇〇円（＋税）

平安文学の交響
享受・摂取・翻訳

幾多の作品が古注釈や絵巻でも表現され、流動し続ける平安文学の享受に焦点をあて、広く深い豊かな世界を知らしめる。斯学の研究に必備の一冊。

中野幸一 編・本体一五〇〇〇円（＋税）

九曜文庫蔵
源氏物語享受資料影印叢書
全十二巻

源氏物語の研究史・享受史を彩る典籍の一大宝庫「九曜文庫」より、新資料・稀覯本を含む貴重な文献資料を公開。源氏物語享受の様相を伝える基礎資料を幅広く収載。

中野幸一 編・全巻揃本体一八〇〇〇〇円（+税）・（分売可）

九曜文庫蔵
竹取物語絵巻

『竹取物語』の本文をそのまますべて収録。江戸時代以前に遡る写本のほとんど無いこの物語の本文資料として、貴重な価値を持つ稀覯本をフルカラーで影印。

中野幸一 監修／
中野幸一・横溝博 共編・本体一五〇〇〇円（+税）

伴大納言絵巻
冷泉為恭 復元模写

復古大和絵派の絵師として、歴史画を得意とし、有職故実に詳しい為恭の模写を、フルカラーで影印。国宝絵巻の剝落欠損を復元しており、きわめて珍らしい絵巻。

中野幸一 編・本体八〇〇〇円（+税）

ちりめん本影印集成
日本昔噺輯篇

ちりめん紙に彩られた日本昔噺の世界を全編原色原寸で公開。8ヶ国語、計92種を集成した決定版。日本出版文化史・異文化交流史における重要資料。

中野幸一・榎本千賀 編・本体一〇〇〇〇〇円（+税）